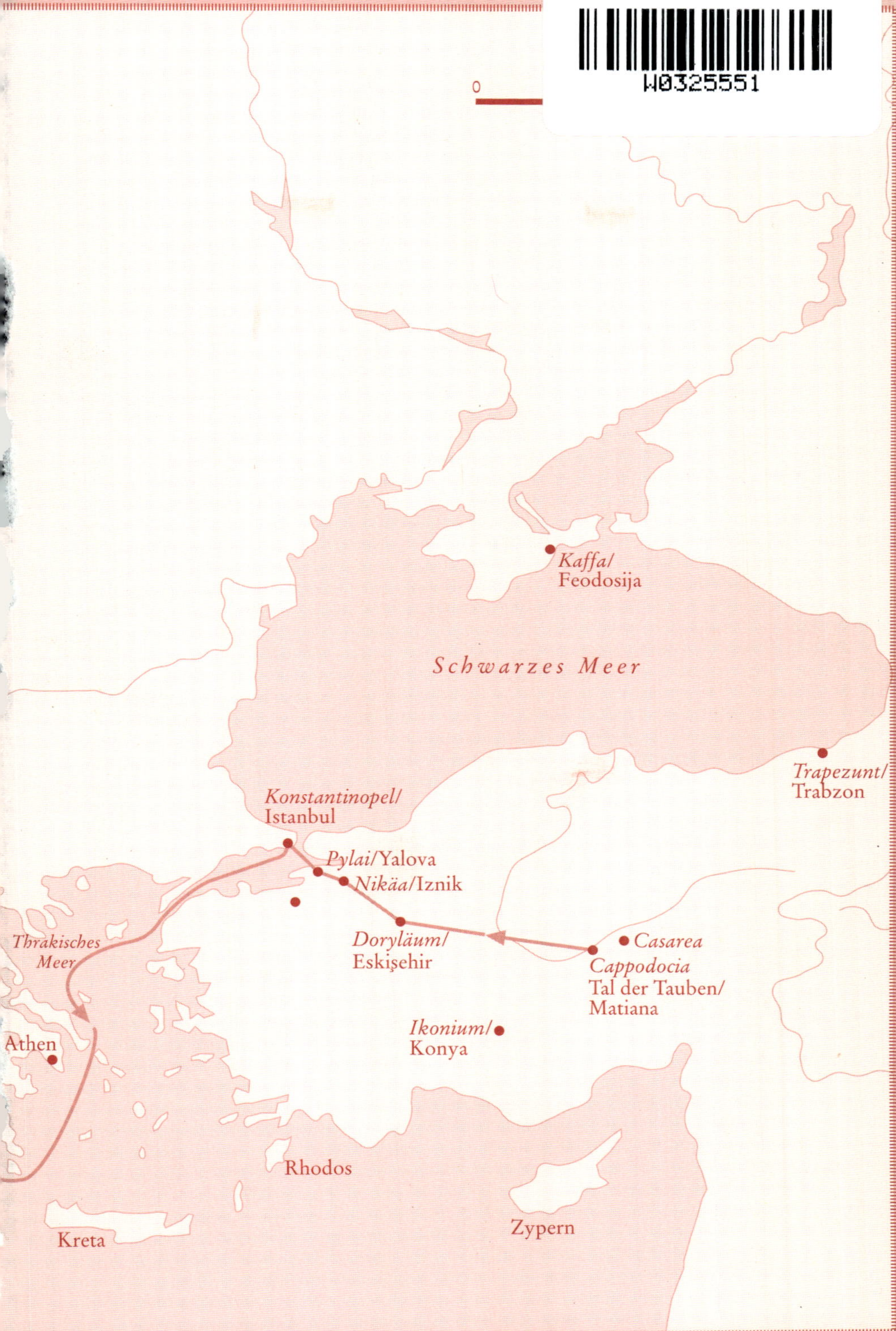

0
Kaffa/
Feodosija
Schwarzes Meer
Trapezunt/
Trabzon
Konstantinopel/
Istanbul
Pylai/Yalova
Nikäa/Iznik
Thrakisches
Meer
Doryläum/
Eskişehir
Casarea
Cappodocia
Tal der Tauben/
Matiana
Ikonium/
Konya
Athen
Rhodos
Kreta
Zypern

KARI KÖSTER-LÖSCHE

# DIE PESTHEILERIN

Kari Köster-Lösche

# Die Pestheilerin

Roman

Droemer

Die Folie des Schutzumschlags sowie die Einschweißfolie
sind PE-Folien und biologisch abbaubar.
Dieses Buch wurde auf chlor- und säurefreiem Papier gedruckt.

**Besuchen Sie uns im Internet:**
**www.droemer.de**

Originalausgabe Dezember 2008

Ein Unternehmen der Droemerschen Verlagsanstalt
Th. Knaur Nachf. GmbH & Co. KG, München.

Umschlaggestaltung: ZERO Werbeagentur, München
Umschlagabbildung: Bridgeman, Berlin
Satz: Uhl + Massopust, Aalen
Druck und Bindung: CPI – Ebner & Spiegel, Ulm
Printed in Germany
ISBN 978-3-426-19764-6

2 4 5 3 1

# I. FLUCHT VOR DEN OSMANEN

# KAPITEL 1

OSMANISCHES SULTANAT
IM JAHR 725 DER HIDSCHRA

Der gelbe Staub machte Arinna das Atmen schwer, aber die rissige Hand lastete wie ein Fels auf ihrem Nacken und drückte ihn nieder. Oschin konnte ziemlich grob sein.

In der Nähe hörte sie das Geräusch vieler Hufe, deren Galopp in Trab überging und schließlich verklang.

»Sie sind fort.«

Oschins mürrische Stimme war so laut wie zuvor, bevor er die Reiterkolonne gesichtet hatte, doch immerhin ließ er sie jetzt los.

Sie hob den Kopf und setzte sich schließlich im Schneidersitz hin. Die Stadt, die vor ihr lag, wirkte wie eine Festung aus gelben und roten Steinen. Nach rechts und links erstreckten sich gewaltige Mauern, und durch das noch offene Stadttor konnte sie Häuser sehen. Der Weg zur Küste, nach Konstantinopel, in die Freiheit und Sicherheit eines christlichen Landes führte dort hindurch. Durch das altehrwürdige Nikäa.

»Was ist das?«, fragte Arinna beunruhigt. Ihr Finger deutete auf die fremdartigen Gebäude. »Die Minarette da vorn … Ist auch Nikäa besetzt?«

»Und wie«, antwortete der Kerl, der ihr vor einigen Tagen seinen Schutz angeboten hatte, spöttisch. »Schon seit mehreren Jahren. Das weißt du nicht?«

»Nein. Ich dachte, eine so heilige Stadt, in der die Kaiser von Byzanz residiert haben, könnte nie erobert werden …«, gab Arinna kleinlaut zu.

Oschin lachte rauh. Sein Lachen ähnelte dem eines Hahnes, der von einer Mauer herab seine Hühnerschar überblickt. »Die Türken werden noch viel mehr erobern. Egal, mit welchen Mitteln. Weißt du nicht, dass Emir Orhan Theodora, eine Tochter des Kaisers, heiraten wird?«

Arinna schüttelte widerwillig den Kopf. Sie mochte Oschins überhebliche Art nicht. Aber sie hatte genug Verstand, um zu wissen, dass man, um durch die Linien von osmanischen Soldaten, umherschweifenden türkischen Banden und übriggebliebenen marodierenden Kreuzfahrern nach Konstantinopel hineinzugelangen, einen Führer brauchte. Mit seinem einen guten Auge wirkte Oschin wie ein Raufbold, aber er hatte von ihr für seinen Schutz kein Geld verlangt. Und er stammte immerhin aus ihrer Gegend, aus dem kappadokischen Caesarea, wie er glaubhaft versichert hatte, wenn sein Name und seine Sprache in ihren Ohren auch befremdlich klangen. Er sei von armenischem Adel, hatte er behauptet, was stimmen konnte oder auch nicht. Sein größter Vorzug aber war, dass sie in seiner Begleitung erstmals seit langem satt geworden war, ohne selbst stehlen zu müssen.

»Die Luft ist rein«, murmelte Oschin und erhob sich. »Wir schließen uns den Leuten da vorn mit dem Esel an. Bleib dicht hinter mir und halte den Kopf gesenkt. Und zieh gefälligst das Tuch über deine verfluchten hellen Haare. Ich hätte sie dir beizeiten abscheren sollen.«

Indem Arinna in aller Hast gehorchte, drehte sie sich um. Auf dem Weg, den sie selbst gewandert waren, schlurfte eine müde Gruppe von Männern und Frauen hinter einem hochbeladenen Karren her, der von einem Esel gezogen wurde. »Ist das nicht zu gefährlich?«, flüsterte sie. »Lass uns Nikäa umgehen!«

»Wage ja nicht, immer von Nikäa zu reden«, fauchte Oschin. »Die Osmanen nennen es Iznik, verstanden? Und jetzt los! Ich will heute endlich etwas Anständiges zwischen die Zähne bekommen. Außerdem habe ich nicht das geringste Verlangen, in diese Berge zu klettern.«

»Klettern!« Die Berge, die in Nikäas Rücken lagen, waren

weder sehr hoch, noch wirkten sie mit den kleinen Dörfern an den Hängen ungastlich. Aber es würde ein ziemlich weiter Umweg sein, denn die Stadt lag an einem See, so dass ein Ausweichen zur anderen Seite nicht möglich war.

Beklommen folgte Arinna Oschin, der sich den Wanderern mit einer Selbstverständlichkeit anschloss, als ob er zu ihnen gehöre.

Die Leute, zwei Männer, drei Frauen und fünf Kinder, nahmen von ihnen keine Notiz. Zwei der Frauen sprachen halblaut miteinander.

Osmanen!

Arinna stolperte vor Schreck, und Blut stieg ihr in die Wangen. Sie hatte trotz der unterschiedlichen bunten Kopfbedeckungen der Frauen und ihrer langen Kleider über den Hosen gehofft, dass die Wanderer Griechen wären, auf der Flucht durch das weite anatolische Land in christliches Gebiet wie sie selbst. So viele unterschiedliche Gruppen von Menschen waren unterwegs, und ihre zusammengewürfelten Kleidungsstücke machten sie in gewisser Weise ähnlich.

Oschin warf ihr einen warnenden Blick zu. Zurück konnten sie nicht mehr. Arinna zog ihr Kopftuch, das von der Stirn bis über die Schultern reichte, bis an die Augenbrauen herunter und versuchte, mit gebeugtem Rücken kleiner zu wirken. Unglücklicherweise waren die Angehörigen ihres Volkes, das in den Felsenhöhlen von Matiana lebte, durchweg größer als die Griechen der Nachbarschaft. Und die Frauen der türkischen Stämme waren meistens noch kleiner.

Sie konzentrierte sich auf ihre Füße und tappte im Gleichschritt mit den Frauen vorwärts, bis die kleine Kolonne haltmachte. Sie hatten das Stadttor erreicht. Arinna beugte den Nacken und lauschte angestrengt.

Die tiefe Stimme eines Wächters fragte etwas in hochfahrendem Ton. Einer der Wanderer antwortete beflissen und machte sich dann am Karren zu schaffen. Die Ladung wurde von allen

Seiten begutachtet, und der Anführer stand mühsam Rede und Antwort. Seine Stimme wurde heller und ängstlicher.

Eins der jüngeren Kinder begann zu schluchzen, zwei andere fielen ein. Die Frauen nahmen sie in die Arme, trösteten sie und flüsterten mit ihnen. Eine summte leise. Aber das Weinen steigerte sich zum Geschrei.

Wenn sie doch nur aufhören wollten, dachte Arinna gereizt und beobachtete verstohlen, wie die Aufmerksamkeit der Wächter sich jetzt auf die Frauen zu konzentrieren begann – wie zu erwarten gewesen war.

Das älteste der Mädchen wich voll Panik vor den grimmigen Gesichtern und den auf den Boden gestoßenen Lanzen zurück, stolperte über einen Fuß und fiel der Länge nach auf den Rücken. Unter Geheul verwickelte sie sich mit den Füßen in ihren weiten Hosenbeinen und im Rock und fing erbärmlich mit den Beinen zu strampeln an.

Arinna bückte sich hastig, gab beschwichtigende Geräusche von sich, strich der Kleinen die schwarzen Haarsträhnen aus dem Gesicht und die Tränen von den Wangen.

Das Mädchen stoppte ihr Weinen so urplötzlich, wie es begonnen hatte, und starrte Arinna bestürzt ins Gesicht. Es war schmutzig, wie sie wusste, aber das war es nicht. Die Kleine konnte ihr in die blauen Augen sehen. Wahrscheinlich hatte sie noch nie jemanden wie Arinna zu Gesicht bekommen. Bevor sie womöglich erneut losbrüllte und ihr den Finger ins Gesicht stieß, ergriff Arinna sie an den Händen, stellte sie auf die Füße und klopfte den Staub aus dem bunten Röckchen.

All dies erlaubte ihr, in der Hocke zu bleiben und sich überdies hinter dem Kind zu verstecken.

Sie hatte das Gefühl, endlos geklopft zu haben, bis plötzlich Bewegung in die Gruppe kam. Sie wurden vorwärts gewinkt.

Mit dem türkischen Mädchen an der Hand, das inzwischen Vertrauen zu Arinna gefasst hatte, passierten sie zwei mächtige Rundtürme und dann den düsteren, quälend langen Tordurchgang. Arinna hielt den Atem an. Wer wusste schon, welche Soldaten, Zolleinnehmer oder anderen Männer des Sultans sie auf der anderen Seite in Empfang nehmen würden? Um sie dann in einen Kerker zu schicken oder gleich um einen Kopf kürzer zu machen. Arinna hatte in einer osmanischen Stadt weit fort von der Heimat nichts zu suchen, und solcher Probleme entledigte man sich am schnellsten auf diese Weise.

Oschin schien von Ängsten nicht geplagt. Eine Hand am Karren, stemmte er diesen mit gebeugtem Nacken in der aufgewühlten Fahrspur voran.

Die schwarzen Schatten, den die Türme und baumhohen Mauern in der tiefstehenden Sonne warfen, wollten Arinna nicht aus ihrem bedrückenden Bann lassen. Das Mauerwerk bestand aus großen Quadern, aus schmalen Ziegelsteinen und runden Flusskieseln und hatte gewiss schon Hunderte von Jahren fremden Eindringlingen standhalten müssen. Bröckelndes Gestein und Scharten bewiesen, dass dies nicht immer gelungen war.

Ganz unerwartet fand sich Arinna im grellen Licht der staubigen Hauptstraße wieder, die keineswegs in ein prächtiges Stadtinneres führte, sondern auf ein größeres Dorf zulief.

Und weit und breit gab es keine Soldaten.

Die osmanischen Männer hielten im Schatten der Innenmauer an, um miteinander zu beratschlagen. Arinna sah sich erleichtert und mit wachsender Zuversicht neugierig um. Dies war Nikäa! Auch wenn es nun Iznik hieß und statt der alten Kirchen jetzt hier Moscheen standen, war es eine wichtige Etappe auf ihrer weiten Wanderung aus dem Tal der Tauben in Kappadokien ins christliche Konstantinopel. Konstantinopel war nicht mehr weit. Sie hatte es fast geschafft!

Oschin scherte mit energischen Schritten aus der türkischen Gruppe heraus an den Straßenrand, mit einer Miene, in der sich Verachtung für die Menschen spiegelte, die ihm für eine Weile Schutz geboten hatten. Herrisch winkte er Arinna an seine Seite.

Ein letztes Streicheln des schmalen bräunlichen Kindergesichtes, dann begann sich Arinna den Weg durch die Frauen und Kinder zu Oschin zu bahnen. Sie fing den Blick einer der Frauen auf. Diese sagte etwas zu ihr und lächelte vorsichtig. Gleichzeitig schob sie mit zwei Fingern verstohlen eine imaginäre Haarsträhne unter ihre runde, streng anliegende Kopfbedeckung. Arinna nickte, lächelte zurück und war dankbar, dass die Frau sie auf ihre widerspenstigen Haare aufmerksam gemacht hatte.

»Blödsinn«, knurrte Oschin, als sie bei ihm anlangte.

»Was ist Blödsinn?«, erkundigte sich Arinna. »Hast du etwa verstanden, was die Frau gesagt hat?«

»Natürlich.«

»Und was sagte sie?« Arinna verbarg ihr Erstaunen darüber, dass der Armenier des Türkischen mächtig war.

»*Wer Hilfe gibt, wird auch Hilfe erhalten.* Ein dummes Sprichwort dieser Leute. Ich hätte es auch ohne sie in die Stadt geschafft«, verkündete Oschin großspurig.

»Natürlich«, sagte Arinna nachgiebig, obwohl die Türkin Oschin gar nicht gemeint hatte, und begann, über ihren Begleiter nachzudenken. Vermutlich hatte er sich ihr nur als Begleiter angeboten, weil ein Paar unauffälliger reiste.

An der Weggabelung nahm Oschin die linke Straße, die am Westrand des Ortes entlangführte. Die Stadtmauer schlug einen großen Bogen um sie herum, und Arinna sah ein weiteres Tor. Dann kamen sie an einem römischen Theater vorüber, das inmitten von Steintrümmern lag und in die Erde hineingebaut war. Ziegen kletterten auf den Sitzreihen herum und zupften Gras aus den Ritzen.

»Was suchst du?«, fragte Arinna angesichts der Blicke, die der Armenier immer wieder über die Silhouette des Dorfes warf.

»Ich schaue, ob es eine neue Moschee gibt. Dieser Ort hat schon zwei, die alte Hagia Sophia, die sie gerade für ihren Gott umbauen, und noch eine weitere, kleine. Und wer weiß, wie viele noch. Die Sultane, ihre Gemahlinnen und Wesire wetteifern geradezu miteinander, die schönste Moschee und die beste Armenküche zu stiften. Wenn es eine neue Küche gibt, ist sie besser als die alte. Ich bin jedenfalls hungrig wie ein Wolf, ich will heute Fleisch essen, und nicht zu knapp, und die Küche muss ich finden, bevor die Sonne untergeht. Danach heißt es warten.«

»Worauf?«

»Auf das Ende ihres Abendgebetes natürlich. Sie essen immer erst nach dem Gebet, und das gilt auch für die Armenküchen. Weißt du denn gar nichts über die neuen Besitzer dieses Landes?« Oschin musterte sie scharf.

Arinna schüttelte den Kopf. Dass sich im Tal der Tauben von Matiana auch türkische Siedler niedergelassen hatten, erwähnte sie lieber nicht. Christen und Osmanen wohnten streng getrennt voneinander und pflegten keine freundschaftliche Nachbarschaft.

In diesem Augenblick begann der Muezzin zu rufen. Sein eintöniger Gesang war ganz ähnlich wie der des griechischen Priesters, dessen Stimme vor allem an Ostern von einer Felswand zur anderen durch ihr Tal getragen worden war. Dazu hatte in der Ferne eine kleine Glocke gebimmelt und über allem das leise Gurren zufriedener Tauben gelegen. Arinna schloss die Augen, um zu verhindern, dass ihr die Tränen über die Wangen liefen.

Sie konnte sich noch gut an das helle Klingeln der Glocke erinnern. Aber nachdem die Osmanen auch in das Tal mit den Felsenhöhlen und den uralten christlichen Felsenkirchen eingedrungen waren, war es den Mönchen und Priestern verboten worden, ihre Glocken zu läuten. Arinna und ihre Familie waren zwar nicht oft in die Felsenkirche gegangen, da ihr Glaube ein anderer und viel älter war, aber sie erinnerte sich mit Sehnsucht an den Klang der Glocke.

Seit der Eroberung des Tals durch die Osmanen durfte nur noch das Semantron die Gläubigen zum Gottesdienst rufen. Das Hämmern auf dem Schallbrett pflegte Arinna Angst einzujagen, denn damit verband sich für sie auf ewig das Eindringen von Feinden, die ihr friedliches Leben so grundlegend verändert hatten. Vor allem aber mit dem Tod des Vaters, den die türkischen Janitscharen getötet hatten.

Die alte große Basilika mit drei kuppelbedeckten Schiffen war noch im Umbau, derzeit aber von den Maurern verlassen. »Hier gibt es keine Küche«, stellte Oschin mürrisch fest und schlug mit seinem ihm eigenen wiegenden Gang den Weg in das Innere des Dorfes ein.

Arinna blieb hinter ihm wie bei den Türkinnen üblich. Es war unauffälliger, außerdem wurde ihr seine Begleitung immer unangenehmer. Sie fragte ihn auch nicht nach dem wunderschönen Gebäude, das sich aus der Nähe als ein türkischer Pavillon mit einem Sarkophag erwies.

Oschin gönnte ihm ohnehin keinen Blick, sondern strebte zum benachbarten Kiosk, der aus einer Kuppel auf Säulen bestand. Im Inneren sprudelte ein Brunnen. Wie selbstverständlich hakte Oschin eine Tasse, die mit einer Kette am umlaufenden Gitter befestigt war, aus und reichte sie dem Brunnenwärter, der sie aus einer Kanne füllte. Arinna tat es ihm nach. Kalt und köstlich wie aus einem Bergsee war das Wasser. Als sie sich bedanken wollte, zeigte der Wärter gleichgültig auf den Sarkophag, in dem offenbar der Erbauer des Brunnens lag, und bedeutete ihr, sie möge ein Dankesgebet für ihn errichten.

Danach musste sie sich beeilen, um Oschin nachzulaufen.

Ganz am Ende der langen Straße, die kurz vor einem Stadttor und einem Aquädukt mündete, machte er vor einer Mauer halt, über die Kuppeln und ein Minarett emporragten. Ohne die geringsten Bedenken trat er durch einen Torbogen in den Vorhof ein. »Da drüben ist die Küche«, sagte er und wies auf eine Reihe von vier Kuppeln hinter einer weiteren Mauer.

Sie warteten schweigend. Endlich verließen Männer die Moschee, streiften sich ihre Schuhe über und verliefen sich in verschiedene Richtungen.

Oschin folgte denjenigen, die zum anderen Tor hinausgingen, Arinna dicht hinter sich. Eine Gasse trennte die Moschee von der Armenküche, deren Arkadengänge sich in Hufeisenform um einen Hof herum gruppierten.

Eine Schar von Männern machte sich dort zu schaffen, einige

eilten mit Schüsseln und Schalen durch das Geviert, während Bedürftige dabei waren, sich Plätze zu sichern, indem sie Lederdecken auf dem Boden ausbreiteten und die Kinder schon Platz nehmen ließen.

»Viele Leute hier. Die Küche scheint sich gebessert zu haben. Wir bleiben.«

»Meinst du, dass wir uns wirklich hintrauen sollen?«, fragte Arinna.

»Wieso nicht? Dies ist unser Land, und sie machen sich hier breit«, antwortete Oschin grob. »Das Mindeste, das man von ihnen erwarten kann, ist, dass sie uns mit den Früchten ernähren, die sie uns gestohlen haben.«

»Ja«, sagte Arinna zweifelnd. Sie fragte lieber nicht, woher er seine Kenntnisse von Nikäa hatte. Je weniger sie von ihm wusste, desto besser.

Oschin schob sich seine runde Kappe in die Stirn und machte sich unverzüglich auf den Weg in den Innenhof.

Die Gruppe, in deren Schutz sie das Stadttor passiert hatten, war schon dort. Schier ungläubig wegen der Vielzahl an Gerichten sah Arinna zu, wie für sie mehrere große Schüsseln gefüllt wurden, die die Frauen in eine Ecke der Arkaden trugen. Die beiden Männer folgten mit einer Waschschüssel und mehreren Kannen.

Arinna bekam einen Stoß in die Seite, der sie stolpern ließ. »Pass auf! Wir sind dran«, murmelte Oschin und blickte gierig, aber auch ein wenig unzufrieden zu den Essensschüsseln.

In den Augen des Türken, der das Essen austeilte, las Arinna abweisende Verwunderung, aber sie erhielten nicht weniger zugeteilt als die anderen, abgesehen von der Waschschüssel und dem Waschwasser. Ein Mann in der Nähe aber nahm Anstoß an Oschin. Er kam heran und sprach ihn in scharfem Ton an.

Oschin lachte abfällig, ohne sich die Mühe einer Antwort zu machen, und wandte sich ab.

Schon im Gehen begann Oschin, die Suppe zu schlürfen. Nicht weit von der Essensausgabe pflanzte er sich hin, nicht ohne dem Aufseher einen aufreizenden Blick zuzuwerfen. Arinna, die ihm mit der Schale mit dem heißen Reisgericht, das die Türken Pilaw nannten, gefolgt war, errötete vor Scham über ihren Begleiter. Das Essen war reichhaltig, sie konnte die Butter, mit der nicht sparsam umgegangen worden war, sogar riechen.

»Was hat er dir gesagt?«, wollte sie wissen.

»Unwichtiges. Ich brauchte nicht nach einer Vogelkäfigküche Ausschau zu halten, meinte er. Etwas Besseres würde ich nicht bekommen.«

»Was bedeutet das?«

»In der Vogelkäfigküche bereiten sie das auserlesene Essen für den Herrscher zu«, erklärte Oschin unbefangen. »Für die Frauen, die Kinder und die Eunuchen werden andere Gerichte in einer größeren Küche gekocht. Weniger gutes.«

Arinna nickte nachdenklich und beobachtete ihn verstohlen. Vermutlich hatte der Aufseher die unzufriedenen Blicke des Armeniers ganz richtig gedeutet. Oschin ließ es an jeglicher Höflichkeit beim Essen fehlen, wie man sie jedem byzantinischen Kind beibrachte. Er raffte den größeren Teil des Lammragouts auf seine Seite der Schüssel und schaufelte den Reis mit dem Fladenbrot so schnell in sich hinein, dass für Arinna nur ein kleiner Teil blieb.

Aber es machte ihr nichts aus. Sie hatte lange nichts so Gutes zu essen bekommen, nicht einmal bei den Christen von Metropolis, die ganz ähnlich versteckt in einem abgelegenen Tal lebten wie die Christen im Tal der Tauben bei Matiana. Und von den Türken hatte sie unterwegs Vorräte gestohlen, nur einmal war sie eingeladen worden. In der Grenzfeste Doryläum, die man nicht umgehen konnte und die seit der Einnahme durch die Seldschuken Eskischehr hieß, hätte sie bestimmt in einer Volksküche essen können, aber sie hatte es nicht gewagt.

Während Arinna noch tief in Gedanken die Reissuppe mit Petersilie genoss, die Oschin übriggelassen hatte, sprang er so hastig auf die Füße, dass sie erschrak. Besorgt blickte sie ihm nach, als er sich aufmachte, um sich einen Nachschlag zu holen. Hoffentlich verstieß er nicht wieder gegen die Regeln ihrer Gastgeber.

Oschin kam mit einer Portion Pilaw zurück, die für sie beide gereicht hätte, die er aber, mit der Schüssel auf den Knien, ganz allein verzehrte. Wie üblich war dabei sein einziges Auge auf das Gericht gerichtet, so dass er den Kopf etwas schräg legte.

»Was ist eigentlich mit deinem anderen Auge?« Auf Dauer konnte Arinna ihre Wissbegier nicht bezähmen.

»Hab's eingebüßt«, brummelte Oschin gleichgültig.

»Wie das? Hattest du einen Unfall?«

»Nein. Die Osmanen haben es mir ausgestochen.«

Arinna erschrak. »War es eine Strafe?«

»Das geht dich nichts an«, fuhr Oschin sie an.

»Zu uns sind die Osmanen aber sehr freundlich«, sagte Arinna hartnäckig.

Oschin blickte über den Schüsselrand hoch. »Du irrst dich. Sie verachten uns. Jeder türkische Schaftreiber dünkt sich etwas Besseres als der byzantinische Kaiser. Zu essen bekommen wir nur, weil ihnen Barmherzigkeit von ihrem Gott vorgeschrieben ist. Aus dem gleichen Grund überlassen sie den Straßenkötern Eselkadaver.«

Arinna schwieg gekränkt. Sie wusste nicht, ob er sie beleidigen wollte oder ob er recht hatte.

»Sie halten uns für dreckig und verkommen. Du siehst ja, dass sie Wasser für uns als unnötig erachten. Ich würde mich nicht wundern, wenn sie die von uns verunreinigten Schüsseln später zerschlagen.« Als Oschin endlich die Schüssel neben sich stellte, rülpste er ungeniert. Der Hall stieß sich an den Mauern.

Sämtliche Gäste auf dem Hof, der sich inzwischen gefüllt hatte, drehten sich um und musterten ihn befremdet. Wie aus dem Erdboden gewachsen, stand plötzlich der Aufseher von vorhin neben ihnen. »Ungehobelter christlicher Klotz«, sagte er verächtlich auf Griechisch.

Bevor Oschin eine grobe Antwort geben konnte, versuchte Arinna, die Situation zu retten. »Es hat sehr gut geschmeckt«, richtete sie sich mit weicher Stimme an den Türken, »wie kann ich mich bedanken und bei wem?«

Der Türke beachtete sie nicht, sondern behielt Oschin im Auge.

»Wie kann ich mich bedanken und bei wem?«, wiederholte Arinna hartnäckig.

Der Türke überwand sich endlich, Arinna ins Gesicht zu sehen. »Genau mit diesen Worten«, antwortete er. »Bei den Männern, die das Essen ausgegeben haben. Sie werden es schon verstehen. Oder du sagst *Allah a çok şükür*, was heißt, ich danke Gott.«

»Ist dir etwa die volle Form des Dankgebetes nicht bekannt? Dann bist du aber sehr ungebildet«, bemerkte Oschin gelangweilt, der sich inzwischen zurückgelegt hatte und mit den Ellenbogen auf dem Boden lümmelte. »*Elhamdüllah, çok şükür ya Rabbi, Allahu Teala Padişahımız'ın bir gününün bin eylesin*, was in unserer Sprache heißt: Danken wir Gott, dem Allmächtigen, und möge ein einziger Tag unseres gepriesenen Herrschers so viel wert sein wie tausend Tage.«

Der Türke betrachtete ihn nachdenklich, während er an seinem Schnurrbart zupfte. »Du bist ein seltsamer Mann. Man sollte ein Auge auf dich haben, damit du keinen Schaden anrichtest. Ich werde es veranlassen.«

»*Selam aleikon*«, sagte Oschin scharf und gab ihm mit einer gebieterischen Handbewegung zu verstehen, dass er sich entfernen möge.

»Und du, Frau?«, fuhr der Aufseher fort. »Bist du aus Rumelien gebürtig, wo besonders hellhäutige Menschen leben sollen? Gibt es dort nicht bessere Männer als deinen ungehobelten Begleiter aus dem armenischen Bergland?« Ohne auf eine Antwort zu warten, warf er ihnen ein gleichgültiges »aleikon« hin und schritt mit den Händen auf dem Rücken davon.

»Ich fluche dir ebenfalls«, murmelte Oschin wütend hinter ihm her.

Stumm sammelte Arinna die Schüsseln zusammen. Hoffentlich rief der Osmane nicht wirklich die Obrigkeit herbei. Oschin hatte es herausgefordert. Mit jeder Stunde wurde es ihr in seiner Gegenwart unbehaglicher.

Niemand beachtete sie, als sie das Geschirr ablieferte und sich auf Türkisch bedankte. Aber viele Augen ruhten auf Oschin.

Es war schon dunkel, doch Oschin kannte die Gegend offenbar gut. Ohne zu zögern, marschierte er nach Westen, wo man durch das zerstörte Seetor eine Mole sehen konnte, an der einige Fischerboote lagen. Sie folgten der Stadtmauer außen entlang nach Norden. Kurze Zeit später machte er am Seeufer halt und warf seinen Packsack ab.

Arinna wälzte sich schlaflos auf dem Bett aus Schilf, das sie in aller Hast eingesammelt hatte. Die trockenen Gräser raschelten, neben ihr schnarchte Oschin, und sie bildete sich ein, es sei der Lärm, der sie wach hielt. In Wahrheit war es ihre eigene Angst.

Der Armenier plante, an die Küste des Marmarameeres zu marschieren und von Pylai aus mit einem Schiff nach Konstantinopel überzusetzen. Seitdem sie das erfahren hatte, überlegte Arinna, ob es nicht ratsamer wäre, sich von ihm zu trennen und, immer am Meeresufer entlang, bis in die Hauptstadt zu wandern. Diese Straße gab es, das wusste sie mit Sicherheit. Gegen ihren Plan sprach, dass sich hier, so dicht an der Grenze zum Byzantinischen Reich, die türkischen Truppen sammelten wie Fliegen auf Maultieräpfeln. Angeblich unternahmen sie immer wieder Vorstöße auf Konstantinopel.

Oder sollte sie bei Oschin bleiben? Ihr Vater Taru hatte sie immer ermahnt, Fremden gegenüber vorsichtig zu sein, sich vor allem nie zu offenbaren. Zu leicht konnten Kenntnisse über einen Menschen zu dessen Nachteil ausgenutzt werden. Er selber hatte sich strikt daran gehalten.

Und doch hatte Klugheit sein Leben nicht gerettet. Er, der Gelehrte, hatte sich von einem Augenblick zum anderen genötigt gesehen, seinen Sohn Theodor mit der Waffe gegen die

Janitscharen zu verteidigen. Im Auftrag des Sultans streiften diese durch das Land, um christliche Jungen mit wacher Intelligenz ausfindig zu machen und an den Hof des Sultans zu bringen.

Der Anführer der Janitscharen, in roter Bluse und mit blütenweißer Haube auf dem Kopf, schien für einen friedlichen Umzug zu Ehren des Sultans bekleidet. Aber der lange Waffenrock, Säbel, Pfeil und Bogen bewiesen, dass er mit seiner Schar auf dem Kriegszug war. Stolz, höflich und in geläufigem Griechisch hatte er Arinnas Vater Theodors Aufstiegsmöglichkeiten in der Elitegarde des Sultans in glühenden Farben geschildert.

Taru hatte sich geweigert. Worte wie Knabendiebstahl, Raub und Entführung waren ihm über die Lippen gesprudelt, und schließlich hatte er sich in seiner Not dazu bekannt, dass sie gar keine Christen seien, und Theodors eigentlicher Name Ammuna sei.

Das hatte den Soldaten nicht im Geringsten beeindruckt. Die Kinder durften jeden Glauben haben, nur Muslime durften sie nicht sein. Und gegen die einmal gefallene Entscheidung eines Janitscharenführers, einen Jungen mitzunehmen, gäbe es keinen Einspruch.

Da hatte Taru nach dem alten persischen Schwert gegriffen, das immer auf der Innenseite des Höhleneingangs hing, und war unter Tränen auf die Soldaten losgegangen. Seiner Frau und Tochter hatte er noch zugerufen, dass sie fliehen sollten. Das Einzige, das Arinna von diesen letzten schrecklichen Augenblicken behalten hatte, war, wie gleich danach Tarus grauhaariger Kopf unter einen Pferdeleib gerollt war. Was danach geschehen war, blieb für sie wie in einem dichten, dunklen Nebel.

Ihre Erinnerung setzte erst später wieder ein. Man hatte Arinna in einer der Fluchthöhlen tief unter der Erde gefunden, die mit rollenden Steinplatten versperrt werden konnten und wo sich ansonsten nur Vorräte befanden, und sie wusste nicht, wie sie dort hingekommen war. Zwei Tage war sie von einer Nachbarin gepflegt worden, bevor sie wieder aufgewacht war.

Vater und Mutter waren tot, die Janitscharen fort und mit ihnen der Bruder, und Arinna mochte an diesem blutigen Ort nicht bleiben, obwohl der Nachbar ein sechzehnjähriges Mädchen auch noch würde durchfüttern und verheiraten können, wie er sagte.

Und so hatte sie beschlossen, nach Konstantinopel zu gehen, um ihren Bruder zu suchen, und war jetzt fast ein Jahr unterwegs. Wie sie sich in der Stadt durchschlagen wollte, wusste sie nicht. Aber Prusa, die Hauptstadt der Osmanen, war nicht weit weg von Konstantinopel. Vielleicht würde sie in der byzantinischen Stadt einen Hinweis darauf finden, wo die christlichen Knaben zu Janitscharen erzogen wurden.

Oder schon morgen. Prusa lag dichter an Nikäa als Konstantinopel. Ammuna musste hier irgendwo sein. Mit diesem hoffnungsvollen Gedanken schlief Arinna endlich ein.

Noch in dunkler Nacht erwachte Arinna von einem Geräusch. Sie lauschte. Es waren Stimmen. Die Obrigkeit, die hinter Oschin her war? Fast in Panik krabbelte sie auf die Füße, lautlos trotz des raschelnden Schilfs, vergewisserte sich, dass ihr krummer schmaler Frauendolch sicher im Gürtel stak, und ergriff ihr Bündel. Oschin lag auf der Seite, zusammengekrümmt wie ein gefangener Fisch und atmete mit offenem Mund auch so.

Ohne Bedauern ließ sie ihn zurück. Ihr neuer Wanderweg lag klar vor ihr: Sie musste sich durch die Hügel schlagen, in die Oschin nicht gewollt hatte, Nikäa umgehen und dann die Straße, die sie gekommen waren, bis zur Abzweigung nach Prusa zurückwandern.

Über den Bergen lag ein schmaler Streifen Helligkeit. Dahinter ging schon die Sonne auf. Die Luft roch frisch und feucht, als sie sich ihren Weg zwischen Zitronenbäumen über die steinige gelbe Erde suchte. Es dauerte jedoch nicht lange, bis sie einen schmalen Karrenweg fand, der sich mit vielen Biegungen sanft aufwärts schlängelte.

Prusa! Oder Bursa bei den Türken. Plötzlich war Arinna froh

über ihre Entscheidung. Sie war so weit gekommen, was konnte der kleine Umweg in die türkische Hauptstadt ihr schon anhaben? Und den zwielichtigen Armenier war sie los. Sie blieb kurz stehen, um zu lauschen. Die Stimmen waren verstummt, und von Oschin hörte sie auch nichts.

Ihr fiel ein, dass sie nie erfahren hatte, warum Oschin nach Konstantinopel wollte. Vielleicht um in den Dienst eines Handelshauses zu treten: Er beherrschte Armenisch, wie sie vermutete, Griechisch und Türkisch. Das waren nicht zu verachtende Kenntnisse, vor allem, weil im Osten viele türkische Völker lebten. Und die Abendländer, die jene Gegenden bereisten, sprachen wenigstens zum Teil Griechisch, hatte ihr Vater erzählt.

Es ging jetzt steiler aufwärts. Die Zitronenbäume blieben hinter Arinna zurück, abgelöst wurden sie durch Granatapfelbäume und Felder, auf denen alte, schwärzliche Gerippe von Baumwollpflanzen standen.

All dieses hatte sie unterwegs auf ihrer Wanderung schon kennengelernt. Die Welt des Westens war so viel aufregender als ihre Heimat mit den winzigen Parzellen von Kürbiskulturen, von Quitten-, Walnuss- und Apfelbäumen, den Schaf- und Ziegenherden und den Tauben. Und doch würde sie zu ihr zurückkehren.

In dem allmählich grauenden Morgen fiel ein schwarzer Schatten auf Arinnas Weg, lang und breit wie der eines Riesen. Erschrocken blickte sie auf.

Oschin. Seine Hand lag auf dem Knochengriff seines beängstigenden kaukasischen *quama*, der in der Schärpe steckte.

# KAPITEL 2

Du wolltest doch wohl nicht allein weiterziehen?«, fragte Oschin lauernd. »Unerfahren, wie du bist. Ohne mich werden die Osmanen dich einfangen. Ich mag mir gar nicht vorstellen, was sie mit dir machen würden. Alle Scheußlichkeiten der Welt. Für eroberte Weiber lassen sie sich viel einfallen …«

Auch ihm fiel anscheinend viel ein. Seine Hose rührte sich im Schritt, obwohl sie weit geschnitten war wie die der Osmanen. Arinna trat unwillkürlich rückwärts.

Er grinste hässlich, ballte die Fäuste und atmete mühsam durch, während der Stoff seiner Pumphose langsam in sich zusammenfiel. Die Erwartung in seiner Stimme war nicht zu überhören gewesen, aber trotzdem hatte er sich bezwungen.

»Deine Gesellschaft ist mir zu gefährlich geworden«, sagte Arinna mühsam, nachdem sie ihre Geistesgegenwart wiedergefunden hatte. »So, wie du dich benimmst, bist du derjenige, den sie einfangen.«

»Mach dir um mich keine Sorgen«, sagte er arrogant. »Ich schlage mich im schlimmsten Fall auch als Türke durch, wenn es sein muss.«

»Das glaube ich dir«, murmelte Arinna.

»Und dein kleines nettes Messerchen wollen wir doch lieber entfernen, nicht wahr?« Ohne dass Arinna es verhindern konnte, riss er ihr den immerhin fast unterarmlangen Dolch aus dem

Gürtel und schleuderte ihn weit weg. Er stank nach Schweiß und Fett. Und nach Undefinierbarem.

Und sie war nun ganz ohne Schutz.

Pylai besaß neben dem Hafen ein altes römisches Theater. Arinnas Blicke gingen immer wieder dorthin, als sie festgestellt hatte, dass Oschin mit dem Bootseigner in türkischer Sprache verhandelte, wovon sie kein Wort verstand.

Auf ihrer Wanderung hatte sie vieles gesehen, aber noch keinen solch gewaltigen Bau der einstigen Bewohner des Landes.

Endlich waren die beiden Männer sich handelseinig. Voll Überraschung registrierte Arinna, dass mit dem Handschlag auch einige Münzen den Besitzer wechselten. Sie erinnerte sich noch genau daran, wie der Armenier ihr versichert hatte, dass er kein Geld besäße.

Sie zwängte sich zwischen Körben mit Zitronen hindurch, bis sie im Bug ein Plätzchen zum Sitzen fand. Der Schiffer löste die Leinen vom Land, setzte sich ans Ruder und drückte kurz nach der Abfahrt das dreieckige Segel weit nach außen. Das Boot zog im lauen Wind eine schnurgerade Bahn durch das Meer, kleine Kräuselwellen liefen unter ihm hinweg, und mit dem Bug hob und senkte sich Arinna. Staunend stellte sie fest, dass ein Boot aufrecht segeln konnte. Sie hatte sich die Seefahrt aufgrund vieler Schilderungen viel ungemütlicher und gefährlicher vorgestellt. Dies war dagegen die angenehmste Art zu reisen, die sie jemals erlebt hatte.

Irgendwann nickte sie ein.

Kurz bevor es ganz dunkel wurde, legten sie an einem Ufer an. Die Männer lachten Arinna aus, als sie vergeblich begann, sich nach den Mauern und Kirchen von Konstantinopel umzusehen. Plötzlich erklärte der Türke, der sich Ali nannte, ihr auf Griechisch, dass sie die Stadt erst am nächsten Tag erreichen würden.

»Und wer wohnt hier?«, fragte sie beunruhigt. Ganz in der

Nähe, aber auch über der schwarzen Silhouette eines Waldes, blinkten Lichter.

»Du hast ja mehr Schiss als eine Eidechse«, meinte der Schiffer, aber ohne jede Boshaftigkeit. »Wir sind hier auf der Insel Prinkipo, und was du hier unten siehst, sind die Lichter des Klosters vom Heiligen Nikolaos und oben die des Georgsklosters.«

»Dann sind wir gar nicht mehr im türkischen Gebiet?«

Ali schüttelte abweisend den Kopf. »Ab jetzt bin ich übrigens Alexios für euch.«

Aber erst als er das Abendessen vorzubereiten begann, ohne ein Abendgebet zu verrichten, war Arinna davon überzeugt, dass er wirklich Grieche war und sie im Byzantinischen Reich angekommen waren. Vor dem Essen, bei dem er großzügig Fladenbrot, Käse, Oliven und Walnüsse mit ihnen teilte, schlug er das Kreuz, und Oschin tat es ihm flüchtig nach. Dazu gab es Ayran zu trinken, den türkischen Joghurt, den sie sehr gern mochte. Den geharzten griechischen Wein hingegen lehnte sie ab. Oschin und Ali jedoch leerten eine Amphore und wurden immer lustiger.

Als Arinna das Boot verließ, um ihre Notdurft zu verrichten, folgte Oschin ihr, jedoch ohne ihr zu nahe zu kommen. Ganz offensichtlich achtete er darauf, sich nicht um den Verstand zu trinken. In dieser Nacht würde es nicht möglich sein zu fliehen. Sie hatte bereits das Nikolaoskloster im Sinn gehabt.

Am Nachmittag des folgenden Tages steuerte der Schiffer das Goldene Horn an. Der Schiffsverkehr war schon im Marmarameer beängstigend dicht. Das Wasser schäumte von Handelsseglern, die zugleich mit ihnen Kurs auf einen der Stadthäfen oder auf den Bosporus nahmen, und von Entgegenkommenden, die in das Mittelmeer segelten. Dazwischen kreuzten kleinere Boote und Fähren ihren Weg, die ungeachtet der Feindschaft zwischen Byzanz und osmanischem Sultanat die Verbindung zwischen beiden Reichen für Menschen und Handelsgüter aufrechterhielten.

Arinna war so aufgeregt, dass sie ihre Ängste wegen der plötzlichen Schieflage ihres Schiffes und der Schaukelei im kabbeligen Wasser ganz vergaß. Wie am Vortag saß sie im Bug und spähte in alle Richtungen. »Was ist das denn?«, rief sie und zeigte auf ein sonderbares, langgestrecktes Gebilde, das sich anscheinend nur durch Ruderkraft durch das Wasser bewegte. »Ein Tausendfüßler der Meere, Alexios?«

»So ungefähr«, antwortete er. »Ein Dromon. Irgendein idiotischer Kaiser, verzeih mir den Ausdruck, oder einer seiner genauso idiotischen militärischen Ratgeber hat vorzeiten Befehl erteilt, die byzantinische Flotte aufzulösen. Söldner sind ja billiger. Inzwischen hat ein neuer Kaiser bemerkt, dass solche gekauften Leute nicht die Zuverlässigsten sind, und jetzt üben sie mit diesem albernen, längst eingemotteten Großdromon die Seefahrt gegen die Osmanen! Da sitzen gepresste Byzantiner an den Rudern.«

»Aha«, sagte Arinna und beobachtete gebannt, wie das unendlich lange Kriegsschiff schnell an ihnen vorbeizog, die Ruderschläge offenbar gesteuert durch Pauken, die mal schneller, mal langsamer schlugen.

»Unter dem vorderen Aufbau befindet sich der Syphon«, bemerkte der Schiffer grollend, während sein eigenes Boot in den Heckwellen des Dromons steckenblieb und nur noch auf und nieder tanzte.

»Was ist der Syphon, und woher weißt du über Kriegsschiffe so gut Bescheid?«, erkundigte sich Arinna, ohne die Augen von dem davonziehenden Ungetüm zu lassen und ohne ihre klammernden Griffe um die Relingsleiste loszulassen. Die Strömung war stark, und sie mussten gegenan.

»Unter dem Syphon ist die Anlage, aus der das griechische Feuer geschleudert wird«, brummelte der Grieche widerwillig. »Alle meine Vorväter fuhren als Offiziere auf byzantinischen Kriegsschiffen. Die Flotte war einst der Stolz des Kaiserreiches. Und die Männer waren Könner als Seeleute. In meinen kleinen Küstensegler wäre von ihnen keiner gestiegen.«

»So? Das tut mir leid, Alexios«, bemerkte Arinna spontan. »Es ist doch ein schönes Boot.«

»Na ja«, knurrte der Schiffer missvergnügt. »Vielleicht ändert sich demnächst wieder einiges. Es heißt, der Kaiser will eine neue Flotte bauen …«

»Tatsächlich?«, schaltete Oschin sich ein. Seine gebogene Nase richtete sich wie ein Rabenschnabel auf den Schiffer, und seine Augen glitzerten. »Warum?«

»Die Genuesen bluten mit ihren Handelsschiffen Byzanz aus. Wenn wir uns den Häfen nähern, wirst du erkennen, dass sämtliche großen Schiffe, die jetzt Kurs auf das Goldene Horn nehmen, in Galata anlegen. Die Genuesen kassieren die Zölle für ihre Kolonie, und die städtischen Häfen von Konstantinopel bleiben leer. Man spricht von 200 000 Hyperpyra pro Jahr für die Genuesen, 30 000 für Konstantinopel. Nur damit du dir vorstellen kannst, warum der Kaiser schäumt.«

Oschin gab einen langgedehnten Pfiff von sich und richtete seine Aufmerksamkeit auf die Türme und Mauern beidseits des Goldenen Horns. Arinna, die abwechselnd die blauen Häuser von Konstantinopel und die mehr in weiß und gelb gehaltenen von Galata betrachtete, vermutete, dass er seine Zukunft offensichtlich im Handel sah. Auf der osmanischen Seite des Bosporus überwog hingegen das Grün der Wälder, das sich bis zu den Berggipfeln hochzog.

»Genua und Venedig tragen immer wieder ihre Kämpfe in unseren Gewässern aus«, fuhr Alexios fort, »verwüsten nebenbei griechische Dörfer, was übrigens die türkischen Banden auf ihren Piratenschiffen noch besser können, und deshalb wäre eine byzantinische Flotte schon längst wichtiger gewesen als wieder ein paar neue Kirchen in Konstantinopel. Oder ein Hafen, der nicht versandet. Möge die Heilige Antonia von Nikäa die dreisten Worte eines einfachen Schiffers verzeihen …« Er schlug mit ausladender Bewegung das Kreuz.

»Aber auf dich hört wohl keiner«, spottete Oschin.

»Nein, auf mich hört keiner«, bestätigte Alexios ihm mit

spürbarer Verärgerung und kämpfte mit dem Strom, der das Boot inzwischen immer mehr in Richtung auf die Seemauer der Stadt drückte.

Oschin grinste.

»Ist das der Hafen?«, erkundigte sich Arinna und zeigte nach vorn, wo unterhalb der Seemauer einige Masten hinter einer Mole emporragten.

»Nein. Das ist der alte Hafen des Bukoleonpalastes, den du dort in die Mauer hineingebaut siehst. Er ist aufgegeben worden wie alle anderen Einrichtungen des Großen Palastes mitsamt den Palais, den Triumphbögen und Bädern, den Wandelhöfen, den Gärten und dem Poloplatz. Die Hirsche, Rehe und Pfauen sind geschlachtet. Das ganze kostspielige kaiserliche Pack ist in den kleinen Blachernenpalast am anderen Ende der Stadt umgezogen. Sie merken allmählich selbst, dass sie Geld brauchen, um das alles zu unterhalten, und dass sie selbst dazu keinen einzigen Stavraton beitragen. Vom Volk kommt nichts mehr. Das ist verarmt.«

»Aha«, murmelte Arinna verwundert. Den Berichten ihres Vaters über den Glanz und den Prunk in der wichtigsten Stadt der Welt hatte sie nie entnommen, dass er jemals verschwinden könnte.

»Wir werden im Stadthafen im Goldenen Horn anlegen«, ergänzte Alexios freiwillig. »In der Nähe sind der Gemüsemarkt und der Gewürzmarkt, wo ich hin will. Direkt am Hafen ist aber auch der Fischmarkt, wo ihr euch für wenig Geld verköstigen könnt. Wenn ich den Nährstrom zu fassen bekomme, dauert es nicht mehr lange, bis wir da sind.«

Oschin schwieg zu alldem. Er widmete sich mit interessierten Blicken der Betrachtung von Galata, der genuesischen Kolonie, die sie auf der rechten Seite sahen, während der Schiffer dicht am byzantinischen Ufer blieb.

Dann bog Alexios in ein Hafenbecken ein, in dem einige große Schiffe aneinander vertäut waren, das hauptsächlich aber überquoll von Fischerbooten und einmastigen Küstenseglern, die unter Gebrüll ihrer Schiffer an- und ablegten oder entladen wurden.

Endlich, dachte Arinna mit leisem Triumph. Konstantinopel! Sie hatte es erreicht.

KONSTANTINOPEL,
ANNO DOMINI 1347

Arinna kletterte steifbeinig auf den Kai. Im ersten Augenblick fühlte sie sich fast erschlagen von dem Lärm, den die Händler, die Aufkäufer, Fischer, Esel und Hunde machten, und von der wirbelnden Geschäftigkeit so vieler Menschen. Hätte Oschin nicht nach ihr gegriffen, wäre sie rücklings ins schwärzliche Hafenwasser zwischen Abfälle gefallen, als sie einem Fischer ausweichen musste, der leere Körbe von einem Wagen holte und in sein Boot warf.

»Pass auf, Kerl«, brüllte Oschin ihm nach, aber der Mann beachtete ihn gar nicht. Grinsend zwinkerte er Arinna zu. »Lebhaft hier, was?«

Arinna nickte gedämpft. So überwältigend betriebsam hatte sie es sich nicht vorgestellt.

»Wer wird dir bei deiner Suche nach deinem Bruder behilflich sein? Jemand am Hof? Wie heißt er?«, forschte Oschin.

Arinna hatte ihm so wenig wie möglich erzählt. Jetzt musste sie bekennen, dass sie überhaupt niemanden in der Stadt kannte.

»Dann bringe ich dich zu jemandem, den ich kenne. Da kannst du bestimmt ein paar Tage bleiben, während du dir überlegst, wie du vorgehen willst. Sie ist mir einen Gefallen schuldig.« Oschin zog konspirativ sein eines Augenlid herunter.

Arinna mochte weder sein schmieriges Grinsen, das ungepflegte gelbe Zähne freigab, noch seine vertraulichen Gesten. Aber es schien ihr das Beste, das Angebot anzunehmen. Angst hatte sie vor Oschin nicht mehr. Er hatte sie heil nach Konstantinopel gebracht. Und sie konnte auf der Stelle gehen, wohin sie wollte. »Ja, das wäre nett von dir«, sagte sie bemüht.

»Dann komm!«

Arinna heftete sich an Oschins Fersen. Sie hatte Hunger, und der Duft gegrillter Fische zog mitsamt dem schwärzlichen Rauch und den Rufen der Garköche eine verlockende Spur über den Fischmarkt. Aber Oschin bahnte sich zielstrebig seinen Weg an ihnen vorbei, vorbei auch an den Gewürzhändlern, wo sämtliche Düfte der orientalischen Gewürzstraße aus grünen, gelben und roten Pulvern aufstiegen und aufeinanderprallten. Zu gerne wäre Arinna stehen geblieben, um diese Wunder zu genießen, aber um Oschin im Gedränge nicht zu verlieren, musste sie darauf verzichten.

Der Armenier schien zu spüren, wo in dem Straßengetümmel Gefahren lauerten. Gelegentlich zog er Arinna im letzten Augenblick vor einem dösenden, aber schnell zuschnappenden Hund beiseite oder vor den Lastenträgern, die schnurgerade voranstapften und nie auswichen. »Was geht eigentlich in deinem dummen Eierkopf vor, dass du auf nichts achtest?«, fragte er boshaft.

Eierkopf! Oschins Hinterkopf war flach wie ein Wäscheklopfer, und der Rest sah auch nicht klüger aus. Aber sie verzichtete auf eine Erwiderung, er konnte wohl nicht anders.

Nach einer langen Wanderung hinauf auf einen dichtbebauten Hügel, dem zweiten neben dem Großen Palast, ging es zu ebener Erde weiter durch enge Gassen zwischen verfallenden Häusern, wo viele ärmlich gekleidete Menschen unterwegs waren. Unvermittelt blieb Oschin stehen und deutete nach vorn, wo die Gasse an einem Tor endete. »Da ist es. Wir sind gleich da.«

Arinna nickte erleichtert. Die Gegend gefiel ihr nicht. Nicht einmal die Reste einer Kirche, neben denen sie stand, flößten ihr Vertrauen ein. Außer runden Bögen aus roten Mauersteinen, die aus der Erde ragten, war von dem Gotteshaus nicht viel übriggeblieben. Seltsam jedoch, dass sie meinte, aus dem Inneren Geräusche zu hören.

Neben dem Tor stand ein Wächter, dem der schussbereit gespannte Bogen eines Osmanen über die Schulter ragte. Hinter der Schärpe stak ein gebogenes türkisches Schwert.

Arinna zögerte.

Da schloss sich Oschins Hand wie ein eiserner Ring um ihr Handgelenk. Er zog sie durch den Durchgang hindurch, hinter dem sich ein Platz öffnete, auf dem zwei Platanen standen. Eingerahmt war er von Galerien, in denen schwarzhaarige Männer in unterschiedlichsten Trachten saßen, von denen sich manche ein Brettspiel oder eine Kanne mit einem Getränk teilten. Manche sprachen mit Passanten, die vorbeibummelten, oder luden sie ein, in vergitterte Öffnungen zu spähen.

Laute Diskussionen und Geschrei wie gewöhnlich auf Marktplätzen gab es hier nicht, Frauen waren nicht zu sehen, Fleisch und Gemüse auch nicht. Arinna sah im ersten Augenblick keinen Ausgang aus diesem befremdlichen Marktplatz. Er machte vielmehr den Eindruck einer Falle. Sie sträubte sich weiterzugehen.

»Ist es nicht schön hier?« Oschin blickte sinnend in die Krone der Platane in der Platzmitte. »Reiher. Man könnte sie für Geier halten. Ich würde dir den Anblick gönnen, wie sie eine Leiche zerfleischen!«

Unwillkürlich sah auch Arinna nach oben, während ihr Herzschlag zu rasen begann. Die langbeinigen Vögel, die vom Ast in ein halbfertiges Nest hüpften, schienen ihr wie Todesboten in einer alten Tragödie. »Was willst du damit sagen?«, fragte sie beklommen und spürte eine wachsende Furcht vor der Häme, die sie in seinen Augen entdeckte.

»Du hast mich gequält, Nacht für Nacht, die ich neben dir verbringen musste, ohne dich zu nehmen wie eine Straßenhure. In meine Träume bist du gekrochen … Aber ich bin auch Geschäftsmann. Du warst mir zu kostbar. Zur Strafe wirst du jetzt in eine eigene Hölle gehen. Ich wünsche dir von ganzem Herzen Erfolg als Hure …«

Arinna hörte ihm fassungslos zu.

Plötzlich schoss seine Hand vor und packte sie an der Kehle.

Sie biss zu, ohne zu überlegen. Verblüffung malte sich in seinem groben Gesicht, während er sie abzuschütteln versuchte.

Auf einmal war sie frei.

Sie hetzte los, dem Tor entgegen, und prallte gegen das blankgezogene Schwert des krummbeinigen Wächters, der belustigt zu ihr hochschaute. An ihm würde sie nicht vorbeikommen.

Arinna drehte sich um sich selbst. Hinter den Platanen vielleicht? Es musste noch einen anderen Ausgang geben! Sie rannte zum Stamm eines der Bäume, hielt sich zitternd an der gefleckten Borke fest, hörte, wie die Reiher abhoben, und spähte voll Panik in die hinteren Arkaden, um irgendwo den hellen Fleck eines Tordurchgangs zu entdecken.

Sie fand keinen.

Gelächter erhob sich ringsum. Am lautesten war Oschins triumphierendes Lachen hinter ihrem Rücken, und gleich darauf spürte sie seine Faust.

Unter den belustigten Blicken der in Gruppen herumstehenden Männer schleifte er sie vor eine der Galerien und ließ sie dort fallen.

Als Arinna aufsah, lag sie auf Knien vor einem Mann mit dunkler Haut und tiefschwarzen Haaren, die sich vor seinen Ohren ringelten. Sein langer dunkler Mantel war abgetragen, fleckig und schäbig. Er taxierte sie, als wäre sie ein junges Kamel, bevor er halbherzig nickte und Oschin in einer Arinna unbekannten Sprache eine Frage stellte.

Das Gespräch ging in schnellem Wortwechsel hin und her, während Arinna allmählich begriff, dass dieses ein Sklavenmarkt war und sie gerade verkauft wurde.

Wie um ihre Erniedrigung zu bestätigen, kehrten die Männer nach einer Weile wieder zur griechischen Sprache zurück, so dass Arinna Oschins ganzen Zynismus anhören konnte.

»Ist sie unberührt?«, fragte der Händler namens Zebulun.

»Bei Oschin, ganz sicher«, sagte Oschin überzeugt. »Ich habe sie nicht angerührt, wenn's mir auch schwerfiel. Und das ganze unausgegorene Zeug, das sie in den letzten Tagen von sich gegeben hat, spricht für ein kindliches Gemüt.«

»Da du wie ein echter Byzantiner schwörst, glaube ich dir erst einmal«, versetzte Zebulun und ließ wieder seine Blicke über Arinna wandern, bis sie dort liegenblieben, wo sich auf ihrer knabenhaften Gestalt der Busen befand. »Ich werde es später überprüfen, und wenn es nicht stimmt, ziehe ich dir den Zuschlag für besondere Qualitäten beim nächsten Handel ab.«

Oschin hatte keine Einwände, und schließlich wurden die beiden sich mit einem Handschlag handelseinig. Der Händler erhob sich und holte aus einem Gelass in der Tiefe des Gewölbes einen gefüllten Beutel, den er Oschin in die Hand fallen ließ.

Der Armenier zählte nicht einmal nach. Die beiden kennen sich, dachte Arinna wie gelähmt. Oschins ganze Aufmerksamkeit während Alexios' sachkundiger Erklärungen zu Konstantinopel war gespielt gewesen, um ihren Argwohn zu dämpfen. Er musste schon oft hier gewesen sein.

Oschin ließ den Beutel um die Schnur wirbeln, während er an seinen Zähnen saugte und Arinna mit einem zufriedenen Grinsen bedachte. »Viel Spaß mit Zebulun aus Bolgar. Du wirst bei ihm und deinen späteren Herren wesentlich aufregender leben als in deinem Tal der Tauben.«

Während Oschin in Richtung Tor schlenderte, nicht ohne in die eine oder die andere Galerie hineinzuspähen, sprach der Händler Arinna in Griechisch an. »Versuch erst gar nicht zu fliehen, mein Täubchen aus dem Tal der Tauben. Du entkommst nicht. Noch keine Frau hat es geschafft. Wir pflegen hier kaiserlich-byzantinische Sitten, musst du wissen.«

Arinna sah ihn fragend an.

»Die *rhinokopia*. Naseabschneiden. Außerdem blenden. Beides fürchtet jeder Wächter mehr als die härteste Bastonade. Keine Frau kann einem Wächter etwas bieten, das so viel Verlust wert wäre.«

Arinna glaubte ihm aufs Wort. Ohne Widerstand zu leisten, ließ sie sich in einem verwinkelten Gang vorwärts stoßen, um schließlich in einem engen dunklen Raum mit niedriger Decke zu landen. Während hinter ihr der Jude die Tür abschloss, wankte sie zur vergitterten Fensteröffnung. Wie betäubt starrte sie hinaus auf den Platz der Sklavenhändler.

Sklavin. Sie war eine Sklavin.

# KAPITEL 3

KAFFA, KRIM,
ANNO DOMINI 1347

Christophoro Boccanegra hörte den Bericht des Dieners, den er ausgeschickt hatte, um sich zu erkundigen, wie es in der Stadt stand, mit missmutiger Miene an. »Sie halten also noch den äußeren Mauerring, sagst du. Ist er völlig intakt?«

»Soviel ich weiß, Herr«, antwortete der Mann vorsichtig und trat mit einem Bückling einen weiteren Schritt rückwärts in Richtung Kontortür.

»Bleib hier, Kerl! Ich bin noch nicht fertig mit dir«, herrschte ihn der genuesische Kaufmann an und klatschte ihm mahnend mit der flachen Hand rechts und links auf die runzeligen Wangen. »Und wie sieht es vor den Mauern aus?«

»Es sind noch keine Einheiten abgezogen, Herr. Aber vielleicht kommt das bald, es heißt, die Tataren hätten eine Krankheit im Heer.«

»Es heißt, es heißt … Drück dich gefälligst genauer aus. Was ist das für eine Krankheit?« Boccanegra zupfte an seinen modisch engen Manschetten, die ihm jeden Morgen an die samtenen Ärmel genäht wurden und heute gänzlich schief saßen. Selbst die Schamkapsel schien zu klemmen. Nichts verlief an diesem Tag normal, alle einheimischen Helfer der genuesischen Handelsniederlassung waren außergewöhnlich nervös, selbst die dumme Näherin. Er wusste nicht warum und hatte deshalb diesen Tölpel Kayghalagh, Diener für alle Arten von Anliegen, ausgeschickt, um sich in der Stadt umzuhören. Bisher hatte er, der gegenwärtig Vornehmste dieser Niederlassung und verpflichtet, mehr als andere zu wissen, nichts erfahren, das über das übliche Gerede hinausging. Die Tataren versuchten eben die Stadt zu erobern. Ein Ärgernis wie viele andere, mit denen man es als Fernhandelskaufmann zu tun hatte. Gottlob war es vergebliche Liebesmüh der Barbaren. Was konnten sie mit ihren Pfeilen schon gegen Mauern ausrichten, die Genuesen und, zugegeben, Venezianer errichtet hatten?

Als Boccanegra wieder aus seiner Gedankenflut auftauchte, stand Kayghalagh an der Tür, die eine Hand hinter seinem Rücken und gewiss schon auf der Klinke. »Was das für eine Krankheit ist, will ich wissen!«, brüllte Boccanegra ihn an.

»Man weiß es nicht, Herr«, jammerte der Chasare. »Ich habe mir alle Mühe gegeben, es zu erfahren. Die Tataren sterben einfach, sagt man.«

Boccanegra beruhigte sich schnell. »Na ja, sie werden wohl von ihren eigenen Teufeln vernichtet. Nichts, um das wir uns kümmern müssten. So abergläubisch wie sie sind, werden sie Kaffa verwünschen, uns verfluchen und woanders hinziehen, wo sie leichtere Beute finden. Zurück zum Geschäft: Wie viele Gefangene haben wir bis jetzt?«

»Zwanzig Tataren, Herr, dazu einige Kirgisen und Georgier«, antwortete der Gehilfe, jetzt viel eifriger als vorher.

»Nur Männer?«

»Ja, leider«, gab Kayghalagh zu. Seine stämmige, aber zwergenhaft kleine Gestalt schien unter der Schuld, die er sich offenbar zu eigen machte, zu schrumpfen.

»Wann kriegt ihr Faulpelze denn endlich mal eure Ärsche hoch?«, fluchte Boccanegra auf Italienisch, das der Chasare zwar nicht verstand, aber doch wohl die Verachtung, die er in seinen Tonfall legte. »Die werden wir in Konstantinopel für den Palast los, wenn sie ansehnlich genug sind, um entmannt zu werden, aber für Genua taugen sie nun mal nicht! Gute Geschäfte machen wir nur mit weißhäutigen Frauen auf den italienischen Märkten. Nicht getauft, offiziell jedenfalls nicht!«

»Auf der Krim gibt es keine mehr, Herr! Außerdem schwärmen die Tataren gegenwärtig über die ganze Halbinsel. Ihr würdet kein Dorf erreichen, ohne auf ihre Krieger zu treffen. Und die sind auf das Gleiche aus wie Ihr: auf Gold und goldhaarige Weiber.«

Boccanegra schwieg verärgert.

»Wie wäre es denn, wenn Ihr den kleinen Umweg über Tscherkessien nehmen und dort weibliche Kinder kaufen würdet? Das ginge schnell …«

»Die Tscherkessen sind Christen und verkaufen ihre Bälger nur an Muslime, wie du ganz gut weißt«, unterbrach Boccanegra ihn mit gelangweilter Miene. »Außerdem liegt ihr Land zu nahe an der zivilisierten Welt, als dass ich dort noch heimlich kaufen könnte. Früher mal, ja … Nein, bis ich zu Hause angelangt bin, weiß es schon der Heilige Vater, und ich möchte mir die Vorhaltungen seines Bischofs nicht anhören.«

»Und ein kleiner Raubzug in Georgien?«

»Georgien«, schnaubte Boccanegra. »Georgien ist das Einzugsgebiet von Francesco Doria aus der Niederlassung Trapezunt. Der ist giftiger als eine Natter, ob man auf ihn drauftritt oder nicht. Mit dem will ich nichts zu tun haben.« Dass die Dorias eine adelige Familie mit viel Macht in Genua waren, fand er nicht nötig zu erwähnen. Besonders Giustiniani Doria, Francescos Bruder, der in Kaffa beständig seine Nase in Geschäfte steckte, die ihn nichts angingen, war für ihn ein rotes Tuch. Irgendwann würde er den Kerl in die Hölle schicken. Mit Mühe wandte Boccanegra seine Gedanken wieder seinem Geschäft zu. »Es wird, verdammt noch mal, immer schwieriger und teurer, Sklaven zu bekommen. Da muss sich grundlegend etwas ändern!«

»Ich müsste jetzt …«, murmelte Kayghalagh demütig, ohne auszusprechen, was er müsste.

»Dann verschwinde, du Chasarengesicht«, schimpfte Boccanegra auf Italienisch.

»Kayghalagh, du gottloser Faulpelz! Komm gefälligst endlich her!«, brüllte zwei Tage später Boccanegra in den Flur vor dem Kontor, außer sich vor Wut über die Unzuverlässigkeit der einheimischen Angestellten.

Nach einer Weile klopfte es verhalten, und der jüngste der Genuesen trat ein, Niccolò, ein Schreiber, der den Kaufmannsberuf anstrebte. »Euer Diener ist nicht im Haus, ehrenwerter Christophoro Boccanegra«, meldete er mit einer tiefen Verbeugung. »Auch kein anderer von unseren Einheimischen. Es scheint so, als hätten sie alle zugleich ihren Dienst aufgegeben.«

»Ihren Dienst aufgegeben?«, wiederholte Boccanegra ungläubig.

Niccolò nickte.

»Lassen sie sich etwa von den Tataren ins Bockshorn jagen?«, mutmaßte Boccanegra mit seiner üblichen Portion von Verachtung für alle Eingeborenen außer denjenigen der Stadt Genua.

»Ich würde es anders ausdrücken«, meinte Niccolò und stolperte vor lauter Eifer, gefällig zu sein, über seine hastig ausgestoßenen Worte. »Die Tataren sterben inzwischen wie die Fliegen, hört man, und sie haben eine Leiche über die Mauern katapultiert. Die liegt zwischen der äußeren und der inneren Ringmauer, und aus Furcht vor dem Fluch wagt niemand, sie zu beseitigen. Selbst die Griechen und Armenier im innersten Stadtkern verkriechen sich. Und die Chasaren, die wissen, dass dieser unappetitliche Streich uns Händlern des Westens gilt, meiden jetzt die Faktoreien.«

»Was für ein Fluch?«, knurrte Boccanegra.

»Man behauptet, dass die Zauberer der Tataren dem Geist der Krankheit versprochen haben, dass er sich an den Armeniern und Syrern von Kaffa laben darf. Die sind besonders ansehnlich und fett im Fleisch, und das könnte den Geist befrieden und von den mageren Tataren ablenken.«

»Ist da etwas Wahres dran?«, fragte Boccanegra mit gerunzelter Stirn.

Der junge Kaufmann blickte verlegen zu Boden. »Ich glaube schon. Den Armenier Vasak Ablgharib, den Vater des Dreifachkinns, der in der Stuhlsänfte von einem Haus zum anderen getragen werden muss, hat es erwischt. Die Zauberer verstehen ihr Handwerk.«

»Unsinn«, blaffte Boccanegra. »Was hat der Armenier mit der fremden Leiche zu schaffen?«

Niccolòs Augen funkelten vor Begeisterung. »Er hat sich hintragen lassen müssen, weil keiner seiner Bedienten sich traute, sie zu holen. Er wollte wissen, warum der Mann gestorben ist. Feige ist er nicht.«

»Na gut, dann stirbt er also auch«, bemerkte Boccanegra lakonisch. »Ein Konkurrent weniger.«

»Hoffentlich sind es nicht bald viele Konkurrenten weniger«, sagte Niccolò plötzlich in verändertem Ton, der Angst signalisierte.

»Du kleinmütiger Geist«, tadelte Boccanegra ihn herablassend. »Vertraue der Weisheit unserer Dogen, deren Verbindungen uns in aller Welt gesicherte Stützpunkte und Kolonien auf ewig verschaffen. Ein Kaufmann gibt nicht beim ersten Schrecken auf. Du musst noch viel lernen, Niccolò. Ich bin nicht sicher, ob du zum Kaufmann geeignet bist, überhaupt nicht sicher.«

»Mag sein«, wandte Niccolò eigensinnig ein, »aber ich lebe schon zwei Jahre hier. Irgendetwas liegt in der Luft. Mir wäre lieber, wir Genuesen würden schleunigst abreisen.«

»Wir Genuesen denken überhaupt nicht daran«, entgegnete Boccanegra, bis in seine Seele hinein erzürnt über diesen jungen Spund, der es wagte, ihm zu sagen, was er zu tun hatte. Bevor er sich vergaß, schickte er ihn mit einer Handbewegung aus dem Raum. Wäre Niccolòs Vater nicht der Lieferant des besten Olivenöls für seine häusliche Küche gewesen, hätte er den jungen Mann auf der Stelle zum Laufburschen degradiert.

Nachdem Boccanegra ein inniges Gebet auf seinem Bänkchen verrichtet hatte, spürte er wieder, dass der Herr auf seiner und der Genueser Seite war. Kein Grund zur Beunruhigung.

Am nächsten Morgen wurde Boccanegra durch Geschrei im Hof der Faktorei und Aufruhr in den Gängen des Hauses geweckt. Er schob die kleine rothaarige Sklavin, die sein Lager geteilt hatte, so hastig von sich, dass sie aus dem Bett rollte, und begann, seine Füßlinge überzustreifen.

Sein Kammerdiener eilte herein, um ihm beflissen beim Anziehen zu helfen. »Herr, in der Nähe brennt es. Es wäre besser …«

Boccanegra unterbrach ihn. »Was besser ist, entscheide ich.«

»Jawohl. Natürlich, Herr«, stieß der weißhaarige alte Mann klagend aus und rang die Hände.

Als Boccanegra wenig später gemessenen Schrittes aus dem Handelshof auf die Straße trat, brannten nicht nur zwei Anwesen, die Griechen gehörten, lichterloh, sondern auf der Straße lagen auch mehrere Leichen. Sonst war niemand zu sehen.

Kochend vor Wut, stürzte Boccanegra zurück in den Hof. »Alle herhören!«, brüllte er, ohne zu wissen, wie viele Kaufleute überhaupt noch anwesend waren.

Giustiniani Doria und Andrea Longo erschienen auf der Galerie in den Türen zu ihren Gemächern, beide mit indignierten Gesichtern, offensichtlich unterbrochen mitten in ihrer Ankleideprozedur. Hinter ihnen reihten sich ihre persönlichen Bediensteten mit missbilligenden Mienen auf.

»Wir müssen die Stadt verlassen«, schrie Boccanegra so laut, dass es in jede der Kammern dringen musste. »Wer nicht innerhalb einer Stunde auf der Sant Jacobus ist, bleibt zurück!«

»Aber wertgeschätzter Christophoro Boccanegra«, warf Giustiniani Doria gelangweilt ein, »welche Hetze, welche Panik! Was ist nur in Euch gefahren?«

»Noch nichts, gottlob«, bemerkte Boccanegra knapp. »Die tatarischen Zauberer haben begonnen, ihren Krankheitsgeist auf uns zu hetzen. Ich möchte nicht warten, bis einer in mich fährt. In einer Stunde also.«

Niccolò, der hinter ihm stand, nickte nachdrücklich zur Bestätigung und klemmte eine kleine Truhe noch fester als vorher schon unter seinen Arm.

Boccanegra drehte sich zu ihm um. »Lauf in den Hafen, Niccolò, und sag dem Kapitän Bescheid, dass wir noch in dieser Stunde aufbrechen. Er soll seine Mannschaft zusammentreiben, alle, die sich schnell finden lassen! Wir werden auf Seeleute, die in abgelegenen Schänken hocken, nicht warten.«

»Ihr könnt doch nicht einfach über die Sant Jacobus verfügen, als ob sie Euer persönliches Eigentum wäre«, keifte der ältliche Andrea Longo, Besitzer eines kleinen Handelshauses, das sich hauptsächlich mit Pelzen, Wachs und Honig befasste. »Sie steht dank des Dekretes unseres *consiglio* schließlich allen genuesischen Kaufleuten zur Verfügung, und wir sollten darüber abstimmen, ob und wann sie segelt.«

Seine trotz der Entrüstung zitternde Stimme entlockte Boccanegra ein herablassendes Lächeln. Der Mann hatte fürchterliche Angst. Aber er selber hatte sich entschieden, es wurde brenzlig in dieser Stadt, und sie würden sie umgehend verlassen. »Ich kann, verehrter Longo. Als Mitglied des Consiglio trage gegenwärtig ich die Verantwortung für die Niederlassung, und als *consigliero* befehle ich den Aufbruch«, rief er nach oben. »Aber es steht Euch natürlich frei zu bleiben.«

Doria schob ohne Hast seinen ausladenden Wanst an die Brüstung und legte die von einer Spitzenbordüre bedeckten Hände darauf. Boccanegra kräuselte verächtlich die Lippen. Er wusste, warum der Kerl die altmodischen Spitzen trug: Sie verdeckten die Wurstfinger, die auch fünf Ringe nicht attraktiver machen konnten.

»Die Geschäfte meines Hauses erfordern meine Anwesenheit in Kaffa noch für einen, höchstens zwei Tage«, hob Doria in getragenem Tonfall an. »Solltet Ihr tatsächlich heute abreisen wollen, wird dies ein Nachspiel in Genua haben, Boccanegra. Ich warne Euch!«

»Sprecht es ruhig offen aus, Doria. Ihr seid zu geizig, um den Tagespreis für die Edelsteine zu bezahlen. Ihr hofft, dass sie preiswerter werden, je länger Kaffa von den Tataren bedrängt wird, weil keine neuen Aufkäufer anreisen, stimmt's?«, spottete Boccanegra. »Dabei dürftet Ihr Euch gründlich irren, denn in naher Zukunft erreichen auch keine Karawanen aus dem Osten mehr die Stadt. Der Khan der Tataren fängt sie ab, wie ich hörte. Der Einkaufspreis wird ganz gewaltig steigen.«

»Versucht nicht, mich in meinem eigenen Geschäft zu belehren!«, schnaubte Doria. »Das steht Euch nicht zu, Euch nicht!«

»Was soll das heißen?«, fragte Boccanegra lauernd und stemmte die Hände in die Seiten.

»Glaubt Ihr denn, ich wüsste nicht, dass hin und wieder auch Christen unter Euren Sklaven sind?«, rief Doria abgehackt, einzelne Worte unterbrochen durch kurzatmiges Schnaufen. »Besonders wenn es sich um schöne junge Frauen handelt, nehmt Ihr es nicht so genau, trotz Eures frommen Gehabes!«

»Pah«, stieß Boccanegra abfällig aus und verbarg seine Beunruhigung. Wenn Doria sein Wissen an der richtigen Stelle einsetzte, konnte es ihn seine Position als Kopf seines Handelshauses kosten. »Mir ist es ein Rätsel, wer Euch solchen Unsinn erzählt. Wenn es aber stimmt, hätten mir die jüdischen Händler die Ware untergeschoben, ohne dass ich davon wusste!«

»Lügen fällt Euch nie schwer, nicht wahr?«, stellte Doria mit Genugtuung fest. »Boccanegra, der Mann mit der gespaltenen Zunge, der Listige, der von Ehrgeiz Zerfressene. Und was ist nun der wahre Grund dafür, dass Ihr mich unbedingt aus der Stadt haben wollt? Möchtet Ihr selbst ins Diamantengeschäft einsteigen?«

In Boccanegra wuchs grenzenlose Wut über die Dreistigkeit dieses Mannes. Während er verstohlen nach seinem dreiseitigen Dolch tastete, wurde vorsichtig an seinem Gewand gezupft. Er wandte sich um.

»Man sollte Meister Doria vielleicht darauf aufmerksam machen, dass der tatarische Krankheitsgeist sich bevorzugt an gut Ernährten labt«, flüsterte Niccolò in Boccanegras Ohr. »Meister

Doria würde sich dann möglicherweise ohne weiteren Widerspruch fügen und uns keine Zeit kosten.«

»Beim heiligen Syrus, Märtyrer von Genua!«, schnauzte Boccanegra ihn ungehalten an. »Bist du noch nicht fort?«

»Ich laufe schon, ich renne«, rief der sechzehnjährige Gehilfe, verbeugte sich hastig und schoss davon.

Boccanegra atmete tief durch und versuchte sich zu bezähmen. Doria würde er auf gescheitere Weise loswerden, als ihn auf dem Balkon inmitten genuesischer, chasarischer und türkischer Zuschauer mit einem Wurfmesser zu beseitigen. Fast war er dem Jungen dankbar für die Unterbrechung.

Noch bevor die Sonne im Zenit stand, hatte Boccanegra mit Hilfe des flinken Niccolò die Geschäftsbücher sowie die Journale mit vertraulichen Beobachtungen und Notizen der Handelsherren, die seit der Gründung der Niederlassung im Jahr des Herrn 1266 hier geschaltet und gewaltet hatten, in die Sicherheit der genuesischen Karacke gebracht.

Die Papiere sowie seine persönlichen Besitztümer ließ er sich ins Achterkastell schaffen, das der Kapitän zum Teil hatte räumen müssen. Die Sklaven des Handelshauses Boccanegra waren im Laderaum eingeschlossen.

Der kränkliche Longo saß mittlerweile in einem Verschlag im Vorschiff und bejammerte sein Schicksal, soviel Boccanegra wusste.

Zum Bersten voll Ungeduld wartete Boccanegra darauf, dass die Seeleute, die die Spelunken am Hafen nochmals durchkämmten, zurückkehren würden. Der Kapitän der Sant Jacobus, Obelerio Minotto, hatte eindringlich davor gewarnt, ohne wenigstens zwei Drittel der Mannschaft abzusegeln.

Boccanegra umklammerte die Reling der offenen Galerie im Achterkastell und sah sich ungeduldig um. Das Hafentor war frei, die Sperrkette für eine immense Summe von Goldfloren schon abgesenkt. Wegen der Tatarengefahr müsse sie eigentlich oben bleiben, hatte es geheißen. Dabei besaßen die reitenden

Tataren selbstverständlich keine Schiffe. In wenigen Jahren würden sie sicher auch die Seefahrt beherrschen, wie man an den Osmanen sehen konnte, die ihnen verwandt waren, aber noch war es nicht so weit. Trotzdem fieberte Boccanegra vor Verlangen, das Schiff endlich ablegen zu sehen.

Das Rahsegel war noch aufgerollt, aber die vorhandenen Seeleute hatten ihre Positionen auf den Tauen in schwindelerregender Höhe schon eingenommen, um es unverzüglich hinunterzulassen, sobald die Karacke vor dem Wind lag. Noch fehlten ausreichend Ruderer für die Beiboote, um die Sant Jacobus in die richtige Position zu schleppen.

Lautes Grölen ertönte, aber im gleichen Augenblick, als Boccanegra sich umwandte, um die Kais ins Auge zu fassen, brach der Gesang ab. Er lächelte sarkastisch, als er verstand, was da unten vor sich ging. Je zwei Seeleute schleppten einen vollkommen Betrunkenen zwischen sich zur genuesischen Karacke. Das waren immerhin vier Männer mehr, die gefunden worden waren. Aber würden sie reichen?

Minotto brüllte etwas für Boccanegra Unverständliches hinunter. Die nüchternen Seeleute verstanden ihn jedoch, warfen ihre betrunkenen Kameraden in die wartenden Beiboote, schöpften ihnen aus den Lederpützen Wasser über die Köpfe und ergriffen die Ruder.

Seeleute konnten offenbar auch rudern, wenn ihnen der Verstand gänzlich abhanden gekommen war. Jedenfalls legten die Beiboote ab, recht ordentlich im Gleichtakt gerudert, und die Taue, die zum Bug der Sant Jacobus führten, strafften sich.

Boccanegras Herzschlag beruhigte sich, als die Karacke langsam herumschwang. Auf den Befehl des Kapitäns sanken gleichzeitig die Rahsegel an Haupt- und Vormast nach unten, und das Lateinsegel am Besan entfaltete sich. Die Männer an Deck warteten, bis die Beiboote und ihre Mannschaften aufgenommen worden waren, dann holten sie die Schoten dicht, und die Segel füllten sich mit Wind.

Die Sant Jacobus nahm Fahrt auf, und nach wenigen Augenblicken passierte sie ungehindert die Hafentore von Kaffa und nahm Kurs auf das offene Meer.

Niccolò kam mit klappernden Sohlen angerannt. »Der ehrenwerte Giustiniani Doria ist nicht an Bord gekommen«, meldete er Boccanegra aufgeregt.

Boccanegra neigte bedauernd seinen Kopf, unter Mühe den Triumph verbergend, den er verspürte. Unmittelbar danach begab er sich zum Kapitän auf das Achterschiff und blieb oben, bis die Segel für den neuen Kurs getrimmt waren, den nur sie beide kannten.

Die Fahrt durch das Schwarze Meer versprach ruhig zu verlaufen. Venezianische Konkurrenten hielten sich im Augenblick von Kaffa fern, und für türkische Piraten lohnte das Plündern an einer Küste nicht, die neuerdings von den Tataren besetzt war. Kleinere Küstensegler, die auch jetzt noch die örtliche Versorgung übernahmen, interessierten einen Fernhandelskaufmann nicht.

Erst auf See hatte sich Boccanegra zu einem kleinen Umweg über Trapezunt entschlossen. Unterwegs ging er mit Niccolò die Bücher durch. Er ärgerte sich fürchterlich über das magere Ergebnis seiner diesjährigen Handelsfahrt. Die männlichen Sklaven würde er in Konstantinopel losschlagen, aber sie würden nicht viel bringen in einem Reich, das von Tag zu Tag kleiner wurde, mit einem kaiserlichen Hof, der mit jeder Stunde unwichtiger wurde und in dem Scharen von gierigen Eunuchen so überflüssig waren wie die nackten Schnecken im Hausgarten seiner unbedarften Ehefrau. Und der wirklich lukrative Teil des Geschäftes mit Sklaven fehlte ihm: die hellhäutigen, blonden Frauen.

Boccanegra bediente sich aus der gläsernen Karaffe, prüfte die Farbe des Weins im schwachen Licht der Heckfenster und lehnte sich mit dem Pokal in der Hand zurück, während er Niccolò beim Schreiben zusah.

»Ich denke, dass ich diesen Kerl mit dem Weizenstroh auf

dem Kopf, der so lang ist wie eine mailändische Pappel, teuer verkaufen kann, wenn ich seine Behandlung vor dem Verkauf selbst in die Hand nehme«, sagte Boccanegra nachdenklich. »Der Kuropalates, das ist der Marschall des Palastes, ist nicht dumm, der weiß um die Risiken. Und ihn kenne ich persönlich. Wenn ich also den Blonden schon auf dem Weg der Erholung bei ihm abliefern kann …«

»Muss der Blondkopf entmannt werden?«, fragte Niccolò besorgt.

»Natürlich muss er«, antwortete Boccanegra lächelnd. »Was machst du dir denn darüber Sorgen? Wenn er klug ist, hat er je nach Geschick eine großartige Zukunft vor sich.«

»Sofern er nicht stirbt«, warf Niccolò trübselig ein.

»Na, ich werde ihn ja nicht zum *Carzimasier* verschneiden lassen«, meinte Boccanegra gut gelaunt. »Da wären die Aussichten zu überleben wesentlich geringer.«

Niccolò legte die Feder beiseite und sah auf. »Was ist ein Carzimasier? Davon habe ich noch nie gehört.«

»Bei denen wird die ganze Rute abgeschnitten, sie sind offen wie eine Frau«, antwortete Boccanegra. »Zeitweise waren sie sehr begehrt und natürlich besonders teuer, weil der Anteil der Überlebenden nur gering war. Meine Vorgänger verkauften sie vorzugsweise an die Sarazenen in Spanien. Aber byzantinische Kaiser liebten sie auch. In jeder Hinsicht.« Er brach in ein unkontrolliertes Kichern aus, das er erst unter Niccolòs vorwurfsvollen Blicken einstellte, um ernsthaft fortzufahren: »Schade, dass sie außer Mode sind.«

»Gut so, das ist ja grässlich.« Niccolò schüttelte sich. »Möchtet Ihr vielleicht verschnitten werden wie ein Eber? Die schreien wie ein Mensch, wenn sie davonrennen, und das Blut spritzt um ihre Beine …«

»Ich kenne in Konstantinopel einen zuverlässigen Mann«, sinnierte Boccanegra mit hinter dem Nacken verschränkten Händen, den Blick auf die Planken über sich gerichtet. Er dachte gar nicht daran, sich mit einem dummen Jungen auf eine Diskussion über seine Handelsware einzulassen. »Von zehn Sklaven sterben höchstens drei bei der Prozedur, das ist ein akzeptabler Anteil. Du wirst mitkommen, es wird deine Kenntnisse erweitern.«

»Handelt es sich um ein Kloster mit heilkundigen Mönchen?«, fragte Niccolò verwirrt.

Boccanegra lachte schallend. »Nein, Junge. Er ist ein fingerfertiger Arzt, der für einen Sklavenmarkt arbeitet.«

TRAPEZUNT, SCHWARZES MEER

Als sie an der vorzüglich ausgebauten Mole von Trapezunt angelegt hatten, machte sich Boccanegra auf den Weg, begleitet von einem einzigen bewaffneten Seemann, der angeblich einmal in der Warägergarde von Konstantinopel gedient hatte. Und was dem byzantinischen Kaiser recht war, war einem Genuesen billig.

Boccanegra kam dieser Berserker von Mann, obendrein Neuling an Bord, sehr gelegen. Er nickte ihm zu und eilte voraus. Im Grunde war in dieser von einem genuesischen Kastell geschützten Stadt keine bewaffnete Begleitung notwendig, aber sie machte Eindruck.

Der Weg in das genuesische Viertel war nicht weit. Boccanegra stieß beim Anblick des seiner Meinung nach viel zu aufwendig gebauten Hauses der Dorias ein verächtliches Schnauben aus.

Ein hochnäsiger Diener, nach genuesischer Art gekleidet, öffnete Boccanegra die Tür. Als er hörte, wen er seinem Herrn melden sollte, wurde sein Gesicht zur starren Maske. Ein Boccanegra war in diesem Haus nicht willkommen.

Nach unziemlich langer Zeit wurde Boccanegra endlich in einen karg ausgestatteten Raum geführt, den offenbar der Schreiber, dessen Buch auf einem Stehpult lag, gerade verlassen hatte. Er ging auf einen Innenhof, in dem das tägliche Leben eines Handelshofes in friedlicher Umgebung ablief, wie auch Boccanegra es kannte. Neugierig versuchte er die Waren zu identifizieren, die in Säcken und Tonnen auf eine Karre geladen wurden.

»So sehen wir uns also wieder, Christophoro Boccanegra«, sagte die Stimme, die Boccanegra mehr als alles auf der Welt hasste. »Was wollt Ihr? Hilfe? Kredit?«

Boccanegra drehte sich gemächlich zu seinem größten Konkurrenten um. Er hatte sich nicht verändert, abgesehen davon, dass er gealtert war, jedoch war von üppigem Wohlleben wie bei seinem Bruder nichts zu erkennen. Die scharfen Furchen neben seiner Nase gaben ihm das Aussehen eines Habichts und gemahnten Boccanegra zur Vorsicht. »Von Euch, Francesco Doria, würde ich nicht einmal eine byzantinische Kupfermünze annehmen. Machen wir es kurz.«

»Daran wäre mir gelegen. Ihr verpestet mir meine Schreibkammer«, entgegnete Doria scharf.

Boccanegra nickte knapp. »Ich bin auf dem Rückweg von Kaffa nach Genua. Ich wollte Euren Bruder mitnehmen, aber er weigerte sich, er fühlte sich offenbar zu krank.«

»Hat er diese Tatarenkrankheit, von der man hört?«, fragte Doria, nun doch etwas besorgt.

»Keineswegs«, sagte Boccanegra glatt. »Was die betrifft, scheint es sich um eine Art Sumpffieber zu handeln wie in der Umgebung von Rom. Wer sich also nicht in die Sümpfe begibt, ist nicht in Gefahr.«

»Wir hören hier wenig Verlässliches aus erster Hand«, gab Doria zu.

Boccanegra nickte wieder. »Euer Bruder bekommt kaum noch Luft zum Atmen. Er hat seine letzten Verfügungen getroffen, wie unser Schreiber Niccolò mir berichtet hat, und lehnte einen Besuch seines Arztes, der als der beste von Kaffa gilt, ab. Seine Reise soll wohl in eine andere Richtung gehen als unsere. Der Herr sei mit ihm. Ich hielt es für meine Pflicht, Euch davon Mitteilung zu machen. Das ist alles.« Er verbeugte sich knapp und wollte an Doria vorbei zur Tür.

Dorias Arm hielt ihn auf. »Einen Augenblick, Boccanegra.

Ich bin Euch zu Dank verpflichtet. Wie ist die Belagerung von Kaffa durch die Tataren einzuschätzen, von der wir gehört haben?«

Boccanegra schürzte abfällig die Lippen. »Ihr wisst selber, wie diese Barbaren sind. Wenn man ihnen Widerstand entgegensetzt, wenden sie sich leichter bezwingbaren Objekten zu. Das wird demnächst der Fall sein, schätze ich. Der Hafen ist offen, Ihr seht ja, dass ich hier bin. Ihr könnt jederzeit hinein, wenn es das ist, was Euch in Wahrheit interessiert.«

»Ich werde mich unverzüglich nach Kaffa begeben«, murmelte Doria, in Gedanken schon mit Reisevorbereitungen befasst, während Boccanegra den Raum verließ und die Treppe hinunterstieg.

»Habt Ihr Eure Geschäfte erfolgreich erledigt?«, fragte der Waräger, als er sich Boccanegra vor dem Haus wieder anschloss.

Zwar ging das den Kerl nicht das Geringste an, aber Boccanegra war so zufrieden, dass er gnädig nickte.

GALATA,
GENUESISCHE NIEDERLASSUNG
AM GOLDENEN HORN

Trotz täglicher kriegerischer Handlungen waren beide Ketten, die eine, die den Bosporus absperren, und die andere, die die Einfahrt zum Goldenen Horn verschließen konnte, geöffnet. Die an dicken Balken befestigten offenen Enden waren aus dem Fahrwasser gezogen worden. Der Kapitän ließ die Segel streichen und die Karacke, ohne dass man sie aufhielt, in den Hafen von Galata rudern. In angemessenem Abstand zu den anderen Handelsseglern fiel der Anker.

Die Gefangenen blieben im Laderaum, weil sie dort bequem von einem einzigen Mann bewacht werden konnten, während sich Boccanegra und Niccolò zum Ufer rudern ließen, um sich dann zum genuesischen Handelshaus aufzumachen.

Die Siedlung der Italiener zog sich über einen beträchtlichen Teil des Hügels in die Höhe. Selbst jenseits des Wachtturms, der sich im Bau befand, wuchsen schon neue Häuser in die Höhe, ebenso wie hinter den Mauern, die die Genuesen entgegen dem kaiserlichen Verbot wieder instandgesetzt und die Galata noch vor zwei Jahren umschlossen hatten. Galata hatte sich rasant verändert, fand Niccolò, während er auf Boccanegra wartete, der mit den armenischen Lastenträgern über deren Lohn verhandelte.

Schließlich waren sie sich einig. Die Träger packten sich gegenseitig die Kisten mit den Journalen des Handelshauses Kaffa auf die gepolsterten Rückengestelle, während Boccanegra Niccolò heranwinkte. Die Männer wussten auch ohne seine Führung, wo das genuesische Handelshaus war.

Boccanegra schlug mit zufriedener Miene das Kreuz, als sie an der gerade fertiggestellten Kirche der Dominikaner vorüberkamen. »*Santi Paolo e Domenico*«, sagte er. »Sehr schön. Das wird die Byzantiner lehren, dass wir Genuesen uns für immer am Goldenen Horn niedergelassen haben, selbst wenn sie uns aus Konstantinopel verjagt haben.«

Immer wieder drehte Niccolò sich um und betrachtete das von Mauern eingerahmte Konstantinopel auf der anderen Seite der Wasserstraße, die große Kirche, die zum Ruhm der Weisheit Hagia Sophia genannt wurde, und unzählige andere Kirchen, Kapellen und Wehrtürme.

Sie bogen um eine Ecke, hinter der eine steile Treppe nach oben führte, an deren Ende der Sockel des Christusturms schon erkennbar war, und standen vor dem *Palazzo del Commune* der Genuesen. Gleich daneben befand sich die Handelsniederlassung der Stadt Genua.

»Ich würde zu gerne das byzantinische Konstantinopel besichtigen«, sagte Niccolò sehnsüchtig.

»Du wirst die Stadt morgen sehen«, versprach Boccanegra mit anzüglichem Grinsen. »Sie ist ein wirbelnder Moloch aus Abendland und Morgenland, obwohl der oströmische Kaiser inzwischen seine Macht verloren hat. Ostrom wird den gleichen Weg gehen wie das italienische Rom, glaub mir. Westrom ist nur noch ein ärmliches Dorf, vom ehemaligen römischen Glanz hat außer den Purpurstiefelchen unseres Heiligen Vaters nichts überlebt. Westrom ist tot, Ostrom wird sterben, jetzt ist die Dogen-Republik Genua dran!«

Niccolò staunte Boccanegra mit offenem Mund an. Bisher hatte er ihn für einen frommen und treuen Anhänger der römischen Kirche gehalten, aber das Wasser des Goldenen Horns hatte anscheinend die ganze Frömmigkeit weggewaschen. In Boccanegras Augen glitzerte vielmehr das Verlangen nach Ruhm und Reichtum und vielleicht auch gesellschaftlichem Aufstieg.

Ein wenig verlegen wandte Niccolò den Blick ab.

### KONSTANTINOPEL

»Hab ich dir zu viel versprochen?«, fragte Boccanegra mit hörbarem Stolz, als sie sich am nächsten Tag schon am Hafen mitten im städtischen Gewühl von Konstantinopel befanden. »Es ist nicht äußerlich erkennbar, dass die Ware, die hier umgesetzt wird, irgendwann als Gold in den Geldtruhen von Genua landet. Jede Galeere, die Genua zum Schutz von Konstantinopel unterhält, jeder Feldzug, den wir machen, um das byzantinische Thrakien oder die Inseln von marodierenden Türken zu befreien, muss bezahlt werden. Dies ist in Wahrheit nichts als der Marktplatz von Genua.«

»Wo bleibt denn da Venedig?«, fragte Niccolò, der sich nur mit Mühe an die Fersen des Kaufmanns heften konnte und das Gefühl hatte, er müsse ihm ins Ohr brüllen, um sich im Lärm verständlich zu machen.

Boccanegra winkte abschätzig ab, aber er registrierte zufrieden, dass Niccolò sich über die Rivalität im Klaren war. »Venedig ist Teil des Byzantinischen Reiches, Junge, weißt du das denn nicht? Es ist dem Kaiser untertan, im Gegensatz zu uns. Außerdem haben sich die Venezianer mit ihren kleinen und großen Räten, mit den *collegi* und *quaranzie*, Wahlgremien und Ausschüssen längst zugrunde gerichtet, sie wissen es nur noch nicht. Die kommen nicht mehr auf die Beine. Ich verspreche dir, Niccolò, die neue Weltmacht ist Genua.«

»Und Ihr? Werdet Ihr dann immer Kaufmann bleiben wollen?«

»Niccolò«, sagte Boccanegra, stoppte und drehte sich so plötzlich um, dass der Lehrling ihm in die Arme lief. Er hielt Niccolò an den Schultern fest und blickte ihn mit ernster Miene an. »Das Schicksal meinte es immer gut mit meiner Familie. Mein Großvater war der zweite Doge unserer Republik. Wir haben bewiesen, dass wir eine Republik mit Geschick lenken können …« Er machte bewusst eine Pause, damit seine Worte tief in das Gedächtnis des Jungen einsickern konnten, und nickte bedeutsam. »Du verstehst?«

»Ihr wollt Doge werden«, versetzte Niccolò mit vor Aufregung roten Wangen. »Oder Kaiser. Jedenfalls der erste Mann der neuen Großrepublik.«

»Warten wir es ab«, sagte Boccanegra knapp. »Der Weg dorthin ist weit. Bessere Männer als ich sind auf dem Weg in ähnlich verantwortungsvolle Ämter schon über Kleinigkeiten gestolpert. Es gilt vor allem, verlässliche Männer um sich zu scharen, die in unverbrüchlicher Treue zu einem stehen. Und natürlich sicher sein können, angemessen belohnt zu werden. Dein Vater gehört zu diesen Männern.«

»Ich auch«, rief Niccolò voller Begeisterung. »Ich will Euch auch treu dienen!«

Boccanegra schmunzelte und nickte. »Wir werden sehen. Was hältst du von Dorade, auf Holzkohle gegrillt? Wahlweise Knurrhahn, Meerbarbe oder Hummerschere. Dazu das frischeste Brot der Stadt.« Es passte ihm gut, den Jungen mit wenigen Worten so beeindruckt zu haben, dass er ihn schon in der Tasche hatte. Fußvolk dieser Art konnte man nicht genug haben. Männer ohne herausragende Qualitäten taugten immer noch als Bauernopfer.

Das Getümmel auf den Straßen verdichtete sich derart, dass Boccanegra und Niccolò ihr Gespräch nach dem Imbiss nicht fortsetzen konnten. Der Lehrling brannte inzwischen vor Tatkraft. Ihn zu seinem Anhänger gemacht zu haben hatte Boccanegra so gut wie nichts gekostet. Zufrieden mit sich stieg er hügelan, der Hagia Sophia entgegen, die Sankt Irene machtvoll überragte.

Allmählich lichtete sich die Menge, und Niccolò schob sich wieder neben seinen Handelsherrn. »Warum haben wir denn unsere Sklaven nicht gleich mitgenommen?«, fragte er wissbegierig.

»Wir verkaufen heute noch keinen einzigen Sklaven. Erst sondieren wir die Lage, vor allem hinsichtlich unseres Blonden«, erklärte Boccanegra. »Der Kuropalates hat sich im Großen Palast eine Wohnung eingerichtet, um dort die Geschäfte zu betreiben, die, sagen wir mal, eher privater Natur sind. Antreffen werden wir ihn wohl nicht, aber er wird meine Nachricht spätestens am nächsten Tag erhalten.«

Boccanegra überquerte den weiten Platz vor der Sophienkirche, an deren Kuppel gerade Reparaturarbeiten durchgeführt wurden, und steuerte auf ein hohes, von Arkadengängen eingerahmtes eisernes Tor zu. Im Hintergrund befanden sich auf der Mittelgräte des Hippodroms Säulen, und zur Rechten erhob sich eine gepflasterte Kuppel, deren Sinn nicht erkennbar war. Und überall gab es Zeichen des Verfalls, Steine waren aus den Tribünen gebrochen, Hunde streunten umher, verschwanden durch Mauerlöcher, die Marmorpflasterung war stellenweise aufgebrochen und Grasbewuchs gewichen. Aber Boccanegra ließ es kalt.

Der Kuropalates wohnte in den ehemaligen Räumen einer früheren Kaiserin, dort, wo der Palast am sorgfältigsten gebaut war und das jüngste Erdbeben kaum Schäden angerichtet hatte. Die ehemaligen Empfangsräume waren für den Sekretär und die Dienerschaft hergerichtet worden. Zu Boccanegras Erstaunen eilten die Eunuchen ganz gegen ihre üblichen Gepflogenheiten hin und her und taten zumindest geschäftig.

Ihr Herr war anwesend.

Als der Vormittag langsam in den Mittag überging, wurden die Besucher vorgelassen. Der Eunuch meldete Boccanegra, warf einen missbilligenden Blick auf Niccolò und unterschlug seinen Namen.

Der Kuropalates, in einem steilen Lehnsessel sitzend, winkte den Eunuchen hinaus und nickte den Genuesen zu. »Was bringt Ihr mir diesmal?«, fragte er mit näselnder Stimme.

Boccanegra beschloss, sich kurz zu fassen. »Einen hochgewachsenen, sehr blondhaarigen Mann, jung, kräftig, nicht dumm, fügsam und zu allen Aufgaben erziehungsfähig. Ihr werdet Freude an ihm haben.«

»Entmannt?«

»Noch nicht. Aber ich kenne …«

Der Byzantiner winkte uninteressiert ab. »Weiß ich, weiß ich. Aber in Anbetracht aller Schwierigkeiten, die das Reich gegenwärtig hat – die Serben bedrängen uns, türkische Banden, Piraten aus den Emiraten … Und nicht zuletzt die Genuesen.«

»Das alles ist mir bestens bekannt«, sagte Boccanegra geschmeidig. »Allein, diese Perle von Mann wollte ich Euch nicht vorenthalten. Die Sarazenen werden sie mir mit Kusshand abnehmen.« Seine Verneigung fiel knapp aus, und er begann unverzüglich den Rückzug zur Tür.

»Wartet«, sagte der Kuropalates mühsam und hob die Hand. »Ich könnte für einen Liebhaber ganz spezieller Lustbarkeiten einen Carzimasier gebrauchen.«

Boccanegra horchte auf. Sehr interessant. Wahrscheinlich war einer der Söhne des Kaisers der Interessent. »Einen Carzimasier«, wiederholte er bedächtig und ließ durchblicken, dass er ein solches Geschäft durchaus in Betracht ziehen würde.

»Im Viertel vor dem Blachernenpalast, in der Nähe des Verschlossenen Tors, auch Balatos-Tor genannt, arbeitet ein Syrer, der sich auf dergleichen versteht. David bar Salomo.«

»David bar Salomo am Verschlossenen Tor«, wiederholte Boccanegra, um sich den Namen einzuprägen, und nickte. »Ich lasse Euch benachrichtigen, wenn unser Mann auf dem Weg der Gesundung und in verkaufsfähigem Zustand ist.«

»Er wird das Dreifache eines gewöhnlichen Eunuchen bringen«, triumphierte Boccanegra, nachdem sie sich durch verlassene Gänge und Treppen aus dem Palast gestohlen hatten und in einem verwahrlosten Garten wiederfanden.

Durch eine zerborstene Mauer kletterten sie aus dem Palastgebiet hinaus direkt neben die Tribünen des Hippodroms.

»Warum sagst du nichts, Niccolò?«

Der Lehrling schüttelte sich.

»Wie dem auch sei«, plauderte Boccanegra aufgeräumt, »dieses glänzende Geschäft ist Anlass genug für eine Belohnung. Ich werde Zebulun eine junge schöne Schwarze für meinen Haushalt abkaufen. Die sind hier preiswerter als in Chandax auf Kreta, und wenn ich kaufe, versetzt dies den alten Hebräer erst einmal in gute Laune.«

»Ja«, sagte Niccolò trübsinnig.

»Was ist los, Junge? Der Sklavenmarkt wird eine interessante Erfahrung für dich sein.«

Ihr Weg führte vom Palasthügel durch eine flache Senke zum nächsten Hügel. Jetzt, gegen Mittag, schien die Frühlingssonne warm, und sie kamen gehörig ins Schwitzen.

Boccanegra war guter Laune. Sein erstes Gespräch hatte den erhofften Anfang genommen. »Sieh mal, wer da die *meze* entlangkommt. Ein Reiter vor einem Tross, das ist bestimmt ein Prinz«, plauderte er in aufgeräumter Stimmung.

Niccolò wischte sich die Stirn und blickte auf.

Der junge Mann auf dem nervösen weißen Hengst war in strahlendes Grün gekleidet. Ohne dem jubelnden Volk zu beiden Seiten der Meze auch nur einen Blick zu gönnen, trieb er sein Pferd zu raschem Trab in der Mitte der Straße an. Ihm folgten Würdenträger in ebenfalls seidenen Gewändern und phantasievollen, ausladenden Kopfbedeckungen. Einige von ihnen waren alt und gebrechlich und hingen mit schmerzverzerrten Gesichtern in den Sätteln. Beschützt wurden sie von einer mit Schwertern bewaffneten Garde.

Kaum war der Tross an den Zuschauern vorbei, stellten diese ihr Jubeln ein.

»Ein byzantinischer Prinz hat nicht einmal mehr Kupfermünzen, die er unter das Volk werfen lassen könnte«, bemerkte Boccanegra spöttisch. »Mit diesem Reich geht es zu Ende, was man auch an der volkstümlichen grünen Farbe des Prinzen ablesen kann. Früher hätte man ihn wegen Aufmüpfigkeit gegen das traditionelle Kaiserblau geblendet und ins Kloster gesteckt.«

»Tatsächlich?«, murmelte Niccolò betroffen.

»Na ja«, sagte Boccanegra in herablassendem Ton und nahm seinen forschen Schritt wieder auf, »die taugen alle nichts. Zehn dieser Prinzen gehen auf einen genuesischen Stadtrat. Nur haben sie nicht einmal so viele.«

In dem Viertel, das sie kurze Zeit später erreichten, gab es im Gewimmel von unordentlich errichteten Holzhäusern mehrere Kirchen, und die Straßen waren belebter als im alten Palastviertel.

»Dahinten ist der Sklavenmarkt schon«, meinte Boccanegra, lebhaft in seiner Vorfreude. »Er befindet sich in der Krypta einer ehemaligen Kirche, und in der Nähe ist der große Handelsplatz für Waren aus dem Osten. Und Imbissbuden, natürlich.«

»Imbissbuden«, wiederholte Niccolò matt. »Ich habe Durst.«

»Uns wird als Käufern reichlich angeboten werden. Der Sklavenmarkt ist nach drei Seiten abgeschlossen, und er wird Tag und Nacht bewacht«, schwatzte Boccanegra. »Es haben noch andere Sklavenhändler dort ihre festen Plätze, aber mit denen bin ich nicht gut gefahren. Der Jude Zebulun ist der Zuverlässigste.«

Der Krieger, der den Eingang zum Markt bewachte, war groß wie ihr künftiger Carzimasier und schwer bewaffnet. Boccanegra amüsierte sich, als Niccolò einen respektvollen Bogen um ihn herum machte, ebenso um die Wächter, die vor den Arkaden ihre Runden drehten.

Zebulun saß am gewohnten Platz. Er streckte Boccanegra eine schlaffe Hand entgegen. »Friede sei mit dir und deinem römischen Bischof, Christophoro.«

Boccanegra schüttelte ihm die Hand. »Das wollen wir hoffen. Friede auch dir und den deinen. Ohne Frieden keine vernünftigen Geschäfte. Geht es dir gut?«

»Setz dich. Mein Magen, meine Tochter und die Genuesen machen mir Kummer. Die Letzteren erpressen und bluten Konstantinopel aus. Aber sonst geht es mir gut.« Zebulun klatschte in die Hände.

Boccanegra grinste und ließ sich auf dem Hocker nieder, der vor einem Tischchen stand. »Ich habe mich heute redlich bemüht, meinem blutjungen Lehrling hier die Welt zu erklären. Er ist jetzt davon überzeugt, dass wir Genuesen sie demnächst regieren werden. Und dass wir zu klug sind, das Scheffeln des Geldes in einer Stadt wie Konstantinopel ernsthaft zu stören.«

»Vor einem Jahrzehnt erst galten die Genuesen als schlimmer als die Türken, Christophoro. Erinnerst du dich, dass Kaiser Andronikos sich mit Umur Pascha, dem Löwen Gottes, zusammentat und Genua beschämend schlug? Wenn Menschen bis aufs Blut gereizt werden, schaffen sie auch ein zweites Mal ein solches Wunder.«

»Du bist zu pessimistisch, Zebulun. Es waren damals andere Zeiten. Lass uns von anderem reden. Von Sklaven, beispielsweise.«

»Gut«, sagte der Händler zustimmend und wartete, bis der Junge, der mit den Getränken gekommen war, alles vor ihm und seinen Gästen abgestellt hatte.

Boccanegra straffte die Schultern. Das Vorgeplänkel war beendet. »Wie viel kostet ein Sklave, wenn ich kaufen will? Männlich, weiß, mittleres Alter, kräftig, arbeitsgewohnt, nicht dumm. Sprache ist unwichtig, lesen und schreiben soll er nicht können.«

»Ich glaube nicht, dass du so etwas suchst, Christophoro Boccanegra, sondern mir bringst. Ich sage dir trotzdem den derzeitigen Verkaufspreis: vierzig Hyperpyra.«

»Vierzig?« Boccanegra würgte an der Zahl, die ihm fast im Halse steckenblieb.

»Das sind mindestens sieben Hyperpyra zu viel«, bemerkte Niccolò mit aller gebotenen Höflichkeit. »Dreiunddreißig wäre das Höchste.«

Boccanegra schnellte zu ihm herum. Er bemerkte, dass der alte Jude die Augen zusammenkniff und seine Aufmerksamkeit erstmals auf den Lehrling richtete. Das wollte etwas heißen. »Woher weißt du das?«

»Das errechnet sich leicht, Meister Boccanegra. Mehr als 90 Gramm in Gold darf der Sklave, den Ihr beschrieben habt, nicht kosten.«

Dazu nickte Zebulun einverständlich und wandte sich dann an Boccanegra. »Hast du etwa nicht bemerkt, dass du einen ungeschliffenen Diamanten in deiner Gesellschaft hast, Christophoro?«

»Doch«, sagte Boccanegra zögernd. Plötzlich warf er die Arme in die Höhe, als ob er sich geschlagen gebe, und grinste über das ganze Gesicht. »Nein, um ehrlich zu sein, nein! Ich habe ihn bislang als Schreiber verwendet, und seine Handschrift ist nicht einmal gut.«

»Du könntest ihn mir lassen. Er wird es bei mir gut haben.«

»Aber ich denke gar nicht daran! Niccolò wird ab heute andere Aufgaben übernehmen.«

»Auch gut. Es ist gegen Gottes Gebot, Talente zu verschwenden. Wie viele Männer willst du loswerden?«

»Von Loswerden kann nicht die Rede sein. Und heute will ich nur eine Frau kaufen. Tiefschwarz, mit vollen Lippen und Brüsten, zart gebaut und selbstverständlich jung.«

»Als Dienerin für deinen Haushalt.«

»Für meine Frau.«

»Natürlich.« Zebulun unterdrückte ein Lächeln. »Ich habe gerade zwei hereinbekommen. Komm mit und sieh sie dir an.« Er erhob sich.

Boccanegra und Niccolò folgten ihm in das Gewölbe, das mit einer Ruhebank und dicken Teppichen auf dem Boden ausgestattet war. Zugestöpselte Kalebassen lehnten an der Wand, und ein abgedeckter Eimer stand für die Notdurft bereit. Zebulun zündete eine Öllampe an und winkte sie weiter, in einen schmalen Gang hinein aus brüchigen Ziegelsteinen, von dem aus rechts und links Gittertüren abgingen. An einer Stelle war in einen Rundbogen ein Kreuz eingemeißelt.

Lärm erhob sich. Kaum dass sie eingetreten waren, begannen die Sklaven mit allem, was sie hatten, an die Gitter zu schlagen und nach Wasser und anderem zu brüllen. Zebulun machte eine verächtliche Handbewegung, als versuche er, das misstönende Geräusch niederzuschlagen.

Der Raum, in dem die beiden Frauen eingesperrt waren, war schmal. Auf dem Ziegelboden zogen Flüssigkeiten ihre Bahn, in einer Ecke erhob sich ein Haufen von Exkrementen, und es stank erbärmlich.

Boccanegra legte seinen Arm um die Schultern des Jungen. »Mach dir nichts draus«, sagte er leise. »Sie sind Tiere, sie sind es gewohnt, so zu leben.«

Eine der Negerinnen sprang behende an die Tür, packte die Gitterstäbe und rüttelte an ihnen. Sie verdrehte die Augäpfel voll Wut so, dass das Weiße zu sehen war. An ihrem Hals, dem längst Halseisen und Ketten abgenommen worden waren, waren Krusten von Blut und Eiter zurückgeblieben.

»Das heilt alles, Niccolò«, bemerkte Boccanegra beschwichtigend und spürte ihn unter seinen Händen zittern. »Die finden bald einen neuen Herrn, und da wird es ihnen gutgehen.« Er wandte sich an Zebulun. »Allerdings werde nicht ich der Herr sein. Sie sind nicht das, was ich suche.«

Zebulun nickte ohne Überraschung und stapfte schweigend den Gang zurück. »Meine Brüder aus dem früheren chasarischen Reich, die gegen Sonnenuntergang gewandert sind, erzählen sich, dass die Portugiesen neuerdings ganz außergewöhnliche schwarze Schönheiten mitbringen. Es scheint, als hätten wagemutige Seefahrer eine neue Quelle entdeckt …«

»Ach ja?«, fragte Boccanegra hellhörig. »Weißt du noch mehr darüber?«

Der Jude schüttelte den Kopf.

»Was ist das denn für eine Schönheit, Zebulun?«, fragte Boccanegra überrascht und hielt den Händler am Kaftan fest. Beim Hereinkommen hatte er das Gewölbe des Geschäftes, das auf den Platz ging, nicht beobachtet. Jetzt erkannte er trotz des Gegenlichtes eine blonde, hochgewachsene, sehr junge Frau, die sich kerzengerade hielt und vor Verachtung für ihre Umwelt sprühte. Das gefiel ihm.

»Mein derzeit bestes Stück. Aber das Gegenteil von deiner Beschreibung.«

»Das sehe ich. Woher hast du sie?«

»Von einem Armenier, der mir öfter mal Einzelstücke liefert. Sie soll aus der Gegend von Caesarea stammen. Auf jeden Fall ist sie eine *aus den Völkern*.«

»Keine Jüdin also. Hast du sie denn nicht befragt? Versteht sie kein Griechisch?«

»Angeblich doch, aber sie hat bisher kein Wort mit mir gesprochen. Der Armenier hat sie getäuscht. Um genau zu sein: Er hat sie hierhergelockt. Sklavin ist sie erst, seitdem sie meine Schwelle übertreten hat. Aber ich konnte nicht widerstehen. Verkauft hätte er sie in jedem Fall, und bei anderen hätte sie es schlechter getroffen.«

»Wie viel soll sie kosten, Zebulun?«

»Wollt Ihr sie freikaufen, Meister?«, fragte Niccolò hoffnungsvoll.

Boccanegra sah den Jungen mit gerunzelter Stirn an. »Freikaufen?«

»Ja, kaufen und freigeben. So meintet Ihr es doch sicher …« Niccolòs Enthusiasmus klang zögernd aus.

»Solche Barmherzigkeit stünde einem Patrizier aus Genua wohl an«, bemerkte auch Zebulun.

Boccanegra lächelte sarkastisch. »Du kennst mich doch, Zebulun. So eine Frau will ich natürlich für mich.«

»Der Herr, gelobt sei er«, versetzte Zebulun dankbar. »Wie Michal, Sauls Tochter, verführt sie durch ihren Anblick.«

»Lass deine Bibel aus dem Geschäft, Zebulun«, sagte Boccanegra scharf. »Wenn du mir mit ihr kommst, planst du einen Schurkenstreich. Wie viel also?«

»Wie du meinst, Patrizier«, sagte der Händler ungewöhnlich nachgiebig. »Achtzig Hyperpyra.«

»Das sagst du nicht im Ernst«, zischte Boccanegra und machte einen drohenden Schritt auf den alten Mann zu.

»Meister«, murmelte Niccolò beunruhigt und zog an Boccanegras Wams. »Für sechzig würdet Ihr sie bestimmt auch bekommen.«

»Der Junge hat recht«, stammelte Zebulun und zog sich Schritt für Schritt in seinen eigenen Bereich zurück. »Fünfundsechzig, denn …«

Boccanegra bezwang seine Wut. Auch fünfundsechzig war ein Wucherpreis. Aber er musste dieses Weib unbedingt besitzen, und so nickte er und knurrte sein Einverständnis.

»Höre Israel«, seufzte Zebulun. »Sechzig, weil du es bist, Christophoro. Und damit du erkennst, dass Drohungen mir gegenüber unnötig, sogar unnütz sind, will ich dir noch einen guten Rat geben: Pass auf deinen jungen Mann auf, damit er dir nicht verlorengeht. Er kann nicht nur rechnen, sondern anscheinend auch deinen Jähzorn bändigen, ohne den du doppelt erfolgreich sein würdest.«

Boccanegra hörte nur mit halbem Ohr zu. Sein Verlangen nach irgendetwas konnte sich innerhalb weniger Augenblicke zur Besessenheit steigern, so auch jetzt. Während er die junge Frau nicht aus den Augen ließ, nestelte er blind an seinem Gürtel, um den Knoten des Geldbeutels zu lösen und ihn Niccolò in die Hand zu drücken. »Wie heißt sie eigentlich?«, fragte er.

»Ich weiß es nicht«, antwortete Zebulun.

»Arinna«, erklang die Stimme der Sklavin.

# KAPITEL 4

AN BORD DER SANT JACOBUS

Arinna hatte sich entschieden, ohne Gegenwehr, die ja sowieso nicht helfen würde, mit dem genuesischen Kaufmann und seinem Gehilfen mitzugehen. Alles würde besser sein als dieses dunkle Gewölbe mit dem nassen faulenden Stroh, begafft von geifernden Männern durch die Gitterstäbe, selbst während sie ihre Notdurft verrichtete.

Eine Entwürdigung dieser Art hatte sie noch nie erlebt. In ihrer Familie war es immer respektvoll zugegangen. Ihr Vater Taru hätte nicht im Traum daran gedacht, seine Frau hinter sich her gehen zu lassen oder Frau und Tochter abfällig wie ein Osmane zu behandeln.

Bereits der Armenier Oschin hatte sie belehrt, dass das Leben anders war, und ihre ersten vier Tage als Sklavin hatten ihr gezeigt, wie entsetzlich es sein konnte. Eine unbestimmte Furcht sagte ihr, dass noch Schlimmeres möglich war. Ein Leben als Sklavin in Genua konnte sie sich nicht einmal vorstellen.

Im Augenblick jedenfalls war ein kleiner Verschlag ihr Lebensraum, in dem Taue, Ruder und verschiedene Gerätschaften, die vermutlich als Ersatz für Verlorenes und Verbrauchtes, jedenfalls zum Betreiben des Schiffes dienten. Ihr hatte man einen mit Tang gefüllten Sack als Lager hingeworfen. Zweimal am Tag erhielt sie Essen, das zwar ungewohnt, aber doch genießbar war. Den Rest der Zeit ließ man sie allein.

Sie befand sich auf einem großen Schiff, das in der Nähe des Ufers ankerte. Wenn sie aus der schmalen Fensteröffnung ihrer Kammer blickte, sah sie lange graue Mauern mit viereckigen Wehrtürmen in regelmäßigen Abständen, darüber hinausragende Kirchtürme und eine von Gold glänzende Kuppel, die zur Hauptkirche Hagia Sophia gehören musste.

Die Pracht der Gebäude von Konstantinopel zog langsam an ihren Augen vorbei. An dem Punkt, an dem sie jenseits des breiteren Wassers, das der Bosporus sein musste, einen spitzen Berg statt der sonstigen runden Kuppeln sehen konnte, wechselte das Schiff die Richtung und erlaubte ihr, alles nochmals in umgekehrter Reihenfolge zu betrachten. In der Nähe stürzten sich Möwen ins Wasser, um einen Fisch zu fangen, und eine kleine braune Taube hatte sich anscheinend verflogen und landete dicht über ihrem Kopf.

Sie lächelte verloren, als sie das Gurren hörte. Hätte sie im Tal der Tauben bleiben sollen?

Arinna erschrak, als ungewohnte Geräusche sie aus ihrer Betrachtung der Stadt herausrissen. Konstantinopel lag im Morgendunst, nur die Gipfel der Hügel und eine Kirchturmkuppel ragten daraus hervor, und sie hätte den Anblick gerne länger genossen. Als freier Mensch auf einem der städtischen Plätze oder vom Ufer aus.

Sie drückte sich an die Schiffswand, verbittert und wütend.

Diese Kratzgeräusche an der Tür entsprachen nicht der resoluten Handhabung der beiden langen Riegelhölzer wie in den vergangenen drei Tagen, wenn einer der Seeleute mit dem Essen kam. Jemand versuchte sich an ihnen, der sie noch nie bedient hatte, und es hörte sich nach Heimlichkeit an. Arinna packte einen kurzen Holzknüppel, den sie unter Tauwerk gefunden hatte.

Herein trat der junge Mann, der den Genuesen zum Sklavenhändler begleitet hatte. Er zog die Tür hinter sich zu und blieb stehen. »Hab keine Furcht«, begann er. »Verstehst du mich?«

Er sprach Griechisch. Wieso sollte sie ihn nicht verstehen? »Ja, ja doch«, entgegnete sie verwundert.

»Fein. Ich bin Niccolò.« Er grinste breit.

Arinna nickte. Er machte ihr keine Angst, aber er verwirrte sie, weil er sie wie eine Geistesgestörte behandelte.

»Der Meister, Christophoro Boccanegra also, ein Patrizier aus Genua, ist mit den Sklaven an Land gegangen. Er handelt mit Sklaven, die er aus Kaffa nach Konstantinopel oder Genua verschifft. Diese bringt er zum Juden Zebulun, verstehst du? Er ist auch dein Herr. Deswegen sind wir allein. Abgesehen von den Seeleuten der Karacke, natürlich. Verstehst du?«

»Warum soll ich das nicht verstehen?«, fragte Arinna konsterniert zurück. »Die Sache ist klar wie ein Eiszapfen am Höhleneingang. Er handelt mit Sklaven, und ich bin offensichtlich in euren Augen auch eine.«

»Äh?«, ächzte Niccolò, die dunklen Augen noch größer als vorher schon. »Was für ein Höhleneingang?«

»Ach, nur so ein Spruch«, antwortete Arinna wegwerfend. Ob er sich vor ihr ängstigte? »Was willst du denn? Bist du auch ein Sklavenhändler?«

»Nein, das bin ich nicht«, widersprach Niccolò empört, als müsse er sich gegen ihren Vorwurf verteidigen. »Ich erlerne den Beruf des Kaufmanns.«

»Also doch den Handel mit Sklaven. Und den Handel mit Menschen, die sich plötzlich als Sklaven wiederfinden. Wieso bezeichnest du mich als Sklavin? Bist du selbst denn Sklave? Jedenfalls bist du ein dreister, ungehobelter Kerl.«

Niccolò blickte betreten drein. »Ich bin natürlich kein Sklave, sondern ein freier Bürger von Genua, seit zwei Tagen Lehrling im Hause des Patriziers Boccanegra. Ich verstehe aber, was du meinst.«

»Endlich«, murrte Arinna. »Und wie geht es weiter?«

»Sobald der Meister alle Männer verkauft hat, brechen wir auf, Kurs Genua«, antwortete Niccolò stolz.

»Und dort verkauft er mich, weil Frauen viel Geld einbringen, ist es nicht so?«

»Wo denkst du hin!«, widersprach Niccolò entrüstet. »Er hat so viel für dich bezahlt, mehr als eine Geliebte mit eigenem Haushalt im Jahr kosten würde. Du wirst es gut bei ihm haben.«

»Er bei mir nicht«, sagte Arinna entschlossen. »Einen Kerl, der Frauen kauft, kann ich nicht ausstehen. Wir Frauen kaufen auch keine Männer.«

»Was?« Niccolò starrte sie mit offenem Mund an, als sei sie ein unberechenbares Monstrum, und wagte kein einziges Wort mehr. Schließlich verließ er den Verschlag mit eingezogenem Kopf.

Von draußen war das Knarren von Rudern zu hören. Mittlerweile kannte Arinna diese Geräusche. Wahrscheinlich kam der Sklavenhändler zurück. Niccolò jedenfalls kam. Er schlüpfte in ihren Verschlag und drückte leise die Tür zu.

»Gauner, diese Byzantiner«, schimpfte wenig später Boccanegra lauthals an Deck, um dann zu brüllen: »Niccolò, wo bist du? Du verdienst Prügel! Du hast mir das ganze Geschäft verdorben!«

Niccolò schnitt eine Grimasse. Arinna zog eine Schulter in die Höhe. Geht mich nichts an, sollte das bedeuten.

Einen Augenblick später stand Boccanegra in der Türöffnung. »Dachte ich mir doch, dass du hier bist. Du tölpelhafter Nichtsnutz!«, brüllte er. »Musstest du dem Juden deine Rechenkünste vorführen? Ich hätte mehr Geld für die Sklaven verlangen können, wenn wir bei seinem hohen Verkaufspreis geblieben wären. Ich habe sie beinahe verschenken müssen. Und einen der Kerle hat er abgelehnt, mit der Begründung, der sei krank. Für die Hälfte des Preises nahm er ihn dann doch.«

»Meister, haltet Ihr Zebulun für töricht?«

Boccanegra stutzte. »Wieso?«

»Sobald es um den Ankauf ging, hätte er Euch in die Nachbarschaft geschickt. Ihr hättet überall den gleichen niedrigen Preis bestätigt bekommen. Mit mir hatte das nichts zu tun.«

Boccanegra machte eine wilde Geste. Aber seine Miene deutete darauf hin, dass die Worte des Jungen auf fruchtbaren Boden fielen. »Na ja, kann sein«, sagte er knapp und wandte sich Arinna zu. »Ich werde anordnen, dass dir Wasser zum Waschen gebracht wird. Du siehst aus wie eine Sau, die durch Konstantinopels Gassen getrieben wurde. So stinkst du auch. Später wird man dich in meine Kammer führen.«

»Nein«, sagte Arinna.

Der Genuese achtete nicht auf ihren Einspruch. »Sorg dafür, dass sie in einem ordentlichen Zustand ist«, sagte er zu Niccolò. »Saubere Fingernägel, Ohren usw. Wenn ich etwas hasse, sind es unsaubere Weiber.«

Niccolò schabte mit den Fingern über seinen sprießenden rotblonden Schnurrbart. »Meister, es könnte sein, dass Ihr Euch verrechnet«, wandte er in entschuldigendem Ton ein.

»Aha. Aber zum Rechnen habe ich ja dich. Was also hast du einzuwenden?«

»Sie will nicht.«

»Na und? Sie ist nicht die erste Sklavin, die nicht will.«

»Sie ist keine Sklavin. Vor allem im Kopf ist sie es nicht«, erklärte Niccolò. »Das macht einen gewaltigen Unterschied.«

Boccanegra lachte überheblich und griff nach Arinna.

Sie hatte sich vorbereitet. Das spitze hölzerne Gerät, einem armlangen Nagel nicht unähnlich, lag unter ihrem tanggefüllten Sack bereit. Dieses zog sie Boccanegra so flink über den Kopf, dass er wie ein Stein zu Boden sackte.

Niccolò sperrte entsetzt Augen und Mund auf, dann fiel er neben seinem Handelsherrn auf die Knie. »Was hast du gemacht?«, jammerte er. »Was wird aus uns, wenn er stirbt? Obelerio Minotto, der Kapitän, wird uns vor das *collegio* der Stadt Genua führen, das uns hinrichten wird. Schon um sich selbst zu schützen. Er ist nämlich Venezianer.«

»Mir völlig gleich, wo ihr Sklavenhändler herkommt. Und wieso dich? Glaubst du, ich würde dich beschuldigen?«, fragte Arinna zornbebend. »Das wäre ja noch schöner! Meine Taten verantworte ich allein. Du hast nicht das Geringste damit zu tun!«

Niccolò schaute ungläubig zu ihr hoch. »Aber«, stammelte

er, »alle Frauen sind hinterhältig und tückisch. Jedes Weib in Genua würde mich beschuldigen, um sich reinzuwaschen. Und man würde es glauben.«

»Dann müssen die Frauen von Genua ja schreckliche Lügnerinnen sein. Die Frauen aus dem Tal der Tauben sind es jedenfalls nicht«, sagte Arinna bestimmt.

Ein Stöhnen ließ sie beide zu Boden blicken. Boccanegra. Er tastete mit den Händen um sich und schlug die Augen auf. Dann griff er an seinen Kopf, wo inzwischen ein roter Streifen von der Stirn bis unter die Haare erkennbar war. »Schönheit oder nicht, glaube nicht, dass du davonkommst«, murmelte er und wurde erneut ohnmächtig.

»Ich zahle alles redlich zurück«, versprach Arinna unbeeindruckt.

»Du hast vielleicht Mut«, flüsterte Niccolò. »Er ist einer der größten Kaufleute von Genua, und er will Kaiser des neuen Römischen Reiches werden.«

»Ich werde ihn nicht hindern. Aber mich wird er weder zur Kaiserin noch zu seiner Kurtisane machen. Mein Vater würde erwarten, dass ich ihn vorher erschlage«, sagte Arinna entschlossen. »Mir kommt er allerdings eher vor wie Nasreddin Hodja.«

»Wer ist Nasreddin Hodja?«

»Ein Mann, der verkehrt herum auf seinem Esel reitet und die Osmanen zum Lachen bringt. Dein Brotherr scheint ähnlich närrisch zu sein, wenn er hier Kaiser werden will. Jeder Narr hat Anspruch auf Gnade. Aber weiß er denn nicht, dass wir schon einen Kaiser haben?«

»Du weißt nicht, was du sagst. Ihr Frauen aus dem Tal der Tauben müsst seltsame Wesen sein.« Niccolò schüttelte den Kopf. Dann beschloss er, einen Bottich mit Wasser zu holen, um den Kaufmann wieder ins Leben zurückzuholen.

Die Tür ließ er offen stehen. Arinna liebäugelte einen kurzen Moment damit zu verschwinden. Aber sie wusste, dass kein Entkommen von Bord möglich war. Es würde sich eine bessere Gelegenheit ergeben.

Ohne eine Hand zu rühren, sah sie zu, wie Niccolò seinem durchnässten Handelsherrn kurze Zeit später auf die Beine half und ihn hinausgeleitete.

Für das Wasser, das ein Seemann später in einem großen Bottich anschleppte, war Arinna ausgesprochen dankbar, sie hatte sich schon lange nicht mehr wirklich sauber gefühlt. Ohne Zögern und ein wenig neugierig nahm sie auch die Kleidung an, die ihr von Niccolò gebracht wurde. Sie war getragen, aber gewaschen, wie sie erkannte, als sie sie auf ihrem Lager ausbreitete.

Niccolò konnte sich ein Grinsen nicht verkneifen, nachdem er seinen Blick von ihrem blonden, lockigen Haar, aus dem sie die verfilzten Klumpen einigermaßen hatte entfernen können, gelöst hatte. »Das Unterkleid trägst du drunter und den Surkot drüber. Ganz einfach. Seid ihr in deinem Tal der Tauben immer so merkwürdig gekleidet gewesen?«

»Nun, die Sachen haben mir gute Dienste geleistet«, antwortete Arinna verärgert und blickte an sich hinunter. »Ich musste mich verstecken, und das Beinkleid und das bunte Unterkleid haben mich unauffälliger gemacht.«

»Glaubst du das wirklich?«, spottete Niccolò und brach in schallendes Gelächter aus. »Unter den krummbeinigen Schwarzköpfen bist du so unauffällig wie ein Lapislazuli unter Flusskieseln.«

»Was immer ein Lapislazuli ist, es hat ausgereicht, mich während meiner Wanderung durch ein riesiges Land zu schützen, die fast ein Jahr lang gedauert hat«, erwiderte Arinna beleidigt. »Und nicht die türkischen Heiden haben mich versklavt, sondern ein hinterhältiger, betrügerischer Christ.«

»Meister Boccanegra ist nicht hinterhältig!«

»Ich meinte Oschin, den Armenier.«

»Du hättest dich vor ihm hüten sollen. Weißt du nicht, dass die Armenier als abgefeimt und listig gelten, schlimmer noch als Griechen? Sie sind die Einzigen, mit denen wir Genuesen keine Geschäfte machen. Ein grässliches Volk.«

»Schlimmer noch als Griechen! Ihr Genuesen steht den Armeniern nicht nach, wie ich jetzt aus Erfahrung weiß«, sagte Arinna säuerlich.

Niccolò lauschte nach draußen und legte dann den Finger über die Lippen. »Ich glaube, Meister Boccanegra kommt schon wieder«, flüsterte er. »Hüte dich, schlecht über Christen zu reden. Er ist ein frommer Mann.« Lauter fuhr er fort: »Zieh dich schnell um, ich werde deine Sachen verbrennen.«

»Das wirst du nicht«, sagte Arinna erbost. »Ich werde sie waschen und flicken. Vielleicht verkauft dein Herr mich ja an die Türken.«

»Nein, das wird er nicht«, sagte Boccanegra und betrat den Verschlag. Seine unschön vorstehenden Augen musterten Arinnas Haar mit so gierigen Blicken, dass sie sich umgehend bückte, um erneut den Knüppel hervorzuholen.

Boccanegra hielt ihr abwehrend die Hand entgegen. »Lass ihn liegen. Du brauchst ihn nicht. Ich werde warten, bis du dich mir anbietest. Der Tag wird kommen! Du wirst schon merken, wer hier der Herr ist. Und du, Niccolò, machst dich jetzt fertig. Wir lassen uns nach Konstantinopel übersetzen.«

## KONSTANTINOPEL

Boccanegra pfiff einen der einheimischen Nachenführer herbei, die alle fremden Schiffe diensteifrig umlagerten. Den blonden Sklaven, Niccolò und den Waräger im Gefolge bestieg er das Boot. »Zum Balatos-Tor«, befahl er.

Der Mann nickte und nahm Kurs auf den Hafen unterhalb des Palastes, dessen gewaltige Mauern schon von weitem imponierten. »Von dort ist der Weg zum Verschlossenen Tor am kürzesten«, sagte er wortkarg.

»Und warum heißt es so?«, erkundigte sich Niccolò neugierig.

»Ich weiß es nicht. Die Pforte soll geschlossen worden sein, als der Blachernenpalast gebaut wurde. Ist schon lange her.«

Ab da ging die Fahrt durch das spiegelblank daliegende Wasser stumm vonstatten.

Dann landeten sie an einer kurzen Mole. Der Sklave, den zu fesseln niemand für nötig befunden hatte, war mit einem Satz auf dem Anleger, stieß Fischer und vornehme Konstantinopler zu Boden oder ins Wasser und sprang hektisch wie ein flüchtender Hase an Land.

Ohne erkennbare Hast lief der Waräger hinter ihm her und stellte ihn noch vor der Stadtmauer. Boccanegra grinste spöttisch. Sein neuer Leibwächter war eine gute Wahl gewesen.

Die Auseinandersetzung endete mit einer kurzen Balgerei, die der Waräger rasch und geschickt in den Griff bekam, noch bevor Boccanegra und Niccolò bei ihm anlangten. Ab da trabte der Sklave brav wie ein Schaf neben seinem Bewacher her.

Kinder wiesen ihnen den Weg an der Seemauer entlang. Über ihnen flatterte zwischen den Häusern Wäsche, abgerissene Männer mit Bauchläden und Karren riefen ihre Waren aus, und Frauen drängten mit Krügen auf den Köpfen, aus denen Wasser schwappte, durch die Menge. Je weiter sie sich vom Palasthafen entfernten, desto ärmlicher wurde es.

Der syrische Arzt, der sich mit Kastrationen einen Namen gemacht hatte, arbeitete in einer steilen Gasse, die vor dem verbarrikadierten Stadttörchen endete.

David bar Salomo, ein schwarzbärtiger, braunhäutiger Mann, hörte sich ihr Anliegen schweigend an, fragte, woher sie seinen Namen hätten, nickte, nannte dann seinen Preis und seine Bedingungen. »Acht Hyperpyra, Abholung frühestens am dritten Tag, und nur, wenn die Heilung einen guten Verlauf nimmt. Soll die *potentia coëundi* heimlich erhalten bleiben? Aufschlag zwei Hyperpyra.«

»Warum?«, fragte Niccolò neugierig.

Boccanegra ließ ihn gewähren. Der Junge sollte das Geschäft von Grund auf lernen.

»Es ist schwierig, einen Eunuchen herzustellen, dem die Fähigkeit zum Beischlaf bleibt«, erklärte ihm der Syrer bereitwillig und mit hörbarem Stolz auf seine Handfertigkeit. »Es erfordert tagelange Handarbeit, durch Reiben und Drücken die Hoden derart zu zerstören, dass der Besitzer des Eunuchen beruhigt ist, was seine Gattin betrifft, man sich aber an ihm befriedigen kann.«

»Nein, das alles wird nicht gewünscht«, griff Boccanegra schließlich ein, um die ausführlichen Erklärungen zu beenden. »Ich brauche einen Carzimasier.«

»Einen Carzimasier. Es ist allerhöchste Kunst, sachgerecht einen zu formen«, gab David bar Salomo nach einem Moment der Überraschung zu bedenken. »Das Risiko bleibt bei Euch. Und es verlangt eine entsprechende Entlohnung, ob der Mann überlebt oder nicht. Die Hälfte ist vorher zu entrichten.«

Boccanegra nickte.

»Ihr seid von Kaffa gekommen, wollt weiter nach Genua und liegt vor Galata?«

Wieder nickte Boccanegra, er fand es bemerkenswert, dass der Syrer informierter war, als er zu erkennen gegeben hatte.

»Ich werde Euch Bescheid geben, wann der Mann abgeholt werden kann«, fügte der Arzt hinzu.

Kurz danach übernahmen zwei Männer mit kompakter Ringergestalt und Oberarmmuskeln wie Stämme von alten Olivenbäumen den Blonden und führten ihn davon.

Kurze Zeit später, schon auf der Gasse, hörten sie das Gebrüll des Mannes, das in ein schrilles Tremolo überging und dann abrupt verstummte.

»Jetzt spürt er nichts mehr«, sagte Boccanegra ermunternd zu Niccolò, dessen Gesicht die Farbe von frischem Weichkäse angenommen hatte. »Ich hätte jetzt Lust auf eine kleine Stärkung. Du auch? Da vorne ist ein Stand.« Ohne seine Antwort abzuwarten, eilte Boccanegra vorweg und bestellte gut gelaunt bei dem fliegenden Händler gefüllte Muscheln, die mit Zitronensaft serviert wurden.

Sie waren frisch und ausgesprochen lecker. Boccanegra empfand es geradezu als Beleidigung und Missachtung seiner freundschaftlichen Gefühle, dass Niccolò nach den ersten drei Bissen zur Stadtmauer stürzte und sich erbrach. Nicht einmal die Straßenköter, die sofort die Pfütze aus zerkauten Muscheln verschwinden ließen, konnten seine Verärgerung beschwichtigen. Der Waräger leckte sich hingegen in aller Ruhe die Finger ab.

Danach hieß es warten. Boccanegra ärgerte sich schon am dritten Tag, dass er sich auf das unsichere Geschäft mit einem Carzimasier eingelassen hatte. Inzwischen hätten sie auf See sein sollen. Mit privaten Einkäufen für die Familie vertrieb er sich in Galata die Zeit, wo sich die Handwerker auf kleine mechanische Erzeugnisse wie Wasserspiele für Kinder spezialisiert hatten. Unwichtige Dinge. In einem *han* fand er bei einem Perser einen Ballen Seidenstoff, den er sich in das Handelshaus schicken ließ. Aber alles steigerte lediglich seine Unruhe, nichts konnte ihn wirklich ablenken.

Er wartete auf die Nachricht des Syrers. Es kam keine. Dagegen gingen im Handelshaus Gerüchte um, dass in einem der vielen Viertel Konstantinopels plötzlich eine Krankheit aufgetreten sei, die sich unter den Einwohnern rasch verbreite. Näheres wussten die Händler in den kleinen Kammern des oberen Stockwerks nicht zu berichten.

Boccanegra schnaubte vor Verachtung. Diese Leute – er kannte sie nicht – hatten keine Ahnung, wie wichtig solche Informationen für das große Geschäft sein konnten. Sie würden ihr Lebtag lang Vorstadtkrämer bleiben.

Am Nachmittag sprach er beim Podestà vor, der im steinernen Nachbarhaus residierte, das schon fast einem Palast glich. Es ging hier bei weitem nicht so förmlich zu wie in Genua, aber dafür wusste der fürchterlich geziert sprechende Kerl noch viel weniger von einer Erkrankung in der Stadt als die Krämer.

Immer ungeduldiger ließ Boccanegra sich am sechsten Tag ihrer Anwesenheit über das Goldene Horn nach Konstantinopel übersetzen, in seiner Begleitung Niccolò.

Nachdem er in zwei ungewöhnlich vollen Kirchen gebetet

und Almosen gespendet hatte, lenkte er seine Schritte zum Sklavenmarkt.

Der weite Platz vor dem Markt, der vor ein paar Tagen von Menschen gewimmelt hatte, war menschenleer.

»Das Tor ist verschlossen, Herr«, meldete Niccolò aufgeregt.

»Schwatz nicht, Junge, wir werden feststellen, was los ist«, tadelte ihn Boccanegra, der genauso beunruhigt war. Wann immer er hier gewesen war, war außer sonntags der Markt offen gewesen.

Seltsamerweise waren auch keine der üblichen Geräusche aus der Krypta zu hören. Statt Kettenklirren, Rufen und Flehen gab es nur Grabesstille.

»Weg da!«, brüllte Boccanegra nervös und trat gegen eine der vielen Tauben, die gurrend umherliefen und Reste von Körnern suchten, mit denen sie vor wenigen Tagen noch von mitleidigen Seelen gefüttert worden waren.

Die ganze Schar erhob sich und flog auf. Es wurde, wenn das möglich war, noch stiller.

»Wenn man wenigstens den Wächter befragen könnte …«

Sie drehten sich um die eigene Achse. Kein Mensch war zu sehen. Nur einiger Abfall trieb raschelnd über den Platz, um in einer Ecke liegenzubleiben.

Im vornehmen Viertel am Blachernenpalast, zu dem sie sich am Nachmittag wieder rudern ließen, lief das Leben ganz normal. Auch im benachbarten Armenviertel flatterte wie vorher die Wäsche zwischen den eng einander gegenüberstehenden Häusern, und spielende Kinder winkten ihnen zu. Ein Granatapfelbaum ließ seine Zweige über die kurze Mauer hängen, die das Haus des Syrers vom Nachbarhaus trennte. Boccanegra klopfte fordernd an die Tür des schmalen Hauses, Niccolò dicht hinter sich.

Der Arzt öffnete selbst, reagierte aber sichtlich verärgert. »Ich habe zugesagt, Euch Bescheid zu geben, wenn ich es für richtig halte«, sagte er steif. »Dabei bleibt es.«

»Ich würde ihn gerne sehen!« Boccanegra konnte ebenfalls hartnäckig sein.

»Nein. Das gestatte ich mitten in einer Behandlung nie. Bitte geht wieder.«

»Wird der Mann überleben?«

»Der Mann wird überleben. Bitte geht jetzt.«

Boccanegra gab ein Knurren von sich. Aber er konnte nichts machen. Zögernd trat er rückwärts, während der Syrer die Haustür hastig schloss und hörbar verriegelte.

»Habt Ihr das Maultier gesehen?«, flüsterte Niccolò aufgeregt, als Boccanegra unschlüssig stehenblieb. »Es graste unbeaufsichtigt im Garten, und das Tragegestell war schon mit zwei Körben beladen. Und welche Hausfrau hat nicht Gemüse in ihrem Garten, zu dieser Jahreszeit wenigstens Zwiebeln und Knoblauch?«

»Was interessiert dich das denn? Du bist doch kein Bauer«, entgegnete Boccanegra unaufmerksam.

»Der Granatapfelbaum war beschnitten und muss im Kübel gestanden haben. Konstantinopel ist zu kalt für solche Gewächse.«

Endlich wurde Boccanegra hellhörig und begriff, worauf der Junge hinauswollte. »Du kennst dich mit Gemüse aus?«

»Hauptsächlich mit Bäumen und ihren Früchten …«

»Also gut. Und du meinst, er will fort?«

Niccolò nickte. »Er geht auf die Flucht. Der Blonde ist bestimmt tot.«

»Deine Überlegungen sind vorschnell! Die Bedingungen des Mannes waren vollkommen klar und verpflichten mich in jedem Fall, die zweite Hälfte zu zahlen. Wenn er wirklich verschwinden will, muss der Grund ein anderer sein.«

»Glaube ich nicht«, murmelte Niccolò hartnäckig. »Der Syrer hatte Angst vor uns.«

Zwei Tage später war immer noch keine Nachricht des syrischen Arztes eingetroffen. Das beunruhigte Boccanegra mehr als die hartnäckigen Gerüchte über die Krankheit in Konstantinopel, obwohl auch Galata nicht mehr frei davon war. Allerdings, unter Seeleuten, die aus der ganzen Welt kamen, gab es immer Krankheiten und Todesfälle. Boccanegra beschloss, dieses Mal mit einer bewaffneten Begleitung nach Konstantinopel überzusetzen.

Die Gassen am Verschlossenen Tor hatten sich inzwischen geleert. Trotzdem musste irgendwann Wasser aus den öffentlichen Zisternen geholt werden. Boccanegra fing eine von den Frauen ab, nachdem er lange vergeblich an die Tür des Syrers geklopft hatte.

»Ich weiß nicht, wo bar Salomo ist«, murmelte die Frau mit gesenktem Kopf.

Die beiden Seeleute und Niccolò schoben sich auf einen Wink von Boccanegra hin näher.

Die Frau sah von einem zum anderen. »Manche Leute verlassen plötzlich die Stadt, um Verwandte zu besuchen«, flüsterte sie. »Bar Salomo hat seinen Haushalt aufgelöst. Und mein Sohn hat gesehen, dass er sich an der Schlupfpforte des Verschlossenen Tors zu schaffen gemacht hat. Vielleicht hat er einen Schlüssel …«

»Du darfst jetzt gehen«, gestattete Boccanegra.

Noch während die Frau davonhuschte, begann der Waräger schon, die Haustür des Syrers aufzustemmen.

Ein markanter Geruch nach Verwesung schlug ihnen entgegen. Der Blonde lag halbnackt im hinteren Zimmer auf einer hölzernen Pritsche. Das Blut zwischen seinen Beinen war schon erstarrt.

»Der ist mindestens vier Tage tot«, erklärte der Waräger, der kaum jemals sprach, zu aller Überraschung.

»Ich habe es gewusst«, triumphierte Niccolò. »Der Kerl ist darauf vorbereitet zu fliehen, wenn ihm seine Verstümmelungen danebengehen, deshalb hat er einen Schlüssel zum Tor.«

Boccanegra schüttelte voll Furcht den Kopf. Etwas stimmte hier nicht.

# KAPITEL 5

AN BORD DER SANT JACOBUS

Arinna hatte keinen anderen Zeitvertreib, als aus der schmalen Öffnung in der Galerie abwechselnd auf das Goldene Horn und über den Bosporus zu blicken. Das Leben auf dem Wasser lief in aller Ruhe ab: Bootsbesitzer ruderten bedächtig Passagiere von einem Stadtteil zum anderen, Fischer legten Netze aus und holten sie ein.

Umso mehr wunderte es sie, dass der einheimische Bootsführer, der mit Boccanegra und drei weiteren Männern zurückkehrte, sich so kräftig in die Ruder legte, dass das Heckwasser schäumte. Boccanegra starrte über das Wasser hinweg und rief nicht einmal einen der Seeleute zur Ordnung, der sich während der Fahrt mit der Stirn auf der Bordwand schlafen legte.

Kurze Zeit später rührten sich an Deck viele Füße.

Jemand eilte an ihrer Tür vorbei, kehrte um, dann schlug die Tür auf, und Boccanegra blickte herein. »Wir lichten Anker. Ich will nur, dass du Bescheid weißt.«

»Warum?«

»Das Schiff wird verteufelt schräg liegen, wenn wir erst unterwegs sind. Der Kapitän ist ein waghalsiger Schiffsführer. Er würde behaupten, seine Karacke läge nur auf der Backe, aber du würdest vermuten, sie wäre kurz vor dem Kentern.«

»Das ist nicht meine Frage«, unterbrach Arinna ihn. »Ich will wissen, warum wir in dieser Hast aufbrechen. Ist etwas passiert?«

Boccanegra blinzelte befremdet, entschloss sich aber trotzdem zu antworten. »In Konstantinopel geht offenbar eine schlimme Krankheit um. Sogar ein Sohn des Kaisers soll erkrankt sein. Da suchen wir lieber das Weite. Um auf den Kapitän und seine Schiffsführung zurückzukommen: Die Sant Jacobus geht nicht unter, untersteh dich also, etwa aus Furcht die Seeleute zusammenzuschreien. Sie würden trotz Verbotes nichts lieber tun, als dir zu Hilfe zu eilen, und am Ende könnte niemand mehr für deine Unversehrtheit garantieren. Missgunst, Aufregung und anderes … Schließlich würden sie wie die Furien über dich herfallen, bevor Niccolò oder ich auch nur den Niedergang erreicht hätten. Verstanden?«

Das hörte sich ja furchterregend an, in jeder Beziehung. Arinna nickte eingeschüchtert.

»So ist's recht«, lobte Boccanegra grimmig. Bevor er Arinnas Verschlag verließ, machte er noch eine letzte Bemerkung: »Die Tür bleibt verriegelt, und du bleibst unter allen Umständen hier drin. Niemand außer mir darf dich herausholen!«

»Verstanden«, kam es über Arinnas Lippen, ohne dass sie es verhindern konnte.

Das Rasseln einer Kette, Rufe und Befehle an Deck, das Knattern von Leinwand und das Trappeln vieler Füße bestätigten Arinna, dass sie Konstantinopel im Eiltempo verließen. Auch andere Schiffe vor Galata lichteten Anker. Wütendes Geschrei über beschnittene Wegerechte hallte zwischen den Schiffen hin und her sowie unflätige Bemerkungen über unfähige Steuerleute, die man lieber gleich im Bosporus versenken sollte.

Arinna, die an ihrem schmalen Fensterausschnitt stand, spürte die Aufregung, die sich der Leute bemächtigt hatte. Dies konnte nicht normal sein. Und dann sah sie auch schon, dass Männer mit Hilfe einer Arbeitsbarke dabei waren, das lose Ende einer Kette über das Goldene Horn zu schleppen, um den Hafen zu sperren. Am *Kastellion* von Galata, wo die Kette landfest war, war man ebenfalls an der Arbeit.

Immerhin, dachte Arinna anerkennend, der Kaufmann hatte

Instinkt bewiesen, den Hafen im letzten Augenblick zu verlassen. Andere würden es nicht mehr schaffen. Ob es einen kaiserlichen Befehl gab, dem der Podestà von Genua zu gehorchen hatte? Würde es Krieg geben? Kamen die Osmanen?

Draußen im Bosporus verteilten sich die Schiffe auf die ganze Wasserfläche zwischen beiden Ufern, der aufgeregte Lärm ebbte ab. Dafür ging hier ein scharfer Wind, die Wellen waren höher als bei Arinnas Herfahrt und schaumbedeckt. Das Schiff wiegte sich von einer Seite zur anderen, nicht gerade bedrohlich, aber sie war doch dankbar, dass Boccanegra sie gewarnt hatte.

Sie vergrub sich zwischen Tauwerk und Tangsack und schloss die Augen.

Zur Nacht ankerten sie irgendwo, und es wurde ruhig an Deck. Etwas später brachte Niccolò ihr das Essen, worüber Arinna froh war, denn er war redselig und hatte meistens Neuigkeiten zu berichten.

»Stell dir vor«, sagte Niccolò, während er sich auf einem Haufen Gerümpel niederließ, »wir haben einen Toten.«

»Aha«, murmelte Arinna uninteressiert und löffelte eine grüngraue dickflüssige Masse in sich hinein, die merkwürdig schmeckte und nur mit festem Willen genießbar war. »Was ist das hier?«

»Linsen. Der Tote war ein kranker Sklave, den auch Boccanegra nicht mehr an den Mann brachte, weil er nicht mehr gehen konnte. Niemand wollte ihn anfassen, darum hat ihn der Segelmacher nicht eingenäht. Mit einem Bootshaken haben sie ihn ins Wasser befördert.«

»Wie bringt man es fertig, aus Linsen etwas so Scheußliches zu kochen? Und es ist nicht anständig, sich eines Toten derart zu entledigen«, befand Arinna tadelnd. »Wir und die Osmanen in unserer Gegend begraben unsere Verstorbenen in Würde. War er denn entstellt oder blutig, oder was?«

»Nichts da! Er war einfach ein gesunder ungläubiger Krieger, ein tatarischer Barbar mit einem so langen Schnurrbart, dass er sich ihn über die Schultern werfen konnte«, feixte Niccolò.

»Warum starb er denn, wenn er gesund war?«

Niccolò zuckte mit den Schultern. »Keine Ahnung. Es hat ihn niemand ausfragen können, weil niemand seine barbarische Sprache verstand. Vielleicht konnte er auch nicht mehr sprechen. Sein ganzer Körper glühte, habe ich gehört. Was kümmert er dich denn so?«

»Ich gehe gern Dingen auf den Grund«, antwortete Arinna. »Mir erscheint es nicht vernünftig zu behaupten, dass einer gesund gestorben ist. Es sei denn, er wäre uralt gewesen.«

»Natürlich nicht!«, protestierte Niccolò entrüstet. »Er war im besten Mannesalter. Glaubst du, wir Genuesen wären Betrüger? Unsere Ware ist ehrlich. Jedenfalls meistens«, fügte er trotzig hinzu.

Arinna kicherte.

Niccolò war zuerst verblüfft und fiel dann mit ein. »Der Koch ist Franzose und wird Kleiner Aal genannt. Er behauptet, dass er früher Küchenmeister bei einem Fürsten gewesen ist. Was hättest du denn mit den Linsen gemacht?«

»Oh, man kann sie ohne Mühe schmackhaft zubereiten«, sagte Arinna und lehnte sich träumerisch an die Wand. »Als ich unterwegs war, habe ich bei einer gastfreundlichen osmanischen Familie eine Linsensuppe gegessen, die vergesse ich nie. Darin waren außer roten Linsen Reis und Kichererbsen, Zwiebeln, verschiedene grüne Blätter als Gewürz, abgesehen von Pfeffer und Knoblauch natürlich, und Joghurt. Kleine Klößchen aus gehacktem Fleisch schwammen darin, und darauf befand sich ein Klecks Sahne. Du machst dir keine Vorstellungen, wie gut das schmeckte!«

»Nein, das kann ich nicht«, gab Niccolò zu. »Aber dem Kleinen Aal traue ich sowieso nicht. Vielleicht war er in der fürstlichen Küche ja nur Spießdreher.«

»Sieht eher nach Latrinenputzer aus.« Missmutig ließ Arinna den unappetitlichen Matsch vom Löffel kleckern.

»Pfui Teufel! Aber glaube nur nicht, dass wir in Kaffa schlecht gegessen hätten. Als wir noch nicht eingeschlossen waren, konnte man alles Gemüse, das man sich nur wünschen kann, auf dem Markt oder in der Umgebung kaufen. Die Köchin und der Küchensklave waren jeden Tag unterwegs, um Frisches zu holen. Und Teigwaren und guten italienischen Wein hatten wir alle Tage.«

»Schade, dass dieser Kapitän davon noch nichts gehört hat«, sagte Arinna bedauernd und löffelte unter Heldenmut den letzten Rest in sich hinein. »Warum wart ihr eingeschlossen?«

»Hast du davon noch nichts gehört?« Niccolò betrachtete sie wieder einmal zweifelnd. »Die ganze Christenwelt spricht davon, dass diese tatarischen Barbaren gerade die Schwarzmeerküste erobern. Uns Genuesen wollen sie aus Kaffa verjagen, obwohl wir dort schon seit uralter Zeit Handel treiben.«

»Jagt ihr dort nicht Menschen? Man könnte die Tataren verstehen.«

»Arinna, den ansässigen Bauern geht es deshalb doch nicht besser! Jetzt jagen die Tataren sie, um sie auf eigene Rechnung zu verkaufen.« Niccolò lachte ein wenig. »Es ist ein einträgliches Geschäft, daher beteiligt sich mein Handelsherr daran, aber er handelt auch mit anderen Dingen. Es gibt sogar Genuesen in Kaffa, die hauptsächlich Felle und Honig aus den Wäldern kaufen. Und andere …« Er verstummte und wurde ernst.

»Was ist?«, fragte Arinna.

»Ach, der Pelzhändler ist an Bord«, berichtete Niccolò. »Aber unser Edelsteinhändler nicht. Furchtlos wie alle Genuesen ist er in Kaffa geblieben. Aber wegen des tatarischen Fluchs muss man um sein Leben fürchten. Die Schamanen der Tataren haben einen bösen Geist in die Stadt geschickt, und deshalb sterben deren Bewohner.«

»Was ist ein Schamane?«

»Du weißt aber auch gar nichts«, rief Niccolò ungeduldig und sprang auf die Füße. »Ich muss jetzt gehen. Boccanegra wird vielleicht Schach mit mir nach dem Abendessen spielen wollen.«

»Was ist Schach?«

Niccolò winkte verdrossen ab und ging.

Am nächsten Morgen balancierte Niccolò Brot, Käse und einen Becher Wasser zu Arinna herein. Und immer noch signalisierten keine Geräusche das Lichten des Ankers. Dabei war es spät am Vormittag, die Sonne stand schon hoch am Himmel.

»Die Armenküche der Osmanen spendiert morgens außer Käse und Brot eine heiße Suppe und Honig«, nörgelte Arinna säuerlich. »Aber danke, dass du mir überhaupt etwas bringst.«

»Hör zu«, sagte Niccolò ernst. »Es ist etwas Schlimmes passiert. Über Nacht sind sechs Seeleute gestorben. Dieser verfluchte Fluch der Tataren!«

»Gestorben«, wiederholte Arinna gedankenlos. »Wie ist das möglich?«

»Das weiß niemand. Einer war gestern mit uns im Haus des syrischen Arztes. Außerdem ist Christophoro Boccanegra erkrankt. Gestern Abend hatte er schon keine Lust mehr, Schach zu spielen. Und Kapitän Minotto ist vor Sorge nicht mehr ganz bei sich.«

»Warum?«

Niccolò raufte sich die Haare. »Deine Fragen immer! Minotto hat natürlich Angst, dass Boccanegra stirbt.«

»Ich weiß. Er ist Venezianer, und die haben Angst, wenn ein Genuese stirbt. Das sagtest du schon.«

»Blödsinn!«, fauchte der Lehrling.

Arinna schwieg verdutzt. Er machte sich tatsächlich ernste Sorgen.

»Die Mannschaft war schon nicht komplett, als wir in Kaffa ablegten. Nicht alle Seeleute ließen sich in der Eile finden, und Boccanegra wollte nicht warten. In Konstantinopel hatte er vor, neue Seeleute zu dingen, aber das wurde ja nichts. Jetzt wieder sechs Seeleute weniger, und es wird allmählich schmerzhaft. Die Karacke lässt sich schlechter segeln, je weniger Seeleute wir haben, verstehst du? Auch deswegen tobt Minotto.«

»Dann muss er eben neue Leute finden.«

»Schlauberger! An dieser Küste haben die Türken überall die Dörfer geplündert, verbrannt, ausgeraubt und die Bewohner zum Verkauf in die Sklaverei mitgenommen. Es ist Ödland. Niemand mehr da. Kein Mensch!«

»Ach so«, sagte Arinna betroffen.

»Ja, ach so. Die Toten wurden heute früh alle über Bord gegeben, und Minotto hat ein Gebet gesprochen. Als hätten sie sich zum Sterben verabredet, lagen alle beisammen in der gleichen Ecke des Mannschaftsraums.« Niccolò schüttelte bekümmert den Kopf.

»Der Fluch der Tataren«, wiederholte Arinna nachdenklich. Ihr war, als müsse dies ihr etwas sagen, aber sie wusste nicht, was.

Arinna nagte noch nachdenklich an dem harten Brotkanten, als die Tür zu ihrem Verschlag aufgerissen wurde und sich ein Mann hereinzwängte, dessen breite Schultern von einer Türlaibung zu anderen reichten. Eine wulstige rote Narbe zierte sein Gesicht vom Kinn bis unter eines der braunen Augen, aber der halblange Rock aus Brokat beruhigte Arinna irgendwie. Wie ein Meuchelmörder sah der Mann nicht aus. Ein einfacher Seemann war er auch nicht.

Niccolò sprang auf und machte eine Verbeugung. »Obelerio Minotto«, murmelte er.

Der Kapitän. Arinna hatte ihn bisher nicht zu Gesicht bekommen.

»Du bist die persönliche Sklavin von Boccanegra?«, fragte er in schlechtem Griechisch.

»Nein, die bin ich nicht«, bestritt Arinna, indes Niccolò nachdrücklich nickte.

»Nun, wie sich das verhält, ist mir völlig gleichgültig«, schnauzte Minotto. »Du wirst den Handelsherrn pflegen. Er ist krank, und ich kann keinen einzigen Mann dafür entbehren.«

»Ich darf diesen Verschlag nicht verlassen.«

»Ich erlaube es dir. Das heißt, ich befehle es dir!«, brüllte der Kapitän.

»Nein, ich darf nicht«, erwiderte Arinna störrisch. Sie verspürte nicht die geringste Lust, lüsternen Seeleuten in die Arme zu laufen.

Minotto schien ihre Überlegungen zu ahnen. »Ich gebe dir eine bewaffnete Eskorte mit für Wege, die du wegen Boccanegra machen musst. Dieser Lehrling Niccolò kann mir als Laufbursche deine Nachrichten überbringen. Und deine Wünsche. Für die Pflege sollst du erhalten, was du brauchst.«

Arinna sah ihm gerade in die Augen. Er war ein harter Mann, das spürte sie, aber im Augenblick bettelte er um Hilfe.

»Ich weiß nicht, was wird, wenn Boccanegra stirbt … Die Genuesen sind schnell mit dem Köpfen zur Hand.«

Das Pferd des Janitscharen war beiseitegetreten, als der blutige Kopf ihres Vaters gegen seinen Huf gerollt war. Der Soldat hatte es wieder auf den alten Platz gezwungen. Arinna konnte das Zittern kaum unterdrücken, als sie daran dachte. »Ja, gut, ich werde Euch helfen«, versprach sie, als sie sich gefasst hatte.

»Mir liegt viel daran, dass Boccanegra überlebt. Aus mehreren Gründen, die dich nichts angehen«, sagte der Kapitän in gedämpftem Ton, der jedoch immer noch im ganzen Deck zu hören sein musste. »Tu, was du kannst. Wenn etwas ist, schick Niccolò umgehend zu mir!«

»Ja, gewiss«, versprach Arinna, geradezu überwältigt von der Erkenntnis, dass sie binnen weniger Augenblicke von einer Sklavin zu einer umworbenen Helferin aufgerückt war. Womöglich stellte sich diese Krankheit als ein Glücksfall für sie heraus.

»Was mag der Handelsherr haben?«, erkundigte sich Arinna, als der Kapitän wieder fort war und unter Befehlen und Flüchen zum Achterdeck hochtobte. Ihnen war zu entnehmen, dass er es jetzt eilig hatte, Anker zu lichten. Sie lauschten beide, bis seine Stimme verklang. »Neigt er dazu, krank zu sein?«

Niccolò runzelte die Stirn und versuchte sich zu erinnern. »Er hat mir jüngst erzählt, dass er als Kind ziemlich krank war. Deswegen zieht er ein Bein nach, man sieht es aber kaum.«

»Das rechte, ich weiß.«

»Was du nicht alles bemerkst«, sagte Niccolò verblüfft. »Du wirst meinen Handelsherrn bestimmt gesundpflegen. Hast du so etwas schon öfter gemacht?«

Arinna schüttelte den Kopf. »Meine Mutter wurde zu kranken Nachbarn geholt. Ich bin öfter mitgegangen, um ihr zur Hand zu gehen, das ist alles. Ich soll ihn übrigens pflegen, nicht gesund machen. Das kann ich nicht.«

Die Tür wurde aufgezogen. Ein Hüne mit wirrem blondem Haar, das von einigen grauen Strähnen durchzogen war, steckte den Kopf in den Spalt. »Ich soll dich auf der Stelle zum Handelsherrn verfrachten, Mädchen. Tot oder lebendig.«

Arinna lachte verschmitzt. Sein Griechisch war ungewohnt, weil er ihm eine Melodie unterlegte, so dass es wie ein Lied klang, aber sie verstand ihn. Trotz seiner berserkerhaften Gestalt wirkte er freundlich und war ihr auf Anhieb sympathisch. »So hat der Kapitän es bestimmt nicht gemeint.«

»Aber ich. Nun komm schon!«

Niccolò schloss sich ihnen an, wogegen der Hüne nichts einzuwenden hatte. Mit einem krummen blankgezogenen Messer in der Hand wanderte er einen engen Gang voran, in dem Arinna sich seitlich abstützen musste, um die Schräglage des Schiffes abzufangen. Offensichtlich waren sie schon unterwegs.

Der Hüne betrat eine Art Galerie mit mehreren Fensteröffnungen und zeigte schweigend auf eine Koje, in der Boccanegra lag. Niccolò bedeutete er energisch, an der Tür stehenzubleiben, was dieser respektvoll tat, danach verklangen seine festen Schritte im Gang vor der Galerie. Arinna tappte leise zum kranken Handelsherrn ans Bett. Seine Augen waren geschlossen und sein Gesicht gerötet wie nach ausgiebigem Weingenuss. Als Arinna ihre kühle Hand an seine Stirn legte, schlug er die Augen auf. »Ihr habt Fieber.«

»Ist es Sumpffieber?«, krächzte er. »Ich war vor einiger Zeit in Rom, wo es umgeht.«

»Das weiß ich nicht«, antwortete Arinna. »Habt Ihr auch Schmerzen?«

»Nicht besonders. Nur am rechten Bein, das früher schon erkrankt war. Kannst du das Fieber zum Verschwinden bringen?«

»Ich könnte es«, sagte Arinna nachdenklich. »Meine Mutter hat es aber manchmal erst erhöht, dann ist es schneller vorbei.«

»Davon habe ich noch nie gehört«, sagte Boccanegra müde. »Mach, was du willst. Ich werde sterben. Ohne den Segen eines Priesters.«

Seine Meinung interessierte Arinna nicht, nur noch ihre Aufgabe. Sie wandte sich an Niccolò. »Ich brauche heißes Wasser in zwei Kannen, kaltes in einer dritten und einen leeren Bottich, in den die Füße deines Handelsherrn hineinpassen. Und wenn sich Zitronenöl an Bord fände, wäre es ganz großartig.«

»Hä?«, brummelte der Lehrling ohne jedes Verständnis.

»Nun mach schon«, befahl Arinna. »Lauf zum Kapitän und sag es ihm. Der Mann mit dem ausgedroschenen Weizenstroh auf dem Kopf darf dir bestimmt helfen, damit ich alles zugleich hier habe. Das ist wichtig.«

»Ein Waräger. Der Kerl ist ein Waräger aus den Wäldern weit, weit … irgendwo«, berichtigte Niccolò und winkte mit ausgestrecktem Arm ungezielt durch die Galerie. »Bei den byzantinischen Kaisern dienen sie als Leibwache. Denen ist nicht zu trauen, die schlagen schnell zu.«

»Umso besser, dann hast du einen guten Beschützer.«

»Na ja«, knurrte Niccolò, fand aber anscheinend keine weitere Ausrede und rannte fort.

Arinna setzte sich auf einen Scherenhocker, der an der Fensteröffnung stand. Hinter sich hörte sie Boccanegras schnelle Atemzüge. Mit Sehnsucht blickte sie über die See und das flache Land, von dem sie sich gerade entfernten, während ihre Gedanken im Kreis gingen.

Was hatte sie nur auf diesem Schiff zu suchen? Vor einem Jahr noch hatte sie ruhig und zufrieden in einem zerklüfteten trockenen Land mit spitzen Steinkegeln und fruchtbaren Talkesseln gelebt, behütet von Vater und Mutter und Teil der Gemeinschaft ihres Volkes.

Und jetzt schwamm sie auf einer Einöde aus Wasser in einem klobigen Schiff, dem sie nur wenig Vertrauen entgegenbrachte, umgeben von Männern, denen noch weniger zu trauen war.

Und was würde mit ihr geschehen, wenn der Genuese starb? Der venezianische Kapitän konnte sich jedenfalls vor dem Senat von Genua damit herausreden, dass er keine Verantwortung für ihn getragen hatte. Womöglich würde er sogar behaupten, dass sie heilkundig sei, und konnte dafür vermutlich sogar Niccolò zum Zeugen aufrufen. Der Lehrling war nicht der Mutigste, das spürte Arinna.

Jedenfalls würde man ihr, was auch immer passierte, die Schuld in die Schuhe schieben.

Eine endlose Zeit schien vergangen, bis Niccolò zurückkam, aber immerhin gefolgt von dem Waräger und mit allem, was sie ihm aufgetragen hatte.

Der Hüne blieb dieses Mal in der Kammer stehen, während Niccolò nach einem strengen Blick von ihm in der Türöffnung blieb.

»Wie heißt du eigentlich?«, fragte Arinna gedankenlos, schon planend, wie sie das alles mit zwei Händen erledigen sollte.

»Hrolf.«

Arinna blickte ihn überrascht an. Er sprach und verstand Griechisch tatsächlich so gut wie sie.

»Und du selbst?«

»Arinna«, murmelte sie. »Ich benötige Hilfe. Ich muss den Handelsherrn aufsetzen und festhalten, gleichzeitig aber heißes Wasser in den Bottich gießen.«

»Zusammen vier Hände«, rief Niccolò und war sofort an ihrer Seite.

»Du machst, dass du an die Tür kommst«, bellte Hrolf. »Ich habe ähnliche Krankheiten schon erlebt, du nicht! Ich werde Arinna helfen.«

Während Niccolò eingeschüchtert an seinen Platz zurückschlich, lächelte Arinna den Waräger an. Er schien ihr keineswegs furchteinflößend, obwohl er, weit von seiner Heimat, vermutlich sein Leben als Krieger und Söldner fristete. Im Gegenteil, er bemühte sich offensichtlich, Niccolò zu schützen, wenn sie auch nicht verstand, warum. Aber es gefiel ihr.

Hrolf grinste breit zurück. »Sag, was ich tun soll!«

»Boccanegra zum Sitzen bringen.« Arinna goss geschwind das kalte Wasser in den Bottich, dann streifte sie dem Handelsherrn die Beinlinge ab und steckte sie in den Bottich. Das heiße Wasser in den beiden Kannen war nicht mehr brühheiß, dampfte aber noch. Sie goss es hinzu, bis ihre Hand die Hitze kaum mehr aushalten konnte. Boccanegra stöhnte.

Gut so, dachte Arinna. Dann fiel ihr etwas ein. In der Kniekehle des rechten Beins hatte sie beim Herabstreifen des Beinlings einen kleinen Knoten gefühlt. Sie tastete nochmals danach und fand sich bestätigt. Die kleine Beule war warm, aber nicht heiß, und Boccanegra schien bei ihrem Hantieren keine Schmerzen zu spüren.

Während sie die Beine des Handelsherrn festhielt, der an den Schultern von Hrolf gehalten wurde, goss Arinna ab und zu heißes Wasser nach. »Bist du schon lange an Bord dieses italienischen Schiffes?«, fragte sie. »Und wie kommt es, dass du Griechisch sprichst?«

»Ich habe erst vor kurzem in Kaffa angemustert«, erklärte Hrolf. »Früher war ich in der kaiserlichen Garde, dann zog es mich in die Wälder, aus denen mich die Tataren wieder vertrieben. Sie sind ein unangenehmes Volk, schlau, aber hinterhältig, ihr Essen ist widerlich, und sie bringen gefährliche Krankheiten mit.«

»Du hast anscheinend bei ihnen gelebt?«, fragte Arinna neugierig.

»Ein Jahr. Das hat mir gereicht. Ich werde von Genua aus über die Alpen zurück zu meinen Leuten reisen.«

Die Kanne mit dem heißen Wasser war schließlich leer.

Arinna entschied, dass es genug war. Als sie sich abmühte, Boccanegra die Beinlinge wieder anzuziehen, half ihr Hrolf. Dann zog er ihn auf das Kissen hoch, das Arinna inzwischen mit Zitronenöl beträufelt hatte.

Arinna betrachtete den Kaufmann. Er ruhte ruhig, atmete jedoch etwas schneller als noch vor kurzem. Mehr konnte sie nicht tun. In Gedanken vertraute sie Boccanegra der Fürsorge der Göttin an.

Auf dem Deck über ihnen hörte man das Trappeln vieler Füße, Gebrüll und Aufregung.

Hrolf blickte alarmiert nach oben und lauschte. »Thor, steh uns bei!«, rief er. »Türkische Seeräuber!« Er war so schnell aus der Galerie, dass Arinna nicht einmal mehr fragen konnte, was das zu bedeuten hatte.

# KAPITEL 6

AN BORD DER SANT JACOBUS
THRAKISCHES MEER

Bei der Madonna, bleib hier«, rief Niccolò erschrocken und erwischte Arinna am Ärmel, gerade als sie an ihm vorbei und an Deck wollte. »Wenn die Türken dich sehen, werden sie noch viel erbarmungsloser kämpfen, weil sie dann glauben, hier wäre eine Ladung Frauen an Bord!«

Arinna hielt an. »Meinst du wirklich?«

»Ja, sicher doch. Sie lieben blonde Frauen mehr als alles andere. Das müsstest doch wohl gerade du wissen.«

»Nein, ich weiß es nicht.« Aber es stimmte, ihr Vater hatte sie und ihre blauäugige Mutter häufig in die untersten Höhlen geschickt, wenn kriegerische Türken in der Nähe waren, und die Zugänge von gleich mehreren Ebenen über ihnen versperrt. Auf ihrer Flucht hatte sie manchmal heimliche Hilfe von Frauen aus osmanischen Familien erhalten, aber auch die hatten darauf geachtet, dass sie den Männern nicht begegnete.

Ein lautes Knirschen und Quietschen ertönte. Aus der Galerie erblickte Arinna eine lange Galeere mit zwei Ruderreihen übereinander, die näher an die Karacke herandriftete, das Tempo gesteuert durch die ausgestreckten Ruder, die kurz danach angewinkelt wurden. Plötzlich blickte Arinna auf schnurrbärtige Gesichter, die sie anstarrten.

»Weg da!«, schrie Niccolò, der die Situation schneller als Arinna erfasste, und zerrte sie zur Tür.

Aber es war zu spät. Ein Mann stimmte ein Triumphgeheul an, das von anderen aufgegriffen wurde, dann bissen sich Enterhaken an der Reling der Sant Jacobus fest, und das Deck erzitterte unter unzähligen Füßen.

»Eine Waffe«, keuchte Niccolò und drehte sich wie von Sinnen um sich selbst. »Wo bewahrt er denn seine Waffen auf?«

Unwillkürlich blickte Arinna zur Koje und entdeckte fast ungläubig, dass Boccanegra schwach einen Arm hob und auf eine Wand zeigte. Ein Wandschrank! Arinna stürzte hin, riss ein Türchen fast aus den Angeln und entdeckte dahinter zwei Schwerter und einen kleinen Krummsäbel nach türkischer Art.

Flüchtig wünschte sie sich ihren Krummdolch zurück, nahm dann den Krummsäbel und sah erleichtert, wie Niccolò zu der schwereren Waffe griff, deren Anwendung er offenbar geübt hatte. Er nahm neben der Tür Aufstellung.

Wie auf Verabredung lauschten sie beide. Oben tobte der Kampf, Metall klirrte auf Metall, dann ein Dröhnen, als ob etwas Schweres auf Deck gefallen sei.

»Das war eine Rah«, stellte Niccolò düster fest. »Sie kappen die Taue. Gleich kommen sie herunter.«

Arinna klemmte die Kiefer zusammen und nahm vor Boccanegras Koje Aufstellung. Sie hatte sich auf ihn eingelassen, und nun würde sie ihn verteidigen.

Die Kampfgeräusche veränderten sich, sie kamen näher, waren schon unter Deck am Niedergang. Das Klirren von gekreuzten Waffen wurde hörbar. Ein breiter Rücken schob sich in die Tür, dem Mann fielen zusammengebundene blonde Haare über den Nacken. Arinna lächelte. Hrolf.

Mit seinem langen Messer erledigte der Waräger einen Mann nach dem anderen. Jedes Schaukeln des Schiffes schickte einen kleinen Schwall Blut in den Raum des Kapitäns. Niccolò, der hin und wieder einen kleinen Ausfall mit seinem Schwert unter dem Arm von Hrolf hindurch wagte, starrte angewidert drauf.

Plötzlich neigte sich die Karacke zur Seite und nahm Fahrt auf. Ein gellendes Signal ertönte. Aus dem Galeriefenster sah Arinna Männer in die Galeere springen.

»Sie geben auf«, stellte Hrolf lakonisch fest und bückte sich, um seine Waffe am Gewand eines Toten abzuwischen.

»Sonnengöttin, danke«, sagte Arinna unbedacht. Der Krummsäbel fiel ihr aus der Hand, so erschöpft fühlte sie sich. Sie selber plumpste daneben zu Boden.

»Wem hast du eben gedankt?«, fragte Niccolò, dehnte die verkrampften Schultern und betrachtete stolz das Schwert in seiner Hand.

»Lass deine Fragen, mein Junge«, sagte Hrolf und klopfte dem Lehrling wohlwollend auf die Schulter. »Das hast du gut gemacht. Aber nicht jeder glaubt an euren Christus, und dem muss man dann auch nicht unbedingt auf den Grund gehen.«

»Nein, Waräger«, antwortete Niccolò respektvoll.

»Gut. Dann passt du jetzt wieder auf, dass niemand deinen Kaufherrn belästigt«, befahl Hrolf und hob warnend einen Finger. »Aber von der Tür aus. Du bist schon wieder zu dicht an seinem Lager. Achte auf Arinna und verlasse deinen Posten nicht.«

»Ja, ja. Und nein.«

»Ich werde mich oben umsehen«, versetzte Hrolf, »aber ich komme wieder.«

Ein paar Schiffslängen später krabbelte Arinna an eine der Öffnungen im Schiffsheck, um sich dort hochzuziehen und hinauszuschauen. »Sie bleiben tatsächlich zurück«, sagte sie staunend. »Wie haben wir das nur geschafft?«

»Keine Ahnung. Aber gut, was?« Niccolò strahlte. »Das war ja ein Abenteuer!«

»Ich kann darauf verzichten«, bemerkte Arinna sarkastisch und raffte sich auf, um Boccanegras Befinden zu erkunden. Er schlief und atmete weniger schwer als vorher. »Der Kampf hat ihm gutgetan«, verkündete sie Niccolò flüsternd, »das Fieber ist wahrscheinlich vorübergehend gestiegen und jetzt gesunken.«

»Na, fein«, sagte Niccolò lässig und strich zärtlich über die Schwertklinge. »Ist wohl besser, ich behalte sie für die nächsten Türken, oder?«

»Ich erlaube es dir«, sagte Boccanegra und schlug die Augen auf. »Du hast sie dir verdient.«

»Meister«, stammelte der Lehrling und ließ in seinem Schrecken das Schwert beinahe fallen. »Ich wollte nicht …«

»Ja, schon gut.«

Arinna beobachtete den Handelsherrn aufmerksam. »Geht es Euch besser?«

Boccanegra stutzte und dachte nach. »Vielleicht. Ich vermute, es ginge mir noch besser, wenn du mir etwas zu essen verschaffen könntest. Und Wein.«

»Dafür ist Niccolò zuständig.«

»Ich vermute, dass der Kleine Aal das Feuer gelöscht hat, als die Türken kamen. Jedenfalls wäre es vernünftig gewesen …«, bemerkte Niccolò sachkundig.

»Spekuliere nicht, Niccolò, sondern lauf los. Wein ist im Schapp.«

»Im Schapp«, wiederholte Arinna und begriff anhand Boccanegras umherfuchtelnden Arms, dass er einen der Wandschränke meinte. Die runden Löcher im Paneel, über deren Zweck sie bereits nachgedacht hatte, stellten sich jetzt als Grifflöcher heraus, und schnell hatte sie sowohl den Wein als auch einen Becher gefunden.

»Du bringst mir Glück, Arinna«, sagte Boccanegra, als er mit sich selbst angestoßen hatte, »du sollst immer bei mir bleiben.«

Arinna verzog den Mund. Gerade das wünschte sie sich ganz bestimmt nicht.

Hrolf kam zusammen mit dem Kapitän zurück. An der Tür hielt er Minotto auf, während er selber ohne jede Scheu die Kammer betrat. »Ihr bleibt besser dort stehen, Kapitän.«

»Was fällt dir ein, Kerl«, sagte Minotto und schob sich in die Mitte des Raums. »Willst du mir auf meinem eigenen Schiff befehlen?«

»Darum handelt es sich nicht«, entgegnete Hrolf, respektvoll, aber ohne jede Angst. »Ihr müsst Abstand halten! Die Tataren, bei denen ich eine Zeitlang war, hielten es so. Niemand, der die Krankheit nicht gehabt hatte, durfte sich einem Kranken nähern. Und Erdhörnchen waren für die Jäger tabu, solange die Krankheit umging.«

»Abergläubische Tataren«, befand Minotto abfällig und ohne jedes Interesse.

Arinna hörte Hrolf hingegen stirnrunzelnd zu. Was erzählte er da? Ihr schien es ziemlich zusammenhanglos. Andererseits hatte sich der Waräger bisher als äußerst vernünftig herausgestellt. Sie zog ihn in eine Ecke des Raums, um ihn unter vier Augen zu befragen, während Minotto sich zum Handelsherrn auf das Bett setzte. »Was haben denn Erdhörnchen mit dem Fieber von Christophoro Boccanegra zu tun, Hrolf?«

»Keine Ahnung«, antwortete der Waräger ehrlich. »Aber ich denke, dass der Consigliero die gleiche Krankheit hat wie die toten Seeleute. Und wie die Tataren. Und anscheinend auch die Erdhörnchen. Das sind harmlose Tiere mit einem langen Schwanz. Die Tataren jagen und essen sie gerne, aber nur wenn sie keine Knötchen in der Achselhöhle haben. Wenn die Jäger die entdeckten, hieß es, die Erdhörnchen hätten die *hinfallende Krankheit*, und dann brach der Stamm sofort die Zelte ab und zog in eine andere Gegend.«

Knötchen. Arinnas Blick wanderte nachdenklich zu Boccanegra, der sich leise mit Minotto unterhielt.

Minotto tätschelte dem Handelsherrn mit seiner breiten Pranke behutsam den Oberarm. »Ihr kommt wieder in Ordnung«, sagte er. »Glaube nicht, dass Ihr vom Fluch der Tataren betroffen seid. Kein Mann, der am Fluch starb, war krank, davon habe ich mich überzeugt. Ihr dagegen wart richtig krank, das ist so klar wie eine venezianische Kraftbrühe.«

Arinna sah zu Hrolf hinüber. Der rümpfte die Nase.

»Helft mir, mich aufzusetzen«, bat Boccanegra mit rauher Stimme, »und dann reicht mir den Becher, seid so gut. Wie hoch ist unser Verlust?«

»Zehn Mann«, antwortete Minotto düster. »Und einige Verletzte. Wir müssen an Land und Seeleute pressen, sobald wir aus den Gewässern heraus sind, die die Türken unsicher machen. Bis dahin werden wir allerdings wesentlich langsamer sein als für gewöhnlich. Wir können nicht mehr alle Segel bedienen.«

»Und wo werden wir diese Seeleute finden, Minotto?«

»Über Athen müssen wir hinaus, dort versuchen die meisten Schiffer Seeleute anzuwerben, und was übrig ist, taugt nichts. Kalamata, wenn wir mit Gottes Hilfe den Ort erreichen … Der Hafen ist tief genug und geschützt gegen die meisten Winde außer Süd, dort liegen wir gut. Außerdem hat er eine fränkische Garnison, so dass wir in aller Bequemlichkeit in deren Schutz Schäden reparieren können. Und Süßwasser in alle verfügbaren Tonnen aufnehmen. Mit viel Glück entgehen wir vielleicht den albanischen Piraten, wenn wir ihre Küste meiden und den italienischen Stiefel direkt ansteuern.«

Niccolò kam zurück. »Tut mir leid, Meister«, sagte er noch in der Tür, »das Brot ist feucht und alt. Der Kleine Aal liegt in der Koje und brabbelt unter der Decke Gebete. Backen verweigert er. Aber der Käse und die Oliven sind gut, die habe ich gekostet.«

Als er weiterwollte, hielt Hrolf ihn auf und nahm ihm die Schüssel ab. »Ich füttere deinen Herrn«, knurrte er.

Er war ein seltsamer Mann, fand Arinna. Immer noch bestand er auf einer Sitte, die er bei den Tataren gelernt hatte, ob sie passte oder nicht.

Der nächste Tag brachte für Arinna eine erfreuliche Änderung: Sie wurde nicht mehr eingeschlossen und durfte aus ihrem Verschlag heraus, sofern Niccolò zur Hand war, um sie zu begleiten. Die Seeleute waren inzwischen zu abgekämpft, um für sie eine Gefahr darzustellen.

Als Erstes kletterte sie an Deck und hielt neugierig auf dem Aufbau, den sie das Vorderkastell nannten, Ausschau. Die Sicht nach vorne wurde lediglich durch den Bugspriet, einige Ketten und Taue beeinträchtigt. Über ihr kauerte in einer Art Korb der

Ausguck, aber der rührte sich nicht und sprach sie auch nicht an.

»Hier ist es schön«, sagte Arinna, ignorierte die Schäden des Kampfes und betrachtete die Gipfel an Land, die über dem Morgendunst zu sehen waren.

»Gewiss«, stimmt Niccolò ohne Interesse zu. »Über Nacht sind zwei weitere Seeleute gestorben. Denen muss der Fluch besonders zugesetzt haben. Als man sie heute früh fand, hatten sie ganz blaue Gesichter.«

Arinna fuhr entsetzt herum. »Was du nicht sagst!«

»Kapitän Minotto lässt jetzt das Abteil räumen, in dem alle diese Männer ihre Hängematten hatten«, berichtete Niccolò, zufrieden mit der Aufmerksamkeit, die sie ihm widmete. »Er will sie sogar von allem Unrat säubern lassen.«

»Wir gehen nach unten. Das möchte ich sehen!«

»Das darfst du nicht«, sagte Niccolò erschrocken.

»Wer entscheidet, was ich darf? Du?«

Niccolò nagte an seiner Unterlippe, dann schloss er sich Arinna an, die schon die Leiter hinunterkletterte.

Die Mannschaft hauste unter dem Vorderkastell, das von baumdicken Stützpfeilern getragen wurde. An einem davon lehnte Minotto und überwachte die Arbeiten, die er angeordnet hatte. Zwischen den Pfeilern waren Taue gezogen, an denen Seesäcke und anderes festgebunden waren. Ein ekelhafter, säuerlicher Geruch lag in der Luft, nach einer Mischung aus Blut, Erbrochenem und Exkrementen. Arinna versuchte, ganz flach zu atmen, und hielt sich irgendwo fest. An Niccolòs Ärmel, wie sich herausstellte. Er stützte sie bereitwillig, wofür sie ihm dankbar war.

»Seht mal, Kommandant, was hier alles liegt«, sprach ein Mann, der außer Arinnas Sicht war. Als er hinter der Barriere aus Säcken auftauchte, hielt er ein ganzes Bündel von nackten rosa Schwänzen in die Höhe. »'ne Menge tote Ratten hier, fertig zum Einsammeln, muss sie gar nicht erschlagen.«

»Mach, dass du vorankommst, Georgios«, sagte Minotto mit

müder Stimme. »Schmeiß sie über Bord. Und diese verdammten Pfeile gleich hinterher. Wir brauchen keine Pfeile. Die beiden anderen werden gleich mit dem Kalkfass da sein.«

»Welche Pfeile, Käpt'n?«

Aber die Frage blieb unbeantwortet, denn im gleichen Augenblick schleppten die Seeleute, die Minotto in den Frachtraum geschickt hatte, eine kleine, aber schwere Tonne herein, die sie ächzend abstellten. Einer begann sogleich, den Deckel aufzuhebeln, auf dem eine Kaufmannsmarke befestigt war.

»Und dass ihr mir sorgfältig arbeitet«, sagte Minotto und machte Anstalten zu gehen.

»Seltsame Idee von Euch, Kapitän«, wagte einer der beiden zu bemerken. Trotzdem griff er schon nach einem Schrubber, den er in die weiße Masse tauchte und über die Planken spritzte. Anschließend rieb er den Kalk tief in die Hölzer.

»Ich hätte lieber Teer genommen, aber den brauchen wir noch für die Reparaturen.« Minotto legte eine kleine Pause ein, um tief Luft zu holen, und hielt sich dabei krampfhaft an einem der Stützbalken aufrecht.

Arinna sah ihm verstohlen ins Gesicht. Ihm ging es nicht gut. Er war krank.

»Dieser Löschkalk ist bezahlt, aber der Käufer in Kaffa war tot, als Georgios ihn anlieferte. Man hatte für ihn keine Verwendung mehr. Warum hätten wir ihn nicht behalten sollen?« Minotto schleppte sich davon, von einer Gangseite zur anderen taumelnd.

»Löschkalk soll neuerdings Flüche verhindern?«, murrte der zweite Seemann. »Das Zeug frisst einem ja Löcher in die Haut, aber bestimmt nicht in die des Teufels. Die heilige Panagiá von Tinos steh' uns bei!«

Arinna hatte genug gesehen und gehört. Sie zog Niccolò mit sich zum Aufgang. Als sie draußen in der Kuhl angekommen waren, steckte sie die Nase in die Luft und versuchte erst einmal, sich in der kräftigen Brise zu erholen. Die blähte das Großsegel, und sie machten gute Fahrt.

»Du bist ja bleich wie der Tod«, stellte Niccolò misstrauisch fest und wich einen Schritt zurück. »Hat dich der Fluch …?«

»Mich nicht«, flüsterte Arinna. »Aber ich glaube, den Kapitän.«

Niccolò schlug hastig das Kreuz und starrte sie mit aufgerissenen Augen an.

»Hrolf hat ihn doch gewarnt«, flüsterte Arinna weiter, »aber der Kapitän wollte ja nicht hören. Und jetzt erzählt er uns vollkommen unwichtige Dinge und phantasiert von Pfeilen, die nicht da sind. Er ist nicht ganz bei sich.«

»Hrolf mit seinen Tatarenweisheiten«, sagte Niccolò verächtlich. »Diese Wilden können anscheinend ja nicht einmal einen Fluch von einer Krankheit unterscheiden.«

Arinna schüttelte energisch den Kopf. Das war nicht der springende Punkt.

»Du bist viel länger in Boccanegras Kammer gewesen«, versuchte der Lehrling es erneut. »Was soll das denn schon damit zu tun haben? Der Herr straft den einen und verschont den anderen.«

»Aber Minotto war auch bei den Seeleuten mit den blauen Gesichtern«, wandte Arinna ein. »Wenn's jetzt doch dasselbe ist …«

»Ist es nicht!«

»Es wird Zeit, nach Boccanegra zu sehen«, befand Arinna, da sie einsah, dass sich Niccolò nicht überzeugen ließ.

Der Handelsherr stand am Fenster, als sie eintraten. »Wenn wir doch nur schneller vorwärts kämen«, schimpfte er nervös. »Diese Karacke schleicht wie eine Weinbergschnecke, sie klebt ja förmlich an den Wellen. Und ich dachte, wir hätten das größte und schnellste Schiff bauen lassen! Die Schiffbauer haben uns betrogen!«

»Die Sant Jacobus fährt nur unter Großsegel, wie Meister Minotto Euch erklärt hat«, entgegnete Niccolò, um ihn zu beruhigen.

»Ich kann mich nicht erinnern, mit ihm gesprochen zu haben«, widersprach Boccanegra erbost.

»Und unter Lateinsegel«, fuhr Niccolò fort, ohne sich um den Einwand zu kümmern, »aber das ist nur zum Stützen des Kurses da.«

»Bist du inzwischen auch zum Sachverständigen für Karacken geworden?«, fragte Boccanegra sauer.

»Der Steuermann hat mir den *Compasso da Navigare* erklärt und die Seekarte gezeigt«, verkündete Niccolò stolz. »Er muss sogar Berechnungen anstellen, stellt Euch vor!«

»So«, knurrte Boccanegra. »Willst du jetzt lieber Steuermann werden?« Er humpelte zur Koje zurück, auf die er sich schwerfällig fallen ließ.

»Nein, gewiss nicht«, rief Niccolò reuig. »Ich werde Kaufmann an Eurer Seite!«

»Tut Euch das Knötchen im Knie noch weh?«, fragte Arinna aufmerksam.

»Knötchen!«, fauchte Boccanegra, aufs Neue erbost, nachdem er sich wegen seines Lehrlings gerade beruhigt hatte. »Eine Beule! Richtig weh tut sie nicht, aber sie behindert mich beim Gehen. Binde dir eine Melone in die Kniekehle, und du weißt, was ich meine.«

»Darf ich fühlen?«

Anscheinend schmeichelte es Boccanegra, dass Arinna so interessiert an ihm war, jedenfalls nickte er gnädig und streckte sein rechtes Bein aus.

Die Beule war inzwischen auf Pflaumengröße angewachsen, dabei äußerlich hart und nicht hitzig. Schmerzhaft war sie auch nicht, aber Arinna kam zu keinem Entschluss, warum das Innere sich wie weicher Brotteig anfühlte, weil Boccanegra sie plötzlich grob von sich stieß.

Auch Arinna hatte die huschenden Schritte im Gang vor dem Achterkastell gehört. Sie rieb sich noch die Schulter, als die Tür um einen Spalt aufgezogen wurde. Eine kleine, runzelige Hand erschien, die Niccolò aus der Kammer herauswinkte.

»Was für Heimlichkeiten sind das denn?«, tobte Boccanegra und versuchte aufzustehen. Er fiel wieder hin, und Arinna wandte sich ab, um ihn nicht merken zu lassen, dass sie seine Schwäche bemerkt hatte.

Niccolò kehrte mit bedenklicher Miene zurück. »Kapitän Obelerio Minotto ist umgekippt. Man hat ihn in seine Koje getragen, aber noch ist er nicht wieder bei Sinnen. Der Steuermann hat den Kleinen Aal geschickt, aber der ist ja ein ängstlicher Hase. Traute sich nicht, es Euch selbst zu sagen.«

»Angst vor Eurem Jähzorn und Eurer Streitsucht«, ergänzte Arinna furchtlos, ohne die gestenreiche Warnung von Niccolò zu beachten. »Das verstehe ich gut.«

»Verfluchte Sklavin!«, brüllte Boccanegra, zog blitzschnell unter seiner Matratze ein Messer hervor und schleuderte es nach ihr.

Es verfehlte Arinna nur um Haaresbreite, weil sie sich rechtzeitig zur Seite warf, und blieb vibrierend in einem Wandschrank stecken. »Ihr seid fast wiederhergestellt«, bemerkte sie und rauschte aus dem Gemach.

Was immer es war, Obelerio Minotto nahm es schwer mit. Zuerst schien er lediglich zu schlafen, aber innerhalb von Stunden kochte er vor Hitze, begann sich auf seinem Lager hin und her zu werfen und bekam vor lauter Rasseln in der Brust kaum Luft genug zum Atmen. Arinna entschloss sich, ihm kalte Wadenwickel zu machen, denn er war eindeutig viel zu heiß, um diese Mühsal stundenlang durchzuhalten.

Niccolò flitzte unermüdlich mit Bottichen, die mit frischem Seewasser gefüllt wurden, von der Kuhl zur Kammer. Genauso ausdauernd legte Arinna dem Kapitän neue Wadenwickel an, in einer Häufigkeit, die ihre Mutter nur bei ganz kleinen Kindern als notwendig erachtet hatte. Sie spürte, was er brauchte.

Tage und Nächte vergingen, und Arinna verlor den Überblick, wie viele es waren. Irgendwann kam Hrolf, um sich nach ihrem Befinden zu erkundigen.

»Ihm geht es zumindest nicht schlechter«, sagte Arinna und rieb sich die Augen. »Er schläft dauernd, ich habe nicht gewusst, dass man so lange schlafen kann.«

»Ich fragte nach deinem Befinden, nicht nach seinem«, verbesserte Hrolf.

»Wirklich?« Arinna blickte ungläubig auf. Der lange Waräger stand vor ihr, lächelte verschmitzt und hielt ihr auf der offenen Hand eine kleine Figur hin. Sie war so hell wie Knochen und stellte einen wundervoll geschnitzten Krieger auf einem Pferd dar. »Für mich?«, fragte sie verwundert.

Hrolf nickte. »Der Schah aus einem Schachspiel. Er ist der König der Perser, und es ist ein kriegerisches Spiel. Wenn du möchtest, bringe ich es dir bei.«

»Schach, ja gern«, sagte Arinna erfreut. »Mir geht es gut, ich bin nur müde vom Wachen. Weißt du, was ich festgestellt habe? Nein, das weißt du nicht.«

Hrolf schüttelte den Kopf.

»Diese Knötchen der Erdhörnchen, von denen du gesprochen hast …« Arinna dämpfte ihre Stimme. »Wie groß sind eigentlich die Erdhörnchen der tatarischen Steppe? Ich kenne sie nicht.«

Hrolfs Hände ließen ungefähr die Länge eines Unterarms zwischen sich. »Wie Ratten einschließlich Schwanz.«

»Boccanegra hatte einen Knoten, und der Kapitän hat mehrere. Nur sind die Knötchen bei den beiden keine Knötchen, sondern pflaumengroße Beulen.«

Der Waräger begriff sofort. »Ein kleines Tier hat kleine Knoten, ein großes große, auch der Mensch. Meinst du es so?«

Arinna nickte vor Begeisterung über ihre aufregende Entdeckung mit funkelnden Augen. »Aber es ist ja noch viel mehr. Es ist der Beweis, dass es keinen eigentlichen Unterschied zwischen Tieren und Menschen gibt. Wir sind einfach große Tiere! Der christliche Gott behauptet aber etwas ganz anderes.«

»Lass das nur keinen griechischen oder römischen Christen hören«, warnte Hrolf. »Ich halte viele Menschen für Wölfe, manchmal für Werwölfe, besonders die Tataren. Aber die Getauften, die diesen Schwächling Christus verehren, dünken sich erhaben über jedes Tier. Und was diese Sache angeht, sind sie gefährlicher als jeder Tatar.«

»Aber ich könnte doch jetzt beweisen, dass sie unrecht haben …«

Niccolò schoss zur Tür herein, riss sich sein Barett vom Kopf und trampelte in namenloser Wut darauf herum. »Was fällt dir ein, so respektlos von unserem Herrn zu sprechen? Bist du wirklich Heidin, Arinna?«

»Ja und nein«, antwortete Arinna besonnen, um ihn nicht noch mehr zu reizen. »Ich wurde getauft. Mein Bruder auch.«

»Aber?« Jede Geste von Niccolò verlangte nach Rechenschaft.

»Aber nur, damit wir in Ruhe gelassen wurden und unsere eigenen Götter verehren konnten«, fuhr Arinna widerwillig fort und entschloss sich dann zur vollen Wahrheit. »Dein Herr im Himmel, dieser Christus und der Heilige Geist sind uns in Wahrheit völlig gleichgültig. Unsere drei wichtigsten Götter heißen anders und sind viel älter. Schon vor Jahrtausenden wurden sie verehrt.«

Niccolò warf entsetzt die Hände in die Höhe und rollte mit den Augen.

Arinna trat so dicht an ihn heran, dass sie den Lavendelduft riechen konnte, mit dem er sich gern umgab. »Und wie wäre es sonst möglich, dass dein Handelsherr mich zur Sklavin machte? Der Jude durfte mich nach seinen Gesetzen kaufen und verkaufen. Welchem Glauben der Armenier Oschin anhing, weiß ich nicht genau. Aber Christophoro Boccanegra ist römischer Christ. Er muss angenommen haben, dass ich weder römisch noch griechisch getauft wurde. Warum regst du dich also auf, dass ich in meinem Herzen etwas anderes glaube?«

Niccolò schwieg.

»Oder«, fuhr Arinna fort, »hat Boccanegra absichtlich unterlassen, mich zu befragen, damit er kein schlechtes Gewissen haben muss? Gilt das Verbot des römischen Bischofs ganz einfach nicht, wenn die Gier nach einer Frau übermächtig ist? Und wie ist es mit dir selber, Niccolò? Du musst geglaubt haben, dass ich getauft bin, aber du hast geschwiegen!«

»Nein, nein!«, rief Niccolò und hielt sich die Ohren zu. »Jungfrau Maria, hilf!«

»Siehst du? Du bist nicht nur zu feige, der Wahrheit ins Gesicht zu sehen, du hast auch eine Nebengöttin. Der Byzantiner rief die heilige Panagiá an. Bei euch ist es genau wie bei uns. Jeder hat seine persönliche Göttin oder seinen Gott.« Aber Niccolò hörte sie nicht.

Hrolf betrachtete sie bekümmert. »Besonders verlässlich ist dein junger Freund nicht. Es wäre besser, du würdest ihm nicht allzu viel Vertrauen schenken.«

Arinna sah ihn zweifelnd an. »Meinst du wirklich?«

Der Waräger nickte schweigend, aber Arinna glaubte ihm nicht. Niccolò war der Erste gewesen, der sich ihrer aus freien Stücken angenommen hatte. Er war einfach nur durcheinander. Sie packte ihn an den Schultern und schob ihn aus Minottos Krankenstube.

Von den Seeleuten wurden noch Georgios und der Mann in der Hängematte neben ihm, Attaliotes, krank, dann keiner mehr. Arinna merkte, dass Hrolfs Warnungen allmählich fruchteten. Die Männer bauten für beide Kranken einen eigenen Verschlag und machten fortan einen Bogen um das Lager. Sie erbot sich, beide zu pflegen, eine willkommene Gelegenheit für sie, sich außerhalb ihrer eigenen Kammer zu bewegen.

Viel Arbeit machten die Kranken nicht. Georgios lag mit geschlossenen Augen auf seinem tanggefüllten Sack, rührte sich kaum und verlangte nach nichts. Sein Blut schien zu kochen, so heiß war er. Bei ihm war alles anders als bei den anderen Kranken, auch als bei seinem Nachbarn. Anfangs hatte er nur kleine schwarze Flecken auf der Haut, aber mit jedem Tag vergrößerte sich ihre Zahl, sie wuchsen und flossen zusammen.

Arinna wagte gar nicht, Georgios anzufassen, so fürchtete sie sich vor ihm. Auch wenn sie an ihm weder einen Pferdefuß noch Hörner entdecken konnte, ähnelte er Pan, der als schwarz und über und über behaart galt. Sofern Georgios aber getauft war, wurde er womöglich mit jedem Tag ein wenig mehr von Luzifer und Satan, die ebenfalls schwarz waren, in ihre Hölle hinuntergezerrt. Der Gestank, der ihn umgab, war jedenfalls höllisch.

Eines Morgens atmete Georgios nicht mehr.

Arinna war irgendwie erleichtert. Und Attaliotes rappelte sich vor Schreck von seinem Tangsack hoch und schleppte sich zum Arbeiten an Deck.

Danach musste Arinna sich nur noch um den Kapitän kümmern. Minotto lag zwei Wochen zwischen Leben und Tod. Noch war er heiß am ganzen Körper, aber manchmal schlug er die Augen auf und schien sie zu erkennen. Er wurde nicht schwarz, wie Arinna zu ihrer Erleichterung feststellte, hingegen entdeckte sie noch mehr Knoten unter seiner Haut, außer in beiden Kniekehlen auch in einer Leiste und in einer Achselhöhle. Aber sie hütete sich, darüber zu sprechen.

Eines Abends kam Hrolf. »Geh an die Luft, Arinna«, sagte er. »Ich bleibe bei ihm und passe auf, dass dieser kleine Niccolò hier nicht herumschnüffelt.«

»Das ist nett von dir. Aber wie kommst du darauf, dass Niccolò herumschnüffeln könnte?«

»Er ist neugierig«, sagte Hrolf kurz angebunden. »Verschwinde jetzt.«

Arinna kletterte auf das Achterkastell. Sie genoss die frische Brise, die ihr unter die Kleidung fuhr und Abkühlung verschaffte. Unter Deck war es ihr manchmal unerträglich stickig vorgekommen. Als sie sich umsah, entdeckte sie den Steuermann, der ihr zunickte, sich dann aber gleich wieder seinen Aufgaben widmete und dem Rudergänger im geschlossenen Raum unter ihm einen Befehl zurief.

Er war älter als Minotto, vermutlich mit vielen Jahren Erfahrung auf dem Buckel. Angesichts der wenigen Seeleute ließ er in manchen Nächten durchsegeln, um ihnen die kräfteraubenden Manöver zu sparen. Er musste ein mutiger Mann sein, dachte Arinna. Welch ein Glück, dass dieses Schiff, dem ein so seltsames Schicksal beschieden war, wenigstens eine tapfere und kundige Stammmannschaft besaß.

Hinter ihr waren auf der Leiter leichte, vorsichtige Schritte zu hören, und sie drehte sich um. Ein samtenes Barett und darunter ein Kopf tauchten auf, die zu einem älteren Mann gehörten. Ihn hatte Arinna noch nie gesehen.

»Du bist Boccanegras Liebchen, Sklavin aus Konstantinopel.«

Mit Verachtung in der Stimme und Abscheu im Blick tappte eine schmächtige Gestalt auf Arinna zu. Am liebsten wäre sie fortgelaufen, aber vor diesem dürren Greis Furcht zu zeigen widerstrebte ihr. »Nein«, sagte sie beherrscht.

Er stellte sich neben sie an die Reling, spuckte mit gespitzten Lippen auf drei Finger, so dürr wie vertrocknete Äste, und strich einige Haare seines Fellkragens glatt, die sich im Wind aufgerichtet hatten. »Ich glaube, doch«, beharrte er hochmütig. »Du bist vor allem schöner, als ich glauben wollte. Wenn auch doppelt so lang wie nötig, um einen Mann im Bett zufriedenzustellen.«

Arinna schwieg eisig.

»Ich bin Andrea Longo, Kaufmann aus Genua«, begann er nach einer Weile in verändertem Ton. »Du hast sicher schon von mir gehört.«

»Wenn Ihr der Händler von Honig und Fellen seid, dann ja.«

Longo blies seine Entrüstung hinaus wie ein spuckendes Trampeltier. »Ich bin kein Krämer«, fauchte er, indes sich Arinna angewidert den Speichel von der Wange wischte.

»Und ich bin keine Sklavin.«

»Nun gut«, gab er nach. »Reden wir von etwas anderem. Ich befasse mich geschäftlich mit kostbarsten Pelzen, wie sie von der vornehmen Gesellschaft Norditaliens gewünscht werden.

Schwarzfuchs, Zobel, Marder, Biber, Luchs. Meine verstorbene Ehefrau, meine geliebte Maria Longo, bekam von mir jedes Jahr ein edles Stück geschenkt, ebenso wie meine Töchter.«

»Eure verstorbene Frau Maria hat folglich sicher Euer großes Haus geführt und Euren Reichtum verwaltet, wenn Ihr auf Reisen wart …«

»Ja, sicherlich. So ist es üblich. Wozu diese Bemerkung?«, fragte er mit steigender Erregung. Irgendwie schien er sich aufplustern zu können.

»Die jährlichen edlen Pelze sind somit nicht zwangsläufig ein Zeichen von Zuneigung, sondern auch eine Bezahlung für geleistete Arbeit.«

»Du bist ja wirklich ein merkwürdiges Ding«, sagte er verständnislos, »du disputierst wie ein Armenier oder ein Jude. Solltest du jemals das Bedürfnis haben, Boccanegra zu verlassen, lass es mich wissen. Für ihn bist du eindeutig zu schade. Ich könnte dir bei deiner Flucht helfen … Du verstehst?«

Ein widerwärtiger Kerl. Arinna nickte nur, um das Gespräch schnell hinter sich zu bringen.

»Übrigens wird Boccanegra deiner schnell überdrüssig sein. Der braucht bei einer Frau Brüste von Melonengröße, jedenfalls keine mit einem frechen Maul und einem Körper flach wie ein Zählbrett. Er wird dich billig abgeben.« Longo machte eine kleine Pause, um dann in anderem Ton fortzufahren. »Was hältst du von einem gezaddelten Umhang aus Eichkaterfell für den Anfang? Das ist ein kleines Tier mit einem schönen langen Schwanz.«

Das war ja ein unglaublich plumpes Angebot. Er musste sie für beschränkt halten. Arinna schüttelte fassungslos den Kopf.

Aber er war nicht umsonst Krämer, so schnell gab er nicht auf. Mit zusammengekniffenen schmalen Augen und wissender Miene rückte er näher an Arinna heran. »Boccanegra ist gefährlich, weißt du das?«

»Ich kenne ihn kaum. Krank war er wie ein Lämmchen. Später allerdings nicht mehr.«

Das versöhnte den Genuesen. Er sah sich nach dem Steuermann um und drückte seinen Kopf auf Arinnas Schulter, wohin er gerade noch reichte. Sein Kragen kitzelte ihren bloßen Arm. »Den Edelsteinhändler Giustiniani Doria hat er mit Absicht in Kaffa zurückgelassen«, flüsterte er geheimnisvoll. »Den kriegen entweder die schwarzen Teufel oder ihr seltsamer Fluch.«

Arinna widerstand mit Mühe dem Drang, ihn von sich wegzuschubsen. »Und warum?«, fragte sie, erstmals wirklich interessiert. Es war vernünftig, so viel wie möglich über Boccanegra in Erfahrung zu bringen. Vielleicht entdeckte sie etwas, womit sie sich ihn vom Halse halten konnte.

»Ehrgeiz, der schon Wahnsinn ist«, zischte Longo. »Der Mann will Doge von Genua werden, und dazu ist ihm jedes Mittel recht. Vor allem, um die Dorias auszuschalten. Die sind aufgrund ihrer Stellung ebenfalls berechtigt, Dogen zu werden.«

Arinna nickte bedächtig. Niccolò hatte ihr das Gleiche mit anderen Worten erzählt.

»Natürlich könnte jeder genuesische Kaufmann Doge werden«, fügte Longo hinzu. »Ich auch.«

Ja, du auch, dachte Arinna sarkastisch. »Sind Eichkater eigentlich dasselbe wie Erdhörnchen, Meister Longo?«

Der Alte lächelte geschmeichelt und legte seine Hand fahrig auf ihre, die auf der Reling ruhte. »Nein, gewiss nicht«, sagte er zärtlich. »Eichkater leben in Bäumen, ihre Felle sind sauber und seidenweich, man kann wählen zwischen rot oder grau, je nachdem, was der schönen Geliebten besser steht. Erdhörnchen sind dagegen schmutzige Tiere, die lange unterirdische Gänge graben, in die Pferde stolpern können, so dass der Reiter sich den Hals bricht. Sie pfeifen gellend, um sich die Zeit zu vertreiben, und sind zu nichts nütze. Selbst unverständige Tataren schlagen sie tot, wo immer sie ihnen begegnen.«

Er hatte sie ja völlig missverstanden! Sie hatte eine Auskunft erwartet, und er lieferte ein Angebot, das er für verlockend hielt. Natürlich war sie in gewisser Weise selber schuld. »Ich wollte nur wissen …«, stammelte sie.

Longos Zeigefinger, der eigenartig roch und einen gelben, krummgewachsenen Nagel besaß, verschloss ihre Lippen. »Später«, flüsterte er.

Arinna überfiel fast Panik.

Zu ihrer Erleichterung kam jemand die Leiter hoch. Ein Seemann, der Kurs auf den Steuermann nahm. Als seine nackten Füße immer lauter auf das Deck klatschten, rückte Longo von Arinna ab. Sie atmete auf. Sie musste unbedingt fort von hier!

Der Steuermann wechselte einige Worte mit dem Seemann und entließ ihn dann. Der Mann kam zu Arinnas Staunen in dem wiegenden Gang, der jedes Gieren des Schiffes ausglich, zu ihr.

»Waffenmeister Hrolf lässt dir ausrichten, dass du nach unten kommen möchtest«, sagte er respektvoll. »Kapitän Minotto ist aufgewacht. Er hat einen Bärenhunger, aber Hrolf wagt nicht zu entscheiden, ob er ihm einen Bären vorsetzen darf.«

Arinna war so erleichtert, dass sie laut lachte. »Das ist eine gute Nachricht«, sagte sie. »Haben wir denn Bären an Bord?«

»Ach, wir haben jagdbares Getier aller Art«, versetzte der Seemann und zwinkerte ihr zu. »Es gibt hier verschlagene Füchse, gehörnte Schlangen, Opferlämmer, Sündenböcke, fürsorgliche Adler, was immer du willst. Und sogar diebische Elstern.«

»Bei Gelegenheit musst du mir mehr von denen erzählen«, sagte Arinna interessiert und eilte taumelnd fort, wobei sie sich immer noch an allem festhalten musste, was sich ihr in den Weg stellte.

Als sie sich umdrehte, um die Leiter hinunterzusteigen, sah sie den Genuesen wutentbrannt gestikulieren. Der Seemann stand ihm im Weg, unabsichtlich, wie es schien, und hörte ihm aufmerksam zu. Dann gab er dem Kaufmann den Weg höflich frei. Aber erst nachdem er sich überzeugt hatte, dass Arinna den Abstieg begonnen hatte.

»Konntest du dem aufgeblasenen Zwerg entkommen?«, fragte Hrolf, als Arinna in den Raum des Kapitäns hineinbrauste, wo sie sich endlich in Sicherheit fühlte. Minotto lag mit geschlossenen Augen, kaum noch blass und gar nicht rot, auf der Seite und atmete ruhig. Um ihn musste sie wohl keine Sorge mehr haben.

»Ja. Danke. Woher wusstest du?«

Hrolfs Kinn wies zur Tür, die offen geblieben war. »Ich sah ihn nach oben klettern. Aber es dauerte eine Weile, bis Johannes gefunden wurde. Im Laderaum.«

»Wer ist Johannes, und was macht er im Laderaum?«

Der Waräger zuckte die Schultern. »Ein zuverlässiger Freund.«

Mehr wollte er nicht sagen. »Na ja, nicht mehr lange, und Longo hätte begonnen, mich auszuziehen. Er ist ein Lüstling und wollte mich mit einem Fell kaufen.«

»Du sprichst so geradeheraus wie unsere nicht überwältigend gehorsamen Töchter zu Hause«, befand Hrolf breit grinsend. »Mit dir fühle ich mich schon fast wie bei meinen Leuten.«

»Wie das?«, wollte Arinna wissen.

»Ach, mit diesen byzantinischen Umschreibungen und ehrenvollen Titeln konnte ich mich nie anfreunden. Großstratopedarch! Stratiotikos! Skevophylax!«, zählte Hrolf auf. »Ich wusste nie, wen sie genau meinen, denn die Amtsträger übten das betreffende Amt jedenfalls nie aus. Die trugen nur den Titel vor sich her. Wenn man was Handfestes wollte, musste man Bestechungsgeld nach allen Richtungen verteilen, bis man mit viel Glück bei dem Zuständigen landete. Und der langte erst recht hin. Aber warum soll man als Gardist für eine Waffe aufkommen, die man im Dienst des Kaisers zerschlissen hat, frage ich dich.«

»Deswegen gehst du also zurück in deine Heimat«, befand Arinna. »Und warum musstest du diesen Johannes suchen lassen?«

»Ja.« Hrolf rubbelte sich verlegen die langen Haare, die ihm in den Nacken hingen. »Er ist mein Parteigänger, musst du wissen, und vertrauenswürdig. Nicht alle Seeleute sind davon angetan, dass du unverwundbar gegen diese Krankheit bist.«

»Sondern?«

»Einige halten es für einen Beweis, dass du mit dem Teufel im Bunde bist …«

»Dass er mich schützt etwa?«

»Nicht nur das«, sagte Hrolf grollend. »Sie gehen noch weiter. Du bist schuld an den Toten, meinen sie. Die Teufelin mit dem gelben Haar und dem heidnischen Namen hat dafür gesorgt, dass neun Seeleute gestorben sind. Sie war damit annähernd so erfolgreich wie hundert Türken. So sieht ihrer Meinung nach die Rechnung aus.«

»Wer meint das denn?«, fragte Arinna entgeistert, aber Hrolf schüttelte nur schweigend den Kopf.

»Aber wie kommen sie darauf?« Arinna musste gegen ein plötzliches Angstgefühl ankämpfen. »Ich habe doch getan, was ich konnte, um die Kranken zu pflegen …«

»Und hast dabei dein Leben eingesetzt, wie ich glaube«, polterte Minotto, noch nicht in alter Frische, aber doch schon wieder unter den Lebenden. Er packte das Tau, das von der Decke seiner Koje herabhing, und zog sich unter Ächzen zum Sitzen hoch. »Es wird Zeit, dass ich wieder auf die Beine komme, bevor alles drunter und drüber geht.«

»Wir werden morgen Kalamata erreichen, sagt der Steuermann«, versuchte Hrolf ihn zu beschwichtigen.

»Wie viele Wochen habe ich denn hier gelegen?«, fragte Minotto aufgebracht.

»Keine drei«, sagte Hrolf beschwichtigend. »Nachdem wir aus dem Marmarameer heraus waren, haben wir die Fock gesetzt und sind auch nachts gesegelt. Aus Furcht vor den Türken und um den Männern Manöver zu sparen. Der Wind blies glücklicherweise stetig aus Nord, und wir hatten gute Sicht bei Sternenlicht.«

Minotto schlug das Kreuz. »Dass ich aus der Koje geflogen bin, habe ich dann wohl nicht nur geträumt?«

»Wir haben Euch ab da mit einem Tau gesichert«, beeilte sich Hrolf zu sagen. »Euer Steuermann ist am Ruder so gut wie jeder Nordländer!«

»Der christliche Herr war mit uns, Kapitän Obelerio Minotto«, verkündete Arinna listig. »Und ich glaube, noch ein paar andere Götter.«

Minotto warf ihr einen drohenden Blick zu.

# KAPITEL 7

KALAMATA

Am Vormittag befanden sie sich noch auf hoher See, aber sie hielten schon auf einen Vorsprung an der Küste zu, wie Boccanegra feststellte, der kurz an Deck kam, um sich umzusehen. Wie er vermutet hatte, standen Niccolò und die Sklavin beieinander und schwatzten. »Auf ein Wort, Niccolò«, rief er.

Der Junge rannte sofort herbei, freudig überrascht, dass er so höflich gerufen wurde.

Boccanegra ging voraus und lud ihn mit einem Handzeichen ein, sich zu setzen, als sie in seiner Kammer angekommen waren. Nachdenklich goss er ihnen beiden Wein ein. »Du verstehst dich gut mit meiner Sklavin Arinna?«, fragte er wie nebenbei.

»Sie ist eine ungewöhnliche Frau«, antwortete Niccolò, unsicher, was Boccanegra von ihm wollte. »Man wird nicht immer schlau aus ihr.«

»Das geht mir genauso«, bestätigte Boccanegra, obwohl es eine glatte Lüge war. »Ihre Gedanken gehen andere Wege als unsere. Manchmal würde ich gerne in ihren Kopf hineinschauen.«

»Ihr interessiert Euch ja mächtig für sie«, stellte Niccolò staunend fest.

»Es ist kein persönliches Interesse. Ich trage mich inzwischen mit dem Gedanken, sie zu verkaufen. Mir würde mit einem Weib im Bett, das ständig zu disputieren wünscht, die Lust vergehen.

»Ja, ja«, stimmte Niccolò, überwältigt von Boccanegras Vertrauen, atemlos zu.

»Aber an wen?«, fuhr Boccanegra fort, scheinbar ohne die Gemütsbewegung des Jungen zu bemerken. »Ich weiß nicht, wer in Frage kommt. Du könntest sie ein wenig aushorchen, damit ich mir ein besseres Bild machen kann, an wen ich sie abgeben sollte. Sie darf mir keine Schande machen. Es wäre alles von Wichtigkeit, was du über sie in Erfahrung bringen kannst. Schmeichele ihr ein bisschen. Und wenn sie dir nicht glaubt, schwöre bei irgendeinem erfundenen Heiligen …«

»Meister Longo scharwenzelt sehr um sie herum«, berichtete Niccolò prompt.

Boccanegra lachte herzhaft. »Der geile alte Sack, das kann ich mir denken. Die Kleine ist halb so alt wie seine pelzbehängten Töchter! Longo bekommt sie ganz bestimmt nicht, abgesehen davon, dass er viel zu arm ist, um einen angemessenen Preis zu bezahlen.«

»Alter Sack?«, wiederholte Niccolò erschrocken.

»Wir sind ja unter uns«, sagte Boccanegra jovial. »Und nun trink aus, ich muss an Deck.«

Der Steuermann hielt Wort. Am Nachmittag segelten sie in die Bucht ein, in deren Tiefe Kalamata lag. Arinna stand an der Reling in der Kuhl. Jetzt, wo der Kapitän wieder auf dem Achterkastell war, traute sie sich nicht nach oben.

Niccolò, der neben ihr stand und nach Wein duftete, zeigte an Land. »Schneebedeckte Berge, sieh mal.«

Er roch nicht unangenehm. Arinna schmunzelte ein wenig, weil sie den diensteifrigen Lehrling bei einem heimlichen Genuss ertappt hatte. »Überhaupt ist es hier schön«, sagte sie. »Es sieht so friedlich aus mit den Dörfern auf den Landzungen. So viel Grün.«

»Hier sind keine Türken gewesen. So ist es zu Hause auch, aber weniger karge Berge und noch mehr Grün. Es wird dir gefallen.«

»Mir hätten die Hügel von Konstantinopel gereicht«, erwiderte Arinna barsch. »Ich wollte von dort aus nach meinem Bruder suchen, den die Osmanen entführt haben.«

»Und wo wärst du in Konstantinopel gelandet? Im Jahr nach einem Erdbeben! In einem Elendsviertel mit Tausenden von anderen Flüchtlingen. Vielleicht in den Ruinen des Großen Palastes. Du wirst es bei Boccanegra viel besser haben«, versicherte ihr Niccolò verständnislos angesichts ihrer Undankbarkeit.

»Hat er auch dir einen goldenen Käfig versprochen?«, fragte Arinna missmutig.

»Doch keinen Käfig! Im Gegenteil! Ich werde bei seinem Aufstieg an seiner Seite stehen«, verkündete Niccolò stolz. »Er braucht Männer, die gut mit Zahlen umgehen können.«

Arinna lächelte spöttisch. »Wenn er erst Kaiser ist, willst du wohl gar Doge werden. Da wirst du aber Streit mit Longo bekommen. Der will auch.«

»Wirklich?«

Arinna schüttelte den Kopf und blickte nach oben. »Genuesen!« Die Seeleute waren gerade in die Rahen geklettert, um das Großsegel zu bergen. Sie rückten auf den straff gespannten Tauen so geschwind an die Enden der Rah, dass ihr schwindelig wurde.

»Wir sind die tüchtigsten Seeleute der Welt«, bemerkte Niccolò. »Und die besten Händler.«

»Ja, ja«, murmelte Arinna. »Die skrupellosesten Sklavenhändler vor allem.«

Niccolò tat, als hätte er es nicht gehört. In Sicht kam hinter dem hohen Gebirge ein größerer Ort und davor ein feiner grauer Strich. »Die Hafenmole von Kalamata!«

»Bist du schon hier gewesen?«, fragte Arinna überrascht.

»Einmal. Auf dem Hinweg nach Kaffa.«

»So, so.« Arinna betrachtete nachdenklich das Städtchen, das sich über flaches Land vor dem Gebirge weit ausdehnte, unterbrochen von lichten grünen Hainen und hellbrauner Erde oder Felsen. Wo zwei dieser Berge sanft abfielen und eine breite Senke zwischen sich ließen, in der sich ein Garten an den anderen reihte, schien sich eine Straße in ein anderes Tal zu schlängeln.

»Glaube nicht, dass es dir gelingt abzuhauen«, sagte Niccolò drohend.

»Nein, das hatte ich auch nicht vor.« Hier nicht, ergänzte Arinna in Gedanken, nicht, wo es eine fränkische Garnison gab. Jedes byzantinische Kind hatte davon gehört, wie die fränkischen Kreuzfahrer Konstantinopel überfallen, geplündert, niedergebrannt und schließlich innerhalb seiner Mauern ein lateinisches Reich errichtet hatten. Die Franken mussten das brutalste Volk auf Erden sein.

Als die Hafenmole nur noch einige Schiffslängen entfernt war, ließ Minotto das Vorsegel streichen und das Beiboot bemannen und aussetzen. Das letzte Stück mussten die Seeleute die Sant Jacobus schleppen.

Hohe Mauern taten sich zu beiden Seiten auf, als die Karacke in eine enge Einfahrt einschwenkte, die sich nach Osten öffnete. Von oben johlten ein paar Buben und spuckten herunter. Arinna atmete auf, als sich die Mauern zu einem Hafenbecken weiteten, in dem ein größeres Schiff ankerte. In der hintersten Ecke befand sich ein Sandstrand, auf den Fischerboote hochgezogen waren. Die Karacke wurde zu dem Kai aus Stein manövriert.

Arinna schrie, als jemand sie plötzlich von hinten kniff, spürbar boshaft. Voll Wut drehte sie sich um, bereit, sich zu wehren. Hinter ihr hatten sich in der Kuhl nur der Kleine Aal, Boccanegra und Longo eingefunden.

Der Alte schaute zur Mauer, an der sie gleich festmachen würden, als könne er kein Wässerchen trüben. Du lüsterner alter Hahn, dachte Arinna erbost beim Anblick seiner scheußlichen gelben Nägel und rieb sich verstohlen das Hinterteil. Sie würde es ihm schon noch heimzahlen. Aber besser nicht jetzt. Womöglich würde er von Boccanegra ihre Bestrafung verlangen und dieser sie nicht abschlagen können.

Dann endlich nahm sie wahr, dass in Kalamata an verschiedenen Stellen Glöckchen von Kirchen und Kapellen geläutet wurden. Der Kai schien ihr ungewöhnlich wenig betriebsam zu sein. Eine seltsame Stimmung lag über der Stadt.

Minotto ließ sein Schiff auf Wunsch von Boccanegra verlegen, bis es genau vor einer Schenke zu liegen kam, deren Bänke und Tische bis ans Wasser reichten.

»Da können sie am besten Neuigkeiten einholen, nach Männern fragen, die zur See wollen, und solche Dinge, ohne aufzufallen«, flüsterte Niccolò Arinna ins Ohr. »Wahrscheinlich werden in einer solchen Kneipe häufig auch Schurkenstreiche ausgeheckt.«

Sie nickte. Das klang einleuchtend. »Glaubst du, dass die hier einen Feiertag haben? Vielleicht für einen Heiligen …«

Niccolò zuckte die Schultern.

An diesem Abend durften die Seeleute von Bord. Die meisten landeten sofort in der Schenke vor der Karacke, in der seltsamerweise kein einziger Einheimischer saß, obwohl die Luft viel lauer als in Konstantinopel war und der Frühling schon vollen Einzug gehalten hatte.

Boccanegra und Minotto gingen zusammen fort und bogen zielgerichtet in eine Nebenstraße ein. Augenblicke später huschte Longo an Land. Er hinterließ einen penetranten, süßlichen Duft, der Arinna unbekannt war.

Hrolf, dem die Aufgabe übertragen worden war, sie zu bewachen, rümpfte die Nase. »Moschus. Der Kerl ist so geil, dass man gar nicht weiß, ob er diesen roten Schmierkram nicht am Ende selber absondert.«

»Moschus?«

»Stammt aus der Brunftdrüse von Hirschen und wird an der ganzen Seidenstraße hoch gehandelt. Man sollte Longo das Zeug abmelken und zum Höchstpreis verkaufen! Nein, edler Hochgeborener, es ist nicht gefälscht! Ja, edler Hochgeborener, es handelt sich um beste Ware aus garantiert einheimisch-genuesischer

Produktion«, äffte er einen Händler von Gewürzen und Parfümen nach.

Arinna kicherte.

»Ich kann diesen Dreckskerl nicht ausstehen!«

Das ging ihr ganz genauso. Aber sie hatte nicht die Absicht, ihre Aufmerksamkeit an diesem Abend, an dem die unterschiedlichsten Blumendüfte in der Luft lagen, an einen Kerl wie Longo zu verschwenden. »Es ist wunderschön hier«, meinte sie träumerisch. »Wie ein einziger Garten mit Maulbeerbäumen, Feigen, Weintrauben und Palmen.«

»Sieh mal, die Fischerboote«, sagte Hrolf, der zu den Gärten wohl weniger beizutragen hatte, und wies zu einer Reihe kleinerer Boote, deren Bug zur Mauer zeigte und deren Heckleinen an Fischblasen befestigt waren. »Der da trocknet Tintenfische auf der Leine.«

»Aus denen die Tinte hergestellt wird etwa?«, rief Arinna, sofort Feuer und Flamme. »Oh, wenn ich doch Tinte und Schreibmaterial bekommen könnte!«

»Du kannst schreiben?«

»Ja, natürlich. Hrolf, warum ist in diesem lieblichen Flecken Erde kein Mensch auf der Straße?«

Hrolf kniff die Augen zusammen, ließ den Blick über das Städtchen schweifen und gab ihr keine Antwort.

Arinna begnügte sich deshalb damit, die merkwürdigen Gebilde auf dem Tau aufmerksam zu betrachten, die hauptsächlich aus einem Stück Haut mit runden Näpfen zu bestehen schienen. Allmählich machte sich in ihr das beklemmende Gefühl breit, dass sie trotz der Belehrung durch den Vater verschwindend wenig von der Welt wusste.

Spät in der Nacht torkelten die Seeleute zurück an Bord, mit Ausnahme von Boccanegra und Minotto, und Arinna hätte viel darum gegeben zu wissen, was die beiden an Land hielt.

Eine einzige Laterne schaukelte noch vor der Tür der Schenke, und die meisten Bänke waren verwaist, als der Kapitän und der Handelsherr um eine Ecke bogen. Sie waren stocknüchtern, wie Arinna an ihrem Gang erkennen konnte. Hastig tauchte sie in der Kuhl ab, wo sie zur Gänze hinter der hohen Reling verborgen war, als sie sich auf einen Absatz setzte.

Die beiden Männer nahmen in der Nähe an einem der Tische Platz. Kaum hatten sie zwei Krüge Wein vor sich stehen, als ein Einheimischer auf Sandalen heranklapperte, der offensichtlich mit den Männern der Karacke verabredet war. Er warf sich grußlos auf die gegenüberstehende Bank.

»Bist du der Mann, der die Neuigkeiten in die Stadt gebracht hat?«, erkundigte sich Minotto misstrauisch.

»Ich bin der Mann, der in Athen war, um meinem Bruder die letzte Ehre zu erweisen, ja.«

»Berichte, was du gesehen und gehört hast.«

Der Grieche legte die flache Hand mit der Handfläche nach oben auf den Tisch und starrte sie beziehungsvoll an.

Boccanegra wechselte einen Blick mit Minotto, worauf der einen Lederbeutel aus dem Wams zog und einige Münzen abzählte.

»Für den ersten Teil reicht es knapp«, sagte der Grieche unzufrieden. »Also: Man hört überall, dass ein fürchterliches Sterben unter den Leuten umgeht, in allen Dörfern zwischen Konstantinopel und hier. Wer nicht am dritten Tag stirbt, siecht über mehrere Wochen dahin und stirbt erst dann. Ich war bis vor kurzem in Athen, wo schon viele Häuser von ihren Bewohnern geleert sind, in den Ställen verrecken die Maulesel und auf den Straßen die Hunde und Schweine. Es hieß, das Unglück hätte in Konstantinopel seinen Anfang genommen.«

»Heiliger Markus, haben wir Glück gehabt, dass wir von dort vorher fort sind«, fluchte Minotto aus vollem Herzen und leerte seinen Becher bis auf den Grund.

»Ja, ja«, sagte Boccanegra unbestimmt. »Weiter.«

Der Grieche hob seinen schon geleerten Krug und presste die Lippen zusammen. Minotto winkte den Wirt herbei.

Mit dem frisch gefüllten Krug zwischen beiden Händen beugte

der Grieche sich über den Tisch. »Es ist hier wie an Ostern, sage ich euch. Bei Tage habt ihr es ja selbst gehört. Unaufhörlich läuten die Kirchenglocken. Überall beten die Priester in den Kirchen und Kapellen bei weit offenen Türen. Stundenlang! Auf den Dächern brabbeln die ganz Frommen nächtelang!«

»Du wohl nicht?«

»Nein, ich nicht. Nichts gegen den Wechselgesang der Priester an Ostern, das ist in Ordnung. Aber was sie derzeit von sich geben, könnte einen Menschen, der weniger ruhig ist als ich, schon nervös machen. Und es gibt keinen einzigen Ort im ganzen Byzantinischen Reich, wo es anders ist. Dazu werden die Heiligenbilder aus den Kirchen geholt, und lange Prozessionen von Gläubigen machen sich auf, den Herrn um Vergebung der Sünden und Hilfe in der Not anzuflehen.

Ja, so ist die Lage. Morgen werde ich ein Opferlamm kaufen, damit man mir nicht vorwirft, ich würde an den Herrn nicht glauben. Ich sage auch nur, dass er ein wenig ungestüm vorgeht. Was haben wir ihm denn getan?«

»Ihr Griechen weigert euch, den Papst in Rom als euren Oberhirten anzuerkennen«, warf Boccanegra missmutig hin, war aber mit den Gedanken woanders.

Der Mann mahlte wütend mit den Zähnen, aber er wollte es sich wohl mit Boccanegra nicht verderben. »Ich habe so etwas noch nicht erlebt. Dieser Todesengel nimmt ganze Dörfer mit«, sagte er dann ausweichend. »Er soll sich unter Kaiser Justinian nach einem Erdbeben in Konstantinopel auch schon so gezeigt haben.«

Boccanegra beachtete ihn nicht mehr. Sein Blick ging über die Takelage, wo die Rah des Vormastes wieder an ihrem Platz hing, auch wenn die frischen Beschädigungen an vielen Hölzern noch von einem kürzlich bestandenen Kampf sprachen. »Ich brauche Seeleute!«, polterte er plötzlich los. »Ich muss mein Schiff neu bemannen. Wir hatten einen Kampf mit einer türkischen Galeere und viele Tote.«

»Das wird schwierig«, sagte der Grieche mit listigem Blick

und ließ seine offene Hand wieder auf den Tisch klatschen. »Aber nicht unmöglich. Ich bin Vermittler.«

Scham, die fremden Seeleute auszunehmen, kannte er anscheinend nicht.

»Ratsherr«, zischte Minotto mit vom Griechen abgewandtem Kopf, aber Arinna erriet, worum es ging. »Das Heilmittel!«

Boccanegra zuckte zusammen, dann nagelte er das Handgelenk des Griechen auf dem Tisch fest. »Der Gewährsmann, mit dem wir uns für eine Auskunft über eine ziemlich hohe Summe einigten, wollte dich wegen einer ganz anderen Angelegenheit zu uns schicken. Über die Vermittlung von Seeleuten können wir anschließend reden.«

Der Grieche grinste vieldeutig und nickte. »Wegen eines Heilmittels gegen das große Sterben. Die Leute sagen, es gäbe kein Heilmittel gegen die Drüsenbeulen. Manche nennen sie auch den Schwarzen Tod.«

»Aber es gibt eins, und du kennst es, hat der Kerl behauptet«, warf Minotto kalt ein. »Dafür haben wir bezahlt.«

»Ich sage, es gibt ein Heilmittel«, bestätigte der Grieche hochmütig. »Aber das hat natürlich seinen Preis.« Er rieb Daumen und Zeigefinger aufeinander.

»Warum besorgst du es dir nicht selbst?«, fragte Boccanegra misstrauisch.

»Ich!« Der Grieche warf den Kopf zurück und machte eine verdrossene Grimasse. »Was fragst du? Ich habe ein kleines Fischerboot, mit dem ich diese Bucht befahre, dazu ein Weib und drei Kinder, die täglich ernährt sein wollen. Um das Heilmittel in die Hand zu bekommen, braucht es ein seetüchtiges Schiff für eine weite Fahrt, einen mutigen Kapitän und einen finanzkräftigen Geldgeber. Wäre es anders, würde schon jeder Straßenhändler mit diesem Heilmittel sein Geschäft machen.«

»Was ist das, und wie kommen wir dran?«, verlangte Minotto zu wissen und packte den Griechen bei seinem Krug.

Der Kerl ließ sich nicht aus der Ruhe bringen. Er sah Boccanegra schweigend in die Augen. Der Genuese gab nach.

Dieses Mal kostete es mehr als eine Handvoll Silber. Minotto zahlte fünf Goldstücke. Arinna zählte jedes einzelne, in das der Grieche biss. »Schmeckt nicht nach Hyperpyron«, sagte der Kerl misstrauisch und drehte die Münzen wieder und wieder um.

»Eure minderwertige Hyperpyra? Hältst du mich für einen Betrüger? Sind ehrwürdige Solidi«, fauchte Boccanegra und ging ihm an die Gurgel. »Und jetzt spuck aus. Du hängst im Nu am Mastkorb, wenn du jetzt nicht mit der Sprache rauskommst!«

»Schon gut, schon gut«, krächzte der Grieche, während sein Gesicht rote Farbe annahm. Boccanegra ließ ihn los. »Es handelt sich um einen Schwamm, der auf einer einzigen Insel in der Welt wächst. Der Schwamm verfügt über unfehlbare Heilkraft gegen den Schwarzen Tod und viele andere Krankheiten. Wer ihn in seinen Besitz bringt, wird die Länder beherrschen. Das Sterben wird sich nämlich auf der ganzen Welt ausbreiten. Ihr Römer kommt auch noch dran! Glaubt mir, ich habe die Haufen von Toten gesehen, Leichenberge in den Straßen, die niemand mehr beerdigen kann …« Er schlug das Kreuz nach griechischer Art.

Boccanegra öffnete und schloss die Hände vor Aufregung und räusperte sich, ohne einen Ton herauszubringen.

Als Minotto es bemerkte, packte er den Griechen am Wams. »Wo ist das, Kerl? Wo gibt es den Schwamm?«

Der Grieche sah offenbar ein, dass er nicht mehr Geld herausholen konnte, und flüsterte dem Kapitän etwas ins Ohr.

Arinna konnte nichts verstehen und verwünschte ihr Pech im letzten Augenblick.

Als Arinna in ihrem Verschlag lag, konnte sie vor Aufregung nicht einschlafen. Vor allem die Namen *Drüsenbeulen* und *Schwarzer Tod* wollten ihr nicht aus dem Kopf gehen. Der Grieche hatte in seinem Bericht keinen Unterschied zwischen dem Schwarzen Tod, den Drüsenbeulen und dem Sterben gemacht, als ob alles eins sei. So ähnlich hatte sich angehört, was Hrolf von den

Tataren berichtet hatte. Am Ende stimmte es gar nicht, dass das Sterben ein Fluch war, denn in dem Fall würde kein Schwamm der Welt dagegen helfen können.

Deshalb musste das schnelle Sterben das Gleiche sein wie der Schwarze Tod, den sie an Georgios gesehen hatte. Und die Knötchenkrankheit gehörte auch dazu, das verstand sich aus den Erfahrungen der Tataren von selbst, nur nannte man sie hier Drüsenbeulen. Dann gab es noch die Pfeile, von denen Minotto in seinem Wahn am Anfang der Krankheit gesprochen hatte. Alles hing auf irgendeine unklare Weise miteinander zusammen.

Sie fühlte einen Triumph, den wohl nur ihr Vater verstanden hätte. Er hatte ihr beigebracht, was es hieß, ohne Schranken zu denken, das war das, was die alten Griechen als Logos bezeichneten. Mit Hilfe des Logos konnte sie Wichtiges von Unwichtigem trennen. Mit der Zeit würde sich das Dickicht von unzusammenhängenden Informationen lichten, da war sie ganz zuversichtlich.

Am nächsten Morgen wurde Arinna durch Hammerschläge und andere Geräusche geweckt, die von reger Tätigkeit an Deck sprachen. Offensichtlich waren die Männer dabei, die Schäden zu reparieren. Das Holz musste schon im Morgengrauen eingetroffen sein. Sie sprang auf und trat aus ihrem Verschlag.

Hrolf stand am Rand der Kuhl, in Brusthöhe vor sich aufgereiht die Waffen, die nachgesehen, geschärft oder ausgemustert werden mussten. »Zu primitiv«, sagte er grußlos zu Arinna, »außer ein paar Beilen, die die Kaperer zurückgelassen haben und die man werfen kann, haben wir nur Handwaffen für den Nahkampf! Mit Griechischem Feuer würden wir die türkischen Räuber schon in der Ferne erledigt haben. Wundert mich, dass diese Genuesen und Venezianer es noch nicht geschafft haben, den Byzantinern das Geheimnis abzukaufen. Oder es aus jemandem herauszupressen, der sich auf die Herstellung versteht.«

»Ich habe schon davon gehört. Aber ich weiß nicht, was es ist«, bekannte Arinna.

»Oh, das ist ein Feuer, das entsteht, wenn bestimmte Pulver zusammengemischt werden«, erklärte Hrolf, während er einige Tropfen Öl auf eine Schwertklinge goss und anfing, sie mit einem rötlichen Stein zu polieren. »Es brennt auch unter Wasser. Es muss so abgeschossen werden, dass es mit dem Wind oder der Strömung auf die feindlichen Schiffe zutreibt. Die sind machtlos dagegen. Die Schiffe fangen Feuer, die Seeleute werfen sich ins Wasser und schwimmen um ihr Leben, wenn sie können, aber das Feuer ist schneller.«

»Wie schrecklich«, sagte Arinna.

»Man stirbt weniger qualvoll unter dem Pfeilhagel von Tataren. Und den Tod würde ich dann schon vorziehen«, setzte Hrolf mit Nachdruck fort. »Pfeil und Bogen kennen die genuesischen Handelsherren leider auch nicht. Aus unseren Mastkörben heraus könnten wir die Türken von ihren Ruderbänken herunterpflücken wie dicke blauschwarze Pflaumen, noch bevor sie ihre Enterbeile werfen können. Aber wir sind gegen nichts gerüstet. Der Steuermann hat recht: da hilft nur segeln, segeln, segeln.«

»Es gibt also keine Pfeile an Bord?«, vergewisserte sich Arinna.

»Keinen einzigen.«

Hatte Minotto demnach vielleicht Schmerzen gehabt, als ob er von Pfeilen getroffen worden wäre? Ein Schmerz, der eine winzige Stelle der Haut betraf? Hatte er deswegen von Pfeilen gefaselt? Und wenn ja, was hatte das dann mit dem Fieber zu tun? Jedoch behielt Arinna solche Überlegungen lieber für sich.

»Ich dachte, wir wären die Türken los«, wandte sie nach einer Weile ein.

»Ja, das stimmt. Ab jetzt bekommen wir es mit den albanischen Seeräubern zu tun, die ihre Ernte zwischen hier und Venedig einfahren. Mit denen habe ich noch keine Erfahrungen gesammelt, aber Seeräuber sind Seeräuber. Alles diebisches

Gesindel, das lieber andere ausplündert, als selber etwas zu erschaffen.«

»Vater sagte, unsere Vorfahren wären auch keine großen Künstler gewesen im Erschaffen von Dingen«, fiel Arinna bei diesem Stichwort ein, das sie zu gern nutzte, um sich vor einer nächsten Angst abzulenken. »Aber sie schufen Gesetze für die Völker, die in ihren Grenzen lebten; sogar Sklaven besaßen Rechte, auf deren Einhaltung sie pochen durften. Und unsere Vorfahren machten Verträge mit den Nachbarvölkern, damit Frieden herrschte und keiner in Angst leben musste.«

»Welches Paradies schilderst du? Das hast du doch erfunden?«, fragte Hrolf ungläubig.

»Nein, bestimmt nicht«, beteuerte Arinna gekränkt. »Es war so. Mein Vater hat es erzählt, und er hat nie gelogen. Die Völker im Staatsgebiet durften auch alle ihre eigenen Götter behalten. Die Götter waren Sache jedes Einzelnen. Es war ihm freigestellt zu glauben, an wen er wollte.«

»Wie bei uns, vor Einzug des Christentums natürlich«, stellte Hrolf mit Wohlwollen fest. »Ich glaube, dein und mein Volk sind sich ähnlich.«

»Scheint so«, sagte Arinna. »Die Christen sind die Schlimmsten, und der Allerschlimmste ist der Bischof von Rom. Er glaubt, über alle anderen Christen bestimmen zu dürfen, und dagegen wehren sich die Byzantiner, denn der Patriarch und der Kaiser tragen die Verantwortung für alle griechischen Christen. Recht haben sie aus ihrer Sicht. Allerdings sagte Vater immer: *Die Burg soll die Gesetze machen, nicht der Tempel!*«

Hrolf lächelte. »Ich verstehe, was du meinst. Bei uns zu Hause war es der Königshof, der die Gesetze machte. Aber mittlerweile ist es die römische Kirche, die auch unsere Könige längst in der Hand hat. Deswegen streune ich in der Welt herum. Verflucht seien die Pfaffen!«

»Ja!« Arinna fiel etwas anderes ein. »Sollst du mich nicht bewachen?«

»Niemand hat mir für heute den Auftrag erteilt«, antwortete

Hrolf. »Ich habe auch überhaupt keine Zeit dafür. Was meinst du, was uns allen im Kampf mit den Albanern passiert, wenn die Waffen nicht gut gepflegt sind?«

»Hoffentlich nicht auch, wenn die Waffen gut gepflegt sind«, sagte Arinna nachdenklich.

»Frag doch den kleinen Taugenichts, den Niccolò, ob er dich begleitet.«

»Ich brauche keine Begleitung«, widersprach Arinna patzig. »Was denkst du denn? Ich wundere mich nur über Boccanegras Nachlässigkeit.«

»So ist es recht«, sagte Hrolf verschmitzt lächelnd und wandte sich zufrieden seiner Arbeit zu. »Du brauchst keine Begleitung.«

Arinna lächelte in sich hinein. War er etwa eifersüchtig auf Niccolò? Eifersüchtig wie ein Vater, wenn die Tochter sich unter den Nachbarssöhnen umzusehen begann?

Den ganzen langen Tag hieß es, die neuen Seeleute würden bald eintreffen. Sie kämen. Ganz bestimmt demnächst. Der Grieche sei ein erfahrener Vermittler, bekannt an der ganzen Küste von Argos bis Pylos. Boccanegra tigerte mit gesenktem Kopf auf dem Achterkastell herum. Minotto verzog sich auf das Vorschiff und hielt genauso nervös Ausschau.

Bis zum Abend tat sich nichts. Außer dem Läuten der Kirchenglocken, dem Klingen des Semantrons und dem Auftauchen einer ausgedünnten Schar von spuckenden Bengeln, die jetzt in der Nähe der Karacke ihren Schabernack trieben, passierte einfach nichts.

Minotto kletterte vom Vorderkastell herunter, durchquerte mit steinernem Gesicht die Kuhl und stieg zu Boccanegra hoch. Mit besorgten Gesichtern flüsterten sie miteinander, verstohlen beobachtet von den Seeleuten, die ihre Reparaturarbeiten beendet hatten und in der Abendsonne unschlüssig an Deck herumsaßen. Ihre Blicke waren nicht besonders freundlich. Ausgangssperre, hatte es geheißen.

Der Wirt der Schenke stand eine Weile zwischen seinen wackeligen Tischen, schwenkte einladend einen Krug, rief etwas in einem Dialekt, der Arinna sehr fremd vorkam, und gab dann auf.

Etwas ging vor sich. Arinna erkundigte sich hinter vorgehaltener Hand bei Niccolò. »Warte ab«, flüsterte dieser, aber es war ihr nicht klar, ob er wirklich etwas wusste oder sich nur mit seinen Verbindungen wichtigtat.

Mitten in der Nacht erwachte Arinna. Erschrocken lauschte sie den ungewöhnlichen Geräuschen. Waren sie überfallen worden? Dazu passten jedoch nicht das Tappen von bloßen Füßen und das leise Klirren von Ketten.

Sie schlich hinaus und spähte in die nachtschwarze Kuhl. Nach einigen Augenblicken gelang es ihr, schemenhafte Gestalten auszumachen, die über die Reling an Bord kletterten. Einer, bei dem die Nachhilfe vom Kai aus zu grob gewesen war, landete bäuchlings in der Kuhl. Manche stöhnten.

Hatten die Männer einen nächtlichen Kampf zu bestehen gehabt? Vielleicht auf einem anderen Schiff? Arinna konnte es sich nicht erklären.

Kaum war der Strom der Neuankömmlinge versiegt, wurden unter leisem Plätschern die Taue eingezogen, und der Bug der Sant Jacobus löste sich vom Kai. Das Knarren der Ruder in den Dollborden des Beibootes war in der stillen Nacht laut zu hören, während die Karacke durch die Einfahrt geschleppt wurde.

Im freien Wasser ließ Minotto jede Vorsicht fahren, Groß- und Vorsegel fielen mit einem Knall herab, und das Besansegel entfaltete sich knatternd. Arinna hörte unter den Befehlen des Bootsmanns das aufgeräumte Plaudern von Boccanegra und Minotto, die über ihr auf dem Achterkastell standen, während die Karacke Fahrt aufnahm.

Sie hätte jetzt versuchen können weiterzuschlafen, aber sie wusste, dass sie es nicht konnte.

Niccolò tauchte so leise neben ihr auf, dass sie erschrak, als er ihren Arm berührte. »Uns holt niemand mehr ein, weißt du?

*Länge läuft*, sagen die Seeleute, und in der ganzen Bucht gibt es kein längeres und schnelleres Schiff als das unsere.«

»Aha«, sagte Arinna und begriff jäh, was sie bisher nicht verstanden hatte. »Und warum sollte uns jemand einzuholen versuchen? Etwa weil diese Männer, die gerade an Bord gekommen sind, überhaupt nicht auf ein genuesisches Schiff wollten?«

»Immer hast du etwas auszusetzen!«, blaffte Niccolò. »So schlecht ist das Leben auf diesem Schiff ja auch nicht. Nicht jeder beansprucht Linsen mit Klößchen und Sahneklecksen. Du bist eine verzogene Prinzessin aus einer Bettlerhöhle mit Eiszapfen davor.« Er stolzierte davon, und Arinna blickte ihm mit offenem Mund hinterher.

Trotz ihrer Wut über das, was sie als Verrat von Niccolò empfand, schlief Arinna den Rest der Nacht gut. Kaum hatte sie sich am Morgen frischgemacht, klopfte es an ihrer Tür, und Niccolò trat ein.

Er balancierte ein vergoldetes venezianisches Tablett in der Hand, darauf befanden sich ein Becher mit einer dampfenden weißen, schaumigen Flüssigkeit, auf dem Rost gewärmtes griechisches Weißbrot, kleine Schälchen mit gewürfeltem Käse, Oliven, Nüssen, Feigen und eine Karaffe Wein. »Ich möchte mich bei dir entschuldigen«, brachte er kläglich hervor.

Arinna bekam vor Verblüffung kein Wort heraus. Nach dem ersten Ärger hatte sie die Sache schnell vergessen. Junge Männer waren anfällig dafür, Frauen alberne Vorwürfe zu machen. Das musste man nicht ernst nehmen. Jedenfalls hatte Niccolò sich ernster genommen als sie ihn. »Schafmilch?«, fragte sie andächtig.

»Ziegenmilch«, verbesserte er strahlend und hielt ihr den Becher hin. »Bin ich wieder in Gnade aufgenommen?«

»Dummkopf, du warst doch nie in Ungnade«, befand Arinna etwas unwirsch, weil ihr das Getue etwas übertrieben erschien. Aber er hatte es gut gemeint. »Danke! Kannst du so etwas stehlen, ohne dass es dem Kleinen Aal auffällt?«

Niccolò senkte den Blick. »Ich habe alles aus dem Morgenmahl von Boccanegra, Longo und Minotto abgezweigt. Minotto hat statt Oliven und Käse eine geräucherte Ziegenkeule erhalten, er wird sich bestimmt nicht beschweren.«

»Und Longo?«

»Eine hölzerne Büste«, flüsterte Niccolò verschämt. »Hrolf hat sie schnell geschnitzt und die Nippel blutrot angemalt. Ich weiß nicht, wo er das Ochsenblut her hat. Er sagte nur, so machen sie es zu Hause. Und Longo war so hin und weg, dass er gar nicht merkte, was er sich in den Mund stopfte.«

Arinna hatte nicht mehr den Mut zu fragen, wie er Boccanegra beschummelt hatte. Hoffentlich hatte Niccolòs charmanter Betrug nicht noch üble Folgen. Sie schüttelte unter Lachen den Kopf und setzte sich hin, um fürstlich zu speisen.

An diesem Morgen wurden die Griechen in ihre neuen Pflichten eingewiesen. Sie leisteten erbitterten Widerstand. Wer besonders widerspenstig war, bekam die neunschwänzige Katze zu spüren. Arinna hielt sich die Ohren zu, wenn sie durch die Luft pfiff, um sich wenigstens das Gebrüll zu ersparen.

Gegen Mittag waren alle etwas müde, die einen vom Üben und Geschlagenwerden, die anderen vom Schlagen. Plötzlich ertönte ein Trommelwirbel, und die Aufmerksamkeit aller richtete sich auf das Achterkastell, auf dem Boccanegra erschienen war und sich anschickte, eine Rede zu halten.

»Männer«, sagte er, »Griechen vor allem. Es ist eine kurze Reise, für die ich euch brauche. Wir werden eine Insel, nicht weit weg von hier, anlaufen, aus Gründen, die euch nicht interessieren, danach nimmt die Karacke unverzüglich Kurs auf Genua. Dort werde ich euch reich entlohnen und entlassen. Ihr werdet noch in diesem Sommer wieder zu Hause sein.«

Arinna, im Schutz des Achterkastells, blickte über die Männer in der Kuhl und versuchte, ihre Stimmung zu erspüren.

Die Griechen schwiegen, vermutlich aus Überraschung, hatten sie doch annehmen müssen, wie auf einer türkischen Galeere für den Rest ihres Lebens gefangen zu sein. Die altgedienten Seeleute jedoch verständigten sich mit verstohlenen Blicken und Zeichen, dann trat der Bootsmann Leonello einige Schritte vor.

»Wir wollen nach Hause, Exzellenz«, rief er nach oben. »Auf schnellstem Weg, so wie es Eure Planung noch bis vor kurzem vorsah. Es ist nicht nur der Tatarenfluch. Es liegt auch Unheil auf dem Schiff, seitdem wir diese Frau an Bord haben. Noch nie hatten wir auf einer Reise in Diensten der genuesischen Kaufmannschaft so viele Tote! Dafür brauchen wir keine Türken und keine Albaner mehr, das schafft sie ganz allein!«

Die Seeleute klapperten und rasselten zustimmend mit allem, was sie zur Hand hatten, indes Arinna erschrocken zurückwich, bis sie im Halbdunkel des engen Ganges stand. War Leonello derjenige, dessen Namen Hrolf nicht hatte nennen wollen?

Boccanegra über ihr schwieg.

Als es so still geworden war, dass nur noch das Rauschen des Wassers an den Bootsseiten und das leise Flattern einer Segelkante im Wind zu hören war, klopfte Leonello hart und fordernd mit einem Belegnagel auf Holz. Alarmiert hörte Arinna hin. Klapp, klapp, klappklappklapp machte es. Die zweimalige Wiederholung des rhythmischen Klangs hörte sich wie ein Signal an.

Aber nichts geschah. Die Männer scharrten mit den Zehen auf den Planken herum, einige flüsterten miteinander. Alle trugen die gleiche trotzige Miene zur Schau, und sie drängten zusammen wie eine Herde Schafe. Kein Zweifel, der Bootsmann hatte für alle gesprochen.

Groß konnte Hrolfs Anhängerschaft nicht sein. Es beunruhigte Arinna ein wenig.

Der Bootsmann erhob erneut seine Stimme. »Wir fordern«, schrie er, »dass Ihr Euch dieser Frau auf der Stelle entledigt. Dann sind wir bereit, Euch auf dem kleinen Umweg zu folgen. Wenn nicht, regeln wir die Angelegenheit auf unsere Weise und segeln anschließend auf kürzestem Weg nach Genua!«

In diesem Augenblick trat auf der anderen Seite der Kuhl

Waffenmeister Hrolf aus dem Gang heraus. »Meister Boccanegra«, rief er, ohne lange zu zögern, über die Köpfe der Seeleute hinweg, »es gibt wieder einen Toten. Einer der neuen Griechen.«

# KAPITEL 8

AUF SEE, IONISCHES MEER

Es wurde totenstill an Bord. Dann setzte das Inferno ein, der Lärm war doppelt so laut wie zuvor. Es schien, als ob sich jetzt auch die Griechen aus Kalamata daran beteiligten. Arinna stand wie festgenagelt vor Schreck.

Und über allem Geräusch die vor Erregung kippende Stimme des Bootsmanns. »Was hab' ich Euch gesagt, Boccanegra! Es ist dieses Weib, das uns das alles eingebrockt hat!«

»Leonello!«, schrie Minotto zornig nach unten. »Wo bleibt dein Respekt? Hast du deinen verdammten Respekt im Wein von Kalamata ersäuft?«

»Respekt, Minotto? Mit Verlaub, hier geht es um unser Leben«, brüllte der Bootsmann zurück. »Ich verlange im Namen von uns allen eine Entscheidung des Handelsherrn!«

»Im Namen von uns allen ganz bestimmt nicht«, setzte Hrolfs besonnene Stimme ein, als der Lärm allmählich abklang. »Wer will die junge Frau für die tatarische Krankheit verantwortlich machen? Die kam in Kaffa an Bord, Arinna aber erst in Konstantinopel. Sie ist im Gegenteil die Einzige, die sich auf ihre Heilung versteht.«

»Ja, einen Kapitän und einen genuesischen Handelsherrn, die vorübergehend unpässlich waren! Wenn das nicht zum Himmel stinkt! Was kriegt sie dafür? Das Bett des hochgeborenen Herrn? Im Übrigen: Was hat das schon mit dem Todesfluch zu tun, du Klugschwätzer?«

»Leonello, du bringst dich um deine Zunge«, schnauzte Minotto ihn an. »Noch ein Wort, und ich lasse sie dir auf byzantinische Art aus dem Rachen säbeln.«

Endlich trat Ruhe ein.

»Mich hat sie gesund gemacht«, warf schüchtern der Seemann ein, den Arinna unter dem Namen Attaliotes kannte, mit dem sie eigentlich aber kein Wort gewechselt, obwohl sie ihn gepflegt hatte.

Allem Anschein nach gehörte er zu den Anhängern von Hrolf. Er sah weder besonders mutig noch kriegerisch aus, eher wirkte er wie einer der unterernährten Schreiber, die in Konstantinopels Gassen ihre Dienste anboten. Umso dankbarer war Arinna ihm für die Tapferkeit, die er an den Tag legte.

»Die Versammlung ist beendet!«, rief Minotto. »Geht an eure Arbeit zurück.«

Die Männer wechselten kurze entschlossene Blicke, zuckten mit den Schultern und schlurften davon. Aber ihr schwelender Aufruhr blieb wie ein feines Spinnennetz zwischen den Segeln hängen.

Einige Tage später stahl sich Hrolf zu Arinna in den Verschlag, während sie sich noch mit Seewasser wusch und fast entkleidet auf einer Taurolle hockte. »Hrolf«, fauchte sie, »du kannst hier nicht einfach hereinkommen. Was fällt dir ein?«

»Ich musste hier hereinkommen«, verbesserte Hrolf und betrachtete ihren nackten Oberkörper, aber ohne Veränderung in seiner sorgenvollen Miene.

Wegen ihr war er nicht gekommen, das war Arinna schnell klar. Sie streifte ihr Hemd über und sah Hrolf mit großen Augen abwartend an.

»Der tote Grieche war kein einfacher Mann wie die anderen«, begann er umständlich. »Die meisten neuen fanden im Mannschaftsraum Platz, aber dieser eine erhielt sein Lager in einer der abschließbaren Kammern für besondere Ware, die aber wegen der Schnelligkeit des Aufbruchs in Kaffa nicht genutzt wurde und leer blieb.«

»Ja, ja«, sagte Arinna ungeduldig.

»Zwei andere zogen dort mit ihm ein. Einer lag zu den Füßen des Griechen, der andere vor der Tür. Wie Diener und Leibwächter.«

»Sonnengöttin!«, flüsterte Arinna und schlug die Hände vor den Mund. Sie ahnte, was jetzt kam.

»Auch bei uns wurde einmal die Sonne verehrt. Und wenn deine Sonnengöttin eine ähnliche Macht besitzt, muss sie sich auf der Stelle in die Zügel ihres Gespanns werfen«, meinte Hrolf. »Ich weiß nicht, was dein Leben sonst noch wert ist. Die beiden anderen sind heute Nacht gestorben. Ebenso plötzlich wie ihr toter Herr.«

»Was mache ich, wenn die Sonnengöttin gerade anderweitig beschäftigt ist?«, fragte Arinna. Ihr Kopf war leer vor Bestürzung und Angst. Erstmals war da kein Raum für kühle Planung. Sie musste sich auf Hrolf verlassen.

Hrolf lächelte bemüht. »Boccanegra! Halte dich an Boccanegra«, riet er. »Du gehörst ihm, und er wird wohl kaum dulden, dass die Mannschaft ihm auf dem Kopf herumtanzt. Jedenfalls …«

»Was bedeutet *jedenfalls*?«

»Solange er sich nicht selber in Gefahr befindet, wird er dich als sein Eigentum schützen. Todesgefahr verändert Männer in eine Richtung, die man nicht vorhersagen kann. Aber derzeit besteht kein Anlass zur Sorge. Das Wetter ist gut, Albaner sind nicht in Sicht, und unser Kurs ist stetig auf die Südspitze des italienischen Stiefels gerichtet.«

»Ich will nicht in sein Bett«, schluchzte Arinna entsetzt.

»Du wirst müssen«, sagte Hrolf gepresst. »Ich weiß jedenfalls keinen anderen Weg. Und wenn die Sonnengöttin dir nicht helfen kann … Wie heißt sie eigentlich? Hat sie einen Namen?«

Arinna starrte durch ihn hindurch und sah vor ihren Augen die überlebensgroße Göttin, eingemeißelt in den Felsen. Sie war einige Male bei ihr gewesen, hatte ihr Blumensträuße verehrt und zu ihr gebetet. Immer hatte sie zu ihren Füßen Schutz und Trost gefunden. »Arinna«, sagte sie leise.

Am späten Nachmittag huschte Arinna zu Boccanegras Kammer hinüber. Aber weder stand die übliche Wache vor seiner Tür, noch hielt er sich in der Kammer auf, als sie vorsichtig hineinspähte.

Von draußen waren Waffengeklirre zu hören, Befehle und Schmerzensschreie. Arinna wurden die Knie weich. Waren das die Albaner? Aber ein Versteck gab es auf einem Schiff nicht, früher oder später würde man sie ohnehin finden. Beherzt trat sie nach draußen auf das mittlere Deck, wo sie zu ihrer Verwunderung entdeckte, dass Waffenmeister Hrolf die Neuen mit den scharfen Waffen üben ließ. Jeder hatte einen Altgedienten als Gegner. Alle Seeleute waren beschäftigt, während das Schiff gute und ruhige Fahrt machte.

»Um zu verhindern, dass die Männer auf dumme Gedanken kommen«, hörte sie Boccanegras gehässige Stimme neben sich. »Wessen Idee ist das wohl?«

Arinna vermochte ihm nicht zu antworten, ihre Kehle war wie zugeschnürt. Was sollte sie ihm antworten? Eine Schmeichelei oder ihre Vermutung? »Eure?«

Er lachte abfällig.

Vermutlich war es Hrolfs selbstlose Hilfe. Sie linderte ihre Qual ein wenig, sich dem Handelsherrn jetzt gleich anbieten zu müssen wie eine Ware, die kurz vor Marktschluss noch nicht verkauft war. Er schien in einer seltsamen Stimmung zu sein, aber ihr Anliegen duldete jetzt keinen Aufschub mehr. »Ich wollte gerne mit Euch reden«, brachte sie mit brüchiger Stimme heraus.

»Dann rede!«

»In Eurer Kammer.«

Boccanegras Lippen schürzten sich gleichgültig, aber er machte ihr ein Zeichen vorauszugehen und folgte.

Er traut mir nicht, dachte Arinna aufgebracht. Dabei hatte sie ihn gepflegt, und er hatte zum Dank mit dem Messer nach ihr geworfen! Aber fest entschlossen, sich in ihrem Vorhaben nicht beirren zu lassen, betrat sie die Kammer.

Während Boccanegra zum Wandschrank ging, wo er seine Weinvorräte aufbewahrte, knüpfte Arinna das Band auf, das ihr Kleid am Hals zusammenhielt. Als der Kaufmann sich umdrehte, stand sie in ihrem schmuddeligen weißen Hemd da und streifte einen Träger ab.

Boccanegra fiel fast der Becher aus der Hand. »Sieh an, so kann man sich täuschen«, sagte er scharf. »Da hat mir der Händler eine Hure zum Preis eines unschuldigen Mädchens verkauft!«

Arinna bedeckte sich hastig. »Ihr wolltet doch, dass ich freiwillig komme«, sagte sie verwirrt.

Boccanegra streckte ihr die Hände mit gespreizten Fingern entgegen. »Ehe ich eine Zauberin in mein Bett nehme, die die schwarzen Künste des Orients beherrscht, will ich auf alle Zeiten einfacher Kaufmann bleiben. Komm mir nicht zu nahe!«

Erleichtert und tief beschämt zugleich zog Arinna ihr Kleid über die Hüften und knüpfte es wieder am Hals zu. Sie verstand nur, dass er sich jetzt auf die Seite derer geschlagen hatte, die ihr die Schuld an den Toten gaben. Trotz der Gier, die sie in seinen Augen gesehen hatte, und obwohl sich seine Schamkapsel unübersehbar gefüllt hatte, würde er sie nicht anfassen. Die Wahrscheinlichkeit, dass sie bald geknebelt und gefesselt in der See landen würde, war hingegen beträchtlich gewachsen.

Am Abend hielt Arinna es in ihrem engen Gelass nicht mehr aus, sie musste an die frische Luft. Ihr behutsames Tappen nach draußen erhielt plötzlich Beschleunigung, als die Karacke in ein Wellental sackte, und erst das Geländer des Zwischendecks hielt sie auf.

Taumelnd gelangte sie hinter das Beiboot, das in der Kuhl festgelascht war, wo sie sich einigermaßen sicher vor Blicken fühlte. Festgeklammert an der Reling, lauschte sie dem Rauschen des Wassers an der Bordwand, das gelegentlich bis zu ihren Händen hochschäumte. Die Karacke lag so schräg im Wasser, wie sie es bisher noch nicht erlebt hatte, aber das machte ihr weniger Angst als Boccanegra.

Bald waren ihre Ärmel durchnässt, sie begann zu frieren und beschloss, wieder in die Einsamkeit und Trostlosigkeit ihres Verschlages zurückzukehren.

Hrolf schwankte ihr entgegen. »Du solltest dich nicht allein an Deck aufhalten«, warnte er verhalten. »Warum nimmst du nicht wenigstens Niccolò mit, wenn kein anderer da ist?«

»Ich weiß gar nicht, wo er ist«, antwortete Arinna. Über ihren vielen Sorgen hatte sie gar nicht daran gedacht, Niccolò zu rufen. Hrolfs Vorschlag jagte ihr einen nicht geringen Schrecken ein.

»Wir haben jetzt wieder tote Ratten«, sagte Hrolf noch leiser und sehr besorgt. »Johannes hat sie zwischen den Tonnen mit Frachtgut gefunden. Ich muss sie beseitigen, bevor die Männer sie zu Gesicht kriegen. Sie würden die Kadaver für ein böses Omen halten, und die Stimmung würde sich noch mehr aufheizen.«

Arinna hielt sich an der Nagelbank hinter dem Mast fest und schloss die Augen, während sie sich Georgios ins Gedächtnis zurückrief, wie er eine Handvoll spärlich behaarte Rattenschwänze in die Höhe hielt. Sie hatte Blutspuren auf der rosa Haut gesehen, obwohl er keine einzige erschlagen hatte. Und er war der Einzige mit schwarzen Flecken auf der Haut gewesen. Erst jetzt fielen ihr die Besonderheiten der Umstände auf. Sie hatten etwas zu bedeuten, wenn sie auch nicht wusste, was. »Hrolf, du sagtest einmal, für die Tataren wären die Erdhörnchen tabu gewesen, solange die Krankheit umging. Was heißt das genau?«

»Sie haben sie nicht gejagt, nicht angefasst und nicht gegessen.«

»Und du hast es selbst erlebt?«

»Erfahren. Ich lag krank im Lager der Frauen. Die, die mich pflegte, hatte ein Auge auf mich geworfen und wich kaum von meiner Seite. Thor sei Dank, ich bin ihr schließlich durch hartnäckiges Gesundwerden entkommen, sonst hätte ich ihr die Lippen zunähen müssen, um nicht durchzudrehen. Ich glaube, die führten ein Eigenleben.«

Arinnas Belustigung wich sofort dem Ernst. »Auf einem Schiff gibt es keine Erdhörnchen. Aber tu doch einfach so, als ob die Ratten Erdhörnchen wären, Hrolf.«

»Was du sagen willst, ist, dass ich sie nicht jagen, nicht anfassen und nicht essen soll.«

Hrolfs schnelle Auffassungsgabe war ein Geschenk der Götter. Man musste ihn nicht überreden, er begriff von selber. Arinna nickte.

»Wir haben Schaufeln an Bord, habe ich gesehen. Würden die deinen Vorstellungen von Nichtanfassen entsprechen?«

»Ach Hrolf, woher soll ich das wissen?«, fragte Arinna ein wenig ärgerlich. »Du hättest die Tatarin mitbringen sollen.«

»Schach dem Schah«, sagte Hrolf grinsend. »Wenn es ruhig bleibt, bringe ich dir in den nächsten Tagen das Spiel bei.«

Arinna sah Hrolf nach, als er unter das Zwischendeck verschwand, und wandte sich dann wieder der See zu. Die Ratten waren auf dem Schiff doch so gut wie ausgerottet gewesen. Minotto hielt nichts vom Glauben der Seeleute, dass Ratten an Bord von Schiffen gehörten, die eine glückliche Reise machen wollten. Er hatte ihr während seiner Krankheit die Narbe am Handgelenk gezeigt und ihr von der tollwütigen Ratte erzählt, die ihn auf seinem ersten Schiff angesprungen und sich festgebissen hatte. Seither duldete er diese Tiere nicht.

Deswegen musste es sich um neue Ratten handeln, die in Kalamata an Bord gelangt waren. Vielleicht mochten sie die Franken nicht, was verständlich war. Arinnas Gedanken verloren sich in Albernheit, und sie lächelte in sich hinein. Sie wurde erst wieder ernst, als sie Longo bemerkte, der auf dem erhöhten Bug stand und sie mit theatralischer Geste einlud, zu ihm hochzukommen.

Am liebsten hätte sie brüsk kehrtgemacht, um in ihren Verschlag zurückzugehen.

Aber sie wagte es nicht. Als einzige Hoffnung würde Longo übrigbleiben, falls Boccanegra sie wirklich zu opfern gedachte. Sie durfte sich nicht auch noch ihn zum Feind machen.

Arinna holte tief Luft und machte sich dann auf den Weg quer durch die Kuhl, an deren bugseitigem Ende sie die Leiter nach oben stieg.

Noch bevor sie ganz auf dem Deck stand, fiel Longo ihr um den Hals. »Arinna, Schöne!«, seufzte er theatralisch und sabberte ihr dabei Spucke ins Ohr. »Jeden Augenblick, den der Herr mir schenkt, habe ich deine Büste vor Augen, aber es geht nichts über deine springlebendige, atmende, warme Brust.« Zugleich mit seinen Worten versuchte er, seine Hand am Halsausschnitt unter ihr Kleid zu zwängen.

Fast wäre Arinna rückwärts die Leiter hinuntergestürzt, als sie ihm auszuweichen versuchte.

»Du hast recht, hier nicht«, keuchte der alte Mann und ergriff ihr Handgelenk, um ihr die letzten Sprossen hochzuhelfen. »Ich habe dir zu danken, du hast mir ein großartiges Geschenk gemacht. Es war eine so feinsinnige Antwort auf mein Angebot, dass ich mein Barett tief vor deiner Klugheit ziehe.«

Arinna verschlug es die Sprache. Dieser alte Mann war so von seinen eigenen Wünschen verblendet, dass er die Realität nicht mehr wahrnahm. »Vielleicht müsste ich eines Tages Euren tatkräftigen Dank einfordern«, murmelte sie.

»Alles! Alles, was nicht meinen Geldbeutel betrifft«, versprach Longo und tänzelte in seiner Glückseligkeit nach vorne, während er Arinna hinter sich her zog. »Meine Töchter würden das nicht gutheißen.«

Auf seinen Geldbeutel plante Arinna ganz bestimmt keinen Anschlag. Sie schaffte es, sich so zu stellen, dass der Bugspriet sich zwischen ihnen befand. Sprunghaft, wie er offenbar war, fiel es dem greisen Kaufmann nicht auf, da er schon wieder andere Gedanken wälzte.

»Dieser geldgierige, brandehrgeizige, skrupellose Kerl hat einen Plan gefasst, mit dem er den ganzen Senat kaufen will«, geiferte Longo. »Er behauptet, er hätte die Arznei gegen den Tatarenfluch schon so gut wie in der Hand! Sie wird ihn zum reichsten Mann der Welt machen. Pah! Ausgerechnet auf einen Griechen verlässt er sich! Aufschneider! Lügner, das ganze Volk!«

»Und was ist das für ein Arzneimittel?«, fragte Arinna, und dieses Mal brauchte sie ihr Interesse gar nicht zu heucheln. Er wusste es, und er glaubte sie auf seiner Seite.

»Ein Schwamm. Der Malteserschwamm.«

Arinna brauchte einen Augenblick, um sich zu besinnen. Es war schon so lange her, für ihr Gefühl waren Jahre vergangen, seitdem ihr Vater die Inseln des römischen Meeres aufgesagt hatte, bis sie sie auswendig wusste. Beinahe wäre sie in Gedanken daran in Tränen ausgebrochen, aber es gelang ihr, sich zusammenzunehmen. »Er wächst also auf Malta?«

»Ja«, bestätigte Longo mürrisch. »Und nur da.«

»Aber, wenn die Wirkung des Schwamms so bekannt ist, muss es jemanden geben, der ihn anwendet. Vielleicht erhebt dieser jemand sogar Besitzansprüche?«

»Vermutlich«, bestätigte Longo gleichgültig. »Aber in Zukunft wird er ihm nicht mehr gehören. Boccanegra will ihn, und er kriegt ihn.«

»Und Ihr lasst Euch das gefallen?«

»Wieso ich? Ich will ihn nicht. Wir haben ein Sprichwort in der Familie: *Kaufmann, bleib bei dem, wovon du etwas verstehst: Pelzen.* Sie behalten ihren Wert und halten warm, Solidi und Hyperpyra tun weder das eine noch das andere.«

»Das hört sich vernünftig und bodenständig an«, lobte Arinna.

»Jawohl. Und Boccanegra wird sich zum Gespött von Genua machen«, versetzte Longo mit tiefer Befriedigung. »Was ist, wenn er den Schwamm endlich in Händen hält, aber nur bis auf die nackte Haut ausgeplünderte Byzantiner unter diesem Fluch zu leiden haben? Selbst der Kaiser ist verarmt. Was gehört ihm denn noch? Konstantinopel, einige Inseln im Marmarameer und das verwüstete Thrakien. An wen will Boccanegra das Wundermittel dann verkaufen? Oder ist er neuerdings zum Menschenfreund geworden, der es verschenken will?«

»Ah, so«, sagte Arinna erstaunt. »Ihr gönnt ihm also den Schwamm?«

»Aus vollem Herzen! Und dann werde ich Beifall klatschen, wenn die ganze verfluchte Familie Boccanegra bankrott ist!«

»Aber dann müsste es Euch doch gefallen, dass Boccanegra jetzt Malta ansteuert?«

»Nicht im Geringsten! Dieses ist das Schiff des genuesischen Senates und der genuesischen Kaufmannschaft. Ich kann verlangen, dass Boccanegra auf dem schnellsten Kurs nach Hause segeln lässt. Was er danach macht, ist mir völlig gleichgültig.« Longo hatte sich umgedreht, lehnte mit dem Rücken an der Reling und blickte nach oben.

Die ersten Sterne waren zu sehen. Es versprach, eine sternklare Nacht zu werden, obwohl am Horizont, auf den sie Kurs nahmen, eine schwarze Wolkenwand aufzog.

»Was macht eigentlich der blonde Nordländer da unten? Dieser undurchsichtige Hrolf.« Longo machte ein paar Schritte an der Reling entlang und spähte jäh mit zusammengekniffenen Augen in die Kuhl.

Arinna lief zur Leiter, um besser nach unten sehen zu können. Gerade kippte Hrolf mit Hilfe einer Schaufel Rattenkörper und anderes mit Schwung in die See. Hinter ihm her trabte Attaliotes mit fünf, sechs Schwänzen von Kadavern in jeder Hand, die er über Bord fallen ließ. »Ich weiß es nicht«, sagte sie harmlos. »Er scheint Dreck zu kehren.«

»Ich werde es feststellen«, behauptete Longo giftig, eilte zum Niedergang, stieß Arinna weg und begann den Abstieg.

»Waffenmeister Hrolf«, schrie sie in ihrer Not etwas zu laut, »habt Ihr denn immer noch Wache?«

Hrolf sah hoch, schickte den Griechen mit einem knappen Befehl fort und blieb auf seine Schaufel gelehnt stehen, um den Genuesen zu erwarten.

»Machst du dir an unserer Ladung zu schaffen?«, fragte Longo mit schriller Stimme.

»Nein, Meister Longo. Ich richte eine Waffenkammer ein«, antwortete Hrolf gelassen. »Die Männer können jetzt einigermaßen mit den Waffen umgehen, aber sie müssen sie auch finden, selbst wenn ich verletzt oder tot bin.«

»Und was wirfst du über Bord?«

»Unrat«, sagte Hrolf erstaunt. »Stücke von unbrauchbarem Tauwerk, zerbrochene Lanzen, schimmelnde Lumpen, ich meine sogar, eine abgehackte Hand gesehen zu haben. In diesen Verschlag hat schon lange niemand mehr hineingeschaut. Ich wundere mich ein wenig. Überprüft der Senat sein Flaggschiff denn niemals? Oder ist der Kaufmannschaft sein Zustand gleichgültig?«

»Es ist erst drei Jahre alt«, sagte Longo unsicher, innerlich schon auf dem Rückzug.

»Möchtet Ihr den Verschlag besichtigen, um dem Senat Bericht zu erstatten? Der Leichengeruch ist kaum mehr wahrnehmbar.«

»Nein, keineswegs. Mich rufen jetzt andere Aufgaben«, sagte Longo und eilte auf seinen kurzen Beinen in Richtung Achterschiff.

»Das war das. Aber der Aufschub wird nur kurz sein«, sagte Hrolf ahnungsvoll. »Es wird nicht lange dauern, bis Niccolò Bescheid weiß.«

»Niccolò! Immer hackst du auf Niccolò herum. Und warum hast du Attaliotes keine Schaufel gegeben?«, fragte Arinna aufgebracht.

»Er wollte keine. Hätte keine Angst vor toten Ratten, sagte er. Ich werde mich wegen der Schaufeln auch nicht zum Gespött machen, Arinna.«

»Nein, natürlich nicht.« Aber sie ärgerte sich trotzdem, dass er ihre Anweisung nicht durchgesetzt hatte.

»Geh am besten jetzt zu deinem Verschlag zurück. Lass mich dich dorthin begleiten.«

»Das kurze Stück? Nein, Hrolf. Danke, aber nein.«

Sie merkte, dass er stehenblieb, um sie im Auge zu behalten, bis sie auf das Zwischendeck hochgestiegen und im Gang zur Galerie eingetaucht war. Darüber ärgerte sie sich noch mehr. Er behandelte sie wie ein unmündiges Kind.

### AUF HOHER SEE

Eines Morgens kehrte die Besorgnis, die seit dem Thrakischen Meer geschwelt hatte, in voller Stärke zurück. Zwei Griechen blieben mit hochroten Köpfen in ihren Hängematten liegen, als sie an die Arbeit gehen sollten, unfähig aufzustehen. Hrolf holte sofort Arinna, Geheimhaltung erübrigte sich, weil das Schiff bereits von der Neuigkeit summte.

Bootsmann Leonello trat ihnen in der Kuhl in den Weg, wo er die gegenwärtige Wachmannschaft beaufsichtigt hatte. Die Männer, die gerade die Taue des Vorsegels korrigiert hatten, lümmelten an der Reling herum. Die Sant Jacobus fuhr jetzt nicht mehr in der grässlichen Schräglage, vor der sich Arinna fürchtete, und war etwas langsamer geworden.

»Weshalb schützt du eine Zauberin?«, fragte Leonello. »Hat sie dich gekauft oder dich wie eine Nixe in ihrem Fischernetz gefangen?«

Hrolf sah sich nach oben zum Achterkastell um.

»Der Kapitän kann dir nicht helfen, Hrolf«, spottete Leonello. »Der sitzt mit dem Handelsherrn beim Morgenmahl. Niccolò hat schon Nachschub vom *Cinque Terre* in einem großen Krug geholt.«

Die Seeleute tappten näher und schlossen einen Kreis um Hrolf und Arinna. Vier der Gesichter kannte sie, die anderen beiden waren Griechen aus Kalamata.

»Was nun?«, höhnte der Bootsmann. »Schmeißen wir das Weib gleich über Bord, oder erlauben wir ihr noch ein Gebet an ihren Teufel?«

Arinna zitterte vor Furcht. Geistesgegenwärtig schlug sie das Kreuz. Aber nicht einmal das half ihr. Leonello wich einen Schritt zurück. »Seht ihr! Sogar das Kreuz schlägt sie verkehrt herum! Heiliger Syrus, Märtyrer von Genua, hilf!«

»Wir fassen sie besser nicht an, sondern schlagen sie mit Belegnägeln tot«, schlug einer der Stammmannschaft eifrig vor. »Wahrscheinlich verschwindet ihre Hülle in einer giftigen Wolke. Eine Pütz Wasser aufs Deck, und sie ist weg!«

»Wahrschau, da unten!«, brüllte der Ausguck. »Eine Galeere kommt über der Kimm auf!«

»Jesus Maria!«, schrie Leonello aufgebracht. »Alle auf die Posten!« Und zu Hrolf: »Sie entkommt nicht, da sei ganz sicher. Entweder die Albaner kriegen sie oder ich.«

Hrolf gab Arinna einen Schubs, der sie zum Verschlag zurückbefördern sollte, und verschwand ins Vorschiff.

Während die ersten Seeleute bereits an Deck stürzten, trat einer der Griechen dicht an Arinna heran. »Einige sagen, dass du heilende Kräfte gegen diese Pest besitzt«, raunte er und hielt Arinna am Ärmel fest. »Bitte sieh nach den Kranken. Einer ist mein Bruder. Er heißt Nikephoros.«

Der Bootsmann war auf dem Bug jetzt außer Sicht, und auf Deck gab es durch die rennenden Männer ein ziemliches Durcheinander. Arinna, die auf Zehenspitzen stand und selbst den Horizont nach dem feindlichen Schiff absuchte, drehte sich zu dem besorgten Mann um. Sie würde es ihm nicht abschlagen, sie konnte ebenso gut bei den Kranken sein, wie untätig herumzusitzen und sich auszumalen, was die Albaner mit ihr tun würden. »Nennst du sie Pest?«

»Wir nennen sie Pest. Mit der Krankheit kam auch der Name. Mehr weiß ich nicht. Machst du es?«

»Ich bin schon unterwegs«, sagte Arinna.

Während Arinna sich der Kranken annahm, hörte sie von allen Seiten die Vorbereitungen für den Kampf. Als Erstes änderte der Steuermann den Kurs, die Karacke richtete sich auf und nahm rauschende Fahrt auf, sie schien über die Wellen dahinzufliegen. Nur ab und zu fiel der Bug in ein Wellental, was ein krachendes Geräusch verursachte. Gelegentlich klirrte es, wenn einer der Männer seinen Säbel fallen ließ.

Arinna gelang es trotz der bedrohlichen Geräusche und des Stampfens des Schiffes, das kalte Wasser im Bottich zu retten, das sie sich als Erstes geholt hatte. Beide Männer dampften vor Hitze, was sie inzwischen als Zeichen der Krankheit ansah. Einer der beiden hatte ein Knötchen in der Kniekehle, der andere in beiden Armbeugen, aber nicht an den Beinen.

Seltsam, fand Arinna. Nach allem, was sie bei ihrem Vater gelernt hatte, musste auch darin eine Logik stecken. Kein Fluch.

Stunden um Stunden vergingen, ohne dass sich etwas änderte, weder am Zustand der Kranken noch an Deck.

Schließlich kam Hrolf zu ihr. »Möglicherweise sind wir ihnen entkommen«, sagte er. »Obwohl sie unseren hohen Mast natürlich eher gesehen haben als wir ihren, sind sie uns nicht gefolgt. Wahrscheinlich jagten sie ein Schiff, das für uns hinter dem Horizont war. Wenn sie mit dem fertig sind, werden sie umkehren und die Suche nach uns aufnehmen.«

»Und wir?«

»Wir sind weiterhin auf der Flucht. Der Alarm ist nicht aufgehoben.«

»Soll ich mir also wünschen, wir blieben auf der Flucht?«

»Für dich wäre es besser, Arinna. Wie geht es den Männern?«

»Unverändert.«

»Ist das gut oder schlecht?«

»Ich glaube, eher gut«, sagte Arinna zögerlich. Die Geschwindigkeit der Krankheitsentwicklung schien eine Rolle zu spielen. Je schneller, desto schlechter. Vielleicht war die schnellste Form die, bei der den Männern nichts anzumerken war. Sie gingen gesund zu Bett und wachten nicht mehr auf. Aber es blieb ein großes Stück Unsicherheit, und sie wollte nicht darüber sprechen. Noch nicht. Und brennend gerne hätte sie diesen Malteserschwamm erprobt.

Zwei Tage später starb der eine Mann, ohne aus seiner tiefen Ohnmacht aufzuwachen, was unter den Umständen sogar besser gewesen war. Denn seine Lippen wurden von einem Geschwür ergriffen, das sich bis zur Nase durchfraß und eine einzige große eitrige Wunde hinterließ. Zu den Knoten in den Armbeugen hatten sich große hitzige Beulen in den Achselhöhlen gebildet, von denen in der Nacht eine aufgebrochen war und ihren stinkenden Inhalt entleert hatte. Arinna wich entsetzt zurück und rief Hrolf.

Mit wegen der niedrigen Decke gebeugtem Nacken betrachtete Hrolf den Toten unschlüssig. »Wirf einen Sack über ihn. Ich kann ihn erst in der Dunkelheit über Bord geben«, sagte er schließlich. »Die Männer stehen am Rande einer Meuterei.«

»Ist das gefährlich?«

Hrolf wiegte den Kopf. »Wir steuern wegen der Kaperer mehr Sizilien als Kalabrien an, und die Männer munkeln, dass Boccanegra die Situation ausnutzen wird, um nach Malta zu segeln. Noch ist er nicht entschlossen, es gegen den Willen der Mannschaft durchzusetzen. Abwechselnd droht er, schmeichelt, verspricht Reichtum. Die Mannschaft ist nach wie vor der Meinung, dass du an allem schuld bist, und wenn Boccanegra glaubt, dass es ihm hilft, wird er dich über Bord werfen lassen.«

Ein Frösteln überlief Arinna. Jetzt war es also so weit. »Und Longo?«

»Der dumme alte Mann«, schnaubte Hrolf. »Der hetzt, wo er kann, heizt die Stimmung bewusst an. Er ist ein Intrigant übelster Sorte.«

»Er hat sich in den hölzernen Busen verliebt. Er hält ihn für ein Abbild …«

Zum ersten Mal sah Arinna den Waräger sprachlos. »Dann

sollte ich ihm vielleicht den Rest auch noch schnitzen«, sagte er schließlich und ließ sich mit gekreuzten Beinen auf dem Boden nieder. »Vielleicht hält eine Statue ihn für eine Weile in seiner Koje fest.«

Arinna lächelte schwach. »Glaubst du, dass er mir gegen Boccanegra helfen würde?«

»Möglicherweise, wenn er dich zum herabgesetzten Preis bekäme«, sagte Hrolf und blinzelte versonnen zu ihr hoch. »Boccanegra schätze ich so ein, dass er auf den Handel eingehen würde. Der ist über alle Maßen geldgierig ... Aus seiner Sicht hätte es nur Vorteile. Erstens wäre er die Verantwortung für dich los, hätte zweitens die Schuldfrage auf einen anderen abgewälzt, und drittens könnte man dich immer noch über Bord werfen. Oder Longo fällt bei Gelegenheit über Bord, dann gehörst du wieder Boccanegra.«

»Du sprichst immer so ermunternd deutlich«, sagte Arinna bedrückt.

»Ich habe dir ja erzählt, warum ich Byzanz hasse.«

Der Kranke in der Hängematte stöhnte und rührte sich. »Ich möchte Wasser«, keuchte er.

»Sofort«, rief Arinna und beugte sich überrascht über den Kranken. »Dir geht es besser, nicht wahr? Ist die Benommenheit aus deinem Kopf jetzt verschwunden, Nikephoros?«

Der Grieche trank vorsichtig aus dem Becher, den sie ihm an die Lippen hielt, und starrte sie verständnislos an.

Arinna strich ihm behutsam die borstigen, verklebten schwarzen Haare aus der Stirn. Er wusste nicht, was sie meinte. Mitleid mit ihm erfasste sie. Diese schreckliche Krankheit! Anscheinend blies sie auch Gedanken aus den Köpfen, hoffentlich nicht auf Dauer! »Kannst du von eins bis zehn zählen? Oder wenigstens bis fünf ...?«

»Wenn du mir noch mehr zu trinken gibst, zitiere ich dir auch Eurypides«, bot er mit kratziger Stimme an. »Oder möchtest du wirklich primitivste Mathematik lernen?«

»Oh«, sagte Arinna und errötete zart, »ich höre Eurypides

gern. Ich konnte nicht wissen, dass Boccanegra und sein Vermittler auch gebildete Männer unter Vertrag genommen haben.«

»Sie haben uns in einen Rauschzustand versetzt, nicht unter Vertrag genommen. Und Kielholen angedroht, falls einer an Bord Lärm machte. Wir waren wehrlos und haben alles geglaubt …«

»Oh«, sagte Arinna wieder.

»Ich wollte dich nicht beunruhigen«, warf Hrolf ein. »Alle Schiffsführer machen es so, wenn Männer fehlen.«

»Ich dachte, nur mir wäre ein schreckliches Schicksal beschieden«, gab Arinna verlegen zu.

»Es trifft viele, wenn Krieg herrscht. Und Krieg herrscht dauernd«, sagte der Grieche vernünftig und konnte jetzt den Becher schon selber halten.

Hrolf erhob sich. »Ich komme bei Dunkelheit zurück.«

»Könntest du meinen Bruder rufen?«, fragte Nikephoros.

Hrolf sah Arinna fragend an. Sie schüttelte den Kopf. »Nicht, solange der Tote hier liegt. Danach darf er kommen.«

Nikephoros richtete seine dunklen Augen ernst auf Arinna. »Einer Frau, die Eurypides kennt, vertraut man als Philosoph.«

Arinna lachte dankbar, bis Hrolf den Zeigefinger hob und sie abrupt verstummte. »Thor spricht. Das erste Mal, dass ich an Bord Gewitter erlebe. In diese Gegend schickt er sonst wohl mehr Wind. Jedenfalls muss ich an Deck, der Bootsmann wird gleich beide Wachen hochrufen.«

»Warum hast du mich gefragt, ob meine Benommenheit verschwunden sei?«, erkundigte sich Nikephoros, als Hrolf gegangen war.

»Ich wollte höflich sein«, sagte Arinna. »Wenn du nicht die ganze Zeit hier unter meinen Augen gelegen hättest, hätte ich geschworen, dass du dir ein Übermaß an Wein einverleibt hast.«

»Habe ich dich beleidigt oder belästigt?«, fragte Nikephoros erschrocken.

»Dazu warst du nicht in der Lage. Du hast gestammelt, weil dir die Zunge nicht gehorchen wollte. Manchmal sprachst du von einem Walchen.«

»Der Walche, ja. Ich erinnere mich an ihn. Ein Bulgare aus der Walachei. Er erzählte mir Neuigkeiten aus Kaffa. Und er war betrunken. Wenn man nicht so höflich ist wie du, würde man ihn als sternhagelvoll bezeichnet haben. Als er in der Schänke von der Bank fiel, bin ich gegangen.«

»Was hat er denn erzählt?«

»Merkwürdiges, vielleicht Märchen. Bulgaren gelten als … nun, ich will nicht gerade behaupten Lügner. Aber die Hälfte muss man immer abziehen. Er sagte, die Tataren hätten Leichen über die Mauern katapultiert, damit die fremdländischen Händler so sterben wie sie selbst. Verrecken, sagte er wortwörtlich. Das war ihre Rache, weil die Christen die Stadt nicht aufgeben wollen.«

»Dann müssen die Tataren doch gewusst haben, dass erst die Leichen ihrem Fluch Geltung verschaffen, oder?«

»Fluch«, murmelte Nikephoros, schloss die Augen und bettete seinen Kopf wieder auf den Sack. »Wenn überhaupt etwas Wahres dran ist, hätten die Leichen allein es wohl auch getan. Diese Barbaren können doch nicht Künste beherrschen, die dem uralten, weisen Volk der Messener unbekannt sind.« Er schnarchte plötzlich und ließ Arinna in ihrer Verwirrung allein.

Nikephoros atmete so ruhig, dass sie schließlich wagte, ihn zu verlassen. Er würde gesund werden. Die Leichen allein hätten es wohl auch getan, grübelte sie im Hinausgehen.

# KAPITEL 9

VOR DER KALABRISCHEN KÜSTE

In der folgenden Nacht schlief Arinna erstmals seit mehreren Nächten in ihrem eigenen Verschlag, der ihr mittlerweile wie ein Hort der Sicherheit vorkam. Wie er es versprochen hatte, hatte Hrolf während ihrer Abwesenheit auf der Innenseite der Tür zwei drehbare Knebel angebracht, die erst einmal aus ihrer Verankerung gerissen sein wollten, bevor jemand eindringen konnte.

Die Karacke lag jetzt wieder beunruhigend schräg im Wasser. Arinna baute sich einen Wall aus Tauen und Tausendbeinen, der sie vor dem Abrutschen in ein Wellental bewahren sollte, und stemmte sich mit den Füßen gegen die Kammerwand. Müde, wie sie von den fast durchwachten Nächten war, schlummerte sie irgendwann ein, obwohl gelegentlich ihr Kopf gegen die Außenwand und ihre Nase gegen rauhes, nach See und Teer riechendes Segeltuch stieß. Es war trotz allem eine erholsame Nacht.

Als Arinna am nächsten Morgen ihren Verschlag verlassen hatte, stieß sie im Zwischendeck auf Niccolò. »Wo warst du denn die ganze Zeit?«, erkundigte sie sich erstaunt.

»Auf meinem Sack. Meistens seekrank«, antwortete der Lehrling mürrisch.

»Ich gar nicht«, sagte Arinna heiter. »Mach dir nichts draus. Du bist einfach nicht für die See geschaffen.«

»Du aber, ja?«

Sein giftiger Ton erstaunte Arinna. »Ich glaube nicht«, sagte sie. »Ich habe einfach nicht daran gedacht. Ich hatte zu tun.«

»Ja? Und was?«

Ein scharfes Verhör dieser Art war einfach nicht angemessen! Aber Arinna nahm es dem jungen Mann nicht übel. Er hatte gelitten und sah schlecht aus. Seine sonst bräunliche Haut war bleich, rote Pickel blühten auf beiden Nasenflügeln, und seine Augenbrauen waren feucht von Schweiß, obwohl er zu frieren schien. Sie entschloss sich, seine Frage zu ignorieren. »Wenn der Kleine Aal Gigiberknollen hätte, könnte ich davon einen Sud machen, der dir hilft. Das machte Mutter manchmal auch.«

Niccolò holte tief Luft. »Danke«, sagte er mühsam, »ich weiß dein Angebot zu schätzen. Aber ich bringe nichts runter. Mir ist schlecht.« Er rannte an die Reling und übergab sich.

Arinna machte sich sofort zum Koch auf. Zum ersten Mal begegnete sie ihm von Angesicht zu Angesicht. Er war ein winziger Kerl mit spitzer Nase und faltiger Haut, die vermutlich von seinem hohen Alter herrührte, das Arinna auf mindestens vierzig schätzte. Er runzelte misstrauisch die Augenbrauen, als sie sein kleines Reich betrat.

Die Kombüse, deren Hälfte die steinerne Herdplatte auf dem Boden einnahm, war von einem durchdringenden Geruch nach Fisch erfüllt. In einem an der Wand festgelaschten Bottich schwamm das, was es offenbar bald zu essen geben sollte: grauweiße Lappen, die mit der Schiffsbewegung hin und her schwappten und an die Holzwand klatschten, als wären sie lebendige Fische.

»Was schaust du so frech? Das wird *stoccafisso*! Die Genuesen lieben Stockfisch über alles«, keifte der Kleine Aal mit hoher Stimme.

»Es schmeckt bestimmt gut.« Arinna war zu jedem Zugeständnis bereit.

»Mir nicht. Was willst du?«

»Gigiber«, sagte Arinna schüchtern.

»Gigiber?«

»Eine …«

»Halte mich nicht für dumm! Ich weiß, was Gigiber ist!«

Arinna schöpfte Hoffnung. »Hast du eine Knolle?«

Der Kleine Aal schloss die Augen und steckte die Nase in die Luft. »Natürlich.«

»Ich brauche sie für einen Kranken.«

»Schön für dich«, sagte der Kleine Aal.

»Ja und?«

»Es handelt sich um ein persönliches Besitztum von Consigliero Boccanegra«, sagte der Koch mit eintöniger Stimme. »Ich bin nicht befugt, von seiner Handelsware etwas herauszugeben.«

Arinna stemmte die Hände in die Seiten. Ihr reichte es. »Und du meinst also, ich soll jetzt bei Boccanegra um eine winzige Knolle von Fingergliedlänge betteln gehen, ja?«, fragte sie aufgebracht. »Der Bedürftige ist Boccanegras Lehrling. Er hält große Stücke auf ihn.«

»Ja. Oder vielleicht nein. Wenn es wirklich so wenig ist. Und Boccanegra der Kleine ans Herz gewachsen ist …«

»Der Kleine ist der zukünftige Doge von Genua.« Arinna trommelte mit den Fingerspitzen auf den Tisch und sah dem Kleinen Aal unnachgiebig ins Gesicht.

»Du bekommst sie ja«, murmelte der Koch. »Du brauchst mir nicht zu drohen. Doge wird er, na so was.«

»Du begreifst so schnell, wie du gut kochst«, merkte Arinna an und stellte verwundert fest, dass der Kleine Aal sich geschmeichelt fühlte.

Als Arinna mit dem Sud zu Niccolò zurückkehrte, saß dieser mit dem Kopf in den Händen unterhalb der Reling. »Trink«, befahl sie.

»Wenn es sein muss«, sagte er mürrisch und schluckte. »Noch schlechter kann mir gar nicht werden.«

Einige Schiffslängen später hob Niccolò den Kopf, schien nach innen zu lauschen und befand dann: »Ich glaube, es bleibt unten. Was ist das?«

»Gigiber. Imber, auch Ingwer genannt. Diese Wurzel ist gut gegen Magenerkrankungen. Venezianer haben sie aus dem fernsten Morgenland mitgebracht, habe ich gehört.«

»Venezianer!« Es hätte nicht viel gefehlt, und Niccolò hätte alles wieder ausgespuckt. Nach einigen Augenblicken beruhigte er sich und grinste wie ein Schuljunge. »Na ja, warum denen nicht auch einmal paar Entdeckungen gönnen.«

Arinna kauerte sich neben ihn, mit dem Rücken an der Bordwand. »Stell dir vor, ich habe auch ein paar Entdeckungen gemacht.«

»Schieß los«, sagte Niccolò, in Maßen interessiert.

»Es geht um diese Krankheit aus Kaffa, die die Byzantiner Pest nennen. An einen Fluch glaube ich nicht mehr. Der vornehme Grieche, der die Kammer hatte und starb und kurz danach sein Diener und der Leibwächter, oder was immer sie waren, kann ja nicht von den Tataren verflucht worden sein.«

»Nein, wohl kaum«, gab Niccolò zu. »Aber warum starben sie dann?«

»Sie waren natürlich krank!«, verkündete Arinna triumphierend. »In der ersten Nacht erkrankte der Herr an der Pest und starb so schnell, dass nicht einmal der Diener es bemerkte. Aber er und der Leibwächter haben sich um ihren toten Herrn gekümmert. Zwei Nächte später waren sie selbst tot. Das ist die Pest, die wie ein osmanischer Postreiter galoppiert. So schnell, dass man nur eine Staubwolke sieht.«

»Aber die anderen! Die starben doch ganz anders!«

»Es ist trotzdem die gleiche Pest, glaube ich«, sagte Arinna. »Bei denen, die gesund geworden sind, war das Pferd des Osmanen müde, kam in den Stall und erholte sich. Und dann war da noch Georgios«, setzte sie etwas unsicherer, weil die schwarzen Flecken nicht so recht ins Bild passen wollten, fort. »Sein Pestpferd trabte vorbei, aber es kam nicht in den Stall. Was er hatte, nenne ich die schleichende Pest, und die endet vielleicht immer genauso wie die galoppierende.«

»Pest, Osmanen, Postreiter«, schnaubte Niccolò. »Weißt du,

was ich glaube? Du bist närrisch geworden. Auch du verträgst die See nicht.«

»Was fällt dir ein«, zischte Arinna beleidigt. »Ich habe alles genau durchdacht. Die Knötchen in den weichen Stellen der Gelenke der Kranken haben auch etwas zu besagen: je mehr Knötchen, desto gefährlicher. Und wenn der Kirschkern zu Honigmelonengröße anschwillt ebenso.«

»Und was tust du, um dich vor Kirschkernen und Honigmelonen zu schützen?«, höhnte Niccolò.

Arinna wischte sich Spritzer von Seewasser aus dem Gesicht, bevor sie antwortete. Das Problem war, dass sie sich selber nicht erklären konnte, warum sie gesund blieb. »Ich weiß es nicht.«

»Schön, dass auch du mal keine Antwort weißt«, hieb Niccolò heraus. »Ich glaub', es geht wieder los!« Er kroch hoch und legte das Kinn auf die Relingsleiste.

Wahrscheinlich verhielt er sich nur so widerborstig, weil es ihm schlechtging, dachte Arinna. Sie fand alles außerordentlich logisch.

»Nein, doch nicht«, murmelte Niccolò einige Zeit später und rutschte wieder zurück neben Arinna. Er sah besser aus, weniger bleich. Und sein Gesicht war nicht mehr verschwitzt.

»Die Ratten!«, fiel Arinna ein, nachdem sie festgestellt hatte, dass sie mit ihm und sich selber sehr zufrieden war. »Die sind wie Hrolfs Erdhörnchen, vor denen die Tataren Angst hatten. Und Georgios trug praktisch Arme voll davon hinaus.«

»Du redest wirklich irre. Meister Boccanegra hat mir davon erzählt. Am Ende wirst du behaupten, die Ratten hätten auch Knötchen, ja?«

Arinna holte so hörbar Luft, dass Niccolò erschrak und ihr seine Hand auf die Stirn legte. »Kühl«, stellte er fest.

Sie wischte seine Hand fort. »Ich habe vergessen, mich danach zu erkundigen. Was ein Jammer! Und jetzt sind sie fort.« Aber Attaliotes hatte sie ebenfalls in der Hand gehabt. Vielleicht wusste er es. »Übrigens, ehrwürdiger Kaufmann Niccolò! Du solltest dankbar sein, dass du von der Krankheit verschont wurdest. Das hast du Hrolf zu verdanken.«

»Ach ja? Und warum seid ausgerechnet ihr beide gesund geblieben? Du erfindest das alles nur, um dich wichtigzumachen!«

»Nein, das stimmt nicht«, sagte Arinna nachdrücklich. »Es ist wie eine Rechenaufgabe. Ich füge hinzu, und ich ziehe ab. Was übrigbleibt, ist das Ergebnis. Manchmal habe ich das Ergebnis und weiß nicht, was ich abziehen soll. Oder zuzählen. Verstehst du?«

»Das ist das Einzige, das ich bisher verstanden habe.«

»Aha«, sagte Arinna, und plötzlich dämmerte ihr, dass Niccolò in seinem ganzen Leben ja noch keinen osmanischen Postreiter zu Gesicht bekommen hatte. Aber er konnte rechnen. Sie auch. »Die Kranken und die Toten sind wie eine Summe, die du auf dem Papier hast. Und du weißt weder, was du verkauft hast, noch ob der Verkäufer Schulden dagegengerechnet hat. Aber die Summe ist auf ehrlichem Wege zustande gekommen, denn wer sie aufgeschrieben hat, ist der Mensch, dem du am meisten in deinem Leben vertraust. Wenn er nicht gerade woanders wäre, könntest du ihn fragen, und er würde dir aufs Tüpfelchen alles verständlich erklären. Verstehst du jetzt?«

»Natürlich! Hältst du mich für beschränkt? Und wen würdest du als diesen vertrauenswürdigen Kaufmann ansehen?«

»Du würdest ihn den Herrn Jesus nennen«, antwortete Arinna listig.

»Hm«, brummelte Niccolò erstaunt.

»Man muss allerdings rechnen können …«

»Aber solange man den Herrn Jesus nicht befragen kann, kann man sich erkundigen, wer der Käufer war, meinst du also. Wonach sein Sinn stand – ich meine, ob nach Fisch aus Asow am Don und zwei Fässchen Honig dazu oder nach kostspieligen Diamanten aus Turfan, und vielleicht brachte er ja eine edle Laute aus Genua zum Verkauf mit, und solche Dinge. Wenn man alles beisammenhat, wird man sogar ausrechnen können, woraus sich die

Summe zusammensetzte«, rief Niccolò, endlich aufgewacht. »So ist es doch?« Arinna unterdrückte einen Seufzer der Erleichterung und nickte nur.

»Du glaubst also nicht, dass Gott, unser Herr, die Pest geschickt hat?«

»Weißt du«, sagte Arinna bedächtig, »wenn Kinder Läuse im Haar haben, glaube ich auch nicht, dass der Herr sie für eine kleine Lüge straft. Läuse sind Läuse, und mit solchen Kleinigkeiten gibt er sich doch nicht ab!«

»Aber«, begann Niccolò, im vollen Wissen um seine zuweilen überlegenen Kenntnisse, »wenn man es recht betrachtet, dreht es sich nicht um kleine Lügen, für die die Menschheit gegenwärtig bestraft werden muss. Denk nur an das Durcheinander, das der gebannte Bayernkaiser Ludwig mit allen christlichen Ländern und den Päpsten veranstaltet hat, statt wie früher bewaffnete Pilgerfahrten ins Heilige Land zu unternehmen. Die ganze Christenheit vernachlässigt ihre frommen Pflichten, auch die Päpste! Wie könnte es sonst dazu gekommen sein, dass sich einer zum Gegenpapst erklärt hat?«

Nicht, dass Arinna gewusst hätte, warum nur die Bayern und nicht auch die Genuesen zu diesen schrecklichen Kreuzzügen verpflichtet wurden. Vielleicht unterlagen auch sie einem Bann durch den Papst? Ähnlich wie dieser Papst dem Kaiserreich Byzanz wegen des Schismas die Teilnahme verweigert hatte. Und wenn er die Christenheit bestrafen wollte, warum bekamen dann die ungläubigen Tataren die Pest? Aber Arinna entschloss sich, ausnahmsweise ihr spitzzüngiges Argumentieren zu unterlassen. Endlich hatte sie Niccolò auf ihre Seite gebracht, und diesen Sieg würde sie um keinen Preis aufs Spiel setzen.

»Ist euer Papst ein frommer und guter Mann?«, erkundigte sie sich stattdessen.

»Der Heilige Vater Clemens. Wie kannst du nur fragen?«

»Ich muss doch wissen, mit wem ich es zu tun habe, wenn ich mit ihm spreche.«

Niccolò riss die Augen auf. »Du kannst doch nicht mit dem Heiligen Vater sprechen! Denkst du, er läuft auf den römischen Gassen umher und schart Gläubige um sich, um ihnen zu predigen? Nein, dafür hat er die Bettelmönche. Papst Clemens sitzt in seinem Palast und lädt Kaiser und Dogen zur Audienz ein, wenn er mit ihnen reden will. Von dir weiß er nichts.«

Arinna kaute nachdenklich auf ihrer Unterlippe.

»Was willst du denn von ihm?«

»Ich will euren Papst um Beistand anrufen. Boccanegra muss mich freigeben, wenn dieser Clemens erfährt, dass ich Christin bin.« Dass sie danach versuchen würde, nach Malta zu gelangen, sagte sie ihm nicht.

Niccolò starrte sie ungläubig an und schlug das Kreuz. »Erbarmen«, flüsterte er. »Grenzen für das, was sich für eine Frau schickt, kennst du wohl nicht?«

Was war an ihrem Vorhaben so befremdlich? Der Patriarch von Konstantinopel war jederzeit zu sprechen. Warum nicht der Patriarch von Rom? Und warum war Niccolò so erschüttert?

Arinna ließ ihm ein wenig Zeit für seine frommen Gedanken, dann hatte sie noch etwas Wichtiges mit ihm zu bereden. Und das, obwohl immer mehr Wasser über die Reling spritzte und ihr Kleid an den Schultern schon ganz durchnässt war. »Bitte sprich zu niemandem über das, was ich dir erzählt habe, vor allem nicht zu Boccanegra«, bat sie. »Wer nicht so gut im Rechnen ist wie du, wird die Pest nicht begreifen. Gerade jetzt, wo die Mannschaft so aufgebracht ist, hieße es möglicherweise sogar, Öl ins Feuer zu gießen, wenn sie erfahren würden, was ich über die Pest denke.«

»Na ja, gut, wenn du meinst«, sagte Niccolò zögerlich.

»Schwöre.«

»Ich schwöre … bei der Maria von Nottappolo«, grummelte Niccolò mit wenig Begeisterung.

»Danke«, sagte Arinna und sprang auf. »Mir wird es zu feucht hier. Ich glaube, es frischt auf.«

»Bestimmt«, ächzte Niccolò und stemmte sich hoch. »Ohne deine Gigiberknolle wäre mir schon wieder schlecht, glaube ich. Ich lege mich lieber wieder auf meinen Sack und warte ab.«

»Tu das«, sagte Arinna und sah ihm zufrieden nach, als er in sein Quartier taumelte.

Es war nicht nur Niccolòs Schwäche des Magens. Als Arinna ihm nachging, schwankte sie selbst wie ein Weizenhalm im Steppenwind, und jetzt erst merkte sie, dass die Segel halb gerefft worden waren.

Trotzdem preschte die Sant Jacobus in beängstigender Fahrt über das Meer, der Wind heulte und pfiff in sämtlichen Tauen, und das Ruder knarrte widerspenstig. Aber der Steuermann stand wie festgewachsen auf dem Achterkastell, brüllte seine Befehle im zunehmenden Lärm nach unten und schien so unerschütterlich, dass Arinna sich wieder beruhigte.

Im Gang vor der Kapitänsgalerie kam Arinna der Bootsmann entgegen. Er verzog das Gesicht zu einem gehässigen Grinsen. »Na, was sagst du? Macht die alte Sant Jacobus nicht tüchtig Fahrt? Freust du dich auf Italien?«

Noch eben rechtzeitig hinderte Arinna sich selbst daran, ihn mit Malta zu reizen. Sie senkte den Blick, damit er nichts in ihm lesen konnte. »Nein«, sagte sie.

Leonello lachte hämisch, stieß sie mit ausgestrecktem Arm beiseite und ging seiner Wege.

Als Arinna ihre Tür hinter sich verriegelt hatte, hörte sie, dass in der Galerie gesprochen wurde. Jemand war bei Boccanegra. Aber die Geräusche, die der Wind und das Wasser machten, übertönten alles, sogar noch, als sie ihr Ohr an die Planken drückte.

Und dann fiel ihr endlich etwas ein, an das sie schon längst hätte denken sollen: Ihre Mutter hatte die Gigiberknolle nicht nur gegen Magenverstimmungen, sondern auch bei hohem Fieber angewandt. Vielleicht würde der Kleine Aal noch mehr davon herausgeben. Jedenfalls war sie entschlossen, sie am nächsten Pestkranken auszuprobieren.

Niccolò saß an Boccanegras Tisch und knetete vor lauter Aufregung sein Samtbarett, dessen Rand schon ganz fleckig und unansehnlich geworden war. »Sie hat mir ganz viel über diese Pest der Tataren erzählt«, berichtete er. »Wenn es stimmt, was der Grieche sagte, nämlich dass die ganze Welt ihr Opfer wird, ist sie Euer kostbarster Besitz, Meister Boccanegra!«

»Was?« Boccanegra brach in wohlwollendes Gelächter aus.

»Ja, bestimmt«, bekräftigte Niccolò, ohne sich irritieren zu lassen. »Sie hat gelernt auszurechnen, wer erkrankt. Das hat mehr mit Läusen als mit dem Herrn im Himmel zu tun, so habe ich sie verstanden. Und dabei ist sie selbst gefeit. Setzt sie an das Bett von pestkranken Kaisern, Königen und an das des Papstes, und sie bleibt gesund! Und mit dem Malteserschwamm, der Euch bald allein gehören wird …«

»Das ist gar nicht so verkehrt gedacht, Junge.« Boccanegra hielt sich mit der einen Hand am Tisch fest, der am Boden befestigt war, mit der anderen seinen silbernen Becher. Das Schiff schien unter ihnen wegzusacken. »Madonna …, das wird ja immer schlimmer!«

Minotto stürmte herein, ohne zu klopfen, triefend nass und ohne Kopfbedeckung. »Wir werden noch mehr vom Wind abfallen müssen, es geht nicht anders, Boccanegra. Wir haben mittlerweile Sturm, es frischt wahrscheinlich noch mehr auf, und ich werde die Segel reffen lassen, damit die Rahen nicht in Gefahr geraten. Mit Eurer Erlaubnis.«

Boccanegra runzelte die Stirn. »Und was bedeutet das?«

»Dass wir auf Sizilien zuhalten, tut mir leid, Consigliero. Sollte der Wind abflauen, können wir das Festland wieder besser anliegen …«

»Und wenn nicht?«

»Legen wir uns ein paar Tage in Catania in Windschutz und lassen es uns mit Zitronensaft gutgehen. Die Männer zu beruhigen ist Eure Aufgabe. Dann machen wir uns wieder auf die Socken, auf dem üblichen Heimweg durch die Straße von Messina.« Minotto grinste schief.

»Ihr glaubt also nicht, dass es gefährlich werden könnte?«

Der Kapitän zögerte. »Nein, eigentlich nicht. Aber es ist trotzdem besser, wenn ich jetzt wieder nach oben gehe.«

»Ja, geht nur«, brummte Boccanegra unzufrieden. Und als Minotto draußen war: »Zitronen und schlechter sizilianischer Wein. Wie ich beides schätze! Aber lieber Zitronen als gar nicht ankommen.«

»Wie meint Ihr das?«

»Er war besorgt«, antwortete Boccanegra barsch.

»Das hat nichts zu sagen«, erklärte Niccolò in schwärmerischem Ton. »Wenn der Herr selbst seiner Christenheit das Zeichen zu Buße und Reue gibt, gleichzeitig Euch aber die Frau, die unverwundbar ist, in die Hand gibt und obendrein noch die Kenntnis von einem wunderbaren Gegenmittel – dann hat das etwas zu bedeuten. Das kann sich jedermann ausrechnen.«

Boccanegra schob den Becher weit von sich und beugte sich über den Tisch. Der Becher kippte über die Kante und rollte in den tiefstliegenden Winkel der Kammer, bevor er wieder hervorkullerte. Der Handelsherr kümmerte sich um ihn nicht. »Sprich weiter.«

»Wir werden ankommen. Ich glaube, der Herr Jesus hat Euch geschickt, um Arinna aus den Klauen der Heiden zu befreien. Wenn die Christenheit den Abfall vom Herrn bereut, werdet Ihr aller Welt verkünden können, dass er auf den wundersamen Wegen, die ihm nur selber bekannt sind, Hilfe und Trost schickt.«

In Boccanegra wechselten Unglauben und Zweifel einander ab. Gleichzeitig staunte er, was sein kleiner Spion sich ausgerechnet hatte. Aber warum nicht? Schließlich hatte Genua sich mehrmals auf die Seite des Heiligen Vaters bei seinen Auseinandersetzungen mit Kaiser Friedrich gestellt, und er selber war ein frommer Mann und fühlte sich durchaus tauglich, ein Werkzeug des Herrn zu sein. »Sie hat nicht alle gesund machen können«, fiel ihm trotzdem als Einwand ein.

»Ohne den Malteserschwamm natürlich nicht«, stimmte

Niccolò im Brustton der Überzeugung zu. »Aber Euch und Minotto hat sie geheilt, was möglicherweise ein besonderes Zeichen ist. Wisst Ihr, was ich glaube? Schon bald werdet Ihr Arinna zu allen Fürsten des Abendlandes begleiten, die wegen der Pest ihre Hilfe nötig haben.«

»Ich war der Erste, den sie geheilt hat.«

Niccolò nickte bedeutungsschwer. »Arinna ist etwas Besonderes. Aber sie fürchtet niemanden. Sie ist anders als wir.«

»Ich weiß. Was soll das heißen?«

»Nein, Ihr wisst nicht. Sobald wir in Italien angekommen sind, wird sie den Heiligen Vater um Hilfe gegen Euch bitten. Sie ist Christin, und sie weiß, dass Ihr sie nicht versklaven dürft.«

Boccanegra fuhr sprachlos in die Höhe. Im einzigen Augenblick, in dem er vergaß, sich festzuhalten, schleuderte die Schiffsbewegung ihn gegen ein Galeriefenster, wo er sich mühsam festhielt und mit zusammengebissenen Zähnen auf das wildbewegte Wasser starrte. Dieses Weib kostete ihn sehr viel mehr Mühe, als es wert war. Und er war es nicht gewohnt, Widerstand bei untergeordneten Personen zu begegnen. »Das hat sie wirklich gesagt?«

»Das hat sie.«

Boccanegra gab ein kurzes verächtliches Lachen von sich. »Ich habe, weiß der Himmel, andere Dinge zu tun, als eine widerspenstige Wilde aus Anatolien zu zähmen. Das wirst du übernehmen, Niccolò.«

»Wie denn?«, stammelte Niccolò, überglücklich wegen des Vertrauens, das sein Kaufherr ihm schenkte. »Und wenn Ihr sie doch sowieso verkaufen wollt …«

»Nein, das kommt jetzt nicht mehr in Frage«, entschied Boccanegra. »Und wenn die Kirchenfürsten reihenweise erkranken und der Heilige Vater noch dazu … Arinna darf ihnen auf keinen Fall vorgeführt werden! Sie wird wieder eingeschlossen.«

»Und womit begründe ich das?«

»Gar nicht. Sag ihr stattdessen, dass sie sich selbst einschließen soll, weil die Seeleute wegen der Kursänderung unberechenbar werden könnten. Dann legst du von außen den Riegel vor, und sie wird es als ein Versehen von dir in der Aufregung entschuldigen.«

»Der Kapitän weiß wohl gar nicht, dass Ihr vorhabt, nach Malta zu segeln?«

»Nein. Die Männer vertrauen ihm, und so soll es bleiben bis zur endgültigen Kursänderung. Dieser Sturm kommt mir eigentlich wie gerufen. Meinetwegen könnte Minotto einen noch südlicheren Kurs halten. Syrakus wäre ganz hervorragend als Sprungbrett nach Malta.«

Er als Einziger wusste Bescheid. Niccolò schwoll die Brust vor Stolz.

Boccanegra lächelte verstehend, was Niccolò zu Recht als Verabschiedung deutete. Er sprang auf, verbeugte sich und verließ ihn. Noch bevor der Junge an der Tür war, sank Boccanegra auf sein Betbänkchen.

Der Stoccafisso, den es einen Tag später gab, war kaum genießbar, und um ihn gut zu finden, musste man wahrscheinlich Genuese sein. Arinna machte in der Sauce Zwiebeln, Knoblauch und Petersilie aus, und die waren nicht schlecht. Aber die Gräten! Sie verschluckte sich an einer und musste ausgiebig husten. Hinfort kaute sie lange auf dem zähen Lappen herum und hätte jederzeit Gemüse oder eine Suppe vorgezogen. Niccolò tauchte nicht auf. Sie fragte sich, ob ihm wieder schlecht war.

Lange Wellen rollten an und hoben und senkten die Sant Jacobus. Fasziniert starrte Arinna ins Wasser. Gelegentlich stiegen die Schaumkronen bis dicht unter das Vorderkastell, und sie hatte den Eindruck, dass es immer öfter geschah. Oder bildete sie sich das nur ein?

Als sie aber nach achtern spähte, wo der Steuermann wie festgemauert stand und regelmäßig dem Rudergänger unter sich Befehle zurief, war alles wie gewöhnlich. Etwas bewegter, aber nicht um ein Lämmerschwänzchen anders als sonst.

Die Dunkelheit fiel jetzt schnell. Sterne gab es wohl in diesem Teil der Welt nicht. Seltsam, wie sie, ohne sich aus dem Tal der Tauben fortgesehnt zu haben, sich plötzlich auf einem Schiff mitten im Meer befand. Weiter fort von ihrem Bruder Ammuna als zu Hause. Von dort aus wäre die Suche vermutlich gar nicht völlig aussichtslos gewesen. Aber hier?

Und das Schiff! Würde es jemals irgendwo ankommen? Ihr Vater hatte ihr und ihrem Bruder erklärt, wie die alten Griechen berechnet hatten, dass die Erde eine Kugel sei. Er hatte es für sie aufgezeichnet und alles klug erklärt. Demnach würden sie natürlich irgendwo ankommen.

Die Christen aber, hatte der Vater warnend gesagt, hielten die Erde für eine Scheibe. Dabei galt seine Warnung natürlich nicht der Furcht, man könnte eines Tages über den Scheibenrand purzeln und im Nichts verlorengehen, sondern der unumstößlichen Auffassung der Christen, dass sie im Besitz der Wahrheit seien. Und ihre Wahrheit mit allen Machtmitteln verteidigten und keine andere gelten ließen.

Merkwürdig, dachte Arinna, und dann spürte sie, wie sich von hinten zwei Klammern um ihre Brüste legten, sie nach unten zerrten und feuchte Lippen an ihrem Hals zu saugen begannen.

Sie schrie gellend. In ihrer Panik schlug sie um sich, aber dieser brünstige, krallenbewehrte Käfer an ihrem Hals dachte gar nicht daran, das Weite zu suchen, sondern umschlang nun auch ihre Beine.

Ein Büschel Haare zwischen ihren Fingern und ein Schmerzensgebrüll förderten die Erkenntnis, dass es sich nicht um ein Wesen der Unterwelt, sondern um einen Mann handelte.

Ein zweiter kam hinzu, für Arinna blieb er ein furchterregender Schatten. Dann lösten sich die Finger mit den langen Nägeln von ihr, und sie bekam wieder Luft.

Trotzdem boxte sie noch in allen Richtungen um sich, als zwei andere Arme sie umfingen, nur um sie sanft festzuhalten. »Ruhig, Arinna, ich bin es! Hrolf.«

»Hrolf!«, keuchte sie und schmiegte sich erleichtert an ihn. Sein kriegsgestählter Körper bot ihr den Schutz, den ihr Vater ihr und Ammuna nie hatte geben können.

»Warum wolltest du mir nicht glauben, dass du dich an Deck nur in Begleitung bewegen solltest?«, fragte Hrolf bekümmert und klopfte ihr sachte auf den Rücken, so wie er vermutlich auch seinen Jagdhund nach einem Kampf beruhigt hätte.

Arinna lächelte unter Tränen. Ihre Beine fühlten sich puderig wie Taubenmist an, und Hrolf bestand darauf, sie zu ihrem Lager zu tragen. Mit allergrößter Mühe unterdrückte sie, solange er bei ihr war, die Schluchzer, die sich wie in einem Krampf Bahn brechen wollten.

Am frühen Morgen krachte der Bug in die Wellentäler, dass es bis zum Heck hörbar war. Der Sturm hatte noch zugenommen. Arinna begann sich jetzt ernsthaft zu fürchten. Konnte das Schiff solche Schlingerbewegungen und diese Berg- und Talfahrten überhaupt aushalten? Hrolf würde es wissen. Er schien geboren für die Schifffahrt, obwohl er immer an Land gekämpft hatte.

Kaum hatte sie an Hrolf gedacht, klopfte es, und er schaute zur Tür herein. Arinna zeigte erleichtert auf eine Taurolle ihr gegenüber.

»Wie geht es dir?«, fragte er. Seine Kleidung war nass, und er wirkte sorgenvoll.

»Wieder besser. Danke nochmals für deine Hilfe. Wie steht es da oben?«, fragte sie schüchtern. »Hier unten ist es fürchterlich.«

»Oben auch«, antwortete er mit verkniffener Miene. »Wir haben die Segel noch mehr gerefft, nicht ganz, damit die Karacke noch steuerfähig bleibt, aber doch das meiste. Jetzt machen wir weniger Fahrt und haben die Richtung geändert.«

»Hoffentlich erreichen wir bald einen Hafen«, sagte Arinna inbrünstig.

»Ja, hoffentlich.«

Arinna zog die Schultern zusammen. »Ich gäbe etwas drum,

wenn ich noch einen Kranken hätte, um den ich mich kümmern könnte. Um einen, der nicht stirbt, natürlich. Dann merke ich kaum, was oben vor sich geht.«

Hrolf lachte leise. »Die Christen des Westens sagen dafür, *den Teufel mit dem Beelzebub austreiben*, was heißt …«

»Ich verstehe schon«, unterbrach ihn Arinna. »Die Frauen der Osmanen bei uns zu Hause würden sagen: *Es gibt etwas, das größer ist als das Kamel, das sind die Sorgen.* Bei mir trifft beides zu, ich bin ein Kamel, und ich habe Sorgen. Große. Es ist die Angst, dass wir untergehen.«

»Mir scheint, diese Frauen sind vernünftiger als du.«

»Nein«, widersprach Arinna energisch. »Ein Kamel würde sich im Schiff bei Sturm auch große Sorgen machen, schließlich sind es sehr kluge Tiere! Das wissen sie selbst und zeigen es ihren Besitzern manchmal auch.«

»Hm«, brummelte Hrolf unschlüssig. »Ich habe sie nur als widerspenstige, spuckende Kolosse kennengelernt. Auch die Osmanen galten da, wo ich war, nicht viel. Du bist vor den Osmanen geflohen, aber du hältst große Stücke auf sie. Es kommt sehr auf die Erfahrungen an, die man macht.«

»Ja, das stimmt«, gab Arinna zu. »Kamele und Osmanen haben ihre guten Seiten. Ich bin ja auch weniger vor den Osmanen geflohen als vor den Stämmen, die immer wieder als Räuber zu Pferde bei uns einfielen. So wie die Türken in den Galeeren als Seeräuber.«

»Aha.«

»Dir geht es so ähnlich, finde ich. Bei den Tataren wolltest du nicht bleiben, aber eine Tatarin hat dich gesundgepflegt.«

»Das ist wahr.«

Etwas summte in Arinnas Kopf herum wie eine Fliege, die sie nicht fassen konnte. Aber plötzlich ging das Tier der Spinne ins Netz. »Jetzt weiß ich es wieder«, sagte sie erleichtert. »Manchmal habe ich vermutet, du hättest die tatarische Erdhörnchenknötchenkrankheit selber gehabt, aber das ist ein Irrtum, oder?«

»Nein, kein Irrtum.«

»Aber wie konnte die Tatarin, die dich gepflegt hat, Abstand halten? Die Tataren durften sich den Kranken und den Erdhörnchen nicht nähern, hast du gesagt.«

»Ach so. Das galt doch nicht für diejenigen, die schon krank gewesen waren«, erklärte Hrolf nachsichtig.

»Soll das heißen, sie hatte die Krankheit auch schon gehabt?«, fragte Arinna entgeistert.

»Ja«, sagte Hrolf und schaute sie verblüfft an. »Wir sind beide wieder gesund geworden. Deswegen konnte ich dir doch mit Boccanegra helfen. Minotto hat gesagt, du hättest Erfahrung.«

»Warum hast du mir das denn nicht früher erzählt?«, fragte Arinna vorwurfsvoll. »Es ist wichtig! Es gehört zu den … nun, zu den Berechnungen, die ich über die Pest anstelle.«

»Das wusste ich doch nicht«, sagte Hrolf reuig. »Ich dachte natürlich, es wäre dir klar, da du die Pest ja selber schon hattest.«

»Ich hatte Pest? Nein, nie!«

»Doch! Wie könntest du dich denn sonst den Kranken nähern, ohne zu erkranken?«

Arinna war so verwirrt, dass in ihrem Kopf plötzlich Leere herrschte.

»Ich muss hoch«, sagte Hrolf, der ihre Verfassung erkannte. »Die Männer sind in gereizter Stimmung. Sie trauen Boccanegra nicht. Der Steuermann hat versucht, ihnen zu erklären, warum er jetzt mehr südlich halten muss, aber so richtig aus vollem Herzen glauben sie ihm nicht. Und Longo, dieser welsche kleine Skorpion, hat sich schon erholt. Er hört nicht auf, sein Gift zu verspritzen. Von dir redet er nicht mehr, aber alle wissen, was passiert ist. Er will Boccanegra vor den Consiglio, den Großen Rat von Genua, ziehen. Aber er wird es nicht schaffen, wo doch Boccanegra selbst Ratsmitglied ist.«

Klapp, klapp, klappklappklapp, klapp, klapp, klappklappklapp war zu hören, als Hrolf geendet hatte. Helles Klirren von Holz auf Holz, und das rhythmische Geräusch wurde von mehreren Männern an Deck erzeugt. Arinna versteinerte vor Furcht.

»Belegnägel! Irgendjemand macht schon wieder Ärger«, sagte Hrolf und schneuzte sich in den Ärmel. »Und am Ende geht es nur um ihre Weinration.«

»Hrolf, das ist ein Signal«, stellte Arinna im höchsten Grade beunruhigt fest, die den Ruf des Semantrons im Ohr hatte und immer behalten würde. »Neulich hat er sie damit aufgefordert, Ruhe zu bewahren. Jetzt ist es etwas anderes. Auf jeden Fall ruft Leonello seine Parteigänger zusammen. Das ist kein Ärger wegen Wein.«

»Aufruhr?«, fasste Hrolf alarmiert zusammen, stemmte sich hoch und lief hinaus.

Arinna folgte im Schatten der Wand, um sich außer Sicht von Beobachtern im Zwischendeck zu halten. Es war jedoch wie leergefegt, die Männer hatten sich in der Kuhl versammelt. Einige kletterten gerade aus der Ladeluke, die zum Frachtraum führte. Manche hatten sich mit Belegnägeln von den Nagelbänken bewaffnet, die meisten hatten eine Hand am Messer, das am Gürtel hing. Kampfwaffen waren nicht zu sehen.

Arinna wurde beiseitegestoßen. Boccanegra schoss an ihr vorbei zum Geländer des Zwischendecks, von wo aus er die Mannschaft kritisch musterte.

»Wir wollen nicht nach Malta!«, begann augenblicklich ein Sprechchor der Stammmannschaft zu brüllen.

Boccanegra holte so tief Luft, dass sich sogar die gepolsterten Ärmel aufzublasen schienen, und versuchte sich mit dünner Stimme Gehör zu verschaffen. Der Wind riss ihm jedes Wort von den Lippen. Noch während Arinna versuchte, irgendetwas zu verstehen, wurde sie gepackt und in die Tiefe des Ganges zurückgezogen.

»Komm, weg hier«, flüsterte Niccolò ihr ins Ohr. »Das nennt man Meuterei!«

Arinna ließ sich nur widerwillig in den Verschlag schieben. Niccolò hatte zwar recht, aber eigentlich hätte sie einen Überblick über die Lage bekommen wollen. In wenigen Augenblicken konnten ihre bisherigen Beschützer tot sein.

»Gut, dass Hrolf Knebel an deiner Tür angebracht hat«, raunte Niccolò. »Leg sie vor. Ich muss zu Boccanegra zurück.«

Arinna tat es. Danach hörte sie zu ihrer Verwunderung, dass Niccolò die Tür von außen verriegelte, aber auf ihren lauten Protest reagierte er nicht, er war wohl auch schon fortgerannt.

Sie konnte nichts tun als warten. Voller Unruhe hockte sie sich hin, jederzeit bereit aufzuspringen.

Die Karacke setzte immer tiefer in die Wellen ein, die Bergfahrt hoch auf die Wellenkämme dauerte länger, und alle Hölzer des Schiffes ächzten und knirschten. Die Geräusche übertönten alles, was an Deck vor sich gehen mochte, es blieb aber auch die Hoffnung, dass dort gar nichts passierte, weil Boccanegra die Männer beschwichtigen konnte.

Trotz ihrer sorgenvollen Gedanken musste Arinna eingeschlafen sein, denn sie erwachte von einem scharfen Knall, wie von einer osmanischen Peitsche. Es war von oben gekommen. Außerdem hatte irgendetwas sie von ihrem Sack auf die nackten Planken befördert, und der Rücken tat ihr weh vom Hin- und Herrollen.

Mit Mühe rappelte sie sich hoch und stellte fest, dass sie sich kaum aufrecht halten konnte. Die Schiffsbewegungen hatten sich verändert. Jetzt war es keine Berg- und Talfahrt mehr, sondern ein Schwanken nach rechts und links. Aus ihrem schmalen Galeriefenster sah sie Gischt über flache Wellen hinwegwehen, die mit dem Schiff mitliefen. Die Dämmerung fiel schon.

Arinna wurde von Furcht gepackt, sie drehte die Knebel an der Tür und stellte fest, dass diese immer noch von außen verschlossen war.

Sie begann dagegen zu hämmern.

Erst als ihre Knöchel fast wund waren, gab sie auf. Niemand kam, es war, als wäre sie allein auf dem Schiff.

Kurz danach ertönte ein Kreischen und Quietschen unter ihren Füßen, die Sant Jacobus geriet in eine Schräglage und blieb bewegungslos liegen.

Arinna wusste, dass etwas Schreckliches geschehen war. Womöglich waren sie mitten im Meer auf einem Felsen aufgelaufen.

# II. DER MALTESER-SCHWAMM

# KAPITEL 10

SYRAKUS, SIZILIEN

Jeden Augenblick erwartete Arinna ein Zeichen des katastrophalen Endes der Karacke zu sehen, aber es passierte nichts. Schließlich überwand sie ihre Lähmung. Fast trotzig warf sie sich gegen ihre Tür.

Die Tür schlug mit lautem Krachen an die Wand des Ganges, der zu Boccanegras Galerieabteil führte. Arinna wäre beinahe hinterhergefallen. Sie rappelte sich auf und war dankbar, dass niemand kam, als sie im Dunkeln nach draußen schlich.

Das Zwischendeck und die Kuhl lagen verlassen da. Die Rah war quer in die Kuhl gestürzt. Das durch einen langen Riss geteilte Segel hatte sämtliche Taue von oben mitgerissen und verdeckte das Beiboot. Und dann entdeckte Arinna zu ihrer riesigen Überraschung und Erleichterung, dass die Sant Jacobus an festem Land vertäut war. Sie lag vor einem Städtchen, anscheinend in einer riesigen Bucht. Das war die Gelegenheit, auf die Arinna gewartet hatte. Sie kehrte gar nicht erst in ihren Verschlag zurück, sondern sprang in die Kuhl hinunter.

Zwar war die Planke, auf der die Seeleute beim Festmachen an Land gegangen waren, eingeholt worden, aber Arinna schaffte es, sie auf die Reling zu hieven und an Land zu schieben. Mit etwas Glück würde das leise Kratzen niemanden aufwecken. Mittlerweile war Arinna zu dem Schluss gekommen, dass die Mannschaft mit letzter Kraft gegen den Sturm angekämpft hatte und jetzt völlig erschöpft schlief.

Mit ausgebreiteten Armen balancierte sie von Bord. Ihr Stoßseufzer hätte die ganze Mannschaft wecken können, dachte Arinna, während sie fortrannte und sich erst umdrehte, um der Sant Jacobus einen letzten Blick zuzuwerfen, als sie sich in Sicherheit wähnte.

Am anderen Ende der Planke stand jemand. Arinnas Herz schlug plötzlich bis zum Hals. Dann erkannte sie ihn an seinem hellen Haar und seiner riesenhaften Gestalt.

Hrolf.

Er winkte ihr zum Abschied zu. Ohne das leiseste Geräusch hob er die Planke in die Höhe und legte sie wieder an Deck ab.

Während Arinna auf etwas wackeligen Beinen in die Dunkelheit hineinlief, wusste sie auf einmal genau, dass Hrolf ihre Tür aufgesperrt hatte, um ihr die Flucht zu ermöglichen.

Der Hafen lag am Rande der Stadt, und Arinna rannte wie um ihr Leben fort von den Lichtern, die hier und da die Dunkelheit durchdrangen. Sie lief bergauf, anfangs noch auf einem breiteren Weg, der schmaler wurde. Niedrige Büsche, in die sie immer wieder geriet, zerkratzten ihr die Beine.

Sie konnte kaum noch etwas sehen, nur ahnen, dass über ihr Felsen steil in die Höhe ragten. Als es noch dunkler wurde, prallte sie gegen eine Wand und fand keinen Weg ins Freie. Vom Himmel war nichts zu sehen, anscheinend befand sie sich in einer Grotte.

Arinna kämpfte zuerst gegen Panik, beschloss dann aber, dass sie hier für eine Nacht sicher genug war. Boccanegra würde seine Mannschaft vermutlich nicht in das Hinterland schicken, um sie zu suchen. Schließlich hatte er genug eigene Probleme am Hals.

Nachdem sie hinter einem größeren Felsen spitze und scharfe Steine vom feuchten Untergrund fortgeräumt hatte, fand sie das Lager ausreichend bequem und sicher, um bis zur Morgendämmerung dort zu bleiben.

Der Hunger trieb Arinna am nächsten Morgen zurück zur Stadt. Anfänglich wanderte sie durch Gärten mit Oliven- und Zitronenbäumen sowie Felder, deren junge sprießende Pflanzen sie überhaupt nicht kannte. Die Früchte an den Bäumen waren nicht reif, und die Felder waren grün. Hier konnten sich nur Ziegen sättigen. Der Stadt und dem Hafen kam sie immer näher, ohne etwas Essbares gefunden zu haben.

Entsetzen packte sie, als sie von weitem schon das ramponierte Rigg der Sant Jacobus erkannte, und plötzlich wuchs in ihr die Furcht, dass die Karacke in osmanisch regiertem Gebiet gelandet sein könnte.

Aber dann sah sie Kirchtürme. Und kein einziges Minarett.

Beherzt betrat sie eine Brücke, die anscheinend das Nadelöhr war, durch das man die eigentliche Stadt betreten konnte.

Hier wimmelte es von Menschen, von Mägden, Knechten, Bauern, Mönchen. Jedenfalls keinen Seeleuten der Karacke. Es handelte sich um eine gewöhnliche kleine Stadt. Arinna holte tief Luft und dankte im Stillen der Sonnengöttin.

Auf dem Markt, auf den sie bald traf, gab es Stände mit Waren aller Art, von der Sonne durch Markisen und Tuch geschützt, die durch Stangen und Taue gehalten wurden. Sie tauchte in das Halbdunkel der schmalen Gänge ein, die belebt waren durch einkaufende Männer und Mägde, durch Lastträger und Verkäufer mit Bauchladen oder Wägelchen. Gelegentlich hörte sie griechische Worte, aber es gab auch eine andere Sprache, die sie nicht verstand. Einige Stände waren von Geldwechslern besetzt. Arinna hatte kein Geld zum Wechseln.

Vor allem nach Brot stand ihr Sinn. Der Duft der frischen langen Brote ließ ihr das Wasser im Mund zusammenlaufen, und in ihrem Magen machte sich nagender Hunger breit. Schließlich blieb sie vor einer Garküche stehen und schaute verlangend zu, wie ein ihr unbekanntes Gericht zubereitet wurde. Unterschiedliche Fleischstücke garten in einer dickflüssigen Tunke, und ihr Geruch mischte sich mit Düften nach glühendem Holz und Gewürzen, die durch den Gang herangeweht kamen. Aber sie konnte die Köstlichkeiten nicht bezahlen. Stehlen wollte sie nicht. Noch nicht.

Erstmals war sie dankbar für die Kleidung, die sie an Bord erhalten hatte, so war sie nicht schon auf den ersten Blick als Fremde oder gar Diebin auszumachen.

»Hunger?«, raunte ihr jemand ins Ohr.

Arinna fuhr herum, erleichtert und froh, Griechisch zu hören, und musterte den Mann, der sie angesprochen hatte. Er sah aus wie ein Mönch, war in einen langen schwarzen Umhang gekleidet, jedoch ohne jedes Abzeichen. Er war größer als alle anderen Männer, sogar größer als sie selbst.

»Du möchtest bestimmt kein *malcuchinatu*. Du siehst nicht aus, als wäre dein Magen daran gewöhnt.«

Arinna schaute in den Topf, in dem so viel Seltsames zusammengerührt wurde, und schüttelte zustimmend den Kopf. Offenbar handelte es sich um Minderwertiges, wenn nicht sogar Verdorbenes.

»Malcuchinatu ist ein Gericht aus Schlachtabfällen und Innereien für Tagelöhner und andere Arme. Ich könnte dir Zicklein mit gestockter Eisoße verschaffen, das ist in dieser Gegend das beliebteste Gericht.«

Arinna nickte, überwältigt von der Tatsache, dass ein barmherziger Mensch erkannt hatte, was ihr am meisten fehlte. »Wenn Ihr das könntet … Wie heißt diese Stadt, bitte?«, fragte sie, gepeinigt durch ihre Unwissenheit. Aber es gab keine andere Möglichkeit.

»Syrakus auf Sizilien«, antwortete der Mann mit einem Lächeln, das gewiss freundlich gemeint war, aber Arinna frösteln ließ. Eine Narbe auf der Stirn ließ ihn weniger wie einen Mönch aussehen, als der er sich gab. Sie passte besser zu einem Krieger oder Raufbold.

Syrakus. Noch nie hatte sie davon gehört. Von Messina und Catania hatte der Kapitän mit seinem alles durchdringenden Organ gesprochen, aber Syrakus? »Kann man von hier aus Malta erreichen?«

»Ja, bestens. Was willst du denn in Malta?«

»Ich will da einfach nur hin«, antwortete Arinna, eisern entschlossen, nichts über ihre Gründe preiszugeben.

»Nun, das ist deine Sache. Ich hole dir jetzt das Essen. Warte hier auf mich.«

Um keinen Preis wäre Arinna weggelaufen. Am liebsten wäre sie sogar mit dem Schwarzgekleideten mitgegangen, um sicherzugehen, dass er sie nicht zum Narren hielt.

Das Fleisch mit der Eisoße und den Nudeln war so köstlich, dass Arinna sich die Finger zwischendurch schleckte. Erst als sie selbstvergessen alles verputzt hatte, entdeckte sie, dass der großzügige Spender immer noch neben ihr stand. »Danke«, sagte sie überwältigt, »Ihr habt mir das Leben gerettet.«

»Möchtest du weiterhin nach Malta?«

»Ja, unbedingt«, sagte Arinna. »Wisst Ihr zufällig eine Möglichkeit, dorthin zu kommen?«

»Möglicherweise ja«, antwortete der Schwarzgekleidete mit spürbarer Zurückhaltung, während er Arinna abschätzend betrachtete. »Erzähle mir erst etwas von dir. Du bist gerade aus Byzanz gekommen, richtig?«

»Ja«, antwortete Arinna vorsichtig, in der Hoffnung, dass noch andere Schiffe gerade angelegt hatten. Sie konnte es schlecht abstreiten.

»Mit der Santa Margherita?«

»Nein, mit der Santa Antonia«, behauptete Arinna geistesgegenwärtig. »Sie hat aber schon wieder abgelegt.«

»So? Die ist mir unbekannt. Aber ich kann natürlich nicht alle Schiffe kennen. Und du bist allein gereist? Sehr ungewöhnlich.«

»Die Umstände erzwangen es«, sagte Arinna kühn.

Der schwarze Mann nickte, als ob ihm so etwas bekannt sei. »Man hört Gerüchte über eine üble Krankheit, die im Byzantinischen Reich herrschen soll. Weißt du etwas darüber?«

Damit konnte Arinna ihm leicht dienen. »Oh ja«, sagte sie. »In Kalamata, weit weg von Konstantinopel, wussten sie schon

Schreckliches zu erzählen. Nur die Glücklicheren liegen wochenlang im Sterben. Andere sterben über Nacht, so schnell, dass die Leute die Krankheit für einen Fluch halten.«

Ihr Gesprächspartner hörte aufmerksam zu. »Du bist anscheinend anderer Meinung? Wie kommst du darauf?«

Wieder war Zurückhaltung geboten. »Griechische Philosophen würden behaupten, dass es nicht der Logik entspricht, wenn Krankheit und Fluch am gleichen Ort zur gleichen Zeit zusammentreffen. Es gibt auch andere Krankheiten, an denen man länger oder kürzer leiden kann. Manchmal sterben die kleinsten Kinder oder die ältesten Menschen an ihnen, während die kräftigsten Männer gesund werden.«

»Du weißt einiges über Krankheiten?«

»Meine Mutter …«, rechtfertigte sich Arinna hastig, eingedenk der Warnung ihres Vaters, aber eine Verteidigung war gar nicht nötig. Statt mit Misstrauen wurde sie von ihrem Gönner mit überraschendem Wohlwollen betrachtet.

»Es gibt auf Malta ein kleines Hospital der Ritter von Rhodos, zu denen auch ich gehöre. Sie suchen dienende Frauen.«

»Dienende Frauen.« Arinna schmeckte das Wort förmlich ab. Allmählich wurde sie misstrauisch. Am Ende wäre es besser gewesen, das Essensangebot auszuschlagen. »Ihr meint nicht etwa Sklavinnen oder Huren?«

»Junge Frau«, sagte der Ritter in strengem Ton. »Wenn du von gefallenen Personen sprichst, als wären sie dein täglicher Umgang, sollte ich dich meinen Brüdern wohl lieber nicht empfehlen.«

»Ich kann auch Euripides zitieren, wenn Ihr wollt«, entgegnete Arinna matt. »Ich versuche nur, vorsichtig zu sein! Ich bin einmal in eine Falle gegangen …«

»Na gut, ich glaube dir. Dein Glück, dass du nicht Aischylos erwähnt hast. Du kannst auf einer Galeere des Ordens mitreisen. Sie legt morgen gegen Mittag ab. Du verpflichtest dich für ein Jahr Dienstleistung im Hospital, wenn du für die Passage kein Geld haben solltest. Möchtest du trotzdem mit?«

»Oh ja«, sagte Arinna arglos und voller Vorfreude.

In ihrer Begeisterung vergaß Arinna ihre gewohnte Vorsicht und wagte es, eine einheimische Frau um Rat zu fragen. Auf diese Weise erfuhr sie nicht nur von einem sicheren Schlafplatz in der Nähe, sondern auch von der Quelle Fonte Aretusa, die direkt am Meer entsprang und doch Süßwasser sprudelte. Ein kleines Wunder, das ihr glückbringend schien, als sie sich am nächsten Morgen darin wusch.

Für alles gerüstet, machte sie sich anschließend auf den Weg zum zweiten Hafen von Syrakus, in dem die Kriegsgaleere der Ritter liegen sollte. Am Heck sollte eine rote Fahne mit weißem Kreuz wehen, daran sei das Schiff leicht zu erkennen, und sie entdeckte es sofort.

Offenbar nahm die Galeere auch andere Passagiere mit. Arinna wollte sich gerade zu der Gruppe schwatzender und aufgeregter Leute stellen, die mit Körben und Taschen den Eindruck von Rückkehrern machte, als sie zu ihrem Entsetzen Longo entdeckte.

Der genuesische Gnom stand direkt neben der Planke, die an Deck führte, anscheinend in eine langwierige Unterredung mit dem Ritter von Rhodos vertieft.

Sonnengöttin hilf, er sucht mich, dachte Arinna, während sie sich unauffällig zurückzog. Dass er mitfahren wollte, war ausgeschlossen. Verzweifelt hockte sie sich auf einen Stein. Wenn Longo bis zur Abfahrt der Galeere dort stehenblieb, war ihre Chance vertan.

Die Leute gingen an Bord. Sie bezahlten die Überfahrt bei einem Seemann, der die Familienmitglieder umständlich zählte und in die Körbe spähte. Die Reihe der Wartenden löste sich allmählich auf, wenn auch quälend langsam. Die Taue, die über Kreuz mit dem Land verbunden waren, wurden schon eingeholt, es blieben nur die Bug- und die Heckleine und die Planke.

Während der Ritter sich mit einem Nicken von Longo verabschiedete und ging, verschränkte der Genuese die Arme vor der Brust und betrachtete die Galeere, als gälte außer ihr nichts in der Welt sein Interesse. Arinna kaute vor Angst auf dem Daumen, indes ihr obendrein einfiel, dass sie den Namen des Ritters gar nicht erfahren hatte. Zwar besaß sie das Schreiben, aber wer weiß, wie viel es wert war.

Dann zog ein Seemann die Heckleine vom Poller und ließ sie ins Wasser rutschen. Es war zu spät. Arinna gab auf.

In diesem Augenblick wandte sich Longo mit einem Achselzucken ab und trollte sich in die gleiche Richtung wie der Ritter.

Doch noch eine Chance! Arinna hetzte mit gesenktem Kopf zur Planke, die gerade eingezogen wurde. Wenn Longo sich jetzt nur nicht umdrehte …

An Bord bemerkte man sie und schob die Planke mit knirschendem Geräusch wieder an Land. Kaum lag sie, stieg der Aufseher über die Passagiere unter Kopfschütteln wieder vom Schiff. Arinna reichte ihm mit zitternder Hand das Schreiben des Ritters, das sie wegen der lateinischen Schrift nicht hatte lesen können, in sicherer Deckung vor Longo.

Der Seemann buchstabierte sich schwerfällig hindurch. »Beim nächsten Mal sei gefälligst früher da, falls es ein nächstes Mal geben sollte. Du wirst abgeholt, wenn wir angelegt haben«, sagte er schließlich. »Melde dich bei mir.«

Arinnas wieder entfachte Vorsicht ließ sie erschrecken. Woher wussten die, dass sie kam? Was sollte es heißen, dass sie ein weiteres Mal kommen würde? Und war es wirklich vertrauenerweckend, dass er Griechisch radebrechte? Aber es war zu spät umzukehren. Die Ruder klatschten ins Wasser, und Arinna wagte nicht, zwischen sie zu springen. Wie gelähmt sah sie zu, wie sich mit jedem Augenblick der Abstand zum Ufer vergrößerte.

Der Sturm, der die Sant Jacobus nach Sizilien vertrieben hatte, war abgeflaut. Das Schiff der Hospitalritter pflügte gemächlich unter zwei nicht besonders großen Segeln durch das Ionische Meer. Die Ruderer hatten ihre Arbeit eingestellt, nachdem sie die Galeere aus der Bucht gerudert hatten.

Am Nachmittag segelten sie in Landsicht, aber gegen die sinkende Sonne war nicht viel zu erkennen. Arinna bezog daher bald ihren Schlafplatz auf dem oberen Deck. Im Deck darunter befanden sich die Rudersklaven. Man konnte sie von oben beobachten. Arinna wunderte sich, wie gepflegt alles wirkte und wie gut ernährt die Männer waren.

Nach und nach streckten sich in Arinnas Nachbarschaft auch andere Passagiere aus. Am Ende war sie eingekeilt zwischen einer sarazenischen Familie, die sie an der Tracht erkannte, und einem Paar aus Aragon, das auf der spanischen Halbinsel liegen sollte. Beide radebrechten Griechisch, und Arinna ärgerte sich, dass sie keine der Sprachen beherrschte, die hier üblich waren.

Die Frau aus Aragon zeigte auf sich selber. »Berengaria.«

»Arinna«, stellte sie sich vor, um gleich weiterzusprechen. »Gibt es ein Hospital der Ritter von Rhodos auf Malta?«

»Si, claro. Gleich in Birgu, wo wir landen.«

»Gibt es Schwierigkeiten dort?«

Schwierigkeiten? Nein, nicht die geringsten Schwierigkeiten. Alles ruhig und friedlich dort. Ein gutes Hospital, besagten Berengarias Miene und die Hände, die Beifall klatschten. An ihrem Arm klimperten leise goldene Ringe.

Arinna war einigermaßen beruhigt und bedankte sich für die freundliche Auskunft.

Im Morgengrauen tauchte eine langgestreckte Insel aus dem Dunst auf. Arinna stand an der Reling und starrte hinüber. Neben ihr befand sich plötzlich Berengaria. Sie zeigte geradeaus »Malta«, dann weiter nach rechts auf eine Silhouette im Hintergrund »Gozo«. Zwei Inseln also.

Einige Stunden später lief die Galeere in eine Bucht ein, die sich weit in das Land erstreckte. Das Schiff nahm, nachdem es zwei nahe beieinanderliegende Felsvorsprünge passiert hatte, Kurs auf eine Seitenbucht und legte bald darauf an einer kleinen Ortschaft unterhalb einer Festung an.

Birgu.

Der Seemann, bei dem Arinna sich folgsam meldete, zeigte auf einen Mann, der auf dem Kai stand und einen ebensolchen schwarzen Mantel wie der Ritter in Syrakus trug, der jedoch mit einem weißen Kreuz mit doppelten Spitzen geschmückt war.

Arinna verließ tapfer das Schiff und hielt dem Mönch ihr Schreiben hin. Dieser nickte zufrieden, steckte den Brief ein und musterte sie. »*En daxi*, in Ordnung. Du bist Griechin. Ich bin Frater Hertwig, Bruder Hertwig, vom Hospital der Ritter des Heiligen Johannes zu Jerusalem.«

»Ich dachte, von den Rittern von Rhodos«, widersprach Arinna und hatte wieder einmal das Gefühl, getäuscht worden zu sein.

»Keine Angst, junge Frau«, sagte der Mönch. »Es ist dasselbe. Wir wurden vertrieben und führen mehrere Namen. Ich hoffe, du wirst dich bei uns wohlfühlen.«

So viel Freundlichkeit war Arinna schon lange nicht mehr begegnet, und dass sie ebenfalls vertrieben worden waren, schuf Gemeinsamkeit. Trotzdem brachte sie nur ein etwas klägliches Lächeln zustande.

»Komm mit«, sagte Bruder Hertwig und steuerte Arinna am Arm durch die Menge. »Hat man dir gesagt, was du im Hospital machen sollst? Du wirst vor allem Eimer mit den Ausscheidungen der Kranken wegtragen, wirst die Kübel, die bespuckten Fußböden und auch die Kranken säubern, die sich beschmutzen. Es wird nicht leicht für dich sein, du siehst nicht besonders kräftig aus.«

Arinna war etwas geschockt von seiner direkten Sprache. Dann fiel ihr Hrolf ein. Es gab eben Menschen, die keine Umwege machten in dem, was sie sagten und taten. »Nein, das hat mir niemand gesagt. Ich habe mich auf die Bedingungen eingelassen, weil ich nach Malta wollte und weil ich kein Geld besitze«, erklärte sie ehrlich.

»Richtig beglückwünschen kann ich dich nicht«, sagte Bruder Hertwig bedauernd. »Wir haben im Augenblick wenige Sklaven für die ganz groben Arbeiten, die werden deshalb jetzt von Frauen verrichtet. Aber ich werde für dich beten, dass du das ganze Jahr durchhältst.«

»Danke«, murmelte Arinna beklommen. »Ich werde Eurypides zitieren, wenn es zu schlimm wird.«

»Was wirst du tun?«, rief Bruder Hertwig entgeistert und riss Arinna zu sich herum, so dass sie sich Angesicht zu Angesicht gegenüberstanden.

»Ich werde …«

»Wage den Namen dieses Heiden nicht noch mal in den Mund zu nehmen«, drohte der Mönch. »Du bist doch getauft?«

»Ja«, bestätigte Arinna eingeschüchtert.

Er musterte sie noch einen Augenblick argwöhnisch, bevor er seinen Weg fortsetzte. Arinna folgte ihm stumm durch enge Straßen zwischen gelblichen Häusern, die Armut und Verfall signalisierten. Ärmlich gekleidete Frauen schlichen mit Krügen auf dem Kopf zum nächsten Brunnen oder nach Hause. Niemand wirkte richtig fröhlich. Welch ein auf den ersten Blick trostloses Land! Und dieser Wind! Er war so stark, dass er immerfort kleine Staubwolken über den Boden wirbeln ließ.

Das Hospital lag nicht weit vom Hafen entfernt am Rand des Dorfes, fast in den Felsen hineingebaut. Arinna gelang lediglich ein Blick auf die Gärten dahinter, kleine Felder, die durch Steinwälle voneinander getrennt waren und an denen Oleander blühte. Dann traten sie schon durch die Pforte in die ummauerte *Sacra Infirmeria*, wie Bruder Hertwig sie vorstellte.

Dieses also sollte ihr neues Zuhause sein, zumindest bis sie herausgefunden hatte, was es mit dem Malteserschwamm auf sich hatte. Mit Hühnern, die unter einem Zitronenbaum in der trockenen Erde des Hospitalgartens scharrten, und einem grell schreienden Esel, der nicht ausreichend Gras fand.

Arinna sehnte sich jetzt schon in das Tal der Tauben zurück, mit seinen Zitronen, Äpfeln und Melonen, mit Kürbissen und

Sonnenblumen. Sogar zum Taubenmist, der in den Nisthöhlen weit oben zusammengekehrt und in Säcken heruntergelassen werden musste. Aber er machte die Felder fruchtbar, und ob sie hier ähnliche Segnungen der Natur besaßen, schien ihr doch sehr fraglich.

So groß hatte Arinna sich das Hospital, das man ihr als klein beschrieben hatte, nicht vorgestellt. Es war ein langgestrecktes zweistöckiges Gebäude, das aus sauber verfugten Steinen gemauert war. Dazu gehörten noch Nebengebäude, die der Wirtschaft und Viehhaltung dienten, sowie ein Pferdestall, vor dem ein hoher Rappe gerade gestriegelt wurde. Aus einem Gebäude drang Rauch von einem Kochfeuer. Der große Hof war gefegt wie eine Wohnstube.

»Du wirst deinen Dienst an den Herren Kranken sofort aufnehmen«, befahl Bruder Hertwig streng. »Wir haben gerade besonders viel zu tun. Man wird dir deine Schlafstätte heute Abend zeigen.«

Der Mönch übergab Arinna einem Mann ohne alle Abzeichen auf der Kutte, dem pflegenden Bruder Frà Marino. Der drahtige kleine Mönch eilte vor Arinna her in das untere Geschoss, in einen Raum, in dem Kleidungsstücke in Truhen aufbewahrt wurden. Er suchte für sie einen Kittel heraus, der zwar geflickt, aber gewaschen war. Arinna, die mit eingezogenem Kopf unter der niedrigen Decke stand, bedankte sich beklommen.

»Du bist Griechin«, stellte Bruder Marino mit einem erfreuten Grinsen fest.

Sein Griechisch hatte einen ungewohnten Klang, aber Arinna fühlte sich sofort besser. Während Bruder Hertwig auf sie hochmütig und einschüchternd gewirkt hatte, schien Marino eher von einer Art zu sein, die sie kannte. So bräunliche Haut und eine derartig ausladende Hakennase, wie er sie besaß, waren im Byzantinischen Reich häufig.

»Du kommst wie gerufen«, sprudelte Marino leutselig heraus, »wir haben einen Haufen Neuzugänge, und wir von der italienischen Zunge – wir sind heute dran mit dem Dienst – kommen kaum mit unseren Pflichten nach. Es sind lauter Männer, die ins Bettzeug scheißen!«

Arinna holte tief Luft und rollte mit den Augen.

»Ich weiß, keiner säubert solche Kranken gerne. Aber es gehört zu unseren und vor allem zu deinen Aufgaben. Und jetzt komm mit!«

Sie stiegen in das andere Stockwerk hoch, das sich als riesiger Krankensaal mit hoher Decke entpuppte. Rechts und links standen die Betten aufgereiht, die Kopfenden an den Außenwänden, und in der Mitte wäre Platz genug gewesen, um eine lange Festtafel aufzuschlagen. Zwischen einigen Betten waren Tücher aufgespannt, die die Sicht zum Nachbarbett verhinderten. Und in jedem Bett lag nur ein einziger Mann. Arinna hätte ihre Bewunderung gar nicht in Worte fassen können. Sie zupfte Frà Marino am Ärmel, so dass er stehenblieb. »Liegen hier Fürsten und Könige?«, flüsterte sie voller Ehrfurcht.

Marino grinste wieder, und seine schiefen Zähne verliehen ihm das Aussehen eines Gauklers. »Die Fürsten und Könige haben eigene Kammern«, flüsterte er zurück. »Dies hier sind ganz gewöhnliche Leute. Mindestens die Hälfte stammt von einem Schiff, das vor fünf Tagen aus Alexandria eingelaufen ist.«

»So. Und was soll ich als Erstes tun?«, fragte Arinna und begann ihre Ärmel hochzukrempeln.

»Lauf an den Betten entlang und schnüffele. Wo es stinkt, gibt es Arbeit für dich. Kübel und Lappen stehen im Vorraum, Wasser musst du aus dem Brunnen unten im Hof holen.«

»Aha«, sagte Arinna skeptisch. »Das Hospital suche dienende Frauen, wurde mir in Syrakus gesagt. Wie viele dienende Frauen gibt es hier eigentlich?«

»Du bist gegenwärtig die Einzige«, antwortete Marino mit einem fröhlichen Schulterzucken. »Die wir hatten, haben nicht lange durchgehalten.«

»Aber ich habe mich für ein Jahr verpflichtet«, sagte Arinna entsetzt.

Frà Marino sah sie belustigt an. »Dein Pech. Aber denke gar nicht erst ans Abhauen. Unser Orden ist so mächtig im Mittelmeer, er würde dich überall finden.«

»Ich bin doch viel zu unwichtig«, widersprach Arinna trotzig.

»Nein, bei uns ist niemand unwichtig. Jeder ist ein Glied in der Kette, und es wird nicht geduldet, dass sie reißt. Die Priorate, Balleien und Kommenden – das sind alles Unterabteilungen des Ordens – würden dich überall suchen lassen. Selbst der Großmeister hätte die Beschreibung deiner Person.«

Arinna wollte gerade widersprechen, als ein Kranker in der Nähe stöhnte, sich halb aufrichtete und sich über das Bettzeug und den Fußboden erbrach.

»Deine Arbeit wartet«, sagte Marino und eilte auf flinken Füßen aus der Halle.

Der Kranke war benommen. Arinna hielt ihm den Kopf, und als der Anfall vorbei war, säuberte sie ihn und bezog unter ihm das Bett mit frischen Laken, die sie ebenfalls im Vorraum fand. Marino war seltsamerweise wie vom Erdboden verschluckt, und andere Ritter von der italienischen Zunge schien es nicht zu geben. Es war schon merkwürdig, dachte Arinna, als sie den Kübel auf einem Misthaufen ausgeleert und mit Brunnenwasser ausgespült hatte.

Auch andere Kranke verlangten nach einer Fülle von Diensten, die sie in den nächsten Stunden allein erledigte. Wasser verabreichen, Schweiß aus dem Gesicht wischen, füttern, heiße Ziegelsteine unter die Füße legen, ein gebrochenes und geschientes Bein verlagern und – vorlesen.

»Vorlesen?«, fragte Arinna erstaunt und stoppte ihren Eilschritt zum nächsten Bett, um sich den Mann anzusehen, dessen Wunsch nach geistiger Nahrung inmitten all dieses körperlichen Elends ungewöhnlich schien.

»Ja«, bestätigte der Kranke mit geschlossenen Augen nachdrücklich. Seine Haare waren rotbraun, kurz geschnitten, und sein rasiertes Kinn schimmerte bläulich. »Vorlesen. Hol bitte einen lesekundigen Bruder!«

»Ich könnte durchaus selbst vorlesen, aber hier gibt es viel Arbeit, die zuerst erledigt werden muss«, gab Arinna zu bedenken, »und ich weiß außerdem nicht, wo Bücher zu finden sind. Ich bin erst seit heute im Dienst.«

Der Kranke schlug die Augen auf. Sie waren von einem intensiven Violettblau, wie Arinna es noch nie gesehen hatte. Sie starrte ihn mindestens so erstaunt an wie er sie.

»Frà Marino hat dich mit all diesen Kranken allein gelassen? Es müssen im Saal zweiundvierzig sein. Gestern wären es noch vierundvierzig gewesen, aber zwei Männer der ägyptischen Galeere sind inzwischen gestorben.«

Arinna überblickte die Betten und nickte. Zweiundvierzig. Denkbar. Morgen würden es möglicherweise wieder weniger sein. In einer Ecke lagen Schwerkranke, die gequält husteten.

»Marino ist faul wie ein Bär im Winterschlaf. Frà Hertwig weiß es anscheinend nicht, und das ist ein Ärgernis.«

»Und warum beschwert Ihr Euch nicht?«, erkundigte sich Arinna verdutzt.

Der Kranke schüttelte den Kopf. »Die Ritter nehmen jeden Kranken auf, als wäre er ein Fürst. Wer mag da gegen einen einzelnen faulen Bruder streiten?«

»Ja«, sagte Arinna schwach und ahnte schon, auf wessen Rücken Marinos Faulheit ausgetragen werden würde.

»Geh bitte und such diesen Marino!«

»Ja«, murmelte Arinna düster und machte sich auf den Weg.

Arinna fand Frà Marino im Untergeschoss bei den flüssigen Vorräten, die in Fässchen gelagert wurden. Der Bruder verströmte einen herzhaften Duft nach würzigem Wein. »Arznei«, behauptete er eiligst.

»Einer der Kranken braucht Euch«, sagte Arinna. »Er liegt ganz hinten rechts.«

»Ach, der Aragonese! Dem kann man es nie recht machen«,

murrte Marino, schob seinen Becher hinter das Fässchen und rannte los.

Arinna langte kurz nach ihm am Bett des Kranken an.

»Rodrigo López de Ayala«, schnaufte Marino und verbeugte sich knapp. »Was kann ich für Euch tun?«

»Ich will, dass mir jemand vorliest. Ich brauche Zerstreuung.«

»Aber Ihr wisst, dass ich es nicht kann«, jammerte Marino.

»Ja. Aber Eure neue Helferin, Frater.«

Marino fuhr zu Arinna herum. »Ist das wahr?«

»Ja«, sagte Arinna erschrocken und war sich nicht darüber klar, ob dies in diesem Hause als Mangel zählte, »aber nur griechisch geschriebene Bücher.«

»Oh, das ist kein Problem. Wir haben alles, Bücher in lateinischer Schrift, in griechischer, in den merkwürdigen Krakeleien aus dem Norden der Welt und sogar in der Schrift der Sarazenen.« Marino bekreuzigte sich hastig. »Der Herr bewahre uns vor den Ungläubigen!«

»Die meisten Ungläubigen sind gläubiger als die Söhne der Kirche«, bemerkte de Ayala kühl. »Wollt Ihr nun etwas Passendes holen?«

»Sofort, sofort!«, rief Marino und stürzte durch den Mittelgang hinaus aus dem Saal.

Kurze Zeit später hielt Arinna *Die Frösche* von Aischylos in den Händen. Eine Komödie. Sie musste schmunzeln. Es waren noch nicht viele Stunden vergangen, seitdem sie den Namen des Dichters gehört hatte. »Könnt Ihr mir sagen, was Aischylos mit Syrakus zu tun hat?«, fragte sie den Kranken, der sich ihr mittlerweile vorgestellt hatte.

»Das kann ich. Er war ein Grieche, der zeitweise in Syrakus auf Sizilien gelebt hat«, antwortete de Ayala, wieder mit geschlossenen Augen.

»Und warum ist er noch unbeliebter als Eurypides?«

»Da wüsste ich keine Antwort«, sagte der Aragonese mühsam. »Es sei denn, dass derjenige, der ihn nicht mag, Sizilianer ist.« Sein Atem ging jetzt schwerer, und seine vorher bleichen Wangen waren gerötet.

Arinna legte ihre Hand leicht auf seine Stirn, die erschreckend heiß war. Marino war wieder verschwunden, und andere Brüder waren noch nicht aufgetaucht. Sie entschloss sich, selbst tätig zu werden. »Erlaubt Ihr, dass ich Euch Wadenwickel anlege?«, fragte sie. »Dann lese ich Euch aus den Fröschen vor.«

»Hauptsache, Ihr erspart mir das mönchische Salbader«, murmelte der Spanier.

Arinna lächelte über den ungeschminkten Ausdruck, gleichzeitig aber nahm ihre Besorgnis zu. De Ayala war es vorher nicht gutgegangen, aber jetzt wurde sein Zustand ernst. So schnell es ging, lief sie hinaus in den Hof, kurbelte einen Eimer Wasser aus dem offenbar unendlich tiefen Brunnen herauf und rannte keuchend unter der Last wieder zurück.

De Ayala war bewusstlos, und heißer war er auch geworden. Nach der bewährten Art ihrer Mutter legte sie ihm Wadenwickel an. Sie erschrak selber über die Eiseskälte des Brunnenwassers. Er würde hoffentlich kräftig genug sein, um es zu vertragen. Ihre Besorgnis darüber war erheblich größer als ihr Bedauern, dass der Kittel draufging, den sie von Marino erhalten hatte, zerrissen in zwei Teile, für jedes Bein einen.

Als sie fertig war, entdeckte sie Frà Hertwig, der am Fußende des Bettes stand und sie still beobachtete.

»Verzeihung«, sagte Arinna und spürte, wie sie errötete, »aber hier war niemand, der die Pflege übernommen hätte. Ich weiß nicht, wo Frà Marino ist … Ich wusste auch nicht, wo ich ihn oder jemanden anderen suchen sollte. Hoffentlich nehmt Ihr es nicht übel, dass ich mich eingemischt habe. Mir schien es wichtiger, die außerordentliche Hitze des Herrn de Ayala auf der Stelle zu senken …« Angesichts der erzürnten Miene von Bruder Hertwig blieben Arinna weitere Worte im Halse stecken.

Bruder Hertwig prüfte mit dem Handrücken die Wärme des

Kranken an dessen Wange. »Es *war* wichtiger«, bestätigte er dann knapp und entfernte sich. Er ließ Arinna sprachlos zurück.

Aus dem Vorlesen wurde nichts, der Aragonese wachte aus seiner Ohnmacht auf, fiel dann aber gleich in Schlaf. Arinna legte sich müde und mit knurrendem Magen in der Kleiderkammer auf einen Haufen Wäsche. Am nächsten Morgen entdeckte sie, dass es tatsächlich noch mehr dienende Brüder gab. Zwei Engländer aus dem hohen Norden waren angetreten, mit denen sie sich nicht verständigen konnte, die ihr aber trotzdem ein Morgenmahl und einen neuen Kittel verschafften.

Die Brüder der englischen Zunge kümmerten sich kompetent und flink um die medizinischen Bedürfnisse der Kranken. Arinna übernahm die schwere Arbeit.

Sie stellte verstohlen fest, dass die beiden Brüder de Ayala nicht behandelten, aber sie wusste nicht, warum. Schließlich hielt sie es nicht mehr aus, nicht zu wissen, wie es ihm ging.

Kaum hatte Arinna um den Vorhang gelugt, als hinter ihr einer der Engländer auftauchte. Er schüttelte warnend den Kopf und sagte: »Frà Hertwig.«

Offenbar pflegte de Ayala von Bruder Hertwig persönlich betreut zu werden. Nun wagte Arinna nicht mehr, sich ihm zu nähern. Beobachtet von de Ayala, der wach war, wollte sie aber auch nicht einfach verschwinden.

Dann näherte sich Frà Hertwig mit raschen Schritten, an diesem Tag angetan mit dem schwarzen Mantel ohne Kreuz. Er setzte sich neben den Spanier und ließ ihn eine Medizin aus einem silbernen Becher trinken. Danach ging er daran, die Wadenwickel zu erneuern. »Bitte, hole Wasser«, bat er Arinna.

Arinna eilte davon und schleppte einen ganzen Kübel nach oben. Frà Hertwig musterte gerade besorgt beide Kniekehlen des Kranken und ließ eine Fingerspitze über eine kleine Beule gleiten. »Habt Ihr diesen Knoten schon länger, Herr de Ayala?«, fragte er.

»Ist mir nicht bekannt«, stöhnte der Spanier.

»Von wo seid Ihr angereist, Herr de Ayala?«, fragte Arinna spontan und merkte entsetzt, dass es ihr offenbar überhaupt nicht zustand, sich derart bemerkbar zu machen, als Frà Hertwig sie finster betrachtete.

»Aus Alexandria in Ägypten«, antwortete de Ayala matt. »Auf dem Rückweg nach Aragon. Ich weiß nicht, ob ich es erreiche.«

»Oh doch«, sagte Frà Hartwig zuversichtlich. »Mit des Herrn Hilfe und dem Sud, den ich Euch verabreiche, werdet Ihr.«

»Ihr seid etliche Tage von Alexandria bis hierher unterwegs gewesen, es scheint sich bei Euch eher um die langsame Form der Tatarenkrankheit zu handeln«, meinte Arinna nachdenklich. »Ihr solltet sie überstehen können, da Ihr eine kräftige Natur habt.«

»Euer beider Wort in Gottes Ohr«, sagte de Ayala mühsam lächelnd. »Mögt Ihr mir jetzt das Stück noch einmal von vorne vorlesen, Arinna? Ich kann mich nicht an das erinnern, was Ihr gestern gelesen habt.«

»Ich habe nichts vorgelesen. Ihr wart nicht mehr in dieser Welt«, widersprach Arinna. »Ich wüsste auch nicht, dass ich Euch meinen Namen genannt hätte.«

Frà Hertwig beteiligte sich nicht mehr am Gespräch. Mit steinernem Gesicht machte er kehrt und schritt aus dem Saal.

Trotzdem billigte Frà Hertwig, dass Arinna dem Aragonesen vorlas. Sie teilte sich ihre Pflichten jetzt in die harte Arbeit im Krankensaal einerseits und in das Vorlesen andererseits auf. Inzwischen hatte sie begriffen, dass Frà Hertwig Arzt war. Er führte die Aufsicht über die Kranken und legte die Behandlung fest, während die anderen Brüder nach seinen Anweisungen handelten. Aus einem ihr nicht bekannten Grund wurde der Aragonese bevorzugt behandelt.

Als Arinna spät in der Nacht mit dem Vorlesen aufhörte – de Ayala war vom Fieber, vom Wachen und Schlafen zur Unzeit ganz aus der Bahn geworfen –, fing Frà Hertwig sie vor dem

Krankensaal ab. »Was sollte das eigentlich heißen: *Tatarenkrankheit?*«

»Ich dachte, die ganze Welt spräche schon davon. Tut mir leid, dass ich so naseweis war«, sagte Arinna in entschuldigendem Ton. »Es handelt sich um die Krankheit, die zuerst in Kaffa auf der Krim auftrat. Die Tataren haben Leichen über die Mauern katapultiert, und danach hat sich ihre tödliche Krankheit anscheinend wie ein Sandsturm verbreitet.«

»Auch in Ägypten?«

»Ich denke schon. Herr de Ayala, der von dort angereist ist, hat sie jedenfalls, soweit ich es beurteilen kann. Ich habe die Krankheitszeichen mehrfach an Bord des Schiffes gesehen, mit dem ich aus Konstantinopel kam, der Karacke Sant Jacobus.«

»Und was macht man in Kaffa und auf Schiffen dagegen?«

»Man kann natürlich den Herrn im Himmel um Hilfe bitten«, schlug Arinna vorsichtig vor.

»Ich denke, ich habe schon beobachtet, wie du den Herrn tatkräftig unterstützt hast. Worte scheinst du anderen zu überlassen«, mutmaßte Bruder Hertwig und ließ Arinna genauso plötzlich stehen, wie sie es schon mehrmals erlebt hatte.

### *SYRAKUS*

Auf der Sant Jacobus ging es lebhaft zu. Seitdem Boccanegra den Männern geschworen hatte, den Kurs auf Genua abstecken zu lassen und nicht nach Malta, arbeiteten sie, um die Schäden zu beseitigen, als bekämen sie es extra bezahlt. Das war nicht der Fall. Hinzu kam die Dankbarkeit, dass die Tatarenkrankheit wie ein Spuk verschwunden war.

Verschwunden waren auch fünf Seeleute, drei Griechen und zwei Italiener, am gleichen Morgen, an dem Hrolf Arinna befreit hatte. Ein günstiger Zufall, fand Hrolf, der den Mutmaßungen der Seeleute lauschte, ohne sich einzumischen.

Man erklärte sich die Ereignisse so, dass einer der Flüchtigen – oder alle zusammen – Arinna von Bord entführt hatte, vielleicht um sie als Sklavin zu verkaufen, um selbst nicht als Bettler im fremden Land dazustehen.

»Die haben nicht gewusst, welchen Wert das Weib jetzt hat!« Eiskalt vor Zorn starrte Boccanegra vom Achterkastell aus über die Stadt, die seine Kostbarkeit verschluckt hatte. »Die haben sie als gewöhnliche Jungfrau verkauft.«

»Ja, aber sie hat sich eingeschlossen, und ich habe die Tür von außen verriegelt«, behauptete Niccolò beharrlich. »Die Männer müssen sie beschwatzt haben zu öffnen. Sie hat ihren Wert nicht gekannt.«

»Schön dumm«, grollte Boccanegra. »Bei mir hätte sie es besser gehabt.«

»Bei mir auch«, flötete Kaufmann Longo. »Ich war mit ihr einig geworden. Mir wäre sie als Geliebte gefolgt, nicht als Sklavin.«

»Verliebter Narr«, schmähte Boccanegra ungeschminkt. »Sie hat uns gegeneinander ausgespielt. Sie ist eine schlaue Person. Aber ich kriege sie, das schwöre ich bei sämtlichen italienischen Heiligen!«

»Wie wollt Ihr das denn machen?«, spottete Longo.

»Nach Malta segeln, natürlich. Wo der Schwamm ist, ist auch Arinna, wetten?«

»Wann?«, kreischte Longo empört.

Boccanegra zuckte die Schultern, die Lippen verächtlich verzogen. »Ihr könnt Euch beruhigen. Erst setze ich Euch in Genua ab. Da habt Ihr wenigstens Eure Töchter, wenn schon nicht Arinna«, sagte er nach einer Weile spitz.

Es amüsierte Boccanegra, dass der Alte vor Empörung zu keinem Wort mehr fähig war, aber Speicheltröpfchen wie ein Kamel versprühte. Wenigstens war er nicht dumm und verstand die Anspielung.

# KAPITEL 11

JOHANNITERHOSPITAL, BIRGU

In den nächsten Tagen starben fünf Männer, die alle mit demselben Schiff aus Alexandria gekommen waren. Die Johanniter kümmerten sich aufopfernd um die Schwerkranken. Dann aber wurde ein Theophanes Metochites in das Spital eingeliefert, ein Fischer aus Marsaxlokk auf Malta. Er war nie in Ägypten gewesen, seine Vorväter stammten aus Griechenland, aber auch dort war er nie zu Besuch gewesen. Und er hatte die Knötchen.

Arinna stand genauso betroffen vor dem großen Krankensaal wie die dienenden Brüder.

»Es ist wie Aussatz, verbreitet sich nur schneller«, bemerkte Frà Hertwig äußerst besorgt.

Arinna wusste nicht, was Aussatz war, wagte aber nicht zu fragen.

Trotzdem wandte sich Hertwig an sie. »Viele Männer, die sich als Kreuzfahrer einige Zeit in Outremer aufgehalten haben, bekommen später den Aussatz. Sie bringen ihn nach Hause mit.«

»Danke«, sagte Arinna bescheiden.

Etwas später wurde Arinna die Aufgabe übertragen, den Fischer zu waschen. Er war in heruntergekommenem Zustand von zwei Nachbarn gebracht worden, die in der Gegend zu tun hatten, erfuhr sie von dem Bruder, mit dem zusammen sie den Schwerkranken versorgen sollte. Der Johanniter war ein freundlicher Mann, der gern redete.

Arinna beschloss, die Gelegenheit zu nutzen, denn manche Brüder waren still von Natur aus, andere einfach redefaul. »Ihr legt in diesem Hospital viel Wert auf Sauberkeit, Bruder Ugo. Wie kommt das?«

»Keine Ahnung«, antwortete der Italiener, der heute zusammen mit Bruder Marino Dienst hatte. »Es ist in allen unseren Hospitälern so und erregt bei Besuchern stets Verwunderung. Auch dass jeder Kranke ein eigenes Bett hat.«

»Das glaube ich gern«, meinte Arinna. »Sollen wir dem Mann eine Kopfwäsche zumuten? Nötig hätte er es, in seinen Haaren krabbeln ja Heere von Läusen.«

»Ja, es muss sein«, erwiderte Ugo bedauernd. »Wir bekommen sonst Ärger mit Bruder Hertwig. Er ist sehr streng in seinen Ansichten.«

»Ich habe es schon bemerkt«, murmelte Arinna. »Wo ist der Heimatort dieses Fischers?«

»Nicht weit von hier gegen Sonnenaufgang. Die Schiffe aus Nordafrika legen dort an. Es ist eine Bucht, die gegen die meisten Winde geschützt ist. Dieser Mann hat ja an beiden Beinen Knoten, sogar in den Leisten«, fuhr Bruder Ugo übergangslos fort, als sie den Kranken vorsichtig auf den Bauch gedreht hatten. »Ich glaube, man müsste sie öffnen, damit der Eiter abfließen kann. Frà Armegandus muss ihn sich ansehen.«

»Wer ist das?«, fragte Arinna.

»Unser Chirurgus. Er hat in Paris studiert.«

Die Antwort kam zögerlich. Armegandus schien nicht beliebt zu sein. Arinna fragte sich, ob diesem Barbier auch Eigenschaften anhafteten, vor denen Frauen sich in Acht nehmen mussten. Aber es schien ihr gescheiter, nicht direkt danach zu fragen, es stand ihr nicht zu. »Wie kommt es eigentlich, dass ich die Sklaven, die die groben Arbeiten im Hospital verrichten sollen, nicht sehe? Und auch keine anderen dienenden Frauen? Alles ist anders, als man es mir anfangs sagte.«

Ugo zog die Mundwinkel nach unten und warf die Arme nach oben. »Was weiß ich? Die Herren Ritter des Ersten Standes informieren unsereinen nur selten über ihre Gründe. Die Frauen haben sie eines Tages nach Hause geschickt, und die Sklaven wurden allesamt als Ruderer auf die Galeeren verteilt. Vielleicht ist der Orden plötzlich verarmt …«

»Sie wurden bezahlt?«, fragte Arinna erstaunt.

»Ja. Für den Orden war es wohl kaum der Rede wert, aber die Frauen hatten es nötig. Die meisten haben Kinder, und wenn der Ehemann gestorben …«

»Ah, so. Übrigens, unserem Kranken geht es schlechter«, erkannte Arinna besorgt. »Es wäre gut, wenn Frà Hertwig mit seinem Sud käme.«

»Bruder Hertwig wird gleich kommen und sich um den Mann kümmern, da sei ganz sicher. Der Sud, den du wahrscheinlich meinst, steht nur den Begüterten unter den Kranken zur Verfügung.«

Arinna sah ihn verunsichert an.

»Er ist sehr kostbar, weil er sehr verlässlich gegen alle möglichen Krankheiten wirkt.«

»Was ist das denn für ein Getränk?«

»Ich weiß es nicht«, bekannte Ugo gleichgültig. »Diese Arznei dürfen nur Frà Hertwig und der Großmeister selbst verabreichen, keiner von den gewöhnlichen dienenden Brüdern. Aber du fragst am besten nicht danach. Neugier hat man hier nicht gerne.«

»Ich habe es schon bemerkt«, sagte Arinna mit einem kleinen Seufzer. »Übrigens fällt mir noch etwas ein. Vor einigen Tagen hätte ich nachts Hilfe gebraucht. Wenn das noch mal vorkommt, wo finde ich dann jemanden?«

»Ein Bruder hat immer Wache. Wenn er sich nicht im Krankensaal befindet, macht er wahrscheinlich einen Gang durch die Stuben der Vornehmen. Andere Brüder sind nachts nicht im Hospital, sondern in den Häusern ihrer Zungen.«

»Arinna, hilf!«, rief sie bestürzt aus und stellte sich vor, dass dieser eine Mann in dem großen Gebäude nicht zu finden war. Und wenn es nun eilte? Auf Ugos verwunderten Blick hin fand sie schnell eine Ausrede, die immerhin fast stimmte: »Eine Gewohnheit aus Konstantinopel, beim eigenen Namen zu schwören oder sich selbst zu ermahnen.«

Schon in der nächsten Nacht passierte genau das, was sie befürchtet hatte. Aus dem dürren Fischer rann das Leben, er schien vor ihren Augen geradezu zu schrumpfen. Als er nicht einmal mehr genug Leben in sich hatte, um sich selbst warm zu halten, geschweige denn so erhitzt war, wie Arinna es von den anderen Kranken kannte, machte sie sich auf den Weg, den diensthabenden Bruder zu suchen.

In den kleinen Räumen für wichtige Kranke fand sie niemanden. Dort war alles ruhig. Trotzdem hörte sie das Flüstern zweier Stimmen, die in diesem steinernen Gebäude auf seltsamen Wegen an ihr Ohr gelangten. Vielleicht durch Luftschächte. Verstehen konnte sie zwar nichts, aber die Heimlichkeit der Sache war nicht zu überhören.

Aber es ging sie nichts an! Wo nur war der Diensthabende? Vielleicht schon im Krankensaal? Voller Hoffnung rannte sie zurück.

Aber dort war er nicht. Und der Fischer regte sich kaum mehr. Seine Brust hob sich nur noch schwach und in unregelmäßigen Abständen. Er lag im Sterben.

Voller Zorn über die Zustände in diesem Haus, die vielleicht im Vergleich zu den Krankenanstalten in Klöstern als gut galten, aber wesentlich besser hätten sein können, machte sie sich auf den Weg in das Untergeschoss. Der Wachhabende musste einer von denen sein, die sich dort unten unterhielten, statt seinen Pflichten nachzugehen.

Zu ihrer Verwunderung war die Tür, die den langen Flur unter dem Hospital abgeschlossen hatte und die bisher stets verschlossen gewesen war, nur angelehnt. Arinna spähte in einen weiteren Gang, der sich anscheinend unterirdisch fortsetzte.

An seinem Ende machten sich zwei Gestalten im Licht einer Kerze offenbar an einer Tür zu schaffen. Kratzende Geräusche von Eisenwerkzeugen drangen an ihr Ohr. Dann zischelndes, erregtes Geflüster wie von einem Streit.

Das konnte doch wirklich nicht der ernste, stets freundliche Bruder deutscher Zunge sein, der in dieser Nacht die Wache hatte! Trotz des flackernden Lichtes hatte Arinna an den langen Kutten erkannt, dass die Männer Brüder des Ordens waren. Ein Einbruch, den sie im eigenen Haus begingen? Sehr seltsam.

Die Vorsicht riet ihr stehenzubleiben.

Plötzlich waren die beiden verschwunden. Die Tür hatten sie aufbekommen.

Arinna huschte wieder nach oben. Als sie sich zum Lauschen an die gleiche Stelle wie vorher stellte, hörte sie nichts mehr.

Am nächsten Morgen lag der Fischer steif und kalt im Bett. Seine Leiche wurde von zwei Rittern hinausgetragen, während Arinna den Auftrag erhielt, das Bett sofort neu herzurichten.

Als sie damit fertig war, schleppte Bruder Marino Ugo herein, der zwar noch auf eigenen Füßen stehen, aber nicht mehr gehen konnte. Sein schweißnasses schwarzes Haar hing ihm über das Gesicht, das auf Marinos Schulter ruhte, und Arinna wusste, dass es hochrot sein musste.

»*Porca miseria*, so ein Schweineunglück! Der Herr sei mit ihm und der italienischen Zunge«, keuchte Frà Marino, als er Ugo endlich auf das Bett bugsiert hatte. »Sollte er sterben, ist die italienische Zunge halbiert.«

Am späten Abend kam Frà Marino zusammen mit einem anderen Ordensbruder, dessen weißes Kreuz nicht auf dem Umhang, sondern auf dem Ärmel befestigt war. Aber auch das Gebet des Priesters half nicht gegen die Halbierung der italienischen Zunge.

Bruder Hertwig betrat zusammen mit einem Ritter den Saal, den Arinna noch nie gesehen hatte. Auch er trug den Mantel mit dem Kreuz, im Gegensatz zu etlichen der dienenden Brüder. Die beiden gingen von Bett zu Bett, beratschlagten miteinander und ließen sich die Beulen der Kranken vorführen. Der unbekannte Bruder fingerte an allen so nachdrücklich herum, dass hier und da Schmerzensschreie ertönten.

»Ich weiß nicht, ob das Aufschneiden wirklich gut ist, Frà Armegandus«, sagte Hertwig in zweifelndem Ton, als sie an Arinna vorbeikamen. »Ich habe bisher keinen ausreichend reifen Abszess gesehen.«

»Könnte ich Euch später für einen Augenblick sprechen, Frà Hertwig?«, unterbrach Arinna die Ritter kurzerhand, bevor sie den Saal wieder verließen. Als sie aufstand, um Bruder Hertwigs Antwort in der gebotenen Haltung zu erwarten, knackten ihre Kniegelenke, und sie rieb sie verstohlen. Sie hatte an diesem Morgen schon stundenlang den Boden des Krankensaals geschrubbt, und Steinfliesen waren äußerst hart, wenn man so lange auf Knien darüber herrutschen musste.

Hertwig nickte, aber bevor er etwas sagen konnte, mischte sich der Chirurg ein. »Wage nicht, dich über deine Arbeit zu beschweren, Frau!«, sagte er in drohendem Ton. »Ganz offensichtlich fehlt es dir an Demut. Man hat dir ausführlich mitgeteilt, worauf du dich einlässt.«

»Ausführlich nicht«, widersprach Arinna beherzt, erstaunt, dass er sie überhaupt ansprach und dann noch in diesem aggressiven Ton. »Ich wurde im Gegenteil belehrt, dass es hier Sklaven für die ganz schwere Arbeit gibt und weitere dienende Frauen. Bisher habe ich weder die einen noch die anderen gesehen. Um genau zu sein: Die ganz schwere Arbeit mache ich allein, es sei denn, es befinde sich gerade ein wirklich barmherziger Bruder in der Nähe. Bitte betrachtet dies nicht als Beschwerde, sondern als Zustandsbeschreibung.«

Hinter de Ayalas Vorhang ertönte leises Lachen. Bruder Armegandus, der dem Bett am nächsten stand, schob das Tuch beiseite, wechselte die Miene schnell wie ein Gaukler von Wut in Eifer und blickte in das Krankenabteil. »Können wir Euch zu Diensten sein, verehrter Rodrigo Lopez de Ayala? Sprecht nur frei heraus.«

»Ich spreche immer frei heraus, Meister Chirurgus«, belehrte ihn der Aragonese freundlich, jedoch schien Armegandus sich zu ärgern. »Auch Eure Helferin Arinna hat gerade frei heraus gesprochen. Habt Ihr sie verstanden?«

Der Chirurg gurgelte etwas Unverständliches und blickte mit hochgezogenen Augenbrauen hilfesuchend zu Hertwig hinüber.

»Es werden noch weitere Frauen eingestellt werden, Herr Rodrigo de Ayala«, erklärte Hertwig mühsam. »Im Augenblick ist es etwas schwer für Arinna, ich gebe es zu. Wir haben ihr mit viel Gottvertrauen den Zustand dargestellt, den erst die Zukunft bringen wird. Ich werde ihr einen Mann an die Seite stellen, der sonst im Stall Dienst tut.«

Der Aragonese richtete seine blauen Augen fragend auf Arinna.

Sie nickte. »Das ist in Ordnung. Frà Hertwig geht ehrlich mit mir um.«

»Lest Ihr mir nachher wieder vor?«

Der Chirurg rollte abschätzig mit den Augen.

»Nachdem das nun also geklärt ist … Komm mit, Arinna«, sagte Bruder Hertwig und schritt voraus.

»Ich werde probeweise einen Abszess aufschneiden, Frà Hertwig«, rief Armegandus hinter ihm her.

Nur Arinna hörte das Knurren in Hertwigs Kehle. Ohne die Auseinandersetzung wegen ihr hätte er es dem Chirurgen möglicherweise abgeschlagen, wurde ihr klar.

Frà Hertwig öffnete eine schön geschnitzte Tür gegenüber dem Krankensaal, trat ein und sank auf ein Knie. Arinna entdeckte erstaunt, dass sie sich in der Kapelle des Hospitals befanden.

»Was wolltest du mir sagen? Doch eine Beschwerde?«, fragte Hertwig nach seiner kurzen Andacht.

»Nein, nein. Ich wollte Euch wegen dieser Tatarenkrankheit oder Pest, wie die Griechen sagen, warnen«, begann Arinna beklommen. »Ich hätte Bruder Ugo nicht erlauben sollen, mir zu helfen, diesen Fischer aus dem schwer auszusprechenden Ort zu waschen. So gesehen bin ich schuld an seinem Tod.«

»Was redest du da?« Bruder Hertwig schüttelte erzürnt den Kopf. »Du überschätzt jetzt schon deine eigene Wichtigkeit. Hochmut ist eine schwere Sünde.«

»Bei den Tataren darf sich nur jemand den Kranken nähern, der selber daran erkrankt war und wieder gesund geworden ist.«

»Barbarischer Unsinn. Wir Brüder nähern uns jeden Tag den Herren Kranken aus Ägypten.«

»Es hat auch etwas mit Ratten zu tun«, sagte Arinna verzweifelt.

»Nun, wir haben keine Ratten. Du wirst bemerkt haben, dass wir auf größte Sauberkeit Wert legen. Das gilt auch für den Hof und die Ställe.«

»Ja, dann danke ich Euch, dass Ihr mir Eure Zeit geschenkt habt«, sagte Arinna niedergeschlagen. »Darf ich gehen?«

»Du darfst. Wenn du unserem Herrn für seine Gnade gedankt hast, sich so um dein Heil zu sorgen.«

Arinna nickte, schlug nach griechischer Weise das Kreuz und blickte still zum Altar, während sie unhörbar mit der Sonnengöttin Zwiesprache hielt.

»Du bist griechisch getauft«, bemerkte Hertwig nachdenklich, als sie sich zum Gehen wandte. »Das macht nichts, aber es wäre gut, wenn du es den italienischen Kranken nicht auf die Nase binden würdest. Für dich und für uns.«

»Ja, Frater.«

»Noch eins. Es wäre dir auch zu raten, nicht in das Dorf zu gehen, womit ich es dir natürlich nicht verbieten will. Wegen der sizilianischen Adeligen, die im Namen von Ludwig von Aragon hier regieren, ist es im Augenblick etwas unruhig auf Malta. Man könnte dich wegen deiner blonden Haare für eine Aragonesin halten und sich an dir schadlos zu halten versuchen. Verstehst du?«

»Ich verstehe«, versetzte Arinna widerspenstig. »Vor allem verstehe ich, dass Ihr viele Gefahren auf Malta seht, nur nicht die Gefahr der Pest.«

Frà Hertwig wies sie mit der Hand und eisiger Miene aus der Kapelle.

BIRGU

Sie musste raus! Sie hielt diese Enge, die Vorschriften und die Fragen, die sie niemandem stellen konnte, nicht aus. Nach Erledigung ihrer Pflichten band sie sich ein Kopftuch um und ging. Sie am Tor aufhaltend, fragte der Bruder Torhüter, wessen Erlaubnis Arinna hätte, die Sacra Infirmeria zu verlassen.

»Die von Frà Hertwig«, behauptete sie kühn und spazierte hinaus.

Ihr Weg führte Arinna sofort an das Meer, das sie faszinierend fand, unendlich groß und kraftvoll. Und doch klebten an den Felsen kleine ovale Lebewesen mit harten Schalen, die offenbar das Wasser brauchten wie sie selbst die Luft und die den Wellen standhielten.

In mehreren Buchten lagen Schiffe verankert, und ganz im Hintergrund erhob sich das Kastell, an dem sie auf der Herfahrt vorbeigefahren waren. Zur Linken waren die erhöht auf den Felsen liegenden Wohnhäuser, von denen einige einen abweisenden Eindruck machten, weil sie ganz fensterlos schienen.

Arinna kehrte in die Stadt zurück, als sie einen schmalen Treppenaufgang in den Ort zwischen Haussockeln fand.

Zu ihrem Erstaunen stieß sie bald auf Araber. Den Frauen, die am Brunnen schwatzten, lauschte sie eine Weile, ohne auch nur ein Wort zu verstehen, dann ging sie ihnen hinterher, als sie mit den Krügen auf dem Kopf davonwanderten. Sie entdeckte verblüfft, dass sie durch ein Tor getreten und in einer Sackgasse gelandet war. Es war genau wie im Sklavenmarkt von Konstantinopel. Aber hier spielten Kinder mit braunen Locken und dunkler Haut zwischen den Häusern, und von Arkaden mit feilgebotenen Sklaven war nichts zu sehen. Es gab auch niemanden, der sie attackiert hätte.

Arinna winkte den Jungen zu und wanderte unbehelligt wieder durch das Tor zurück und ins offene Land vor dem Dorf. Vom Hospital aus hatte sie die umfriedeten Gärten schon gesehen, aber nicht den Fleiß der Menschen. Männer und Frauen waren jetzt dort an der Arbeit, molken braune Ziegen, ernteten Feigen oder Melonen und Artischocken. An den Mauern neben ihr duftete Fenchel, und der Kapernstrauch trug Früchte.

Heimweh erfasste Arinna. Niedergeschlagen drehte sie sich um, um ins Hospital zurückzukehren.

Vor einer Kirche prallte Arinna beinahe mit Berengaria zusammen. Spontan umarmte sie die Aragonesin, die ihr begeistert beide Wangen küsste.

Es war so vertraut, als träfen Familienangehörige nach langer Trennung wieder aufeinander. Berengaria zog sie an der Hand mit sich zu einem unscheinbaren Haus ganz in der Nähe. Aber hinter dem Tor öffnete sich ein liebevoll gestalteter kleiner Innenhof mit einem plätschernden Brunnen und Töpfen voller blühender Blumen. Eine junge Frau kam und nahm Arinna herzlich in Empfang, Berengarias Kusine Petronila.

Es dauerte nicht lange, bis sie vor ihr unbekannten Gebäckstücken und Süßigkeiten saß.

»Franco?«, erkundigte sich die Gastgeberin und zupfte an ihren eigenen braunen Haaren, um Arinna zu erklären, wie sie auf die Frage kam.

Arinna lächelte. Nein, Fränkin war sie nicht. Aber sie wusste, dass dieses Volk jenseits eines hohen Gebirges am Rand von Italien lebte und sie ihm hier näher war als in Kalamata.

Dann entspann sich langsam ein Gespräch mit Händen, Füßen, in Griechisch, Aragonesisch und Italienisch. Arinna erfuhr, dass es in Birgu keineswegs zu Aufruhr gekommen war, jedoch in Mdina, wo der sizilianische Statthalter saß. Frà Hertwig hatte maßlos übertrieben.

Viel interessanter war für Arinna etwas anderes. Petronila hatte eine von den Frauen in Dienst genommen, die vom Hospital entlassen worden waren. Die sechs Mägde waren von einem

Tag zum anderen nicht mehr benötigt worden, und man hatte sie ohne jede Erklärung nach Hause geschickt. Zum gleichen Zeitpunkt waren die Sklaven verschwunden, es hieß, sie seien auf Galeeren der Johanniter im Hafen von Rhodos verteilt worden. Keiner war bisher nach Malta zurückgekommen.

Petronila klopfte energisch mit dem Zeigefinger auf den Tisch. »Das geht nicht mit rechten Dingen zu«, sagte sie, und Arinna verstand Tonfall und Geste ohne weiteres. »Nichts gegen die Brüder. Sie tun viel Gutes. Aber sie haben etwas zu verbergen! Und ich möchte wissen, was.«

Das wollte auch Arinna. Etwas Seltsames ging anscheinend im Hospital vor. Ein nächtlicher Einbruch und die Entlassung des Personals hatten etwas zu bedeuten. Und da sie ohne ihr Wissen zur Mitspielerin gemacht worden war, hatte sie ein Anrecht darauf zu erfahren, was es war.

Arinna versprach, in der nächsten Woche wiederzukommen.

### GENUA, LA SUPERBA

»Genua, endlich zu Hause!«, rief Niccolò in jugendlichem Überschwang aus, als die Sant Jacobus in das große runde Becken des Naturhafens von Genua einlief.

»*La superba*, geliebte Zene!«, ergänzte Andrea Longo und rieb sich die Hände, voller Schadenfreude, weil er sich gegen den mächtigen Boccanegra durchgesetzt hatte. Genua! Nicht dieses unsägliche Malta!

Boccanegra, der dies alles in dem vergreisten, lüsternen Gesicht las, schnaubte nur leise und verächtlich. *Pignolo*, Korinthenkacker! Aber was konnte man schon von einem Krämer erwarten, der mit Honig in Töpfchen handelte. Wäre es nach ihm gegangen, würden sie nicht hier einlaufen, sondern lägen in einem maltesischen Hafen, um nach dem Wundermittel zu fahnden, oder wären gar schon auf dem Rückweg mit ausreichenden Mengen Schwamm, um die Fürstenhäuser Europas zu bedienen. Aber seinen Schwur den Seeleuten gegenüber hatte nicht einmal er, als Ratsmitglied auf dem vom Rat finanzierten Schiff, brechen können.

Er wandte sich an Minotto. »Ich möchte, dass wir an unserem gewohnten Platz anlegen. Wenn nötig, verjagt die Schiffe, die dort liegen!«

Obelerio Minotto, gleichmütig am Geländer des Achterkastells neben Boccanegra lehnend, nickte. »Es versteht sich von selbst, dass das Flaggschiff des Senats Vorrang vor allen anderen hat. Es wird nicht lange dauern, bis unser Liegeplatz geräumt ist.«

Gut, dachte Boccanegra und beobachtete befriedigt, dass an ihrem gewohnten Liegeplatz bereits eine Volksmenge zusammenlief. Es schien ihm eine glückliche Fügung, dass die üblichen, stets am Hafen herumlungernden Männer die Sant Jacobus in diesem klaren Wetter frühzeitig identifiziert und die Bürger auf ihre Rückkehr aufmerksam gemacht hatten. Bis die Karacke vertäut war, würden ein oder mehrere der Consiglieri, die zu seinen Parteigängern gehörten, zur Begrüßung erschienen sein. Man wusste schließlich, dass Christophoro Boccanegra an Bord war.

Es erwartete ihn somit ein würdiger Empfang, wieder einmal geeignet, um seine Ansprüche auf das Dogenamt zu demonstrieren. Flüchtig überlegte Boccanegra, dass der gegenwärtige Doge alt genug war, um seinem baldigen Ableben entgegenzusehen. Vielleicht wäre es allerdings vernünftiger, seine Absetzung zu betreiben, um die Nachfolge gezielt zu regeln. Aber die Entscheidung konnte noch warten.

Wie Minotto vorhergesagt hatte, wurden eiligst zwei Schiffe verholt und eine ausreichend breite Lücke für die Karacke geschaffen.

»Boccanegra!«, keifte Longo plötzlich, schrill vor Angst. »Seht mal, was in den oberen Stockwerken der Wohnhäuser los ist! Die schwenken ihre Wäsche! Ein Aufstand? Lasst uns vorsichtig sein, bis man herausgefunden hat, was es bedeutet!«

*Pusillanime!* Du Hasenfuß! Aber Boccanegra enthielt sich jeder Äußerung. Inzwischen konnte auch ein Blinder sehen, dass in seiner Heimatstadt irgendetwas Ungewöhnliches vor sich ging.

»Die Leute protestieren«, murmelte Niccolò verblüfft. »Wen erwarten sie denn?«

»Noch ein paar Schiffslängen, dann werden wir es wissen«, entschied Minotto und verließ die Kaufleute, um sich seinen Pflichten als Schiffsführer zu widmen.

Mit Argwohn betrachtete Boccanegra die Wohntürme der Geschlechter, die in Gruppen zusammenstanden und die übrigen Gebäude überragten. Aus den Schießscharten in den Türmen der wenigen ghibellinisch gesonnenen Familien hingen an Stangen weiße Tücher, aus denen der Guelfen schwarze. Das sah nach einem einmütigen Protest aus, wie er ihn in seinem ganzen Leben in Genua noch nicht gesehen hatte.

Überdies beteiligte sich seine eigene Familie daran.

Der Steuermann ließ die Karacke in den Wind schießen, die Seeleute oben an der Rah begannen, das Großsegel gleichmäßig einzuholen. Gleichzeitig klatschte schon das Beiboot, bemannt mit sechs Mann, in das Hafenbecken. Langsam schwenkte die Sant Jacobus herum und näherte sich ihrem Liegeplatz.

Auf dem freigegebenen Stück Kai standen jedoch nicht die erwarteten Consiglieri, sondern der *capitano del popolo*, hinter ihm eine Abteilung Soldaten mit schussbereiten Bögen in den Händen.

»Wir verweigern Euch die Landeerlaubnis und fordern Euch zur Umkehr auf, Kapitän Minotto«, ließ sich in schallender Lautstärke die Stimme des Capitano vernehmen, jedoch so höflich, dass Boccanegra um ein Haar der Inhalt der Botschaft entgangen wäre.

»Was erlaubt man sich gegen Euch, Consigliero Boccanegra?«, polterte Minotto, ohne sich darum zu scheren, dass er auf dem Kai gehört werden konnte.

In diesem Augenblick ging eine Bewegung durch die Menge, sie schien irgendwie zusammenzurücken. »Pestschiff! Pestschiff!«, wurde skandiert. Die Mienen waren feindselig, und viele Fäuste wurden geschüttelt.

»Was ist das denn?«, erkundigte sich Longo, schier aufgelöst vor Angst.

»Pest ist die Krankheit aus Kaffa. Arinna hat sie auch so genannt. Unterwegs bekam sie diesen Namen zu hören. Da war die Krankheit schon vor uns angekommen«, gab Niccolò bedrückt Auskunft.

»Drei aus Kaffa entkommene Schiffe haben die Pest in das Byzantinische Reich und in Länder der Ungläubigen eingeschleppt«, fuhr der Capitano lautstark fort. »Der Schwarze Tod rast seitdem durch die Länder, Consigliero. Wir wissen, dass Ihr aus Kaffa kommt, möglicherweise habt Ihr Euer Teil zum Unheil beigetragen … Bei allen Heiligen, kehrt um!«

Einzelne wütende Rufe hallten noch über das Wasser, dann ging der Protest in ein allgemeines Gebet über, angeführt von mehreren Priestern. Mit gebeugten, zum Teil von Mützen und Kappen entblößten Köpfen, wurde aus der feindseligen Menge plötzlich eine fromme Gemeinde auf Bittprozession.

»Lasst anlegen«, befahl Boccanegra scharf.

»Sie meinen es ernst, glaubt mir«, raunte Minotto ihm zu, »solche Situationen kenne ich aus Venedig, da schützt Euch nicht einmal Euer Status als Ratsherr der Stadt.«

Boccanegra winkte herrisch ab.

Minotto resignierte und verständigte sich mit dem Bootsmann auf dem Vorderkastell, der Boccanegras Befehl an die Ruderer weitergab.

»Meine letzte Aufforderung, Boccanegra«, schrie der Capitano, allmählich etwas nervös werdend, und sah sich nach seinen Schützen um. In ihren Reihen flackerten kleine Flämmchen auf.

Boccanegra schüttelte störrisch den Kopf. »Ich habe das glorreiche Flaggschiff des Senats heil nach Hause gebracht«, rief er hochmütig. »Wer will mich daran hindern, meine Heimatstadt zu betreten? Ihr? Wegen Eurer Eigenmächtigkeit werde ich beim Dogen Eure sofortige Absetzung verlangen.«

»Verlangt doch, was Ihr wollt! Ich habe meinen Befehl vom Dogen persönlich.« Der Capitano hob den Arm und schlug ihn herunter.

Ein Schwarm von brennenden Pfeilen löste sich daraufhin von den Bögen der Soldaten und flog wie ein Feuerwerk auf die Karacke zu. Minotto wartete nur einen Augenblick auf eine Reaktion Boccanegras, der es ausnahmsweise vorzog, wie gelähmt in Untätigkeit zu verharren, dann brüllte er Bootsmann und Ruderern seinen Befehl zum Umkehren zu.

Gleichzeitig schlugen die Seeleute die kleinen Feuerchen aus, die hier und da an Deck aufflackerten. Hrolf, der den Befehl dazu gab und dessen Augen überall waren, schickte vorsorglich mehrere Männer mit nassen Säcken auf die Rah und in den Ausguck. Noch brannte da oben nichts, aber wenn erst das Segeltuch Feuer finge, wäre die Gefahr für das Schiff immens.

»Mutter Gottes«, jammerte Longo und begann, sein Samtbarett zu schwenken, als ob sein Leben davon abhinge, »ich bin es doch, Capitano, erkennt Ihr mich denn nicht? Wie oft haben wir uns zusammen einen Schluck gegönnt …«

Der Offizier der städtischen Garde hob wieder den Arm, um ihn in der Luft verharren zu lassen.

»Verflucht«, rief Minotto, über die seeseitige Bordwand gebeugt, wo er den Ruderern inzwischen selbst Befehle gab, »schneller, ihr Hundesöhne da unten. Die fackeln uns gnadenlos ab, wenn ihr euch nicht endlich ins Zeug legt!«

Inzwischen hatte Hrolf seine Feuerwehr hervorragend organisiert, an allen neuralgischen Punkten standen und hockten die Männer, bewehrt mit seewassergefüllten Segeltucheimern.

Als der Capitano erkannte, dass die Sant Jacobus Anstalten machte, den Hafen zu verlassen, hörte der Beschuss allmählich auf.

Als Boccanegra schließlich seine Kammer betrat, gab es auch in ihr Brand- und Löschwasserspuren, ebenso wie im Gelass des Kapitäns. Aber mehr war nicht passiert.

Boccanegra ließ sich an seinem Tisch nieder und griff sofort zur gefüllten Weinkaraffe, die in ihrem durch Schlingerleisten gesicherten Fach stand. Sinnend betrachtete er die rote Flüssigkeit, die im Takt der Wellenbewegung sanft hin und her schwappte.

»Was jetzt?«, fragte Minotto, der ihm gefolgt war und sich ihm gegenüber niederließ.

»Kurs Malta«, sagte Boccanegra, »was denn sonst?«

# KAPITEL 12

JOHANNITERHOSPITAL, BIRGU

Drei dienende Brüder waren in der vergangenen Woche vor Arinnas Augen gestorben. Sie war ratlos. Dies passte nicht zu ihren bisherigen Erfahrungen, zumal Bruder Hertwig recht hatte mit seiner Behauptung, dass Ratten im Krankensaal nicht geduldet wurden. Sie hatte bisher im ganzen Haus keine einzige gesehen. Überall herrschte peinliche Sauberkeit, Abfall lag nirgends herum. Und wer hätte es besser gewusst als sie? Jetzt war sie dafür zuständig, dass es auch so sauber blieb.

Bruder Hertwig selber war mit sorgenvoller Miene oft an den Krankenbetten, aber er würdigte Arinna, die zwischen den Kranken saß, ihnen den Schweiß aus dem Gesicht wischte und die Lippen befeuchtete, keines Blickes.

Genau wie Arinna machte er sich Gedanken über diese Krankheit, aber er schien zu keinem Schluss zu kommen. Er widersprach nicht mehr, wenn Armegandus sich ohne Rücksprache mit ihm daranmachte, Beulen aufzuschneiden. Ein Weinbauer war unter den Neugekommenen und ein Ziegenbesitzer von der Südküste, wo es keine Häfen gab. Dieser Gedanke, dass nicht mehr nur Männer, die über die See gekommen waren, und Fischer betroffen waren, jagte Arinna Furcht ein. Würde denn die ganze Insel befallen werden?

Hertwig hatte natürlich kaum Kenntnisse über die Pest. Vermutlich bewahrte der Orden in seinem Stammsitz auf Rhodos von den Arabern eroberte Schriften auf, und sicherlich gab es solche, die Aufzeichnungen über alle bekannten Krankheiten enthielten. Und natürlich konnten einige Brüder auch arabisch sprechen und lesen.

Aber das half alles nichts, die Schriften waren nicht auf Malta, sie konnten hier nicht hilfreich sein, und Arinna war hier die Einzige, die mehr über die Pest wusste. Aber mit ihr sprach Bruder Hertwig ja nicht, dachte sie verärgert, während sie ihn verstohlen beobachtete. Ihr Vater hätte ihre Beobachtungen ernst genommen.

Und trotzdem hütete Bruder Hertwig sich, die kranken Brüder zu berühren. Dabei war er weder arbeitsscheu noch ängstlich auf die eigene Gesundheit bedacht, das war es nicht, was ihn bewegte. Sollte er sich die Warnung der Tataren doch zu Herzen genommen haben?

Eines Morgens trat Menica, eine neue Magd, ihren Dienst an, eine Sizilianerin. Offenbar war sie jünger als Arinna, aber ihre Hände sahen nach harter Arbeit aus. Endlich, dachte Arinna und betrachtete sie wohlwollend.

Sie hatte ein unregelmäßiges Gesicht, irgendwie als wäre sie unter Pferdehufe gekommen, einen vorspringenden Mund, olivfarbene Haut und fast schwarze Augen. Eine Schönheit war sie nicht.

»Was starrst du mich an, als wolltest du mich wie eine Drossel aufspießen?«

Einen Augenblick war Arinna verblüfft. Die Neue sprach Griechisch. »Ich freue mich, dass du da bist«, erwiderte sie.

»Oh!«, rief Menica schier ungläubig und machte mit den Händen Gesten, die Arinna unverständlich blieben. »Ich hatte dich für eine Normannin gehalten, so wie du aussiehst. Weißt du, wir Sizilianer mögen keine Normannen.«

»Nein, das weiß ich nicht«, antwortete Arinna, »ich weiß nicht einmal, was Normannen sind. Ich bin Byzantinerin.«

»Beim Blut der Madonna, du bist Byzantinerin«, schluchzte Menica und fiel ihr vor lauter Rührung um den Hals. »Ach, wie schön, jemanden in der Nähe zu wissen, der nicht diesen

Bischof von Rom anbetet. Wir sind immer bei unserem Glauben geblieben, musst du wissen, und ich richte mich nach dem Patriarchen.«

»Von Konstantinopel?«, ergänzte Arinna fragend, um sich völlige Klarheit zu verschaffen.

»Natürlich von Konstantinopel«, sagte Menica und riss ihre fast schwarzen Augen weit auf. »Gibt es denn noch andere?«

Soviel Arinna wusste, gab es einen im russischen Reich. Aber sie zog es vor, unbestimmt mit den Achseln zu zucken. Inzwischen hatte sie Erfahrung darin, nicht zu viele Kenntnisse zu zeigen. Es rief oftmals Neidgefühle hervor. »Ich freue mich wirklich, dass du jetzt hier bist«, wiederholte sie warmherzig. »Bisher war ich allein unter Männern.«

»Unter Männern? Du allein?« Menicas Augen glitzerten interessiert.

»Ja«, bestätigte Arinna etwas kühler. »Aber Männer dieses Hauses, soweit man sie als Männer ansehen kann, sind krank. Sobald sie transportfähig sind, werden sie zu ihren Ehefrauen zurückgeschickt. Die Gesunden sind Mönche.« Das leise Stolpern ihrer Zunge beim Gedanken an Rodrigo Lopez de Ayala merkte die Sizilianerin glücklicherweise nicht.

Menica schlug verschämt die Augen nieder.

Arinna hatte sie offensichtlich bei unzüchtigen Gedanken ertappt. Aber die konnte sie sich hier abschminken.

Plötzlich kicherte Menica haltlos. »Ich liebe Männer«, verkündete sie unter unbändigem Prusten. »Wenn man sie in Verlegenheit bringt – und sich ihre Beinkleider aufplustern … Ist das nicht süß?«

Arinna dachte daran, wie sich vor ihren Augen schon mehrfach Schamkapseln um das Dreifache geweitet hatten, wie der stinkende Atem eines Angetrunkenen ihr ins Gesicht geweht war und sie nur mit knapper Not einer nach ihrer Brust grapschenden Hand entgangen war … Nein, sie konnte Männer in diesem Zustand nicht als süß empfinden. »Das kann dein Ernst nicht sein«, sagte sie schließlich.

»Was?«, fragte Menica verblüfft.

»Weißt du überhaupt, wie Männer mit Frauen umgehen, wenn sie Rechte geltend machen? Die sie natürlich nicht haben, das versteht sich.«

»Aber Männer sind von Gott dem Herrn eingesetzt, um Frauen den rechten Weg zu weisen«, antwortete Menica frömmelnd, wenngleich plötzlich unsicher geworden. »Es ist unsere Pflicht, ihnen zu gehorchen.«

»Dann gehorch du nur den Männern«, sagte Arinna grob und ging ihrer Wege. Menica war anscheinend doch nicht die Hilfe, die sie sich erhofft hatte.

Arinna ging nicht weit, bevor sie einen Einfall hatte, der sie umkehren und zu Menica zurückgehen ließ. »Im Augenblick wirst du allerdings mir gehorchen«, sagte sie bestimmt. »Du wirst die Böden aufwischen, Wasser aus dem Brunnen holen, das Brauchwasser zum Misthaufen tragen und die Wäsche waschen. Den Krankenbetten wirst du dich nicht nähern.«

»Der Vogel, der im Käfig singt, tut dies aus Neid oder aus Wut«, flötete Menica mit verärgert gespitzten Lippen.

»Was meinst du damit?«, fragte Arinna verwirrt.

Menica stemmte die Hände in die Seiten. »Du willst die Männer wohl für dich allein, und ich soll die schwere Arbeit machen! Da hatte ich es ja beim *cavaliere* Don Marcuzzi und seiner *dama* Donna Maria noch besser! Obwohl sie in einem weißen Haus lebten, wie es für Normannen üblich ist, während ich ein blaugetünchtes griechisches vorgezogen hätte, und ringsherum war nichts als Einöde, was kein Spaß war, das kannst du mir glauben!«

Die geradezu absonderliche Zusammenstellung von Informationen lenkte Arinna nicht von ihren Fragen ab. »Wie bist du überhaupt hierher geraten, so weit weg von deiner Heimat?«

Menicas Augen funkelten noch, aber sie konnte anscheinend der Versuchung nicht widerstehen, über sich zu erzählen. »Ich war bei diesen Normannen in Stellung. Aber ich mochte sie nie, obwohl das Gesinde immer ausreichend Nudelgerichte bekam. *Pasta con le melanzane* und *pasta con le sarde* und *cavatieddi.* Und im Sommer *sharbat* mit Eis vom Ätna. Das kennst du sicher nicht …« Der Schwung ging ihr verloren, und sie brach ab.

Heimweh, dachte Arinna. »Das sind wohl alles sizilianische Gerichte«, stellte sie mitfühlend fest. »Hier gibt es für uns und die Knechte *minestra tal-haxix*, was eine Gemüsesuppe ist, *soppa ta'l-armla* mit einem Käse, den sie auf dem Markt *gbejniet* nennen, oder die Knoblauchbohnen *fażola bit tewm.* Die Brüder essen allerdings die Gerichte, an die sie von Rhodos gewöhnt sind. Sie haben einen eigenen Koch.«

»Ist mir egal, was hier gekocht wird. Ich habe mich nie als Sizilianerin gefühlt und werde mich auch nie als Malteserin fühlen«, warf Menica hochnäsig ein. »Ich bin Griechin.«

»Dabei kannst du dich doch wenigstens mit den Maltesern verständigen«, sagte Arinna, ein wenig neidisch, weil sie es nicht konnte. Frà Marino hatte ihr erzählt, dass die Sprachen von Sizilien und Malta einander ähnelten, zumindest konnte man einander verstehen.

»Oh Madonna, schöne Muttergottes! Willst du mich beleidigen!«, versetzte Menica aufs Neue erbost. »Ich spreche natürlich die Sprache meines Dorfes und des Diakons unserer Kirche, und das ist Griechisch. Ich rede doch nicht mit römischen Maltesern! Ich schwöre es, und sollte ich auf der Stelle tot umfallen!«

Arinna starrte Menica an. Sie beide beherrschten nichts als Griechisch? Ein verwirrender Gedanke schoss durch ihren Kopf. »Und dich hat ganz zufällig jemand in der Einöde gefunden …?«

»Ja«, sagte Menica und machte ein paar kokette Tanzschritte. »Oder vielmehr, wer weiß? Vielleicht war es nicht ganz so zufällig … Er kam daher wie ein sizilianischer Mann von Respekt, wenn du weißt, was ich meine, obwohl doppelt so lang wie ein gewöhnlicher Sizilianer. Ein Prachtstück! Leider war er Mönch, aber er bot mir ein Handgeld an, wenn ich bereit wäre, hier auf Malta zu arbeiten. Hier würde ich noch mehr erhalten. Da habe ich meinen Herrschaften Lebewohl gewünscht, auf ihre Schwelle gespuckt, und er hat mich zum Hafen von Syrakus begleitet, als wäre ich eine Dama.«

»Hatte das Prachtstück eine Narbe auf der Stirn?«

»Ja. Woher weißt du?« Menica blieb endlich stehen und musterte Arinna finster.

»Er hat auch mich angeworben«, antwortete Arinna nachdenklich. »Als Erstes wischst du mal die Fliesen in der Kapelle, ja?«

»Wenn es sein muss …«, grummelte Menica. »Du bist wohl neidisch, dass er nicht nur dich gefunden hat …?«

Arinna achtete nicht auf Menicas Worte, aber sie hörte genau, dass Menica keinen Schritt tat, um sich an ihre Arbeit zu begeben.

Dass sie beide Griechinnen waren, gab Arinna immer noch zu denken, als sie sich in den Krankensaal aufmachte. Steckte etwa eine Absicht dahinter? Wobei das Wesentliche wohl war, dass sie kein Maltesisch verstanden, außerdem sich aber auch in ihrem Glauben von den einheimischen Frauen unterschieden, so dass sie nie beim Kirchgang auf Malteserinnen stoßen würden.

Es war, als hätten die Brüder das Band zwischen der Vergangenheit und der Gegenwart zerschnitten, soweit es nicht die dem Orden durch Eid und Gelübde unterstehenden Personen betraf. Und von einem Tag auf den nächsten alle bisherigen Hilfskräfte entlassen und neue eingestellt. Das alles konnte kein Zufall sein. Mit einem Mal wurde ihr klar, dass ihr Gönner von Syrakus systematisch nach Frauen mit bestimmten Qualitäten für das Hospital gesucht haben musste.

Im Saal für die Herren Kranken gab derzeit am meisten Anlass zur Sorge der Malteser, dem Frà Armegandus die Beulen in den Kniekehlen aufgeschnitten hatte. Er lag auf dem Bauch, warf den hochroten Kopf hin und her, und die Verbände an den Beinen waren wiederum mit wässrig-rötlicher Flüssigkeit durchtränkt. Selbst das Leintuch unter dem Kranken war nass. Arinna machte sich mit behutsamen Händen daran, die Verbände zu wechseln.

Der Mann war kochendheiß und hatte Schmerzen an den Schnitten. Als Arinna erst das eine, dann das andere Bein frisch verbunden hatte, rauschte Bruder Armegandus zur Tür herein. Der schwarze Mantel mit dem Tatzenkreuz wehte hinter ihm her, als er auf sie Kurs nahm.

»Was erlaubst du dir?«, schnaubte er. »Nur einem Chirurgus ist es gestattet, die Behandlung dieses Mannes fortzuführen!«

Arinna stand sofort von ihrem Hocker auf. »Ich überlasse Euch gerne das Feld. Die Verbände mussten gewechselt werden. Frà Hertwig hat mich angewiesen, dies ohne Rücksprache mit den Brüdern zu tun, falls ich es für notwendig erachte.«

»Wie solltest du das denn beurteilen können?«, schnauzte Armegandus.

»Man sieht, wann es Zeit ist. Und wenn Ihr es nicht erkennen könnt, tut es mir leid für Euch«, sagte Arinna ruhig.

Der Chirurg brodelte vor Zorn. »In Zukunft kannst du Gänse füttern«, drohte er Arinna im Hinausgehen. »Du untergräbst meine Autorität. Ich werde mit Frà Hertwig sprechen.« Auf klappernden Sandalen marschierte er zur Tür.

»Arinna«, rief vom Ende des Saals her der Aragonese, während Armegandus noch die Türklinke in der Hand hielt. »Seid doch so gut, Bruder Hertwig zu holen wegen der Schenkung, die ich dem Hospital anlässlich meiner Gesundung zukommen lassen möchte. Unter der Bedingung natürlich, dass weiterhin Ihr den nach geistiger Unterhaltung Dürstenden vorlest. Mir und allen anderen, die nach mir in diesem Bett liegen werden.«

Arinna eilte zu ihm, während der Chirurg so tat, als hätte er nichts gehört. »Herr de Ayala«, sagte sie mit klopfendem Herzen und einer Zunge, die ihr vor Aufregung kaum gehorchen wollte, »Bruder Hertwig hat Euch für genesen erklärt? Ihr werdet Euren Heimweg jetzt fortsetzen? Arinna sei Dank!«

»Ja, tatsächlich«, stimmte er lächelnd zu. »Ich bin auch dankbar, dass es jetzt so weit ist.«

Arinna stand stocksteif, von Röte übergossen. Sie hatte in der Öffentlichkeit die Göttin angerufen! Ein unverzeihlicher Fehler! »Ich meinte …«, stammelte sie und wusste nicht weiter.

»Ich weiß doch, dass Ihr eine fromme Fürbitte ausgesprochen habt«, sagte de Ayala rücksichtsvoll. »Die Heilige, nach der Ihr selbst benannt wurdet. Sagt mir, wo ist sie zu Hause?«

Arinna schöpfte erleichtert Luft. Er half ihr, sich herauszureden. »Im Tal der Tauben, auf der halben Strecke zwischen den Armeniern der Berge und dem kaiserlichen Konstantinopel. Dort herrschen jetzt die Osmanen.«

»Ihr habt einen weiten Weg hinter Euch«, sagte er beeindruckt und reichte ihr seine Hand, um sie an das Bett heranzuziehen. »Setzt Euch bitte. Nur wenige Frauen hätten ihn auf sich genommen. Sagt, hattet Ihr unterwegs wenigstens einen Beschützer?«

Plötzlich standen in Arinnas Augen die Tränen. Noch nie hatte sich jemand danach erkundigt, wie es ihr ergangen war. Stumm schüttelte sie den Kopf.

»Ihr wart Tag für Tag in Gefahr? Auf der Flucht womöglich«, mutmaßte er voller Mitleid.

Arinna nickte. »Meine Eltern wurden erschlagen.«

»Ihr seid sehr tapfer. Ihr habt ohnehin meine Bewunderung. Keiner der Brüder hat sich so oft in die Nähe der Pestkranken und damit in Gefahr begeben wie Ihr.«

»Ja«, sagte Arinna, »das stimmt. Aber ich bin nicht in wirklicher Gefahr gewesen, im Gegensatz zu den Brüdern. Sie waren tapferer, sie haben geholfen, ohne zu wissen, worauf sie sich einlassen. Ich dagegen weiß, wie ich mich zu verhalten habe.«

»Ich würde das, was die Brüder auszeichnet, eher Unwissenheit nennen.«

»Das auch«, gab Arinna zu. »Aber das mindert nicht den Mut der Brüder.«

»Das Interessante ist jedoch, dass Ihr eine Krankheit mit

Wissen bekämpft«, fuhr der Aragonese fort, ohne darauf einzugehen. »In diesem Teil der Welt pflegt man Krankheit als Strafe des Herrn im Himmel anzusehen und hilft ihm beim Sterben des Schuldigen, wobei für gewöhnlich der Priester den Notar für die Schenkungsurkunde gleich mitbringt. Die Johanniterbrüder sind die Einzigen, die eine Ausnahme machen. Sie versuchen, die Kranken wirklich gesundzumachen.«

Arinna schwieg ungläubig.

»Sie kommen dem, was die arabischen Gelehrten empfehlen, noch am nächsten.«

»Mein Vater hat mir von der alten Medizin der weisen Griechen erzählt, von Hippokrates, Soran, Celsus …«, berichtete Arinna ermutigt.

»Ja, und die Araber haben über einige Umwege diese Medizin übernommen und weiterentwickelt. Übrigens waren es Oströmer aus Byzanz und ausnahmsweise nicht Weströmer aus Rom, die für das Ende der fortschrittlichen griechischen Medizin sorgten, ungebildete, brutale Männer vom Balkan, die zu der Zeit auf dem Kaiserthron saßen. Die weisen Männer wurden von ihnen bis nach Persien gejagt.«

»Die Arianer. Woher wisst Ihr das alles?«, fragte Arinna staunend, die geglaubt hatte, solche Erinnerungen würden nur von ihrem kleinen Volk bewahrt.

»Ich habe einen guten Lehrmeister«, erklärte de Ayala lächelnd.

»Ich hatte einen.« Arinna wurde von plötzlicher Traurigkeit überwältigt.

»Am liebsten würde ich Euch mit nach Aragon nehmen«, murmelte de Ayala in das Bettzeug hinein und schlug die Augen nieder. »Mein Lehrmeister und Ihr würdet Euch gut verstehen. Könntet Ihr Euch das vorstellen?«

Aber ja doch, hätte Arinna am liebsten gerufen und ignorierte die Erwähnung des Lehrmeisters. Ach, wie gern mochte sie de Ayala, besonders um dieser himmelblauen Augen willen. Er war ein stolzer Mann, größer als sie, wie sie bei seinen ersten Gehversuchen gesehen hatte, und dennoch zurückhaltender als jeder andere, der ihr jemals begegnet war. Ein Mann, vor dem sie keine Angst hatte. »Ich weiß nicht, wie Ihr Euch das vorstellt«, sagte sie scheu. »Außerdem ist es unmöglich. Ich habe mich dem Hospital gegenüber verpflichtet, ein Jahr hier zu arbeiten. Ich kann ein solches Versprechen nicht brechen.«

»Das verstehe ich«, sagte de Ayala. »Auch wenn man Euch hier nicht gut behandelt.«

»Das ist nicht wahr«, widersprach Arinna. »Ich habe jeden Tag zu essen und einen Platz zum Schlafen. Den Helferinnen, die entlassen wurden, geht es wahrscheinlich nicht so gut.«

De Ayala rieb sich die Stirn und kniff die Augen zusammen. »Da war etwas«, sagte er nachdenklich. »Irgendjemand sagte etwas, als ich hierhergebracht wurde, aber ich weiß nicht mehr, was. Mein Kopf wurde zusammengepresst, als hätte sich ein byzantinischer Henker meiner bemächtigt. Solche Kopfschmerzen habe ich noch nie gehabt.« De Ayala klopfte mit der ganzen Faust gegen seinen Kopf. »Jetzt ist er wieder in Ordnung. Es ging um eine dieser Helferinnen und um einen Frà Landolfo.«

»Ihr habt die Helferinnen nicht mehr erlebt?«

»Nein, nein, es ist anscheinend eine Weile her, dass man sie entließ. Mir scheint fast, als wären alle Helferinnen gemeinsam für etwas bestraft und deshalb entlassen worden …«

Arinna dachte an die Brüder, die sich in der Nacht Zugang zu dem verschlossenen Raum verschafft hatten. Es war kaum vorstellbar, dass die einheimischen Frauen so etwas gewagt hätten.

»Mich haben grobe Hände aus meiner Kleidung geschält, als würde ein Schaf von seinem Vlies befreit. Und ohne Vlies und Haut gewaschen. Das waren Stallknechte, die sie zum Aushelfen in den Krankensaal geholt hatten, weil so viele Kranke auf einmal kamen. Die meisten auf dem Schiff aus Alexandria hatte es erwischt, auch einen Teil der Besatzung. Und fast allen ging es elend. Ich habe noch Glück gehabt.«

Arinna starrte den Bettvorhang an, ohne ihn eigentlich zu

sehen. Was mochte passiert sein? Und bedeutete das, dass jede Helferin in Gefahr war? Sie auch?

De Ayala tippte behutsam Arinnas Arm an. »Ich könnte mir vorstellen, dass Ihr brennend gern wüsstet, was da passiert ist. Das ginge mir auch so, wenn ich selbst Helferin wäre.«

Arinna lächelte warmherzig. »Ja, das stimmt. Es ist keine Neugier. Ich bin nur vorsichtig geworden …«

»Eines Tages werde ich es Euch sagen können«, versprach de Ayala.

Arinnas Herz machte einen Hopser. War das leichtfertiges Gerede? Oder würden sie sich wirklich eines Tages wiedersehen? Sie schlug das Buch auf, aus dem sie gegenwärtig vorzulesen pflegte.

Gerade als sie anfangen wollte, klapperte neben der Tür Holz auf Fliesen. Dieses Geräusch war Arinna nur zu wohlbekannt. Als sie hinblickte, entdeckte sie Menica, die eiligst Wasser aus einem umgekippten Holzbottich aufwischte.

Dummerweise wusste sie weder, wann Menica gekommen noch wann Armegandus gegangen war. Nur eins war sicher: Einer oder beide hatten jedes ihrer Worte gehört. Dieser hohe Saal trug ganz ausgezeichnet den Schall von einem Ende zum anderen.

In der Nacht starb der Malteser, dem Frà Armegandus die Beulen aufgeschnitten hatte. Arinna rief den diensthabenden Bruder zu Hilfe, der deutscher Zunge war. Verständigen konnten sie sich nur durch Handzeichen. Arinna beschloss kurzerhand, das blutige Laken nicht in die Wäsche zu geben, sondern wickelte den Toten eigenhändig darin ein. Es sollte mit ihm begraben werden. Den Bruder hielt sie davon ab, ihr zur Hand zu gehen, nur beim Tragen des Leichnams musste er mit anpacken.

Erst als der Mann in der kleinen Kapelle lag, in der die Toten vor der Beerdigung aufgebahrt wurden, wurde ihr klar, dass Bruder Gerhard voller Vertrauen ihre Anweisungen befolgt hatte. Danach zog sie ihn mit sich zum Brunnen. Unter ihrer Aufsicht wusch er sich die Arme bis zu den Achseln und die nackten Füße. Auch jetzt zweifelte er keines ihrer Worte an.

Am Vormittag wurde Arinna zu Frà Hertwig gerufen. Mit geballten Fäusten trat sie in die Kapelle, wo er bereits wartete. Hatte sich Bruder Gerhard womöglich doch beschwert?

»Es gibt«, fing Bruder Hertwig ruhig und ohne jede Feindseligkeit an, »Gegenden, die berüchtigt sind für ihre krankmachende Natur. Ich denke da an die Umgebung von Rom, in der schon ganze Heere im Sommer durch Fieber vernichtet wurden. Das einzige Heilmittel ist bis heute Luftwechsel. Der Heilige Vater muss sich stets nach Ostern in die Berge bemühen.«

»Ja«, sagte Arinna erstaunt. »Das Fieber aus den Sümpfen. Davon habe ich gehört.«

Hertwig nickte. »Es scheint, dass bei der Pest nicht eine Gegend krankmachend ist, sondern der Kranke selbst. Siehst du das auch so?«

»Die Tataren sehen es so«, nickte Arinna. »Nach ihren Vorstellungen – sie sind nicht getauft – gibt es wohl keine Strafen durch einen himmlischen Herrn, und daher treffen sie ganz einfache Feststellungen, die auf Beobachtungen beruhen. Und die kann ich bestätigen. Sie stimmen.«

»Was hat das Ganze mit Ratten zu tun?«

»Ich weiß es nicht, Bruder Hertwig«, bekannte Arinna ehrlich. »Die Tataren bringen die Pest mit Erdhörnchen in Verbindung. Auf dem Schiff hatten wir tote Ratten. Warum sollten nicht anderswo Ratten das sein, was in der Steppe die Erdhörnchen sind?«

»Ich weiß von großen Ratten- und Mäusesterben in Palästina und Ägypten, mit anschließenden Hungersnöten und Krankheiten …«

Arinna nickte interessiert.

»Ich werde also veranlassen, dass die Ställe und die Misthaufen bis zum letzten Rattenschwanz von der Brut befreit werden«, sagte Hertwig entschlossen.

»Man darf sie nicht anfassen«, warnte Arinna hastig. »Die Knechte müssen die Tiere mit Mistgabeln erschlagen und dann verbrennen.«

»Ja«, seufzte Hertwig. »Deine Vorsicht ist mir inzwischen begreiflich. Auch ich habe über die Krankheit nachgedacht und mich an einiges erinnert. Unser Aragonese, der ehrenwerte de Ayala, der dich übrigens in höchsten Tönen gelobt hat, gehörte zu der ersten Gruppe von Pestkranken in unserem Haus. Wir waren in gewissen Schwierigkeiten mit unseren Helfern, so dass sich aus dieser Not heraus Pferdeknechte um sie kümmern mussten.«

Arinna nickte. Er hatte es ihr erzählt.

Hertwig seufzte wieder. Seine Schuldgefühle waren kaum zu übersehen. »Zwei Pferdeknechte erkrankten ebenfalls und wurden nach Hause zu ihren Familien geschickt. Inzwischen sind sie verstorben. Und innerhalb beider Familien geht es weiter … Der Herr sei mit ihnen und mit uns.«

»Bei allen Heiligen«, sagte Arinna erschüttert.

»Du hast mit deiner Warnung recht gehabt. Es war barmherzig von dir, Bruder Gerhard von dem toten Malteser fernzuhalten. Wenn mir auch unklar ist, auf welchem Glauben sich deine Barmherzigkeit begründet …«

Hertwigs Haltung hatte sich von einem Augenblick zum anderen verändert. Erschrocken trat Arinna einen Schritt zurück. Sie spürte, wie auf ihrer Nase Schweiß zu perlen begann.

Bruder Hertwig betrachtete sie bekümmert. »Christliche Barmherzigkeit ist es nicht, die dich bewegt. Es gibt keine Heilige namens Arinna. Das ist ein durch und durch heidnischer Name.«

Arinna holte tief Luft und nickte. Sie würde die Göttin nicht verleugnen.

»Wer ist Arinna?«

»Die Sonnengöttin. Sie war einmal die Staatsgöttin des Landes, aus dem ich stamme«, sagte Arinna gequält. »Sie ist Vater und Mutter jedes Landes, auch von Malta.«

»Es ist ja noch schlimmer, als ich mir vorgestellt habe«, sagte

Hertwig niedergeschlagen. »Wie kannst du nur lauthals deine Gottlosigkeit kundtun! Ich hätte dich für klüger gehalten. Das intrigante kleine Weibstück Menica hat mitgehört. Ich sehe mich genötigt, sie in den Hühnerstall zu versetzen, damit sie auf andere Gedanken kommt. Sie wird dort hoffentlich ein Huhn finden, das sie der mangelnden Ehrfurcht gegenüber dem Hahn anklagen kann.«

Frà Hertwig wollte ihr helfen? Hatte sie ihn richtig verstanden? Arinnas Herz setzte für zwei Schläge aus. Trotzdem musste sie lächeln.

»Schwieriger ist es mit Frà Armegandus. Was er gehört hat, reicht aus, dass er sich an deine Fersen heften wird, bis er dir Häresie nachweisen kann. Er ist in jeder Hinsicht gewissenhaft. Manchmal denke ich zwar, das Gift des Neides zerfrisst ihn von innen, aber das ist eine andere Sache.«

Arinnas Beine gaben nach. Sie sank auf den Boden.

»Du hast selbst bestätigt, dass du getauft bist«, fuhr Hertwig mühsam fort. »Du schlägst das Kreuz zu Ehren unseres Herrn, du hörst dir am Sonntag die Predigten für das Gesinde an. Das hat jeder im Haus schon gesehen. Du bist christlich getauft und glaubst doch an deine Sonnengöttin. Das erfüllt den Tatbestand der Ketzerei. Du bist nicht einfach nur Heidin. Überdies gab es in dem Gebiet, aus dem du kommst, die drei Kappadokier mit der Lehre der Arianer, die längst als Häresie erkannt worden ist. Und jetzt gibt es dort Sarazenen.«

»Und Osmanen.«

»Auch das. Deshalb würde sich niemand über eine weitere Irrlehre in diesem von Sekten beherrschten Gebiet wundern.«

»Ich habe keine Arianer gekannt«, warf Arinna schüchtern ein.

»Natürlich nicht. Aber es soll dort auch eine Sekte von Tänzern geben?«

»Ja, die tanzenden Derwische von Ikonium und Julia Ipsus, das die Osmanen Afyon nennen. Die Jünger von Rumi sind keine Christen.«

Hertwig legte die Hände vor das Gesicht und zog sie langsam herab, so dass Arinna ihm wieder in die Augen blicken konnte. Sie las in ihnen Ungläubigkeit und Entsetzen. Sie wusste nicht, warum.

»Ja, das war mir klar«, bestätigte er. »Das Problem ist, dass du über diese Dinge ausgezeichnet Bescheid weißt. Es ziemt sich nicht für eine Anhängerin des Herrn, so viel über Teufelsanbeter und Häretiker zu wissen. Das allein macht dich verdächtig. Du kannst dich nicht einmal damit herausreden, dass du in dieser heidnischen Gegend aufgewachsen bist. Man würde es trotzdem so deuten, dass du der heiligen Lehre unseres Herrn Christus abtrünnig geworden bist. Außerdem hast du selbst den Beweis geliefert, dass es stimmt.«

»Was wollt Ihr mir mit alldem sagen?«, fragte Arinna verwirrt. Im Tal der Tauben bekam niemand Schwierigkeiten, der die Sitten seiner andersgläubigen Nachbarn kannte. Seinem Glauben abtrünnig war dadurch auch niemand geworden. Christen blieben Christen, die Osmanen hatten ihren eigenen Gott, und an den wenigen Anhängern der alten Lehre hatte sich niemand gestört. Und Ketzer und Häretiker kannte sie überhaupt nicht, davon hatte der Vater nie gesprochen.

»Einer Irrlehre kann nur ein Christ verfallen, kein Osmane und kein Jude. Ob dieser Tatbestand vorliegt, ist von einem Inquisitionsgericht der römischen Kirche zu untersuchen. Der Heilige Vater würde den Auftrag erteilen.«

»Und dann?« Arinna merkte wohl, dass Bruder Hertwig sich scheute weiterzureden.

»Es würde feststellen, dass du der Irrlehre verfallen bist, weil du getauft bist.«

»Und dann?«

»Dann folgt die Verbrennung.«

»Wovon?«, rief Arinna und wurde langsam von Grauen gepackt.

»Deines Leibes. Deine Seele wird man vorher zu retten versuchen. Es gibt Methoden, um den Satan in dir auszutreiben …«

»Sie werden mich ermorden?« Arinna schoss in die Höhe.

»Man nennt es nicht so«, widersprach Hertwig gedämpft. »Das wäre … ketzerisch.«

Der Hospitalleiter hatte Arinna an die Arbeit zurückgeschickt, ohne ihr mitzuteilen, was jetzt mit ihr geschehen würde. Sie überlegte bereits, wie und wann sie ihre Flucht bewerkstelligen konnte, als Frà Armegandus sich vor ihren Augen an die Wand im Gang vor dem Krankensaal lehnte und mit geschlossenen Augen an ihr herabrutschte. Sie schickte den sofort herbeieilenden Bruder zu Frà Hertwig. Dieser entschied, dass der Chirurg Anspruch auf eine der Einzelkammern hatte.

Das kam Arinna entgegen. Konnte Armegandus dann doch nicht im Fieberwahn ihren Namen verraten. Vermutlich würde er wirre Dinge sagen, wie die meisten Kranken es bisher getan hatten. Ob nun sie oder die Göttin gemeint war, würde das gleiche Aufsehen in den Nachbarbetten hervorrufen.

»Aber selbst der Großmeister würde sich weigern, ein solches Privileg in Anspruch zu nehmen«, murmelte der dienende Bruder schüchtern.

»Es handelt sich um die Besonderheiten der Pest, in diesem Fall nicht um ein Privileg«, entschied Hertwig unmissverständlich. Da er dem Chirurgen bereits unter die Achseln griff, um ihn eigenhändig in ein Bett weit weg vom Saal zu befördern, war der Widerspruch im Keim erstickt.

Ohne ihre Verwunderung zu zeigen, lief Arinna sofort los, um frisches, kaltes Wasser und sauberes Leinen für Umschläge zu holen. Ihr Mitleid mit dem Chirurgen hielt sich in Grenzen. Vielleicht hätte die Sonnengöttin ihn verschont, wenn er nicht beschlossen hätte, sie vor das kirchliche Gericht zu stellen.

Mehr Sorgen machte sie sich um Bruder Hertwig, der sich jetzt so tollkühn in Gefahr begeben hatte. Um sie zu retten? Jedenfalls ersparte er ihr, unvorbereitet auf die Flucht zu gehen. Solange Armegandus krank war, konnte sie in aller Ruhe überlegen, was sie tun sollte. Vielleicht überschätzte sie sogar die Gefahr.

»Tu, was du kannst, um Frà Armegandus am Leben zu erhalten«, mahnte Hertwig, als Arinna die Zelle betrat, in der der Chirurg schwer atmend auf der Pritsche lag.

»Ja, natürlich«, sagte Arinna heftig, »würdet Ihr denn etwas anderes von mir glauben? Dass ich ihn wegen seiner Drohung sterben lasse?«

»Nein, so niederträchtige Gedanken habe ich nicht«, erwiderte Hertwig überrascht. »Wir brauchen dringend einen Chirurgen, darum geht es. Wann immer Kriegshandlungen eintreten, ist er der wichtigste Mann dieses Hospitals. Und im westlichen Mittelmeer ist dies obendrein unser einziges Hospital. Verletzte Brüder pflegt man hierher zu bringen.«

»Ja, dann lasst mich nun nach ihm sehen«, sagte Arinna besänftigt. Während sie den Chirurgus geschickt auszog, um als Erstes nach Knötchen und Beulen an den Beinen zu forschen, blieb Bruder Hertwig gedankenvoll neben ihr stehen.

Armegandus' Beine waren bleich bis auf die braungebrannten Füße, die ja immer in offenen Sandalen steckten, und bis auf mehrere dicke, blaugefärbte Adern an den Unterschenkeln. Jedoch waren die Knoten in diesen Adern nicht die Art, die üblicherweise mit der Pest verbunden waren. Arinna schüttelte knapp den Kopf. Das verstand sie nicht.

»Etwas Besonderes?«, erkundigte sich Hertwig.

»Das Besondere ist das Fehlen der üblichen Anzeichen«, meinte Arinna und tastete sich von den Leisten bis zu den Achselhöhlen vor. »Er muss etwas haben, an dem ich die Pest erkennen kann. Sonst ist es keine Pest.«

»Gottes Wege …«, begann Hertwig und brach dann ab, als er Arinnas Interesse für eine Hand des Chirurgen bemerkte.

Sie hatte dessen rechte Hand fest am Gelenk gefasst und drehte sie hin und her. »Armegandus ist Linkshänder, wie ich gesehen habe.«

»Aber darum nicht vom Teufel besessen, das musst du nicht glauben!« Hertwigs gequälter Ton ließ Arinna zu ihm hinblicken. Seine offenen Handflächen deuteten darauf hin, dass er sowohl den Chirurgen von jeder Schuld freisprach als auch sich selber, der als Vorgesetzter für ihn verantwortlich war.

»Wie käme ich dazu, einen solchen Unsinn zu glauben?«, fragte Arinna empört.

Hertwig schluckte. »Es gibt eine Lehre, nach der alles, was mit links zu tun hat, vom Teufel eingegeben wurde.«

»Dann müsste sich aber gerade Armegandus hüten, das Inquisitionsgericht herbeizurufen! Oder nicht?«

»Er ist in den Augen der Kirchenhierarchie erhaben über solche Anfeindungen«, antwortete Hertwig gequält.

»Aha«, sagte Arinna in sarkastischem Ton und hob Armegandus' Handfläche dem Arzt ein wenig entgegen. »Nun, seht her, Frà Hertwig. Erkennt Ihr den kleinen Schnitt am Zeigefinger Eures Chirurgen? Er hat in den letzten Tagen mehrere Beulen der Pestkranken aufgeschnitten und muss sich dabei selbst verletzt haben. Und ausgerechnet an diesem rechten Arm hat er in der Armbeuge einen Knoten. Da muss ein Zusammenhang sein.«

Der Arzt machte eine skeptische Miene, trat aber immerhin näher, um den Finger genau zu betrachten. Die Wundränder waren aufgequollen und eher blau als rötlich verfärbt.

Arinna umschloss Hertwigs Hand, der nach ärztlicher Gewohnheit fühlen wollte. »Lasst es lieber bleiben«, warnte sie. »Genau das hat Frà Armegandus auch immer gemacht.«

»Ja«, sagte Hertwig mit einem tiefen Seufzer. »Du hast sicher recht. Und was folgerst du aus dem, was wir sehen?«

»Dass die Beulen so gefährlich sind wie die Erdhörnchen. Man sollte sie nicht aufschneiden.«

»Es wird immer unübersichtlicher. Ich weiß kaum noch, was ich glauben soll«, meinte Hertwig.

»Ich traue meinen Augen immer. Nur sind die Erklärungen zu dem, was sichtbar ist, manchmal falsch«, behauptete Arinna. »Vielleicht fehlt noch etwas. Etwas Unsichtbares.«

Bruder Hertwig schnaubte leise. »Dir fehlt vor allem der Glaube. Und das Gebet. Nun, das werde ich in diesem Fall übernehmen.« Er verließ leise den Raum, und Arinna richtete sich auf eine lange Nacht ein.

# KAPITEL 13

Bruder Armegandus schwebte zwischen Leben und Tod. Arinna wich nicht von seiner Seite, obwohl sie erfuhr, dass der große Saal sich mit einheimischen Pestkranken zu füllen begann. Als der todkranke Chirurg sich nach drei Tagen rührte und anfing, Unverständliches zu murmeln, hoffte sie ganz zaghaft, dass er es schaffen würde. Erlebt hatte sie allerdings schon häufig, dass die Kranken aus diesem Zustand in die Bewusstlosigkeit zurückfielen und starben.

»Kann er wohl schlucken?«, fragte Bruder Hertwig, nachdem er ihren Bericht über Hoffnung und Zweifel aufmerksam angehört hatte.

»Wir müssen versuchen, einen geeigneten Augenblick zu finden«, erwiderte Arinna.

Der Arzt ging davon und kehrte nach geraumer Zeit mit einem silbernen Becher zurück, aus dem auch de Ayala diese besondere, kostbare Medizin erhalten hatte, die wenigen vorbehalten war.

»Soll ich ihm die Arznei verabreichen?«, bot Arinna hilfreich an.

Hertwig wich zurück, trotzdem gelang ihr ein Blick in den Becher. Eine Flüssigkeit mit dunkler Oberfläche, enttäuschend unscheinbar. »Nein, aber du musst mir helfen, Bruder Armegandus aufzusetzen.«

Armegandus war schlaff wie ein Toter und rot wie ein gekochter Krebs. Aber Arinna nahm immerhin einen Hauch von

Feuchtigkeit auf seiner Haut wahr. Die Arznei landete zum geringsten Teil in Armegandus, das meiste floss unter der Zunge wieder heraus. Hertwig war zufriedener als Arinna, als der Becher endlich leer war. Offenbar hielt er die Menge für ausreichend.

»Was ist das für ein Mittel?«, erkundigte sich Arinna.

»Ein Kraut aus Rhodos«, antwortete Hertwig unbestimmt. »Der Orden arbeitet schon lange damit, es wirkt ausgezeichnet.«

»So, so«, murmelte Arinna. Das musste der Schwamm mit der sagenhaften Wirkung gegen Pest sein.

Jetzt hätte es mit Bruder Armegandus' Genesung rasch vorangehen müssen, sofern der Schwamm hielt, was sich Frà Hertwig von ihm versprach. Er erschien in regelmäßigen Abständen am Bett des Chirurgen, um sich nach seinem Zustand zu erkundigen. Als Arinna nur noch stumm den Kopf schüttelte, wurde seine Miene von Stunde zu Stunde besorgter.

Am dritten Tag lag ein Hauch von Feuchtigkeit auf Armegandus' Gesicht. Arinna übertrug einem Bruder die Wache am Bett des Chirurgen und lief zu Bruder Hertwig.

Was sie ihm zu berichten hatte, nahm er als frohe Kunde auf, strich sich zufrieden das Kinn, schmunzelte hintergründig und nickte. »Dem Herrn und dem Kraut von Rhodos sei Dank.«

»Das ist nicht dem Kraut zu verdanken«, widersprach Arinna überrascht. »Ihm ging es zumindest vorübergehend etwas besser, erinnert Ihr Euch? Das überhaupt war der Grund, weshalb wir ihm den Trank einflößen konnten. Aber über den Berg ist er immer noch nicht. Ich bin besorgt, weil er nicht mehr schwitzt. Es gibt öfter Rückfälle als Genesung aus diesem Zustand.«

»Dein unseliger Unglaube wird dir noch Schwierigkeiten bereiten«, versetzte Hertwig scharf. »Die Wege des Herrn sind andere als die deiner barbarischen Tataren!«

Als Arinna in den Hof trat, sah sie Menica, die in der hintersten Ecke den Mist der Hühner zusammenfegte und ihn über die Mauer zu werfen versuchte. In einer Fahne von wehendem Staub drehte sie sich um, um Arinna mit vorgeschobenem Unterkiefer entgegenzustarren. »Das habe ich dir zu verdanken! Du Schlange!«, zischte sie.

»Sei dankbar. Zwischen den Hühnern wird dir nichts passieren. Keine zudringlichen Männer und keine Pest«, erklärte Arinna, ohne sich auf weitere Beschimpfungen einzulassen.

Der Bruder Torhüter machte keine Einwände, als sie ihm sagte, dass sie Kräuter auf dem Markt besorgen wollte. Inzwischen hatte sich offenbar herumgesprochen, dass sie zur Pestpflegerin des Hospitals geworden war. Arinna war Hertwig dankbar, dass er kein Ausgangsverbot für sie erlassen hatte, aber im Augenblick war sie richtig wütend auf ihn. Sein Glaube legte sich wie ein Schleier über seine Augen, der ihn daran hinderte klarzusehen.

Auf der Gasse vor dem Tor sah sie sich erst mal um. Sie hätte jetzt fliehen können, wenn sie gewollt hätte. Die nächstgelegene Treppe nach unten zum Hafen nehmen und bei einem Fischer um Mitfahrt bitten. Aber die Flucht aus dem Dorf heraus erschien ihr derzeit weniger dringlich, dafür die Schwierigkeit, von Malta fortzukommen, ziemlich groß. Ohnehin gab es im Augenblick Wichtigeres zu tun.

Petronila schrie vor Überraschung laut, als Arinna zu ihr geführt worden war, und umarmte sie herzlich. »Wir haben Neuigkeiten«, flüsterte sie in Arinnas Ohr. Dann zog sie sie in den Innenhof, wo der Brunnen laut plätscherte und kühle Luft verbreitete, und rückte ihr ein buntbesticktes Kissen zurecht, neben dem sie selber Platz nahm.

Zweifellos konnte hier niemand sie hören. Trotzdem war Arinna angesichts Petronilas verschwörerischer Miene belustigt.

Während Arinna ein kleiner Imbiss aus Ziegenkäse und köstlichem Brot mit herrlicher Kruste aufgetischt wurde, erfuhr sie lediglich, dass Berengaria abgereist sei, aber ansonsten wollte Petronila noch nicht mit der Sprache heraus.

Dann erschien ein kleiner Junge in ärmlicher Kleidung, mit pfiffigem Blick und lockigem Haar. Er stürzte zu Petronilas Füßen nieder, küsste ihr die Hand und überschüttete sie mit einem Schwall von Worten.

»Arsenios«, gelang es Petronila ihn vorzustellen, dann begann der Junge, auf Arinna einzureden, und sie begriff endlich, dass er jedes Wort von Petronila übersetzen würde.

Angesichts eines kleinen Mitwissers war vermutlich die gesamte Geheimniskrämerei überflüssig, dachte Arinna, aber Petronila schien Spaß daran zu haben. Sie begann jedenfalls zu berichten, und Arsenios übersetzte.

Petronila hatte also herausgefunden, dass am Vortag der Entlassung der Frauen etwas Außerordentliches im Hospital vor sich gegangen war. Die Brüder aller Zungen waren in der Kapelle zusammengerufen worden und hatten stundenlang miteinander beraten. Bei ihnen war ein Gast, den niemand gekannt hatte, jedoch wies das Tatzenkreuz ihn als Johanniter aus.

Was Inhalt der Beratung gewesen war, blieb geheim. Nur eine einzige Helferin, die ein nicht erlaubtes Verhältnis zu einem der Brüder pflegte, hatte erfahren, dass die Brüder sich ein Geheimnis gesichert hätten, das ihnen Macht über alle Länder rings um das Mittelmeer verschaffen würde, selbst über die Sarazenen. Und dieses Geheimnis bestünde nicht in einem geistigen Vorteil, sondern sei etwas sehr Handfestes – wie für den tatkräftigen Orden nicht anders zu erwarten.

Arinna begriff jäh. »Handelte es sich um ein Heilmittel? Um den Malteserschwamm?«

Von ihm hatte Petronila nichts gehört. Sie hatte nur noch erfahren, dass das Geheimnis so wertvoll sei, dass niemand davon wissen durfte, der dem Orden nicht durch Eid verpflichtet war. Deshalb hatten alle einheimischen Helferinnen gehen müssen.

Die wenigen, die man neu rekrutieren wollte, durften weder Maltesisch, Spanisch noch Italienisch sprechen. Griechinnen und Sarazeninnen allein kamen in Frage.

Arsenios sprudelte all dieses heraus, ohne es zu verstehen. Petronila schickte ihn endlich mit einer kleinen Münze und einem Gruß an seine Mutter nach Hause. Fröhlich hüpfte er mal auf einem, mal auf beiden Beinen zum Ausgang, ohne auf die Fugen zwischen den Fliesen zu treten.

Arinna hatte den Jungen nicht aus den Augen gelassen, bis er geendet hatte. Anscheinend war unter den Brüdern bereits ein Kampf um das Wundermittel entbrannt. Sie war sich ziemlich sicher, dass der nächtliche Einbruch damit zu tun hatte.

Hoffentlich war der Wert des Geheimnisses nicht so groß, dass sich Mitwisser in Gefahr brachten. Wie zum Beispiel Petronila. Oder sie selbst.

*HOSPITAL*

Als Arinna durch das Tor ins Hospitalgelände trat, eilte Bruder Hertwig auf sie zu. »Wo bist du gewesen?«, fauchte er.

»Auf dem Markt«, stammelte Arinna, der die Kehle vor Schreck wie zugeschnürt war. In diesem Zustand hatte sie den Arzt noch nie gesehen.

»Du hast etwas gekauft? Zeig vor, was du gekauft hast!«, befahl Hertwig barsch.

Arinna nestelte mit zitternden Händen an dem Beutel, der an ihrem Gürtel hing, bis es ihr gelang, seinen Inhalt herauszubefördern.

»Was ist das?« Hertwig beäugte die hellbraunen Knollen, die mit ihren Einschnürungen und Verzweigungen und kleinen keimenden grünen Sprossen recht eigenartig aussahen. »Ist mir völlig unbekannt.«

Arinna räusperte sich mehrmals, unendlich dankbar, dass sie die Knolle tatsächlich bekommen hatte. »Gigiber. Eine Gigiberknolle. Vielleicht kennt Ihr sie als Ingwer.«

»Nein, ich kenne sie überhaupt nicht. Wozu dient sie?«

»Sie senkt starkes Fieber. Aber Kranken, die im ganzen Körper nur noch Kälte fühlen und sich kurz vor dem Ende wähnen, hilft sie auch«, sagte Arinna verängstigt. »Sie spüren die Wärme in Hände und Füße zurückkehren und fassen wieder Lebensmut.«

»Woher kennst du diese Gigiber, die meines Wissens selbst in unseren Aufzeichnungen unbekannt ist?« Inzwischen war Hertwigs Zorn einer Gereiztheit gewichen, und Arinna konnte sich schon denken, warum.

»Die tanzenden Mönche haben sie aus ihrer Heimat nach Ikonium gebracht, noch bevor ein Venezianer sie im Fernen Osten kennenlernte. Will sagen, die Derwische«, berichtigte sich Arinna eilig, als sie neue Zornesfalten auf Herwigs Stirn entdeckte. »Sofern es erhältlich ist, ist es ein ausgezeichnetes Heilmittel. Meine Mutter hat es angewandt.«

»Und woher wusstest du, dass es hier zu haben ist?«

»Ich wusste es nicht!«, rief Arinna, allmählich ärgerlich wegen der bohrenden Fragen. »Jeden Korb auf dem Markt habe ich durchsuchen müssen, bis ich endlich fündig wurde. Die Sarazenin hat sich auf mein Wort verlassen, dass Ihr sie redlich entlohnen werdet. Sie kommt morgen, um das Geld abzuholen.«

»Eine Sarazenin auch noch«, stöhnte Bruder Hertwig und hob die Augen zum Himmel. Aber Christus musste ihm zugeblinzelt haben, denn er beruhigte sich sichtlich.

»Sie ist für Frà Armegandus, damit er mehr schwitzt! Ich glaube nicht, dass er die trockene Hitze lange aushalten kann. Mutter achtete immer darauf, dass Schwerkranke ordentlich schwitzten.«

»Hm«, murmelte Hertwig unentschlossen.

»Bruder Armegandus ging es hinreichend gut, als ich ihn verließ. Ist ihm inzwischen etwas passiert, oder warum habt Ihr hier auf mich gewartet?«, erkundigte sich Arinna endlich.

»Im Gegenteil, es geht ihm immer noch ausreichend gut«, schnaubte Hertwig. »So gut, dass ich versuchte, an seine christliche Nächstenliebe zu appellieren, deine etwas ungewöhnlichen, aber keineswegs unchristlichen orthodoxen Glaubensriten zu vergessen. Schließlich sind uns diese nicht besonders vertraut, wie ich eindringlich versuchte, ihm klarzumachen.«

Arinna schwieg.

»Er war nicht dazu bereit. Und außerdem ist es in jeder Hinsicht zu spät. Menica ist inzwischen bei Frà Armegandus gewesen und hat ihm haarklein von deiner vertraulichen Unterredung mit de Ayala erzählt.«

Schlimmer hätte es kaum kommen können. In der Aufregung wusste Arinna aber gar nicht mehr, worüber sie alles gesprochen hatten.

»Darüber hinaus«, fuhr der Hospitalleiter fort, »habe ich heute erfahren, dass es Armegandus kurz vor seinem Zusammenbruch gerade noch gelang, einen Brief an den Heiligen Vater zu verfassen. Dieser verließ mit der übrigen Post für die Ordenshäuser von Rhodos und Zypern unser Haus und wird Rom zuverlässig erreichen. Der Heilige Vater ist inzwischen sicherlich schon über die Ketzerin im Hospital von Birgu informiert.«

»Wird sich das auch gegen Euch richten?«

Bruder Hertwig mahlte mit den Zähnen. »Ich vermute es. Schließlich duldet der gegenwärtige Hospitalleiter die Ketzerin wissentlich.«

»Aber Armegandus hat davon nicht gesprochen?«

»Nein.«

»Strebt Frà Armegandus etwa danach, das Hospital zu leiten?«

»Die Hoffnung darauf ist es, die ihn gegen jede medizinische Erwartung aufrecht hält«, antwortete Hertwig nach einiger Zeit, voller Erbitterung. »Er scheint einen Plan gefasst zu haben – in seinen Augen bietet sich ihm wohl im Augenblick eine einmalige Gelegenheit. Dazu muss man wissen, dass er nicht adeliger Herkunft ist. Er besitzt die Ritterwürde – aus Gnade, heißt es in unserem Sprachgebrauch –, hat aber nicht die Befähigung zu den Ordensämtern. Wenn er aber erst einmal Hospitalleiter war …« Er verstummte.

Arinna sog tief Luft ein und wiederholte laut, was sie verstanden hatte. »Ausgerechnet jetzt, wo eine Pest die ganze Welt bedroht, stolpert Ihr über mich, die ich als Ketzerin gelte, und verbündet Euch in gewisser Weise mit mir. Ihr werdet deshalb entfernt werden. Armegandus wird sich den Malteserschwamm als seine Leistung anrechnen lassen, zur Belohnung das Hospital übernehmen und kann dadurch auf Ämter hoffen, in denen er den adeligen Rittern gleichgestellt ist. Das hat er ja fein eingefädelt.«

Der Johanniter taumelte rückwärts und starrte Arinna aus aufgerissenen Augen an. »Woher weißt du vom Malteserschwamm? Er ist unser bestgehütetes Geheimnis!«

»Ich hörte schon in Griechenland davon«, erklärte Arinna unbeeindruckt. »Den Rest habe ich mir aus Andeutungen zusammengereimt.«

»In Griechenland. Ich weiß wirklich nicht, wie die Kunde von unserem Heilmittel derart nach außen dringen konnte«, sagte Hertwig ungläubig, als sie im Untergeschoss des Hospitals durch den Gang wanderten, den Arinna bisher nie hatte betreten dürfen. Die Tür, durch die sie in der Nacht des Einbruchs gespäht hatte, war jetzt offen und verkeilt.

»Rhodos ist nicht weit weg, oder?«, fragte Arinna und war sich angesichts der außerordentlichen Länge des Ganges sicher, dass er weit über die Ausmaße des Gebäudes über ihnen hinausreichen musste. Zur Linken bestand die Wand aus behauenem Fels, die rechte war gemauert.

»Unsere eigenen Brüder? Ausgeschlossen!«

»Die Knechte und Galeerenruderer.«

»Was weißt du noch alles?«, fragte Hertwig kopfschüttelnd und blieb am Ende des Ganges stehen, um unter der Kutte nach etwas zu suchen. Erst als er einen Schlüssel hervorholte und in ein Loch in der vermeintlichen Mauer steckte, entdeckte Arinna die verborgene Tür. Er öffnete sie und ließ Arinna vor sich hineingehen.

Die war zweifellos der Raum, in den die Einbrecher eingedrungen waren.

Staunend sah sie sich um. Die Mitte des Raums wurde durch einen hohen langen Tisch geteilt, dessen Arbeitsfläche mit den blaugelben Fliesen der Sarazenen belegt war, und auf ihm standen Glasgefäße, Kupferpfannen und Tiegel jeder Form und Größe.

»Ich nehme an, dass man deine Gigiberwurzel den Kranken nicht zum Aufknabbern gibt, als wären sie Ratten«, sagte Hertwig nüchtern.

»Nein, man muss daraus einen Sud bereiten.«

»Eben. Das kannst du hier machen. Es ist alles da, was du benötigen könntest.«

»Ja«, sagte Arinna überwältigt. Wie ihre Mutter den Sud hergestellt hatte, wusste sie noch genau. Während sie begann, ihr Werkzeug zusammenzusuchen, überlegte sie, ob sie Hertwig von den Einbrechern erzählen sollte. Vorerst verzichtete sie lieber darauf. Dann hatte sie alles beisammen: Ein Brett, ein scharfes Messer, ein Kochtopf und ein Durchschlag, mehr war gar nicht nötig.

Bruder Hertwig beschäftigte sich auf einem eigenen Arbeitsplatz in ähnlicher Weise wie sie.

»Hm«, räusperte sich Arinna, um verlegen fortzufahren, als Hertwig zu ihr hinschaute, »die Gerätschaften hier sind alle ganz sauber, oder? Verunreinigungen dürfen nicht sein.«

Hertwig lächelte in sich hinein. »In dieser Hinsicht kannst du dich wirklich auf uns verlassen. Ich stelle an meine Arzneimittel die gleichen Anforderungen.«

»Ja, natürlich«, murmelte Arinna errötend. Dann schnitt sie die Ingwerknolle so klein wie möglich und brachte die Schnipsel zum Topf, den Hertwig inzwischen mit Wasser gefüllt und auf ein kleines Kohlebecken gestellt hatte. Als das Wasser sprudelte, warf sie die Stücke hinein und sprach im richtigen Tempo das Gebet, dessen Länge die Kochzeit vorgab. Mit dem letzten Wort musste der Sud abgegossen werden. Sehr zufrieden, dass sie sich an alles erinnerte, füllte sie ihn anschließend in einen Glaskolben, den sie verschloss.

»Was hast du da gemurmelt?«, fragte Hertwig argwöhnisch.

»Ein Gebet«, gab Arinna zu.

»An deine, deine … Ich weiß gar nicht, wie ich sie nennen soll«, versetzte Hertwig unter großem Unbehagen, »da es sie nicht gibt. Sie ist ein in Stein gefasstes Trugbild.«

»Meine Göttin, ja. Und ist nicht der Herr der Bibel ebenfalls ein Trugbild?«

Hertwig schlug augenrollend das Kreuz. »Du bist wahrhaft tollkühn. Und eine Gefahr für alle, die dir ihr Wohlwollen schenken.«

»Tut mir leid«, sagte Arinna, »vielleicht wäre es besser, Ihr fragtet mich nicht. Um diesen Sud schmackhaft zu machen, benötige ich etwas Honig. Und ein klein wenig Zitronenschale, wenn möglich.«

»Die Küche hat beides«, antwortete Hertwig unwirsch und begab sich an seinen eigenen Arbeitsplatz, um weiterzumachen, wo er aufgehört hatte, um Arinna zuzusehen.

Sie folgte ihm auf Zehenspitzen.

Er entnahm einer Kassette ein verschrumpeltes, dunkelrotes Ding, das am ehesten Ähnlichkeit mit dem noch geschlossenen Hut eines Pilzes hatte. Es war trocken und ließ sich zerkrümeln, und Hertwig rieb es in etwas Wein hinein. »Das ist der Malteserschwamm«, bemerkte er. »In Wein löst er sich in gewünschter Weise auf, Erhitzen zerstört ihn dagegen. Die Zubereitung ist einfacher als die des Gigiber. Und ungefährlicher.«

»Aber ist das alles, was Ihr an Vorrat habt?« Arinna hatte mit gerecktem Hals erspäht, dass der Boden des Kästchens schon zu sehen war.

»Ja, leider. Deswegen bin ich mit der Herausgabe so zurückhaltend.«

»Und die Zubereitung zeigt Ihr mir so einfach?«, staunte Arinna weiter.

»Warum nicht? Wenn deine Gigiberwurzel Wirkung zeigt

und nicht ungeheuer kostspielig ist, man sie außerdem leichter beschaffen kann als den Schwamm, wirst du öfter hier unten in der Arzneiküche stehen müssen, um den Sud zuzubereiten. Du wirst doch nicht erwarten, dass ich dein heidnisches Gebet aufsage?«

»Wir könnten ein christliches von gleicher Länge für Euch suchen«, schlug Arinna bescheiden vor.

Hertwig riss abwehrend seine Hände nach oben. »Oh nein«, protestierte er. »Bis das gefunden ist, hat sich dein Gebet in meinen Kopf geschlichen und macht es sich dort wahrscheinlich sehr gemütlich. Eines Tages würde ich mich dabei ertappen, ein Trugbild anzubeten. Nein, ganz bestimmt nicht!«

Arinna begann haltlos zu kichern. Schließlich konnte Bruder Hertwig den Ernst auch nicht mehr bewahren und prustete selbst los.

Sie wurden jäh unterbrochen, als die Tür aufschlug. Ein Ordensbruder trat ein, den Arinna noch nie gesehen hatte. Das Kreuz auf seinem Mantel war größer als alle im Hospital üblichen, und er verströmte Respekt, noch bevor er auch nur ein Wort von sich gegeben hatte.

Frà Hertwig verstummte auf der Stelle und wurde blass. »Frà Helion de Villeneuve«, brachte er unter Mühe heraus, trat einen Schritt zurück und verbeugte sich tief. »Willkommen, Großmeister.«

Arinna sank vor Ehrfurcht fast zu Boden, ergriff die Kasserolle mit dem Gigibersud und verließ unaufgefordert den Raum. Der Großmeister selbst, die oberste Instanz des Ordens! Was das wohl zu bedeuten hatte? Ob er bereits wusste, dass Armegandus nach Rom geschrieben hatte? War er hier, um Bruder Hertwig zur Rechenschaft zu ziehen? Oder um ihre Gefangennahme anzuordnen? Fragen über Fragen, und eine so beängstigend wie die andere.

Voller Furcht eilte Arinna nach oben, um den dienenden Bruder abzulösen, der an Armegandus' Bett wachte. Der Chirurg schlief. Der wachende Bruder ebenfalls. Sie weckte ihn behutsam und schickte ihn fort. Beunruhigendes hatte sich anscheinend nicht ereignet, man wusste wohl noch nicht, warum der Großmeister einen Besuch machte.

Es dauerte nicht lange, bis Armegandus die Augen aufschlug, obwohl er hochrot und so heiß wie zuvor war. Seine Haut war staubtrocken. Aber er war jetzt wach genug, um gehässig zu lächeln. »Es ist gut, dass du hier bist. Dann kann ich dich im Auge behalten.«

»Warum?«, fragte Arinna verdutzt.

»Damit du nicht wegläufst. Das Inquisitionsgericht wird demnächst erscheinen und dich zur Befragung vorladen.«

»Es gibt keinen Grund, mich vor Gericht zu stellen, und ich brauche mich nicht zu fürchten«, sagte Arinna abfällig.

»Oh doch, kleine Ketzerin, oh doch«, sagte er und räkelte sich behaglich.

Er sprach nicht im Fieberwahn, wie deutlich zu merken war. Arinna hielt ihm den Becher mit dem Sud vor die Lippen. Ihre Blicke trafen sich. »Beweist mir oder dem Gericht, dass ich etwas Unrechtes getan hätte. Das könnt Ihr nicht!«

»Vor dem Inquisitionsgericht braucht es keine Sachbeweise. Sie zählen nicht einmal. Nur Zeugenaussagen sind gültig.«

Arinna verging das Lächeln. Der Chirurg leerte in solchem Triumph den Becher bis auf den letzten Tropfen, dass ihm der bittere Geschmack offenbar völlig entging. »Zeugenaussagen?«, fragte sie hilflos.

»Natürlich. Ich habe gehört, wie du eine heidnische Göttin angerufen hast. Unsere neue sizilianische Helferin hat das ganze Gespräch mitbekommen. Da hilft dir Satan nicht mehr aus der Patsche, selbst wenn er dir das Vaterunser vorwärts und rückwärts einflüstern könnte. Ich gestatte dir jetzt, mir auch noch Wasser zu geben.«

Seine Zähne schlugen gegen den Trinkbecher, aber es war nicht seine Schwäche, sondern Arinnas zitternde Hand, die dies verursachte. Armegandus merkte es. Mit seinem wiehernden

Gelächter versprühte er ekelhafte Spucke, die auch Arinnas Gesicht traf und die sie mit einem Ausruf des Abscheus abwischte. Da lachte er noch gehässiger.

Am Abend kam ein Bruder französischer Zunge, um Arinna abzulösen. Zu ihrer Verwunderung lächelte er ihr freimütig zu, während er den Chirurgen eher mit grimmiger Miene bedachte.

Während Arinna noch am Bett verweilte, tauchte der Bruder einen Schwamm in den bereitstehenden Eimer und drückte ihn über dem Kopf des Chirurgen aus, der inzwischen begonnen hatte zu schwitzen, dass ihm der Schweiß in Strömen am Körper herablief. Die Beule in der Armbeuge war in überraschender Geschwindigkeit gelb geworden und schmerzte nicht mehr.

Armegandus keuchte vor Empörung. In aller Ruhe wischte der dienende Bruder Wasser und Schweiß auf, um sich anzuschicken, einen weiteren Schwall Wasser in das Bettzeug zu befördern.

Arinna ging. Allzu beliebt war Armegandus tatsächlich nicht. Das Einzige, das sie an ihm schätzte, war, dass er ihr hinreichend die Wirksamkeit der Knolle bewiesen hatte.

Danach lief sie nach unten, um sich von den übriggebliebenen Vorräten für die Kranken einen Happen zu essen zu besorgen. Während sie noch kaute, schaute der Bruder Pförtner in den Raum. Sein Gesicht hellte sich auf, er war auf der Suche nach ihr. Er drückte Arinna einen Fetzen Leinenstoff in die Hand.

»Das hat gerade ein kleiner Junge abgegeben. Von der Händlerin, die dir die Heilwurzel verkauft hat. Es ist wichtig, hat er gesagt. Man weiß anscheinend, dass du die Schrift der Sarazenen lesen kannst. Ich nicht.«

Arinna entfaltete den Stoff. »Oh ja, das kann ich lesen.« Verblüfft starrte sie auf die griechische Schrift, die offensichtlich mit Holzkohle gemalt worden und etwas verwischt war. »Sie hat für mich noch mehr Wurzeln besorgt«, erfand sie auf die Schnelle.

»Dann ist es ja gut, dass du Bescheid weißt«, murmelte der Pförtner und zog sich zufrieden zurück.

Der kleine Junge war Arsenios gewesen, da war sich Arinna sicher. Petronila musste sich an jemanden gewandt haben, der der griechischen Schrift mächtig war. Diese teilte mit, dass die Helferin, die die Geliebte eines der Johanniter gewesen war, treibend in der Bucht von Birgu gefunden worden war. Allem Anschein nach war sie ertrunken.

Als Arinna sich zum Krankensaal aufmachte, wusste sie schon gar nicht mehr, was sie gegessen hatte. Die Mitteilung war vor allem deswegen beunruhigend, weil sie sie überhaupt erhalten hatte. Jemand – vielleicht Petronila, vielleicht ihr Gewährsmann – musste der Meinung sein, dass es bei dem Tod der schwatzhaften Geliebten nicht mit rechten Dingen zugegangen war. Und möglicherweise war sie auch eine Warnung an andere redselige Helferinnen.

Wer mochte der Geliebte sein? Dieser Frà Landolfo, von dem de Ayala hatte sprechen hören? Allerdings war ihr im ganzen Ordenshaus bisher kein Bruder dieses Namens begegnet.

Arinna nahm sich fest vor, in Zukunft vorsichtiger zu sein. Vor allem kamen vertrauliche Gespräche am Krankenbett nicht mehr in Frage. Die Akustik des Hauses funktionierte in einer Weise, die sie nicht verstand. Sie musste auch den Aragonesen warnen.

Der Saal war jetzt bis auf das letzte Bett besetzt, die Zahl der Kranken hatte erschreckend zugenommen. Es waren lauter Neue, deren matte Blicke auf ihr liegenblieben, als sie den Gang entlangschritt.

Als sie aber hinter die Vorhänge des Bettes von Rodrigo Lopez de Ayala schaute, war es leer und frisch bezogen. Bestürzt starrte sie hinein.

Er war nicht mehr da.

Am liebsten hätte sie sich hinter die bunten Stoffbahnen gesetzt und ihren Tränen freien Lauf gelassen. Er war der Einzige gewesen, mit dem sie ernsthaft hatte reden können. Ihre Meinung war ihm wichtig gewesen, und sie hatte nicht wie gegenüber Hertwig jedes ihrer Worte abwägen müssen. *Derwische* statt *tanzende Mönche!* Nur: Das allein war es ja gar nicht. Jetzt erst verstand sie, dass ihre Gefühle für ihn weit über Sympathie hinausgingen.

Aber er hatte ganz offensichtlich keine Gefühle für sie. Sie war für ihn ein netter Zeitvertreib auf einem langweiligen Krankenlager gewesen. Wenn es mehr gewesen wäre, hätte er sich wenigstens von ihr verabschiedet.

Irgendwie erreichte sie ihren Verschlag unter der Treppe. Später wusste sie selber nicht, wie sie dorthin gekommen war. Trotzdem wälzte sie sich die ganze Nacht schlaflos auf ihrem Sack herum.

# KAPITEL 14

RAGUSA, SIZILIEN

Christophoro Boccanegra würdigte die Seeleute, die in einer Reihe an Deck saßen und einen langen Riss im Großsegel nähten, keines Blickes. Mit knirschenden Zähnen spähte er über die grauen Häuser von Ragusa, die in der Höhe über dem Hafen, in den er nicht gewollt hatte, lagen. Aber wieder hatte Wind von Sturmstärke die Sant Jacobus bezwungen und sie von dem letzten schnellen Schlag nach Malta abgehalten. Nur mit großer Mühe gelang es ihm, seine Wut zu bezähmen, vor allem, weil er sich aus allen Winkeln des Schiffes beobachtet fühlte. Mit verschränkten Armen wanderte er zur anderen Seite des Achterdecks hinüber.

Schnelle Trippelschritte folgten ihm auf den Hacken. »Diese Fahrt steht unter einem Unglücksstern, Boccanegra«, zischte Andrea Longo. »Seit Anbeginn. Hättet Ihr nicht dieses unselige Unterfangen Malta auf Eure Fahnen geschrieben, wären wir längst zu Hause in Genua.«

»Ihr lasst ein paar wesentliche Dinge außer Acht, Meister Longo«, versetzte Boccanegra grimmig, ohne dem kleinen Kerl auch nur einen Blick zu gönnen, »unter anderem, dass man in Genua wusste, woher wir kamen …«

»*Mi stai sul cazzo!* Du gehst mir auf den Sack mit deinem vornehmen Senatorgetue! Hättest du geschworen, dass wir von Pest nichts wissen, hätten sie uns in den Hafen gelassen!«, schrie Longo seine lange angestaute Wut heraus.

»Hast du denn noch einen Sack, in dem Nennenswertes drin

ist?«, fauchte Boccanegra erbost, um sich dann auf seine Höflichkeit zu besinnen und eine angemessene Tonart anzuschlagen. »An Eurer Stelle würde ich weniger laut über den Hafen brüllen, dass wir mit der Pest zu tun hatten. Hier wissen sie nichts davon, dass die Sant Jacobus aus Kaffa kommt, und dafür danke ich dem Herrn.«

»Von mir aus sollen sie euch doch fortjagen. Ich verabschiede mich jedenfalls von euch Kotzbrocken! Ich finde allein meinen Weg nach Hause.« In seiner inzwischen etwas mitgenommenen Kleidung wirkte Longo ziemlich lächerlich, als er mit dem Fuß aufstampfte, um seinen festen Willen zu bekunden, und sich dann zum Niedergang aufmachte.

Jetzt erst wurde Boccanegra klar, was der Alte sich zu tun anschickte. Mit einem Sprung umrundete er Longo, der angstvoll zu ihm hochblickte. Boccanegra schob zwei seiner Finger unter den Pelzbesatz des kaufmännischen Kragens, um den Mann auf die geschnäbelten Spitzen seiner zierlichen Schühchen hochzuziehen. »Ihr werdet nirgendwo hingehen, Meister Longo«, flüsterte er ihm ins Gesicht. »Verstanden? Ihr seid viel zu schwatzhaft, als dass ich Euch von Bord lassen würde.«

Longo erbleichte und tastete mit zitternder Hand nach der Reling. Er begriff, welchen taktischen Fehler er begangen hatte.

»Hrolf wird Euch auf dem Vorschiff Gesellschaft leisten, damit Euch während des Wartens nicht langweilig wird«, bot Boccanegra mit überlegenem Lächeln an. »Ich wage nicht, Euch Niccolò anzubieten. Ihr könntet es missverstehen …«

Hrolf nickte mit unbewegter Miene und verließ den Platz neben dem Steuermann, mit dem er sich unterhalten hatte. Er zog den Alten mit sich nach unten.

»Es wird nicht lange dauern«, rief Kapitän Minotto, der dem Wortwechsel uninteressiert gefolgt war, ihnen nach. »Der Wind dreht schon nach Backbord, so dass wir Malta gut anpeilen können, und das Segel ist bis heute Abend genäht. Bei Sonnenaufgang legen wir ab.«

Die Sant Jacobus tastete sich im Schlepp hinter dem Ruderboot in eine Bucht hinein, die nach Nordosten offen war und sehr tief zu sein schien. Da der Wind weiter auf West drehte, würde er im Inneren der Bucht weiter abnehmen, und sie würden einen brauchbaren Ankerplatz finden. So Minottos Plan. Alles andere überließ er Boccanegra, der seinen Blick ungeduldig über die flachen Inseln an Steuerbord schweifen ließ. Was er sah, missfiel ihm. Kärgliches Grün über niedrigen Steilabhängen am Ufer und weit und breit weder ein Haus noch ein Boot.

Plötzlich erscholl ein »Wahrschau« vom Ausguck, der nach Backbord zeigte. Boccanegra beeilte sich auf die andere Seite. Dort war der Küstenstrich etwas höher, und wo sich die Bucht verengte, kamen Hafenmolen und auf einer Terrasse über dem ansteigenden Hang eine Ansammlung von Hütten in Sicht. Zwischen den weißen Würfeln gab es kaum Grünes.

Das war genau das, was Boccanegra suchte. Ein winziges, abseits gelegenes Dörfchen.

Es bereitete dem Steuermann einige Schwierigkeiten, das Schiff zwischen den Steinquadern hindurchzumanövrieren, die auf dem Boden des überraschend großen Hafenbeckens lagen, im klaren Wasser aber glücklicherweise gut auszumachen waren. Endlich lagen sie an einer verfallenden Mauer zwischen zwei ärmlich mit je einem Segel und ein paar Körben ausgestatteten Fischerbooten fest.

Ein Einheimischer in weißer arabischer Kleidung tauchte am Rand der Terrasse auf, auf der die Häuser standen, und spähte zu ihnen herunter. Boccanegra winkte freundlich nach oben.

So schnell er konnte, kam der Mann heruntergelaufen, auf dem hellbraunen schmalen Steig rutschend und balancierend. Die Neugier stand ihm ins Gesicht geschrieben und kein bisschen Argwohn. Umso besser, dachte Boccanegra. Es würde eine schnelle, unkomplizierte Angelegenheit werden.

Er wandte sich an Minotto. »Lasst einige zuverlässige Männer sich bewaffnen«, raunte er ihm zu, »sie sollen sich aber außer Sicht halten. Beschäftigt Hrolf mit einer Aufgabe unter Deck.«

Dann sprang er an Land und ging mit ausgestreckten Händen auf den Malteser zu. Mochte dies hier auch nicht üblich sein, bewies es doch, dass er unbewaffnet war. Er verbeugte sich, eine Hand an die Brust gelegt, und ratterte Grußworte in sämtlichen Sprachen herunter, die am Mittelmeer gebräuchlich waren.

Er wurde verstanden. Der Malteser erwiderte in ähnlicher Weise.

Boccanegra beschloss, sein Anliegen hervorzubringen, bevor noch mehr Männer aus dem Dorf kamen. »Fungo rosso«, begann er mit gewinnendem Lächeln und ließ gleichzeitig Münzen in einem gutgefüllten Lederbeutel klimpern, aber es zeigte sich schnell, dass der Malteser weder Italienisch noch Griechisch verstand.

Jedoch hatte der Mann eine Idee, wen er holen musste, gestikulierte nach oben zum Dorf und bedeutete, er würde gleich zurückkommen. Wie eine Ziege kletterte er zur Terrasse hoch und verschwand außer Sicht.

Boccanegra lehnte sich über die Bordwand und gab Minotto, der inzwischen sicher war, dass es in diesem Hafen nicht zu Kriegshandlungen kommen würde, und seinen Befehlsplatz auf dem Achterdeck verlassen hatte, flüsternd Anweisungen. Nur Niccolò hörte mit aufgerissenen Augen und wachsendem Widerwillen zu.

Aufgeräumt lächelte Boccanegra ihn an, bis Niccolò offenbar endlich an einen Scherz zu glauben begann und sich langsam entspannte. Nachdem sein Gehilfe ausreichend beruhigt schien, drehte Boccanegra sich wieder um. Polternde Steine signalisierten das Nahen von Dorfbewohnern.

Der Malteser kam mit zwei anderen zurück, Bauern oder Fischer, alle drei unbewaffnet. Minottos berufsmäßiger Argwohn verschwand wie weggezaubert aus seinem Gesicht, und Boccanegra setzte ein breites, vertrauenschaffendes Grinsen auf.

Die Begrüßungszeremonie war die gleiche. Dann begann

Boccanegra erneut, sich behutsam nach dem Schwamm zu erkundigen. Leider konnte er ihn nicht beschreiben. Und von einer Pflanze oder einem Tier, das unfehlbar gegen Krankheiten wirken sollte, hatte keiner gehört.

Alle drei Malteser waren ratlos und berieten miteinander. Dann fiel dem, der kein Wörtchen Italienisch konnte, wieder etwas ein. Er tippte gegen seine Stirn und machte sich wieder auf den Weg in das Dorf.

»Erbor …«, radebrechte der eine, an Boccanegra gewandt.

Boccanegra kapierte. »Erborizzatore!«, triumphierte er. »Der Kräutersammler, natürlich! Warum bin ich nicht selbst darauf gekommen?«

Schweigend und ungeduldig warteten die Genuesen auf den Kräutersammler. Die Malteser wanderten an der Bordwand der Karacke entlang, bewunderten dieses und jenes, lachten und zeigten auf ihre eigenen kleinen Boote.

Boccanegra überwand sich endlich, gesellte sich ihnen zu, lachte unbeschwert mit ihnen und ballte hinter dem Rücken die Fäuste in der Furcht, dass niemand seine Frage beantworten könnte. Mit einem flüchtigen und wie absichtslosen Blick vergewisserte er sich, dass die Seeleute oben an der Rah bereitstanden, auf Minottos Wink das Segel herabzulassen.

Endlich wanderten drei Männer den Steig herab. Zwei von ihnen stützten einen anscheinend uralten Greis, der für jeden Schritt Hilfe benötigte. Es dauerte geraume Zeit, bis sie am Hafen anlangten.

Boccanegra stellte seine Frage.

Der alte Mann blickte ihn aus tränenden blauen Augen an, furchte die Stirn, schien zu überlegen, ob Boccanegra einer Antwort wert war, und wandte sich schließlich mit einem unsicheren Achselzucken an die Jüngeren.

Sein Instinkt sagte Boccanegra, dass der Alte die Antwort kannte. Aber er war sich anscheinend nicht sicher, ob es gut war, Auskunft zu geben. Vielleicht war es Eigensinn oder durch das

Alter geschärfter Argwohn. Boccanegra fiel es überaus schwer, Gleichmut und Höflichkeit zur Schau zu stellen und seine Nervosität zu zügeln. Am liebsten hätte er die Auskunft aus dem Alten herausgeschüttelt.

Die drei Jüngeren sprachen beschwichtigend auf den Kräutersammler ein, deuteten auf die Karacke und lobten sie überschwenglich, und schließlich wagte einer, zum Zeichen ihrer Freundschaft Boccanegra zaghaft auf die Schulter zu klopfen.

Der alte Mann nickte endlich widerstrebend. »Ghawdex«, sagte er. »Gebla tal-General.«

»Den Pilz gibt es nur auf der Insel Gozo, in der Bucht Dwejra ganz im Westen. Auf einem Felsen im Wasser. Hundert Schritt nördlich davon befindet sich ein Felsentor, das zu einem Binnensee führt, daran erkennt man den Ort.« Der Übersetzer beschrieb mit den Händen etwas, das einer Nadelspitze gleichkommen musste.

Den finden wir, jubelte Boccanegra innerlich, signalisierte Minotto, dass er mit der Befragung fertig war, und wandte sich zum Gehen.

Erschrecken zeigte sich in den braunen Gesichtern der Malteser, die sofort begriffen, dass sie betrogen worden waren. Von einer Belohnung für die Auskunft konnte gar nicht die Rede sein! Der alte Mann stieß einen hohen klagenden Laut aus, der auch eine Anklage gegen die eigenen Leute darstellte.

Aber es war zu spät. Auf den halblauten Befehl des Kapitäns hatten sich die versteckten Seeleute schon über die Bordkante geworfen und kreisten in geduckter Haltung die Araber ein. Einer zog ein Messer. Noch bevor er es werfen konnte, waren Minottos Schläger über ihm.

»Schneidet ihnen die Hälse durch«, befahl Boccanegra unbewegt, »damit wirklich keiner mehr plaudern kann. Und du versuchst dich einmal wie ein erwachsener Mann zu benehmen!«, fuhr er im gleichen Atemzug zu Niccolò fort. Sein Lehrling spuckte sich wieder einmal die Seele aus dem Leib, und er musste sogar zur Seite springen, damit sein seidener Rock nicht von Spritzern verunreinigt wurde.

Das Großsegel fiel bereits, auf der dem Land abgewandten Seite saßen schon sechs Männer in der Jolle und begannen zu rudern, während gleichzeitig Bug- und Achterleine eingeholt wurden.

Boccanegra sprang in die Kuhl und sah sich um. Einer der Malteser, die sich in ihrem Blut wälzten, röchelte. Er schloss die Augen und versuchte, sich zu vergegenwärtigen, wer der unzuverlässige Mann gewesen war, der sein Messer nicht bis zur Wirbelsäule durchgezogen hatte. Es war nicht tragisch, denn bis jemand aus dem Dorf heruntergekommen war, würde auch er tot sein. Trotzdem schätzte er nicht, wenn Befehle nicht aufs Tüpfelchen befolgt wurden.

Kalt ging sein Blick an Niccolò vorbei, der ihn wie ein waidwunder Hase ansah und sich dann ein zweites Mal über die Reling erbrach.

Plötzlich stand Hrolf neben Boccanegra, herbeigerufen von den Geräuschen des Ablegens. Seine forschenden Blicke blieben auf den Leichen liegen. »War das nötig?«, fragte er verächtlich und zeigte nach oben zur Terrasse, auf der sich gegen die steigende Morgensonne dunkle Gestalten abzeichneten. »Die Racheengel erscheinen bereits. Ich bin sicher, sie werden Euch nicht in Ruhe lassen, bis sie die Männer gerächt haben.« Er spuckte vor Boccanegra aus.

»Was geht es dich an, Berserker?«, fragte Boccanegra höhnisch. »Du bist doch schon längst dabei, andere Allianzen zu schmieden.«

Hrolf kehrte wortlos an seine Arbeit zurück.

# KAPITEL 15

HOSPITAL, BIRGU

Arinna zog vor Schreck die grobe Pferdedecke, die sie aus dem Stall stibitzt hatte, bis zum Kinn hoch. Bruder Hertwig stand gebückt unter der Treppe, seine Konturen zeichneten sich gegen das Morgenlicht im Gang ab, und er spähte mit geweiteten Augen zu ihrem Lager hinunter, das im Dunkeln lag.

»Mach dich fertig, wir reisen«, wiederholte Frà Hertwig im Befehlston.

»Warum?«, stammelte Arinna, »wohin?«

»Zur Nachbarinsel, die wir Gozo nennen. Beeile dich!«

»Aber warum so plötzlich? Und warum ich?« Arinnas Furcht wuchs. Der Bruder Medicus verhielt sich so seltsam, er schien mit einem Ohr zu überprüfen, ob hinter ihm alles ruhig blieb.

»Ich möchte nicht noch jemanden in das Geheimnis des Malteserschwamms einweihen«, erklärte er, sich mühsam beherrschend. »Du weißt darüber Bescheid, und ich brauche einen Helfer für die Prozedur des Trocknens und Aufbereitens. Und jetzt mach schnell!«

Das hörte sich glaubhaft an, wenn es auch nicht erklärte, warum es ihm derart eilte und warum er im Morgengrauen bei Arinna auftauchte. Vielleicht hing es mit dem ungeklärten Geheimnis des Hauses zusammen. Sie hatte ihm immer noch nicht erzählt, dass zwei Brüder in seine Kräuterküche eingebrochen waren. »Ich mache mich fertig«, stammelte sie und wartete, bis er sich aus dem Eingang ihres Verschlages zurückzog.

»Komm in den Schweinestall«, raunte er und verschwand. »Nimm deine Decke mit und alles, was du an Kleidung besitzt.«

In den Schweinestall. Sehr eigenartig.

Als Arinna vor dem Koben anlangte, in dem lautes Grunzen ertönte, kam Bruder Hertwig schon heraus. Er hatte einen stramm gepackten Sack geschultert und einen vollen Weidenkorb in der Hand.

Der Bruder Torhüter mochte sich wundern, aber er hatte zu viel Respekt, um zu fragen, wo die Reise hinging. Hertwig lief behende den steilen menschenleeren Gang zum Hafen hinunter, wo ein Fischer mit seinem abfahrtsbereiten Boot wartete.

Arinna wurde im hohen, rot und blau angemalten Bug mitsamt dem Gepäck verstaut, dann holte der Fischer die Schot des Segels dicht, das den Wind einfing, und schon waren sie unterwegs.

AUF SEE, NORDKÜSTE VON MALTA

Bruder Hertwig konnte sich mit dem einheimischen Fischer unterhalten, aber Arinna verstand kein Wort. Sie betrachtete die Umgebung, von der sie bisher nicht viel gesehen hatte.

Die große Bucht, von der die kleine Bucht von Birgu abzweigte, war ziemlich befahren. Als sie die letzte Felsenspitze passierten, hinter der der Fischer den Kurs änderte, um die offene See zu gewinnen, lächelte Hertwig plötzlich aus vollem Herzen.

Arinna folgte seinem Blick. Als Hertwig bemerkte, dass sie sich wunderte, zeigte er auf die große Karacke, ein prächtiges Schiff, die soeben in die Bucht einlief. Die auffällige Flagge auf dem Bug trug einen Schlüssel auf goldenem Grund.

»Das Schiff des Heiligen Vaters«, sagte er gleichmütig. Trotzdem meinte Arinna, Erleichterung und sogar Zufriedenheit herauszuhören. »Mit Dominikanern an Bord.«

»Ja?« Arinna verstand nicht.

»Das Inquisitionsgericht. Der Heilige Vater verlässt sich

ganz auf die erfahrenen Dominikaner. Sie kommen, um dich zu befragen.«

Arinnas Herz machte ein paar Hüpfer. »Sie kommen nur wegen mir?«

»Ja. Frà Armegandus' Brief, du erinnerst dich sicher. Der Großmeister des Ordens, der zufällig in Rom weilte, als das Schreiben ankam, entschloss sich zu einem Umweg über Malta, um mich in Kenntnis des Kommens der Dominikaner zu setzen. Es hätte sonst leicht sein können, dass wir den Hunden des Herrn nicht die erforderliche Gastfreundschaft entgegengebracht hätten. Die Johanniter unterscheiden sich doch in vielem von den rein geistlichen Orden.«

»Aha.« Arinna hörte seinen Begründungen ungläubig zu. »Und Ihr als Leiter des Hospitals wolltet nicht warten, um sie zu begrüßen.«

»Ganz recht. Frà Helion, der Großmeister, brachte die Kunde mit, dass inzwischen die Pest als reitender Tod durch die italienischen Länder galoppiert. Er bestätigte damit Frà Landolfo, der uns vor wenigen Tagen Ähnliches erzählt hat. Malta wird bald auch betroffen sein. Außerdem wird sich in Windeseile herumsprechen, dass der Orden im Besitz eines unfehlbaren Mittels gegen die Krankheit ist. Wir benötigen ganz dringend so viel Schwamm, wie der Felsen hergibt.«

»Ihr habt also nicht etwa mich vor diesem Gericht retten wollen, oder?«, fragte Arinna, misstrauisch geworden wegen seiner umfänglichen Erklärungen, die ihm so glatt über die Zunge liefen.

»Dich retten? Da überschätzt du dich aber.« Bruder Hertwig schüttelte abweisend den Kopf. »Der Orden würde sich niemals gegen die Wünsche des Heiligen Vaters stellen …«

Arinna hatte jedoch den Eindruck, dass er genau das tat, wenn er es für notwenig hielt. Gerüchte gingen auf Malta um, dass zuweilen sogar freundschaftliche Beziehungen zwischen Johannitern, die Jerusalem erobern wollten, und Sarazenen, die es behalten wollten, herrschten.

»Sagtest du etwas?«

Arinna grummelte, nein.

»Aber dein Gesicht signalisiert Widerspruch.«

»Mein Gesicht hat manchmal eigene Vorstellungen und hört nicht auf das, was ich denke. Das ist ähnlich wie zwischen dem Orden und seinem Kopf in Rom, vermute ich.«

Frà Hertwig schmunzelte in sich hinein und wandte sich wieder dem Fischer zu, um mit ihm zu schwatzen.

## GOZO

Sie legten jede Nacht am Ufer an, ohne sich Dörfern oder Siedlungen zu nähern. Die See war rauh, was sich erst besserte, als sie im Windschatten von Kemmuna, der Kümmelinsel, segelten und wenig später die Südseite von Gozo erreichten, die mehr Schutz bot.

Die Felsenküste war angsteinflößend hoch. Arinna spähte nach oben, und ihr Auge fand nichts außer senkrecht aus dem Meer steigenden gelben Wänden. Doch ihr Fischer wusste immer rechtzeitig vor der Dunkelheit den nächsten Unterschlupf zu erreichen. Darüber hinaus drehte der Wind in den folgenden Tage allmählich und schob sie sacht vor sich her, so dass die Fahrt nicht unangenehm war.

Bruder Hertwig überraschte Arinna. Der strenge Ritter und Mönch wandelte sich mit zunehmender Entfernung von seinem Hospital zu einem umgänglichen Mann, der beim Segeln zugriff, Schwemmholz sammelte, Feuer machte und zur Nacht dafür sorgte, dass Arinna einen bequemen Schlafplatz außer Sichtweite der Männer fand. Über griechische Dichter sprachen sie nicht, aber über Medizin zu allen Stunden.

Und über die Pest. Der Großmeister hatte auch von den Gerüchten berichtet, die in Rhodos umgingen, aber Hertwig zweifelte, ob man ihnen trauen durfte. Jedenfalls sollte es in den Ländern am Schwarzen Meer Ortschaften geben, in denen unbenutzte Wachttürme mit Pestleichen gefüllt worden waren, in anderen hätte man die Leichen in Schiffen bis zur Bordwand gestapelt, diese aufs Meer gezogen und in Brand gesetzt. Dort irrten auch viele Menschen ziellos umher, und ob sie nun an Hirnwut erkrankt oder vor Angst wahnsinnig geworden waren – sie verhielten sich ähnlich wie das Vieh, das niemand mehr betreute.

Es war so gruselig, dass Arinna entschieden ablehnte, diese Märchen, wie sie sagte, zu glauben.

»Warum tanzen die Derwische von Rumi?«, fragte Hertwig plötzlich.

»Die Jünger«, stellte Arinna klar. »Aber es tanzen nicht nur Männer, auch Frauen. Nach dem Tanz halten sie ein gemeinsames Mahl wie Christus mit seinen Jüngern. Ihr Wirbeltanz bedeutet: *Gott ist*.«

Frà Hertwig presste die Lippen zusammen, wandte sich ab und beendete auf der Stelle das Gespräch.

Eines Abends bog der Fischer um eine Felsennase, und vor ihnen eröffnete sich eine Bucht, die sich zu einem kleinen Rund weitete und an einem winzigen Stückchen Strand endete. Bunt angemalte Boote waren dort hochgezogen, Kinder liefen umher, und es gab einige Häuser, die sich einen hellbraunen Hügel hochzogen. Das Fischerdorf hieß Xlendi.

Arinna lachte vor Erleichterung. Endlich war sie der einsamen See entronnen und sah wieder menschliches Leben. Frà Hertwig schmunzelte verhalten. Er ahnte, wie es ihr ging.

Ihr Bootsführer verabschiedete sich knapp, er würde bei Verwandten auf sie warten.

Im Morgengrauen füllten sie ihre Kürbisflaschen randvoll mit süßem Wasser, das gleich oberhalb des Hafens aus dem Felsen lief, und begannen dann den Aufstieg durch einen schmalen Einschnitt zwischen den Felsen. In ganzen Büschen blühte an den Hängen blauer Thymian, und die gelben Blüten der herunterhängenden Kapernsträucher streiften ihre Gesichter.

Als sie aber endlich oben abgekommen waren, tat sich vor

Arinnas Augen eine baumlose, flache Landschaft auf, und es herrschte Bruthitze. Sie stieß einen Schreckensruf aus, als sie sich in einer Gegend wiederfand, die ihr den grausamen Durst bei ihrer Flucht durch Anatolien ins Gedächtnis zurückrief.

»Wir werden nur einige Stunden auf Ziegenpfaden auf dieser Hochfläche unterwegs sein«, erklärte Frà Hertwig beschwichtigend. »Quer durch das Land, von der Südküste, an der wir gelandet sind, bis zu unserem Ziel an der Westküste. Für einen Vogel ist es nicht weit, mühsam nur für uns schwerfällige Menschen. Aber du wirst entschädigt werden. Den Brüdern, die den Felsen hüten, auf dem allein der Schwamm wächst, schenkt unser Herrgott allzeit gutes Trinkwasser, und als wäre dieses Wunder nicht genug, hat er ihnen einen kleinen Binnensee eingerichtet, in dem man sich herrlich nach der Wanderung erfrischen kann. Am Ufer steht ihre Klause, und da liegt auch ihr Boot. Zu essen gibt es alle Tage frisch gefangenen Seefisch, manchmal mit Kräutern gefüllte gebratene Vögel, im Frühjahr Vogeleier sowie Milch und Käse von der kleinen Schafherde. Unsere genügsamen Brüder haben sich ein kleines Paradies geschaffen. Der Ort heißt Dwejra.«

»Das hört sich wunderbar an«, sagte Arinna erleichtert und überhörte bewusst den Hinweis auf die Seefische. Aus ihrer Bekanntschaft mit dem Stoccafisso fürchtete sie die Gräten.

Die Wanderung erwies sich als so mühselig, wie Arinna befürchtet hatte. Stundenlang stapfte sie hinter Bruder Hertwig her, immer darauf bedacht, spitzen gelben Steinen und stacheligen niedrigen Büschen auszuweichen. Das einzige Leben, das sich hier zeigte, waren Eidechsen und vereinzelte blaue Winden.

»Wir erreichen zuerst die Bucht, in der der Felsen mit dem Schwamm steht«, erklärte Bruder Hertwig, nachdem der halbe Vormittag vergangen war, und bog jäh nach links ab. »Man nennt ihn auch den *Pilz von Malta*.«

Arinna nickte und behielt misstrauisch zwei Raubvögel im Blick, die unermüdlich über der Stelle kreisten, zu der der Arzt sich jetzt aufmachte.

Er marschierte geradewegs auf das Meer zu. Das wellige Gelände senkte sich nur ein wenig, und zu ihren Füßen öffnete sich eine Bucht aus steilen, gelbgebänderten Wänden. In der Mitte des Halbrunds befand sich ein Felsklotz in der Brandung. Das musste er sein. Sie wunderte sich, wie man ihn überhaupt erreichen konnte. An seinem Fuß schäumte es weiß von hochspritzenden Wellen.

Während Arinna das unwirtliche Gelände ringsumher betrachtete, öffnete Bruder Hertwig die Tür eines Verschlages aus roh behauenen Hölzern, der in der Nähe der Felskante stand. Ein mannshoher Korb, der an einem zum Felsen hinübergeführten Tau befestigt war, löste für Arinna das Rätsel, wie die Brüder hinüberkamen. Ein zweiter Korb war offenbar vom Wind fortgetrieben worden und über die Felsen landeinwärts davongerollt.

»Merkwürdig«, sagte Bruder Hertwig, als er zu Arinna zurückgekehrt war, »es ist niemand in der Hütte. Eigentlich sollte immer einer der Laienbrüder Wache halten. Sie haben die Anweisung aufzupassen, dass kein Fremder auf den Felsen übersetzen kann.«

»Vielleicht ist er pinkeln gegangen.«

»Und hat sich dazu unsichtbar gemacht, obwohl die Gegend im Allgemeinen menschenleer ist?«, fragte Bruder Hartwig skeptisch. »Wollen wir also hoffen, dass er nur in den Felsen Vogeleier sammelt. Aber ich habe nicht die geringste Lust, solche Insubordination zu entdecken.«

Er drehte dem Ufer und den kreisenden Raubvögeln den Rücken zu und machte sich auf den Weg. Arinna warf ihnen noch einen verdrossenen Blick zu. Sie erinnerten sie an Geier. Vielleicht hing in den Felsen etwas, das ihr Interesse geweckt hatte.

DWEJRA

Der schnelle Schritt, den der Johanniter vorlegte, sprach von seiner Beunruhigung. Arinna dachte, dass sich bestimmt alles zu seiner Zufriedenheit aufklären würde. Möglicherweise hatten die Johanniter des Hospitals gar keine Vorstellung davon, wie die Laienbrüder sich ihre Arbeit wirklich einteilten. Die Theorie erwies sich allzu häufig als unpraktikabel, da hatte sie schließlich ihre eigenen Erfahrungen.

Gleichmütig wanderte sie hinter Hertwig her, in Gedanken versunken, die sich auf kühles Trinkwasser und ein Bad konzentrierten.

Kurze Zeit später ging es merklich bergab, und auf einmal fand Arinna sich am Ufer des Sees wieder. Ein Boot war auf den winzigen Strandabschnitt hochgezogen. Ach, wie schön war es hier! Arinna ließ sich auf das helle, sonnenwarme Gestein sinken und sah sich erwartungsvoll um.

Frà Hertwig war bereits an der kleinen Klause angelangt und riss die Tür auf, während Arinna sich ausmalte, wo sie gleich ins Wasser steigen würde. Der See war wunderbar geschützt gegen die Brandungswellen von draußen, nur durch eine kleine Öffnung wirbelte und schäumte das Meer herein, beruhigte sich aber gleich. Der Binnensee selbst war unbewegt und das Wasser so klar, dass man überall auf den Grund sehen konnte. Sie würde auch ganz sicher in die Höhle schwimmen, die sich in einer der Felswände öffnete.

Auf ein merkwürdiges Geräusch hin drehte Arinna sich um, nur um Bruder Hertwig mit fliegenden Mantelschößen auf sich zustürmen zu sehen. Er war bleich wie ein Ziegenkäse und stieß unverständliche Laute aus.

Dann gaben die Beine unter ihm nach. Er sank auf einen Stein und schlug die Hände vor das Gesicht. »Man hat sie erschlagen. Zwei unserer Laienbrüder«, brachte er schließlich heraus. »Wo mag der dritte sein? Hoffentlich geflohen, um Hilfe zu holen!«

Bestürzt hörte Arinna ihm zu, dann schürzte sie ihren Rock und rannte, um sich selbst zu überzeugen. Der Arzt schien so durcheinander, dass sie ihm kaum glauben mochte.

Die Brüder lagen nebeneinander mit weit klaffenden Kehlen und Kutten, die an der Brust schwarz von klebrigem Blut waren. Schleifspuren vor der Tür durch die spärlich bewachsenen Kuhlen und Löcher im felsigen Boden zeugten davon, dass sie an anderer Stelle getötet und hier hereingebracht worden waren. Arinna stand wie festgefroren im Eingang und starrte.

Ihr Magen zog sich zu einem kalten Knoten zusammen, aber ihr Kopf begann nach einer Weile wieder zu arbeiten. Warum hatte man die Leichen hier hereingebracht? Um sie zu verstecken? Damit der Mord für zufällige Wanderer nicht aus der Ferne schon offensichtlich war?

Es roch nach frischem Blut, aber noch nicht nach Verwesung. Arinna gab sich einen Ruck, bückte sich und fasste nach der Hand des nächstliegenden Toten.

Sie war noch nicht vollends erkaltet.

Da wusste sie plötzlich um das ganze Ausmaß der Gefahr, in der sie sich selbst befanden.

Frà Hertwig saß auf dem Stein, wie Arinna ihn verlassen hatte. Ungeachtet seiner Trauer und seines Entsetzens, fiel sie vor ihm auf die Knie und rüttelte an seinen Armen.

»Wir müssen fort, Bruder Hertwig!«, rief sie verzweifelt. »Ich glaube, ich weiß, wer die Mörder sind! Ein Kaufmann namens Boccanegra aus Genua und seine Leute. Sie müssen noch in der Nähe sein, sie hätten sich sonst keine Mühe gegeben, die Leichname zu verstecken. Wahrscheinlich sind sie noch nicht fertig mit ihrer Aufgabe.«

Frà Hertwig nahm wenigstens die Hände aus dem Gesicht und sah Arinna an. »Aufgabe? Was soll das heißen? Was wollen sie?«

»Den Malteserschwamm natürlich!«, rief Arinna aufgeregt. »Versteht Ihr denn nicht? Sein Ruhm hat sich doch in der Welt schon ausgebreitet, und natürlich gibt es Männer, die ihn in die Hand bekommen wollen. Wahrscheinlich wollen sie noch auf die Felsnadel, wo der Schwamm wächst, wie Ihr sagt.«

»Aber er gehört uns«, wandte Hertwig hilflos ein. »Wir wenden ihn schon lange an.«

»Wenn man ehrlich ist, stimmt das nicht«, sagte Arinna fest.

»Eigentlich gehört er den Menschen, die auf dieser Insel zu Hause sind.«

»Wir wollen darüber nicht rechten«, keuchte Hertwig. »Es ist ohnehin zu spät.« Er hob eine zitternde Hand, und Arinna drehte sich um.

Eine mit sechs Seeleuten bemannte Jolle lief gerade auf dem kleinen Strandabschnitt auf, eine weitere hatte soeben den Felseneingang passiert und hielt ebenfalls auf sie zu.

Leonello, der genuesische Bootsmann der Sant Jacobus, sprang mit einem krummen Säbel in der Hand an Land. Mit der ihm eigenen wiegenden Bewegung steuerte er auf Arinna zu. Sie fühlte sich ihm ausgeliefert wie einer Schlammlawine im Felsental. Weglaufen war sinnlos.

»Boccanegras Männer«, sagte Arinna tonlos. »Ja, es ist zu spät.«

Leonello tänzelte Bruder Hertwig entgegen. Die Gier des leidenschaftlichen Mörders stand ihm ins Gesicht geschrieben. Der Arzt war wie versteinert. Er starb lautlos an den beiden Schwertstreichen, die Leonello ihm mit viel Kunstfertigkeit versetzte. Die Blutspur malte ein großes Kreuz über Hertwigs Körper: von der Stirn bis zum Bauch und quer über die Kehle.

Fassungslos folgte Arinna dieser bösartigsten Handlung, die sie jemals in ihrem Leben gesehen hatte.

»Am liebsten«, sagte der Bootsmann mit dem von Blut triefenden Säbel in der Hand zu ihr, »würde ich dich auch erledigen. Aber Boccanegra wird sich glücklich schätzen, dass ausgerechnet du uns hier über den Weg gelaufen bist. Für meine Umsicht, dich nicht erschlagen zu haben, wird er mich belohnen, denke ich.«

Arinna brachte keinen Ton heraus. Voller Elend und Trauer setzte sie sich auf einen Felsen und hatte dort, bewacht von zwei ihr unbekannten Seeleuten, zu warten. Um Bruder Hertwigs Leiche kümmerte sich keiner, und die Männer ließen auch nicht zu, dass sie es tat.

Die zwei Bootsmannschaften zogen auf dem Pfad, den sie selbst gekommen war, davon. Vermutlich waren sie dazu ausersehen, jeden noch so kümmerlichen Rest des Schwamms vom Felsen wegzuklauben. Hätte sie doch nur über die Steilkante geblickt! Wahrscheinlich hätte sie den Leichnam des dritten Mönchs zu Gesicht bekommen, und sie wären den Mordbuben nicht ahnungslos in die Hände gelaufen.

AUF DER SANT JACOBUS

Westlich der Insel Gozo lag die Sant Jacobus beigedreht und wartete auf die Mannschaften, die in den Beibooten an Land gerudert waren. Minotto und Boccanegra waren unter Deck, der Steuermann hielt auf dem Achterschiff Wache und ein Seemann im Krähennest.

Hrolf stand auf dem Vorschiff, den Blick zum Land. Er war höchst beunruhigt. Boccanegra hatte unverhohlen gezeigt, wessen er fähig war. Da konnte man nur hoffen, dass dieser Felsen mit dem Schwamm nicht in Obhut einer ganzen Dorfschaft war. Wahrscheinlich würde sie, gleichgültig wie groß, ebenfalls nicht mit dem Leben davonkommen. Boccanegra wollte keine Zeugen, kein Seemann sollte später erkannt werden können. Eine Frage der Sicherheit für Boccanegra, und die Männer machte diese Fürsorge skrupellos.

Einige Seeleute waren von Unternehmungen dieser Art grundsätzlich ausgenommen, das waren er selber, Attaliotes, der Grieche, den Arinna geheilt hatte, und Nikephoros, der ebenfalls unter ihrer Pflege gesund geworden war, der sich aber nicht deswegen, sondern wegen seiner ungeschickten Hände und seiner philosophischen Spitzfindigkeit den Unmut des Consigliero zugezogen hatte. Dann gab es noch Johannes und den alten, kränklichen Segelmacher sowie einige, die wahrscheinlich ohne besondere Gründe als unzuverlässig galten.

Für ihn selber stand fest: Er musste so schnell wie möglich abmustern.

Vom Aufgang her war das Schaben und Kratzen ungeübter Füße zu hören und gleich darauf Schnaufen. Andrea Longo, natürlich. In letzter Zeit suchte er öfter Hrolfs Gesellschaft.

Der schmächtige Longo baute sich neben Hrolf auf, mit einem Gesicht, als sei er bedeutend größer. Vor allem bedeutender. »Was sagst du zu Boccanegras Unternehmung, Waffenmeister? Sprich frei heraus.«

Davor wusste sich Hrolf zu hüten. Aber es war gut, so dicht wie möglich an der Wahrheit zu bleiben. »Sie gefällt mir nicht.«

Longo seufzte bedeutungsschwer. »Mir noch weniger, wie du weißt. Ich will runter vom Schiff. Würdest du mir dabei helfen? Ich habe dich einige Zeit beobachtet, ich weiß, welche wundervollen Schnitzereien du herstellst. Du könntest damit überall dein Auskommen finden. Vielleicht in Genua? Der Stadtrat von Genua wird sich dankbar erweisen, wenn du einem angesehenen Bürger hilfst …«

Hrolf unterdrückte ein spöttisches Lächeln. Dass man Longo in Genua bevorzugt behandelte, hatte er nicht feststellen können. Aber der Alte war so knauserig, dass er es vorzog, mit dem Geld anderer zu locken. »Ich werde darüber nachdenken«, versprach er diplomatisch.

»Recht so«, sagte Longo zufrieden. »Trau keinem Menschen, der überstürzt auf ein Angebot eingeht. Der könnte Böses im Sinn haben.«

»Genau«, murmelte Hrolf.

»Ich gehe jetzt besser«, wisperte Longo und machte eine Handbewegung, die die ganze Felsenküste umfasste, als hätte er nichts anderes im Sinn, als sie zu bewundern. »Boccanegra und Minotto sind gerade herausgekommen und glotzen hoch, als stünde hier der Engel des Herrn.«

Flucht statt Abmusterung. Es war immerhin erwägenswert. Jedenfalls konnte es nicht schaden, sich diesen Longo warmzuhalten, dachte Hrolf, während die Seeleute das Vorsegel loswarfen und die Karacke langsam Fahrt aufnahm.

»Ein herzliches Willkommen, Pestsklavin!«, rief Boccanegra entzückt in das Beiboot hinunter, das vor der Küste gewartet hatte, um sich von der herbeisegelnden Karacke aufnehmen zu lassen. »Erst der Malteserschwamm, dann obendrein du, und sei es nur zur Bestrafung. Der Herr ist wirklich mit uns!«

»Auch euer Herr ist nie mit Mördern!«, schrie Arinna zurück. Ihre wütende Abwehr konnte nicht verhindern, dass sie von drei Seeleuten wie ein Schaf zu einem Paket gezurrt und am Tau nach oben gezogen wurde. Willenlos drehte sie sich um sich selber, prallte an die bauchige Bordwand und stieß sich mit den Füßen von ihr ab, bis sie schließlich dicht unterhalb der Rahnock schwebte. Unter ihr in der Kuhl war anscheinend die ganze Mannschaft versammelt. Grobe, grinsende, bärtige, dunkelhaarige und blonde Männer starrten zu ihr hoch, während sie langsam auf das Schiff geschwenkt wurde.

In aller Plötzlichkeit ließ der Seemann am anderen Ende das Tau durch die Rolle ausrauschen, und Arinna landete hart auf dem Deck. Das allgemeine hämische Gelächter ringsherum ließ sie ahnen, was sie zu erwarten hatte. Jedenfalls keine Schonung aus Dankbarkeit – vielleicht waren von der Pest Gerettete ja nicht mehr an Bord. Nachdem das Gelächter verebbt war, bemerkte sie, dass viele der Männer einen schwelenden Groll im Gesicht trugen.

Sie war nur noch eine willkommene Beute, derer man sich bedienen würde. Wie am Malteserschwamm.

»Da sind wir ja alle wieder beisammen!« Kapitän Obelerio Minotto grinste über beide Backen, als er an Arinna vorbeikam.

Sie starrte ihn nur erbittert an. Oh, wie sie diese Kerle hasste!

»Komm, Arinna«, sagte eine bekannte Stimme hinter ihr, nicht besonders freundlich, aber immerhin nicht gehässig. »Ich bringe dich in deine Kammer.«

Niccolò! Arinna nickt knapp. Alles war besser, als hier wie Freiwild angeglotzt zu werden.

»Zuerst zu mir, Niccolò«, entschied Boccanegra und ging voraus. »Ihr alter Verschlag ist inzwischen zu räumen. Das Weib bleibt in meiner Nähe.«

Leonello schwieg mit geballten Fäusten. Boccanegra sah es nicht, wohl aber Arinna. Niccolò musste sie vorwärts schieben, damit sie sich endlich in Bewegung setzte.

Boccanegra erwartete sie in seinem hochlehnigen Stuhl, mit den gefalteten Händen vor dem Bauch und weit von sich gestreckten Beinen. Er grinste schadenfroh und bot ihr keinen Platz an. »Da bist du ja wieder. Vermutlich siehst du jetzt selbst ein, dass wir beide eine Schicksalsgemeinschaft sind. Deine Flucht war töricht.«

Arinna gab ein unbestimmtes Geräusch von sich, das Verachtung ausdrücken sollte.

»Solche Spiele lässt du besser bleiben«, mahnte Boccanegra unbeeindruckt. »Die Männer, die dich vor Monaten am liebsten ertränkt hätten, werden es gern nachholen.«

Daran gab es nichts zu zweifeln. Arinna hatte es in ihren Gesichtern gelesen. Und Boccanegra schien sich nicht gerade danach zu sehnen, sie auf dem Schiff zu haben.

»Das Glück ist wieder auf unserer Seite, seitdem du dich von Bord gestohlen hast …«

Auf einmal begriff Arinna, dass sie durchaus entbehrlich war. Womöglich wäre es Boccanegra recht gewesen, wenn der Bootsmann sie ebenfalls getötet hätte. Immerhin brachte sie nicht nur dem Schiff Unglück, sondern war eine Zeugin, die Kenntnis von vier Morden und einem aufsehenerregenden Diebstahl hatte. »Ich«, begann sie mühsam, »war in dieser Zeit in einem Pesthospital des Johanniterordens.«

»Krank etwa?« Boccanegra lachte erheitert. »Nein, natürlich nicht, du bist ja gefeit. So die Burschen das bemerkt haben, hast du ihnen nicht die Fußböden wischen müssen, habe ich recht?«

Arinna nickte. Boccanegra wies ihr selber den Ausweg. Sie musste um jeden Preis versuchen, ihren Wert zu steigern. »Deswegen nahm mich der Leiter des Hospitals hierher mit. Ich sollte selbst sehen, wo und wie der Malteserschwamm wächst.«

Plötzlich hatte Arinna Boccanegras ganze Aufmerksamkeit. »Dein Begleiter war der Hospitalleiter selbst?« Auf Arinnas Nicken pfiff der Genuese durch die Zähne. »Sieh an! Sein und dein Geheimnis etwa? Ich wette, du weißt, wie man den Schwamm zur Verwendung aufbereitet. Dieser rote Matsch kann keine Arznei sein.«

Matsch hatte Arinna nicht zu Gesicht bekommen. Wahrscheinlich sah der frisch gepflückte Schwamm anders aus als der getrocknete. Sie fasste neuen Mut. »Das ist richtig«, sagte sie und versuchte, ihrer Stimme Festigkeit zu geben und überheblich zu wirken. »Man muss ihn natürlich zubereiten. Ich war Frater Hertwigs Schülerin.«

»Dann müssen wir ja dankbar sein, dich wieder eingefangen zu haben«, knurrte Boccanegra widerwillig. »Du solltest trotzdem nicht glauben, mich übertölpeln zu können.«

»Nein.« Arinna atmete heimlich auf. Fürs Erste war sie vermutlich gerettet.

»Schaff sie fort, Niccolò«, befahl Boccanegra. »Wenn Leonello noch nicht aus dem Verschlag raus ist, befördere ihn mit einem Tritt ins Vorschiff und komm dann zurück.«

Als Erster kam jedoch der Kapitän zu Boccanegra. Ohne um Erlaubnis zu fragen, schenkte er sich von den inzwischen ergänzten Weinvorräten ein Glas voll ein und trank es gierig in einem Zug aus.

»Nun?«, fragte Boccanegra ungeduldig.

»Die Männer sind nicht gerade begeistert, dass schon wieder eine Frau auf dem Schiff ist«, sagte Minotto nachdenklich. »Insbesondere diese. Keiner hat die Havarie vor Syrakus vergessen.«

»Ich kann darauf keine Rücksicht nehmen«, schnauzte Boccanegra verärgert. »Sie ist als Handelsobjekt im Hinblick auf die Pest wertvoller denn je. Glücklicherweise gewinnt dieser Schwarze Tod gerade jetzt an Fahrt. Mit diesem Weib und dem Schwamm werden wir ein Vermögen machen. Wir. Ich und Ihr.«

»Was wird mein Anteil sein?«

»Zwanzig vom Hundert«, bot Boccanegra an.

»Vierzig!«

»Mm«, lehnte Boccanegra kalt ab. »Allenfalls fünfundzwanzig, und dafür tretet Ihr mir die uneingeschränkte Bestimmung des jeweiligen Fahrtziels ab.«

»Zu gefährlich«, versetzte der Kapitän aufbrausend und wanderte unruhig durch das Achterschiff von einem Fenster zum anderen. »Glaubt Ihr wirklich, Ihr könntet die Gefahren der Seefahrt beurteilen?«

»Wie Ihr wollt«, sagte Boccanegra und schenkte sich ebenfalls ein Glas ein.

Minotto kam zur Back zurück. Nach dem zweiten Glas gab er ein ärgerliches Brummen von sich. »Meinetwegen, also. Fünfundzwanzig vom Hundert.«

»In Ordnung.«

»Wegen des Fahrtziels kam ich eigentlich hauptsächlich zu Euch«, meinte Minotto, der sich angesichts des glänzenden Geschäfts beruhigt hatte. »Der Wind dreht immer weiter auf Ost. Wir würden Schwierigkeiten haben, die sizilianische Ostküste und die Straße von Messina anzuliegen. Ich möchte deshalb Sizilien westlich umfahren.«

»Nichts dagegen«, gestattete Boccanegra großzügig.

»Sollte der Wind zum Sturm auffrischen, können wir in *Marsah-el-Allah* oder in Trapani Schutz suchen«, erklärte der Kapitän, zufrieden mit diesem halben Sieg, wofür Boccanegra nur ein gleichgültiges Nicken übrig hatte.

Kaum hatte Minotto Boccanegras Kammer verlassen, stand Niccolò in der Tür. »Es gab Schwierigkeiten«, berichtete er. »Leonello schäumt. Aber ich ließ mir von Hrolf helfen.«

»Gut«, sagte Boccanegra gleichgültig, um anschließend erst zu verstehen, was sein Lehrling wirklich gesagt hatte. »Ja, sehr gut! Dieses Weib darf keinen Schaden erleiden. Du bist ab jetzt verantwortlich für ihre Jungfräulichkeit. Ich gedenke sie in den größeren Städten als die *Pestjungfrau* anzupreisen, und sie wäre dämlich genug, um es laut zu bestreiten, wenn ihr von der Mannschaft jemand Gewalt antun würde. Behalte auch diesen geilen Sack Longo im Auge.«

TRAPANI, SIZILIEN

In der Gischt erkannte Arinna nur eine graue Mauer, auf die sie zufuhren, ein Kastell tat sich mitten im Wasser zur Linken auf, und ein Kirchturm verschwand in den grauschwarzen Wolken, die über sie hinwegrasten. Trapani hatte der Kapitän die Stadt genannt, und Arinna war dankbar, dass sie sich nun in ihren Schutz begaben. Der Ostwind war zum Sturm angewachsen, und sie fürchtete sich mehr denn je auf See. Außerdem würde Nikephoros, der inzwischen zum Beikoch des Kleinen Aals geworden war, endlich wieder Feuer machen können. Denn er war es nun, der hauptsächlich kochte.

Das Städtchen liege auf einer Landzunge, erfuhr Arinna, während sie bei Boccanegra die Erlaubnis, an Land gehen zu dürfen, zu erbetteln versuchte.

»Meine Männer haben nichts zu tun, Christophoro«, sagte Minotto warnend, der ebenfalls anwesend war. »Ihre dummen Gedanken kennen keine Grenzen.«

»Also meinetwegen«, gab Boccanegra nach. »Unter der Bedingung, dass Niccolò dich begleitet. Und … ja, Hrolf. Das wäre nicht schlecht, gar nicht schlecht. Der Berserker in deiner Begleitung wird jeden Sizilianer abschrecken.«

Er legte den Kopf zurück und lachte brüllend. Arinna konnte sich nicht erklären, warum. Ihrer Meinung nach tat er ihr einen riesigen Gefallen. Sie senkte demütig den Kopf, um zu verhindern, dass er ihre Freude sah, und nickte.

»Hrolf hat die Seiten gewechselt.« Boccanegra lachte noch hämischer. »Das wusstest du wohl noch nicht.«

Die Landzunge war überraschend schmal. Arinna, die, gefolgt von den beiden Männern, einfach geradeaus geschlendert war, fand sich plötzlich am Fischmarkt wieder, der von einer grauen Bastionsmauer gegen die See im Norden geschützt wurde. An diesem Tag waren ihr selbst Fische lieb, sofern sie sich an Land befanden. Sie beschloss, Neugier zu heucheln, um noch ein wenig in der Stadt verweilen zu dürfen.

Niccolò übernahm freudig die Führung zwischen den Ständen. »Venusmuscheln, Purpurschnecken, Miesmuscheln, Oktopus«, sagte er und zeigte auf die hölzernen Kästen, in denen die Tiere in Haufen lagen. »Alltägliches Zeug, billig, nichts für einen Kaufmann. Komm weiter in den nächsten Gang, da gibt es wenigstens Fische.«

Arinna stapfte hinter ihm her, bemüht, den zuweilen blutigen Pfützen auszuweichen, den weggeworfenen wurmartigen Gedärmen und den großen Raubmöwen, die sich ungeachtet der Menschen darüber hermachten.

Im vierten Gang, durch den sie wanderten, dozierte Niccolò: »Doraden, Schwertfische, Sardinen. Und diese Fische mit den spitzen Köpfen gehören zusammengerollt, aufgespießt und gebraten. Sehr lecker.«

»Sie sehen aus, als hätten sie viele Gräten. Können wir vielleicht doch lieber in die Stadt zurückgehen?«, bat Arinna mit einem Schaudern. »Es stinkt hier so.«

»Das sind nur die Kadaver«, sagte Niccolò beruhigend und zeigte auf tote Fische, die an die Bastionsmauer geworfen worden waren oder unter den hölzernen Schragen lagen.

»Eben.«

Am Markt verloren sie Hrolf vorübergehend aus den Augen, aber er fand kommentarlos zu ihnen zurück.

Kurze Zeit später verirrten sie sich in ganz verwinkelten Gassen. Immer wieder traten sie durch ein Tor, fanden sich in einem geschlossenen Innenhof wieder und mussten kehrtmachen. Gemüsehändler riefen ihre Ware aus und packten sie in Körbe, die von Balkonen oder aus Fenstern herabgelassen wurden. An anderen Seilen baumelte stinkender Abfall in Säcken. Ein Mann war damit beschäftigt, sie abzulösen und auf einem Karren auszuschütten, den er dann zum nächsten Haus weiterschob.

»Sarazenen«, presste Niccolò verächtlich heraus. »Hier wohnt immer noch zu viel von diesem ungläubigen Pack.«

»So?«

»Das sind auch keine anderen Leute als wir«, warf Hrolf ein, der hinter ihnen geblieben war und bisher eisern geschwiegen hatte.

Arinna betrachtete ihn von der Seite. Seine verbissene Miene war zum Fürchten abweisend. Warum hatte er die Seiten gewechselt? Was überhaupt hatte Boccanegra damit gemeint? Trotzdem war sie dankbar, dass Hrolf bei ihnen war. Die Sizilianer starrten den Waräger verwundert an und wichen ihnen in weitem Bogen aus.

»Du bist überheblich, junger Kaufmann«, setzte Hrolf hinzu.

Niccolò zuckte unbekümmert die Schultern.

Ein großes hölzernes Tor mit Kupferbeschlag weckte Arinnas Aufmerksamkeit. Es war zu mächtig, um in eine sarazenische Sackgasse zu führen.

»Dahinter befindet sich das Viertel der Juden«, erklärte Niccolò unaufgefordert, während Arinna einen alten Mann beobachtete, der durch die Gasse heranhastete, aber viel zu alt für diese Anstrengung schien. Sein angestrengtes Keuchen eilte ihm voraus.

Der Mann drückte schwächlich die Klinke des hohen Tors. Aber bevor er es aufstoßen konnte, sackte er auf den Boden. Aus dem Korb, den er bei sich hatte, rollten eine größere Anzahl Gigiberknollen über die ganze Gasse.

Gigiber! Arinna eilte zu ihm. Sie musste erfahren, welche Bedeutung Gigiber bei diesen Leuten hatte!

Der Mann lag auf dem Rücken, schwarze Haare breiteten sich über die Gasse, weil sein Hut ihm vom Kopf gerutscht war, und eine Strähne Schläfenhaare war ihm zwischen die offenen Lippen geraten. Aber seine Augen waren geöffnet.

»Kann ich Euch helfen?«, fragte Arinna.

Er schaffte es unter Mühe, Arinna abwehrend seine magere Hand entgegenzustrecken. »Geh! Mir hilft niemand mehr. Wir haben die Krankheit. Wir wohnen eng und sind viele. Wir werden alle sterben.« Er hustete rauh, gelber Schleim hing ihm im Mundwinkel, und der Mund blieb offen, während er rasselnd Luft holte.

Arinna sah, dass seine Zunge schwarz war. »Ist es die Tatarenkrankheit? Die Pest mit Beulen? Der Schwarze Tod?«, fragte sie, bestürzt nicht nur wegen der entsetzlichen Krankheitszeichen, sondern auch wegen ihrer eigenen Härte dem Sterbenden gegenüber. Aber sie musste Näheres erfahren!

Der Mann schloss vor Entkräftung die Augen. »Keine Beulen. Bei uns gibt es nur Husten und das Speien von Blut. Wer das Morgengebet gesund spricht, kann vor dem Nachmittagsgebet schon tot sein. Hüte dich vor den Hustenden mit dem üblen Geruch aus dem Hals, denn sie sterben ohne Ausnahme!« Er atmete nochmals tief durch und kehrte sich gleichsam von der Welt ab, indem er in eine andere Sprache wechselte. *»Möge der große Name, dessen Begehren das Universum gebar …«*

Arinna trat ehrerbietig zurück. Es gab nichts mehr zu helfen oder zu fragen. Sie spürte, dass der Kranke sein Sterbegebet sprach.

Niccolò tauchte neben ihr auf. »Was hat er gemeint?«, fragte er dicht an ihrem Ohr, mit einer Neugier in der Stimme, die unangebracht war.

»Du hast es doch selbst gehört«, flüsterte sie in tadelndem Ton.

»Aber nicht verstanden.«

»In ihrem Viertel haben diese Menschen keine Beulen, sondern Husten. Aber es ist die gleiche Krankheit.«

»Sie sind Juden«, bemerkte Niccolò naserümpfend.

»Er hat mich gewarnt!«, erwiderte Arinna scharf. »Er hat verhindert, dass ich in seine Nähe komme, und er wusste, warum! Ich auch.«

Sie fühlte sich nach hinten gezogen. Hrolf. »Komm, Arinna«, sagte er leise, »wenn der Jude dich mit aller Kraft retten wollte, will er auch, dass du dich nicht noch nachträglich in Gefahr begibst. Es hat keinen Sinn, neben dem Toten stehenzubleiben, bis du den Husten einfängst.«

Da in diesem Augenblick das Tor zum jüdischen Viertel aufschlug und mehrere schwarzgekleidete Männer sich um den Toten zu kümmern begannen, gab Arinna nach.

Trotzdem lief sie hin, um die Knollen einzusammeln und sich zu überzeugen, dass es sich wirklich um Gigiber handelte. Während sie einer Frau neben dem Tor den Korb in die Hand drückte, wurde ihr klar, dass diese Leute ihre ganze Hoffnung auf die Heilkraft der Knolle zu setzen schienen.

In diesem Augenblick eilten Geistliche durch die Gasse. Schwarze runde Hüte von einer Art, die Arinna unbekannt waren, fesselten ihre Aufmerksamkeit, bis sie den ganz in Rot eingefärbten Priester in ihrer Mitte wahrnahm, der offenbar von den anderen geschützt wurde.

Wütende Rufe gegen die Juden wurden laut, die nicht reagierten, nicht einmal auf die hocherhobenen, gegen sie geschüttelten Fäuste der niederrangigen Priester.

Als sie um die nächste Ecke gebogen und ihre unflätigen Anwürfe endlich verstummt waren, wandte sich Arinna an Niccolò. »Was haben sie gemeint?«

»Die Juden sind schuld, dass der Erzbischof von Palermo schwer erkrankt ist«, antwortete er bedrückt. »Er hat die Pest.«

»Natürlich segeln wir auf kürzestem Wege nach Palermo«, rief Boccanegra geschäftig, als Niccolò ihm Bericht erstattet hatte. »Unsere Pestjungfrau wird zum ersten Mal an einem Fürsten den Beweis antreten, was sie wert ist.«

Minotto hatte nichts dagegen einzuwenden und gab sofort den Befehl, die Sant Jacobus segelklar zu machen.

»Und ich rate dir gut, deinem Ruf zu entsprechen«, fauchte Boccanegra Arinna ins Gesicht, die wie verloren neben ihm stand. »Kümmere dich also gefälligst um diesen Schwamm, damit er in ansehnlichem Zustand zum Erzbischof gelangt!«

»Ja«, sagte Arinna mit einem Seufzer und wartete auf Niccolò, dem der Befehl erteilt worden war, den gestohlenen Malteserschwamm aus dem Laderaum nach oben zu bringen.

Die Karacke lag jetzt auf einem durch ein höheres Gebäude geschützten Platz, so dass vom Sturm nicht viel zu bemerken war. Aber auch draußen im Meer schienen die Schaumkronen weniger geworden zu sein, vielleicht war es ja nicht mehr so schlimm.

In ihrer Nachbarschaft hatte jetzt ein Schiff festgemacht, das einer türkischen Galeere ähnelte. Oder einem Schiff der Johanniter? Auf dem erhöhten Bug stand ein vornehm gekleideter Mann und spähte herüber. Etwas an ihm kam Arinna bekannt vor.

Und obwohl sie den spanischen Edelmann selten außerhalb des Bettes und nie vollständig bekleidet gesehen hatte, erkannte sie Rodrigo Lopez de Ayala sofort. Beinahe hätten ihre Beine unter ihr nachgegeben. Sie klammerte sich an die Reling.

Er hatte sie auch erkannt. »Arinna, meine geliebte Retterin«, rief er und winkte voller Freude mit beiden Armen.

Geliebt? Arinnas schwirrte der Kopf, und ihre Wangen färbten sich tiefrot. Sie konnte nicht glauben, dass sie den Mann, der insgeheim ihre Träume beherrschte, plötzlich vor sich sah. Sie hatte nur noch einen Wunsch: Sie wollte zu ihm.

Rutschend und stolpernd gelangte sie in die Kuhl.

An der Planke, die das Schiff noch mit dem Kai verband, bekam Boccanegra sie am Arm zu fassen. »Du bleibst hier«, fauchte er und gab brüllend dem nächststehenden Seemann den Befehl, auf der Stelle die Planke einzuholen.

»Ich will doch nur …«, schluchzte Arinna.

»Du willst gar nichts«, unterbrach Boccanegra sie, schlug ihr rechts und links ins Gesicht und schob sie unter Deck, wo er sie selbst bewachte, bis die Karacke die offene See pflügte und Arinna nicht wagen würde, sich ins Wasser zu stürzen.

Sie waren weit draußen auf See, als Arinna wieder hinausdurfte. Die Seeleute hatten inzwischen die Fässchen mit dem Schwamm auf einem Brett deponiert, das über zwei Böcke gelegt worden war. Arinna hatte sie im Sonnenlicht inspizieren wollen. Jetzt waren sie ihr völlig gleichgültig. Aber unter Boccanegras wachsamem Blick machte sie sich mit Tränen in den Augen an die Arbeit.

An den von den Laienbrüdern getrockneten Pilzen war nichts auszusetzen. Sie sahen genauso aus wie die Kolben in Frà Hertwigs Schatzkästchen. Die frisch vom Felsen gepflückten Schwämme hingegen waren zu einem roten, unappetitlichen, stinkenden Matsch geworden.

Arinna trocknete ihre Tränen und dachte nach. Dann machte sie einen Rettungsversuch, indem sie sie lagenweise aufschnitt und auf dem Brett ausbreitete. Sobald sie sachte mit dem Daumen draufdrückte und sich gleichzeitig die Sant Jacobus in einer Bö auf die Seite legte, tropfte blutroter Saft auf das Deck.

»Wie Jesu Blut«, flüsterte ehrfürchtig Boccanegra und bekreuzigte sich.

Abergläubischer Dummkopf, dachte Arinna. Wenn der Genuese in einer faulenden Pflanze seinen Gott sehen wollte, dann war ihm nicht zu helfen. Aber ohne diesen Schwamm wäre ihr Leben wahrscheinlich nur noch die Hälfte wert. Sie musste mitspielen.

Arinna betrachtete ihr Werk ganz zufrieden, als sie bemerkte, dass Nikephoros breitbeinig heranwankte, in den Händen eine Holzschüssel. Er stellte sie auf ihrem Brett ab.

»Für dich«, sagte Nikephoros. »Gut gegen Kummer.«

»Herrlich. Richtige Käsedreiecke. Solche machte Mutter

auch«, sagte Arinna wehmütig und schnupperte. »Ich habe schon gehört, dass du jetzt Beikoch bist. Wie kommt das?«

»An Deck tauge ich nichts«, bekannte Nikephoros freimütig. »Aber Kochen habe ich im Kloster gelernt. Viele Philosophen sind vor unseren eigenen byzantinischen Oberherren in ein Kloster geflüchtet, musst du wissen. Vielleicht sind die Osmanen für manche Griechen gar nicht die schlechtere Wahl. Das sage ich aber nur dir.«

»Seltsam. Zuweilen habe ich das auch schon …« Der Rest ging in einem Mundvoll heißem Schafkäse unter, aber der zufrieden lächelnde Nikephoros wusste auch so, was sie meinte.

»Eines Tages hat der Kleine Aal uns fast umgebracht«, plauderte Nikephoros. »Er packte schon faulende Fische in Pastetenteig, und wir hingen später alle miteinander über der Reling und spuckten. Minotto hat ihn auspeitschen lassen, obwohl der Aal unter Tränen beteuerte, dass es so an seinem Fürstenhof in Frankreich auch gehandhabt worden war. Die Essensreste und Schlachtabfälle werden dort von den Köchen der Fürstenpalais an die fliegenden Pastetenbäcker verkauft. Er war allen Ernstes der Meinung, dass der Teig das Gift aus verdorbenem Fleisch ziehe.«

Arinna kicherte. »Stell dir vor, Pergament würde einzelne Buchstaben aus einer Tragödie von Euripides herausziehen.«

»Wir wollen doch sehr hoffen, dass sie bleiben, wo sie sind, damit wir nicht wildgewordene Buchstaben suchen müssen. Na ja, und seit jenem Tag koche ich«, seufzte Nikephoros. »Der Kleine Aal ist dabei leider auch nur eine kleine Hilfe.«

# KAPITEL 16

PALERMO

Im runden Hafenbecken von Palermo durften sie nicht an der Kaimauer anlegen, sondern mussten an einem gewaltigen Dalben mitten im Wasser festmachen, bis der *Magister doanae* für sie Zeit hatte.

»Hat das etwas mit der Pest zu tun?«, erkundigte sich Boccanegra misstrauisch beim Kapitän. »Sie werden uns doch nicht wie in Genua verjagen, Minotto? Wir müssen an Land! Irgendwie müssen wir Arinnas Ruf als Pestheilerin aufbauen, und etwas Besseres für diesen Zweck als einen Erzbischof kann ich mir gar nicht vorstellen.«

Arinna, die in der Nähe stand, spitzte die Ohren. Niccolò hatte ihr nichts von Genua erzählt, und Hrolf, der noch kein persönliches Wort mit ihr gewechselt hatte, hielt sich aus einem ihr unbekannten Grund an Bord von ihr fern. Dagegen sprach er gelegentlich, jedenfalls auffällig öfter als früher, mit Longo.

»Nein«, antwortete Minotto schlecht gelaunt. »Im Hafen von Palermo geht alles immer sehr förmlich zu. Das haben sie aus der Zeit der deutschen Kaiser bewahrt. Man möchte ihnen geradezu wünschen, dass mehr aus sarazenischer Zeit übriggeblieben wäre.«

Am Nachmittag wurde die Sant Jacobus endlich an den Kai gewinkt. Unterstützt von einer bewaffneten Stadtmiliz, kam der Zollbeamte an Bord. Er nahm sogleich Kurs auf die große Luke zum Laderaum, die Minotto hatte aufstellen und verkeilen lassen.

Der Kapitän eilte herbei und stellte sich vor. »Wir haben keine Waren für den Handel«, beteuerte er. »Nur die Nahrungsmittel für den eigenen Gebrauch.«

Der Magister betrachtete skeptisch die große Karacke vom Bug bis zum Heck und schüttelte demonstrativ den Kopf.

Boccanegra kam mit Riesenschritten an. Er grüßte flüchtig und hochfahrend. »Ich bin Consigliero Christophoro Boccanegra aus Genua. Unter meiner Leitung des Unternehmens und unter der Führung der städtischen Karacke Sant Jacobus durch Kapitän Obelerio Minotto haben wir im Auftrag des Senats von Genua die Arznei beschafft, die als einzige gegen die Pest wirksam ist. Unterwegs hörten wir unter großem Bedauern, dass der Erzbischof von Palermo …«

»Wo?«

»In Trapani kam es uns zu Ohren. Da Genua stets den Päpsten Treue bewiesen hat, bin ich ganz sicher, das Verständnis meiner Kollegen im Senat zu haben, wenn wir unsere Reise unterbrechen, um unsere ganze Kraft, unsere Arznei und unsere Pestjungfrau dem erzbischöflichen Palais von Palermo zur Verfügung stellen.«

Arinna wagte nicht, über Boccanegras schwülstigen Stil zu lachen. Auch sie merkte, dass der Zollbeamte kurz davor war, ihm das Angebot abzuschlagen.

Vorerst gab er nur ein karges »So?« von sich.

»Selbstverständlich entrichten wir Anker-, Landungs- und Hafengeld, Magister doanae«, fiel Minotto Boccanegra ins Wort, der gewiss etwas anderes hatte sagen wollen. »Wie ich weiß, werden in Palermo die Zoll- und Magazinbücher ordentlich geführt. Die Karacke Sant Jacobus kann nicht den Erzbischof gerettet haben, ohne hier gewesen zu sein.«

Der Palermer atmete sichtlich auf. »Es war meine Furcht, Ihr würdet nicht verstehen, dass ich trotz allem auf den Regularien bestehen muss.«

»Das ist doch selbstverständlich«, sagte Minotto zuvorkommend. »Wie viel habe ich zu entrichten?«

»Oh Madonna, schöne Muttergottes! Was habe ich mir vergeblich Sorgen gemacht! Übrigens, mein Name ist Turi Percolla.« Er zog eine hölzerne Klapptafel aus dem Gewand, schätzte die Maße der Karacke ab, schrieb und rechnete. »Das macht vierhundert Tari.«

Niccolò wurde gerufen. Man erklärte ihm den gegenwärtigen Umrechnungskurs. »Das entspricht etwa vier guten Sklaven in Konstantinopel, Herr«, befand er schließlich.

»Ich bin versucht weiterzufahren«, sagte Boccanegra und bezwang nur mühsam seinen Zorn.

»Das würde nichts nützen, Consigliero«, warf Percolla mit nur geringem Bedauern hin. »Ihr seid ohne jeden Zweifel in Palermo gelandet, habt geankert bzw. festgemacht und den Hafen benutzt. In kürzester Zeit wäre die Sperrkette oben, und das Schiff läge fest, bis es ausgelöst wird. Mit einem nicht unbedeutenden Aufschlag wegen erwiesener Widerspenstigkeit, wie ich hinzufügen muss.«

»Schon gut. Wir bezahlen«, sagte Minotto eilig. »Meister Boccanegra ärgert sich hauptsächlich, weil es seine Liebe zu unser aller Kirche war, die ihn zu seinem barmherzigen Werk veranlasste. Möglicherweise wird er diese hohe Ausgabe aus eigener Tasche zu bezahlen haben.«

»Ich verstehe«, sagte Turi Percolla ungerührt und hielt die Hand auf. Als er das Geld verwahrt hatte, sagte er: »Falls Ihr die Sant Jacobus bewachen lassen möchtet, solltet Ihr den Fundicarius, unseren Magazinverwalter, zu Rate ziehen. Er wird Euch zuverlässige Leute zur Verfügung stellen.«

Jetzt brauste Boccanegra doch auf. »Wir sind mit türkischen und albanischen Seeräubern fertiggeworden. Wir werden es wohl schaffen, uns die Palermer Räuber vom Halse zu halten!«

»Da bin ich nicht so sicher. Aber wie Ihr wollt, Boccanegra.« Der Zöllner stieg von Bord und ging unter Begleitung seiner Milizionäre davon, während Boccanegra ihm vor Zorn bebend nachblickte.

»Geldgieriges Pack!«, knurrte er. »Wie viel habt Ihr ihm gegeben, Minotto?«

»Alte Solidi im Wert von vierhundertfünfzig Tari.«

»War das nötig?«

»Ihr werdet schon noch erkennen, wie nötig es war. Andernfalls würde unser Turi binnen einer Stunde seine Miliz schicken, damit sie die Laderäume gründlich durchsucht – für den Fall, dass wir versehentlich doch den Einfuhrzoll zu bezahlen vergessen hätten. Und wenn die Ware noch so geringwertig wäre, teurer als die kleine Bestechungssumme wäre es allemal.«

Boccanegra trocknete sich den Schweiß auf der Stirn. »Ich bin noch nie so unverschämt ausgenommen worden.«

»Ihr wart also noch nie in Palermo«, stellte Minotto trocken fest.

Noch bevor die nachmittägliche Hitze erträglich geworden war, sammelten sich am Kai vor der genuesischen Karacke Menschen, die das Schiff stumm, allenfalls miteinander flüsternd, musterten.

»Turi hat für sein Geld wenigstens Informationen, wer wir sind, in Umlauf gegeben«, knurrte Boccanegra, immer noch missgestimmt. »Die Leute starren hier hoch, als würden sie Erlösung von irgendeinem Übel erwarten. Von der Pest natürlich. Na, wir werden ihren Erzbischof erlösen, das muss reichen.«

Arinna hörte sich mit Unbehagen seine angeberische Rede an und betrachtete die Volksmenge, die mit jedem Augenblick anwuchs. Freundlich wirkten die Menschen nicht gerade.

Boccanegra kletterte nach unten. Arinna sah verstohlen zu Minotto hinüber. Sie waren allein auf dem Oberdeck. Beste Gelegenheit für eine Frage, mit der sie sich schon längere Zeit herumschlug. »Kapitän, als Ihr an der Pest erkranktet, spracht Ihr von Pfeilen, die Euch getroffen hätten? Ich wüsste zu gern, was Ihr damit meintet.«

»Es waren sehr schmerzhafte Stiche«, sagte Minotto, sich anscheinend mit großem Unbehagen daran erinnernd, »schlimmer als ein sarazenischer Skorpion, deshalb nahm ich wohl an, dass ich beschossen worden war. Mir war im Kopf ganz seltsam zumute, und an das, was danach folgte, erinnere ich mich nicht mehr.«

»Zuweilen denke ich, dass ich noch gar nicht genug über die Pest weiß, um sie behandeln zu können«, murmelte Arinna verzagt.

»Verlasst Euch nur auf den Schwamm«, sagte Minotto gönnerhaft. »Der und Euer hübsches Gesicht ...«

Zu wütend, um eine passende Antwort zu finden, verließ Arinna das Achterkastell.

Dann wurde es allmählich Zeit zum Gehen. Boccanegra als Leiter der Delegation hatte sich herausgeputzt, Arinna besaß nichts zum Herausputzen. Sie trug den Korb mit dem Schwammpulver und den Gigiberknollen, die vom Markt in Trapani stammten. Hrolf begleitete sie beide; mit seinem umgegürteten Langschwert sollte er eher eine exotische Kulisse darstellen, als ihrem Schutz dienen. Schutz würde überhaupt nicht nötig sein, behauptete Boccanegra.

Er hatte recht. Sie waren im Begriff, an Land zu gehen, als ein junger Priester erschien, der sich schüchtern bei einem der Seeleute erkundigte, ob dieses das Schiff mit der Pestarznei sei. Als man es ihm bestätigte und die Delegation auf dem Kai versammelt war, stürmte er vorweg Richtung Innenstadt, ohne Boccanegra die Möglichkeit zu geben, mit ihm zu reden.

Arinna und Hrolf eilten hinter den beiden her, durch ein Tor, eine schnurgerade Straße entlang, die hügelaufwärts führte. Am höchsten Punkt war ein kastellartiges Gebäude zu erkennen, rechts und links nur düstere Häuser, bis eine Lücke den Blick auf eine riesige Kathedrale freigab. Gelegentlich mussten sie einem buntbemalten Eselskarren ausweichen, aber für eine so große Stadt waren wenig Menschen auf der Straße. Einmal schob ein Mann ein Wägelchen an ihnen vorbei, auf dessen kleiner Ladefläche verschrumpelter Tang lag.

»Fischverkauf«, erklärte Hrolf auf Arinnas erstaunten Blick hin. »Heute Morgen hat der Händler auf dem triefnassen Seetang Fische zu Kunden ausgefahren. Hält sie frisch und sieht appetitlich aus.«

»Was du nicht alles weißt! Ich stelle mir vor, man würde ein geschlachtetes Schaf im Fell ausfahren. Das würde nicht appetitlich aussehen.«

»Brr, nein, im Gegenteil.« Hrolf schüttelte sich und seufzte anschließend sehnsüchtig. »Dagegen Schweinefleisch auf Feigenblättern könnte ich mir gut vorstellen. Auch Schweinefleisch mit Feigen. Wie lange habe ich kein Fleisch vom Schwein mehr gegessen …«

»Ich auch nicht. Sieh dir mal die Leute da drüben an. Sie wissen anscheinend, warum wir kommen«, sagte Arinna leise zu Hrolf. »Entweder sie mögen ihren Erzbischof nicht oder uns.«

Hrolf schüttelte plötzlich den Kopf und legte verstohlen einen Finger über die Lippen.

Jetzt verstand Arinna gar nichts mehr, aber sich über Hrolf Gedanken zu machen war jetzt nicht die Zeit. Die Atmosphäre war beängstigend.

Dunkel gekleidete Männer standen in Gruppen beisammen, tuschelten miteinander und warfen feindliche Blicke herüber. Selbst die im Schatten der Mauern oder von Bäumen liegenden apathischen Hunde schienen weniger bedrohlich, obwohl zumeist hinreichend groß, um einen Esel zu reißen. Hrolf lockerte ein wenig sein Schwert im Gurt.

Boccanegra drehte sich zu ihnen um. »Der Padre meint, wir sollten uns beeilen.«

Als er einen Schritt zulegte, wechselte Arinna mit Hrolf einen besorgten Blick. Was war los in Palermo?

Im Eilschritt passierten sie kurze Zeit später bewaffnete Wachen und traten in einen Garten ein. »Jetzt kann nichts mehr passieren«, sagte der Priester aufgeräumt zu Boccanegra und machte im Schatten der Hausmauer halt, um auf Arinna und Hrolf zu warten. »Es ist gut, dass wir zum Kern der Olive kommen können, bevor die Pestheilerin in den erzbischöflichen Wohnräumen erscheint.«

Sie sammelten sich um ihn, alle etwas angespannt.

»Und das soll was heißen?«, erkundigte sich Boccanegra argwöhnisch.

»Die Leute sind ein wenig unruhig aus Besorgnis um ihren Erzbischof. Wir dachten heute früh sogar, Don Domenico de Salina würde zum Herrn eingehen.«

»Ja?«

»Als wir am frühen Nachmittag von dem Wundermittel hörten, belebte sich der Geist unseres geliebten Erzbischofs. Jedenfalls so weit, dass es ihm mit Hilfe des Herrn gelang, sich die Nähe von sündigen Frauen zu verbitten. Seit Beginn seiner Erkrankung duldet er selbst seine Geliebte nicht um sich.« Sein vornehmes Griechisch war zwar betulich, aber verständlich.

Arinna machte auf den Hacken kehrt und marschierte dem Ausgang entgegen. Einen Heuchler wie den Erzbischof würde sie nicht behandeln.

Boccanegra lief ihr nach und packte sie an der Schulter. »Du wirst gefälligst hierbleiben!«, zischte er.

»Ihr hört doch, der Erzbischof will keine Frauen in seiner Nähe haben«, sagte Arinna lakonisch. »Und ich will keine sündigen Priester in meiner Nähe.«

»Dann wirst du für ihn die Arznei zubereiten!«, flehte Boccanegra. »Versteh doch, dass es jetzt darauf ankommt …«

»Die Arznei, die Ihr meint, taugt nichts«, sagte Arinna.

»Das kann nicht sein«, stieß Boccanegra wütend aus. »Die ganze Welt spricht von dem Schwamm, dem Wundermittel …«

»Möchtet Ihr es auf einen Beweis ankommen lassen? Ich kann den Schwamm nach der Vorschrift der Johanniter zubereiten. Ihr verabreicht ihn dem Erzbischof, während Hrolf und ich zum Hafen laufen und Kapitän Minotto veranlassen, das Schiff für eine überstürzte Abfahrt vorzubereiten. Wir werden auf Euch warten, in der Hoffnung, dass Ihr Euch durch die Stadt durchschlagen könnt.«

»Du Satansbraten«, fauchte Boccanegra. »Ich glaube dir nicht! Was willst du eigentlich?«

»Ich werde mir den Erzbischof ansehen und entscheiden, ob ich ihm helfen kann. Mit einer anderen Arznei. Aber es kann genauso gut sein, dass ich machtlos bin.«

Boccanegra sah sie zweifelnd an. Aber er erkannte, dass er sie zu mehr nicht bewegen würde. »Ja, gut.« Er ging zurück zu dem Priester, der ungeduldig auf das Ende ihrer Diskussion wartete, und begann auf ihn einzureden.

Nach einer Weile kam Hrolf, um Arinna zu holen. »Alles geklärt«, bemerkte er kurz.

»Ich fürchte, dass nichts geklärt ist«, flüsterte Arinna. »Der Priester hat uns doch angelogen. Die Leute sind gar nicht um ihren Erzbischof besorgt, sondern uns gegenüber feindlich eingestellt. Aber warum?«

Hrolf nickte knapp, und Arinna wusste, dass er ihr zustimmte und wachsam war.

Das Untergeschoss des Palastes sah von außen wie eine Festung aus, im ersten Stock aber wölbten sich gefällige Bögen über den Fenstern, die durch Säulen geteilt und mit Zickzackbögen verziert waren. Diese Pracht setzte sich im Inneren gleich hinter der Eingangstür fort. Rechts und links führten Gänge mit Skulpturen und Gemälden an den Wänden in eine kaum zu ermessende Ferne, und gegenüber der Tür lud eine breite Treppe den Besucher ein, ihr in das nächste Stockwerk zu folgen.

In einem Saal, in dem es von Menschen wimmelte, verließ der Padre sie.

Boccanegra und Arinna schienen mit allen anderen, die sich zwanglos unterhielten, auf eine Audienz oder auf Nachrichten warten zu sollen, während von Pagen Erfrischungen gereicht wurden.

Boccanegra mischte sich sogleich weltmännisch mit einem

Pokal in der Hand unter das Publikum, das sich offensichtlich hauptsächlich aus vornehmen Bürgern der Stadt zusammensetzte, hingegen nur wenigen Geistlichen.

Arinna kam sich angesichts der vielen Frauengewänder aus kostbarer Seide schäbig gekleidet vor. Beschämt streckte sie eine Hand nach einem der hüfthohen grauen Hunde aus, die zwischen den Gästen herumschnürten. Aber die schnüffelten nach den Pastetenresten und Brotkrusten, die von den Gästen fortgeworfen wurden, und ignorierten sie.

Mit geschärften Sinnen hörte Arinna entsetzt dem Klackern des Abfalls auf den Fliesen zu. Bei ihnen zu Hause hatte niemand Brot weggeworfen. Auch bei den Osmanen nicht. Brot war Lebenselixier, ohne Brot gab es kein Leben. Von guten Tischsitten schien hier noch niemand gehört zu haben.

Als sie angewidert hochblickte, war der Padre im Gewühl am anderen Saalende verschwunden, und auch Boccanegra hatte sie aus den Augen verloren. »Von mir aus kann Boccanegra die Behandlung übernehmen«, sagte Arinna vernehmlich. »Wollen wir gehen?«

Die Blicke der Nächststehenden richteten sich auf sie beide, nahmen verwundert ihre einfache Aufmachung in Augenschein, wanderten zu Arinnas Weidenkorb hinunter und wechselten schließlich zwischen ihrem und Hrolfs gleichermaßen blondem Haar hin und her.

Eine zierliche Frau mit spitzem Gesicht und üppigem rotem Haar rückte näher zu Arinna, als die Aufmerksamkeit sich gelegt hatte. Arinna sah ihr verwundert entgegen. Einen derart weiten Halsausschnitt hatte sie noch nie zu Gesicht bekommen. Die Wölbung des Busens hob sich deutlich vom edelsteinbesetzten grünen Seidenstoff ab, und die Schnürung des Mieders machte aus der Dame ein Insekt. Der rote Mantel mit Brokatborten passte perfekt zum Farbton des Haares.

»Seid Ihr die Pestjungfrau, von der man spricht?«, flüsterte sie. »Mein Name ist Isabella Ventimiglia, aber lasst Euch dadurch nicht täuschen, geboren bin ich in Aragon.«

Aragon, dachte Arinna. Das war das Land, in dem Rodrigo Lopez de Ayala lebte. Sie widerstand der Versuchung, Isabella nach ihm zu fragen. »Ich bin Arinna aus dem Tal der Tauben«, gelang ihr endlich eine einigermaßen flüssige Vorstellung. Sie würde sich jedenfalls nicht mit dem von Boccanegra erfundenen Beinamen schmücken.

»Ich bete für Euch, dass Ihr unseren geliebten Erzbischof gesundmachen könnt. Und das tun gewiss die meisten hier.« Ein Lächeln für Arinna, dann schwebte sie davon.

Die meisten? Es gab also auch andere.

Kurze Zeit später kam der Padre zurück, mit bedrückter Miene. »Kommt bitte mit, Jungfer. Euer Leibwächter und Consigliero Boccanegra mögen hierbleiben.«

»Geht es dem Erzbischof schlechter?«, fragte Arinna, während er sie durch das Getümmel schleuste.

»So schlecht, dass er gar nicht wahrnehmen wird, dass er von einer Frau behandelt wird. Sein Sekretär hat dem Wagnis zugestimmt.«

»Wer ist das Wagnis? Er oder ich?«

»Einschüchtern lasst Ihr Euch nicht gerade«, sagte der Padre, ohne ihr eine wirkliche Antwort zu geben.

Der Erzbischof lag in einem breiten Bett, das von einem Baldachin überdeckt wurde. Wenigstens standen hier keine Zuschauer herum, die auf sein Ableben warteten. Ein schwarzgekleideter Priester saß neben dem Bett und las in einem Büchlein.

Der Kranke atmete schwer.

»Hustet er öfter?«, fragte Arinna den Sekretär, während sie unauffällig nach dem stinkenden Geruch fahndete, der ihrer Erfahrung nach ein Zeichen für den kommenden Tod war. Aber sie konnte nichts Befremdliches riechen.

»Seine Erzbischöfliche Gnaden haben bisher nicht die Absicht gezeigt zu husten«, antwortete der Priester würdevoll.

Arinna meinte, auch ein wenig Empörung herauszuhören. Sie atmete ein wenig auf. Es war nicht die Krankheit, die die Juden von Trapani befallen hatte. »Ich muss Euren Erzbischof untersuchen.«

»Ihr wollt Seine Erzbischöfliche Gnaden anfassen! Auf gar keinen Fall!«

»Dann bringt mich bitte wieder hinaus«, befahl Arinna dem Padre, der sie hereingeleitet hatte.

Dieser verlor die Farbe. »Nein, bitte nicht. Seine Erzbischöfliche Gnaden darf nicht sterben! Ihr müsst wissen, wir haben schwierige Verhältnisse in Palermo ... Man ist unruhig. Das Haus Aragon ist nicht sehr beliebt hier, und ohne Seine Erzbischöfliche Gnaden ... Wer weiß, was passieren würde.«

»Ihr seid schwatzhaft!«, fauchte der Sekretär.

»Aber es stimmt doch«, jammerte der Padre, und Arinna hatte das Gefühl, dass er sich ihr gleich vor die Füße werfen würde, um sie umzustimmen. »Die Jungfer ist unsere einzige Hoffnung. Außer den Gebeten an die Jungfrau Maria und unseren Herrn Christus«, fügte er eilig hinzu.

Der Sekretär rollte mit den Augen und gab schließlich durch ein resigniertes Nicken seine Zustimmung.

Arinna ging unverzüglich ans Werk. Der Erzbischof war so erhitzt wie Pestkranke für gewöhnlich. Sie schob als Erstes das lange erzbischöfliche Gewand von den Beinen, ohne die charakteristischen Knoten zu finden. Fast hielt sie den Atem an, bis sie endlich in einer Armbeuge einen Knoten fand und an den Unterarmen die kleinen roten Stippchen, die meistens mit den Beulen und Knoten einhergingen. Und seltsamerweise gab es einen Knoten unterhalb des Unterkiefers. »Ich brauche sofort eiskaltes Wasser«, ordnete sie an, »mehrere Leintücher und vier Tücher aus Wolle oder Seide.«

»Sofort«, rief der Padre voller Hoffnung und stürzte hinaus, durch ein schmales Türchen, das im fürstlich wirkenden, bemalten Paneel verborgen war und nicht weiter auffiel.

So wortwörtlich hatte Arinna es natürlich nicht gemeint, aber im Bottich, den der Padre bald brachte, schwammen tatsächlich kleine Eisstücke. Mit geübten Händen machte sie dem Kranken kalte Umschläge an beiden Unterschenkeln, und danach hieß es warten.

Wie sie gehofft hatte, erwachte er, als das Fieber gesunken war.

»Satans Versuchung«, flüsterte der Erzbischof matt, und trotz seiner Benommenheit glomm Entsetzen in den auf Arinnas Haare gerichteten Augen.

Glaubte er etwa, dass sie eine Ausgeburt der Hölle sei? Arinna zog resolut seinen Sekretär am Gewand heran und schob ihn ins Blickfeld seines Herrn.

»Ihr auch, Ignatius? Wollt Ihr wirklich mit mir zusammen in das Fegefeuer gehen? Ich danke Euch.«

»Ich muss schnell in die Küche«, flüsterte Arinna dem Padre zu und überließ dem Sekretär die Erklärungen. Sie musste hier raus! »Ich will die Arznei zubereiten.«

Ohne weitere Erklärungen sank der Padre unter Murmeln auf ein Knie, schnellte in die Höhe und zog Arinna hinter sich her zum erzbischöflichen Privatausgang. Sie folgte ihm eine enge und steile Treppe hinunter. Der Gang, in dem sie landeten, gehörte wohl zum festungsartigen Untergeschoss. Er war weder mit Statuen noch mit Gemälden geschmückt, und erleuchtet war er an beiden Enden mit je einer blakenden Fackel.

Aus einem Raum ohne Tür drangen Stimmen. Die Küche. Über zwei gewaltigen Herdfeuern hingen qualmende Töpfe, in der Mitte wurde über dem Fußboden eine Ziege am Spieß gedreht. Frauen, Knechte und jüngere Geistliche liefen und schwatzten durcheinander.

Der Padre besaß trotz seiner Jugend den Respekt des dienenden Volks. Innerhalb kürzester Zeit hatte Arinna alles in Händen, was sie brauchte, und einen Platz zum Arbeiten.

Mit dem fertigen Sud der Gigiberknolle eilten sie zurück. Arinna sandte ihrer Göttin ein Stoßgebet. Hoffentlich war der Erzbischof noch so weit bei Sinnen, dass er schlucken konnte.

Er war es. Jemand musste ihn außerdem überredet haben, die

Behandlung durch Arinna zu dulden. Während sie ihm den Trank einflößte, schickte sie den Padre um neues kaltes Wasser. Seine Diensteifrigkeit war inzwischen gar nicht mehr zu überbieten. Er vertraute ihr. Nur der Sekretär war noch nicht überzeugt.

Sie wartete, bis der Padre zurück war, bevor sie sich an den Sekretär wandte. »In Eurem Audienzsaal habe ich Hunde gesehen.«

»Die Hunde Seiner Erzbischöflichen Gnaden«, nickte der Sekretär herablassend.

»Habt Ihr auch Ratten im Saal und in diesem erzbischöflichen Raum?«

»Im Saal sicher. Ungeziefer ist überall«, gab der Sekretär überrascht zur Antwort. »Aber hier sind keine Ratten. Dafür sorgen die Hunde.«

»Ungeziefer ist nicht überall. Nur wo es schmutzig ist und Abfall herumliegt«, widersprach Arinna.

»Die Hunde beseitigen die Knochen und was sich sonst noch auf dem Boden befindet, regelmäßig …« Der Sekretär begann sich umzusehen, als ob er den Fußboden zum ersten Mal einer Besichtigung unterzöge.

Arinna, die seinen Blicken folgte, sah unter den vor die Fenster gezogenen Samtvorhängen halbe Brote, Krusten von Teigstücken und anderes, was sie gar nicht benennen konnte.

»Seine Exzellenz hatte starke Kopfschmerzen. Weil die Hunde Seine Exzellenz mit ihrem Bellen stören, hat man sie seit gestern nicht mehr hereingelassen«, erklärte der Sekretär in überheblichem Ton.

»Das sehe ich. Dann können ja jetzt die Ratten kommen.«

»Höllenbrut«, fauchte der Sekretär. »Wenn ich etwas hasse, dann sind es diese schwarzen Ungeheuer.«

»Ihr müsst sie entfernen. Aus dem ganzen Palast«, sagte Arinna ernst. Ihr Blick fiel auf den Erzbischof, der offenbar im Augenblick sogar in der Lage war zuzuhören. »Bitte helft mir, Seine Erzbischöflichen Gnaden aufzusetzen. Er ist jetzt kräftig genug, auch den Rest der Arznei zu schlucken.«

Der Sekretär stützte seinen Herrn hoch. »Die Ratten entfernen? Das geht nicht. Wie sollte man das anstellen?«

Arinna achtete darauf, dass der Erzbischof alles bis aufs letzte Tröpfchen trank, bevor sie weitersprach. »Jeglicher Unrat muss beseitigt werden! Lasst Eure vielen Bediensteten fegen, bis es staubt. Die Eunuchen und andere flinke junge Leute müssen sich mit Knüppeln bewaffnen und die Ratten totschlagen. Auch nachts, bis keine mehr da sind. Aber die Tiere dürfen nicht angefasst werden. Die Bediensteten sollen sie auf Schaufeln hinaustragen und die Kadaver verbrennen.«

»Unmöglich«, beschied der Sekretär. »Dieses ist ein Haus, in dem der Geist des Herrn weht. Wir kümmern uns nicht um gottlose Geschöpfe wie Ratten.«

»Tut, was sie sagt«, hauchte der Erzbischof und schloss erschöpft die Augen. Aber seine Gesichtshaut hatte die gefährliche Röte verloren, und er atmete gleichmäßiger.

Nach zwei Tagen hatte der Erzbischof das Schlimmste überstanden und war auf dem Weg der Besserung. Arinna versah den Sekretär mit letzten Anweisungen, wie der Kranke zu behandeln sei. »Vor allem auf die Nahrung Seiner Exzellenz müsst Ihr achten«, empfahl sie. »Für den Anfang eine Brühe aus Huhn oder Rindermarkknochen. Danach etwas Kräftigeres, zum Beispiel eine Suppe mit viel Spinat, Kichererbsen, Kürbis und Lauch …«

»Grünzeug ist eine Armenspeise«, unterbrach der Sekretär sie, blass werdend. »Das pflegen wir nicht zu essen.«

»So?«, fragte Arinna in aufreizendem Ton, ohne sich beirren zu lassen. »Der Lauch sollte in Mandelmilch vorgekocht werden, um ihm Kraft zu verleihen. Die Würze besteht allein aus Pastinake und Petersilie. Kein Pfeffer und wenig Salz. Könnten Eure Köche das möglicherweise hinbekommen, auch wenn sie nicht gewöhnt sind, für die Armen zu kochen?«

Der Sekretär schnaubte entrüstet und wollte widersprechen. Er schielte zu seinem Herrn hinüber, um sich dessen Zustimmung zu vergewissern.

Der Erzbischof hatte die ganze Zeit aufmerksam zugehört. »Tut, was sie sagt«, befahl er ungnädig. »Ein weiteres Mal möchte ich mich nicht wiederholen.«

»Nein, nein.« Der Sekretär verbeugte sich beleidigt. »Wenn Ihr mit meinen Diensten nicht zufrieden seid, Eminenz ...«

»Nur leichte Weine«, setzte Arinna streng fort.

»Seine Exzellenz liebt den spanischen Grenache, einen Süßwein«, erklärte der Sekretär mit hoffnungsloser Miene. »Und Malvasier und Muskateller, die wir aus Kreta beziehen.«

»Ich kenne sie nicht«, stellte Arinna fest. »Aber ich denke, der Wein aus der Umgebung von Palermo, den auch die Bauern trinken, sollte es während der Genesung Seiner Gnaden tun. Anfangs mit Wasser verdünnt, aber nur wenn Ihr einen tiefen Brunnen mit sauberem Wasser habt.«

»Es reicht jetzt, Sklavin«, murmelte der Erzbischof, was Arinna als Verabschiedung anzusehen hatte.

Boccanegra ließ es sich nicht nehmen, Arinna persönlich an der Tür zum erzbischöflichen Schlafgemach abzuholen.

Arinna kam es so vor, als ob die gleichen Bürger wie drei Tage zuvor den Saal bevölkerten. Aber die Hunde waren nicht da, und sie sah selbst, wie einer der Bediensteten weggeworfene Vorspeisen umgehend einsammelte und in einen Sack warf.

Sie erkannte Isabella Ventimiglia, die an diesem Tag einen langen grünen Umhang trug. Als Arinna sie im Vorbeigehen schüchtern grüßte, hob Isabella die schlanken, vielfach beringten Hände weit über ihren Kopf und klatschte bedächtig und demonstrativ Beifall. »Gracias, Arinna«, rief sie. »Gracias!«

Auf einmal wurde höchst weltlich in allen Teilen des erzbischöflichen Saals geklatscht, Hochrufe ertönten, und man drängte sich um Arinna. Hrolf grinste höchst angespannt und wich nicht von ihrer Seite. Aber nichts passierte, diese Spanier, die offenbar die Mehrzahl der Besucher stellten, waren uneingeschränkt dankbar.

Boccanegra war in seinem Element, seine Augen glühten, springend wechselte er seine Gesprächspartner und erzählte voller Begeisterung eine Geschichte, in der immer wieder der Name Arinna fiel. Isabellas glockenhelle Stimme forderte ihn durch ihre Fragen zu immer neuen Lobeshymnen heraus.

Plötzlich erschien in der Tür der Padre und signalisierte, dass sie sich mit ihrem Aufbruch zu beeilen hätten. Hrolf machte Boccanegra darauf aufmerksam.

»Ach was«, schnaubte Boccanegra und beabsichtigte augenscheinlich, die Lobeshymnen der Aragonesen noch eine Weile zu genießen.

»Was ist los?«, flüsterte Arinna Hrolf zu.

»Ich weiß es nicht. Aber wenn die Elchkuh im Dickicht blökt, geht man ihr am besten aus dem Weg.« Hrolf ergriff Boccanegra am Arm und hielt ihn lange genug fest, um ihm den Ernst seiner Absicht klarzumachen.

Unter den aufmerksamen Augen des ganzen Saals umarmte Isabella Ventimiglia Arinna und küsste sie zum Abschied auf die Wangen. Trotz ihrer Beunruhigung nahm Arinna wahr, wie sehr sich Isabella um sie zu bemühen schien. Dann wanderte ihre Aufmerksamkeit wieder zu Hrolf zurück.

Zwar wusste sie nicht, was er mit dem Elch gemeint hatte, aber sie vermutete, dass er größer und gefährlicher als ein Erdhörnchen sein musste. Irgendetwas Unbekanntes drohte. Der Padre wusste davon und Hrolf ebenso.

Ihr Padre wartete ungeduldig vor den hohen Flügeln des Palasttors. »Ich bringe Euch zum Schiff«, murmelte er mit gesenktem Kopf.

»Aber wir kennen den Weg längst«, warf Hrolf erstaunt ein, dessen Aufgabe nicht nur ihre Verteidigung war, sondern der jederzeit dafür zuständig war zu wissen, welchen Weg sie einschlagen mussten.

»Nein, diesen nicht«, stammelte der Padre und bekam einen roten Kopf.

»Auf meinem Herweg hatten einige Männer Pferdeäpfel in den Händen. Mehrmals dachte ich, sie wollen sie werfen. Hat es damit zu tun?«

»Ja«, sagte der Padre kleinlaut. »Aber vor Euch, Waräger Hrolf, haben sie Angst. Und Euch trifft auch keine Schuld. Man weiß sehr wohl, dass Ihr nur der Waffenträger seid.«

Boccanegra ergriff den Arm des Priesters. »Und jetzt werdet Ihr so freundlich sein, mir auch den Rest noch zu erklären, ja?«

»Ja.« Der Padre wand sich geknickt aus seinem Griff. »Die Pest geht in der ganzen Stadt um, Consigliero, hier im Cassaro vor allem in den Straßen, die an den Markt angrenzen. Die einfachen Palermer sehen nur, dass dem Erzbischof geholfen wird, weil er Geld für eine teure Arznei hat. Sie wissen, dass er auf dem Weg der Besserung ist. Und sie vermuten, dass die Aragonesen und ihre vornehme reiche Verwandtschaft auch alle davonkommen werden, während man in den Gassen stirbt.«

Boccanegra schürzte verächtlich die Lippen. »So viel Malteserschwamm, wie für diese Stadt nötig wäre, gibt es in der ganzen Welt nicht.«

Arinna ließ ihn reden. Gigiberknollen hatte sie ebenfalls nicht in ausreichender Menge. »Das Beste, was sie tun können, ist, sich der Ratten anzunehmen …«, erinnerte sie ihn.

»Unmöglich«, widersprach der Padre. »Wenn Ihr die verwinkelten Straßen und die Höhlen und Gänge unter der Stadt kennen würdet, wüsstet Ihr, was ich meine. Ich werde beten. Ihr solltet auch beten.«

Für wen, fragte sich Arinna, als der Priester loshetzte. Es hatte sich angehört, als ob er von einer Flucht spräche und ihr eigenes Heil meinte.

Ihr Weg führte in Schlangenlinien zunächst hinter der Kathedrale durch die Porta S. Agata ins offene Land, wo es am Ufer eines trockenen Flussbettes wesentlich weniger bevölkert als im alten Stadtkern war.

Sie wurden verfolgt. Männer schlüpften hinter ihnen durch das Tor und hefteten sich an ihre Fersen.

»Schnell«, rief der Padre, rannte ein Stück bergabwärts und schleuste sie durch das nächste Tor, die Porta degli Schiavi, die Sklavenpforte, wie er Arinna trotz der Eile zurief, wieder zurück in die belebte Innenstadt.

Nach einer Weile bekreuzigte er sich. »San Matteo hilf«, murmelte er, als sie die Kirche passierten.

Der Heilige half. Das Gewühl wurde dichter, und die Verfolger blieben zurück. Sie erreichten ungefährdet die Porta di Patitelli, von wo aus sie den Hafen sehen konnten. Minotto hatte die Sant Jacobus bereits drehen lassen, das Bugspriet zeigte zum Hafenausgang, und auf den Fußpferden der Rah warteten die Seeleute, um die Zeisinge zu lösen und das Segel hinunterzulassen.

Hrolfs Fluchen ließ Arinna aufschrecken. Ihr Blick, der sehnsüchtig in die Ferne gegangen war, richtete sich auf die Männer der Miliz, die sie plötzlich vor sich entdeckte.

»Es ist alles in Ordnung, Fundicarius«, rief der Padre nervös. »Diese ehrenwerten Leute waren Gäste des erzbischöflichen Palastes und werden jetzt heimreisen.«

Der Magazinverwalter trat aus der Reihe seiner bewaffneten Leute heraus und achtete dabei darauf, Hrolf nicht zu nahe zu kommen. »Könnte es sein, dass Ihr Euch gegen die Zollvorschriften vergangen habt? Und ein unbekanntes Arzneimittel, genannt Malteserschwamm, eingeführt habt? Der Magister doanae, der gegenwärtig nicht hier ist, ließ diese Vermutung fallen und hat mich beauftragt, Euch danach zu befragen.«

Boccanegra kaute auf der Unterlippe.

Arinna schlug das Tuch von ihrem Korb zurück und hielt ihn dem städtischen Beamten unter die Nase. »Nein, wirklich nicht, Meister Fundicarius«, rief sie energisch. »Ich habe hier einen ganzen Korb voller Gigiberknollen, die ich auf dem Markt von Trapani gekauft habe. Ich kann mir kaum vorstellen, dass Zoll auf Waren anderer Städte von Sizilien erhoben wird …«

Boccanegra fletschte die Zähne, aber niemand beachtete ihn.

»Das ist richtig«, gab der Magazinverwalter knurrig zu und betrachtete die Knollen mit großer Abneigung. Sie waren ihm bekannt, und er ärgerte sich. »Dennoch ist Euch entgangen, dass Ihr bisher auch keine Fondacatsgebühr bezahlt habt.«

»Sie haben auf ihrem Schiff übernachtet«, warf der Padre zur Richtigstellung ein. »Nicht im *fondaco*.«

»So leid es mir tut, Euch daran erinnern zu müssen: Die Kaufleute dieses Schiffes, zwei an der Zahl, haben für die Inanspruchnahme der Herberge für Betten, Licht und Holz zu bezahlen, selbst wenn sie aus eigenem Ermessen an Bord geblieben sind. Das Lagergeld, in dem alles eingeschlossen ist, beträgt zweihundertzehn Tari.«

Boccanegra schnappte nach Luft, griff aber sofort nach seinem Beutel. Zweihundertfünfzig Tari wechselten den Besitzer. Der Magazinverwalter sah nicht besonders zufrieden aus, befahl aber doch seinen Leuten, ihnen den Weg freizugeben.

Die Vorbereitungen der Sant Jacobus zum Ablegen hatten inzwischen eine beträchtliche Menschenmenge auf den Kai gerufen. Der Padre schleuste Arinna, Hrolf und Boccanegra hindurch, ohne dass es zu Tätlichkeiten kam. Arinna verabschiedete sich erleichtert von ihm.

»Der Dienst, den Ihr Palermo erwiesen habt, ist gar nicht zu ermessen«, sagte er seinerseits dankbar.

»Die Palermer scheinen davon nichts zu wissen.«

»Ja, sie lieben das Haus Aragon nicht, das hier herrscht. Aber wie würde es Palermo ergehen, wenn die Aragonesen zum Gehen gezwungen würden? Es gäbe Mord und Totschlag. Die Insel hat vier einheimische Adelshäuser, die nur darauf warten, Sizilien unter sich aufzuteilen. Sie bedienen sich für ihren Kampf untereinander der sogenannten ehrenwerten Herren, die in Wahrheit skrupellose Mörder und Erpresser sind. Mitglieder der *Mafia* nennen sie sich selber, und sie haben ihre Finger in allem. Zwischen ihnen und den anständigen Menschen steht nur die Mutter Kirche und an ihrer Spitze bald wieder unser tatkräftiger Erzbischof.«

»Tatsächlich?« Arinna staunte. »Was wäre passiert, wenn Seine Erzbischöfliche Gnaden gestorben wäre?«

»Das weiß keiner.«

»Arinna! Komm!«, rief Niccolò.

»Übrigens …«

»Ja?« Arinna wandte sich wieder zum Priester um.

Der grinste etwas verlegen. »Ich habe verstanden, dass Euch die Ratten wichtig sind …«

»Ja, das stimmt.« Arinna wartete gespannt, was er ihr über Tiere zu erzählen hatte, die nach Ansicht der Kirche gottlose Geschöpfe waren.

»Man hat in den Kellerräumen viele tote gefunden. Es ist merkwürdig, aber die meisten waren an den Schnauzen blutig. Bissspuren wurden jedoch nicht gesehen.«

»Ihr habt Euch erkundigt … Für mich?«

Der Priester nickte und errötete. »Ihr müsst Gründe für Eure Anordnung haben, und ich dachte mir, dass Ihr wissen möchtet, was daraus geworden ist. Einer der Hunde Seiner Exzellenz ist auch gestorben.«

»Ein Hund?« Arinna wälzte blitzschnell die Assoziationen, die ihr kamen. »Pflegt Seine Exzellenz die Hunde zu streicheln?«

»Oh ja. Er herzt und küsst sie. Sie sind ihm sehr ans Herz gewachsen. Das einzige Laster, das Seine Gnaden hat, und wir wagen noch nicht, ihm den Tod seiner geliebten Lucinda zu offenbaren.«

»Arinna!« Niccolò stampfte auf dem Deck auf, dass es hallte.

»Ich komme, ich komme!« Im Laufen noch bedankte sie sich für die Informationen, über die sie erst einmal nachdenken musste, und hastete an Bord.

Obwohl die Sant Jacobus vom Kai fortgerudert wurde, blieb die Miliz in militärischer Ordnung stehen. Mehr noch: Brandpfeile wurden angezündet, die Bögen langsam gehoben. Dann flogen die Pfeile los. Die ersten landeten im Kielwasser der Karacke.

»Unter Deck, Arinna!«, brüllte Boccanegra und fügte verächtlich hinzu: »Beschränktes Pack!«

»Nein, durchaus nicht«, widersprach Hrolf, der ruhig neben ihm in der Kuhl stehengeblieben war. »Sie haben auf Ellenbogenlänge genau berechnet, wann die Brandpfeile unsere Segel nicht mehr treffen würden. Diese Miliz ist gut geschult.«

Boccanegra schüttelte ungläubig den Kopf.

»Doch.« Hrolf nickte bekräftigend. »Das Bestechungsgeld war gerade hoch genug, um unsere Ausreise zu rechtfertigen. Die Brandpfeile braucht der Fundicarius, um seiner Obrigkeit zu beweisen, dass er alles getan hat, um uns aufzuhalten. Nicht seine Schuld, wenn die Karacke zu schnell war.«

»Sizilien ist mir fremder als Konstantinopel«, schnaubte Boccanegra.

»Damit hat es nichts zu tun, Ratsherr«, sagte Hrolf unbewegt. »Es ist die gewöhnliche Taktik des Krieges.«

# KAPITEL 17

AUF SEE

»Wohin segeln wir denn jetzt?«, fragte Longo Hrolf überaus mürrisch. Sie hatten die Bucht von Palermo hinter sich gelassen, ohne verfolgt zu werden. Die Gefahr war vorbei, und der Kaufmann hatte sich beeilt, den Waffenmeister abzufangen. »Mir sagt man ja nichts.«

»Mir auch nicht«, antwortete Hrolf und versuchte, den Kurs der Karacke zu schätzen. Gegenwärtig segelten sie in Sichtweite Siziliens nach Osten. An Land wurden die Berge immer höher. Ein Gipfel war schneebedeckt. Entweder also wollten sie durch die Straße von Messina um den Stiefel herum oder westlich des Stiefels nach Norden. »Ich könnte mir vorstellen, dass unser Ziel Neapel ist. Ich gehe davon aus, dass Eilboten nach Rom unterwegs sind, um die wunderbare Rettung des Erzbischofs zu verkünden. Bald wird ganz Italien davon wissen. Und wie ich hörte, ist Neapel groß und wird viele Kranke haben.«

»Neapel ist groß! Und reich, Waffenmeister, enorm reich. Das französische Herrscherhaus der Anjou sorgt gut für die vornehmen Kaufleute der Stadt. Genua hingegen bringt es fertig, seine adeligen Familien zu vertreiben, die sich dann Seigneur von Monaco nennen dürfen. Na ja, davon verstehst du nichts.«

»Nein, davon verstehe ich nichts«, gab Hrolf zu.

»In Neapel verschwinde ich«, schwor Longo. »Du wirst mir helfen! Niemand hat je ernstlich darüber nachgedacht, wie es kam, dass das Weib in Syrakus abhauen konnte, ohne dass eine Planke zum Land ausgelegt war. Ist sie vielleicht wie ein Engelchen geflogen?« Seine hämischen Worte wurden vom Flattern seiner dürren Finger in der Luft begleitet.

»Unsere eigenen Kameraden haben sie doch mitgenommen, soviel ich weiß«, stellte Hrolf sich dumm.

»Und sie hat sich dann mit winke, winke von der Kerlen verabschiedet und ist geradewegs zu den Brüdern marschiert, denen der Schwamm gehörte? Ich glaube dir aufs Wort, und das täte unser geliebter Meister Boccanegra auch, wenn ich ihm meine Erwägungen darlegen würde«, sagte Longo, vor Hohn triefend.

Hrolf zuckte mit den Schultern.

»Also. Neapel mag für den größten Teil seiner Bewohner ein Saustall sein, aber es steht treu auf der Seite unserer Päpste wie Genua auch. Das wird mir helfen, einen Unterschlupf zu finden.«

»Da aber jetzt die Heilerfolge unserer Arinna sich herumsprechen werden, hat Boccanegra doch keinen Grund mehr, Euch festzuhalten«, wandte Hrolf ein. »Bestimmt könnt Ihr ungehindert von Bord gehen.«

Longo zog sein eines Augenlid herunter und die Mundwinkel dazu. »Glaubst du das wirklich? Boccanegra traut mir nicht. Seine Mordtaten interessieren mich nicht. Aber ich habe keinen Anlass, mich in Boccanegras Geschäfte einzumischen, geschweige denn in sie einzusteigen. Vielmehr habe ich von Differenzen läuten hören, was Arinnas Wundermittel angeht …«

Hrolf sah schweigend auf den kleinen Intriganten hinunter.

»Mitgegangen, mitgehangen, wie man so sagt«, ergänzte Longo listig.

Wahrscheinlich war er entschlossen, Boccanegra als Scharlatan hinzustellen, überlegte Hrolf. Die Behörden würden die Karacke an die Kette legen und die Mannschaft einsperren. Und wenn Longo gar vorhätte, Arinna als Betrügerin hinzustellen, wäre sie in größerer Gefahr als Boccanegra. Der würde sich herausreden.

Andrea Longo war zufrieden mit dem, was er bei Hrolf erreicht hatte. »Hast du mal wieder etwas Schönes geschnitzt?

Kleine Brüstchen oder Ähnliches? Oder was von weiter unten?« Er gestikulierte unbeholfen in Höhe seiner Hose, wo sie durch viele Falten am meisten gebauscht war.

»Nein, keine Zeit gehabt.« Hrolf gelang es mit Mühe, seine Sprache wiederzufinden und gleichzeitig seine Abscheu zu verbergen. Anscheinend glaubte der Genuese, ihre Leidenschaften seien die gleichen.

»Und jetzt wirst du wieder keine mehr haben. Du wirst dir einen Fluchtplan für Neapel überlegen und mir in den nächsten Tagen unterbreiten.« Mit den Händen auf dem Rücken trippelte Longo davon.

Hrolf sah ihm nach. Er musste dringend mit Arinna sprechen.

Arinna hatte beschlossen, den Sonnenuntergang auf dem Vorderkastell zu genießen. Das Achterschiff fiel aus, weil dort der Steuermann stand und überdies häufig auch Minotto und Boccanegra. Sie waren seit Palermo schon mehrere Tage und Nächte unterwegs, bei einem wiegenden, sanften spätsommerlichen Wind, und der Kapitän hatte angesichts der sternklaren und mondhellen Nächte entschieden, ohne zu ankern durchzusegeln.

Die Sant Jacobus lag mäßig schräg im Wasser, und Arinna hatte keine Mühe, sich freihändig zu bewegen. Kurz bevor sie die Leiter erreichte, fühlte sie sich am Arm gepackt. Eine Hand legte sich auf ihren Mund, und eine Stimme an ihrem Ohr flüsterte: »Still, Arinna, ich bin's, Hrolf.«

Sie entspannte sich sofort. Trotz seines unerklärlichen Verhaltens in letzter Zeit war ihr Vertrauen zu ihm ungebrochen. Sie folgte ihm in den Gang, der zum Mannschaftsraum führte.

In der Waffenkammer brannte eine Talgkerze in einem halbierten Kürbis, der mit den Bewegungen der Karacke sanft hin und her schaukelte. Hrolf schloss sorgfältig die Tür hinter sich und legte den Knebel vor. »Wir müssen uns leise unterhalten«, flüsterte er.

Arinna nickte und setzte sich auf den Boden.

»Wir werden als Nächstes Neapel anlaufen«, sagte Hrolf. »Andrea Longo beabsichtigt zu fliehen, und wir könnten uns ihm anschließen. Was meinst du dazu?«

»Longo? Steht er dahinter, dass du dich mir gegenüber so abweisend verhältst?«, wollte Arinna als Erstes wissen.

»Ja. Boccanegra hat aus dem herzlichen Einverständnis zwischen Longo und mir geschlossen, dass ich inzwischen die Fronten gewechselt habe«, flüsterte Hrolf. »Boccanegra weiß, dass du Longo verabscheust. Nur deswegen hat er mich in Trapani und Palermo als dein Bewacher mitgeschickt. Sonst wäre es wohl der Bootsmann gewesen …«

»Grässlich!« Arinna schüttelte sich. »Ich verstehe.«

»Übrigens Trapani.« Hrolf kramte in seiner persönlichen Ecke und zog unter einer besonders dreckigen Hose ein längliches Kästchen hervor, das er Arinna überreichte.

»Für mich?«

Hrolf nickte mit erwartungsvollem Gesicht.

Arinna betrachtete ehrfürchtig die feine Musterung in braun, rot und gold, bevor sie das Kästchen öffnete und, wie sie es schon ahnte, darin ein Schreibrohr und ein Federmesser entdeckte. »Danke, Hrolf«, flüsterte sie überwältigt.

»Für deine Berechnungen der Pest«, sagte Hrolf nüchtern. »Arabisches Papier und Eisengallustinte hat der Händler mir auch mitgegeben. Ich hoffe, es ist alles richtig so, ich hatte ja nicht viel Zeit.«

»Es ist alles ganz richtig«, bestätigte Arinna feierlich.

»Fein. Dann zurück zu Longo und seinem Fluchtplan!«

Arinna nickte. »Glaubst du denn, dass wir es schaffen würden?«

»Es wäre möglich. Die Schwierigkeiten aber würden dann erst beginnen, nämlich wenn man dich erkennt. Longo hat offenbar vor, dich als Betrügerin zu entlarven, um Boccanegra vor aller Welt bloßzustellen.«

»Dann darf er nicht von Bord. Ich betrüge nicht, wie du weißt. Nur der Schwamm ist Betrug.«

»Das sehe ich auch so. Es ist jedoch schwierig für mich, dich zu begleiten und gleichzeitig Longo zu bewachen. Ich weiß deshalb nur eine Möglichkeit.«

»Ja?«

»Du musst Minotto klarmachen, dass er wegen der Ratten keine Leinen zum Ufer auslegen darf. Die Sant Jacobus muss mitten im Hafenbecken ankern, kein Fremder soll auf das Schiff dürfen, und uns beide muss man im Beiboot zum Ufer pullen.«

Arinna kicherte leise. »Schlau ausgedacht, Hrolf. Und Longo?«

»Er wird schäumen und es akzeptieren müssen. Hoffen wir, dass es ihm nicht gelingt, irgendwelche Botschaften an Land zu schmuggeln.«

GOLF VON NEAPEL

Boccanegra wurde vor allem hellhörig, als Arinna ihm die Sache mit den Tauen und den Ratten erklärte. Er verstand zwar nicht ganz genau, was sie meinte, aber dass sie recht hatte, wusste er in der Tiefe seines Herzens. Und außerdem war da Longo, dessen Bewachung dann nicht ganz so schwierig wäre …

»Ich werde mich an Land rudern lassen und mich umhören«, sagte er, zufrieden, wie sich die Sache angelassen hatte. Inzwischen arbeitete ja selbst Arinna für seine Sache. Und sofern die Neapolitaner Bescheid wussten, konnte er jetzt auf finanzielle Angebote warten.

»Bitte«, rief Arinna aus, »geht nicht dorthin, wo gehustet wird! Wenn Ihr davon hört, lauft weg, so schnell Ihr könnt.«

»Ich denke, ich bin gefeit!«

»Ja, wenn die Pest mit Knötchen einhergeht. Aber der sterbende Jude in Trapani warnte vor dem Husten. In ihrem Viertel hatten sie die Pest, aber keine Knötchen, und diese Pest führte innerhalb von Stunden zum Tod.«

Boccanegra schmeckte die Bezeichnung dieses ungeliebten Volkes beinahe auf der Zunge, als er es leise aussprach. »Ein

Jude«, wiederholte er laut. »Das Volk, das unseren Herrn Jesus Christus ans Kreuz lieferte. Wahrscheinlich hat er gelogen, um uns zu täuschen.«

»Ihr solltet es wirklich ausprobieren, damit wir es erfahren«, schlug Arinna mit einem Hohn vor, der Boccanegra das Blut ins Gesicht trieb. »Und wenn ich Euch erinnern darf, so hat sich auch bewahrheitet, was die barbarischen Tataren über die Pest wussten. Es scheint, dass allein die Christen nicht sonderlich informiert sind.«

»Du darfst gehen«, sagte Boccanegra mit einem Groll, den er kaum noch beherrschen konnte.

NEAPEL

Die Karacke der Stadt Genua war erkannt worden. An der am Hafen zusammengeströmten Volksmenge bemerkte Boccanegra Anzeichen von Hoffnung und Freude. Man zeigte mit Fingern auf ihn. Einige klatschten in die Hände, von irgendwoher waren Bravorufe zu hören.

Als das Beiboot angelegt hatte und er ausgestiegen war, wurde er umringt von den einfachen Leuten. »Habt Ihr die Pestjungfrau an Bord? Seid Ihr gekommen, um uns mit Hilfe unseres Heiligen San Gennaro vor der Pest zu retten?«

»Sein Blut hat sich aber am Fest der Translation nicht verflüssigt! Das ist ein schlechtes Zeichen!«

»Hat es doch!«

»Nein, hat es nicht. Aber am 14. Juli ist das Blutwunder aufgetreten! Warum am 14. Juli?«

Die Stimmen schwirrten um Boccanegra herum wie bösartige Wespen. Vierzehnter Juli. Vierzehnter Juli. Irgendetwas Bedeutsames war da. Es hatte mit seiner Heimatstadt zu tun. Angestrengt dachte er nach. Die Genuesen würden ihre Liebe für den Heiligen auf ihn, Boccanegra, übertragen, wenn er die Antwort wusste.

Plötzlich fiel es ihm ein. Er hob die Hände, und die Nächststehenden verstummten. »Ich kann es euch sagen, was am vierzehnten Juli war. Das ist der Tag des Heiligen Jakobus von Voragine, der Erzbischof in Genua war und 1298 gestorben ist.«

»Genua!«, heulten die Massen frenetisch. »Dem Herrn sei Dank! Das ist das Zeichen! Ihr kommt im Auftrag des Jakobus von Voragine, um uns die Pestjungfrau zu bringen!«

»So ist es«, rief Boccanegra erleichtert. »Und jetzt lasst mich durch.«

Hrolf bahnte ihm den Weg, aber die Leute waren inzwischen still geworden und wichen ehrfürchtig von selbst auseinander.

»Handelsherr«, raunte Hrolf ihm kurze Zeit später zu, »was ist mit dem Heiligen? Kann man sich auf den verlassen? Im Notfall, meine ich.«

Zwar standen dem Mann Fragen nicht zu, doch in diesem Fall mochte er recht haben. »Die Genuesen sind sehr gläubig«, sagte Boccanegra, »und ihr Stadtheiliger geht ihnen über alles. Auch ein Fremder darf ihn um Hilfe anrufen.«

In dieser Stadt brauchte Boccanegra nicht lange zu warten, bis der erste Bittsteller eintraf. Ein Reiter tobte ihm wild unter Geschrei und Anfeuerungsrufen entgegen, parierte knapp vor ihm durch, sprang ab und ließ das Pferd laufen, das sich sofort in aller Ruhe über die Grasbüschel zwischen der gepflasterten Straße und einer Hausmauer hermachte.

Der Reiter schwenkte einen Hut mit einer langen Feder und verbeugte sich tief vor Boccanegra. »Wie wir soeben erfahren haben, Consigliero, dürfen wir Euch und die Pestjungfrau in unserer Stadt begrüßen. Wir sind überglücklich!«

Ja, das war Boccanegra auch, sofern es hier begüterte Pestkranke gab. Angesichts des Reiters war er voller Hoffnung. Sein eigener vornehmer Gruß fiel nicht allzu tief aus und sollte Zurückhaltung signalisieren.

»Die Familie des Cavaliere Scarpa von Neapel lädt Euch herzlich ein … Will sagen, das Haus hat einen Kranken, das einzige Söhnchen, der Erbe, der zukünftige Marchese im Hause des Onkels …«

»Ich verstehe«, sagte Boccanegra steif. »Ich begleite Euch zu dem Anwesen der Familie. Und dann lasst zum Hafen schicken und die Jungfer Arinna holen, damit keine Zeit verlorengeht. Mein Leibwächter wird den Boten begleiten.«

»Ich küsse Euch die Hand! Es ist nicht weit zum Anwesen der Scarpa!«, rief der Mann, pfiff seinem Pferd und schritt zu Fuß voran.

Das Anwesen lag am Rande der Stadt, dahinter begannen schon die Weinberge. Das Tor wurde durch einen kräftigen Waffenträger bewacht, und der Garten war gepflegt. Wohlwollend betrachtete Boccanegra die Skulpturen aus Buchs, die den Eingangsweg schmückten. Offenbar gab es auch fließendes Wasser, vielleicht sogar ein Wasserspiel, was große Mode bei denjenigen war, die es sich leisten konnten. Jedenfalls meinten Boccanegras gespitzte Ohren Plätschern zu vernehmen.

Was er hier zu sehen bekam, gefiel ihm ausnehmend gut. Diese Leute waren reich.

Im kostbar ausgestatteten Salon, wo er zur Erfrischung einen fruchtigen Wein vorgesetzt bekam, überdachte er den Umfang seiner Forderungen für die Heilung des kleinen Balges, eines zukünftigen Marchese.

Der Bootsmann führte seine Befehle treu aus. Er wich Andrea Longo keinen Augenblick von der Seite, seitdem Hrolf die Leine des Beibootes an Deck geworfen hatte und zum Achterkastell hochgestiegen war, um Boccanegras Anweisungen an den Kapitän weiterzugeben. Sichtlich behielt er die Jolle, die neben der Karacke im schmutzigen Hafenwasser schaukelte, besonders argwöhnisch im Auge. Longo wagte jedoch keinen Versuch, sich ihrer zu bemächtigen.

Kurze Zeit später setzten Hrolf und Arinna in die Stadt über. Der berittene Bote der Scarpa musste inzwischen Wundertaten von Arinna erfunden und verbreitet haben, denn manche Frauen weinten vor Glück, andere sanken auf die Knie, um laut zu beten und sie um Hilfe anzurufen.

»Bring uns hier raus, Hrolf!«, flehte Arinna erschrocken. »Was wollen sie?«

»Heilung. Vielleicht auch eine Heilige«, brummte Hrolf, dann trat er zu dem Diener der Scarpa und verständigte sich kurz mit ihm.

Der Mann war einverstanden. Arinnas Federgewicht würde seinem Pferd gar nicht auffallen. Ehe sie sich's versah, saß Arinna quer vor dem Sattel. Unter ihr galoppierte der Gaul los und brachte sie in kurzer Zeit zu ihrem Patienten.

Der kleine Junge, der um die zehn Jahre alt sein mochte, glühte vor Fieber und war nicht bei Bewusstsein. Er war an beiden Beinen übersät mit den roten Stippchen, die Hrolf nach Arinnas Beschreibung der erzbischöflichen Symptome als gewöhnliche Flohstiche erkannt hatte. Aber was in aller Welt hatten Hundeflöhe mit Pest zu tun?

Hatte der Junge auch einen Hund? Oder gab es hier Ratten? Und hatten die auch Flöhe? Der Erzbischof sollte den Ratten des Palastes allerdings ja nicht begegnet sein.

Jedenfalls hatte der Junge keine Knötchen und Beulen.

Noch nicht? Arinna meinte inzwischen zu wissen, dass sie auftreten würden, und in diesem Fall auch, wo. Die Behandlung würde jedenfalls wie üblich beginnen müssen.

Die Mutter des kleinen Scipione war handlungsunfähig. Seitdem Arinna den Raum betreten hatte, kniete sie auf einer mit Samt überzogenen Bank, ins Gebet versunken, ohne aufzuschauen. Arinna erklärte daher der Zofe Teresa, was sie benötigte.

Während sie wartete, machte sie sich zum ersten Mal Gedanken darüber, was passieren würde, wenn sie versagte. Vielleicht war Versagen nicht das richtige Wort, aber Angehörige würden es möglicherweise so sehen. Vor allem, wenn ein Kind starb.

Von selbst wanderten ihre Gedanken jedoch zurück zu dem

Jungen. Als Erstes hatte sie ihm das enganliegende Unterkleid, das bis oben hin zugeknöpft war, und die langen Beinlinge ausgezogen, beides aus guter Seide gewebt und viel zu heiß für den kleinen überhitzten Körper.

Teresa kam zurück, die Arme voller sauber zusammengelegtem und geglättetem Bettzeug, gefolgt von einer mageren, rothaarigen Küchenmagd, die einen Wassereimer schleppte.

»Das ist es, was der kleine Scipione jetzt braucht. Genau das«, sagte Arinna mit vor lauter Dankbarkeit belegter Stimme, weil Teresa ihr bruchstückhaftes Italienisch zusammen mit ihren ausführlichen Gesten bis aufs Tüpfelchen verstanden hatte.

Die kleine Magd hieß sie nach Hrolfs Vorbild an der Tür stehenbleiben, was diese zutiefst erschrocken tat. Sie schlug heimlich das Kreuz, als ob es einen Zauber abzuwehren gälte. Den Jungen wusch Arinna allein, packte seine Unterschenkel in dicke kühlende Pakete und legte ihn behutsam auf den Boden, um mit Teresas Hilfe das Bett abzuziehen. Sie warf die dicke Nackenrolle, die für den Jungen unbequem hoch war, ganz hinaus und bezog alles frisch. Zufrieden betrachtete sie das Werk. Jetzt sah es so makellos sauber aus, wie sie es bei den Johannitern gelernt hatte.

»Hat euer kleiner Liebling eigentlich einen eigenen Hund?«, fragte sie Teresa.

»Hund? Draußen gibt es gefährliche Wachhunde, ja. Und zwei Jagdhunde für den Herrn. Aber einen Hund im Haus? Oh nein!« Teresa starrte Arinna entsetzt an.

Unerwartet beendete die Mutter des Kleinen ihr Gebet und stemmte sich mit leidendem Gesicht in die Höhe. Als sie Scipione auf dem Boden liegen sah, warf sie sich laut klagend neben ihn.

Teresa, die sich als vernünftige Person erwiesen hatte, versuchte, ihre Herrin zu beruhigen. Endlich hatte sie sie so weit, dass sie auf dem Gebetbänkchen sitzen blieb, wo sie wilde Blicke um sich warf. »*Ciarlatana*!«, rief sie anklagend.

Arinna kümmerte sich nicht darum, sondern hob Scipione

behutsam in sein Bett zurück und bedeckte ihn locker mit einem leichten Tuch. Dann sammelte sie die verschwitzten Betttücher und Kleider ein, drückte sie der immer wieder verängstigt ihre Herrin anschauenden Magd in die Arme und schickte sie fort.

Teresa sprach weiterhin sanft auf ihre aufgelöste Herrin ein. Schließlich wagte Arinna Dama Caterine zum Kopfende des Bettes zu führen, damit sie ihren Sohn selbst betrachten konnte.

Gewaschen, den dichten, roten Haarschopf gekämmt und weniger verschwitzt, machte Scipione nicht mehr den Eindruck eines todkranken Kindes, obwohl noch immer ohne Bewusstsein. Arinna machte sich keine Illusionen. Die Beulen mussten sichtbar werden. Wenn nicht, wenn er sogar anfinge zu husten, sah sie schwarz.

Am späten Nachmittag, nach unendlich vielen Wadenwickelwechseln, schlug Scipione die Augen auf. Und endlich konnte Arinna ihm den Sud verabreichen, der schon vorbereitet wartete und nur noch, mit Honig und Zitrone versetzt, erhitzt werden musste.

Der Junge sah sie ohne Überraschung, sogar mit etwas Neugier, die Hoffnung gab, an, als sie ihm den Trank in den Mund löffelte. Dann klagte er, dass ihm die Knöchel und die Knie wehtäten, und Arinna hätte fast laut gejubelt. Zu ertasten war noch nichts, aber wahrscheinlich waren die Knötchen im Begriff zu entstehen und zu wachsen und verursachten dadurch die Schmerzen.

Als Scipione in der Abenddämmerung einschlief, die Herrin sich erschöpft zur Ruhe begeben und Teresa vorübergehend die Wache übernommen hatte, nahm sich Arinna die Freiheit, nach der Küche zu suchen und sich ein wenig Essen zu erbitten.

»Tür zu!«, rief die korpulente Köchin erbost und zeigte auf einen Teigklumpen. »Er darf keine Zugluft bekommen.«

»Oh«, sagte Arinna und klagte der Frau mit Gesten ihr Leid. Sie war völlig ausgehungert.

»Madonna!«, rief die Köchin und warf ungläubig die Hände

in die Höhe. Angenommen hatte sie selbstverständlich, dass die Medica des jungen Erben mit der Herrschaft essen würde. Sie schnaubte empört, wusch ihre von Teig klebenden Hände und holte herbei, was das Haus hergab. Brot, kleine eingelegte Sardinen, verschiedene Sorten Käse, Oliven, Rosinen, Nüsse, *sfogliatelle*, süße Käsetaschen … »Aber dann musst du auch noch etwas Redliches in den Magen bekommen. Am besten ein Schüsselchen *rise cu 'o niro 'e seccia*, Reis mit Tintenfisch, den habe ich warm auf dem Ofen«, schwatzte sie, und Arinna verstand nur die Hälfte. Aber alles kam von Herzen.

Arinna fragte schließlich schüchtern, ob sie das alles nach draußen in den Garten mitnehmen dürfte. Der Geruch des alten Hauses, das Parfüm der Hausherrin – all dem würde sie gerne für eine Weile entfliehen. Sie hätte bei ihrer Ankunft einen nur ganz knappen Blick in den Garten geworfen, und am Himmel stünde schon der erste Abendstern …

Oh, was immer die Medica befehle! Die mütterliche Frau packte ihr einen Korb, dazu einen Teller des herrschaftlichen Geschirrs, Messer und Löffel obendrauf, und beschrieb ihr, wie sie einen ganz lauschigen Platz im hinteren Gartenteil finden konnte, an dem der Hausherr einen künstlichen Wasserfall hatte anlegen lassen.

Arinna, die bei ihrer unendlichen Wanderung durch Anatolien gelernt hatte, sich zu orientieren, fand schnell den Platz, den die Köchin beschrieben hatte. Nicht gefasst darauf war sie, dass dort schon jemand saß.

»Wie geht es dem Jungen?«, fragte Hrolf mit seiner tiefen Stimme.

»Waräger, wie kannst du mich so erschrecken!«, keuchte Arinna, während Hrolf sich aus dem Schatten eines Busches herausschälte und zu ihr ans Wasser trat.

Er lachte leise.

»Es geht ihm besser. Ich dachte, Boccanegra und du wärt zum Schiff zurückgekehrt?«

»Nein, nein. Boccanegra hat ein Gästezimmer erhalten, ich einen Schlafplatz in einem Gartenhaus, Essen und einen Krug Wein, was will ich mehr?«

»Aber in Palermo …«

»Ja, ja. Da war die Sache anders. Boccanegra musste ja erst einmal glaubhaft vorführen, dass er ein Mittel gegen die Pest in Händen hält. Das weiß inzwischen die ganze Welt. Ich vermute, Boccanegra hat jetzt Angst um die fürstliche Entlohnung, die er für die Dienste seiner Pestjungfrau erwartet, und letzten Endes auch, dass man dich entführen könnte. Der lässt dich nicht mehr aus den Augen.«

»Wie meinst du das?«, fragte Arinna verständnislos und begann die Leckereien der Köchin zu inspizieren, die in hübschen kleinen Schälchen angerichtet waren, bestimmt nicht schlechter als an der Tafel der Herrschaft.

Hrolf sprang auf und riss Blätter von dem Busch ab, in dessen Schatten er gesessen hatte. Er dekorierte sie auf dem steinigen Boden zu einer grünen Tischdecke. »Zwar kein Schweinefleisch im Feigenblatt, aber doch Käse auf dem Feigenblatt«, sagte er schmunzelnd. »Erinnerst du dich?«

Natürlich tat sie das. »Boccanegra wird also Geld nehmen, wenn sein Sohn gesund wird?«

»Verlangen! Das ist der Zweck«, bestätigte Hrolf. »Die Kranken interessieren ihn nicht.«

»Ich hoffe trotzdem, dass der Kleine gesund wird«, murmelte Arinna, der ganz elend wurde bei dem Gedanken, dass Boccanegra vielleicht in diesem Augenblick im Salon saß und mit dem Cavaliere um den Geldwert des Jungen feilschte.

»Iss jetzt, Arinna«, sagte Hrolf mitfühlend. »Lauter leckere Dinge. Die Köchin hat bestimmt zu würdigen gewusst, was du für die Familie tust.«

»Greif selbst zu«, forderte Arinna ihn munterer auf, als ihr zumute war. »Ich nehme erst mal den schwarzen Reis, den kenne ich nicht.«

Hrolf nickte. Nach den ersten Bissen wirkte er in auffallender

Weise in sich gekehrt. »Speise und Trank miteinander zu teilen ist bei uns zu Hause wie ein Geschenk«, sagte er nach einer Weile leise. »Daran hängen viele Dinge des Lebens. Ein Häuptling von früher konnte sich nicht von jedem zutrinken lassen – er hätte dann seinen Streit mit demjenigen nicht mehr austragen dürfen. Ein Neugeborenes, das zum ersten Mal getrunken hatte, konnte nicht mehr ausgesetzt werden. Ein Friedloser war gerade dadurch aus der Gesellschaft ausgeschlossen, dass er sich nicht mehr mit anderen an den Tisch setzen durfte, und das ist heute noch so …«

»Du hast Heimweh«, schloss Arinna.

»Ja, aber es ist nicht nur das. Es bedeutet viel mehr …«

Arinna verstand nicht genau, was er meinte, aber erklären wollte Hrolf sich auch nicht, und schließlich ließ sie es auf sich beruhen.

»Hast du dich im Garten umgesehen?«, erkundigte sich Arinna nach einer Weile.

»Ja. Er muss uralt sein. Weiter oben am Hang stehen Olivenbäume mit einem Umfang, dass zwei Männer sie nicht umspannen können. Sie gedeihen gut. Sie haben ausreichend Wasser.«

»Weißt du«, begann Arinna, tief in Gedanken, »der kleine Junge ist an beiden Beinen bis zum Knie mit Flohstichen übersät. Der Erzbischof hatte Hunde, begegnete aber kaum Ratten. Können Ratten auch Flöhe haben? Und hat Scipione etwa mit einer Herde Ratten gespielt?«

»Das könnte sein«, bestätigte Hrolf einfach. »In diesem Schilfgewässer hinter den Bäumen leben sie zu Tausenden. Du brauchst nur hinzugehen, dann wirst du sie rascheln und fiepen hören. Vielleicht wollte er Frösche fangen.«

Arinnas Zähne blieben in einem Ziegenkäse stecken, von dem sie gerade abbeißen wollte. Sie schüttelte den Kopf, um sich von den bröckeligen Stücken zu befreien. »Glauben wir jetzt, dass auch Flöhe mit Pest zu tun haben? Eine Art Zauber?«

»An Zauber glauben wir nicht. Wir sind nicht römischkatholisch«, behauptete Hrolf gespielt hochmütig. »Aber die Ratten haben wir zu Feinden erklärt, genau wie die Erdhörnchen. Und wenn die Rattenflöhe mit der Pest zu tun haben, dann gibt es wahrscheinlich auch auf Erdhörnchen Flöhe, die in irgendeiner Weise beteiligt sind.«

»Und auf Hunden. Es hört sich verrückt an«, sagte Arinna nach einer Weile und begann, mit gutem Appetit das restliche Abendessen in sich hineinzuschaufeln. »Aber wir sehen, was wir sehen, und wir erkennen, was wir erkennen. Wir sind anders als sie.«

»Das ist richtig. Weißt du was? Nach dem Essen spielen wir eine Partie Schach. Und danach möchte ich dir etwas zeigen.«

Zum ersten Mal gewann Arinna das Spiel. Es machte sie ganz stolz. Möglicherweise war aber auch Hrolf nicht ganz bei der Sache. Kaum lag der Schah im Staub, als er die Spielfiguren schon in den Lederbeutel packte.

Kurze Zeit später standen sie oberhalb des Teiches an einem in ungefüge Steine gefassten runden Becken, in das aus einer Erdspalte Wasser sprudelte. Es gurgelte leise, und im Hintergrund zirpten Tausende Grillen. Darüber war hin und wieder das Quaken eines Frosches zu hören.

Arinna wollte etwas sagen. Aber Hrolf legte den Zeigefinger über seine Lippen, und sie verschluckte ihre Frage.

Nach einer Weile nahm er ihre Hand und zog sie sacht mit sich. Arinna folgte Hrolf voller Vertrauen. In geraumem Abstand von der Quelle sprach er erst wieder.

»Wir nennen das *heimta heill*, das Heil heimholen, wenn die ganze Sippe zu einer Quelle wandert, um Segen oder Heil von den Quellgeistern zu erhalten. Es ist ein uralter heiliger Brauch. Wenn die Sippe ein neues Mitglied zu begrüßen hat, ein Neugeborenes etwa, oder …«

Er verstummte. Arinnas Herz weitete sich. Sie verstand ihn. Sie hatte durch ihn an diesem Abend eine neue Familie bekommen.

Man delektierte sich an einem Wein, den Scarpa als Latino Bianco aus Torre del Greco bezeichnete. Boccanegra hatte um ein Gespräch von Mann zu Mann mit ihm gebeten, und es war ihm gewährt worden. »*'A salute!*«, prostete er höflich.

»*Addo' va!*«, gab Scarpa zurück.

Beim zweiten Glas fand Boccanegra es an der Zeit, zur Sache zu kommen.

»Unsere Arinna ist ein sehr frommes junges Mädchen«, begann er.

»Zweifellos, sie hat den Segen unseres Herrn«, stimmte Scarpa zu. »Die Heilung Seiner Erzbischöflichen Gnaden von Palermo ist ein Wunder, das nur aus einer jungfräulichen Hand gespendet werden kann, die von Jesus Christus geführt wird.« Er schlug das Kreuz.

Boccanegra beeilte sich, es ihm gleichzutun. Zwar war auch er fromm, aber die Sitten im Norden unterschieden sich von den südlichen doch spürbar. »Die Jungfrau möchte sogar eine Kapelle stiften.«

»Wem?«

»Sie hat sich für San Gennaro entschieden. Die einfache Gläubigkeit der Genuesen, die ihr am Hafen entgegenschlug, ist ihr zum unvergesslichen Erlebnis geworden. Ihr Leibwächter war so beeindruckt, dass er mir hinterher davon berichtet hat.«

»San Gennaro«, wiederholte der Ritter überwältigt. »Unser Heiliger! Ein wundervolles Vorhaben. Was ich dazu beitragen kann, werde ich aus vollem Herzen tun.«

Boccanegra rieb sich in Gedanken die Hände. Jetzt nur keinen Fehler machen. Hätte er nur Niccolò bei sich!

»Ich könnte fünfzig Gigliati beisteuern.«

Boccanegra geriet der Wein vor Schreck in die falsche Kehle. Während er hustete, überlegte er krampfhaft, wie er sich verhalten sollte. Mit mindestens 200 goldenen Solidi hatte er gerechnet, etwa zehn Sklaven zum gewöhnlichen Preis in Konstantinopel. Andererseits war das Geschäft noch nicht gefestigt genug, um ohne das Wohlwollen des Cavaliere auszukommen. Verprellen durfte er ihn nicht. »Das entspricht wohl ungefähr einem halben Sklaven«, sagte er unbeholfen, um seine Unsicherheit zu überspielen.

»Auf sechzig könnte ich erhöhen, aber das ist das Äußerste«, sagte Scarpa, nicht mehr ganz so entgegenkommend.

»Der Herr segne Euch«, presste Boccanegra heraus und erhob sich, um zu vermeiden, dass mit zunehmendem Weingenuss und locker werdender Zunge auch noch diese sechzig verlorengingen.

Am Morgen waren endlich die erwarteten Knötchen in Sciones Kniekehle zu fühlen, sie waren schmerzhaft, und die Haut war hochrot selbst in der Umgebung. Aber der Junge war wach und grinste Arinna verschmitzt an, obwohl er natürlich noch fieberte.

»Ich habe gestern Abend im Garten Melisse gerochen«, sagte Arinna zu Teresa. »Ich muss sie im Dunkeln gestreift haben. Kann eure kleine Küchenmagd mir ein paar Zweige besorgen? Zehn, fünfzehn Stück reichen, mit großen frischen Blättern. Ich möchte meinem tapferen Schützling daraus einen Brei für seine schmerzenden Beine machen.«

Teresa verzog das Gesicht, ohne dass Arinna gewusst hätte, was dies bedeuten sollte. Vielleicht war das Mädchen nicht zuverlässig.

»Ich sage dem Gärtner Bescheid«, sagte Teresa ausweichend. Später kam sie nach oben, um Arinna zu melden, dass die Kräuter in der Küche bereitlägen.

Arinna flog, sobald sie konnte, die Treppe nach unten, erleichtert und frohgemut. Es sah nicht schlecht für den Jungen aus. Für sie selbst auch nicht, sie hatte alle Hoffnungen der Familie erfüllt.

Auf der untersten Stufe stolperte sie vor Hast, aber gebauschte Ärmel fingen sie auf, und ihr Gesicht presste sich für einen Augenblick gegen eine Reihe von Knebeln an einem seidenen Gewand. Gelbe Falten sprangen an den Ärmeln auf und gaben grünes Innenleben frei. Ein Gewand, wie es kostbarer nicht sein konnte.

Erstaunt starrte Arinna dem rothaarigen Edelmann, der sie festhielt, in die Augen. Er hatte ein auffallend schmales Gesicht, Scipione war geradezu sein Ebenbild. Nachdem sie das des Jungen Stunde um Stunde abgetupft und gekühlt hatte, kannte sie es genau.

Einigermaßen verblüffend war nur, dass die Küchenmagd beiden ähnelte, nur war ihr Kinn spitzer, und ihre Wangen waren eingefallen.

»La bionda! Schöne junge Frau«, rief Scarpa hingerissen aus. »Wie kommt ein solcher Edelstein in mein Haus, ohne dass ich davon Kunde habe?«

»Ihr habt Kunde«, widersprach Arinna. »Ich behandele doch Euren Scipione.«

»Den künftigen Marchese«, verbesserte Scarpa automatisch und fuhr fort, ihre Schultern zu kneten wie die Köchin den Teig. »Du bist also die Pestjungfrau aus *Custantenobbule*.«

Seine langen Finger erforschten bereits Arinnas Schulterblätter, bevor es ihr gelang, sich von ihm loszureißen. »Ja, Konstantinopel«, bestätigte sie unwirsch. »Und der Marchese ist im Augenblick ein kranker kleiner Junge, der vermutlich auf eine liebevolle Umarmung seines Vaters mehr Wert legen würde als auf einen adeligen Titel.«

»Äh?« Das Ächzen des Edelmanns war nicht gespielt. Er wusste wirklich nicht, was Arinna meinte.

»Ihr könnt zu ihm. Er ist wach.«

»Eine gute Botschaft.« Ohne jeden Dank begann der Cavaliere mit steifem Rücken die Treppe nach oben zu steigen, während Arinna weiter nach unten in die Küche hastete.

Die freundliche Köchin war anwesend. Sie zeigte auf den Tisch, wo für Arinna alles bereitlag. Arinna begann die Melissenblätter abzuzupfen und zu zerschneiden, während auf dem Feuer bereits Wasser in einem Topf simmerte. »Danke für das üppige Abendessen«, sagte sie. »Ich habe es genossen. Der Mond war schon aufgegangen, viele Pflanzen, die ich gar nicht kenne, dufteten, und Frösche quakten irgendwo. Da muss ein breiterer Fluss oder ein Teich in der Nähe sein?«

»Ja, gewiss. Wir haben, Maria sei Dank, immer genug Wasser, ganz im Gegensatz zu den meisten großen Häusern in der Nähe.«

»Wie schön! Ich bin selbst in einer Gegend ohne Wasser aufgewachsen, ich weiß, was es heißt, es von weither holen zu müssen und immer Angst zu haben, es könnte eines Tages nichts mehr da sein. Ich würde mich nicht wundern, wenn Scipione …«

»Psst«, zischte die Köchin und trat an Arinna heran. »Hier haben die Wände Ohren, müsst Ihr wissen. Unserem Marchese ist es strikt verboten, im Wasser zu spielen, aber er tut es gar zu gerne. Und was ist schon dabei?«

»Genau«, pflichtete Arinna ihr bei. »Was ist schon dabei? Und Eure Magd? Spielt die auch im Wasser?«

»Eine Magd?«, schnaubte die Köchin. »Natürlich nicht! Die hat zu arbeiten.«

»Ich dachte nur, dass sie als Scipiones Schwester wenigstens einige Freiheiten hätte«, mutmaßte Arinna vage.

»Schwester! Na gut, wo Ihr's schon herausgefunden habt …! Im Gegenteil. Die Herrschaft hält sie wie eine Sklavin, vor allem die Herrin. Der Herr kümmert sich überhaupt nicht um sie. Übrigens reden wir auch nicht über sie, das ist uns verboten.«

»Armes Kind«, murmelte Arinna.

Am späten Abend, als Scipione schon ruhig und schmerzfrei schlief, schaute Boccanegra zur Tür herein. »Er wird doch wohl gesund werden!«

»Ich denke, ja. Er ist auf dem Wege der Besserung«, sagte Arinna warmherzig, obwohl ein derart patziger Ton eigentlich eine andere Antwort verdient hatte.

»Wir verlassen morgen dieses Haus!«

»Ich würde Scipione gerne noch einen Tag betreuen.«

»Er ist auf dem Weg der Besserung. Das reicht. Es hagelt uns Bitten um Hilfe ins Schiff.«

»Ja, wenn es denn sein muss«, entschied Arinna mit einem liebevollen Blick auf den Jungen.

»Noch am Vormittag.«

Arinna umarmte Scipione zum Abschied. Ihm ging es ganz gut. Teresa flog herbei und plazierte ihr rechts und links auf die Wangen Küsschen. »Ihr habt dieses Haus gerettet«, flüsterte sie Arinna ins Ohr. »Der Cavaliere setzt seine ganzen Hoffnungen darauf, dass sein Sohn den Titel seines Bruders beerbt und Marchese wird. Die Familie lebt nur von geliehenem Geld.«

»Er ist ein netter Junge«, sagte Arinna diplomatisch. Schließlich konnte sie Scipiones künftige Fähigkeiten, ein fürstliches Haus zu führen, wirklich nicht beurteilen. »Euch allen viel Glück! Die Dama ist wohl nicht zu sprechen?«

»Die Dama ist selten zu sprechen. Sie betet gegenwärtig mit ihrem Padre.«

»Dann gehe ich noch in die Küche hinunter. Ich schulde der Köchin Dank und will mich auch von eurer Küchenmagd verabschieden.«

Teresa zuckte angesichts ihres Wunsches mit den Schultern, aber ihrem Gesicht war abzulesen, dass es ihr nicht recht war.

Es duftete nach einem knusprigen Teigfladen. Auf dem Herd köchelte in einem riesigen Topf ein Gericht. Arinna schnupperte.

»Du hast Hunger.«

»Nein, nein«, sagte Arinna und nach einem Augenblick: »Doch.«

»Dann wirst du jetzt erst einmal essen. Die *zuppa 'e suffritto* ist eine gute Grundlage für den ganzen Tag. Dann wird dich nichts mehr umwerfen können.«

Arinna lächelte in sich hinein, setzte sich und bekam kleingeschnittene Schweineinnereien in Rotwein vorgesetzt. Es war einfach köstlich. Sie seufzte vor Behagen.

Endlich war es Zeit, sich zu verabschieden. »Ich möchte der kleinen Küchenmagd noch Lebewohl sagen«, fügte sie hinzu. »Mein Vater hat mich zur Höflichkeit erzogen. Ich möchte sein Andenken wahren. Er wurde erschlagen …«

Die bräunliche Haut der Köchin erblasste unversehens.

Arinna bereute sofort ihre letzte Bemerkung. Sie hatte die Köchin nicht erschrecken wollen.

»Madonna! Hat Teresa dir nichts gesagt? Die kleine Maria ist zu ihrem Herrn heimgegangen.«

»Wie? Zu welchem?«, fragte Arinna, völlig konsterniert.

Die Köchin schnaufte vor Aufregung. »Sie ist heute in der Frühe gestorben. Niemand kann sich erklären, wieso.«

Arinna musste sich vor Schreck am Tisch festhalten. »Darf ich mich trotzdem von ihr verabschieden?«, fragte sie bestürzt.

»Jetzt, wo du alles weißt, natürlich«, sagte die Köchin und schritt voraus durch eine Tür, die direkt in den Garten führte. Sie folgten einem Steig zu einem Erdkeller, der versteckt hinter einer Hecke lag.

Das kleine Mädchen lag in einem einfachen Holzkasten. Ihre lockigen roten Haare breiteten sich über ein weißes Gewand und über ihre gefalteten Hände.

Vorsichtig schob Arinna die Haare beiseite. Auf den Handrücken der Kleinen waren unzählige kleine rote Punkte verstreut, die sich bis an die Ellenbogen erstreckten. Flohbisse.

Die Flöhe hatten vermutlich in den Beinlingen ihres Bruders gesteckt. Arinna liefen Tränen über die Wangen. Sie war schuld am Tod dieses kleinen Mädchens, weil sie nicht rechtzeitig die Zusammenhänge verstanden hatte.

# KAPITEL 18

NEAPEL

Boccanegras schlechte Laune war mit Händen zu greifen, als sie sich noch vor Mittag vor der Freitreppe sammelten, um das Anwesen der Scarpa zu verlassen. Von der Herrschaft war weit und breit nichts zu sehen, obwohl man hätte annehmen können, dass sich ein dankbarer Vater von Arinna wenigstens verabschieden würde.

Aber hinter dem Haus waren Hufschläge zu hören. Dann bog der Knecht, der sie am Hafen abgeholt hatte, neben einem flott trabenden Pferd um die Ecke. »Cavaliere Scarpa bittet Euch, seinen Braunen für den Rückweg in Anspruch zu nehmen. Ihr könnt ihn im Stall von Catano am Hafen einstellen«, schnaufte er.

»Immerhin«, bellte Boccanegra und wirkte trotz des Entgegenkommens unzufrieden. Er saß mit Schwung auf, rückte sich so ungestüm zurecht, dass der Wallach unter ihm tänzelte, und winkte Hrolf zu sich.

Hrolf strich dem Braunen über den Hals und flüsterte ihm ins Ohr.

»Bist du fertig?«, schnauzte Boccanegra und beugte sich zu Hrolf hinunter. »Du bist Arinnas Bewacher! Ich würde euch zwei in ganz Italien suchen lassen«, flüsterte er ihm drohend ins Gesicht. »Ihr tut also gut daran, so schnell wie möglich am Hafen zu sein. Die Jolle wird auf euch warten.« Er trat dem Wallach so fest in die Seiten, dass dieser noch vor dem Tor in Galopp fiel und binnen kurzem außer Sicht war.

»Es ist mit keiner Herrschaft einfach«, seufzte Scarpas Bediensteter.

»Mann, wirklich nicht«, stimmte Hrolf ihm von Herzen zu. »Danke für den Wein und alles Gute für dich und deine Frau.«

»Hast du mit ihm zusammengesessen?«, fragte Arinna, als das Tor hinter ihnen lag und sie außer Hörweite waren.

»Nachdem du gegangen warst. Es lohnt sich immer, sich ein wenig bei den Dienstleuten von Herrschaften umzuhören. Deswegen weiß ich auch, warum Boccanegra so schlechte Laune hat. Dieser Scarpa ist arm wie eine Kirchenmaus, er lebt von den Almosen des gegenwärtigen Marchese, vom Wein bis zum Gärtner. Wahrscheinlich hat er Boccanegra nicht annähernd bezahlt, was der sich vorgestellt hat.«

»Ich möchte nicht von ihm an vermeintlich oder wirklich Reiche vermietet werden«, sagte Arinna entschieden.

Hrolf nickte bedrückt. »Ich weiß.«

»Scarpas kleine Tochter, die ihm völlig gleichgültig war, ist in der Nacht gestorben.«

»Das weiß ich auch.«

»Aber eines weißt du nicht. Anscheinend haben Flöhe wirklich selbst Pest. Mit Ratten hatte das Mädchen nichts zu schaffen, sie spielte natürlich nicht wie ihr Bruder, sie arbeitete vielmehr im Haushalt wie eine Sklavin, und an dieses Gewässer mit Fröschen und Ratten ist sie bestimmt nicht gekommen.

Aber ich habe ihr die Kleider von Scipione zum Waschen in die Arme gelegt … Die Flöhe waren gewiss in den Beinlingen und müssen sofort auf sie übergesprungen sein. Ich weiß nicht, warum sie so schnell starb. Sie sah verhungert aus – vielleicht war es deshalb. Und niemand hat mich geholt … Dabei war ich doch im Haus …« Arinna liefen Tränen über die Wangen.

»Die Dama hat die Kleine bis aufs Blut schikaniert, hat mir mein neuer Freund erzählt«, sagte Hrolf. »Sie hat sie zu diesem Zweck der Mutter fortgenommen. Die gehört zu den Leibeigenen, die außerhalb des Landgutes wohnen. Der Köchin verbot sie bei Strafe, ihr Leckerbissen zuzustecken. Das hat die Frau des Stallknechtes gelegentlich gemacht. Aber niemand wagte, das Mädchen richtig herauszufüttern. Die Strafe hätte alle getroffen.«

»Diese fromme Frau hat das alles befohlen? Arinna, geliebte Göttin, welch eine Heuchlerin!«

»Vermutlich wird die Dama dich in der Gesellschaft von Neapel lobpreisen. Ihren Sohn hast du gerettet …«

»… und die gehasste Schwester erfolgreich in den Tod geschickt.« Arinna ballte erbittert die Hände zu Fäusten. Sie fühlte sich benutzt und beschmutzt.

Die Neapolitaner schienen eine Nase dafür zu haben, wann Entscheidendes passieren würde. Arinna und Hrolf hatten das Hafenbecken noch nicht erreicht, als sie von Menschen umringt wurden.

»Bete für uns, Arinna. Hilfe, Arinna! Heilige Arinna, hilf!«

Diese Menschen waren in Not. Was soll ich machen, signalisierten ihre Augen Hrolf.

Er hob die Hände und schwenkte sie ungeduldig, bis die Leute leiser wurden. »Arinna aus dem Tal der Tauben kann nicht überall gleichzeitig sein«, rief er. »Was wollt ihr von ihr? Wählt jemanden, der für euch spricht.«

Ein Bettelmönch wurde durch die Reihen geschoben, bis er vor Arinna ankam, ein alter Mann mit friedfertiger Miene und gütigen Augen. »Die Menschen sind verzweifelt, Arinna aus dem Tal der Tauben«, erklärte er, und Hrolf übersetzte. »Gottes Strafe trifft mit der Pest die Ärmsten der Armen, und sie wissen nicht, warum ausgerechnet sie. Sie spenden ihre letzten *schwarzen Paveser Pfennige* für eine Kerze an die Heiligen, und ihre Kinder hungern geduldig, bis der Tod nach ihnen greift. Warum, Arinna? Warum ist das so?«

Arinna schüttelte den Kopf. Hrolf gegenüber hätte sie die Vermutung geäußert, dass die Pest schmutzige und enge Behausungen liebte, und vielleicht auch hungernde Menschen, Ratten und Flöhe. Hier ging das nicht, es war keine Antwort, mit der jemand etwas anfangen konnte. »Ich weiß es nicht, Vater. Ich kann dich nur zu den Ärmsten der Armen begleiten und versuchen, Ratschläge zu geben.«

Hrolf schwenkte energisch verneinend die Hand und deutete dann über die Menschenmenge hinweg zum Hafen.

Ja, Arinna wusste, dass sie sich beeilen mussten.

»Deine Gegenwart allein würde ihnen Trost geben, Arinna.«

»Ja, Vater. Ich werde mitgehen«, sagte Arinna mit einem entschlossenen Seitenblick zu Hrolf.

## NAPOLI SOTTERANEA

Schon bald verlor Arinna in den Gässchen die Übersicht. Die Häuser waren hoch und der Blick zum Himmel durch trocknende Wäsche verwehrt. Kein Gedanke daran, die Sonne zu sehen.

Vor und hinter ihr wogte die Menge der Armen, zuweilen stockte das Vorwärtskommen aus unbegreiflichem Grund, dann ging es wieder vorwärts. Hrolf hielt sich hart hinter Arinna, wofür sie dankbar war.

Der Franziskaner brabbelte unentwegt, hauptsächlich im Dialekt der Neapolitaner, dazwischen mischte er griechische Brocken. Arinna verstand, dass sie gleich in die Hölle absteigen würden, wo es Kranke gebe, aber darauf konnte sie sich keinen Reim machen.

Wie auf höheren Befehl machten die Leute vor einer unscheinbaren Kapelle halt und öffneten dabei eine Gasse, durch die der Mönch Arinna mit sich zog. An einem ölig glänzenden Flecken auf nacktem Gestein sank er auf die Knie und verrichtete ein kurzes Gebet.

Bei genauerer Betrachtung hatte der Fleck die Form eines christlichen Kreuzes. Die Bestätigung erhielt Arinna wenige Augenblicke später. »Wo ein Pestkranker gestorben ist, lässt der Herr einen Ölfleck entstehen, um uns Menschen an unsere Schuld zu erinnern«, flüsterte er.

Während Arinna höflich nickend zuhörte, schob eine uralte Frau ihr etwas in die Hand, das sie dankend einsteckte, ohne es genauer zu betrachten, denn der Franziskaner hatte es plötzlich eilig.

Sie betraten das uralte Gebäude neben der Kapelle, das offensichtlich über einem in Stein gehauenen steil abwärts führenden Weg errichtet worden war. Der Mönch zündete eine der bereitliegenden Fackeln an, lächelte Arinna ermunternd zu und begann den Abstieg. Nur wenige folgten ihnen.

Je tiefer sie kamen, desto besorgter wurde der Franziskaner um Arinna, die genau wie Hrolf nur in gebückter Haltung gehen konnte. Sie nickte und versuchte ihm zu zeigen, dass sie keine Furcht hatte. Es war ihr, als sei sie plötzlich nach zu Hause ins Tal der Tauben versetzt worden. In grauen Stein gehauene Gänge und Räume, gelegentlich das Rund eines Brunnenschachts, scheibenförmige, zum Wegrollen behauene Verschlüsse vor Vorratsräumen, Nischen in den Wänden zum Aufstellen von Talglichtern.

Und dann die Wohnhöhlen der Armen. Für mehrere Familien gebaut, Durchlässe gab es überall, und in jedem Raum lagen Kranke und Unrat. Es stank fürchterlich nach Verwesung und Tod, aus den Betten, in den Ecken der Räume, zuweilen auch aus Schächten, die in unendliche Tiefe zu führen schienen.

Arinna fiel das Atmen in der stickigen Luft schwer. Sie wandte sich zu Hrolf um. »Was soll ich denn hier sagen?«, fragte sie unglücklich. »Vermutlich wohnen hier mehr Ratten als Menschen, und wenn die Pest hier Einzug gehalten hat, bekomme ich sie bestimmt nicht hinaus.«

»Versuch, einige Kinder zu heilen«, riet Hrolf klug. »Die Alten haben ohnehin nicht mehr viele Jahre vor sich, aber die Kinder werden gebraucht, um ihre Eltern im Alter zu versorgen. Wenn die Älteren die Pest überleben, heißt das.«

Kurze Zeit später bereitete Arinna ihren Sud auf einem kümmerlich flackernden Feuerchen vor, in Mengen, die sie noch nie hatte anwenden müssen. Bei einem kurzen Rundgang hatte sie so viele Kinder gesehen, die krank waren, zu dritt und viert auf einem Strohlager, manche lagen im Sterben, andere waren noch nicht so weit. Gemeinsam waren ihnen die Flohbisse und die Knötchen, Knoten und Beulen an Armen, Beinen, am Hals und unter den Rippen. In anderen Betten lagen alte Menschen, spien gemeinsam Blut, husteten und schrien nach Wasser.

Arinna rührte im Sud, verrichtete ihr Gebet an die Göttin und hob den Topf zum richtigen Zeitpunkt vom Feuer. »Hrolf«, sagte sie, geschäftig werkelnd, »frage Pater Matteo, ob es in Neapel die Gigiberknolle auf dem Markt zu kaufen gibt. Wenn ich alle diese Kinder versorgt habe, brauche ich dringend Nachschub.«

Hrolf unterhielt sich eine Weile mit dem Franziskaner. Arinna hatte keine Zeit, auf Näheres zu achten, aber sie nahm wahr, dass der Ton ernst war.

»Diese Knolle ist hier unbekannt«, fasste Hrolf schließlich zusammen.

»Aber sie wurde doch von einem Venezianer in das Abendland gebracht«, rief Arinna entsetzt. »In Sizilien kann man sie überall kaufen!«

»Pfui!«, rief Pater Matteo streng. »Das Land dieser widerlichen Aragon! Nachfahren und Erben eines Ungläubigen! Des Staufers Friedrich, der fast schon selbst ein Sarazene war! Nein, wir haben gottlob nicht die teuflischen Knollen, derer sich solche Leute bedienen müssen!«

»Wir brauchen sie aber, Pater!« Arinna war empört. Was hatten denn ein Friedrich und die Aragonesen mit der Pest in Genua zu tun? »Man kann auch Stechpalme, Olivenbaum, Flieder und Thymian anwenden, aber die können der Gigiberknolle nicht das Wasser reichen.«

»Der Herr hat es so gefügt, Pestjungfrau, wir werden ihm in aller Demut gehorchen«, sagte der Mönch fromm und begann laut zu beten. Die Höhlenbewohner fielen ein.

Stunden später beendete Arinna erschöpft ihre Arbeit. Sie

hatte viele Kinder behandelt, erreicht, dass Sterbende getrennt wurden von denjenigen, die die Krankheit vielleicht überleben würden, hatte einige Mütter in die Behandlung eingewiesen und den einen oder anderen Familienvater dazu gebracht, die Ratten aus der Umgebung der Kinder fortzujagen. Dass die Kadaver anschließend in die Schächte geworfen wurden, konnte sie nicht verhindern.

Mehr war nicht möglich. Hrolf packte Arinna, die nach vielen Stunden fast zusammenbrach, und schleifte sie mehr oder minder gewaltsam nach oben zum Platz an der Kirche.

Er lehnte Arinna an eine Wand. Eine mitleidige Seele brachte ihr einen süßen Zitronensaft, eine andere Ziegenkäse und knuspriges Brot. Arinna holte in tiefen Zügen Atem, aß und trank und spürte ihre Kräfte zurückkehren.

Plötzlich eilte der Franziskaner aus der Schlucht der grauen Gasse herbei. »Arinna aus dem Tal der Tauben hat sich wie eine liebevolle Mama aller Kinder angenommen. Und was sage ich euch? Die Kleinen des Ziegentreibers Guglielmo haben sich im Bett aufgerichtet und begonnen, sich zu verprügeln, wie üblich!«, brüllte er mit überschnappender Stimme. »Sie werden gesund! Es gibt Heilung! San Gennaro und der Madonna sei Dank!«

Die Menge fiel auf die Knie und begann murmelnd zu beten. Arinnas Blick wanderte fragend zu Hrolf. Er zog die rostroten Augenbrauen in die Höhe und schüttelte den Kopf. Auch er wusste nicht ganz genau, wem das Gebet galt.

Ein Vaterunser später gab es in der Volksmenge erneute Bewegung. »Das Blutwunder!«, kreischte jemand, und die Mär vom Wunder wurde bis zum Franziskaner getragen, der immer noch Arinna getreulich zur Seite stand.

Tränen tropften auf sein schäbiges braunes Gewand. »San Gennaro«, stammelte er, an Arinna gewandt. »Sein Blut fließt! Es wird alles gut werden. Die Pest wird schnell verschwinden. Der Herr ist mit uns.«

»Ja, das hoffe ich«, sagte Arinna. »Und ich muss jetzt zurück zum Schiff. Ich habe mich ohnehin verspätet.«

»Und wie!«, murmelte Hrolf.

Vater Matteo führte sie wie auf dem Hinweg. Aber jetzt mit strahlenden Augen, und immer wieder wies er darauf hin, dass das Verdienst Arinna zukomme, und dann sanken die Menschen vor ihr auf die Knie und küssten ihren Rocksaum.

Irgendwann fiel Arinna der rote Gegenstand ein, den eine Frau ihr zugesteckt hatte. Sie hielt ihn dem Mönch vor die Augen.

»*O' curniciello!*« Die Überraschung stand ihm ins Gesicht geschrieben und trug, sofern überhaupt möglich, Arinna noch größere Hochachtung ein. »Ein Hörnchen. Jemand, der Euch vertraut, muss es Euch geschenkt haben, um Euch vor dem *malocchio*, dem bösen Blick, zu bewahren. Wir in Neapel glauben an solche Dinge. Man sagt hier: *Es ist nicht wahr, aber ich glaube es.*« Er näherte sich Arinnas Ohr: »So ist es auch mit den Blutampullen unseres Heiligen. Eigentlich befinden sie sich in Benevent. Aber wir glauben an die eine, die wir seit einiger Zeit wieder in der Stadt haben. Ein weiteres Wunder.«

»Das verstehe ich. Und das Hörnchen nehme ich so, wie es gegeben war«, sagte Arinna entschlossen. »Als Helfer in einer Not. Gibt es hier Menschen mit dem bösen Blick?«

»Nun ja«, stammelte der Mönch und schlug das Kreuz. »Die *jettatori*. Halbverhungerte Männer, bleich und mit gebogener Nase, schwarz gekleidet … Wenn Ihr so einen seht, rennt, was das Zeug hält.«

Arinna nickte ernst.

Bleiche *jettatori* sahen sie nicht, aber beeilen konnten sie sich trotzdem nicht. Sie bogen um eine Hausecke und gerieten mitten in einen Aufruhr. Hinter ihnen schlossen andere auf, und sie fanden sich eingekeilt. Von einem Augenblick zum anderen schien niemand mehr Arinna zu erkennen, und hier wurde dem Mönch weder Beachtung noch Respekt entgegengebracht.

Wie eine Flutwelle überkam die Menge eine plötzliche Wut,

die sich in gehässigem Geschrei Bahn brach, unterbrochen von einem mehrmals skandierten Namen.

In der immer mehr drückenden Menge gelang es dem Mönch, sich zu Arinna umzudrehen. »Die reichen Familien feiern nur noch Feste, seitdem der Schwarze Tod Einzug gehalten hat«, brüllte er, um den Lärm zu übertönen. »Tanz, Völlerei und Verschwendung sind bei ihnen an der Tagesordnung, der Herr erbarme sich unser! Jetzt haben sie einen von denen erwischt.«

»Und was passiert mit ihm?«, schrie Arinna zurück.

»Eine unnötige Frage«, rief Hrolf, der hinter ihr stand, in ihr Ohr. »Sie werden ihn totschlagen.«

»Der Herr erbarme sich auch seiner. Sie werden es tun«, bestätigte der Mönch. »Der Adel ist zu weit gegangen.«

Plötzlich entstand ein noch größeres Gedränge und Geschiebe, das im Gegensatz zu vorher vom Zentrum des Geschehens auszugehen schien.

»Ich bekomme kaum noch Luft, Hrolf«, japste Arinna.

»Versuch, auf meinen Rücken zu klettern«, riet der Waräger.

Mit Stoßen und Hebeln schafften sie es, und schließlich konnte Arinna sich an Hrolfs Schultern klammern und freier atmen. Und sie konnte sehen, was weiter vorne vor sich ging.

Dort schwebten gerade Knüppel oder Dreschflegel über mehreren Köpfen und wurden nach unten geschlagen, als ob es um das Dreschen von Weizen ginge, während sich der Lärm der Menge zu einem frenetischen Geheul steigerte.

Für einen Augenblick trat Stille ein.

»Es ist vollbracht …«, murmelte der Mönch mit gesenktem Kopf.

Während Arinna nun hoffte, dass sich die Menge bald auflösen würde und sie weiterkonnten, bemerkte sie, dass sich mehrere Gesichter ihr zuwandten – erstaunte Mienen verwandelten sich in erzürnte. Finger wurden auf sie gerichtet und Köpfe zusammengesteckt. Eine Faust hob sich gegen sie.

Wie immer witterte Hrolf sofort die Gefahr. »Komm runter, Arinna«, befahl er und ließ sie los, so dass sie herunterrutschte.

Im gleichen Augenblick begann der Mönch in leidenschaftlichem Ton auf seine Umgebung einzureden. Die Leute, die ihm zuerst nur widerwillig zuhörten, teilten nach einer Weile ihre Aufmerksamkeit zwischen ihm und Arinna. Aber ihre Mienen wurden aggressiver, und es schien nur eine Frage der Zeit zu sein, bevor sie über Arinna herfallen würden.

»Curniciello!«, hauchte der Mönch in der winzigen Pause, die er in seine Rede einfügte.

Arinna hörte die Dringlichkeit und verstand. Während der Mönch zu einem Gebet ansetzte, streckte sie das Hörnchen in die Höhe.

»San Gennaro!«, rief Hrolf zu ihrer Unterstützung.

Die Mienen der gerade noch zornigen Neapolitaner glätteten sich, und ihre erbosten Rufe verstummten. Frauen lächelten Arinna freundlich zu und stimmten fromm in das Gebet des Mönches ein, das auch von den weiter weg Stehenden, die von dem Zwischenfall gar nichts bemerkt hatten, aufgenommen wurde.

Allmählich löste sich der Stau in der Straße auf. In aufreizend langsamem Tempo setzte sich die Menge betend und singend in Bewegung. Der Strom teilte sich am Leichnam des Adeligen, um den sich niemand kümmerte.

Voll Grauen wandte Arinna den Kopf ab. Unter der zerfetzten Seidenkleidung war der junge Mann wohl an keinem Teil seines Körpers unverletzt geblieben. Seine verrenkten Glieder und die aufgeplatzten blauroten Hautstellen sprachen von einem qualvollen Tod.

»Ohne den besonderen Schutz unseres Herrn und von San Gennaro hätte es Euch ebenso ergehen können, meine Tochter«, bemerkte der Mönch ernst. »Jemand gab in Umlauf, dass Ihr den jungen Scarpa gesundgemacht habt …«

Arinna blieb stumm vor Schreck und dankte ihrer Göttin erst, als der Mönch sie in Sichtweite des fast verlassen liegenden Hafens verließ, wo der in der Stadt allgegenwärtige San Gennaro bestimmt gerade nicht zugegen war.

Sie liefen am Halbrund des Hafens entlang, ohne auf eine Jolle der Sant Jacobus zu stoßen. »Es ist zu spät«, befand Hrolf und blinzelte in die untergehende Sonne. »Unsere Jolle ist zurückgefahren.«

»Wie kommen wir dann an Bord?«

»Wenn alles so leicht zu lösen wäre …«, sagte Hrolf und begab sich zu einem der kleinen Fischerboote, die gerade vom Auslegen der Netze zurückgekommen waren. Der Fischer kramte unter dem Seitendeck, schöpfte Wasser über die Bordkante und ließ das flatternde Segel noch im Wind trocknen.

Hrolf wurde mit ihm schnell einig und winkte Arinna herbei.

Wenige Augenblicke später dümpelten sie unterhalb der zwischen Bug- und Heckanker liegenden Karacke, und der Fischer schrie etwas Unverständliches nach oben.

Boccanegra erschien auf dem Zwischendeck; völlig überrascht putzte er sich die Mundwinkel mit einem Tuch sauber, während er nach unten stierte. »Die Jolle hat euch erwartet!«, brüllte er. »Wo wart ihr?«

»Im unterirdischen Neapel, Meister Boccanegra. Dort geht die Pest um. Ein Franziskanermönch bat um Arinnas Hilfe, und sie konnte sie ihm nicht verweigern.«

»Ein Franziskaner?« Boccanegra versteckte seine Miene hinter dem Mundtuch, während er so tat, als ob er nachdächte.

Arinna betrachtete ihn, wieder einmal befremdet. In diesem Teil der Welt machte man sich nichts aus Abfall in Pasteten sowie Dreck und Speck in Küchen und Speisezimmern – aber man benutzte Mundtücher zum Abwischen von Weintropfen.

»Nun ja. Ich glaube, sie haben derzeit das Wohlwollen der Päpste«, entschied Boccanegra.

»Ja. Haben sie«, bekräftigte Hrolf überzeugt. »Natürlich

kann kein Armer Arinna bezahlen. Aber sie beten sie jetzt als Heilige an.«

»Das ist«, gab Boccanegra bedächtig und erfreut zu, »fast so gut wie Denari auf die Hand.«

»Eben. Als der Mönch Arinna um Hilfe bat, konnte ich sie doch nicht zwingen, stattdessen die Jolle zu besteigen.«

»Nein. Aber gegen meine Anweisungen habt ihr trotzdem verstoßen. Ihr wisst, was auf Gehorsamsverweigerung steht.«

# KAPITEL 19

AN BORD DER SANT JACOBUS

Mit angehaltenem Atem blickte Arinna auf Hrolf, dessen versteinertes Gesicht keinerlei Regung zeigte. Flucht war nicht möglich. Mit den Jollen würden die Seeleute das Fischerboot mühelos einholen können.

Wenig später standen sie in der Kuhl, der Fischer war knapp entlöhnt worden und auf dem Rückweg. Boccanegras Augen blitzten vor Wut, und er sah sich nach dem Bootsmann um.

Der näherte sich bereits beflissen mit einer kurzen, mehrschwänzigen Peitsche, mit deren Stiel er tatendurstig in eine Handfläche klopfte.

Boccanegra nickte befriedigt und wandte sich Hrolf zu. »Zuerst wirst du mir ausführlich Auskunft geben. Die Zahl der Hiebe wird sich an deiner Bereitschaft messen, mir Rede und Antwort zu stehen. Wo ist Longo?«

»Wieso Longo?«, fragte Hrolf mit gekrauster Stirn. »Was ist denn mit ihm?«

»Das will ich von dir wissen!«, brüllte Boccanegra. »Du warst sein Mann! Longo ist verschwunden!«

»Ich war nicht sein Mann. Ich bin Arinnas Leibwächter, nichts sonst«, sagte Hrolf fest. »Ihr selbst habt mich dazu gemacht.«

»Bewacher, habe ich gesagt«, schnaubte Boccanegra.

»Genau das. Ich habe sie bewacht«, beharrte Hrolf. »Und Longo war hier an Bord, als ich Arinna abholte. Wer hat ihn denn entkommen lassen?«

Das Klopfen von Leder auf schwieliger Haut verstummte.

»Du warst verantwortlich für ihn. Wie ist er entkommen?«, fragte Boccanegra scharf, an den Bootsmann gerichtet.

Leonello verzog keine Miene. »Ich weiß nicht. Zauberkräfte, vielleicht. Neapel ist voll von Zauberei.«

»*Che palle!* So'n Scheiß!«, brüllte Boccanegra. »Versuche nicht, mich zu verarschen!«

Verhalten näherte sich Nikephoros der Gruppe der Streitenden. Seine Miene signalisierte Selbstzweifel.

Schließlich wurde Boccanegra auf ihn aufmerksam. »Was ist? Weißt du etwas?«

Nikephoros wiegte den Kopf. »Wissen, nein. Wer weiß schon etwas in dieser Welt? Wissen wir überhaupt, ob das, was wir sehen, sich in Wirklichkeit zuträgt? Oder sind …«

»Nicht schon wieder philosophischen Erörterungen! Stehst du nur hier, um zu verkünden, dass du nichts weißt?«, blaffte Boccanegra, am Ende seiner Geduld. »Verschwinde!«

Aber Nikephoros schüttelte den Kopf. »Waffenmeister Hrolf und Arinna waren schon seit einiger Zeit mit der Jolle fort, als ich bemerkte, dass das zweite Beiboot jetzt auch nicht mehr an seinem Platz lag.«

»Aber es ist doch da«, wandte Boccanegra ein, nachdem er sich davon überzeugt hatte.

»Ja, es ist da«, bestätigte der Philosoph. »So, wie wir die Wirklichkeit wahrnehmen …«

»Papperlapapp«, fauchte Boccanegra.

Hrolf bahnte sich zwischen den Männern den Weg zum steuerbordseitigen Beiboot und überprüfte die Knoten, mit denen es festgelascht war. »Weiberknoten«, stellte er kurzerhand fest.

Mehrere Seeleute drängten hinzu und nickten. Johannes, der Einzige aus Hrolfs Anhängerschaft, der sich in der Nähe befand, warf lediglich einen flüchtigen Blick auf die Vertäuung der Jolle. Offenbar hatte er keine Meinung dazu.

»Wir haben also einen Verräter an Bord«, stellte Boccanegra fest. »Jemand hat Longo ans Ufer gerudert und das Boot zurückgebracht. Leonello?«

»Nein, ich nicht, Consigliero«, schrie der Bootsmann nervös, »das müsst Ihr mir glauben!«

»Und wo warst du, statt Longo im Auge zu behalten, wie ich dir befohlen hatte?«

»Ich hatte mich aufs Ohr gelegt … Nur kurz, wirklich.«

»Zu lang«, knurrte Boccanegra. »Wer von den Männern kann immer noch keine ordentlichen Knoten knüpfen?«

Nikephoros trat noch einen Schritt vor. »Ich, Consigliero.«

»Geh in deine Kombüse!«, bellte Boccanegra und wandte sich zum Gehen. »Ach ja. Kein Auspeitschen heute, Leonello. Zwei Tage Hungern reicht.«

Leonello wirkte enttäuscht.

»Ich bin sowieso noch satt«, flüsterte Arinna Hrolf zu, als er sie bis vor ihren Verschlag gebracht hatte. »Aber du Ärmster …«

Hrolf grinste über beide Ohren. »Die Köchin der Scarpa hatte mich in ihr Herz geschlossen. Meine Portion hätte wahrscheinlich die ganze Familie noch einen Tag ernährt.«

»Ach so.« Arinna schmunzelte. »Es hat sehr herzhaft geschmeckt. Nur diese kleinen knorpeligen Stücke … Ich weiß absolut nicht, was das war.«

»Die Luftröhre. Sie schneiden in dieses Gericht alles vom Schwein hinein, was nicht ungenießbar ist. Herz, Lunge, Milz und Luftröhre hätte sie heute zur Hand gehabt, sagte die Köchin. Ich habe mich erkundigt.«

Arinna schluckte. Möglicherweise war es etwas Ähnliches wie Malcuchinatu auf Sizilien. Merkwürdige Essgewohnheiten gab es in dieser Welt. In einer osmanischen Familie hatte sie eine Suppe aus Schafsklauen und Gehirn vorgesetzt bekommen, und sie hatte wider Erwarten ausgezeichnet geschmeckt.

Hrolf schob sie in ihren Verschlag. »Ich komme gleich wieder. Leg so lange den Knebel vor.«

Er war verschwunden, bevor Arinna ihn ausfragen konnte. Sie setzte sich und zog das Hörnchen aus der Tasche, um es genauer zu betrachten. Sicherlich stammte es von einer sehr jungen

Ziege oder einem Schaf. Die alte Frau hatte vermutlich gewusst, dass in Neapel der Weg zwischen Verehrung und Lynchmord mitunter kurz sein konnte.

In den Gerätschaften des Segelmachers fand Arinna eine aus Fasern gedrehte Schnur. Die band sie um das Hörnchen und hängte es an einen Pflock in der Wand. Vielleicht war es auch außerhalb von Neapel nützlich. Helfer konnte man nie genug haben.

Eines Glückes war Arinna sich längst bewusst. Hrolf. Ohne ihn wäre sie vielleicht schon tot. Als sie gerade an ihn dachte, klopfte es.

Mit grimmiger, nachdenklicher Miene schlüpfte Hrolf in ihre Kammer. »Longo ist tatsächlich auf immer fort. Stell dir vor, er hat die hölzerne Büste mitgenommen. Was er wohl mit der vorhat?«

»Sie gehörte ihm. Er liebte sie.«

»Ja, möglich. Er ist ein engstirniger Mann mit einem Herzen nicht größer als eine Buchecker. Und rate einmal, wer ihn an Land gerudert hat.«

»Ich habe keine Ahnung.«

»Leonello. Johannes hat es mir eben verraten. Er nennt diese Knoten, mit denen die Jolle befestigt war, Diebesknoten. Es sind Trickknoten, die aufgehen, und sie sollten von der Stammmannschaft ablenken, auf jeden Fall vom Bootsmann. Johannes hat unterwegs gesehen, wie Leonello den Knoten in aller Seelenruhe ausprobierte. Er weiß nicht, dass Johannes einschlägige Erfahrung hat.«

»Er ist ein Dieb?«, fragte Arinna überrascht.

»Gelegentlich.« Hrolfs Blick fiel auf das Horn an der Wand. »Longos böse Blicke brauchen dich nicht mehr aufzuregen. Für die Neapolitaner bist du unter die Heiligen eingereiht, das steht fest. Deinem Ruf kann er hier nicht mehr schaden.«

»Aber?«

Hrolf kratzte sich im rotblonden Bart. »Ich weiß nicht recht …

Vielleicht anderswo … Vielleicht aber beschränkt er sein künftiges Leben darauf, allein Boccanegra zu schaden. Hoffen wir es.«

»Boccanegra ist für sein Leben weitaus wichtiger als ich. Bestimmt ist er schon unterwegs nach Genua.«

»Das weiß man nicht. Die Manneswürde gilt bei diesen Leuten sehr viel. Du hast ihn immerhin tödlich beleidigt.«

»Ach, Hrolf, sei doch nicht ängstlicher als ich. Was kann mir mit einem solch roten Hörnchen, das fast aussieht wie … schon passieren?«

Ihre Blicke gingen zur Wand, und sie brach in Lachen aus. Schließlich lachten sie beide, und Hrolf vergaß seine gluckenhafte Besorgnis. »Jetzt spielen wir noch eine Partie Schach«, sagte er.

GROTTE DI SAN LORENZO MAGGIORE

»*Zoccola*, Schöne, komm, lass mich noch mal an deine süßen Brüste.« Andrea Longo griff mit bereits glasigen Augen zu dem schlechten Wein, den die Hure ihm anzubieten hatte, aber es gab keinen anderen. Er hatte nicht gewagt, sie mit ein paar *brunetti* um ein vernünftiges Tröpfchen nach oben auf die Gasse zu schicken. Wahrscheinlich ginge sie auf und davon, und er säße in dieser steinernen Grotte unter einer verfallenden Kirche fest, die ihn ohnehin schon wie eine Gruft anmutete, um womöglich nur als Leiche hinauszugelangen.

Die schwarzhaarige Hure kroch über ihn und bot ihm eine Brust. Das Weib stank nach Schweiß und nach den vorherigen Männern und hatte ein offenes Geschwür unter der rechten Brust. Er lutschte wie ein Säugling, aber es brachte ihm keine Befriedigung und keine Erlösung. Seine Lustgefühle klebten an Arinna wie zäher Honig, aber je mehr er an sie dachte, desto mehr wuchs seine Wut auf sie.

»Du bist nicht bei der Sache, Genueser«, sagte die Nutte geradeheraus. »Ihr Männer aus dem Norden könnt euch nicht dem Genuss hingeben.«

»Ich habe Sorgen«, keifte Longo. »Was meinst du, was ich in den letzten Wochen mitgemacht habe! Ich bin …«

»*Parla quanne piscia 'a gallina!* Halt die Klappe! Sprich, wenn das Huhn pinkelt! Versuch's noch mal.«

»*Mignotta*, Schlampe«, versetzte Longo müde. «Ich kann nicht. Ich habe zu viel am Hals.«

»Hoffentlich zahlst du wenigstens anständig!«, rief die Frau, am Ende ihrer Geduld. »Angela nebenan trifft immer Männer, die reich sind und obendrein so gut aussehen, dass man sie in Olivenöl für ewig aufbewahren möchte! Und ich? Bekomme nichts als Blutegel aus den Pontinischen Sümpfen und Borstenwürmer mit Krallen wie dich!«

»Ich bezahle ja«, murmelte Longo beschwichtigend.

»Aber bestimmt nicht so hochherzig wie ein Paganino Fibonacci, Kapitän eines Schiffes aus Pisa, das seit einer Woche im Hafen liegt. Und er ist täglich bei ihr, aber ohne ihre Dienste in Anspruch zu nehmen. Tausend *grossi* nur fürs Schwatzen sind für den ein Klacks.«

»Pisaner sind immer reich«, murmelte Longo. Dann fuhr er in die Höhe und blieb sitzen. Sein winziges Gemächt legte sich schlaff auf das schmutzige Betttuch. »Ein Kapitän aus Pisa? Mit Schiff?«

Die Herrin der Höhle, die auch nur gemietet war, verkniff sich beim Anblick dieses grauen, faltigen Würmchens zwischen seinen Beinen das Lachen. Und mit seinen gefleckten Wachteleiern machte er auch keinen Staat. Ihrer Erfahrung nach würde er damit nie eine Frau beglücken können. »Sage ich doch«, entgegnete sie nach einer Weile mürrisch und begann, in der Grotte aufzuräumen.

»Bring uns zusammen!«, befahl Andrea Longo, als sei er der Admiral der Flotte. »Als Anerkennung sollst du das Kostbarste bekommen, was ich habe. Schnür den Sack da auf.«

Die Hure tat ihm den Gefallen, mit Neugier im Gesicht. Als sie die hölzerne Büste herausgezogen und vor sich aufgestellt hatte, klatschte sie sich auf die Oberschenkel und brach in ein Gelächter aus, das gar nicht enden wollte. Aber bereitwillig stellte sie die Büste neben einem Bildnis der Jungfrau Maria auf.

Paganino Fibonacci stand gesellschaftlich weit unterhalb von Andrea Longo. Trotzdem bemühte sich Longo, dem jungen Schnösel seinen Plan schmackhaft zu machen. Er hatte die Hure jetzt sogar wegen eines anständigen Weines nach oben geschickt, der inzwischen auf der Baumscheibe eines Olivenbaums stand, der als Tisch diente.

»Pisa und Genua stehen immer zusammen auf der Seite des Papstes«, beschwor Longo ihre Einheit.

»Aber sie sind schon lange Konkurrenten im Geschäft.«

»Bestimmt tun sich gelegentlich neue gemeinsame Interessen auf. Was haltet Ihr denn von der Pestjungfrau, die gegenwärtig in genuesischer Obhut ist? Was ja nicht so bleiben muss …«

Fibonaccis Augen weiteten sich für einen winzigen Augenblick. »Dieser Wein schmeckt ja scheußlich! Wie mit Kinderpisse versetzt«, rief er aus und schüttelte sich. »Haben die denn hier nichts Besseres?«

Longo konnte ihm kaum erklären, dass er der Hure eine Obergrenze für die Geldausgabe gesetzt hatte. Wahrscheinlich hatte sie sowieso die Hälfte eingestrichen. Sie hatte etwas von einem preiswerten spritzigen Asprinio gemurmelt, den er nicht kannte. »Der Süden«, knurrte er abfällig. »Was erwartet man da schon? Nur Gauner, wo man hinschaut. Ich hatte dem Weib befohlen, den besten Tropfen zu kaufen.«

»Vielleicht sollten wir unser Gespräch an Bord meines Schiffes fortsetzen?«, meinte Fibonacci. »Ich führe einen guten Chianti aus der Toskana mit mir.«

»Bestens«, sagte Andrea Longo höchst zufrieden. Er hatte Fibonacci am Angelhaken.

Arinna fürchtete sich ein wenig, als Boccanegra sie am nächsten Morgen in sein Gemach rufen ließ. Meistens stand dann eine entscheidende Änderung bevor. Aber zu ihrer Erleichterung war auch Niccolò dort. Dann konnte es so arg nicht werden. Sie lächelte ihm zu, und er schob ihr einen Hocker an den Tisch, an dem Boccanegra saß, um sein Frühmahl einzunehmen.

»Ich nehme an, dass du nicht vorhast zu fliehen.«

Arinna schüttelte kaum merklich den Kopf.

»Jedenfalls nicht, solange dein Ruf nicht im ganzen Land gefestigt ist«, sagte der Genuese böse grinsend. »Später wird man wieder mehr auf dich aufpassen müssen.«

Ihre Zukunft war viel zu unsicher, als dass sie bisher Pläne hätte machen können. Arinna zog es vor zu schweigen.

»Der Heilige Stuhl verlangt nach dir. Man hat von der Pestjungfrau gehört. Was sagst du dazu?«, fragte Boccanegra lauernd. Er trank und wischte sich einige Tröpfchen vom Kinn.

Für diese Nachricht hätte Arinna einst einiges gegeben. Aber inzwischen war sie dem Papst als Ketzerin bekannt. »Ich möchte lieber nicht«, sagte sie ausweichend. »Byzantinische Christen sind hier im Westen wenig angesehen …«

»In Palermo wusstest du davon noch nichts.«

»In Palermo hatte ich mit zwei Priestern zu tun, die ehrlichen Herzens wollten, dass der Erzbischof gesund wird. In Rom müssen es Hunderte von Priestern sein. Und wenn der Heilige Vater krank wäre, gäbe es bestimmt mehrere Männer, die ihm liebend gerne auf den Stuhl nachfolgen würden. Denen wäre ich nicht willkommen, sondern im Wege.«

»Sie lernt schnell, was?«, wandte sich Boccanegra mit gespielter Bewunderung an Niccolò. Er zeigte auf die Karaffe. »Nimm dir, wenn du möchtest.«

Niccolò nickte eifrig mit Blick auf Arinna und schüttelte zum Wein den Kopf.

»Und doch glaube ich ihr nicht«, fuhr Boccanegra genüsslich fort. Er stützte beide Ellenbogen auf den Tisch, sein Kinn auf den Fäusten, und sah Arinna in die Augen. »Wenn ihr eines fehlt, so ist das Angst. Außerdem ließe sich vieles regeln, damit sie keine Anschläge befürchten muss. Hrolf würde sie ständig begleiten, zu ihren Füßen schlafen, Essen aus den Garküchen außerhalb des Vatikans holen und überhaupt mit seinem Leben für sie haften … Nein, es muss etwas anderes sein.«

»Ich möchte einfach nicht«, wiederholte Arinna eigensinnig. »Es ist eine Männerwelt, das Umgekehrte von einem osmanischen Frauenharem, habe ich gehört …«

Boccanegras brüllendes Gelächter unterbrach sie. »Allein für diese Behauptung könnten sie dich wegen Häresie in die Flammen schicken!«

»Meister Boccanegra«, sagte Niccolò beunruhigt und schüttelte warnend den Kopf. »Das ist nicht lustig.«

»Lustig nicht, aber komisch! Wenn Longo das hören würde, würde er sich sofort in den allerkatholischsten Männerharem von Rom aufmachen. Ob Weiber, Ziegen, Holz – egal, und am meisten Spaß mit Männern!«

Niccolò rührte sich unbehaglich und wagte nicht, Arinna anzublicken. Sie ahnte, wie peinlich es ihm sein musste zu entdecken, dass sein frommer Handelsherr die Frömmigkeit hauptsächlich auf den Lippen trug. Und wie frivol er in der Trunkenheit wurde. Ihr wäre nicht im Traum eingefallen, im Zusammenhang mit dem Heiligen Stuhl an Longo zu denken.

Boccanegra rülpste leise und wandte sich wieder Arinna zu. »Dabei wolltest du doch so gerne zum Heiligen Vater, um dich über mich zu beschweren.«

Arinna vergaß das Atmen. Woher wusste er das?

»Griechische Christin, keine Sklavin und so weiter …«, spottete Boccanegra.

»Du hast mir versprochen, nicht darüber zu sprechen!«, fuhr Arinna den Lehrling an, als ihr aufging, woher Boccanegras

Kenntnisse stammten. »Geschworen hast du bei der Muttergottes von Nottappolo! So heilig sind dir deine Schwüre?«

Niccolò rollte hilflos mit den Augen.

»Muttergottes von Nottappolo?«, keuchte Boccanegra ungläubig und hielt sich am Tisch fest, um nicht vor Vergnügen vom Stuhl zu rutschen.

Arinna sah von einem zum anderen. Anscheinend war ihr etwas entgangen. »Was ist mit der Maria von Nottappolo?«, fragte sie argwöhnisch.

»Jungfer …«, begann Boccanegra ernsthaft, dann schlug er mit der Faust auf den Tisch und gluckerte vor Lachen. Dabei verschluckte er sich am eigenen Speichel und musste derart husten, dass er nicht antworten konnte.

»Was ist mit ihr?« Arinna dachte nicht daran aufzugeben.

»Es gibt sie nicht«, antwortete Niccolò verdrossen. »Es gibt auch kein Nottappolo.«

»Du hast sie also erfunden, um mich mit einem falschen Schwur zu hintergehen?«, vergewisserte sich Arinna erschüttert. Trotz ihrer Empörung erinnerte sie sich noch daran, dass Hrolf sie vor dem Lehrling gewarnt hatte.

Inzwischen hatte sich Boccanegra erholt. »Schlau ist er«, warf er ein. »Ein schlaues Bürschchen, das von mir schon viel gelernt hat.«

Mit wütendem Gesicht trat Niccolò zu Arinna, zerrte sie von ihrem Hocker hoch und schob sie wortlos aus der Kammer. Sie ahnte, warum er so außer sich war: Er hatte sie verraten, und sie hatte es erfahren.

Nur zufällig fiel Arinnas Blick noch einmal auf Boccanegra, der seinem Lehrling ungläubig und fast verletzt hinterherstierte. Anscheinend fühlte auch er sich verraten.

Am frühen Nachmittag wurde Arinna von Niccolò aus ihrem Verschlag geholt, der mit allen Anzeichen von schlechtem Gewissen wenig sprach. »Muss ich meine Sachen mitnehmen?«

Niccolò schüttelte den Kopf.

In der Kuhl wartete Hrolf, neben sich vier Männer, die Arinna noch nie gesehen hatte. »Das sind unsere Neuen«, erklärte er ihr, »ordnungsgemäß angeworben, und sie werden dafür Handgeld erhalten. Aber ich denke, du solltest sie dir ansehen, bevor wir sie in die Mannschaft aufnehmen.«

»Du Hornochse, Fellträger aus den Sümpfen der Tataren!«, brüllte Leonello vom Vorderkastell herunter. »Ich habe sie angeworben, sie sind in Ordnung! Was fällt dir ein, daran Zweifel zu äußern!«

»Ich dachte, dass sie uns womöglich die Pest an Bord bringen«, sagte Hrolf zu Arinna, ohne sich durch das Gezeter des Bootsmanns reizen zu lassen. »Einer ist Säumer für einen Handelsherrn über die Alpen gewesen, einer Scherenschleifer, der dritte Seifensieder und der vierte Kammmacher. Sie schlagen sich seit einiger Zeit in Neapel durch. Auf See hat keiner Erfahrung, was nicht schlimm ist. Da hat er schon recht.« Er machte eine Kopfbewegung nach oben.

»Was flüstert ihr?«, keifte Leonello und stürmte die Leiter herunter.

Auf dem Zwischendeck stand Obelerio Minotto, der schweigend die Szene beobachtete, aber Arinna wusste nicht, wann er gekommen war. Als Hrolf sie geholt hatte, war er jedenfalls noch nicht dort gewesen. Sie fragte sich, auf welche Seite er sich bei diesem beginnenden Streit schlagen würde. Vermutlich auf die seines Bootsmannes. Der musste einem Kapitän wichtiger sein als ein Waffenmeister.

Leonello baute sich vor den vier Neuen auf und zeigte herrisch nach vorn, wo die einfachen Seeleute hausten. »Da rein! Ab mit euch!«

»Einen Augenblick, Bootsmann!«, rief Minotto. »Arinna, was hast du in der Stadt von der Pest gesehen?«

»Oh.« Arinna brauchte einen Augenblick, um ihre Überraschung zu verarbeiten. »Ich war bei den Armen im Untergrund von Neapel. Das ist eine ganze Stadt unter der Stadt der gewöhnlichen Leute. In der Sotterranea sind viele krank und viele schon gestorben. So viele, dass es unmöglich ist, die Pest zu vertreiben. Was oben in den Straßen los ist, weiß ich nicht genau.«

»Kannst du denn erkennen, ob jemand Pest bekommen wird, wenn er sich noch gesund fühlt?«

»Es gibt ein Merkmal, Kapitän. Wenn das vorhanden ist, ist die Gefahr groß. Wenn es nicht vorhanden ist, besagt das trotzdem nicht …«

»Gut, untersuche sie.«

Außer dem Säumer, der kräftige Sandalen trug, waren alle barfuß. Auf den ersten Blick sah Arinna die Flohbisse an den Füßen des Kammmachers und des Scherenschleifers, ließ sich aber trotzdem die Hosenbeine bis über die Knie hochkrempeln. »Tut das weh?«, fragte sie den Scherenschleifer, der an der Stelle eine Rötung aufwies, wo die anderen Beulen bis zu Pflaumengröße gehabt hatten.

»Ach, kaum«, sagte der Mann sorglos. »Du solltest lieber bewundern, dass ich keine frischen Schnitte an den Händen habe. Ich bin ein geschickter Scherenschleifer und verletze mich wenig.«

»Ja«, sagte Arinna. Ihre Beurteilung stand schon fest.

Der Kammmacher hatte an den Armen wesentlich mehr Flohbisse. Liebten Ratten und Flöhe möglicherweise die Haufen von Geweih und Horn, aus denen der Mann die passenden Stücke heraussuchen musste? Auch er schied aus.

Der Seifensieder hatte zu ihrer Überraschung überhaupt keine Flohbisse und der Säumer nur sehr wenige.

Arinna lief leichtfüßig zu Minotto hoch. »Kapitän«, sagte sie leise, »zwei der Männer müssen sofort von Bord, der Kammmacher und der Scherenschleifer. Ich würde mich nicht wundern, wenn der Scherenschleifer heute noch Fieber bekäme. Bitte veranlasst das. Er ist für andere gefährlich. Am besten wäre, wenn Attaliotes sie zurückbringen würde.«

»Natürlich«, sagte Obelerio Minotto. »Nichts leichter als das.«

Kurze Zeit später waren die beiden mit geknickten Mienen

schon auf dem Rückweg in die Stadt. Der Scherenschleifer rieb sich in Gedanken die Kniekehle, während er zur Karacke zurückblickte. Die anderen beiden waren mit ihrem Handgeld zufrieden im Vorschiff verschwunden. Arinna holte tief Atem. Hoffentlich war ihre Entscheidung richtig. Und ausreichend. Sie fühlte sich verantwortlich, war sich dabei aber bewusst, dass sie längst noch nicht genug wusste. Warum, zum Beispiel, hatte ein Seifensieder keinen einzigen Flohbiss? Das wiederum war auch nicht normal.

Leonello stand mit geballten Fäusten vor Hrolf. »Das zahl' ich dir heim«, presste er heraus. »Sieh dich vor, Waräger.«

# KAPITEL 20

IN DER BUCHT VON NEAPEL

Auf dem Wasser und über der Stadt herrschte noch tiefdunkle Nacht, während über den Bergen ein heller Schimmer den kommenden Morgen andeutete.

Die Seeleute in den sechs Jollen der Santa Bona ruderten lautlos über die Bucht, die Dollen mit Tierhaaren, Pflanzenfasern und Lappen umwickelt.

Die Sant Jacobus war bald erreicht. Kapitän Fibonacci im vordersten Boot richtete sich an der Bordwand der Genueser Karacke auf, um für seine Männer erkennbar zu sein. Als die Jolle, in der die gewandtesten Kletterer unter seinen Leuten saßen, an der Ankerleine angelangt war, gab er das Zeichen zum Beginn des Überfalls.

Einer nach dem anderen hangelte nach oben, es gab kaum Geräusche. Die besten Messerwerfer, verteilt auf die übrigen fünf Jollen, saßen zwar bereit, um neugierige Wachleute zu erledigen, die womöglich an die Reling treten würden, aber sie mussten nicht eingreifen. Oben lag alles in tiefem Schlaf.

Wie schon auf dem eigenen Schiff geübt, entrollten sich zugleich alle mitgebrachten Strickleitern. Die untersten Sprossen wurden von den Männern in den Jollen aufgefangen und leise an der Bordwand zurechtgerückt. Bis dahin war alles nach Plan verlaufen, woran Kapitän Paganino Fibonacci auch nie gezweifelt hatte. Er hob den Arm. Jetzt ohne Rücksicht auf Lärm, enterten die Männer an allen Leitern zugleich nach oben.

Schreie und Waffenklirren signalisierten, dass die Ersten seiner Leute die Mannschaft ein wenig ungestüm weckten. Fibonacci grinste seinem engsten Vertrauten zu, der sich zugleich mit ihm an Deck schwang. »Nachlässige Narren, diese Genuesen!«, rief er triumphierend und lief zum Achterschiff, gefolgt von den drei Männern, die er vorher dazu ausgeguckt hatte.

Longos Beschreibung von den Kammern in der Galerie und den Verschlägen rechts und links war korrekt. Fibonacci stürmte geradeaus in die Galerie, um sich des Kaufmanns und des Kapitäns anzunehmen.

Er war nicht gefasst auf das, was ihn erwartete. Die beiden wichtigsten Männer des Schiffes waren mit den Köpfen auf der Back eingeschlafen, auf dem Boden schwamm Wein.

Es war nicht nötig, sie zu erledigen. Es war sogar besser so – man vermied diplomatische Verwicklungen zwischen Pisa und Genua. Unter höhnischem Gelächter kehrte er um, um draußen im Gang auf seinen Schiffsjungen zu treffen.

»Hier haben wir das Weib«, sagte dieser naserümpfend und schob ihm die Frau entgegen, wegen der sie überhaupt nur die feindliche Karacke überfallen hatten.

Fibonacci betrachtete die Frau mit dem ungewöhnlichen Namen Arinna und dem ausgebleichten Haar ungläubig. Ihr Gesicht mit den hellen Augenbrauen und den blauen Augen war entsetzlich unscheinbar. Erwartet hatte er eine mütterliche Frau, eine *mama* des italienischen Südens mit einem ausladenden Busen. Sie sollte die Pestheilerin sein? »Kein Wunder, dass sie auch Pest*jungfrau* heißt«, spottete er leise lachend. »Ein solches Klappergestell will doch keiner! Was bleibt ihr also übrig, als sich der Pest zu widmen?«

Arinna schwieg.

Im Vorschiff war der Kampf vorüber, als Fibonacci mit seiner Beute in die Kuhl hinunterstieg. Seine Männer waren bereits damit befasst, tote und lebende Seeleute der Sant Jacobus über Bord zu werfen.

Je weniger sie waren, desto länger würde es dauern, bis die

Genuesen die Verfolgung aufnehmen konnten. Bis man die treibenden und die an der achterlichen Muring hängenden Seeleute eingesammelt hatte, würde die Santa Bona schon auf hoher See sein. Und erst dort draußen, würde niemand sie einholen. »Gut gemacht!«, rief der Kapitän über das Deck.

SANTA BONA

Die Bewegungen des Schiffes waren angenehmer als die der Sant Jacobus. Arinna hatte eine Kammer zugewiesen bekommen, die für einen zahlenden Passagier eingerichtet schien. Die Koje hatte eine frisch mit Tang ausgestopfte Matratze, die Tür war innen mit Knebeln ausgestattet und von außen nicht verschlossen. Wenn sie davon absah, dass sie nicht wusste, was diese Leute mit ihr vorhatten, ging es ihr gar nicht schlecht, nachdem sie das letzte Krümelchen Weißbrot mit Honig verspeist hatte und dazu ein heißes Getränk, das nach Zitrone schmeckte.

Kurz darauf wurde Arinna abgeholt und zu dem Mann geführt, der sich als Kapitän Paganino Fibonacci aus Pisa vorstellte. »Meister Andrea Longo sollte eigentlich bei unserer Besprechung zugegen sein«, sagte er anschließend, »aber ihm sind die Aufregungen der letzten Stunden wohl aufs Gemüt geschlagen. Er fühlt sich nicht wohl.«

»Er hat mich also an Euch verkauft?«, fragte Arinna.

Fibonacci, ein noch junger Mann mit großen braunen Augen, die Arinna mächtig an die einer Kreuzotter erinnerten, hob abwehrend die Hände. »Doch nicht verkauft, Jungfer Arinna! Wo denkt Ihr hin! Er war der Meinung, dass Ihr es bei einem pisanischen Edelmann besser haben würdet als bei einem genuesischen Freibeuter.«

»Sehr aufmerksam«, murmelte Arinna sarkastisch.

»Ihr seht doch selber: In Eurer prächtigen Kammer sind Fürsten und Kardinäle gereist, alles ist offen, alles ist zugänglich. Ihr dürft reden, mit wem Ihr wollt. Ach, da fällt mir ein: Meister Longo bittet um Euren Besuch.«

»Tut er das! Und wohin sind wir unterwegs?«

»Nach Pisa natürlich! In meine geliebte Heimatstadt Pisa. Man wird dort überglücklich sein, Euch willkommen zu heißen. Auch dort tobt die Pest.«

»So. Das ist bedauerlich.«

»Hochgestellte Familien warten sehnsüchtig auf Euch«, sagte Fibonacci freundlich.

»Ich vermute, sie können kaum wissen, dass Ihr mich gefangengenommen habt.«

»Gewiss nicht. Aber selbstverständlich ist längst bekannt, dass die Pestjungfrau mit Hilfe des Herrn ihre Hand heilend und betend über fromme Pestkranke ausstreckt und mit seinem Segen gesundmacht.«

»Meiner Ansicht nach habe ich bisher alles allein gemacht«, widersprach Arinna, wütend über diese unendlich dümmliche Heuchelei. »Ich habe Arzneien verabreicht, ich habe in den Nächten gewacht, den Schweiß abgewischt, die kalten Umschläge gemacht und Trost zugesprochen. Der Herr hatte sich verflüchtigt – wie die meisten Männer, wenn Gefahr im Verzuge ist.«

Fibonacci ruckte den Kopf wie ein aufgescheuchter Geier und beschloss offensichtlich, Arinnas Tirade zu ignorieren. »Mein Schiffsjunge wird Euch zu Meister Longo führen.«

Als der junge hübsche Schiffsjunge in die Kajüte trat, spitzte der Kapitän die Lippen wie zum Kuss.

Es musste Zufall gewesen sein.

Andrea Longo lag in einer schmalen Koje. Er war jedoch wach und wandte sein Gesicht nach der Ankündigung des Schiffsjungen Arinna zu. Zum ersten Mal sah sie ihn ohne Hut. Die wenigen langen grauen Strähnen lagen dunkel von Nässe auf der rot angelaufenen Kopfhaut, und die spinnenfingrigen Hände auf der Wolldecke tasteten umher, als führten sie ein Eigenleben. Der Kaufmann schien um zwanzig Jahre gealtert.

Sein erbärmlicher Zustand bestürzte Arinna. Die Worte des

Kapitäns hatten sie an alles andere denken lassen als an eine ernsthafte Erkrankung.

»Meister Longo«, sagte sie schließlich.

»Arinna.« Er grinste in mühsamem Triumph. »Jetzt habe ich dich doch! Einen genuesischen Pelzhändler übertölpelt niemand so leicht. Ginge es mir besser, würde ich auf dich anstoßen. Ich werde es nachholen.«

»Möglich«, sagte sie ernst. »Wo seid Ihr gewesen, Meister Longo, seit Ihr die Sant Jacobus verlassen habt?«

»Bist du mein Eheweib, dass du Rechenschaft verlangst?«, krächzte Longo heiser. »Hätte ich eine Frau, bekäme sie die Peitsche auf ihrem feisten Hintern zu spüren!«

»Das glaube ich ohne weiteres«, sagte Arinna so staubtrocken, dass es Longo auffiel. »Ihr habt abartige Neigungen.«

»Nichts, was die Diener unserer Mutter Kirche nicht erlauben würden«, murmelte Longo und schien langsam in Schlaf zu gleiten.

»Das wirft Fragen auf hinsichtlich der römischen Priester. Und wo wart Ihr also?«

»Unter einer Kirche, glaube ich. Jedenfalls gab es da ein Nest von Huren. Hurenhöhlen. Höhlenbewohnerinnen. Hurenhöhlenbewohnerinnen. Eine Höhle schmückt jetzt deine Büste.« Für den Augenblick munterer, lachte er erheitert, aber sein Lachen endete in einem gequälten Husten.

Arinna trat zurück, bis ihr Rücken von einem kleinen Tischchen aufgehalten wurde. »Seid Ihr von Flöhen gebissen worden?«

»Bestimmt. Du nicht?«

»Meister Longo«, sagte Arinna ernst, »ich vermute, Ihr habt die Pest.«

»Bestimmt nicht! Ich bete täglich zu unserem Herrn. Ich werde ihm eine dicke Kerze spenden, wenn ich wieder in Genua bin.«

Ob er da jemals hinkommen würde, war sehr fraglich.

»Aber ich habe dich nicht gerufen, damit wir über meine Unpässlichkeit plaudern, sondern damit du mir aufwartest«, knurrte Longo.

»Ich werde Euch ganz sicher nicht aufwarten!«, sagte Arinna abweisend.

»Das wirst du. Du wurdest als Sklavin verkauft, und jetzt bist du meine Sklavin! Meine Füße sind heiß und staubig von dieser elenden Höhle. Du darfst sie mir waschen.«

Am liebsten hätte sie laut über sein Ansinnen gelacht. Aber es bot ihr Gelegenheit, nach Flohstichen Ausschau zu halten und festzustellen, ob er so heiß war, wie die Kranken kurz vor der Entstehung der Beulen zu sein pflegten. Ihre Neugier überwog eindeutig den Wunsch, ihm die Zähne zu zeigen.

Als sie ans Werk ging, ruhten seine langen Arme noch auf der Bettdecke, und in deren Nähe hätte sie sich nicht begeben. Er war trotz seines Zustandes zu allem fähig, nicht nur zu schmutzigen Gedanken.

Er war heiß und am ganzen Körper von Flohstichen übersät, Knötchen und Beulen fand sie dagegen nicht. Doch kalte Umschläge konnte sie machen. Damit war er einverstanden, vermutlich nur, weil sie sich auf diese Weise deutlich und sichtbar vor aller Augen um ihn kümmern würde. Sklavin, von wegen! Der Narr!

Im Hinausgehen raffte sie die Kleidung des Händlers zusammen und trug sie in den ausgestreckten Händen an Deck. Noch einmal sollten Kleidungsstücke nicht das Verderben eines anderen werden. Sie warf sie mit Schwung über Bord und begab sich dann zum Kapitän.

Fibonacci stand auf dem Achterdeck und musterte die See in ihrem Kielwasser. Da war kein Verfolger zu sehen. »Länge läuft«, sagte Arinna und trat zu ihm.

Er drehte sich um und lächelte sie erstaunt an. »Das wisst Ihr? Es ist richtig, die Sant Jacobus wird uns nicht einholen. Sie ist ein ganzes Stück kürzer als die Santa Bona. Führt Euch etwas Bestimmtes zu mir?«

»Ja. Andrea Longo. Er hat vermutlich die Pest.«

»Nun, so heilt Ihr ihn eben. Das ist doch die beste Gelegenheit, Euer Können zu beweisen.«

»So einfach ist es nicht«, rief Arinna erbost. »Treib den Hund an der Ölpresse an, dann tropft unten das Öl heraus! Ich bin kein Hund, den man in Betrieb setzt!«

»Nein? Ich dachte, Boccanegra hätte Euch genau so benutzt. Was also dann?«

»Es sind Arzneimittel nötig, Sauberkeit und eine ganz sorgfältige Pflege«, erklärte Arinna widerwillig. »Es kann gelingen, jemanden zu heilen, muss aber nicht. Und das Arzneimittel habe ich nicht mehr.«

»Haltet Ihr mich für beschränkt?«, fragte Fibonacci ungnädig. »Eure sonstigen Qualitäten sind mir unbekannt, aber dass Eure Heilerfolge auf einer Arznei beruhen, hat sich bis nach Pisa durchgesprochen. Natürlich haben wir die Arznei mitgenommen.«

»Ich habe alles für die kranken Kinder in der Sotterranea von Neapel aufgebraucht.«

»Ihr lügt! Den Schwamm habe ich selbst in Verwahrung genommen, ein Körbchen voll, eingepackt in geöltes Pergament.«

»Ja, sicher. Ich habe den Schwamm selber so verpackt, als ich noch hoffte, dass er hilfreich sein könnte«, sagte Arinna verdrossen. »Das ist er aber nicht.«

»Ihr lügt wieder! Alle Welt spricht vom Wundermittel aus Malta, dem Malteserschwamm.«

Arinna schüttelte den Kopf. »Er ist unwirksam, Kapitän!«

Er zog die Schultern hoch. »Ich kann mir denken, warum Ihr den alten Zausel nicht gesundmachen wollt. Aus der Sicht einer jungen Frau, die einen Mann zum Heiraten sucht, habt Ihr recht. Er ist nicht attraktiver als der verschrumpelte Hodensack eines Stiers, und da gibt es gottlob schönere Männer.« Er grinste plötzlich über seinen eigenen Witz, den Arinna nicht verstand und zu dem sie keine Antwort wusste. »Aber Longo hat Euch gekauft, und es gehört zu Euren heiligen Pflichten als Sklavin und als Weib, ihn gesundzumachen.«

»Er lügt! Er hat mich nicht gekauft, und Ihr habt mich entführt! Und Eure Auslegung ist wahrhaft unverschämt«, schnaubte Arinna, die Hände in die Seite gestemmt. »Ich behandele jeden pestkranken Menschen! Aber die richtige Arznei, die Gigiberknolle, ist aufgebraucht, und damit sinkt die Wahrscheinlichkeit, dass der Kranke die Pest übersteht.«

»Eure Ausreden interessieren mich nicht«, sagte der Kapitän gleichgültig. »Ihr werdet Longo also behandeln?«

»Ja, natürlich.«

»Mit dem Malteserschwamm?«

»Wenn Ihr darauf besteht, auch das.«

»Nun, so geht ans Werk.«

Arinna blieb stehen. Sie kämpfte mit sich, aber natürlich musste sie reden. »Eine Warnung noch, Kapitän. Es darf niemand in Longos Kammer hinein außer mir. Seine Nähe ist … gefährlich.«

»Habt Ihr deswegen Longos Kleidungsstücke über Bord geworfen?«

Arinna nickte.

»Welcher Aberglauben treibt Euch zu so unsinnigen Handlungen? Für manchen meiner Männer hätten sie noch ihren Wert gehabt. Um Euretwillen hoffe ich, dass keiner diese Verschwendung beobachtet hat.«

Es war hoffnungslos. Ihn konnte sie nicht belehren. Arinna ging.

Arinna kämpfte mit allen Mitteln um Longos kümmerliches Leben. Wann immer er aus seinen Fieberträumen aufwachte, flößte sie ihm den aufgelösten Malteserschwamm ein. Sie sah keine Wirkung.

In der Hoffnung, dass Frà Hertwig sich möglicherweise in der Zubereitung des Schwamms geirrt hatte, änderte sie die Zubereitung. Schwamm in heißem Zitronensaft aufgelöst, Schwamm mit Basilikum oder Petersilie, schließlich Schwamm in Olivenöl oder Schweineschmalz. Nichts half.

Longos Fieber sank trotz der kalten Umschläge nicht, dafür hustete er zunehmend. Arinna fragte sich, ob das die Pest war, von der der Jude aus Trapani gesprochen hatte. Sie wusste es nicht, aber sie nahm sich vor seinem Atem in Acht.

Kurz hinter der Enge zwischen Elba und dem Festland starb Andrea Longo, ohne das Bewusstsein erlangt zu haben. Als Arinna seine Kammer betrat, lag er inmitten einer stinkenden Blutlache.

Wieder sprach Arinna beim Kapitän vor, der in seiner Kajüte war. Der Schiffsjunge war bei ihm, aber da Arinna ein Gespräch unter vier Augen wünschte, wurde er hinausgeschickt.

»Kapitän«, begann sie mit schwerem Herzen, »ich habe für Andrea Longo alles getan, was menschenmöglich war.«

»Gewiss. Aber es war nicht genug. Vielleicht habt Ihr Euch nicht genug Mühe gegeben.«

»Ich habe Tag und Nacht an seinem Bett gewacht, um ihm die Arznei einzuflößen«, entgegnete Arinna, im Inneren brodelnd vor Zorn.

»Ich habe von Euren Experimenten gehört. Vielleicht beherrscht Ihr den Schwamm nicht?«

»Der Schwamm taugt nichts.«

»Ihr werdet Gründe haben, das zu behaupten. Ich meinerseits habe jetzt Grund zu behaupten, dass Ihr trotz Eurer Anpreisung als Pestheilerin nichts taugt.«

Arinna beherrschte sich und schwieg, um dem Kapitän keinen Vorwand für handgreifliche Strafmaßnahmen zu liefern.

»Ich denke, die Johanniter, die inzwischen mit einer ihrer Galeeren in die Pestgebiete unterwegs sind, werden Euch des Betruges überführen«, fuhr er fort. »Wir werden ja sehen, welche Heilerfolge sie aufzuweisen haben.«

»Das werden wir, ja. Ich möchte Euch gerne noch Vorsichtsmaßnahmen vorschlagen für Meister Longos Seebegräbnis. Er darf nicht angefasst werden. Wenn man eine Decke über ihn würfe …«

»Lasst das meine Sorge sein. Wir werden ihm selbstverständlich die üblichen Ehren erweisen.«

»Selbstverständlich«, wiederholte Arinna mit schlecht verborgenem Hohn. Sie hatte einfach keine Lust mehr, Ratschläge zu geben, die auf diesem Schiff sowieso nicht beherzigt wurden. »Aber wenn anschließend der ein oder andere Seemann an Pest erkrankt, oder gar die ganze Besatzung, erinnert Euch an meine Warnung.«

Am gleichen Tag noch wurde Andrea Longo auf einer Planke aufgebahrt, bekleidet offenbar mit der Ersatzkleidung, die er im Gepäck für den Winter mit sich geführt hatte. Seine Schecke war an den Ärmeln und über der Brust wattiert, die Ärmel geschlitzt. Ein doppelt so langer Mann wäre damit gut proportioniert gewesen.

Longo trug lederne Beinlinge. Die Schamkapsel war kopfgroß. Bestimmt hatten ihm die Seeleute, die ihn für seine letzte Reise fertig gemacht hatten, damit schmeicheln wollen und sie ausgestopft. Oder hatten sie sich über ihn lustig gemacht?

Erst nachdem der Kapitän für seinen guten Freund aus Genua eine Rede gehalten und ein letztes Gebet gesprochen hatte, wurde eine Decke über den Leichnam gelegt, dieser über den Handlauf der Reling geschoben und dann in das Meer gekippt.

Ein Leichenschmaus war nicht vorgesehen. Fibonacci verschwand sofort nach der Bestattung Arm in Arm mit dem Schiffsjungen in seine Kajüte. Sein Lachen brach sich zwischen Vor- und Achterschiff und hallte in der Kuhl nach, in der Arinna ratlos stehengeblieben war.

»Wer ist denn der junge Mann?«, erkundigte sie sich beim Steuermann, der sie verstohlen und interessiert gemustert und im Gegensatz zum Kapitän noch keine Abneigung ihr gegenüber gezeigt hatte.

»Er ist vom städtischen Adel von Pisa, ein jüngster Sohn, der als Mönch untauglich ist. Aber es ist völlig gleichgültig, woher er kommt. Fibonacci nähme auch einen Bettler, wenn er so göttlich aussähe wie Oberto …«

»Ist er …? Oh.«

»Ja, er ist … oh.«

Arinna ging davon, während der Steuermann hastig zu seinem Arbeitsplatz hochenterte. Zu Hause in ihrer Gesellschaft waren Männer, die Männer liebten, verpönt. Man sprach nicht über sie.

Am nächsten Tag waren zwei Seeleute nicht in der Lage, sich aus ihren Hängematten zu erheben. Das Gerücht erreichte Arinna, noch bevor Fibonacci sie durch Oberto holen ließ. »Beeilt Euch«, sagte er hochnäsig, obwohl sie genau gesehen hatte, wie er auf dem Weg zu ihr über Deck geschlendert war. »Seine Laune ist nicht so gut. Ihr bringt ihm Unglück.«

Es ging schon wieder los!

»Was möchtet Ihr?«, fragte sie den Kapitän unhöflich, als sie das Achterkastell bestiegen hatte.

»Jetzt verstehe ich Euren Namen erst richtig«, giftete Fibonacci. »Ihr seid eine lebende Lüge. Ihr bringt die Pest, statt zu heilen!«

»Ich habe Euch gewarnt. Niemand darf einen Pestkranken anfassen. Auch nach dem Tod nicht. Ihr wusstet es ja besser«, sagte Arinna kühl.

»Eine Ausrede, die Euch freie Hand ließ. Oder Eure Unkenntnis verdecken sollte. Was auch immer. Schlau, aber durchschaubar.«

»Soll ich mich um die Kranken kümmern?«

»Ihr werdet nichts dergleichen tun. Der Herr hat es in seiner unendlichen Macht für richtig befunden, den beiden seine himmlische Peitsche zu zeigen. Sie werden spätestens morgen Abend den Trost eines Priesters empfangen können, der mit ihnen beten wird.« Ohne ein weiteres Wort stieg Fibonacci zum Zwischendeck hinunter und verschwand in seine Kammer.

Er ließ die zornsprühende Arinna stehen. Sie hatte sich nie in diese Rolle gedrängt, in der sie sich gegenwärtig als Betrügerin wiederfand.

»Macht Euch nichts daraus«, sprach der Steuermann sie unerwartet an. »Zu Frauen ist unser Kapitän meistens ruppig. Wundert mich, dass er Euch die gute Kammer gegeben hat. Wenn wir morgen in Pisa angelegt haben, spaziert Ihr am besten davon und vergesst das Ganze.«

»Hoffentlich wird es so einfach«, sagte Arinna und brachte ein nur klägliches Lächeln zustande. »Darf ich Euch für Eure Freundlichkeit einen guten Rat geben?«

»Immer. Solange Ihr mir nicht das Steuern beibringen wollt …«

Ihr Lächeln gelang jetzt schon besser. »Dann hört gut zu«, sagte sie. »Erstens: Geht nicht in die Nähe eines Pestkranken, auch nicht, wenn er tot ist. Zweitens: Lasst Euch nie in Versuchung führen, die Kleidung eines Pestkranken an Euch zu nehmen. Drittens: Hütet Euch in einem Gebiet, in dem die Pest herrscht, vor allem, was Flöhe haben kann: Ratten, Katzen, Hunde. Habt Ihr alles verstanden?«

Der Steuermann richtete den Blick zum Himmel und bewegte seine Lippen. Augenscheinlich wiederholte er, was Arinna gesagt hatte, bevor er sich wieder der Beobachtung des Fahrwassers zuwandte. »Verstanden nicht, aber ich hab's im Kopf.«

»Das ist die Hauptsache.«

»Klingt wie ein Vermächtnis.«

»Nein, das ist es nicht. Aber es ist doch die Summe dessen, was ich während eines ganzen Sommers über die Pest gelernt habe.«

»Das ist eine ganze Menge«, sagte der Steuermann beeindruckt. »Die meisten würden das in ihrem ganzen Leben nicht zusammentragen. Darauf beruht wohl auch Euer Ruf als Pestjungfrau.«

Seine freundliche Anerkennung ließ Arinna den Hohn, dem sie bisher auf dem Schiff begegnet war, fast vergessen. Der Steuermann erinnerte sie ein wenig an Hrolf. Sie vergaß sogar, sich in der üblichen Weise bedeckt zu halten. »Ich möchte noch herausfinden, warum Seifensieder keine Flohbisse haben und ob sie als Folge davon vielleicht von der Pest verschont bleiben. Das wäre eine wirklich wichtige Erkenntnis.«

»Das kann ich Euch beantworten!«

Arinna starrte ihn ungläubig an.

»Ja, bestimmt! Mein Bruder ist Seifensieder. Wir haben darüber schon disputiert, warum er unter Flöhen nie leidet, ich dagegen sehr, wenn ich an Land bin. Er glaubt, dass die Flöhe sich auf einer Haut nicht halten können, die so schmierig wie die von Seifensiedern ist. Gute Seifensieder machen auch Seifen für Begüterte, und da wird viel mit Olivenöl hantiert, müsst Ihr wissen.«

»Olivenöl«, wiederholte Arinna, ohne recht zu bemerken, dass sie laut sprach. Unfertige Ideen für einen Schutz gegen die Krankheit spukten ihr plötzlich durch den Kopf. Darüber musste sie später nachdenken. »Was Euch betrifft. Der Kapitän sagte mir, dass die Pest in Pisa wütet. Falls Ihr Kinder habt, solltet Ihr über Winter zu Eurem Bruder umziehen. Lasst sie lernen, wie man Seife aus Olivenöl macht. Es ist besser, als auf den Tod zu warten.«

»Eine gute Idee«, sagte der Steuermann dankbar. »Übrigens: Es dauert ja nicht mehr lange, bis wir in Pisa sind. Ihr werdet es so lange sicher in Eurer Kammer aushalten können. Die Männer sind erbost. Und Euer Name: Pestjungfrau könnte sie auf falsche Gedanken bringen. Paganino Fibonacci hat selbst kein Interesse an Euch, aber er wird seine Leute nicht hindern, wenn sie sich an Euch rächen wollen.«

»Danke«, sagte Arinna gepresst und ging, um seinen Ratschlag sofort zu befolgen. Unangenehm war ihr die Entdeckung des Kapitäns und seines kleinen Liebhabers auf dem Zwischendeck direkt unterhalb des Achterkastells. Als sie vorbeiging, wandten sich beide ab.

Am nächsten Tag entdeckte Arinna, dass die Karacke sich durch eine flache, sumpfige Flusslandschaft bewegte, so langsam, als würde sie gezogen oder gerudert. Irgendwann endete die Fahrt an einem langen Kai, und in der Nähe des Liegeplatzes sah sie Paläste und Kirchen.

Während sie noch neugierig hinausspähte, wurde die Tür ihrer Kammer aufgerissen. Fibonacci und Oberto.

»Packt Eure Sachen. Die Fahrt ist zu Ende«, befahl der Kapitän grob.

»Ja, ich würde jetzt gerne meiner Wege gehen«, sagte Arinna beherzt, während sie rasch ihre wenige Habe zusammensammelte.

»Ihr werdet meiner Wege gehen«, korrigierte Fibonacci sie und beaufsichtigte Oberto, der Arinnas Hände hinter ihrem Rücken fesselte.

»Ich bin keine Sklavin. Ihr habt nicht das Recht, mich mitzunehmen. Selbst wenn ich Longos Sklavin gewesen wäre, wäre ich immer noch nicht Eure«, wandte Arinna ein, obwohl ihre Lippen ihr kaum gehorchen wollten.

»Oh, die Familien der Stadtstaaten unterstützen einander selbstverständlich. Ihr bleibt in meinem Gewahrsam, bis Longos Familie benachrichtigt ist.«

Wahrscheinlich also nie, dachte Arinna. Und Rodrigo Lopez de Ayala würde sie nie wieder zu Gesicht bekommen.

# III. RODRIGO LOPEZ DE AYALA

# KAPITEL 21

GENUA IM MÄRZ 1348

Wer zum Teufel ist Rodrigo Lopez de Ayala?«, fragte Boccanegra gereizt.

»Ich weiß es nicht, Herr.« Niccolò stand im Kontor der Boccanegras, die Mütze in der Hand und in demütiger Haltung. Seitdem sie von ihrer langen erfolglosen Fahrt nach Malta zurückgekehrt waren, war alles anders als vorher.

Die Stimmung seines Handelsherrn war selten besser als jetzt, und Niccolò war unklar, ob dies an dem sehr unterkühlten Empfang der Sant Jacobus in der Stadt gelegen hatte oder an der Tatsache, dass er immer noch nicht in Erfahrung hatte bringen können, wo Arinna war.

Inzwischen hatte die Pest Genua fest in ihrem Griff, weshalb die Rückkehr des städtischen Schiffes geduldet worden war. Aber Andrea Longo galt als vermisst, verschwunden von der Karacke, die unter Boccanegras Befehl gesegelt war. Außerdem machten böse Gerüchte die Runde, dass Boccanegra die Hände im Spiel gehabt hatte, als die beiden Brüder Doria, obwohl getrennt durch ein ganzes Meer, sich gleichsam in Luft aufgelöst hatten.

»Dann wirst du es in Erfahrung bringen, Niccolò«, befahl Boccanegra und schloss die kleine Raute des Glasfensters, aus dem er in die Straße geblickt hatte.

Niccolòs Neugierde war auch durch schlechte Laune nicht zu bremsen. »Wer ist denn der Mann? Ich meine, weshalb interessiert er Euch?«

»Ein Spanier aus Aragon«, antwortete Boccanegra missmutig. »Er fragte nach Arinna. Er nannte sie Pestärztin. Vielleicht glaubt er auch, mit ihr eine Edelsteinmine gefunden zu haben. Ein Irrtum, wie wir wissen.«

»Wann war das?«

»Gestern.«

»Dann muss er noch in der Stadt sein«, schloss Niccolò eifrig. »Ich werde ihn finden.«

»Nein, wahrscheinlich nicht. Ich habe ihm gesagt, dass sie von einem Schiff entführt wurde und nie hier angekommen ist. Von Pisa weiß er nichts.«

»Ja. Gut, ich gehe mich also nur erkundigen, wer er ist. Noch etwas, Herr?«

»Ja«, knurrte Boccanegra. »Mein Weib hat gestern mitsamt meinem Töchterchen mein Haus verlassen, um dem Kind ein Paar Schuhe anmessen zu lassen. Entgegen meinem Verbot. Schon bei meiner Rückkehr von See hatte ich sie bei der Madonna schwören lassen, dass sie die Kinder nicht aus dem Haus lässt. Aber sie sagt, Schuhe Anmessen sei etwas Wichtiges und kein Verstoß gegen den Schwur.«

»Oh, oh.«

»Ja, eben. Such also den Waräger Hrolf auf, gib ihm dieses Handgeld und befiehl ihm, umgehend zu mir zu kommen. Dann erhält er den Rest.« Boccanegra stellte einen Beutel auf das Schreibpult, in dem Münzen klirrten. »Ich brauche Arinna für meine Familie! Hrolf soll sie holen.«

»Ihr wisst tatsächlich, wo sie ist?«, rief Niccolò ungläubig. »Das kann nicht Euer Ernst sein! Und Ihr lasst sie den halben Winter, wer weiß, unter welchen Umständen, schmoren?«

»Hast du etwa ein persönliches Interesse an ihr, Niccolò? Du musst lernen, deine Gefühle aus dem Geschäft herauszuhalten. Diese Frau war schon seit längerem eine Handelsware, wie du mir ja selbst klargemacht hast. Ich habe gleich nach unserer Rückkehr Erkundigungen einziehen lassen. Arinna wurde in Longos Auftrag entführt, aber der starb, und der neue Besitzer hat sie eingesperrt.«

»Eingesperrt«, wiederholte Niccolò tonlos.

»Ja, eingesperrt. Aus meiner Sicht wurde sie praktischerweise einige Wochen ausgelagert, als ich keine Verwendung für sie hatte, so dass sie mich nicht einmal etwas gekostet hat. Das ist, als ob du Ochsen über Winter beim leibeigenen Bauern einstallst – erst im nächsten Sommer, wenn die Preise anziehen, holst du die Tiere ab und verkaufst sie.«

»Arinna als Ware ausgelagert!«, murmelte Niccolò empört im Hinausgehen. Und kostenlos auch noch.

Arinna war weitaus wichtiger als der Spanier. Niccolò machte sich schreckliche Sorgen um sie. Ging es ihr gut? Bekam sie ausreichend zu essen? Dem Herrn sei Dank, dass sie nicht längst tot war!

Niccolò wusste, wo Hrolf Unterschlupf gefunden hatte, bis er im späten Frühjahr die Wanderung über die Alpen wagen konnte. Er lief den ganzen Weg und kam atemlos in der Bretterbude des Hinterhofes an.

Hrolf saß mit trüber Miene an einem wackeligen Tisch.

»Boccanegra möchte dich sprechen«, schnaufte Niccolò und hieb ihm den Geldbeutel, aus dem er nur drei Goldstücke als Botenlohn herausgenommen hatte, in die Handfläche.

»Noch kann ich kaum gehen.« Hrolf hatte eine ernsthafte Verletzung an der Hüfte bei dem Scharmützel mit den Pisanern davongetragen.

»Es geht um Arinna. Boccanegra hat herausgefunden, wo sie ist. Du sollst sie holen.«

Hrolf sprang so schnell in die Höhe, dass ihm wieder schwindelte, und er hielt sich an dem Jungen fest. Aber dann verschwanden die Sterne, die in seinem Blickfeld schwammen, und er sah wieder klar. »Endlich!«, sagte er dankbar. »Ich fürchtete schon, ich hätte sie verloren! Hat er es jetzt erst herausgefunden?«

»Wir. Wir hätten sie verloren.«

Hrolf nickte schmunzelnd.

»Ich habe keine Ahnung, wie lange Boccanegra es schon weiß«, sagte Niccolò grimmig. »Vielleicht von Anfang an. Aber stell dir vor, es war für ihn billiger, Arinna von anderen verköstigen zu lassen, während die Seefahrt ruhte! Auf jeden Fall braucht er sie jetzt selber. Er hat Angst um seine Familie. Die dumme Schnepfe von Ehefrau hat gegen die ratsherrlichen Anweisungen verstoßen und ist mit dem Töchterchen ins Handwerkerviertel gegangen.«

»Dort sterben sie derzeit zuhauf.«

»Ja, eben.«

»Und du, Niccolò, was ist mit dir? Wirst du mitkommen, um Arinna zu suchen?«

»Er wird es nicht erlauben«, sagte Niccolò düster. »Ich weiß nicht, was mit ihm los ist. Es hängt mit dem Senat zusammen. Sie trauen ihm dort nicht mehr. Und ich glaube, er mir auch nicht.«

»Wird schon werden«, sagte Hrolf und klopfte dem Jungen auf die Schulter. Mehr Trost mochte er nicht geben. Es war Niccolòs Natur, sich mal auf die eine, mal auf die andere Seite zu schlagen. Ändern würde er sich nicht.

Auf der Suche nach de Ayala bummelte Niccolò ohne Hast durch die Stadt. Dabei bemühte er sich, Arinnas Anweisungen zu folgen, ging hustenden Bettlern aus dem Weg, ebenso wie erschöpft an Hauswänden Kauernden, und wich allen Tieren aus, die ganz bestimmt Flöhe hatten. Nur bei den spärlich behaarten Schweinen, die den allgegenwärtigen Abfall beseitigten, war er sich nicht sicher. Waren Läuse ebenso gefährlich wie Flöhe?

Billige Kneipen und Schenken interessierten ihn nicht, aber der Gasthof *Dei Lupi*, *Zu den Wölfen*, schien ihm geeignet für einen spanischen Edelmann.

Der Wirt war ungnädig bis zur Unfreundlichkeit, den Wolf glaubte man ihm ohne weiteres, und einen spanischen Edelmann hatte er nicht beherbergt.

Die Schankstube war leer. Niccolò meinte den Grund zu verstehen. »Warum ist hier nichts los?«, erkundigte er sich trotzdem.

»Was denkst du denn, du kleiner Lackaffe?«, fragte der Wirt giftig, nachdem er festgestellt hatte, dass Niccolò nicht zum Trinken gekommen war. »Die Pest macht das Geschäft kaputt, jedenfalls in den besseren Häusern. Nur in den Spelunken geht es hoch her, da geben die Armen ihre letzten schwarzen Paveser Pfennige aus, und wäre es für Wein, der mit Pisse verdünnt ist. In der Hölle brauchen sie kein Geld.«

»Jetzt möchte ich doch einen Becher vom Besten«, sagte Niccolò erschrocken.

»Na endlich, der junge Herr«, versetzte der Wirt ein wenig zugänglicher. »Für den Lackaffen entschuldige ich mich.«

Niccolò war nicht nachtragend. Er winkte ab und kostete den Wein. Er war annehmbar.

»Von den Rittern mit den weißen Kreuzen hört man ja, dass sie ein Geheimmittel hätten. Einen Schwamm oder so«, schwatzte der Wirt und putzte seinen Schanktisch mit einem wenig sauberen Lappen. »Sie sollen jüngst in Rom gewesen sein.«

»Ist der Heilige Vater denn krank?«

»Nein, der nicht. Der sitzt zwischen zwei Feuern und ist umringt von seiner Garde. Wie soll da die Pest durchkommen, frage ich Euch? Nein, anscheinend sind die Knechte und Küchenweiber des Vatikans reihenweise erkrankt. Und mit ihnen die jungen Priester, die mit ihnen … Also die, die oft in der Küche und den Ställen zu tun haben.«

»Und?«

»Ich weiß es nicht. Niemand weiß mehr. Und die Johanniter sind abgereist.«

Niccolò schüttelte irritiert den Kopf. »Aber für gewöhnlich müsste sich dann doch sofort herumsprechen, dass der Herr seine Gnade über die Frömmsten seiner Anhängerschaft ausgeschüttet hat und im Vatikan alle genesen sind. Und mit Hilfe der Ritterschaft und der kommenden Flut von Gebeten, Spenden und Vermächtnissen an Mutter Kirche der ganze Spuk in den italienischen Staaten bald vorbei wäre. Und so fort …« Theatralisch deutete er ein Kreuz auf seiner Brust an.

Der dickliche Zeigefinger des Wirts schnellte vor und stieß um Fadenbreite an die Knebel von Niccolòs Gewand. »Genau das!«, rief er gedämpft. »Ihr nehmt mir das Wort aus dem Mund! Aber diese Schweinepriester melden keine Heilungen in Rom. Das Geheimmittel hat versagt, und die Leute sind tot. Wetten?«

Natürlich kannte Niccolò Arinnas Meinung über den Schwamm. Aber dazu wollte er sich nicht äußern. »Ja, das könnte wohl so sein«, sagte er bedächtig. »Aber Wetten ist Unsinn, wenn zwei gleicher Meinung sind.«

»Darauf trinken wir noch einen. Jetzt auf Kosten des Hauses.« Der Wirt goss ein, und Niccolò fand es zur Abwechslung sehr angenehm, mit jemandem ein Herz und eine Seele zu sein.

Rodrigo Lopez de Ayala hatte im Gasthaus *La Lanterna* genächtigt.

»Ein Aragonese«, sagte der Wirt und zog beziehungsvoll seine dicken schwarzen Augenbrauen in die Höhe. »Aber im Augenblick muss man dankbar für jeden Gast sein.«

»Wohin wollte er denn? Möglicherweise sucht er mich und hat mich jetzt verpasst«, erklärte Niccolò.

Dieser Wirt war höflicher. Aber er musterte Niccolò sehr skeptisch. »Ihr müsst von auswärts sein. Könnt Ihr etwa Auskunft geben über die junge Frau mit dem merkwürdigen Namen Arinna?«

»Ich denke, ja«, sagte Niccolò eifrig. »Ich bin geborener Genueser, war nur lange in Kaf …, will sagen, auf Handelsreise. Ich bin dieser Arinna wohl begegnet.«

»Gehört Ihr etwa zu denen, die uns die Krankheit gebracht haben?«, fragte der Wirt und griff bedächtig nach einem Flaschenhals.

»Bei allen Heiligen, nein«, rief Niccolò. »Und Arinna ist die

Pestjungfrau, die in Neapel und Palermo auf wundersame Weise bei vielen Menschen Heilungen von der Pest vollbracht hat! Sie reiste auf unserem Schiff mit, und der Aragonese hat mich neben ihr gesehen.«

»Ich hatte von ihr noch nicht gehört«, gab der Mann mit Unbehagen zu, hatte sich aber inzwischen abgeregt. »So etwas Ähnliches sagte er auch, nur will er sie auf Malta kennengelernt haben. Ich habe ihn an die Johanniter verwiesen.«

»Wieso ausgerechnet an die?«, erkundigte sich Niccolò verblüfft. Vor noch nicht einer Stunde hatte er erstmals davon gehört, dass diese Ritter in der Gegend waren, um Pestkranke zu behandeln, und jetzt schon wieder!

»Entweder sie ist bei ihnen, oder sie wissen, wo sie sein könnte, denke ich.«

»Und wie soll man die Ritter finden?«

»Einer ihrer Brüder läuft doch durch die Stadt und kündigt ihr Kommen an. Ich glaube, es sollte heute sein. Interessiert mich nicht sonderlich. Wir sind gesund und halten uns im Haus. Die Ritter sind im Besitz eines heilsamen Schwammes. Oder dieser Jungfrau vielleicht. Seid Ihr dem Mönch denn noch nicht begegnet?«

»Nein. Aber besten Dank für die Auskunft!«, rief Niccolò, riss seine Kappe vom Tresen und rannte hinaus auf die Gasse.

Es eilt ganz bestimmt, dachte Niccolò und versuchte während des Laufens, Ordnung in die Informationen zu bringen. Ein Aragonese, der Arinna auf Malta kennengelernt hatte, konnte nur im Hospital der Johanniter gewesen sein. Er würde also auf jeden Fall davon ausgehen, dass sie an Bord der Ordensgaleere war.

Und wenn Niccolò sich nicht allzu sehr täuschte, hatte auch schon ein mäßiger, aber spürbarer Strom von Menschen eingesetzt, die alle die Richtung zum Hafen nahmen.

»Meister, wir müssen zum Hafen hinunter, beeilt Euch!«, rief Niccolò, noch während er ungestüm ins Kontor brauste.

»Was fällt dir ein!«, bellte Boccanegra und roch dann genüsslich an einem Stück sehr reifen weichen Käses, den er zu einem kleinen Pokal Wein hatte auftragen lassen. »Du weißt, dass ich zu dieser Zeit nicht gestört sein will!«

»Eine Galeere der Johanniterritter wird am Hafen erwartet, der Aragonese wird dort sein, und die Bürger strömen schon zusammen!«, fasste Niccolò mit ein wenig Übertreibung zusammen. »Der Orden lässt anscheinend verbreiten, dass er kommt, um die Menschen von der Pest zu befreien. Alle Schankwirte wissen es.«

»Mit dem Malteserschwamm etwa?« Boccanegra sprang von seinem rosshaargepolsterten Sessel so hastig auf, dass dieser umkippte.

Niccolò hatte nicht einmal geantwortet, da fand er sich schon auf der Straße wieder, seinen Oberarm in der festen Umklammerung seines Lehrherrn. »Komm mit!«

Das Kontor befand sich in der Nähe des Hafens, und schon bald verstellte eine Menschenmenge ihnen den Weg. Über die Köpfe der Leute hinweg sah Niccolò städtische Standarten und die hohen schwarzen Hüte der Garde, die schon aufmarschiert war. Sie waren gerade noch rechtzeitig gekommen, was ihm zu verdanken war, dachte Niccolò befriedigt.

»Dies ist ja ein offizieller Empfang«, zischte Boccanegra ihm ins Ohr mit einer Mischung aus Bestürzung und Wut. »Und ich weiß von nichts. Geschweige denn, dass ich eingeladen worden wäre.«

»Tja«, sagte Niccolò hilflos. Aufgefallen war es ihm bisher nicht, aber es stimmte. Der Consigliero hätte natürlich jetzt bei den anderen Mitgliedern des Stadtrates stehen sollen. Die Stadt Genua legte Wert darauf, wichtige Gäste mit allen Ehren zu empfangen. Sowohl der Stadtrat als auch die Gäste wurden durch die Garde vor allzu großer Nähe des Pöbels geschützt.

»Bleib hinter mir«, befahl Boccanegra. Als er begann, sich mit ausladenden Armen seinen Weg zu bahnen, wich die Menge auseinander, beeindruckt mehr durch seine Kraftausdrücke aus der Gosse als durch die vornehme Kleidung.

Sie kamen an der Anlegestelle an, als draußen vor dem Hafentor die zwei kurzen Masten der Galeere abgesenkt wurden.

Boccanegra hielt sich nicht lange mit Vorreden auf. Als das versammelte komplette Collegio von zwölf Mann sich keinen Deut um seine Ankunft scherte, sondern beharrlich auf See starrte, packte er den erstbesten an der Schulter, um ihn zu sich herumzureißen.

Madonna, das gibt Ärger, dachte Niccolò. Vor allem, wenn Boccanegra schon bei der zweiten Karaffe gewesen sein sollte.

»Warum weiß ich nicht Bescheid?«, blaffte Boccanegra. »Muss ich mir von Spelunkenwirten erzählen lassen, welche offizielle Mission der Consiglio für diesen Tag anberaumt hat?«

»Lasst gut sein, Boccanegra«, sagte Catano Spinola, einer der sechs Ratsleute aus dem Volk, versöhnlich. »Wir wollten keine Erinnerungen an Eure eigene Heimkehr aus Kaffa wecken, die ein wenig glückliches Ereignis war.«

»Unsinn«, zischte Anselmo Pinelo, schon an seinem ausladenden Hut als adelig erkennbar. Mit der daran befestigten Vogelfeder konnte er durch Drehen seines Kopfes noch den übernächsten Nachbarn vorübergehend erblinden lassen.

»Meine Heimkehr aus Kaffa«, wiederholte Boccanegra mit erhöhter Lautstärke. »Ja, hättet Ihr uns damals an Land gelassen, wäre Andrea Longo hier, und Ihr hättet keinen Grund, mir sein Verschwinden vorzuwerfen.«

»Niemand wirft Euch das vor!«

»Ich habe anderes gehört. Und wenn ich zugegen bin, schweigt Ihr lautstark darüber. Ich weiß, was das bedeutet.« Boccanegra fuchtelte erregt mit dem Zeigefinger vor Spinolas Augen herum, der doch offensichtlich sein Feind gar nicht war.

»Schon gut«, murmelte Spinola und drückte Boccanegras Finger sachte nach unten.

»Und die Pest habt Ihr sowieso in die Stadt bekommen«, fuhr Boccanegra hämisch fort. »Dem Herrn sei Dank, wenigstens das Delikt könnt Ihr mir nicht vorwerfen.«

»Wieso auch?«, fragte Pinelo irritiert. »Sie ist eine Strafe unseres Herrn, was habt Ihr schon damit zu tun? Deswegen sind wir dankbar, dass der Herr sich unser erbarmt und seine Mönchskrieger zu unserer Hilfe schickt.«

»Ha, ha!« Boccanegras Stimme war nur noch ein Krächzen, aber ein solches Gemisch aus Lachen, Verachtung und Überheblichkeit, dass alle Aufmerksamkeit sich auf ihn richtete.

Dann hätte der Stadtrat die Sant Jacobus ja auch anlegen lassen können, dachte Niccolò, während er auf einen Mann in der Nähe, nein, eher einen Herrn, aufmerksam wurde, der an Boccanegra überaus interessiert schien. Er wand sich behutsam zwischen Zuschauern durch, entschuldigte sich nach rechts und links, wich irgendwohin aus und kam dabei immer näher. Ein Genuese war er nicht, wahrscheinlich überhaupt nicht aus den italienischen Stadtstaaten. Aber möglicherweise ein Aragonese? De Ayala etwa?

»Ja«, rief einer der Ratsherren, der am anderen Ende der Reihe stand, auch er einer der sechs Adeligen, »wo wir schon gerade bei der Abrechnung sind … Weshalb sind meine Vettern Giustiniani und Francesco Doria nicht zurückgekehrt?«

Niccolò wurde die Luft knapp. Er wünschte sich weit fort.

»In Kaffa war nur Giustiniani Doria«, schrie Boccanegra über die Köpfe der Ratsherren hinweg. »Und Euer fetter Vetter weigerte sich, das Schiff zu besteigen. Die Diamanten waren ihm wichtiger als sein Leben … Und ich hatte das der anderen zu retten.«

»Vielleicht. Aber es hat Euch gut gefallen, ihn zurückzulassen. Damit war er in einer Stadt, in der die Pest ausgebrochen war, so gut wie erledigt.« Mit einigen raschen Schritten war Marino Riberol bei Boccanegra und packte ihn am Gewand, um ihn kräftig durchzuschütteln. »Stimmt's, Christophoro Boccanegra? Ihr habt ihn in voller Absicht dem Pesttod ausgeliefert.«

»Dem Pesttod? Davon wusste damals doch niemand!«, brüllte Boccanegra ihm ins Gesicht. »Heute könnt Ihr so unglaublich erhaben tun … In Kaffa lagen in unserer Nähe drei Leichen auf der Straße, zwei Nachbarhäuser standen in Flammen, und die Tataren berannten die Stadtmauern. Und glaubt mir, deren Näherrücken verursachte mir Angst. Meint Ihr wirklich, man erkennt mitten im Krieg an ein paar Toten die Hand Gottes? Nein! Man versucht, sich und diejenigen, die einem anvertraut sind, vor den Barbaren zu retten!«

»Na ja, mag sein«, gab Riberol kleinlaut zu.

Niccolòs Herz beruhigte sich. Er hatte den letzten Tag in Kaffa anders in Erinnerung, aber Boccanegra gelang es offenbar, sich aus der Klemme zu winden. Daran hatte außer seinem Lehrherrn niemand ein größeres Interesse als er.

»Sie werden alle schon wiederauftauchen«, sagte Boccanegra höhnisch und wandte sich demonstrativ der Galeere zu, die in diesem Augenblick an die für sie vorgesehene Anlegestelle gerudert wurde.

Die landnahen Ruderer hoben auf ein Kommando hin ihre Ruder senkrecht in die Höhe, das Schiff trieb sacht die letzte Manneslänge heran und schmiegte sich in ganzer Länge gehorsam an die Kaimauer.

Ein gutes Anlegemanöver. Der Unbekannte hob die Hände und klatschte lächelnd Beifall. Als Einziger. Nein, er war keiner von ihnen.

»Der Segen des Heiligen Vaters über diese Stadt!«, rief ein Ritter im schwarzen Mantel mit einem großen weißen Tatzenkreuz und stieg an Land, noch bevor Bug- und Achterleine fest waren. »Mit wem kann ich sprechen? Ich bin Frà Landolfo von der italienischen Zunge unseres Ordens.«

»Wir bieten Euch ein herzliches Willkommen in Genua, Herr Ritter, Frà Landolfo.« Der adelige Consigliero lupfte seinen Hut und schwenkte ihn. »Unser Doge ist durch diesen elenden Fluch von Pest, will sagen, der Strafe Gottes, sowie durch sein Alter gehindert, Euch, wie es sich gehörte, zu begrüßen. Ich spreche für ihn. Mein Name ist Anselmo Pinelo.«

»Gnädiger Herr, helft … Madonna … Bitte, Gnade«, ertönte ein Durcheinander von Stimmen hinter Niccolò, der zu seinem

Staunen entdeckte, dass die Hälfte der Genueser mittlerweile auf den Knien lag, voller Hoffnung und Gläubigkeit.

Niccolò betrachtete den Ritter, der seinerseits stumm die Menge musterte. Er war ein merkwürdiger Mann, groß, aber sehr schlank, wenn nicht dürr, und mit einer Narbe auf der Stirn, die eher nach einem Biss als nach einer Kampfwunde aussah. Ein Schwächling war er nicht, er wirkte nicht einmal freundlich.

»Die Stadt Mailand ersucht dringlichst um Hilfe!«, rief eine kräftige Stimme mitten in das klägliche Gemurmel von Bittgesuchen hinein. »Sie würde dem Orden mitten in der Stadt ein Gelände für ein Johanniterhospital zur Verfügung stellen. Unser sehr vernünftiger Stadtrat hat es bisher durch eine strenge Torsperre geschafft, die Pest draußen zu halten, abgesehen von drei Häusern, die wegen ihrer kranken Einwohner unzugänglich gemacht wurden.«

»Und ich bin ermächtigt, dem Orden der Johanniter mitzuteilen, dass ein Hospitalsgebäude in Turin zur Verfügung steht«, kreischte ein anderer, über dessen Kopf die Fahne von Turin geschwenkt wurde. »Es geht in das Eigentum des Ordens über und kann sofort bezogen werden.«

»Schert euch nach Hause«, brüllte Pinelo über die Köpfe der Menge. »Jetzt sind wir Genuesen dran!«

»Ihr Genuesen habt uns die Pest nach Piacenza gebracht«, schrie jemand mit sich überschlagender Stimme. »Priester und Advokaten, die zu den Kranken gerufen wurden, schaffen kaum ihren Heimweg, bevor sie selbst sterben. Ihr verdient keine Hilfe …«

Die Menge seufzte vor Entsetzen wie ein Mann.

Der Ritter trat zu Pinelo. »Wir würden gerne alle behandeln, die Hilfe nötig haben«, sagte er gedämpft, »aber Ihr werdet verstehen, dass unsere Mittel begrenzt sind.«

Niccolò hatte gute Ohren, aber er musste sie spitzen, um den Mann zu verstehen.

»Ja, natürlich«, sagte Pinelo, »ich hoffe, Ihr verschwendet Eure Arznei nicht an diejenigen, die sowieso sterben werden.«

»Wir verschwenden unseren Schwamm nie. Wir kennen unsere Verantwortung. Unser Großmeister hat deshalb in Übereinstimmung mit den Meistern aller Zungen entschieden, wer zuerst zu behandeln ist. Ich bin an diesen Entschluss gebunden.«

»Und wer ist das?«, fragte Pinelo misstrauisch.

»Die Ratsmitglieder von Stadtstaaten, die wichtigsten Geschlechter, die Kirchenfürsten«, zählte Frà Landolfo knapp und unbewegt auf. In die empörten Pfiffe des lauschenden Volks hinein sprach er lauter weiter: »Es mag sich unbarmherzig anhören, ist es aber nicht. Dieser Todesfluch zwingt uns zu der Entscheidung, wer überleben darf, wenn eine Wahl notwendig ist. Ich will damit sagen: Es hilft niemandem, wenn nach dem Pestzug alle vernunftbegabten Menschen gestorben sind, während Bettler, Krüppel und Geistesgestörte überlebt haben. Sobald diese Versuchung des Herrn von uns genommen ist, muss das Leben neu organisiert werden durch Menschen, die dazu fähig sind.«

Sehr modern gedacht, fand Niccolò überrascht. Das war eine vernünftige und klare Sprache, nach rationalen Überlegungen, wie sie hier und da allmählich aufkamen, und den Beifall aller jungen Leute hatte. Und heute nickte sogar der Stadtrat einschließlich Boccanegras nachdrücklich, obwohl der eigentlich für seine Verschlafenheit bekannt war.

Aber de Ayala, wenn er es denn war, schüttelte den Kopf. Niccolò fragte sich, warum. Er war ja nicht alt.

»Können wir unter vier Augen miteinander sprechen?« Frà Landolfo überschlug sichtlich schnell die Zahl der Männer in der Reihe des Stadtrats. »Oder meinetwegen unter sechsundzwanzig Augen.« Sein Lächeln erfasste jeden einzelnen Genuesen, und die lächelten nach dem soeben Versprochenen von Herzen zurück.

»Einen Augenblick noch«, rief der Herr, den Niccolò für den Aragonesen hielt, »ich bin sicher, dass Großmeister Frà Helion de Villeneuve mir meine Bitte großzügig nachsehen würde.«

Frà Landolfos Lächeln gefror. »Und Ihr seid – wer?«, fragte er mühsam.

»Conte Rodrigo Lopez de Ayala aus Aragon«, antwortete der Spanier mit einer höflichen Verneigung. »In meinem Land steht die Sacra Militia in hohem Ansehen. Meine Lieblingsschwägerin, Eleonore von Aragon, Ehefrau meines Vetters Peter von Aragon, und ich haben der aragonesischen Zunge schon viele gutgeratene junge Leute geschickt, deren Herzen brennen, um für unseren Herrn Christus kämpfen zu dürfen.«

Er machte eine genügend lange Pause, um dem Johanniter Zeit zu lassen zu begreifen, wer da vor ihm stand. Ein wichtiges Mitglied der königlichen Familie von Aragon. Das verstand sogar Niccolò.

»Ich würde gerne mit der Pestärztin Arinna aus dem Tal der Tauben sprechen, wenn Ihr so gut wärt …«, fuhr de Ayala freundlich fort.

Der Ordensbruder antwortete nicht. So hochmütig konnte er sich doch gegenüber einem Mitglied des Hochadels nicht geben, dachte Niccolò aufgebracht, bis er merkte, dass Frà Landolfo aus einem ganz anderen Grund schwieg. Er wirkte irgendwie unentschlossen. Oder verärgert? Aber warum verfärbte er sich?

»Wir … es … ich kenne keine Arinna«, behauptete der Ritter schließlich.

»Arinna aus dem Hospital der Johanniter in Birgu, Malta«, wiederholte de Ayala betont, mit einem Anflug von Ungeduld. »Frà Hertwig legte Wert darauf, dass sie die Pestkranken behandelte. Sie hatte eine besondere Begabung dafür. Sie muss doch an Bord sein. Wenn nicht, muss sie Euch zumindest bekannt sein!«

»Frà Hertwig wurde erschlagen. Niemand weiß, von wem und warum. Und diese Arinna ist mir nicht bekannt. Ich kam von Rhodos und wurde mit meinem Auftrag in die Pestgebiete Italiens weitergeschickt.«

Aus irgendeinem Grund schien Frà Landolfo das Gespräch unangenehm zu sein, fand Niccolò.

»So seid Ihr vermutlich der Leiter des Hospitals von Rhodos?«

»Verehrter Rodrigo Lopez de Ayala aus Aragon«, schnurrte der Johanniter geläufig herunter, als ob er gewohnt sei, sich in der höchsten Gesellschaft zu bewegen, »ich bin selbstverständlich bereit, Euch oder jeden Angehörigen Eurer Familie sofort gegen Pest zu behandeln. Sagt mir, um wie viele Kranke es sich handelt, damit ich mich entsprechend ausrüsten kann.«

Böse Pfiffe ertönten.

De Ayala nahm seinen Hut ab und rieb anscheinend Staub von der Krempe. »Ich bin dank Arinnas Behandlung gegen Pest gefeit«, antwortete er gemessen, und in diesem Augenblick hätte man die Fische an den Kaimauern zupfen hören können, so still war es geworden. »Besten Dank also für Euer großherziges Angebot.«

Niccolò sperrte den Mund auf. Es waren Arinnas Worte. Der Aragonese hatte im Hospital auf Malta als Pestkranker gelegen und war geheilt worden.

Inzwischen hatte der Johanniter sich von seiner Überraschung erholt. »Bei allem Respekt, de Ayala, Ihr lasst es an Demut gegenüber unserem Herrn fehlen. Niemand ist gegen Pest gefeit. Auch Byzanz hat keine Zaubersprüche gegen Pest.«

Boccanegra warf einen strengen Blick zu Niccolò hinüber und schüttelte warnend den Kopf. Es sollte nichts bekannt werden über ihre eigenen Erfahrungen. Niccolò verstand nicht ganz, warum. Aber darüber nachzugrübeln war jetzt nicht die Zeit.

Das Gespräch war zu Ende. Die Brüder machten sich fertig zum Ausschwärmen in die Stadt. Versehen mit Körben, in denen vermutlich die Arzneien mitgeführt wurden, umringten sie den Ratsherrn Anselmo Pinelo, der sie offenbar einweisen würde. Niccolò wurde abgedrängt und konnte die leise geführten Gespräche nicht mehr verstehen.

Niccolò hätte brennend gerne gewusst, warum de Ayala nach Arinna suchte. Wollte auch er sie dem Meistbietenden zur Behandlung von Pest antragen? Während er dem Mann durch die Menge folgte, eigentlich ohne es vorgehabt zu haben, gingen viele Möglichkeiten durch seinen Kopf, von unehrenhaften bis höchst ehrenhaften. Er beschloss, den Aragonesen einfach zu fragen.

De Ayala blieb schließlich neben einem Bären von Mann stehen, der auf ihn gewartet hatte. Der Bär war bewaffnet, und zu seinen Füßen lag Gepäck, offensichtlich also eher ein Diener als ein Reisegefährte.

Wieselflink huschte Niccolò heran, zog seine Kappe ab und verbeugte sich artig, wie er es im Kontor gelernt hatte.

»Ja, was möchtet Ihr?«, fragte de Ayala, nachdem sein prüfender Blick ihm versichert hatte, dass Niccolò nicht zum Straßengesindel zählte.

»Ich habe gehört, dass Ihr nach Arinna sucht«, sprudelte Niccolò heraus.

»War sie hier in Genua?«

»Nein, das nicht.«

»Aber?«, fragte de Ayala scharf.

Niccolò wurden die Knie weich. Er hatte noch nie einem Mann von so hohem Adel gegenübergestanden, und genau genommen hatte er nicht das geringste Recht, ihn auszufragen. Dennoch nahm er all seinen Mut zusammen. »Warum? Ich meine, warum sucht Ihr nach ihr?«

»Eine seltsame Frage.«

Die Tatsache, dass der Aragonese sie nicht dreist fand, sein Tonfall vielmehr nachdenklich war, beflügelte Niccolò. »Ich kenne sie«, platzte er heraus.

»Dann sprecht bitte.«

Niccolò fühlte, wie sich sein Gesicht mit Röte überzog. Es war ihm entsetzlich peinlich, aber er konnte nicht anders. »Ich wollte mich gerne zuvor von Euren ehrenhaften Absichten überzeugen, Conte de Ayala …«

Zu Niccolòs großer Erleichterung schmunzelte der Aragonese. »Ihr seid so jung, ich glaube Euch diesen simplen Grund.

Ich habe die ehrenwertesten Absichten, die man sich denken kann. Ich würde sie gerne mit in meine Heimat nehmen, damit sie dort als freier Mensch leben kann. Mit oder ohne meine Unterstützung, wie sie will, als Dank dafür, dass sie mein Leben gerettet hat. Sie wurde in Malta wie eine Sklavin behandelt, und als Nächstes habe ich sie in Trapani auf einem genuesischen Handelsschiff gesehen, auf dem sie zurückgehalten wurde …«

»Das war unseres«, unterbrach Niccolò ihn eifrig. »Es segelte unter dem Befehl meines Handelsherrn Christophoro Boccanegra.«

»Aha.« De Ayala musterte ihn einen Augenblick. »Hat Euer Handelsherr Arinna den Johannitern abgekauft?«

»Nicht einmal das«, sagte Niccolò verbittert. »Viel schlimmer. Jedenfalls wurde sie wegen ihrer Fähigkeiten, Pest zu heilen, zum Gegenstand eines nächtlichen Krieges zwischen Genua und Pisa. Pisas große Karacke gewann.«

»Dann ist sie jetzt in Pisa?«

»Ja, aber ich weiß nicht, wo.«

»Das wird sich leicht herausfinden lassen«, sagte de Ayala.

»Einen Augenblick, bitte. Warum seid Ihr nicht einverstanden damit, dass die Mönchsritter vor allem die bessergestellten und vernunftbegabten Menschen vor der Pest retten wollen?«, fragte Niccolò fast trotzig und ohne echte Hoffnung auf eine Antwort. Wenn der Conte ihn jetzt mit einem gönnerhaften *mein Junge* abzuwimmeln versuchte, würde er abhauen.

»Das ist Euch aufgefallen? Vermutlich keinem von den hohen Herren. Und die Frage ist weniger leicht zu beantworten.« De Ayala runzelte die Stirn und dachte einen Augenblick nach, während Niccolò ihn mit großen Augen anstarrte.

»Ich bin in einer Gegend aufgewachsen, in der einige Traditionen der Sarazenen trotz der Rückeroberung durch unsere katholischen Majestäten erhalten geblieben sind. Dazu gehört, dass wir keine scharfe Trennung zwischen Adeligen und Bauern oder Händlern mögen. In den Augen des Herrn im Himmel oder – Ihr verzeiht – Allahs sind wir alle Menschen.«

Niccolò blieb stumm vor Verwunderung. Davon hatte er noch nie gehört.

De Ayala lächelte entschuldigend. »Ich muss jetzt aufbrechen. Eure Mitteilungen sollt Ihr mir nicht umsonst gegeben haben. Ich will mich selbstverständlich erkenntlich zeigen.«

Während der Bär sich unaufgefordert zu einem Ledersack hinunterbeugte, versteckte Niccolò seine Hände hinter dem Rücken. »Besten Dank, Conte de Ayala, ich verkaufe Arinna nicht. Ich hoffe, Ihr findet sie bald.« Und zwar vor Hrolf, setzte er in Gedanken fort, während er sich höflich verbeugte.

Boccanegra wanderte in seinem Kontor auf und ab, voller Unruhe. In erster Linie plagte ihn der Verrat, den der Stadtrat ihm gegenüber begangen hatte, aber er wartete auch ungeduldig auf Hrolf. Wider Erwarten war dieser noch nicht aufgetaucht.

Endlich hörte er die Stimme eines der Dienstboten an der Tür. Wie lange der Waräger wohl nach Pisa brauchen würde?

Sein Diener trat in das Kabinett. »Der Ritter des Heiligen Johannes zu Jerusalem, Frà Landolfo«, meldete er korrekt und zog sich wieder zurück.

Was wollte der denn? Boccanegra hatte ein unangenehmes Vorgefühl im Magen. Es würde sicherlich um Arinna gehen. Er wünschte, er hätte dem Wein weniger zugesprochen, damit sein Kopf klarer wäre.

»Verehrter Consigliero Christophoro Boccanegra«, sagte der Ritter geschmeidig, kaum dass er eingetreten war, »durch einen Zufall erfuhr ich noch am Hafen einiges über diese Arinna und außerdem, dass Ihr derjenige seid, der am besten über sie Auskunft geben kann. Ihr werdet verstehen, dass mir daran liegt zu erfahren, was sie mit dem Orden verbindet. Und natürlich welche Kenntnisse sie über die Pest hat.«

Diese schwatzhaften Seeleute! Der Ritter war vermutlich bereit gewesen, mehr als ein Almosen für Auskünfte zu geben. »Ja, wir haben sie von einer kargen Insel bei Malta gerettet«, gab er preis.

»Mit Vorräten des sogenannten Malteserschwamms?«

»Ja, sie führte diesen Schwamm mit sich. In Palermo gelang es ihr, den Erzbischof gewissermaßen vom Totenbett zurückzuholen.«

»Davon habe ich gehört.«

Aber nicht von Arinna?, lag Boccanegra auf der Zunge, doch er wollte den Mann nicht provozieren. Er musste ohnehin sehr vorsichtig vorgehen, damit Landolfo nicht etwa anfing, selbst Jagd auf sie zu machen.

»Wir dulden keine Kopisten«, schnarrte der Ritter voll von innerem Groll, »und diese Frau hat die Arznei gestohlen. Sie gehört dem Orden.«

»Das mag sich verhalten, wie es will«, bemerkte Boccanegra diplomatisch. »Ich glaube, sie hat den Schwamm einfach vor Verderbnis gerettet. Vermutlich ist er längst aufgebraucht. Außerdem scheint sie von seiner Wirkung nicht allzu überzeugt zu sein.«

»Wo ist sie? Wir müssen mit ihr sprechen!«

»Ich weiß es nicht, Ritter, tut mir ausgesprochen leid«, antwortete Boccanegra harmlos. »Sie hat sich von uns getrennt.«

»Ich weiß. In Neapel. Nach einem Überfall durch ein pisanisches Schiff! Ihr seid nicht ehrlich mit mir, Consigliero! Man hat mich vor Eurer gespaltenen Zunge gewarnt. Zu Recht, scheint mir. Ich wünsche Euch einen pestfreien Tag!« Er war so schnell zur Tür hinaus, dass sein Diener ihm nachlaufen musste.

Sein Gespür für Gefahren hatte ihn vorübergehend verlassen, stellte Boccanegra verärgert fest. Er hätte die Katastrophe von Neapel nicht verschweigen sollen. Der Ritter würde aus allem zusammen folgern, dass auch an Arinnas Heilerfolgen mehr dran war, als er preisgegeben hatte.

Nach einer Weile fiel ihm ein, wie sonderbar es war, dass sich Landolfo nach den näheren Umständen von Arinnas Rettung nicht erkundigt hatte. Insbesondere nach dem Verbleib der Laienmönche, die den Schwamm hüteten.

Kurze Zeit später tauchte endlich Hrolf auf, der offensichtlich ausgiebige Einkäufe auf dem Markt getätigt hatte, statt sofort zu ihm zu kommen, aber Boccanegra verzichtete darauf, ihn zu tadeln. Er brauchte den Waräger jetzt dringender denn je. »Du musst mir Arinna zurückholen«, sagte er scharf. »Sie soll sich im Gewahrsam des pisanischen Kapitäns Paganino Fibonacci befinden. Meine kleine Maria könnte erkranken, und dann möchte ich Arinna zur Hand haben.«

»Das verstehe ich, Kapitän«, sagte Hrolf und blieb mit den Händen auf dem Rücken stehen, jedoch nicht so ehrerbietig, wie es sich gehörte.

»Was ist?«, fragte Boccanegra irritiert.

»Ich möchte Euer Wort, dass Ihr Arinna gehenlasst, wenn die Gefahr für Euer Töchterchen vorbei ist. Sie ist keine Sklavin! Und wenn sie jetzt kommt, kommt sie aus freiem Willen. Andernfalls würde ich ihr abraten. Ich habe sie in meine Sippe aufgenommen, was nicht bedeutet, dass ich ihr Anweisungen geben würde. Aber wenn Ihr sie täuscht, bekommt Ihr es mit mir zu tun.«

Boccanegra schäumte. Fehler auf Fehler, die ihm derzeit unterliefen. »Also gut«, stimmte er schließlich mürrisch zu. »Obendrein musst du dich beeilen. Ist dir bekannt, dass eine Galeere mit Johanniterrittern eingelaufen ist, die in der Stadt Pestkranke behandeln wollen? Ihr Verantwortlicher sucht jetzt auch nach Arinna. Er hatte vom Schiff aus Pisa gehört, wird sich also wohl dort hinbegeben. Ich weiß nicht, ob du überhaupt einen Vorsprung hast und wie groß er sein könnte. Immerhin ist ihm nicht bekannt, dass wir Arinna zurückholen wollen.«

»Ich bin schon unterwegs«, sagte Hrolf.

# KAPITEL 22

PISA

Arinna war nun schon viele Wochen in einem fast dunklen Raum gefangen, der nur durch zwei Schlitze in einer dicken Mauer erhellt wurde. So erfuhr sie, wann Tag und wann Nacht war, mehr nicht. Der Raum war ein Gefängnis, ihrem Gefühl nach zu ebener Erde, und darüber gab es zuweilen Lärm, manchmal sogar Kinderstimmen. Sie war am Abend und obendrein mit verbundenen Augen hier hereingebracht worden. Oberto, der hübsche Schiffsjunge, den sie als zunehmend schmierig empfand und der sie mit Nahrung versorgte, weigerte sich, auch nur ein Sterbenswörtchen darüber zu verlieren, wo sie sich befand und wie lange sie hierbleiben würde. Das Schachspiel, um das sie hoffnungsvoll gebeten hatte, hatte er ihr verweigert. Ach, Hrolf! Ob Rodrigo wohl auch Schach zu spielen pflegte?

Ihr blieb jedenfalls keine andere Möglichkeit, als darüber nachzudenken, was sie inzwischen über die Pest wusste. Und es aufzuschreiben. Die zehn Blätter waren fast voll. Hrolfs Umsicht, ihr das Schreibzeug zu besorgen, konnte sie gar nicht genug preisen.

Und doch fehlte er ihr, denn er war der Einzige, mit dem sie über die Pest diskutieren konnte. Alle anderen um sie herum sahen die Strafe des Herrn als Grund für eine Krankheit und forschten gar nicht erst nach den Ursachen.

Ganz klar war für sie selber inzwischen, dass sich viele Menschen die Pest durch Flöhe zuzogen. Das bewiesen die Beulen in der nächsten Nachbarschaft der Flohstiche. Konnten auch Ameisen und Spatzen Pest haben? Überhaupt alle Lebewesen?

De Ayala und die anderen aus Alexandria kommenden Reisenden hatten gewiss Flöhe gehabt, denn die Pferdeknechte als Versorger der ersten Stunde hatten sich angesteckt, ebenso Bruder Ugo, der den verwahrlosten Fischer versorgt hatte. Nachdem die Kranken aber erst einmal flohfrei waren und es in den sauberen Hospitalbetten auch blieben, nahm die Gefahr für die Pfleger ab. Und denjenigen, die die Pest bereits gehabt hatten, wie Hrolf, Attaliotes und sie selbst, konnten die Flöhe nichts anhaben.

Bruder Armegandus war die Ausnahme von dieser Reihe. Der Schnitt im Finger und der Knoten in der Armbeuge wiesen auf einen Zusammenhang hin. Man konnte offensichtlich Pest auch ohne Anwesenheit von Flöhen bekommen, aber eben unter diesen besonderen Umständen.

Dann gab es noch diejenigen, die husteten, bei denen der Tod besonders schnell eintrat. Der Jude in Trapani hatte so ausdrücklich vor den Hustenden gewarnt, dass Arinna angenommen hatte, dass die Gefahr vom Husten ausging und nichts mit Flöhen zu tun hatte. Aber stimmte das auch? Es gab noch so viele Unklarheiten …

Eines Abends, die Dämmerung fiel bereits, betrat Paganino Fibonacci Arinnas Gefängnis. Ihm auf den Fersen war Oberto, der bis über beide Backen grinste. »Ist doch aber eigentlich ein Jammer, Paganino«, sagte er und ließ seinen anzüglichen Blick über Arinna wandern.

»Nein«, sagte der Kapitän harsch, »Schluss mit ihr, ich bin dankbar, dass ich sie loswerde. Sie hat keinerlei Nutzen und bringt nur Probleme. Meine Frau wird schon misstrauisch. Auch ihr gegenüber!« Er lachte herzhaft.

Arinna holte entsetzt Luft. Sie wollten sie ermorden.

»Ich habe bis heute nicht begriffen, was dieser verschrobene kleine Genuese mit ihr vorhatte«, setzte Fibonacci sein Selbstgespräch fort, während er Arinna die Hände auf dem Rücken festband. Sie leistete keinen Widerstand.

»Er liebte Frauen. Verschroben eben. Longo brauchte keine weiteren Gründe.« Diesmal brachen sie beide in ein Lachen aus, das ein intimes Einvernehmen signalisierte, als sei Arinna nicht vorhanden.

Über Arinna lief ein Frösteln. Levantiner! Wie können sie nur, dachte sie.

Nach einer längeren Wanderung durch verschlungene Straßenzüge, über eine Brücke, an einem Fluss entlang und über eine weitere Brücke langten sie vor einem verkommenen Anwesen jenseits der Stadtgrenze an. An diesem kühlen Abend war kaum noch jemand unterwegs. Eingehüllt in einen weiten wollenen Umhang, begleitet von zwei ordentlich gekleideten Männern, hatte Arinna gar nicht in Betracht gezogen, jemandes Aufmerksamkeit zu erwecken, um um Hilfe zu bitten. Sie wirkte wie eine Frau, die zum eigenen Schutz von Ehemann und Bruder irgendwohin begleitet wurde. Mittlerweile glaubte sie auch nicht mehr, dass man sie töten wollte. Fibonacci hatte etwas anderes vor.

Oberto klopfte an die Pforte, die in den Angeln hing. In einem Rhythmus, der kein Zufall sein konnte. Ein Signal, dachte Arinna, die dafür Gespür hatte.

Der Kerl, der die Pforte aufriss, war klapperdürr. Bei Arinnas Anblick zog er eine anerkennende Grimasse. »Die edlen Herren hatten tatsächlich nicht vor, den alten Bartolotto zu betrügen«, nuschelte er, wobei er eine Wolke von saurem Weingeruch vor sich her stieß.

»Das Geld! Und dann verschwinden wir«, sagte Fibonacci unruhig und ließ seine Augen überallhin wandern, wo ein stiller Zeuge versteckt sein konnte. Das Einzige, das zu erkennen war, waren zwei glühende Augen im Schatten des Hauses.

»Ach, die Herren mögen meine Gesellschaft wohl nicht«, höhnte der Händler und blieb hartnäckig stehen, an seine baufällig wirkende Mauer gelehnt. »Nur meine Schweigsamkeit über gewisse Transaktionen.«

Das komplizierte Wort brachte Bartolotto nur unter Schwierigkeiten heraus. Fibonacci nickte, bemüht, seine Ungeduld nicht zu zeigen. Zu allem Überfluss tappte einer von diesen gefährlichen Riesenhunden heran, die selbst Soldaten das Fürchten lehren konnten. Er schnüffelte ausgiebig am Kapitän von den Schuhen bis zu Leibesmitte, und der wagte nicht, sich zu rühren. Oberto versteckte sich verschämt hinter seinem Freund.

Arinna hatte keine Angst. Nicht vor einem Hund in Gegenwart dieser menschlichen Scheusale.

»Na ja, ich will Entgegenkommen zeigen. Außerdem hoffe ich auf künftige Geschäfte.« Der Händler schlurfte in sein Haus.

Nur das Schnaufen des Hundes war zu hören und das Flappen der Lefzen im Rhythmus seines Atems. Die beiden Männer standen starr wie die Steinsäulen. Arinna lächelte spöttisch. Fibonacci sah es und ballte die Fäuste, ließ es aber bleiben, als der Hund zu knurren begann.

Bartolotto wankte heran, einen schlaffen Lederbeutel in der Hand.

Fibonacci wog ihn mit misstrauischer Miene in der Hand, aber Oberto ließ ihm keine Zeit zu protestieren. Er schob Arinna dem Kerl entgegen.

Sie wich Bartolottos Atem aus, dessen stumpfer Blick sich für einen kurzen Augenblick durch ein gieriges Glitzern belebte. Dieser Handel war ja noch demütigender als ihr Verkauf in Konstantinopel, dachte Arinna verzweifelt, während der torkelnde Händler sie vor sich her schubste.

Sie landete in einer Art Verschlag für Hühner, wo sie entdeckte, dass sie immer noch gefesselt war, den guten Umhang aber anbehalten hatte. Bartolotto warf ihr den Korb hinterher, in dem sich ihre Besitztümer befanden. Der Kapitän hatte sich offensichtlich von allem befreien wollen, was nur im Geringsten an sie erinnerte, und dazu gehörte wohl auch, dass er sie lieber für wenig Geld an einen verschwiegenen Trunkenbold oder sogar Schurken verkauft hatte, als an ein bekanntes Handelshaus für Sklaven.

Am nächsten Morgen war Bartolotto ausgenüchtert. Zu Arinnas großem Erstaunen brachte er ihr so etwas wie Respekt entgegen. Als Erstes entschuldigte er sich, dass er vergessen hatte, sie von der Fessel zu befreien, dann band er sie los und stellte vor ihr eine Art Brei hin, der immerhin genießbar war. Während sie hungrig löffelte, blieb der Kerl bei ihr stehen.

»Du bist gar nicht so verwöhnt, wie ich dachte«, stellte er erleichtert fest. »Bist du eine Tscherkessin?«

»Nein, Griechin«, antwortete Arinna, ohne ihn aus den Augen zu lassen. Sie traute ihm nicht über den Weg. Der Hund, der ihm bis zur Hüfte ging, war ihr wesentlich sympathischer.

»Aber der Kapitän hat dich mir als ungläubig verkauft, als Barbarin, die er aus den Händen albanischer Seeräuber gerettet hat.«

»So«, sagte Arinna und musste trotz allem lachen. »Davon stimmt nichts. Ich bin Christin aus dem Teil des Byzantinischen Reichs, das die Osmanen erobert haben. Kein Christ dürfte mich kaufen oder verkaufen.«

»Das ist schlimm. Ich habe viel Geld für dich ausgegeben. Ich muss dich verkaufen.«

Dazu schwieg Arinna. Sie konnte seinen Standpunkt verstehen. Aber es war nicht ihr Problem. Jedoch begann sie langsam ihre Furcht vor ihm zu verlieren. Persönlich schien er ihr nichts antun zu wollen, und wenn er einen Teil des Tages betrunken, aber friedlich wäre, würde es ihr auch recht sein.

»Welche Fähigkeiten hast du, die ich anpreisen könnte?«

»Nicht viel«, sagte Arinna. »Ich beherrsche Griechisch und mittlerweile auch Italienisch.«

»Dann könntest du Unterricht geben«, rief Bartolotto entzückt. »Es gibt reiche Familien, die ihren Kindern eine gute Ausbildung in klassischen Fächern geben möchten. Ich verkaufe dich als Küchenmagd mit Griechischkenntnissen.«

Ja, da war sie ganz bestimmt am richtigen Platz, dachte Arinna. Aber es gab Schlimmeres. Sie seufzte unterdrückt.

## AN DER LIGURISCHEN KÜSTE

Hrolf war auf der Straße entlang der Küste nach Pisa unterwegs. Dank des Geldes von Boccanegra reiste er nicht als Bettler, sondern als zahlender Mitfahrer, und das war etwas ganz anderes. Er kam gut vorwärts mit Hilfe von Bauern, die ihn auf ihrem Karren zum nächsten Markt mitnahmen, ihm auch zu einem preiswerten Nachtquartier bei Verwandten verhalfen oder ihm willkommene Ratschläge für den besten Weg gaben. Die Ritter hatte er unterwegs nirgends gesehen, und seine vorsichtigen Fragen hatten auch nichts zutage befördert.

Nach wenigen Tagen schon stand er in Sichtweite von Pisa, das von niedrigem, sumpfigem Land umgeben war. Auf den Ratschlag eines Ölbauern hin bog er von der Landstraße ab, die in die Stadt führte, und wanderte einer winzigen Ansiedlung von fünf Häusern entgegen. Man würde ihm dort sicherlich ein Nachtquartier anbieten, und er konnte Erkundigungen einziehen.

Es ging gegen Abend, die meisten Menschen waren schon in ihren Häusern. Ein markanter Geruch wehte Hrolf in die Nase. Fett und Talg. Ein Kerzenzieher. Der Mann stand noch an seinem Siedekessel und rührte, sorgfältig und gleichmäßig.

Hrolf nahm auf ihn Kurs, blieb jedoch angesichts des Warnrufes des Mannes, der einem Kind galt, in gebührender Entfernung stehen und schob sein Schwert, das wie üblich am Gehänge befestigt war, auf den Rücken. »Darf ich näher kommen?«, rief er hinüber.

»Was führt dich her?«

»Ich suche jemanden und brauche Auskunft. Gerne auch eine Schlafstätte.«

»Dann komm. Aber langsam und so, dass ich deine Hände sehen kann.«

Hrolf tat ihm den Gefallen. Den meisten Menschen rund ums Mittelmeer jagte bereits seine Größe Angst ein. Das kannte er schon. »Ich kann mein Schwert ablegen«, bot er an, als er vor dem Kessel stand.

Der Kerzenzieher deutete stumm auf eine Reihe von Kupfergefäßen, aus denen die eingespannten Dochte herausschauten.

Hrolf ließ seinen Schwertgurt auf den nackten rotbraunen Boden rutschen und holte einen dicken Kohlkopf aus seinem Sack, den er neben die Kerzenformen legte. Dann setzte er sich in gebührender Entfernung nieder.

»Du bist anscheinend ein Mensch, der weiß, was sich gehört«, stellte der Kerzenzieher erleichtert fest. »Wir leben nicht in Armut, aber schönen Dank auch. Die Familie ist groß. Wen suchst du?«

»Eine junge Frau, die zuletzt auf einem pisanischen Schiff gesehen wurde. Kannst du mir einen vertrauenswürdigen Kenner der pisanischen Flotte nennen? Der Kapitän des gesuchten Schiffes ist weniger vertrauenswürdig.«

Der Kerzenzieher grinste. »Du wirst dich wundern.« Dann legte er den Kopf in den Nacken und brüllte los: »Ruccardo!«

Ruccardo tauchte sofort aus einem Nebengebäude auf. Als er den Fremden sah, eilte er herbei, als ob der Kerzenzieher um Hilfe gerufen hätte.

»Frag ihn.«

Hrolf wiederholte seine Bitte. Die beiden Männer, offensichtlich Brüder, ihrer Ähnlichkeit nach zu schließen, sahen sich an und brüllten vor Lachen los. »Was ist?«, fragte er.

»Vor dir steht der Steuermann des Schiffes, das du möglicherweise suchst. Jetzt über Winter hilft er mir beim Kerzenziehen und Seifensieden.«

»Sag mir zuerst, warum du Arinna suchst?«, bat Ruccardo.

Hrolf lächelte in sich hinein. Diese Art von Frage kannte er. Arinna hatte auf ihrem Weg viele Beschützer gefunden. »Der Genuese Christophoro Boccanegra, der sie vor dem Überfall durch eure Mannschaft in Obhut hatte, befürchtet, dass sein

Töchterchen Maria die Pest bekommen könnte. Er wünscht sich nichts dringender, als dass Arinna sich um sie kümmert.«

Ruccardo nickte seinem Bruder beruhigend zu. »Er meint es ehrlich.« Dann wandte er sich wieder an Hrolf. »Paganino Fibonacci, der Kapitän, hat Arinna weggesperrt. Er hat nicht verstanden, wer sie ist und was sie vermag. Aber ein anderer sollte sie auch nicht haben.«

»Wisst ihr, wo sie eingesperrt ist? Und wie komme ich dort hinein?«

»Wahrscheinlich in seinem eigenen Geschlechterwohnturm. Die Untergeschosse dieser Türme sind so sicher wie ein gräfliches Burgverlies.«

Das konnte Hrolf nicht abschrecken. Er stand auf und holte seinen Schwertgurt, den er sich umhängte. »Gut. Ich werde Arinna herausholen.«

Der Steuermann warf die Hände in die Höhe. »Nicht aufzuhalten, diese Männer aus dem Norden, nicht durch Vernunft und nicht durch Einsicht. Wenn sie einmal in Bewegung sind, sind sie wie ein römischer Rammbock!«

»Damit die Schäden in der Stadt nicht unermesslich groß werden, wirst du ihm die Tür zeigen müssen, gegen die er rennen soll«, sagte sein Bruder grinsend und begann ein Dutzend Kerzenrohlinge an einem Galgen in den flüssigen Talg zu tauchen.

Ruccardo nickte. »Mit ausgesprochener Freude.«

»Wie war das mit dem Nachtquartier?«, fragte der Meister, der etwas enttäuscht schien.

»Bei so viel Glück verzichte ich darauf«, sagte Hrolf, »aber dein Schaden soll es nicht sein. Mein Genuese hat mich großzügig ausgestattet.«

Als sie am Anwesen des Kapitäns anlangten, war es fast dunkel. Die unteren beiden Stockwerke des grauen quadratischen Gebäudes, das die Nachbarhäuser überragte, waren aus grob behauenen Steinen gefügt. In weit über Mannshöhe gab es an der einen Seite zwei schmale Lichtschlitze, an denen Hrolf ungefähr erkennen konnte, wie dick die Mauern waren. An der anderen Seite gab es eine hölzerne Treppe, die in das Wohngeschoss führte.

»Tja«, sagte Hrolf, »ich muss hinein.«

»Warte«, flüsterte Ruccardo, »ich habe eine Idee. Ich gehe hinein und frage, ob ich Arinna für eines meiner Kinder holen darf. Ich denke, er wird mir glauben. Du musst dich aber verbergen für den Fall, dass er mit mir auf die Treppe hinaustritt. Ich gehöre nicht zu den im Haus willkommenen Gästen.«

»Stehst du auf Kriegsfuß mit dem Kapitän?«

Ruccardo nickte. »Ich werde abmustern.«

Der Straßenzug, erst im Entstehen, war noch nicht ganz dicht bebaut. Hrolf fand im gegenüberliegenden verfallenden Gartengrundstück einen Olivenbaum mit dickem Stamm, hinter den er sich stellte.

Währenddessen erstieg Ruccardo die Treppe, mehrmals den Namen seines Kapitäns rufend, damit niemand irrtümlich glaubte, da käme jemand heimlich. Augenblicke später wurde oben die Tür geöffnet. Im schwachen Lichtschein von drinnen spähte ein junger Mann nach draußen. »Ach, du bist es, Ruccardo!«, murrte er ungnädig.

»Oberto! Dann ist Paganino Fibonacci sicher auch da. Kann ich mit ihm sprechen?«, fragte Ruccardo höflich.

»Nein! Worum geht's?«

»Ich würde gerne die Frau, Arinna, ausleihen, die bei uns an Bord war. Eins meiner Kinder ist krank. Ich fürchte, dass es die Pest ist …«

»Und dann wagst du hierherzukommen? Zurück an den Fuß der Treppe!«

»Meinetwegen.« Augenscheinlich gedemütigt stieg Ruccardo rückwärts wieder hinunter. Wenn Hrolf nicht alles täuschte, ballte er hinter seinem Rücken die freie Hand zur Faust.

»Hältst du sie allen Ernstes für heilkundig?« Oberto kicherte schrill. »Ich erinnere mich noch an ihren lächerlichen Ratschlag an dich, mit Sack und Pack zu deinem Seifensiederbruder umzuziehen, um die Kinder zu schützen. Und jetzt ist das Kind dort also krank geworden … Oder warst du schlau genug, auf die Schnepfe nicht hereinzufallen?«

»Doch, ich wohne bei ihm«, antwortete Ruccardo ruhig. »Und wie ist das nun mit Arinna?«

»Wie viel bist du denn bereit, für sie zu zahlen? Den Mietpreis für eine Hure?«

Hrolf hätte den Kerl mit einem Pfeil von der Treppe holen mögen, aber er war dafür nicht ausgerüstet.

»Ich …«

»Spaß beiseite«, unterbrach Oberto den Steuermann und rieb sich die nackten Oberarme, um sie zu wärmen. »Die Frau ist verkauft. Natürlich könnte der Gauner sie schon weitergereicht haben …«

»Wenn nicht, wo ist sie dann?«

»Na gut, aber ich erwarte, dass du dich für meine Auskunft irgendwann erkenntlich zeigst. Der Spitzbube heißt Bartolotto, Sklavenhändler und Händler für Zaubermittel und allerlei verbotene Waren. Er wohnt außerhalb der Stadt am alten Flussbett des Auser.«

»Danke, dann weiß ich Bescheid«, sagte Ruccardo und konnte einen Seufzer der Erleichterung nicht unterdrücken.

»Denk an meinen Lohn«, mahnte Oberto und schmetterte die Tür hinter sich zu.

»Was ist das denn für ein unausstehlicher Kerl?«, flüsterte Hrolf, als sie sich auf der Gasse trafen.

»Bulgare, so nennen wir sie. Schwul, wenn du den Ausdruck vorziehst. Wie der Kapitän. Oberto glaubt, er kann sich alles erlauben. Kann er auch. Fibonacci lässt ihm alles durchgehen, dabei ist er als Schiffsjunge völlig unbrauchbar.«

»Aber der Kapitän wohnt doch hier mit seiner Familie, oder nicht?« Hrolf blickte an den vier Stockwerken nach oben.

»Mit vier Kindern«, bestätigte Ruccardo. »Aber wie soll seine Frau sich wehren, wenn der Bengel mit dem Einverständnis ihres Mannes einzieht?«

»Erschlagen. Beide.«

Ruccardo grinste. »Eure Frauen machen das vielleicht. Unsere gehen in die Küche und kochen *pasta*.«

Ruccardo fand den Weg auch im Stockdunklen. Der Mond war noch nicht aufgegangen und die meisten Sterne hinter Wolken verborgen. Es dauerte einen Augenblick, bis Hrolfs Augen das unbeleuchtete Anwesen erfasst hatten.

Mauer und Tor befanden sich im Verfall und würden einem ernsthaften Angriff nicht standhalten. Jedoch schlug ein Hund mit tiefer Stimme zweimal an.

»Ein Molosser«, flüsterte Ruccardo nervös.

Im gleichen Augenblick drückte Hrolf die Türklinke, und zu seinem Erstaunen öffnete sich das Tor. Der Hund drängte durch den Türspalt. Er war nicht aggressiv, aber an ihm vorbei den Hof zu betreten, wagte Hrolf nicht, denn das hätte er nicht geduldet. Vorsichtig streckte er ihm seinen Handrücken hin.

Der Hund schnüffelte, machte aber auf den Befehl einer Stimme von drinnen sofort kehrt. »Wer da?«, rief jemand.

»Ruccardo, Steuermann von Paganino Fibonacci! Der Kapitän schickt mich mit einem Mann zu dir, der möglicherweise diese Frau kaufen möchte.«

»So spät in der Nacht?«, murmelte Bartolotto vor sich hin, während er mit fahrigen Bewegungen versuchte, eine Laterne anzuzünden.

»Zu jeder Tageszeit«, rief Ruccardo zurück und zu Hrolf leise: »Zu viel Wein.«

Hrolf nickte.

»Ihr könnt kommen. Aber langsam.«

Der spillerige Händler machte große Augen, als Hrolf ins Licht trat, und schnippte dem Hund, der kurz die Zähne zeigte.

»Schon gut«, sagte Hrolf. »Ich tu' dem Hund nichts. Aber die Ware muss ich sehen, bevor ich kaufe.«

»Das ist nicht mehr als recht und billig«, versetzte Bartolotto und verschwand außer Sichtweite, ganz im Gegensatz zu seinem

Hund, der steif wie eine römische Skulptur stehenblieb, den Blick unverwandt auf Hrolf gerichtet, mit Lefzen, von denen der Speichel fast im Strom herabtropfte.

Kurze Zeit später kam der Händler mit Arinna zurück. Sie war weder gefesselt, noch sah sie misshandelt oder verhungert aus. Leichtfüßig stürmte sie herbei und tätschelte dem Hund im Vorbeilaufen den Kopf, bevor sie Hrolf in die Arme flog.

Ihm wurde ganz seltsam zumute. Mittlerweile betrachtete er Arinna wie eine Tochter, und sie schien Ähnliches zu empfinden.

»Die Ware ist also die richtige«, bemerkte Bartolotto zufrieden. »Sie macht fünfzig Gigliati.«

Hrolf ließ Arinna los. »Die habe ich nicht …«

»Für ein solches Prachtstück von Tochter sollte man das Zehnfache davon zahlen«, sagte der Händler lauernd. »Was sage ich: das Hundertfache.«

Hrolf öffnete den Beutel, den Boccanegra ihm mit auf die Reise gegeben hatte, und ließ den Händler ein Auge hineinwerfen. »Sie ist nicht meine Tochter, auch wenn ich mich glücklich schätzen würde. Mein Herr sagte, sie sei nicht mehr wert als zwanzig Gigliati.«

»Ich will nicht schon wieder verkauft und gekauft werden!«, schrie Arinna empört. »Ihr Männer habt dazu überhaupt kein Recht!«

»Ruhe«, sagte Hrolf, »das ist jetzt nicht der richtige Zeitpunkt, darüber zu disputieren.«

»Und Ihr«, versetzte Bartolotto frech, »könnt mit meinem Hund weiterdisputieren. Für fünfzig kriege ich sie allemal los. Ich gehe jetzt zu Bett.«

»Einen Augenblick!« Hrolf vertrat ihm den Weg. »Du weißt, dass sie christlich getauft wurde, ja? Ich schicke dir die städtische Miliz auf den Hals, wenn es dir lieber ist. Die müssen nicht einmal einen Priester mitbringen, um sich davon zu überzeugen, dass sie das Paternoster in Griechisch und Latein und noch einen Haufen weiterer Gebete aufsagen kann.« Jemand zupfte an seinem Schwertgurt, und er drehte sich um.

»Ich mache mich lieber davon«, flüsterte Ruccardo.

»Die Miliz?«

Der Steuermann nickte verlegen. »Sie ist unberechenbar.«

Hrolf nickte und steckte ihm etliche Münzen zu. Die hatte er sich verdient. »Schönen Dank auch.«

Bartolotto stand immer noch wie festgeschmiedet.

»Achtzehn Gigliati oder die Miliz«, bot Hrolf an.

Der Händler streckte schnell die Handfläche aus, bevor Hrolf noch weiter herunterging.

Den Rest der Nacht verbrachten Hrolf und Arinna damit, sich zwischen verlandeten Altarmen von Flüssen und durch die Sumpfgebiete, die Pisa umgaben, hindurchzukämpfen, so dass sie vor der Molossernase auf jeden Fall sicher waren. Aber Arinna meinte ohnehin, dass Bartolotto sich jetzt aus Kummer über den finanziellen Verlust wieder in den Weinkrug vertiefen und sie kaum verfolgen würde.

Hrolf hatte nicht das Herz ihr mitzuteilen, dass der betrunkene Händler seine geringste Sorge war.

Im Morgengrauen erreichten sie endlich höheres Land, wo sie sich in einem Olivenhain eine Mütze voll Schlaf gönnen konnten. Hrolf behielt die Hauptstraße, die unterhalb ihres Schlafplatzes verlief, im Auge. Die Johanniter, die auf Arinna Jagd machten, würden diesen Weg nach Pisa vielleicht überprüfen. Aber irgendwann fielen auch ihm die Augen zu.

GENUA

Boccanegra spürte, wie das Netz sich allmählich über ihn legte, als sei er eine Blaumeise und würde dem Stadtrat demnächst als *polenta con uccelli* serviert werden. Es war die richtige Jahreszeit für diese Art von Vogeljagd und das passende Wetter für Hirse- und Dinkelbrei mit in Speckstreifen eingewickelten Meisen und Rotkehlchen.

Doch ihm war der Appetit auf dieses vorzügliche Gericht vergangen. Man traute ihm nicht mehr über den Weg. Der Doge war für ihn nicht zu sprechen. Die übrigen Consiglieri mieden ihn. Die Töchter von Andrea Longo intrigierten und tuschelten in fremde Ohren, genau wie es die Gewohnheit ihres Vaters gewesen war. Von ihm ging übrigens das Gerücht, seine Frau habe ihm Hörner aufgesetzt, und deshalb könnten die lange Blonde und die kräftig wie ein Marktweib gebaute Rothaarige gar nicht von ihm stammen. Obendrein hatte Longo versäumt, sie rechtzeitig zu verheiraten. Jetzt hatten sie Haare auf den Zähnen und zu viel Zeit für Müßiggang.

Die Töchter waren natürlich unwesentlich, aber ihre Nadelstiche dennoch ärgerlich. Der Knecht, der die Köchin auf den Markt begleitete, kam täglich mit neuen anzüglichen Witzen zurück. Boccanegra entließ ihn. Das Flüstern in den Wirtschaftsräumen und im Stall hörte auf. Aber nicht in den Gassen.

Eines Morgens ließ sich Marino Riberol melden, Stadtrat und Vetter der Doriabrüder.

»Da! Lest!«, bellte er und knallte Boccanegra einen Brief auf das Schreibpult, dessen üppig verziertes Siegel von der Größe eines Pokalfußes auf einen vornehmen Absender deutete. Ein kirchliches Siegel.

Das Schreiben stammte vom römisch-katholischen Bischof von Kaffa, Enrico Battistello. Boccanegras Nackenhaare stellten sich auf. Er las leise.

*Im Namen Unseres Herrn,*
*gegeben am Tag der Geburt Christi 1347.*

*Verehrter Consigliero Marino Riberol, zu meinem großen Bedauern sehe ich mich selbst genötigt, Euch von einer betrüblichen Angelegenheit in Kenntnis zu setzen. Vermutlich habt Ihr längst aus dem genuesischen Kontor in Kaffa die Benachrichtigung über den Tod Eurer Vettern erhalten, die, wie so viele, an der Tatarenkrankheit gestorben sind.*

*Eine Frage gibt vor allem die Merkwürdigkeit auf, dass Euer verehrter Vetter Francesco es für nötig sah, aus dem zu der Zeit vollkommen sicheren Trapezunt nach Kaffa zu reisen und sich ge-*

*waltsam und unter Verlust einiger seiner Diener Einlass in die eingekesselte Stadt zu verschaffen, in der obendrein die Krankheit tobte. Dennoch traf er seinen Bruder, Euren verehrten Vetter Giustiniani, munter wie einen Fisch im Wasser an, obwohl er erwartet hatte, ihn auf dem Totenbett oder gar schon in Unseres Herrn Obhut vorzufinden.*

*Francesco, mit dem ich einige Worte wechselte, kurz nachdem er eingetroffen war, erwähnte nebenher, dass Consigliero Christophoro Boccanegra aus Genua ihm dringlich empfohlen habe, seinen sterbenden Bruder aufzusuchen, bevor es zu spät sei. Hingegen hätte Giustiniani diesem weder den Auftrag erteilt, den Umweg nach Trapezunt zu machen, noch irgendeine andere Verfügung hinsichtlich seines Bruders. Überdies habe Boccanegra gegen Giustinianis Protest, der nur noch einen einzigen Tag benötigt hätte, um seine Geschäfte abzuwickeln, die Stadt voreilig verlassen.*

*Beide Brüder gingen zwei Tage später in den Herrn ein, zu meinem unendlichen Bedauern ohne Seinen Trost.*

*Ich möchte mich keinesfalls zum Richter aufwerfen, das überlasse ich in Demut Unserem Herrn. Sofern die Tatarenkrankheit inzwischen auch in den italienischen Städten wütet, habt Ihr möglicherweise selbst schon Bekanntschaft mit den Irrungen und Wirrungen der menschlichen Seele in Zeiten der Angst und Not gemacht.*

*Enrico Battistello, Bischof zu Kaffa*

»Habt Ihr dem irgendetwas hinzuzufügen, Boccanegra?«, höhnte Riberol. »Eure ganzen weitschweifigen Erklärungen – für die Katz! Ihr seid ein Mordbube! Ich werde dem Senat Meldung machen. Aus ist es mit Euren Hoffnungen auf das Amt des Dogen! Ich plädiere für Verbannung auf Lebenszeit.«

Boccanegra wies ihm schweigend die Tür. Jegliche Verteidigung wäre unnütz vertane Zeit.

Noch am gleichen Vormittag begann Boccanegra, seinen schon lange ausgearbeiteten Plan in die Wirklichkeit umzusetzen. Niccolò bekam den Auftrag, die Seekarte und das Seehandbuch aus der Kiste mit den wichtigsten Schätzen des Handelshauses Boccanegra zu holen, dann machte er sich mit ihm zusammen auf den Weg zum Dogen. Er musste den Mann auf Biegen oder Brechen sprechen.

Doge Gattilusio wäre an diesem Tag möglicherweise geneigt, dem Gesuch Boccanegras nachzugeben, nachdem er mehrere abgelehnt hatte, wurde Boccanegra in einem der Vorzimmer im Palast des Dogen bedeutet.

»Der Herr hat ein Einsehen«, seufzte Boccanegra Niccolò erleichtert ins Ohr, als sie vom anderen Saalende durch einen Diener mit hoheitsvoller Geste herangewunken wurden.

»Welcher?«, fragte der Lehrling bissig zurück.

»Psst«, flüsterte Boccanegra und schritt voran.

Der Doge, mit hoher goldener Tiara, war in seinem ganzen Gehabe dem Heiligen Vater nicht unähnlich, ging Boccanegra durch den Kopf. Er hasste den Kerl, der selbstverständlich aus dem Adel kam, und immer noch war sein sehnlichster Wunsch, ihn abzulösen. Aber das musste einstweilen zurückstehen.

»Nun?«, begann der Doge mit schmalen Lippen und ungnädig zusammengekniffenen Augen. »Von Euch hört man in letzter Zeit nichts Gutes, Boccanegra. Man munkelt im Gegenteil Verschiedenes. Ihr macht unserer Stadt keine Ehre.«

Boccanegra hatte Mühe, sich zu fassen. Deutliche Worte, gefährliche Worte des Dogen, obwohl Riberol ihm das bischöfliche Schreiben noch gar nicht hatte vorlegen können. »Verehrter Doge Gattilusio«, begann er mit einer Spur Gekränktheit in der Stimme, »es schwirren in Zeiten der Not so viele ungerechte, unberechtigte Gerüchte durch die Luft, dass man sich ihrer gar nicht erwehren kann. Und auch gar nicht möchte. Mit allem gebotenen Respekt, ich habe sogar munkeln hören, dass Ihr Euer Töchterchen, das Ihr mit Eurer Mätresse habt, ohne geistlichen Beistand an Pest habt sterben lassen …«

Der Doge hatte sich in der Gewalt. Er verzog keine Miene. »Weiter. Euer Anliegen.«

»Ich glaube selbstverständlich nicht an diese Gerüchte, die

Euch oder andere Mitglieder des Consiglio betreffen«, versicherte Boccanegra glatt. »So wie auch Ihr Gerüchte und Wahrheit voneinander zu unterscheiden wisst. Nun zu meinem Anliegen. Seit der Entdeckung der Inseln außerhalb von Gibraltar durch Lancelotto Malocello, den berühmtesten Seefahrer unserer Stadt, hat sich dort nichts getan. Außer Gerüchten, leider für uns Genuesen nur bedauerliche.«

Er schnippte mit den Fingern, und Niccolò rollte die mitgebrachte Karte auf dem Tisch auf, der sich durch die halbe Länge des Saals zog. Während er noch dabei war, die Ecken mit Kerzenleuchtern zu beschweren, erhob sich der Doge wackelig aus seinem Thron.

Die Pest über dich, alter Sack, dachte Boccanegra und ergriff behutsam den Arm des greisen Herrn, um ihm zum Tischende zu helfen.

Die Weltkarte erfasste das Mittelmeer und die Länder in der westlichen und nördlichen See bis Britannien. Lissabon und Brügge waren eingezeichnet. Boccanegra legte seinen Zeigefinger auf eine südlich liegende Inselgruppe weit außerhalb Gibraltars; östlich davon markierte eine unendlich lange Küstenlinie Festland, das weiß belassen war. »Dieses ist die Karte des Angelino Dulcert, in der die *Insula de Lanzarotus Malocelus* unseres Landsmanns verzeichnet ist«, sagte er.

»Er hat dort anscheinend nichts Nützliches entdeckt?« Der Doge sah fragend zu Boccanegra auf.

Sein Interesse war geweckt. »Er hat wenig darüber hinterlassen«, gab Boccanegra zu, »obwohl er zwei Jahrzehnte dort lebte. Das mag sein, wie es will. Wichtiger für uns ist dieses weiße Land gegenüber den Inseln, das die Portugiesen Wangara nennen. Wangara ist das Goldland.«

Der Doge spitzte verlangend die Lippen.

Boccanegra ließ ihm Zeit.

»Woher wissen wir dies alles?«, fragte Gattilusio schließlich.

»Wir haben guten Kontakt zum portugiesischen *feitor*, dem

königlichen Faktor also, Haupt der portugiesischen Kolonien und Agent der königlichen Geschäfte in Brügge. Er hat angedeutet, dass man demnächst die Suche nach den Goldquellen aufnehmen werde, von denen man bereits Kenntnis habe …«

Der Doge stieß ein Pfeifen aus, das von einem verendenden Spatz hätte kommen können, aber es war die höchste Anerkennung, derer er fähig war.

Doch seinen größten Triumph hatte Boccanegra noch gar nicht ausgespielt. »Außerdem gibt es dort Sklaven in einer Fülle, wie wir sie uns noch gar nicht ausmalen können. Obwohl diese Menschen schwarz sind, gelten sie als schön bei denjenigen, die sie schon gesehen haben.«

»Sklaven!«, wiederholte Gattilusio atemlos und wankte zu seinem Thron zurück.

»Ja, Sklaven«, bestätigte Boccanegra. »Ihr wisst um unsere wachsenden Probleme in dieser Hinsicht. Bisher erhielten wir unsere heidnischen Sklaven aus Kaffa geliefert. Mit der Eroberung der Gebiete am Schwarzen Meer durch die Mongolen ist uns diese Möglichkeit ein für alle Mal verschlossen. Die neuen Handelswege der Goldenen Horde und der Mongolen nach Ägypten sind längst gebahnt. Sie verkaufen christliche Sklaven aus Polen und Russland. Die tatarischen Kopfjäger sind die Gleichen, die früher uns beliefert haben.«

»Schrecklich«, jammerte der Doge, aber er meinte nur den Verlust des genuesischen Geschäftes.

»Ja, es ist schrecklich. Und unumkehrbar. Die Portugiesen orientieren sich bereits um. Aber sie waren nie die waghalsigen Seefahrer …« Boccanegra ließ den Satz ausklingen, ohne ihn zu beenden, und hoffte darauf, dass der Doge auf den naheliegenden Schluss kam.

»Die Genuesen sind die Seefahrer, die für die Portugiesen fahren!«, schnarrte Gattilusio in dem belehrenden Ton, den Boccanegra hasste. Aber er hatte Feuer gefangen. In seine Mundwinkel trat schaumiger Speichel, den Boccanegra fasziniert beobachtete, bis er zu einem Tropfen gerann, der dem Dogen am Kinn hinunterlief, ohne dass dieser es bemerkte. »Wir haben auch jetzt die vaterländische Pflicht, ihnen zur Seite zu stehen!«

Boccanegra drückte seine Zweifel mit dem Wiegen der Hand aus. »Das Land Wangara ist natürlich unbekannt und gefährlich … Es braucht einen waghalsigen Kapitän. Der Leiter einer solchen Expedition wäre lange von seiner Familie getrennt ….«

»Papperlapapp! Wir werden nicht gestatten, dass die Portugiesen sich im Sklavenhandel mit diesen Schwarzen ein Monopol verschaffen. Ihr rüstet unsere Sant Jacobus sofort für die Fahrt zu dieser Insel Lanzarotus aus! Boccanegra, für uns fuhr doch ein Kapitän aus Venedig, pfui, mir widerstrebt es, diesen Namen auch nur auszusprechen … Wo ist der?«

»Kapitän Obelerio Minotto. Er ist auf der städtischen Karacke. Sie ist über Winter gründlich überholt und für die nächste Reise ausgerüstet worden. Die alte, erfahrene Mannschaft wurde zusammengerufen und trudelt allmählich ein.«

»Gut, wenn man jemanden zur Seite hat, der mitdenkt«, sagte Gattilusio und winkte einen der aufmerksamen Diener herbei. »Boccanegra, Ihr werdet ab sofort als Leiter der Expedition bestallt, die Genua außerhalb Gibraltars den Zugang zu Gold und Sklaven verschaffen wird. Die Seeleute und alles Übrige werden von diesem Gewinn bezahlt, dann wird die Stadt nicht belastet.«

Boccanegra trat einen Schritt zurück und verbeugte sich mit gebührendem Gehorsam im Gesicht, während Niccolò sprachlos vor Staunen die Karte zusammenrollte, die ihren Dienst getan hatte.

»Pergament, Feder und Siegel«, befahl der Doge dem Diener. »Aber raschestens!«

Unverbindliches Geplauder in der Zeit, in der sie zu warten hatten, signalisierte Boccanegra, dass der Doge alle Gerüchte über ihn aus seinem Gedächtnis gebannt hatte. Ein neuer Geschäftszweig winkte, und der war wichtiger als alles andere.

Wenig später verließ er mit der Urkunde unter dem Arm hochgestimmt den Saal. Niccolò folgte ihm mit der Karte, ebenso stolz. In der Tür stießen sie mit Marino Riberol zusammen, der mit seinem Brief wedelnd in den Saal spähte und sie dabei fast übersah.

»Zu spät«, flüsterte Boccanegra Riberol triumphierend in das feiste Gesicht.

# KAPITEL 23

PISA

De Ayala bekam schnell heraus, dass es sich bei dem großen pisanischen Schiff, das im Herbst in Genua gewesen war, um die Santa Bona handelte. Am Flusshafen wussten die Müßiggänger über alles Bescheid, was die Seefahrt anging. Als der Conte sich zu Fibonaccis Haus aufmachte, erkannte er von weitem zwei schwarze Kutten mit dem weißen Kreuz der Ritter zu Jerusalem. Ihm schwante, dass sie das gleiche Anliegen wie ihn nach Pisa führte, und er wich in eine Seitengasse aus.

Wenig später stand er vor dem Wohnturm des Kapitäns. Seinem Anwesen nach zu schließen, musste er begütert sein. Es erwies sich sofort, dass auch seine Diener gut geschult waren und einen Mann von hohem Stand trotz einfacher Reisekleidung erkennen konnten. De Ayala wurde in einen Empfangsraum geführt, mit der Bitte, einen winzigen Augenblick zu warten.

Paganino Fibonacci kam sofort, verbeugte sich tief und unterwürfig, obwohl er der Hausherr war und nicht wusste, um wen es sich bei seinem Besucher handelte.

De Ayala konnte ihm trotzdem nicht viel Sympathie entgegenbringen. Er stellte sich und sein Anliegen vor.

»Arinna«, sagte Fibonacci und dehnte den Namen ins Unendliche. »Ja, die junge Frau war auf meinem Schiff, aber nur kurz. Darf ich fragen, warum Ihr solchen Wert auf sie legt? Eine Sklavin, wie viele andere, aber doch nicht mit herausragenden Fähigkeiten …«

Der Conte überlegte, wie viel er ihm von Arinna erzählen sollte, da der Mann wirklich nichts zu wissen schien, und entschied, dass es nicht schaden konnte. »Sie ist wahrscheinlich der einzige Mensch, der die Natur der Pest versteht und sie daher zu behandeln weiß.«

Dem Kapitän fiel die Kinnlade bis auf seinen giftgrünen seidenen Kragen herab. »Die Natur der Pest? Ich bitte untertänigst um Vergebung, Conte, aber wie kann eine Strafe Gottes eine Natur, eine Eigenschaft, haben? Das ist unmöglich. Bestimmt habt Ihr es nicht so gemeint, eine falsche Wortwahl vermutlich, da Ihr Euch in Italienisch nicht ganz geläufig ausdrücken könnt.«

»Wie Ihr wollt«, antwortete de Ayala und verbarg seinen Sarkasmus. »Wo also ist sie?«

»Verkauft. Ihr voriger Besitzer, ein genuesischer Kaufmann, vererbte sie mir, als er auf See an Pest starb, gewissermaßen als Bezahlung für seine Passage.«

»Also nicht Boccanegra?«

»Aber keineswegs!«, sagte Fibonacci entrüstet. »Boccanegra hat ja einen Ruf, er ist ein Mann von Geltung in seiner Stadt und in den genuesischen Kolonien. Nein, Meister Longo, der mir Arinna überließ, war eher von der Art der Krämer und Hausierer, die über die Dörfer ziehen. Vielleicht war er zu etwas Geld gekommen, das will ich nicht ausschließen …«

»Wo also …«

»Übrigens, seht mir bitte nach, wenn ich Euch unterbreche, Conte, aber diese Arinna vermochte den Krämer nicht vor dem Pesttod zu retten. Und, schlimmer noch für uns, es starben zwei Seeleute, ebenfalls an der Pest.«

»Ja, eine scheußliche Angelegenheit«, pflichtete de Ayala ihm bei. Vermutlich hatte der Kapitän von Arinna keine Belehrungen angenommen, ebenso wie er sich jetzt nichts sagen ließ. »Wem habt Ihr Arinna verkauft?«

Fibonacci zeigte einen Augenblick Unsicherheit. »Madonna!«, rief er bedauernd aus. »Ich weiß nicht einmal seinen Namen! Er hat sie vom Fleck weg gekauft, und für mich hatte sie keinen Nutzen. Aber er war, glaube ich, Kastilier und wollte auf direktem Weg nach Hause. Ein Steuermann wohl.«

Das konnte stimmen oder auch nicht. Einerseits war es natürlich nicht unwahrscheinlich, dass der Kapitän mit fremden Steuerleuten Kontakt bekam. Andererseits hörte es sich so an, als ob er bemüht sei, seinen Besucher auf schnellstem Weg in seine Heimat zurückzuschicken. »Dann bin ich wohl vergeblich gekommen«, bemerkte de Ayala.

»Ja, leider zu spät«, sagte Fibonacci erleichtert. »Ich wünsche Euch gutes Gelingen. Vielleicht findet Ihr Anira ja …«

»Arinna.«

GENUA

»Was hat Minotto gesagt?«

Niccolò musste erst verschnaufen, bevor er antworten konnte. Er sank auf den Hocker am Stehpult, ohne dazu eingeladen worden zu sein. Boccanegra hatte ihn zum Hafen geschickt und um eine schnellstmögliche Antwort des Kapitäns gebeten. »Das Schiff ist bereit zum Auslaufen«, keuchte er. »Man wartet nur noch auf Euch.«

»Und auf dich«, ergänzte Boccanegra scharf.

»Ja«, murrte Niccolò widerspenstig. Er wollte nicht auf eine Weltreise gehen. Seine Welt war das Kontor, umso mehr, als er sich jetzt vor allem den Berechnungen widmen durfte, die seine Leidenschaft waren und bei denen es auf eine perfekte Handschrift nicht ankam. Was sollte einer wie er auf See? Wieder würde er sich fürchten und sich die Seele aus dem Leib spucken. »Und was ist mit Arinna?«, fragte er heftig. »Soll sie hier in dieser Stadt ohne einen Menschen, den sie kennt, Eurer Frau beim Schuheanmessen für die kleine Maria Gesellschaft leisten?«

»Werde nicht frech, Lehrjunge!«, drohte Boccanegra.

Doch Niccolò war nicht mehr aufzuhalten. Zu viel Groll hatte sich angesammelt. »Und was ist, wenn die Pestgefahr vorbei ist? Wird sie dann als Sklavin Eurer Familie in die Küche verbannt? Oder werdet Ihr sie endlich freigeben, wie es sich gehört, weil sie getauft ist? Soll ich eine Urkunde vorbereiten?«

»Es wird sich alles finden. Glaubst du wirklich, ich ließe dich eine Urkunde schreiben, die mit Krähenfüßen und Klecksen übersät ist?« Boccanegra schüttelte missbilligend den Kopf, musste aber feststellen, dass Niccolò sich nicht einschüchtern ließ. »Was ist nur los mit dir heute? Habe ich einen Aufstand im eigenen Hause? Mach nur so weiter, Niccolò, dann wirst du bei Wasser und Brot aufs Boot geschafft.«

Das würde Boccanegra fertigbringen. Niccolò presste die Lippen zusammen, um sich nicht noch mehr Worte der Auflehnung entschlüpfen zu lassen. Gerade jetzt konnte er keinen unnützen Wortwechsel gebrauchen. Er hatte einen lebenswichtigen Gang vor.

Boccanegra ließ sich durch Niccolòs Schweigen beschwichtigen, nahm wie so oft seine Wanderung vor den beiden Fenstern auf, die einen kleinen Ausblick auf den Hafen zuließen, und sprach mehr zu sich selber als mit Niccolò. »Aus Florenz kommen entsetzliche Nachrichten. Sie haben die Stadt durch Reinigungsknechte säubern lassen, haben Kranken den Zutritt in die Stadt verwehrt und den Herrn durch unzählige Bittgänge und fromme Übungen zu versöhnen versucht. Alles vergeblich! Im Volk wüteten zuerst die Drüsenbeulen, die *gavoccioli*, und wer an ihnen nicht gestorben war, bekam schwarze Flecken auf der Haut, die unweigerlich spätestens nach drei Tagen zum Tode führten.«

»Schwarze Flecken?«, fragte Niccolò entsetzt.

»Schwarze Flecken«, bestätigte Boccanegra düster. »Auf diese Toten hat Luzifer bereits seine Hand gelegt …«

Niccolò presste seine Hände auf die Ohren. Noch mehr wollte er nicht hören. Was sollte nur aus der Welt werden angesichts dieses Strafgerichts?

Glücklicherweise wählte Niccolò just den richtigen Augenblick, um aus dem Kontor zu schlüpfen: Er sah Hrolf und Arinna die

Straße herabwandern. Augenscheinlich müde und nicht besonders aufmerksam brachten sie die letzten Schritte zu Boccanegras Haus hinter sich.

Niccolò rannte in die Gegenrichtung und war schnell hinter der nächsten Hausecke verschwunden. Er war zwar glücklich, Arinna zurückkehren zu sehen, aber er hatte doch gehofft, dass de Ayala schneller als Hrolf sein würde. Vermutlich war der Aragonese jetzt schon auf dem Weg nach Hause. Ohne Arinna. Mit ihr wäre ihm selber eine schwierige Mission erspart geblieben.

Die musste er jetzt hinter sich bringen.

Sein Herz klopfte schon heftig, als er vor dem erzbischöflichen Palast stand. Bis er sich zum Erzbischof selber, angeblich mit einem dringenden Auftrag von Boccanegra, durchgemogelt hatte, war er schweißgebadet vor Aufregung.

Vor dem frommen Herrn warf er sich auf ein Knie und küsste die bereitwillig hingehaltene Hand. Boccanegra erfreute sich in den letzten Tagen eines fast wiederhergestellten Ansehens, das bekam sogar sein junger Lehrling zu spüren.

»Eminenz«, rief Niccolò beklommen, »verzeiht mir, aber Meister Boccanegra kann selber nicht kommen, und es geht um eine sehr delikate Angelegenheit!«

Der Erzbischof beantwortete seine Unbeholfenheit mit einem milden Lächeln. »Wenn ein Consigliero in wichtiger Mission für den Stadtstaat und in den letzten Stunden vor dem Aufbruch in die unbekannte Welt nicht selber kommen kann, um den vielen Worten, die wir gestern gewechselt haben, noch ein letztes vergessenes hinzuzufügen, brauchst du dich wirklich dafür nicht zu entschuldigen, mein Junge. Und nun sprich. Worum geht es?«

Fast ungläubig begriff Niccolò den Irrtum des Erzbischofs, den er durch das Durcheinander in seinen hastig vorgebrachten ersten Worten selber verursacht hatte. Aber umso besser. »Es geht um die junge Frau, Arinna, die den Erzbischof von Palermo mit des Herrn unermesslicher Gnade und Hilfe von der Pest geheilt hat.«

»Ein frommes Werk! Dafür danken wir alle dem Herrn.«

Niccolò hielt sich jetzt krampfhaft an seinen eingeübten Text, ohne sich ablenken zu lassen. »Obwohl Arinna als Sklavin gekauft wurde, hat sich inzwischen herausgestellt, dass sie christlich getauft wurde.«

»Krämergeist ist das Laster vieler Genueser«, seufzte der Erzbischof.

Niccolò sah fragend zu ihm hoch.

»Wer die Gnade des Herrn so sichtbar wie diese junge Frau empfangen hat, ruht in ihm und unserem Herrn Jesus Christus. Man hätte von Anfang an wissen müssen, dass sie Christin ist. Hat sie es denn niemandem gesagt?«

»Sie ist Byzantinerin«, teilte Niccolò mit.

»Ah, sie spricht Griechisch. Die Sünde wiegt dann weniger schwer«, bemerkte der Erzbischof, aber er sagte nicht, ob es ihm um die mangelhafte sprachliche Verständigung ging oder darum, dass die Orthodoxen nicht den gleichen Schutz genossen wie die Römisch-Katholischen. »Was schlägt Boccanegra denn vor?«

»Arinna wird sich um sein kleines Töchterchen kümmern, bis die Gefahr der Pest vorüber ist. Danach ist sie frei zu gehen, wohin sie möchte. Meister Boccanegra bittet darum, dass Ihr Euch ihrer dann annehmt, vielleicht auch für eine Unterrichtung in der römischen Lehre sorgt …«

»Eine christliche Seele in unserer Obhut geht nie verloren«, sagte der Erzbischof mit Emphase. »Der Consigliero kann ganz beruhigt sein, richte ihm das aus.«

»Dafür dankt er Euch von Herzen und wird sich erkenntlich zeigen«, versprach Niccolò, trunken vor Freude, dass es so einfach gewesen war, die erzbischöfliche Hilfe zu erhalten.

»Wo bist du fauler Halunke nur abgeblieben?«, schrie der Diener, der schon an der Tür stand, Niccolò erbost entgegen. »Boccanegra hat so getobt, dass die Sau aus dem Hof und auf und davon ist! Jetzt müssen wir die auch noch suchen! Gut, dass wenigstens sie nicht aufs Schiff soll.«

»Aufs Schiff«, stammelte Niccolò. In seiner unbändigen Freude, Arinna ohne Boccanegras Wissen die Freiheit verschafft zu haben, hatte er völlig vergessen, dass sie lossollten.

»Ja, aufs Schiff«, höhnte der Diener. »Alle sind an Bord. Hast du es über dem Abschied von deinem Liebchen denn völlig vergessen? Ich weiß nicht, wie lange Boccanegra auf dich warten wird. Wenn du nicht bald losspurtest, treib' ich dich jedenfalls eigenhändig mit dem Ochsenziemer hin! Vuk soll sich um uns beide kümmern, wenn du es nicht schaffst. Und du weißt, was das bedeutet.«

Vuk, der Serbe! Auf den Namen reagierte Niccolò sofort. Bis ins Innerste erschrocken, rannte er los. Wenn der Stallknecht Vuk losgelassen wurde, pflegte er zu prügeln, bis der Gegner tot war. Hinzu kam, dass seine Laufbahn als Kaufmann beendet wäre, wenn er nicht mitfuhr. In den Augen der übrigen Kaufmannschaft wäre er so gut wie geächtet. Auswandern? Aber wohin, ohne Kapital? Nach Konstantinopel? Nein, dorthin nicht. Das würden bald die Osmanen oder die Tataren einnehmen. Er wollte nicht, aber er musste mit.

Rabenschwarze Gedanken über seine möglicherweise verpfuschte Zukunft, wenn er es nicht schaffte, geisterten durch seinen Kopf, während er an den Hafen hetzte.

Plötzlich zwang ihn der Anblick einer Leiche zum Stoppen. Der Mann war obszön entblößt, und oberhalb seines Gemächts war der Bauch dunkel verfärbt. Niccolò wich entsetzt zurück. Zum ersten Mal sah er die schwarzen Pestflecken, die unweigerlich nach drei Tagen zum Tode führten.

Die grausigste Art von Pest war in Genua angekommen. Der Schwarze Tod.

Niccolò fasste sich und jagte weiter. Es waren nur noch ein paar Schritte, aber im Hafenrund lagen die für die neue Saison hergerichteten Schiffe dicht an dicht, und er musste in dem Gewimmel die Sant Jacobus erst suchen.

Schließlich fand er sie. Bei frischem ablandigem Wind lag sie schon mit dem Bugspriet in Fahrtrichtung. Nur die Achterleine und eine Spring hielten die Karacke noch an Land fest.

Niccolò flog geradezu an Bord über die Planke, die sofort hinter ihm eingezogen wurde, und hielt sich schnaufend am aufgebockten und seefest gelaschten Beiboot fest. Die Segel an beiden Masten rauschten herab und wurden dichtgeholt. Die Karacke beschrieb einen knappen Bogen und befand sich kurz danach auf Kurs zwischen den Hafenmolen hindurch ins freie Wasser.

Boccanegra stürmte mit Riesenschritten vom Zwischendeck in die Kuhl und versetzte Niccolò eine derartige Backpfeife, dass er auf seinem Hintern landete und sich den Kopf hart am Beiboot stieß. Unter Tränen blickte er verdutzt zu seinem Lehrherrn hoch. »Beim nächsten derartigen Vorkommnis packst du deine Sachen!«, brüllte dieser und gab ihm noch einen Tritt.

Niccolò traute sich kaum zu nicken. Eigentlich verstand er den Zorn seines Lehrherrn nicht so richtig. Was war so schlimm daran, dass er sich ein wenig verspätet hatte? Wenn er gefragt würde, wollte er sagen, dass er sich von einem Vetter, dem einzigen in der Stadt lebenden Verwandten, verabschiedet und ihm Grüße für seine Eltern aufgetragen habe. Immerhin ging er auf eine Reise, die mehrere Jahre dauern konnte. Es tat Niccolò plötzlich leid, dass er nicht tatsächlich daran gedacht hatte.

Aber er wurde nicht gefragt. Boccanegra ging. Mit steifen Schritten und steifem Rücken, als hätte er sich gerade noch in der Gewalt.

Dass Boccanegras unbändiger Zorn mit seiner Verspätung in einem Zusammenhang stand, war offensichtlich. Niccolò atmete tief ein und aus und beschloss, das Rätsel auf sich beruhen zu lassen. Es war ja gut ausgegangen. Er war noch Lehrjunge, und für Arinna hatte er getan, was in seinen Möglichkeiten lag.

Niccolò rappelte sich auf. Und dann glaubte er seinen Ohren nicht zu trauen. Er hörte Arinnas Stimme. Sie trat auf das Zwischendeck heraus, und unter ihm gaben die Knie nach. Alles vergeblich!

Arinna lächelte bekümmert und winkte ihm matt zu. Im gleichen Augenblick legte sich eine Pranke auf Niccolòs Schulter. Hrolf.

»Willkommen an Bord, Kleiner«, trompetete er düster und keineswegs gedämpft hinaus. »Boccanegra hat Arinna und mich betrogen. Ich hatte mir ausbedungen, dass sie eine freie Frau ist, wenn sie in Genua eintrifft. Nur unter dieser Voraussetzung habe ich sie geholt.«

Niccolò wurde die Kehle eng. Er packte Hrolfs Hand und presste sie so hart, dass dieser verständnislos den Kopf schüttelte. »Du auch? Danke«, sagte er rauh. »Du bist ein guter Freund. Ich hatte einen Plan gefasst, der als Rettungsanker für den Fall gedacht war, dass Arinna allein mit der Familie in Genua zurückbleibt, und alles dafür organisiert. Und jetzt fährt also die ganze Familie mit?«

»Kein Gedanke daran«, sagte Hrolf wutschnaubend. »Arinna hat sie nicht einmal zu Gesicht bekommen. Kaum standen wir im Haus, haben die Stallknechte unter dem Kommando von Vuk mich überwältigt. Ich wurde gefesselt an Bord gebracht, und Arinna ließen sie gar keine Wahl. Dass die kleine Maria krank werden könnte, war nichts als eine gut ausgedachte Falle. Uns beide hatte er dann ja in der Hand, musste aber entdecken, dass du wie vom Erdboden verschwunden warst. Er wollte dich um jeden Preis mithaben. Er war blitzwütend, als er merkte, dass wir nicht ablegen konnten.«

»Das ist mir nicht entgangen«, bemerkte Niccolò. »Aber warum?«

»Erstens und vor allem der Schwarze Tod. Er ist jetzt in Genua. Boccanegra hat zwei Tote gesehen, und vor diesem Sterben glaubt er nicht gefeit zu sein. Er hat panische Angst und nicht mehr das geringste Vertrauen zu Arinnas Heilkünsten.«

»Warum das denn nicht?«, fragte Niccolò aufgebracht, um gleich fortzufahren: »Und zweitens?«

»Die Johanniter suchen ebenfalls nach Arinna. Sie müssen mir von Anfang an dicht auf den Fersen gewesen sein«, vermutete Hrolf. »Ich glaube, sie haben uns verpasst, als wir uns auf dem Rückweg durch die Sümpfe durchschlugen. Weißt du, Pisa ist umgeben von Sümpfen und verlandeten Flüssen und Bächen, aber wenn man die Sprache der Natur zu lesen weiß, kommt man durch. Boccanegra hat Todesangst ausgestanden, dass die Mönchsritter kommen, während wir auf dich warten. Er hat sie belogen, sie haben ihn dabei erwischt, und nun haben sie obendrein Arinna verfehlt. Er malte sich eine blutige Auseinandersetzung mit den Rittern aus. Nur wegen dir. So denkt er eben.«

»Aha«, sagte Niccolò zögerlich. »Aber war diese Furcht nicht etwas übertrieben? Mehr als drei, vier Mann können euch doch nicht verfolgt haben?«

»Von wegen! Die Ritter sind schon zurück aus der Stadt. Anscheinend warten sie nur auf die Rückkehr ihrer Delegation nach Pisa, um Anker zu lichten.«

»Aber die Pest …«

»Ja, die Pest«, sagte Hrolf wegwerfend. »Die Ritter scheinen völlig erfolglos gewesen zu sein. Die Leute sterben wie die Fliegen, behauptet Nikephoros, der sich umgehört hat. Ich selber durfte nicht von Bord. Ich bin neugierig zu erfahren, was Arinna dazu meint.«

Sie sahen sie vom Zwischendeck zu ihnen kommen. Ihre Schritte waren zögerlich, wie in tiefem Kummer.

»Was meintest du eigentlich mit deinem Plan?«, fragte Hrolf hastig.

»Ich bin zum Erzbischof gelaufen und habe ihm mitgeteilt, dass Arinna getauft ist und dass er sich um sie kümmern muss, wenn die Pestgefahr vorbei ist. Er versprach, es zu tun, natürlich einzig um sie dem griechischen Glauben abspenstig zu machen.

Boccanegras Familie hätte sie nicht mehr einfach verschwinden lassen können.«

»Dein Plan war goldrichtig. Und sie haben dich tatsächlich zum Erzbischof vorgelassen?«, fragte Hrolf ungläubig.

»Als Boccanegras Boten. Mit ein bisschen Schwindeln ging es«, sagte Niccolò verschämt.

Wieder landete Hrolfs Pranke auf seiner Schulter. »Ich hätte dir einen so vernünftigen Schwindel nicht zugetraut«, sagte er gerührt.

Inzwischen war Arinna zu ihnen getreten. Sie umarmte Niccolò wie einen Bruder. »Jetzt sind wir alle wieder beisammen«, stellte sie melancholisch fest.

»Ja, und keiner von uns hat dies gewollt«, warf Hrolf mit grimmiger Miene ein. »Wir haben alle beide Vorkehrungen getroffen, um dich aus Boccanegras Klauen zu befreien, die unzureichend waren. Wir haben uns von vorn bis hinten hereinlegen lassen.«

»Keinem ist ein Vorwurf zu machen, ihr dürft euch deswegen nicht grämen. Vielmehr danke ich euch beiden. Ich weiß gar nicht, wie ich es gutmachen kann, dass du mich befreit hast, Hrolf.«

»Nicht nötig. Du gehörst zu meiner Sippe. Das ist ein heiliges Bündnis. Ich hätte dich auf jeden Fall geholt, ich war nur noch nicht wieder ganz auf den Beinen.«

Arinna blickte ihn groß an. Endlich verstand sie, welch großes Geschenk Hrolf ihr an der Quelle in Neapel gemacht hatte. Ihre Lippen zitterten. »Nun möchte ich wenigstens sehen, in welche Himmelsrichtung Boccanegra mich zu vermieten beabsichtigt«, murmelte sie, als sie sich einigermaßen gefasst hatte, und entfloh auf das Kastell.

Sie fuhren der Abendsonne entgegen. Es war ein klarer Frühlingsabend, der achterliche Wind wehte mäßig, und die Karacke machte gute Fahrt. Es hätte wunderschön sein können, wäre nicht diese Ungewissheit gewesen. Arinna fragte sich, was Boccanegra jetzt noch mit ihr vorhaben könnte.

Hrolf polterte die Leiter hoch, und Niccolò wieselte hinter ihm her. Einen Augenblick später erschien Nikephoros.

»Wir sind übrigens in offizieller Mission unterwegs«, brach Niccolò die stille Andacht, die Arinna oft angesichts der Schönheit des Meeres hier oben empfand und die augenscheinlich auch andere erfasste.

»Was soll das heißen?«, fragte Hrolf barsch.

»Boccanegra will mit den Portugiesen Kontakt aufnehmen und dann jenseits von Gibraltar nach Gold und schwarzen Sklaven auf Jagd gehen«, berichtete Niccolò.

Und ich?, hätte Arinna beinahe gefragt. Offensichtlich ging es Boccanegra diesmal nicht darum, mit ihrer Heilkunst Geschäfte zu machen. Umso rätselhafter war es, dass er sie nötigte mitzureisen, obwohl er doch anscheinend den ganzen Winter kein Interesse an ihr gehabt hatte.

»Soll das heißen, dass er das Geschäft mit der Pest aufgibt?«

»Davon war nicht die Rede«, antwortete Niccolò. »Ich vermute, dass Boccanegra sich diesen neuen Plan einfallen ließ, weil ihm in Genua der Boden unter den Füßen allmählich zu heiß wurde. Zu viele Gerüchte wegen des Todes der beiden Brüder Doria machten die Runde. Als es ihm endlich gelungen war, zum Dogen vorzudringen, und im Kopf des Greises die Stichworte Gold und schwarze Sklaven verankert waren, bekam er sofort den Auftrag zu dieser Reise. Der Doge hätte um ein Haar vor Gier unsere kostbare Karte vollgesabbert.«

»Boccanegra wird beides tun wollen«, mutmaßte Hrolf. »Erst Arinna an fürstliche Häuser vermieten, die es längs dieser langen Küste bestimmt geben wird, und dann weiter zu den Schwarzen. Dann rentiert sich für ihn die Reise doppelt.«

»Vielleicht«, schaltete sich Nikephoros in das Gespräch ein. »Vielleicht hat er das vor. Allerdings muss Arinna ihren Ruf als Pestheilerin wieder von neuem aufbauen. Auf die Heilkraft des Malteserschwamms kann Boccanegra sich nämlich nicht mehr berufen.«

Alle schauten ihn neugierig an.

»Ich habe mich in der Stadt umgehört. Ein Markt ist da immer besonders ergiebig. Die Ritter haben mit ihrer Arznei nichts ausgerichtet, die Pest wurde sogar immer schlimmer, auch Schweine, Pferde und Hunde sollen an ihr gestorben sein. Die Johanniter haben es aber auch ungeschickt angefangen. Manche wurden gar fortgejagt, heißt es.« Der Grieche schüttelte geradezu fassungslos den Kopf.

»Was haben sie denn gemacht, um sich einen solchen Unwillen zuzuziehen?«, fragte Arinna bestürzt.

»Man hat mir erzählt, dass die Ritter immer zu zweit unterwegs waren. Einer ließ sich in die Küche führen. Der andere horchte den Leibdiener des Kranken aus, um zu erfahren, wie es um den stünde, und gab dann Prognosen ab. Meistens sagte er, dass man sie zu spät gerufen hätte.

Der in der Küche hat stets ein ziemliches Spektakel aufgeführt, um blitzsaubere Gefäße zur Vorbereitung der Arznei zu erhalten. Ja, wirklich, es stimmt«, bekräftigte er nachdrücklich angesichts Hrolfs skeptischer Miene. »Mehrere Leute haben es mir erzählt, weil das Misstrauen der Ritter gegen die Dienerschaft unangenehm auffiel.«

»Weiter«, sagte Arinna. »Erzähl weiter. Was haben sie noch berichtet?«

»Die Arznei wurde mit Wein aufgekocht. Derjenige, der im Haus für die Pflege des Kranken zuständig war, bekam die Arznei in drei Portionen ausgehändigt sowie genaue Anweisungen, wann und wie er den Sud verabreichen sollte. Dann gingen die Ritter wieder. Zur nächsten begüterten Familie, die sie angefordert hatte.«

Arinna wechselte mit Hrolf stumme Blicke. »Na ja«, sagte sie.

»Diese Männer hätten bei meiner Tatarin in die Lehre gehen sollen«, meinte Hrolf.

»Dass diese Ritter jemals in einem Hospital gearbeitet haben, glaube ich nicht«, sagte Arinna. »Ich habe die dienenden Brüder anders kennengelernt, sie haben alle Kranken mit Hingabe gepflegt. Etliche sind gestorben, solange niemand mit der Pest umgehen konnte, aber keiner hat sich aus Angst vor der Pflege der Kranken gedrückt.«

»Ich könnte mir denken, dass diese Männer nichts als Soldaten sind, kämpfende Ritter. Sie sind zu Gehorsam verpflichtet. Jemand muss ihnen befohlen haben, statt im Heiligen Land bei uns zu kämpfen und statt mit Schwert und Lanze mit einem Schwamm.«

»Das hört sich vernünftig an, Junge, wie kommst du darauf?«

Arinna staunte. Auf einmal hörte sich Hrolf fast respektvoll Niccolòs Meinung an. Sie war immer der Meinung gewesen, dass der Waräger dem Lehrling zu Unrecht nicht allzu viel zutraute.

Niccolò kaute nachdenklich auf seiner Unterlippe. »Ich stand hinter dem Empfangskomitee des Senats, das die Johanniterritter zu begrüßen hatte. Hinzu kam ein vornehmer Mann aus Kastilien oder Aragon. Er erzwang die Aufmerksamkeit der Ritter, indem er darauf hinwies, dass er der Sacra Militia schon junge Männer geschickt hätte, die alle darauf brennen zu kämpfen. Das hörte sich nicht nach Hospitaldienst an, und da fiel mir auch auf, dass die Galeere kein Transporter war, sondern ein Kriegsschiff voller bewaffneter Männer.«

»So wird es sein«, warf Nikephoros ein. »Die Ritter, die sich in Genua betätigten, waren nicht mehr als Boten, die ihre Anweisungen hatten, was sie mit dem Schwamm tun und wie viel sie für ihren Hilfsdienst verlangen sollten. Der Krankheit standen sie völlig hilflos gegenüber.«

»Das ist aber merkwürdig«, wandte Arinna ein. »Die Johanniter sehen ihren Dienst an den Herren Kranken als Dienst an ihrem Herrn im Himmel an und nicht als Einnahmequelle.«

Hrolf und Niccolò wechselten beziehungsvolle Blicke. »Diesmal ist es wohl anders«, meinte Hrolf unbestimmt.

»Was ist los?«, fragte Arinna irritiert.

»Nichts Besonderes«, murmelte Hrolf. »Ich muss in meine

Waffenkammer. Habe ein paar osmanische Säbel zu fassen bekommen, die einzuölen wären … und einen ihrer hervorragenden Bögen …«

»Jetzt?« Arinna sah ihm verständnislos nach, als er die Leiter ohne Antwort mehr hinunterrutschte als -kletterte.

Einige Zeit später verließ Arinna ebenfalls das Vorderkastell. Sie fand keine Freude mehr am Spiel der Wellen und am Schaum, der am Bug hochkletterte. Dass die Johanniter im Begriff waren, sich die Feindschaft vieler zuzuziehen, tat ihr persönlich leid. Sie hatte nur oder jedenfalls hauptsächlich Gutes durch sie erfahren.

Als sie in ihren Verschlag treten wollte, hörte sie aus Boccanegras Kammer erregte Stimmen, Boccanegra und Hrolf. Sie blieb stehen und lauschte. Der Waräger beschuldigte den Genuesen des Wortbruchs.

»Das ist Verleumdung!«, brüllte Boccanegra und zügelte sich dann, war aber immer noch zu verstehen. »Meine Leute haben meine Anweisungen falsch verstanden. Du solltest unverzüglich an Bord kommen, weil wir ablegen wollten. Sie haben wohl etwas grob zugegriffen, hörte ich. Aber es ging allein um dich, Hrolf. Arinna ist freiwillig mitgegangen. Sie ist auch jetzt frei. Die Knebel außen an ihrer Tür sind abgenommen worden. Überzeuge dich selbst davon.«

Arinna überzeugte sich. Es stimmte tatsächlich. Aber sie war alles andere als frei, und es handelte sich auch nicht um ein Versehen der Dienerschaft. Der Stallknecht Vuk, noch größer als Hrolf, hatte gebückt dagestanden, sprungbereit, mit den Händen auf den Oberschenkeln. Mit den widersprüchlich winzigen Augen hatte er ausgesehen wie ein Kampfhund von der aggressivsten Art, nur weniger klug. Ihr selber hatte man natürlich keine Wahl gelassen.

Aber Boccanegra gehörte zu den Männern, die nie bereit waren, etwas zuzugeben. Mehr oder weniger geschickte Ausreden waren alles, was man von ihm bekam.

Bevor Hrolf die Kapitänskammer verlassen konnte, schlüpfte Arinna in ihren Verschlag und legte von innen die Knebel vor.

Am Abend erwartete Boccanegra den Kapitän zum Essen. Das Wetter war annehmbar, der Steuermann bewährt, es gab keinen Grund, die Fahrt für die Nacht zu unterbrechen und zu ankern.

»Willkommen, Minotto«, grüßte Boccanegra, ganz gegen seine Gewohnheit fast leutselig, schob seinem Gast einen Pokal hin und schenkte selber ein. »Ihr wisst, worum es geht, nicht wahr?«

»Ja, doch, um unser Fahrtziel. Ist dazu noch etwas Besonderes zu sagen?«, erkundigte sich Minotto nicht überwältigend interessiert.

»Ich denke, ja. Wir werden Wege bahnen, Minotto, von denen man noch in Jahrhunderten sprechen wird. Gold und schwarze Sklaven werden wir finden. Die Portugiesen haben beides schon zu Gesicht bekommen. Wir fangen dort an, wo mein Landsmann Lancelotto Malocello aufgehört hat, bei einer Insel, die zu einer ganzen Gruppe gehört.«

»Ich weiß, Boccanegra«, sagte Minotto ruhig. »Ich bin Seemann. Aber was soll das Weib an Bord? Ihr kennt die Einstellung der Seeleute. Und zu Recht. Ihre erste Mitfahrt bei uns hatte die Pest zur Folge, bescherte uns einen Schiffbruch und endete mit unserer Ausweisung aus Genua. Die zweite Mitfahrt trug uns eine Seeschlacht mit den Pisanern mitsamt Niederlage ein. Welches Unglück wird also diese Fahrt bringen, wenn wir sie an Bord behalten? Den Schiffsuntergang? Oder werden wir über den Rand der Welt purzeln?«

»Ja, ja«, versetzte Boccanegra, der gar nicht richtig zugehört hatte, ungeduldig. »Eure Männer werden Arinna noch einige Tage aushalten müssen, dann sind wir alle sie los.«

»Habt Ihr selbst genug von ihr?«

»In gewisser Weise. Sie hat keinen Nutzen mehr für mich. Ohne den Malteserschwamm geht ihr kein Ruf voraus, der die Reichen anlockt. Und die Wirksamkeit des Schwamms ist begrenzt, anscheinend bekommen die Johanniter das sinkende Vertrauen zu ihm gerade zu spüren. Ich will deshalb versuchen, Arinna an der kastilischen oder portugiesischen Küste loszuwerden. Sie ist ja ganz hübsch, irgendjemand wird sie wohl kaufen.«

»Ah«, sagte Minotto, versöhnlich gestimmt. »Das ist etwas anderes. Dann schlage ich als nächstes Ziel Lagos im Königreich Portugal vor. Der letzte Hafen vor dem Kap, das man umrunden muss, um nach Norden zu fahren, ein guter Ausgangspunkt auch, um zu Lancelottos Insel zu segeln. Und, Boccanegra …«, Minotto hob den Zeigefinger und schenkte sich gleichzeitig das nächste Glas ein, »Lagos hat einen vorzüglichen Sklavenmarkt, habe ich mir erzählen lassen. Wir können dort gleichzeitig Erkundigungen über die angeblich unerforschten Gegenden einziehen. Gemeinhin sind unter der Hand viel mehr Informationen erhältlich, als zu den Ohren der Mächtigen dieser Welt dringen.«

»Einverstanden«, sagte Boccanegra und hob dem Kapitän sein Glas entgegen, verblüfft, wie einfach sich das Problem Arinna lösen lassen würde.

# KAPITEL 24

GENUA

Der einzige Anhaltspunkt, den de Ayala hatte, war die Aussage von Fibonacci, dass dieser Arinna an einen Steuermann aus Kastilien verkauft hatte. Er glaubte ihm zwar nicht ganz, zumal am Hafen nichts dergleichen bekannt war, aber immerhin hatte ein größeres Schiff Pisa Richtung Genua verlassen. Zurück nach Genua zu reisen erschien ihm deshalb als das Vernünftigste.

Im großen Hafenbecken von Genua lag die Galeere der Johanniter, aber zu de Ayalas großem Erstaunen rüsteten die Ritter zum Aufbruch. Proviantsäcke und Fässer wurden geladen sowie die Körbe mit den Arzneien. Die Ritter stiegen gerade diszipliniert, wie es ihre Art war, an Bord. Sie schienen vollzählig zu sein. Die Ruderer saßen zum Teil bereits auf ihren Bänken.

Dass sie schon wieder im Begriff waren aufzubrechen, kam ihm merkwürdig vor. Sie konnten in Genua kaum alle Pestkranken zufriedenstellend behandelt haben, geschweige denn in Mailand und Turin gewesen sein, die nach seiner Kenntnis am besten von Genua aus zu erreichen waren. Es sah also ganz nach einer vorzeitigen Weiterfahrt aus. Der Heilige Vater? War er erkrankt?

Ansonsten ging im Hafen nichts Ungewöhnliches vor. Die große städtische Karacke hatte ihren Liegeplatz verlassen und war nicht mehr zu sehen, vom Bug einer kleineren, die nach der Ausrüstung offensichtlich gerade an ihren Platz zurückgekehrt war, wurde nach der Schwimmblase geangelt, die das obere Ende der Muring markierte. Einige Fischer schöpften Wasser aus ihren Booten und wollten anscheinend heute noch ihre Netze auslegen.

De Ayala wandte sich an einen der üblichen Müßiggänger, die an einem Hafen immer zu finden waren. »Weißt du, wo die große Karacke hingefahren ist, die vor drei Tagen hier noch vor Anker lag?«

»Gewiss doch, Conte«, antwortete der Kerl und verstummte.

De Ayala lächelte verstehend und steckte ihm eine Münze zu.

Der Mann riss sich seine Mütze vom Kopf. »Danke, Conte, danke. Sie ist auf große Fahrt gegangen, Richtung Gibraltar und weit dahinter. Dieser verfluchte Kapitän, der Venezianer, wird die genuesische Karacke bis an den Rand des Ozeans lenken und darüber hinaus. Ich prophezeie Euch, Conte, er wird sein Leben dafür hergeben, das Schiff mit Mann und Maus ins Nichts zu stürzen, nur um das künftige Geschäft der Genuesen mit Gold und Sklaven zu verhindern. Für diese Tat werden ihn die Venezianer wieder aufnehmen.«

»Madonna! Sie wollen den Portugiesen nacheifern?«, platzte de Ayala heraus.

»Das sage ich ja. Christophoro Boccanegra hätte dem Dogen nie einen Venezianer als Kapitän empfehlen sollen! Es gibt, so wahr ich hier stehe, genug Genuesen, die ein Schiff führen können.«

»Ich glaube dir aufs Wort«, schmeichelte de Ayala. »Dann weißt du wahrscheinlich auch, warum die Ritter so plötzlich aufbrechen. Ist etwas passiert?« Noch während er sprach, kam ihm die Idee, dass sie vielleicht nur schnellstens von hier fortwollten. Konnten sie möglicherweise Arinna in Gewahrsam haben?

Das Gesicht des Genuesen nahm listige Züge an. Ohne Scham streckte er wieder die Hand aus, die de Ayala kommentarlos mit kleinen Münzen füllte. Sie waren im Nu irgendwo im Kittel verschwunden. »Mit denen verhält es sich merkwürdig,

Conte. Ich schwatzte mit einem der Rudersklaven. Er behauptete, sie würden unserer Karacke folgen.«

»Nach Gibraltar?«

Der Mann zuckte mit den Schultern. »Weiß ich's? Der Kerl war Grieche oder Armenier, aber das sind lügnerische und angeberische Leute, denen man kein Wort glauben kann. Er behauptete, er hätte das Vertrauen des Schiffsführers. Aber das kann nicht sein. Sie sagen den Ruderern nie, wo es hingehen soll. Die sind wie Esel, die eine Ölmühle treiben.«

»Du bist ein braver Kerl«, lobte de Ayala, gab ihm noch ein paar Schwarze Paveser Pfennige und eilte mit langen Schritten der Galeere entgegen.

Die Seeleute der Galeere waren dabei, die Rah nach oben vorzuheißen, was darauf hinwies, dass sie sich auf eine lange Strecke über See ohne Ruderkraft vorbereiteten. »Auf ein Wort mit Frà Landolfo«, bat de Ayala einen blassen jungen Mann, der ihm zwischen den Tauen, mit denen das Schiff noch festgemacht war, über den Weg lief.

»Sofort, Conte«, sagte der Jüngling auf Spanisch mit portugiesischem Beiklang und mit einer artigen Verbeugung. Gewagt sprang er über die Reling an Deck, ohne die Planke zu benutzen.

De Ayala lächelte ihm wehmütig hinterher. So war auch er als ganz junger Mann gewesen. Inzwischen war er gesetzter.

Nach geraumer Zeit tauchte Landolfo auf. »Ihr wünscht?«, fragte er knapp, fast unhöflich.

»Eine großzügig bezahlte Mitfahrt für zwei Personen.«

»Wohin wollt Ihr?«

»Fort von hier«, antwortete de Ayala, ohne mit der Wimper zu zucken. »Und von meinen Erinnerungen.«

Der Ritter mit der markanten Narbe schüttelte den Kopf. »Ihr könnt nicht mitfahren.«

»Warum?«

»Unsere Gründe gehen Euch nichts an. Begnügt Euch einfach mit dieser Auskunft.«

De Ayala schwieg verärgert, während er einen Schritt zurücktrat, um dem jungen Mann nicht im Wege zu sein, der inzwischen wieder an Land war, einen Festmacher einholte und das Tau zu sauberen Schlingen aufzuschießen begann.

Der Jüngling sah plötzlich von seiner Arbeit auf. »Wir sind jetzt neun Brüder weniger, Frà Landolfo. Der Platz wäre schon da, wenn der Conte nicht sehr anspruchsvoll ist.«

»Haben sie dir auf Rhodos nicht beigebracht zu schweigen, wenn Erwachsene sprechen?«, fragte Landolfo barsch.

»Verzeihung«, murmelte der Jüngling, warf das Taubündel mit unterdrücktem Zorn an Bord und widmete sich dem nächsten Festmacher am anderen Ende der Galeere.

»Ich hoffe, Ihr habt zufriedenstellenden Erfolg bei der Heilung gegen die Pest gehabt, nachdem Ihr Eure Mission so unerwartet schnell aufgebt.« De Ayala brachte immerhin noch genug Höflichkeit auf, um das Gespräch unverfänglich und mit Anstand zu beenden.

»Nicht so sehr, wie wir uns erhofften. Leben und Tod liegen in des Herrn Hand, und nach seinem Ratschluss sind in Genua auch neun unserer Brüder an Pest verstorben, wie Ihr eben selbst hörtet.«

»Das tut mir leid. Ich wünsche gute Fahrt.« De Ayala deutete mit seinem Hut einen Gruß nur an und kehrte dem unfreundlichen Ritter den Rücken. Den jungen Mann, der noch immer Taue aufschoss, lächelte er im Vorbeigehen freundlich an und blinzelte ihm zu.

Jetzt eilte es. De Ayala war überzeugt davon, dass es stimmte, was der Ruderer aufgeschnappt hatte. Die Galeere wollte der städtischen Karacke folgen. Die Chancen standen also gut, dass Arinna sich auf ihr befand. Denn obwohl dieser Frà Landolfo sofort den Herrn als Spender von Leben und Tod vorgeschoben hatte, hatte man das Interesse an Arinna für einen Augenblick an seinem Gesicht ablesen können. Und er kannte sie.

Zum Glück war der brave Müßiggänger noch an seinem

Platz. Er sah de Ayala neugierig entgegen, der schon im Laufen nach weiteren Münzen angelte.

Es dauerte nicht lange, bis der Conte den Besitzer der kleinen Karacke, die im Hafen lag, vor sich hatte. Sie wurden sich schnell handelseinig. Nach einem solchen einfachen, gefahrlosen und doch gut bezahlten Auftrag leckte sich jeder Kapitän die Finger.

Am nächsten Morgen waren alle Seeleute an Bord. Der Kapitän war selbstsicher genug, um zu versprechen, dass sein Schiff die anderen beiden einholen würde. Zwar sei es kürzer und damit langsamer als die Sant Jacobus, gab er zu, aber er kenne die Strömungen und die Windverhältnisse in diesem Teil des Meeres besser als Minotto, sagte er grinsend. Ein Venezianer!

# KAPITEL 25

LIGURISCHES MEER

Der Frühlingswind war seit drei Tagen fast eingeschlafen. Die Sant Jacobus machte noch Fahrt, aber ein Läufer hätte sie zu Fuß überholen können.

Die meisten Seeleute saßen müßig an Deck, würfelten oder vertrieben sich die Zeit mit Schnitzarbeiten.

Arinna hatte nach der Abreise aus Genua in ihrem Verschlag einen Korb vorgefunden, der mit allerlei Kräutern und Früchten des zeitigen Frühlings gefüllt war. Lustlos hatte sie ihn zunächst ignoriert, jetzt aber saß sie auf dem sonnigen Zwischendeck und breitete alles um sich herum aus, um es durchzusehen und nötigenfalls Unbrauchbares auszumustern.

Ihr kostbarster Besitz war eine einzige Gigiberknolle. Die Zitronen waren bei allen Krankheiten ebenfalls ausgezeichnet zu verwenden, Zwiebeln und Knoblauch auch, ebenso wie die Salbeiblätter und die Minze. Vertrocknete Löwenzahn- und Sauerampferblätter flogen über Bord. Rosmarinstengel, Thymian und getrocknete Pilze waren mehr für die Küche als für sie geeignet. Sie war so in ihre Arbeit vertieft, dass sie erschrak, als Niccolò sie ansprach.

»Wo hast du denn den Gemüsegarten her?«, fragte er erstaunt.

»Er blühte und gedieh in meiner Kammer, als ich eingeliefert wurde«, teilte Arinna ihm lakonisch mit.

Niccolò prustete seine Verachtung hinaus wie ein zorniger Büffel. »Dann hat Boccanegra wohl die Köchin auf den Markt geschickt, um eine Heilkräutersammlung für dich aufzutreiben. Ich war es nicht, ich wäre ja wohl auch argwöhnisch geworden. Dass du freiwillig mitgekommen bist! Von wegen!«

»Hast du mit Hrolf gesprochen?«

»Ja, er hat mir alles erzählt. Boccanegra hat dich in eine ganz abgefeimte Falle gelockt. Und Hrolf gegenüber sein Wort gebrochen. Madonna, welch ein Ehrenmann!«

»Du bist ebenfalls Genuese, Junge, vergiss das nicht!«, fauchte Boccanegra und trat hinter Niccolò aus dem Gang ins Freie.

»Wollt Ihr etwa behaupten, dass nur ein Genuese ein Ehrenmann sein kann?«, fragte Niccolò patzig zurück.

Dieses Mal war die Ohrfeige, die er sich einfing, so gewaltig, dass er über die Planken schlitterte und erst von der Bordwand aufgehalten wurde. Boccanegra stieg erzürnt nach oben.

Als Niccolò sich immer noch den Kopf rieb, fand Arinna es an der Zeit, ihn zu warnen. »Du musst vorsichtig sein, Niccolò. Ich glaube, du reizt ihn zu sehr.«

»Kann schon sein«, gab Niccolò trotzig zu. »Und er hat es verdient.«

»Kriegsgaleere!«, gellte plötzlich von oben der Warnruf des Ausgucks.

»Alarm!«, brüllte Minotto.

Hrolf hatte seine Männer gut geschult. Fasziniert beobachtete Arinna, wie sie bewaffnet aus dem Vorschiff trabten, wo sich die Waffenkammer befand, und dann zu der ihnen zugewiesenen Position auf den Decks. Alles ganz diszipliniert und ohne Aufregung, und so hatte sie selber auch kaum Angst. Sie sammelte ruhig Knollen, Wurzeln und Kräuterbündel ein, um sie in den Korb zu schichten und in ihr Kämmerchen zu tragen. Danach kehrte sie wieder auf das Zwischendeck zurück.

»Welche Piraten machen denn diese Gegend unsicher?«, fragte sie Niccolò, dessen einzige Aufgabe wie üblich darin bestand, sich im Brandfall um die Rechnungsbücher des Handelshauses zu kümmern, und der bis zu diesem Fall untätig bleiben durfte. Sie trat zu ihm an die Reling.

»Höchstens Sarazenen von der Südküste des Mittelmeers«, antwortete Niccolò zweifelnd. »Nur ist die sehr weit weg. Ich habe noch nie gehört, dass sie in Sichtweite unserer eigenen Küsten räubern.«

»Aber Kapitän Minotto wird uns sicher heraushauen, oder?«

»Sieh mal«, sagte Niccolò in belehrendem Ton, »bisher sind wir mehrmals aufgrund der Schnelligkeit unseres Schiffes entkommen. Was uns jetzt folgt, ist ein Kriegsschiff mit kampfgewohnten Kriegern oder Seeräubern. Und sie halten unter Ruderkraft in voller Fahrt auf uns zu, während wir hilflos vor uns hin dümpeln. Und Hrolfs Männer sind trotz seiner guten Unterweisung vor allem Seeleute. Das ist ihr Gewerbe, nicht der Kampf. Verstehst du?«

»Ja, natürlich«, murmelte Arinna und spürte, wie ihr plötzlich angst und bange wurde. Sie richtete ein stummes Bittgebet an ihre Göttin, während sie nach hinten starrte, dass ihr die Augen brannten, und die Galeere allmählich an Größe zunahm.

Boccanegra und Minotto befanden sich auf dem Achterkastell. Sie konnten von oben mehr und besser sehen als Arinna und Niccolò, die niedriger standen und um die Galerie herumspähen mussten.

»Das ist doch die Galeere der Johanniterritter!«, rief Boccanegra überrascht aus, dessen Augen besser als die des alten Kapitäns waren.

»Wie seid Ihr denn mit dem Consiglio verblieben? Kann der sie hinter Euch hergeschickt haben?«

»Ausgeschlossen«, antwortete Boccanegra. »Der Consiglio ist an den Entschluss des Dogen gebunden. Und von ihm habe ich Brief und Siegel für diese Reise mitsamt der Vollmacht, im Namen Genuas mit dem königlich-portugiesischen Faktor, dem Agenten für die königlichen Geschäfte, zu verhandeln.«

»Dann ist es etwas anderes. Vermutlich wieder einmal Arinna.

Verdammtes Weib! Die zieht das Unglück an wie ein Seemann die Huren. Habe ich Euch nicht gesagt, dass etwas passieren wird, wenn sie an Bord ist? Ein Überfall, natürlich!« Seine Faust donnerte mit lautem Krachen auf die Relingsleiste.

Niccolò beugte sich zu Arinna. »Es stimmt. Wir wollten es dir nicht sagen, aber die Ritter sind hinter dir her. Hrolf hat dich ihnen in Pisa vor der Nase weggeschnappt, und auf dem Rückweg habt ihr sie umgangen.«

»Er war anfangs so unruhig. Deswegen also«, flüsterte Arinna erstaunt.

Niccolò nickte.

»Und das«, setzte Minotto grollend fort, »obwohl erwiesen ist, wie wenig sie als Heilerin taugt. Wahrscheinlich waren ihre sogenannten Heilungen nur ein glücklicher Zufall. Meine eigene habe ich zweifellos meiner kräftigen Natur zu verdanken.«

»Auch ich habe schon Schwereres überstanden.«

»Sie machen sich zum Kampf bereit«, wechselte Minotto beunruhigt das Thema. »Seht Ihr die Scharfschützen vorne auf dem Bug, Boccanegra? Das Feuer halten sie vermutlich außer Sicht. Ich versichere Euch, ohne Wind befinden wir uns in echter Gefahr. Wir sind ihnen ohne jeden Zweifel unterlegen.«

Arinna und Niccolò warfen sich auf die Knie und spähten verschreckt zur Galeere hinüber, die schon fast in gleicher Höhe mit ihnen lag. Noch ruderten die Männer aus voller Kraft, aber auf Deck standen die Ritter mit gezogenen Schwertern bereit. Auf der Karacke herrschte atemlose Stille.

»Lasst beidrehen«, befahl Boccanegra, »und ein Beiboot zu Wasser lassen! Ich habe eine Idee.«

Niccolò zog Arinna ungestüm zu sich heran. »Das bedeutet, er will die Ritter um den Finger wickeln! Vielleicht kommen wir davon.«

»Wird er das schaffen?«

Niccolòs Grimasse war doppeldeutig.

Auf der Galeere hatte man das Angebot verstanden. Boccanegra wurde an Bord genommen. Die Ritter steckten ihre Schwerter in die Scheiden, nur die Scharfschützen blieben, wo sie waren. »Ich möchte mit Frà Landolfo sprechen«, verlangte er hochmütig.

»Unter dem Achterdeck«, sagte jemand. »Geht nur.«

Unhöfliche Behandlung! Wer glaubten sie eigentlich zu sein, dachte Boccanegra, während er sich seinen Weg durch das Getümmel selbst suchen musste. Das Deck war zwar für den bevorstehenden Kampf leer geräumt, aber die noch in Gefechtsalarm befindlichen Ritter nahmen von ihm kaum Notiz und wichen auch nicht aus, wie es sich gehört hätte.

Eine Versammlung von Soldaten, wie man sie aus aller Welt kannte. Die schwarzen Mäntel machten aus ihnen keine Elitetruppe. Obendrein hatten sie bei der Behandlung der Pest versagt, wie es schlimmer gar nicht ging. Seiner Verachtung konnten sie sicher sein.

Landolfo erwartete Boccanegra in einem großen Raum, der den ganzen hinteren Schiffsteil einnahm. Seine Narbe glühte im Dämmerlicht. Auf einem Tisch lag sein blankes Schwert.

»Was fällt Euch ein, uns zu bedrohen?«, fragte Boccanegra, bewusst alle Höflichkeiten weglassend.

»Ich will, dass Ihr uns diese Frau, Arinna, aushändigt«, sagte der Ritter, genauso direkt. »Wir haben ein Recht auf sie. Sie hat mit den Johannitern vom Hospital in Malta einen Vertrag geschlossen.«

Boccanegra wollte zunächst bestreiten, dass Arinna auf seinem Schiff sei, aber es war zwecklos, wie er an Landolfos Miene ablesen konnte, und in diesem Fall wäre es nicht nur sinnlos, sondern auch ungünstig für seinen Plan gewesen. »Von einem Vertrag ist mir nichts bekannt. Wir haben Arinna vor vielen Wochen wie eine Schiffsbrüchige von einem Felsen auf Malta gerettet. Mein Waffenmeister hat sie jüngst aus den Händen des Pisaners befreit. Bei uns findet sie Anerkennung als Heilerin, während Ihr ja vor einigen Tagen angeblich noch nicht einmal von ihr gehört hattet. Ich habe nicht die geringste Veranlassung, Euch zu glauben, was Eure plötzlich entdeckten Besitzansprüche angeht.«

»Fragt sie.«

Boccanegra lächelte einladend. »Das werde ich gern tun. Wenn sie es bestreitet, gilt ihr Wort. Euch kenne ich nicht.«

Frà Landolfo lächelte noch breiter. »Sie wird es nicht bestreiten. Ich selbst habe mit ihr den Vertrag geschlossen. In Syrakus, in Sichtweite eines Wracks namens … wartet, ich hab's gleich, ach richtig, Sant Jacobus hieß das Schiff.«

Boccanegra verzog keine Miene. Endlich wusste er, wie Arinna nach Malta gekommen war. »Ihr seid ein Lügner.«

Landolfo verbeugte sich im Sitzen, als hätte er ein Kompliment erhalten. »Danke. Ihr nicht minder.«

»Kennt Ihr das königliche Spiel Schach?«, fragte Boccanegra, um seine Frage gleich selbst zu beantworten, »nun, natürlich kennt Ihr es aus dem Morgenland. Unser beider Spiel um eine Frau steht unentschieden, dies zu Eurer Information.«

»Keineswegs. Wir sind bewaffnet. Wir könnten Eure Karacke versenken, und kein Mensch würde jemals davon erfahren«, entgegnete der Ritter höflich.

»Abgesehen von Euren hundert Rittern und hundert Ruderern oder wie viele Ihr auch immer haben mögt, und die Ihr offenbar nicht als schwatzhaft, also nicht als Menschen anseht – Arinna würde sich weigern, für Euch zu arbeiten, wenn Ihr das tut. Ich kenne sie mittlerweile. Ihr könnt sie schlagen oder hungern lassen, sie wird Euch nicht gehorchen. Zwang führt bei ihr zur Verweigerung.«

»Das«, sagte Landolfo, »ist das erste Wort, das ich Euch unbesehen abnehme. Sie schien mir äußerst stark zu sein und in einer Art und Weise unabhängig von den Gedanken anderer, die mich staunen machte. Alles andere als von unserem Glauben durchdrungen, aber wer einmal in Outremer war, muss einräumen, dass es auch andere Lebensmöglichkeiten gibt als die *allein seligmachende*.«

Boccanegra nickte zustimmend. Jetzt hatte er den Ritter auf der richtigen Fährte. Trotzdem wunderte er sich über dessen unerwartete Offenheit. »Ihr erlaubt, dass ich mich setze.« Er tat es, ohne die Zustimmung des Ritters abzuwarten. »Eure Erfolge mit dem Malteserschwamm sind äußerst bescheiden gewesen, wie ich hörte.«

»Wir haben möglicherweise bei seiner Zubereitung Fehler gemacht«, räumte Frà Landolfo ein.

»Wahrscheinlich. Und Ihr könnt Euch noch mehr Fehler nicht leisten, wenn Ihr den Ruhm des Schwamms nicht zunichtemachen wollt. Der für die nächsten Jahrzehnte ein einträgliches Geschäft für den Orden sein soll ...«

»So ist es«, seufzte der Ritter.

»Und die Schuld läge voll und ganz bei Euch. Erst habt Ihr Arinnas Wert in einem Ausmaß unterschätzt, das jeder Beschreibung spottet, dann den guten Ruf des Ordens aufs Spiel gesetzt, zumindest in den italienischen Städten.«

Jetzt schwieg der Ritter.

»Deswegen braucht Ihr Arinna so dringend.«

»Das ist nur zu wahr«, sagte Frà Landolfo nachgiebig.

Jetzt ist er weichgekocht wie Haferschleim, dachte Boccanegra befriedigt und holte zu einem letzten Schlag aus.

Landolfo kam ihm zuvor. »Aber immerhin haben wir Euch jetzt, Boccanegra.« Er wirkte wieder frisch und kämpferisch. Seine bräunlichen Lippen verzogen sich amüsiert.

Boccanegra war stumm vor Hass. Er hatte den Kerl in der Kutte unterschätzt; obwohl Mönch, war der nicht weniger skrupellos als er selber. Mit Wucht traf ihn die Selbsterkenntnis, dass sein eigener Hochmut ihn geblendet und ihm bereits den Sieg vorgegaukelt hatte. »Das Risiko, mich in Eure Hände zu begeben, musste ich eingehen, um Euch meinen Vorschlag unterbreiten zu können«, behauptete er kühn.

»Lasst hören.«

»Wir tun unsere kostbarsten Besitztümer zusammen. Meine Arinna und Euren Malteserschwamm. Arinna wird Pestkranke heilen, unter Verwendung Eures Schwamms. Dessen Ruhm wird sich verbreiten, denn sie kennt das Geheimnis seiner Zubereitung als Arznei. Ihr verkauft Eure Vorräte und holt neue. Vielleicht rüstet Ihr gar noch ein zweites Schiff aus, von dem aus der Schwamm verkauft und Ratschläge erteilt werden. Die Pest ist inzwischen durch alle bekannten Länder gewandert, wie alle genuesischen Kaufleute, mit denen ich gesprochen habe, bezeugen. Die Menschen werden ihre Vermögen opfern, um die Arznei in die Hände zu bekommen.«

Frà Landolfo blieb stumm, in Nachdenken versunken.

»Die Nachrichten über die Pest sind besorgniserregend«, fuhr Boccanegra in sachlichem Ton, jedoch mit der gebührenden Spur des Mitleidens mit den Betroffenen, fort. »Anscheinend trifft der Zorn des Herrn uns jetzt, am Beginn des Frühlings, besonders hart. Seine Mahnung zur Umkehr zu frommer Lebensweise ist unübersehbar, und die Menschen haben sie ganz richtig verstanden. Die Messen sind so besucht wie sonst nur zu Ostern. Und Eurem Orden hat der Herr das Wissen verliehen, die Not zu lindern. Glaubt Ihr das Recht zu haben, seine Hand zurückzuweisen?«

»Es macht zu offensichtlich den Eindruck eines Geschäftes«, wandte Landolfo ein.

Sein Scheingefecht für die Ehre des Ordens war nicht schwierig zu durchschauen. »Ich dachte, genau dies sei Eure Aufgabe«, sagte Boccanegra mit gespieltem Erstaunen. »Mit den dem Orden zur Verfügung stehenden Mitteln Geld zu beschaffen, um den bewaffneten Kampf gegen die Sarazenen im Heiligen Land führen zu können, ist ein ehrenwertes Geschäft. Es ist das Gleiche wie der Handel mit dem Ablass. Auch der Heilige Vater scheut sich nicht, Geld einzutreiben, das den Gläubigen zugutekommt.«

»Ihr habt natürlich recht. Wie stellt Ihr Euch die Einzelheiten vor, Boccanegra?«

»Wir segeln im Konvoi nach Lagos. In der Gegend der Meerenge von Gibraltar dicht beisammen, damit die Sarazenen erkennen, dass wir einen bewaffneten Geleitschutz haben. Lagos ist ein strebsames Städtchen, das von Händlern aus diesem Teil der Welt gern aufgesucht wird, selbst die Königsfamilie von Portugal nimmt lebhaften Anteil an seinem Aufstieg.«

»Das ist sehr weit weg«, sagte Landolfo misstrauisch. »Warum wollt Ihr Kastilien auslassen?«

»Erinnert Ihr Euch an den aragonesischen Conte, der nach Arinna suchte? Seine Verbindungen dürften ausgezeichnet sein. Ich habe die Befürchtung, dass Arinna in diesem Teil der Welt nicht sicher ist, solange sie keinen Ruhm besitzt, den sie wie einen Schild vor sich hertragen kann. Deshalb meine ich: erst Lagos, dann Cadiz, Valencia und Barcelona.«

»Ist es nicht gerade das Haus Aragon, das der Frau so sehr verpflichtet ist?«, widersprach Landolfo mit einem feinen, überlegenen Lächeln. »Ich erinnere da nur an Palermo.«

Dieser Mönch wusste eine Menge über Arinna. Boccanegra spürte, dass er ihm etwas bieten musste, um ihn von seinem angeborenen Argwohn abzulenken. »Durchaus, aber das schützt sie nicht vor Übergriffen durch ebendiese Leute«, meinte er gleichgültig. »Irgendwann gedenke ich übrigens, Euch das Weib zu übergeben. Ich habe nicht das leiseste Verlangen, mich noch viel länger mit Pest zu befassen, zumal ich im Auftrag des Rates von Genua ein ganz anderes Ziel habe.«

»Welches?«

Boccanegra lächelte und zuckte mit den Schultern.

»Nun gut«, meinte Landolfo. »Eure Pläne für unsere gemeinsame Unternehmung sind weit gediehen.«

»Ihr werdet keinen erfolgreichen Kaufmann treffen, der ohne Planung von Markt zu Markt bummelt. Erfolg hat man nur mit kristallklarer Organisation.«

»Wie recht Ihr habt«, spottete der Ritter. »Übrigens, gestattet, dass wir vorwegfahren und die Tagesetappen bestimmen. Wir kennen diese Küste ganz gut. Wenn das Wetter gut ist, sollten wir nächtens durchsegeln, wie das ja auch die Gewohnheit Eures Kapitäns zu sein scheint. Bei anhaltendem Schwachwind müssen wir allerdings die Ruderer gelegentlich ausruhen lassen.«

»Abgemacht«, sagte Boccanegra und erhob sich. Während er sich auf dem Weg zu seiner längsseits liegenden Jolle zwischen den Rittern durchschlängelte, grübelte er darüber nach, warum sie ihm beständig Unbehagen einflößten. Gottlob würde er sich in Lagos als Gewinner von ihnen trennen.

Das Wetter blieb gut, während die beiden Schiffe in Sichtweite voneinander das Meer in Richtung Barcelona durchpflügten. Sie ersparten sich damit gleichzeitig die unberechenbaren Winde, die die Rhône herabzufegen pflegten und den ganzen Golf zwischen Marseille und Narbonne unsicher machen konnten.

Arinna genoss einfach den Fahrtwind, während Niccolò mürrisch und unzufrieden neben ihr auf dem vorderen Kastell stand. »Boccanegra muss es geschafft haben«, sagte er schließlich. »Erst bedrohen die Ritter uns, und jetzt bleiben wir hinter ihnen wie ein Lämmchen bei der Mutter. Minotto hat anscheinend Anweisung, sich bei der Galeere zu halten, denn ansonsten würde er bei dem Wetter alle Segel setzen und zusehen, dass er die aragonesische Küste so schnell wie möglich erreicht.«

»Ich weiß es nicht«, sagte Arinna zögernd, aber auch sie sah ja, dass beide Rahsegel gerefft waren, wie sonst nur bei starkem Wind.

»Das riecht nach Geschäft …«

»Hrolf hat gehört, wie Boccanegra dem Kapitän sagte, dass die Johanniter als unser Begleitschutz fahren, weil es besonders in der Meerenge von Gibraltar wegen der sarazenischen Seeräuber gefährlich wird.«

»Das ist schlau von ihm«, gab Niccolò anerkennend zu. »Von allen Westfahrern hört man, dass dieser Engpass gefährlich ist. Aber es kann nur der eine Teil der Abmachung sein. Was bekommen die Ritter?«

»Geld. Er hat sie bezahlt, das ist doch klar. Und du willst Kaufmann werden?«, neckte sie Niccolò. »Der Doge hat ihm ausreichend Geld für solche Fälle mitgegeben.«

Niccolòs Unterarme rutschten vom Handlauf ab, auf den er

sich stützte, und sein Kinn landete auf dem harten Holz. »Was hat der Doge?«

»Boccanegra Geld gegeben. Geld der Stadt«, wiederholte Arinna und zog ihn am Kragen wieder hoch.

»Lass das!«, fauchte Niccolò und wischte ihre Hand von seinem Nacken. »Wo hast du das gehört?«

»Leonello hat es erwähnt, als er mit Boccanegras guten Verbindungen zum Dogen prahlte.«

»Der Doge hat Boccanegra kein Geld gegeben. Boccanegra durfte eher dankbar sein, dass er die Karacke mitsamt Leuten und Ausrüstung zur Verfügung gestellt bekam.«

»Tatsächlich?« Arinna hatte sofort eine ungefähre Vorstellung davon, was das bedeutete. »Das heißt, Boccanegra hat die Ritter also dazu gebracht, sich mit ihm zusammenzutun? Um sie später übers Ohr zu hauen?«

»Er ist für jedes Schurkenstück gut«, sagte Niccolò düster. »Ich habe dir noch gar nicht erzählt, wie er fünf Dorfbewohnern auf Malta den Hals durchschneiden ließ, nachdem er von ihnen die Information bekommen hatte, wo der Schwamm zu finden ist. Nur weil er fürchtete, jemand könnte das Schiff beschreiben oder den Schiffsnamen lesen … Sie waren Araber.«

»Schrecklich«, flüsterte Arinna. Es fröstelte sie am ganzen Leib. Die Aussicht war ihr verleidet, mit verschränkten Armen drehte sie sich abrupt um.

»Aber mit den Rittern kann er nicht umgehen wie mit Dorfbewohnern. Wenn die einen Betrug wittern, sind wir wahrscheinlich alle als Komplizen dran. Dieser Frà Landolfo sieht sowieso aus, als sei mit ihm nicht gut Kirschen essen.«

»Wer?«, rief Arinna ihre Überraschung hinaus.

»Frà Landolfo. Er befehligt das Schiff.«

Arinna starrte durch Niccolò hindurch. Frà Landolfo, von dem sie vermutet hatte, dass er der Liebhaber der ertrunkenen Helferin war. Zum Hospital gehörte er nicht. Aber die Kriegsgaleeren des Ordens brachten Verwundete dorthin und legten vermutlich öfter Rast in Birgu ein. Wenn de Ayala sich doch nur hätte erinnern können, was die Knechte über den Mann gehört hatten!

»Er war auch bei Boccanegra in Genua …«

»Psst!«, zischte Arinna. Der drahtige Leonello war plötzlich hinter dem dicken Fockmast hervorgetreten. Sicher hatte er vermutet, dass sie ihn gesehen hatte, was gar nicht der Fall gewesen war. Was mochte er von ihrem Gespräch erlauscht haben?

»Hast du etwas mitgekriegt, was du dem Handelsherrn stecken kannst, du Drecksack?«, fauchte Niccolò, nachdem er gemerkt hatte, was los war.

»Niccolò!« Arinna knuffte ihn hart in die Seite.

Leonello spuckte vor Niccolò aus und turnte behende wie eine Spinne vom Kastell hinunter.

Attaliotes, der griechische Seemann, hatte äußerst scharfe Augen. Vor allem in der Dämmerung, in der manchmal das Zwielicht oder dünner Seenebel die Sicht erschwerte, wurde er als Ausguck nach oben geschickt.

Als er ein Zischen von sich gab wie eine griechische Schlange, die den nahenden Feind warnt, blickte der Steuermann nach oben. »Was ist, Attali?«

»Da segelt schon wieder jemand auf gleichem Kurs wie wir. Eine kleinere Karacke, glaube ich, aber sie kommt schnell auf.«

»Sie hätte es schwerer, nicht schneller zu sein«, murrte der Steuermann vor sich hin. »Was meinst du dazu, Hrolf?«

»Bestimmt sind eine Menge Schiffe auf diesem Kurs unterwegs, jetzt, wo die Schifffahrt wieder in Gang kommt. Solange wir keine Kriegsgaleeren sichten, mache ich mir keine Sorgen«, antwortete Hrolf und blickte nicht einmal von seiner Arbeit auf. Es war, als hätte jemand den tatarischen Bogen mitsamt Spanngerät und Pfeilen im Köcher extra für ihn nach Genua geschafft, jedenfalls hatte er ihn bei einem Hausierer mit Waren aller Art entdeckt und billig erstanden. Jetzt war er dabei, ihn aufzupolieren, dann musste er noch die Sehne in angefeuchtetem Zustand anlegen und probeweise schussbereit machen.

Es handelte sich um die beste Fernwaffe der Welt, klein, aber von einer Durchschlagskraft, die durch Rüstungen ging. Ein äußerst erfreulicher Zuwachs bei den Bordwaffen. Er war sich sicher, sie als Einziger bedienen zu können, auch wenn er nicht perfekt war wie ein Tatare, denn sie erforderte eine Menge Übung.

»Sie geht höher an den Wind und weicht aus«, meldete Attaliotes gedämpft. »Vermutlich haben sie erkannt, dass wir zu zweit sind.«

»Na, also«, sagte Hrolf und sah endlich auf, weil er ein unbeholfenes Tappen auf der Leiter hörte, das auf jemanden schließen ließ, der kein geübter Seemann war. Hoffentlich nicht Boccanegra.

Nikephoros' grauer Lockenkopf tauchte über der Kante auf. Grinsend spuckte er einen langen gebleichten Beinknochen aus, den er quer im Mund trug, und kletterte an Deck.

»Dein einziges Abendessen heute?«, spottete Hrolf freundlich.

»Als ob ich das nötig hätte! Einen so schönen Knochen werde ich doch nicht verspeisen«, sagte Nikephoros und ließ sich unter leisem Stöhnen neben Hrolf nieder.

»Sondern?«

»Aus ihm soll eine Göttin werden«, erklärte Nikephoros feierlich.

»Eine heidnische Göttin«, schnaufte Hrolf. »Na, da bist du auf diesem Deck gerade richtig. Wenn ich es nur könnte – ich würde tatarische Beschwörungen und Zaubersprüche murmeln, um meinem Bogen dämonische Kraft einzuhauchen.«

»Unchristliches Gesindel«, murmelte der Steuermann und kicherte vernehmlich.

»Das will ich doch hoffen!«, meinte Hrolf, und zu seinem Nachbarn: »Wird sie nicht etwas zu schlank werden? Oder willst du sie so abspanen, dass sie unsichtbar wird?«

Nikephoros hielt den Knochen in die Höhe und nahm blinzelnd mal mit dem einen, mal mit dem anderen Auge Maß. »Am liebsten wäre mir ja ein Schweineknochen gewesen, Demeter auch, schätze ich, aber in der Küche haben wir nun mal nur geräucherte Ziegenhinterbacken. Demeter wird sich damit begnügen müssen. Sie darf dankbar sein, dass ich mich nicht Dionysos zuwende und Weinkrüge töpfere.« Er schüttelte sich. »Man stelle sich nur vor, in Rom verehrten sie wie eine Familie Demeter, ihre Tochter Persephone und Dionysos. Einfach abartig, wie falsch sie unsere griechischen Götter verstanden haben! Die verehrungswürdige Demeter verkörperte geradezu das Gegenteil von Dionysos, dem ungezügelten Gott des Weines, der auch der *gehörnte Säugling* in Stiergestalt ist!«

Hrolf hörte atemlos zu. Dieser gelehrte Grieche wusste Erstaunliches zu erzählen, von dem er noch nie gehört hatte, und er bewunderte ihn dafür. Dann fiel ihm etwas ein, das er schon längst hatte fragen wollen. »Sag, Nike, kennst du eine Göttin Arinna? Die muss irgendwo aus eurer Gegend stammen, jedenfalls aus dem alten großen Byzantinischen Reich.«

»Arinna wie unsere Arinna«, wiederholte Nikephoros überrascht und dachte in der ihm eigenen Art gründlich nach. »Nein«, sagte er schließlich, »der griechische Götterhimmel kennt keine Arinna. Möglicherweise ist sie älter als die griechischen Götter.«

»Gibt es das wirklich?«, fragte Hrolf ehrfurchtsvoll.

»Natürlich. Es gab ja auch vor den Griechen andere Völker. Jedes Volk hat seine eigenen Götter.«

»Arinna sprach davon, aber ich wusste nicht, ob es stimmte. Dann müsste man ja annehmen, dass es nach uns Menschen geben wird, die keine Christen sind.«

»So wird es wahrscheinlich sein«, bestätigte Nikephoros, »und ich wäre sehr dafür, dass diese Zeit so bald wie möglich kommt. Die Christen sind die unduldsamsten Gläubigen, die es jemals gegeben hat. Außerdem gibt es bei weitem freundlichere Dreigestirne in der Götterwelt als ihre.«

»Selbst ich kenne vernünftigere«, beteuerte Hrolf. »Vielleicht wird man ja die Göttin anbeten, die unter deinen Händen entstehen soll.«

»Wieso unter meinen Händen?«, protestierte Nikephoros entrüstet. »Ich bin Philosoph und Koch. Das reicht, um einen einzelnen Mann Tag und Nacht zu beschäftigen. Du wirst sie nach meinen Anweisungen schnitzen.«

»Ich? Bewahre!« Langsam aber konnte Hrolf sich ein Grinsen nicht verkneifen und griff nach dem Knochen. »Dafür kochst du mir etwas Gutes«, bat er sich aus.

Nikephoros nickte. »Die schwarze Suppe von Sparta, eine göttliche Speise für Waffenmeister«, versprach er ernsthaft.

Hrolf starrte ihn misstrauisch an. »Schmeckt die gut?«

»Und wie! So gut, dass die spartanischen Krieger sie nur einmal täglich zu sich nahmen. Sie besteht aus Schweinefett, Wasser, Essig und Salz …«

»Grässlich«, schnaufte Hrolf und erkannte an Nikephoros' Lächeln, dass es kein ernsthafter Vorschlag gewesen war. »Weißt du«, fuhr er träumerisch fort, »zu Hause kennt man noch Lieder aus einer Zeit, in der es gar keine Götter gab. Für gewöhnlich behalte ich die für mich, weil sie in christlichen Gegenden viele Menschen wütend machen …«

»Mich macht es nicht wütend. Lass hören.«

Hrolf lehnte sich an das Holz der Reling und schloss die Augen.

*Uralter war es,*
*als Ymir hauste,*
*nicht war Sand noch See*
*noch kühle Wogen,*
*Erde fand sich nimmer*
*noch Oberhimmel,*
*gähnende Leere,*
*aber Gras nirgends.*

»Eine schöne Dichtung«, flüsterte Nikephoros nach einer Weile voll Andacht. »Und wo ist das: dein Zuhause?«

»Island. Eine Insel aus heißen Quellen, Eis und Feuer. Sie ist sehr weit weg …«

»He, ihr da unten«, rief Attaliotes, immer noch verhalten, um niemanden zu alarmieren, »diese unbekannte Karacke bleibt mit uns auf gleicher Höhe.«

»Sie hat die Segel gerefft, um langsamer zu werden?«, fragte der Steuermann beunruhigt.

Hrolf schüttelte seine Bewegung im Nu ab und fuhr herum, um sich selbst zu vergewissern. »Es scheint so, als würde unser Hilfskonvoi immer größer«, sagte er argwöhnisch. »Bemerkenswert.«

## JENSEITS DER STRASSE VON GIBRALTAR

Das fremde Schiff schloss kurz vor der Meerenge von Gibraltar noch dichter auf, und da wurde jedermann klar, dass es bei ihnen Schutz vor Seeräubern suchte, und das war gut so. Je mehr Schiffe sich in einem Konvoi befanden, desto sicherer war die Reise.

Niemand kümmerte sich mehr um die kleine Karacke, obwohl es durchaus etwas seltsam war, dass sie seit vielen Tagen sowohl die Nachtfahrten als auch das gelegentliche Ankern in einsamen Buchten mitgemacht hatte, allerdings ohne ihnen jemals so nahe gekommen zu sein, dass man sie vielleicht an äußeren Merkmalen hätte identifizieren können.

Minotto beruhigte Boccanegra damit, dass er sich als sehr junger Verantwortlicher für ein Schiff auch an andere angeschlossen hatte. Da brauche es keine Verständigung zwischen den Kapitänen, man wusste, wie es gemeint war.

Viel mehr als um diese unerwartete, aber nicht unerwünschte Begleitung sorgte sich Boccanegra deshalb um die Loyalität seines Lehrlings. Dieser steckte dauernd mit der Bande der Widerspenstigen zusammen, wie er sie nannte, deren Führer Hrolf war und zu der außer den beiden von Pest geheilten Griechen auch Arinna gehörte.

Vor allem wusste Niccolò zu viel. Er hatte im Hinblick auf die Doriabrüder die richtigen Schlüsse gezogen, und wenn die Sache nach ihrer Rückkehr nach Genua noch immer nicht begraben war, wäre er ein gefährlicher Zeuge vor dem Consiglio. Das allerdings lag in weiter Ferne.

Näher lag die Gefahr, dass er in Lagos in dem Augenblick Verrat an seinem Lehrherrn üben würde, in dem seiner heißgeliebten Arinna etwas zustieß. Er brauchte nur zu Frà Landolfo zu marschieren, oder einfach nur vor die Galeere, um dort hinauszuschreien, wer ihre Ordensbrüder auf Malta umgebracht hatte.

Boccanegra seufzte unschlüssig und goss sich wieder vom Roten aus Genua ein. Als die Karaffe geleert war, warf er sich in seine Koje.

GOLF VON CADIZ

Auch Arinna war beunruhigt. »Wo will er denn nur mit uns hin?«, fragte sie Niccolò ein ums andere Mal. Doch der wusste es auch nicht, er besaß nicht mehr das Vertrauen seines Lehrherrn.

»Anscheinend verspricht er sich von Portugal bessere Geschäfte«, mutmaßte Niccolò. »Immerhin hat er unterwegs erfahren, dass die Pest in Narbonne im Languedoc wütet. Dort sollen Engländer sie hingebracht haben. Sie führten verdächtiges Pulver mit sich und haben es nach der Folter gestanden. Sie wurden zerstückelt und verbrannt.«

»Was für ein Unsinn!«, fauchte Arinna. »Wo immer wir waren, gab es keine Engländer mit Pulvern. Aber Ratten! Die hätten ihre Schuld unter der Folter auch sofort zugegeben.«

Niccolò grinste trübe. »Die Pest ist auch schon in Kastilien angekommen. Ohne Engländer. Boccanegra hat diesmal selbst ausgerechnet, dass sie auch im portugiesischen Königreich sein muss. Hat ihn sehr zufriedengestellt.«

»Wie kann man sich nur daran erfreuen, dass Menschen in Scharen sterben! Er sollte sich schämen!«

»Womit? Wo schämt sich der Mensch?«

Arinna sah Niccolò verblüfft an und lachte verhalten. »Mit dem Kopf, denke ich.«

»Ja, einen Kopf hat er«, erwiderte Niccolò leise. »Aber nicht zum Schämen. Nur um Pläne zu schmieden.«

»In deinen Augen ist er anscheinend mittlerweile so hohl wie ein ausgetrockneter Kürbis geworden. Du warst doch mal Feuer und Flamme für ihn. Stimmt etwas nicht?«, fragte Arinna beunruhigt.

»Früher kannte ich Boccanegra nicht wirklich. Jetzt kenne ich ihn besser. Und ich wäre ruhiger, wenn ich endlich wüsste, was er mit dir vorhat.«

»Vielleicht sind wir unterwegs zu einem hochgestellten Kranken, bei dem er sich ein besonders gutes Geschäft verspricht. Wo wohnt denn der portugiesische König, Niccolò?«

Jetzt musste auch Niccolò lachen. Für Arinna lösten sich so viele Fragen auf eine verblüffend einfache Weise. Er beschloss, die Zweifel und die Unruhe, die ihn seit Tagen befallen hatten, an diesem milden Frühlingsabend zu vergessen. »Sieh mal, dort brennt ein großes Feuer. Wir müssen ziemlich nahe an Land sein.«

»Schade, dass es nebelig ist. Wir könnten sonst vielleicht sogar Dörfer sehen.«

»Der Steuermann hat mir vorhin erzählt, dass sich häufig Nebel bildet, wenn es tagsüber warm war, aber das Wasser noch kalt ist. Deswegen ist auch die kleine Karacke näher herangerückt. Der Steuermann schließt daraus, dass sie einen erfahrenen Kapitän hat. Er erwartet, dass der Nebel noch dichter wird und wir die Karacke bald an unserem Heck hängen haben.«

»Das Leben auf dem Wasser ist so ganz anders als das zu Hause«, seufzte Arinna. Plötzlich fühlte sie solches Heimweh, dass ihr das Herz schmerzte. Die Frage, wo das Heimweh sitzt, hätte sie Niccolò leicht beantworten können. »Ich werde mich jetzt schlafen legen«, beschloss sie kurzerhand. »Gute Nacht.«

»Gute Nacht. Ich bleibe noch, bis die Männer nach dem Essen wieder hochkommen und es hier lebhaft wird«, verkündete Niccolò lakonisch. »Vielleicht sind sie ja aufgelegt, Musik zu machen. Lieder von zu Hause, von Genua, das wäre schön ...«

»Auf ein Wort, Niccolò«, sagte Boccanegra gedämpft, nachdem er mit leisen Schritten die verlassen daliegende Kuhl durchquert hatte. Sein Lehrling drehte sich wie ertappt um die eigene Achse. Er war sich dessen bewusst, dass er den Vertrag mit seinem Handelsherrn mehrfach gebrochen hatte.

Niccolò zog die Mütze und holte tief Luft. »Ja, natürlich, Meister.«

»Ich will offen mit dir sein. Du bist zu geschwätzig, Niccolò. Das kann ich nicht dulden.«

»Was habe ich denn gesagt, das Euer Missfallen gefunden hat?«, stammelte Niccolò.

»Du hast von Morden auf Malta gesprochen. Manchmal ist es, bedauerlicherweise, zum eigenen Schutz nötig, Zeugen zu töten. Für solche Notwehr erteilt unsere Mutter Kirche Absolution. Wage nicht, es besser zu wissen als sie.«

»Nein, Meister.«

Niccolò stand vor ihm wie ein geprügelter Hund. Boccanegra lächelte verächtlich. Der Junge konnte zwar gut rechnen und hatte auch sonst ein schlaues Köpfchen, aber ein wagemutiger, risikofreudiger Kaufmann, dem man die Teilhaberschaft anbieten konnte, würde nie aus ihm werden. Er war entbehrlich.

Boccanegra rückte dicht an Niccolò heran, spürte förmlich, wie dieser vor Angst versteinerte, packte ihn am Hosenboden und am Kragen und kippte ihn mit einem kräftigen Ruck über Bord.

Außer einem leisen Plätschern wie von spielenden Delphinen war nichts zu hören. Die kämen hier häufig vor, hatte irgendjemand Boccanegra erzählt. Vermutlich hatte der Junge den Mund voll Wasser. Der Steuermann, der allmählich alt wurde, hatte nichts bemerkt. Die Sant Jacobus glitt zügig durch den dichten Nebel.

Nach einer Weile wanderte Boccanegra in seine Kammer zurück, zufrieden mit seiner konsequenten und raschen Entscheidung.

# KAPITEL 26

GOLF VON CADIZ

Am nächsten Nachmittag begann Arinna sich zu wundern, dass Niccolò bis dahin nirgends aufgetaucht war. Der Wind war immer noch mäßig, ihm konnte kaum schlecht geworden sein.

Hrolf hatte ihn auch nicht gesehen, ging aber auf die Suche in den Mannschaftsräumen. Nach geraumer Zeit kam er zurück zu Arinna, die voller Unruhe auf dem Zwischendeck wartete. »Nicht da«, sagte er knapp.

»Dann gehe ich zu Boccanegra«, sagte Arinna entschlossen. »Vielleicht lässt der ihn stundenlang rechnen. Das ist die einzige Möglichkeit.«

Hrolf schaute skeptisch und kletterte auf das Achterkastell hoch, während Arinna bei Boccanegra anklopfte. Der Handelsherr wusste von nichts, hatte den Jungen schon seit zwei Tagen nicht gesprochen. Zu rechnen gäbe es im Augenblick nichts. Alles sei abgerechnet, neue Geschäfte stünden erst bevor.

»Wieso?«, fragte Arinna. »Welche Geschäfte?«

»Wir segeln nach Lagos. Das Städtchen hat einen wichtigen Marktplatz und soll voller Pestkranker stecken, die von allen Seiten in die Stadt strömen.«

»Aha«, sagte Arinna vorsichtig und bedankte sich.

Hrolf wartete in ihrem Verschlag auf sie. »Und?«

Arinna schüttelte den Kopf. »Nichts. Er hat ihn nicht gesehen.«

»Inzwischen haben auch andere nach Niccolò gesucht. Er ist nicht mehr an Bord«, sagte Hrolf ernst. »Man munkelt von einem Unfall. Er war auch nicht da, als gestern Abend gesungen wurde. Das ist ungewöhnlich.«

»Nein!«, rief Arinna erschüttert und sank auf ihr Lager. »Als ich Niccolò gestern Abend verließ, stand er in der Kuhl. Der Wind war lau. Bei solchem Wetter fällt man doch nicht über Bord. Wir waren nah am Land, aber …«

»Beide Jollen sind an ihrem Platz.«

»Hrolf«, flüsterte Arinna, plötzlich angstvoll, »Niccolò hat öfter davon gesprochen, dass Boccanegra ein Schurkenstück planen könnte. Er traute ihm nicht. Und Leonello belauschte uns. Einmal habe ich ihn dabei ertappt, aber wer weiß, wie oft er im Dunkeln in der Nähe gestanden hat …«

»Er ist Boccanegras Zuträger. Ich werde mit Johannes reden. Vielleicht kann er Leonello mal auf die Finger gucken. Übrigens dachte ich früher einmal, Niccolò wäre Boccanegras kleiner Spion.«

»Ja«, sagte Arinna gequält, »das war wohl früher auch so. In jüngster Zeit aber bestimmt nicht mehr. Vielmehr wurde er Boccanegra gegenüber so patzig und unvorsichtig in seiner Kritik, dass ich ihn gewarnt habe. Ich traue Boccanegra nicht.«

»Eben«, sagte Hrolf, »deshalb musst du auch auf dich selber aufpassen, Arinna. Stimme den Männern zu, die sein Verschwinden für einen Unfall halten, lass dir keine Äußerung entschlüpfen, aus der man Misstrauen gegen irgendjemanden entnehmen könnte. Wir wissen immer noch nicht, was Boccanegra vorhat. Ich will dich nicht erschrecken, aber vielleicht bist du so entbehrlich wie Niccolò.«

»Anscheinend nicht. Boccanegras Ziel ist Lagos, wo es viele Pestkranke geben soll.«

Hrolf gab ein unbestimmtes Grunzen von sich. »Nun, immerhin das, worauf wir die ganze Zeit gewartet haben.«

»Ja, vielleicht«, flüsterte Arinna beklommen.

Am nächsten Abend schlüpfte Hrolf in Arinnas Verschlag. Sie wunderte sich, dass er Johannes im Gefolge hatte, obwohl die Seeleute wegen des auffrischenden Windes vor kurzem an Deck gerufen worden waren. Hrolf legte den Knebel vor und den Finger über die Lippen. Schweigend gab er Arinna einen schweren Lederbeutel und einen wunderbar weichen grauen Pelz.

»Was bedeutet das?«, flüsterte Arinna.

»Johannes hat sich ein bisschen in Leonellos Seesack umgesehen und dies hier gefunden. Im Beutel befindet sich das Sammelsurium eines weit herumkommenden Händlers: goldene Floren aus Florenz, goldene böhmische Denare, byzantinische Solidi und arabische *Mancusi*, Währung für alle Teile der Welt, dazu ein Pelz für diejenigen, die dem Gold nicht trauen. Leonello hat sich von Longo äußerst schlau bezahlen lassen, finde ich.«

»Ist das der Beweis, dass Leonello ihn gerudert hat?«

»Das glaube ich. Hingegen fand sich von Niccolò keine Spur.«

»Willst du es Boccanegra sagen?«

»Noch nicht. Im Notfall. Und Johannes wird alles wieder zurückbringen. Wir wollten es dir nur zeigen.«

Sie stahlen sich so leise hinaus, wie sie gekommen waren.

### LAGOS

Einige Tage später liefen sie in eine Flussmündung ein. Auf der rechten Seite erstreckte sich eine flache, unbewohnte Düne, zur Linken lag das Städtchen, höher und beschützt von einer wuchtigen Stadtmauer und einem kleinen Kastell. Vermutlich verhinderte die Anwesenheit der Johannitergaleere, der die Sant Jacobus dichtauf folgte, dass sie beschossen oder aufgehalten wurden. Beide Schiffe legten am Kai an, der sich so weit erstreckte, wie das Städtchen Lagos sich längs des Flusses ausdehnte.

Boccanegra ging nach einer Weile von Bord. Er traf sich vor aller Augen mit Frà Landolfo von der Galeere, und sie spazierten an der Hafenzeile entlang zusammen davon, die auffällig wenig belebt war. Die gesamte Mannschaft hatte Ausgehverbot bekommen. Wegen der Pest, hieß es.

»Die machen wirklich gemeinsame Sache«, sagte Hrolf, der neben Arinna auf dem vorderen Kastell stand und den beiden hinterhersah. »Als ich vorhin an Land war, um den örtlichen Schmied mit einer Arbeit zu beauftragen, traf ich auf einen Johanniter, der anscheinend alle Sprachen der Welt spricht. Wir kamen ins Schwatzen. Er hatte die gleiche Befürchtung. Und er hegt anscheinend eine ziemliche Abneigung gegen Frà Landolfo.«

Arinna antwortete nicht. Mit weit aufgerissenen Augen und vor die Lippen gepressten Händen starrte sie dem Rittermönch hinterher.

»Was ist denn?«, fragte Hrolf bestürzt.

»Ist dieser Mann dort Frà Landolfo?«

»Scheint so. Wer sollte er sonst sein? Warum?«

»Er ist derjenige, der mich für den Hospitaldienst angeworben hat. Und die Sizilianerin Menica unter sehr absonderlichen Umständen. Das war, nachdem sie alle einheimischen Frauen auf einen Schlag aus dem Hospital entlassen hatten. Eine, die mehr über die Gründe wusste, ertrank angeblich.«

»Angeblich?«

Arinna nickte nachdrücklich. »Ich habe nie etwas darüber herausbekommen. Aber es muss mit dem Schwamm zu tun haben. Es gab auch einen nächtlichen Einbruch in die Hospitalküche, in der der Arzt den Schwamm zur Arznei aufbereitete. Aber niemals sickerte durch, was dort vor sich gegangen war. Ich vermute, dass die Einbrecher den Schwamm aus unlauteren Gründen in die Hand bekommen wollten …«

»Dieser Schwamm ist ein übles Ding«, murmelte Hrolf. »Viele Menschen sind für ihn gestorben.«

»Niccolo hat mir von dem Mord an den Maltesern erzählt …«

»War es das, was Leonello belauschte?«

Arinna nickte.

»Dann spricht alles dafür, dass Boccanegra selbst Niccolò still und unauffällig über Bord befördert hat. Aus seiner Sicht kann er einen solchen Verrat nicht dulden. Niccolò würde Leonello wohl auch nicht zu nahe an sich herangelassen haben.«

Es musste ein geplanter Anschlag gewesen sein. Der Handelsherr mordete skrupellos, wann immer es ihm dienlich schien. Arinna begann sich vor ihm zu grausen. »Glaubst du, dass das Bündnis der beiden Männer da unten auch etwas mit dem Schwamm zu tun hat?«

»Wahrscheinlich.«

»Am Ende wollen sie, dass ich die Behandlung von Pest mit dem Schwamm der Ritter aufnehme.«

»Du bist doch immer noch der Meinung, dass er unwirksam ist?«, vergewisserte sich Hrolf.

»Mehr denn je. Deswegen werde ich auch nicht mit ihm behandeln. Das wäre Betrug.«

»Das Wichtigste ist, dass du am Leben bleibst«, bemerkte Hrolf.

Arinna schrak zusammen. Immer wieder wurde sie auf Niccolòs Tod gestoßen. Traurig ließ sie den Blick zu einer Kapelle schweifen, neben der die Karacke festgemacht hatte. Niccolò würde nicht einmal ein Begräbnis erhalten.

Am späten Nachmittag wurde Arinna zu Boccanegra gerufen. Sie hatte gar nicht gemerkt, dass er zurückgekommen war. Mit klopfendem Herzen betrat sie seine Kammer. Diese Stunde würde die Entscheidung bringen, was er mit ihr vorhatte.

Boccanegra saß mit triumphierender Miene am Tisch. »Wir haben«, sagte er, »das unverschämte Glück, dass der Bürgermeister dieser Stadt an Pest erkrankt ist. Man ist überaus dankbar, dass die berühmte Pestjungfrau eingetroffen ist, um die Stadt von Pest zu befreien, und obendrein weitsichtig genug war, die Ritter mitzubringen, die im Besitz des einzigartigen Malteserschwamms sind.«

»Ihr wisst genau, dass ich nicht halten kann, was Ihr offenbar versprochen habt«, sagte Arinna empört.

»Vielleicht nicht, aber du wirst dir alle Mühe geben und die Menschen überzeugen, dass gegen die Pest ein Kraut gewachsen ist.«

»Aber nicht der Schwamm!

»Oh doch. Der Schwamm!«

Arinna versuchte, an seine Vernunft zu appellieren. »Ich habe ihn mehrfach in allen möglichen Zubereitungen ausprobiert, Meister Boccanegra, und er hat nicht die geringste Wirkung. Jedes Küchenkraut wäre besser!«

»Es gibt Umstände, unter denen man etwas tun muss, was man sonst nicht täte«, sagte Boccanegra in sanftem Ton.

»Ich betrüge nicht, Consigliero.« Arinna zitterte vor Entrüstung am ganzen Leib.

Boccanegra bedachte sie mit einem auffallend ausdruckslosen Blick, der sie in noch größere Unruhe versetzte. Er führte noch mehr im Schilde.

»Möchtest du, dass auch dein Freund Hrolf verschwindet?«

Erschüttert sank Arinna auf eine Truhe. »Ihr gebt zu, Niccolò ermordet zu haben? Ihr wart es selbst!«

Boccanegra schüttelte überlegen den Kopf. »Das verstehst du nicht.«

Arinna war so verstört, dass sie kaum noch Tränen hatte. Boccanegra widmete sich seinem Wein, bis sie sich ein wenig beruhigt hatte.

»Ich bringe dich jetzt gleich zum Bürgermeister.«

»Gut, ich behandele«, stimmte Arinna erschöpft zu. »Mit der einzigen Gigiberknolle, die ich noch habe. Sagt Ihr den Menschen, was Ihr wollt. Ich werde von diesem Schwamm nicht sprechen.«

»Du wirst aber auch nicht behaupten, dass er unwirksam ist?«

»Nein.«

»Ich verlasse mich auf dein Wort. Wir teilen uns die Arbeit. Hrolfs Leben hängt daran.«

Boccanegra wartete in der Tür, während Arinna ihre Sachen zusammensuchte. Dann begleitete er sie hinaus an Deck und auf den Kai. Sie fand nicht die kleinste Möglichkeit, Hrolf auch nur einen Wink zu geben. Sie musste schon dankbar sein, dass er sie fortgehen sah.

Boccanegra schlug den Weg längs des Flusses ein, nachdem er flüchtig auf die Anhöhe gezeigt hatte, wo sich das Haus des Bürgermeisters befinden sollte.

Arinna hatte jedoch nur Augen für die Galeere der Johanniter. Der Ritter, dem sie alles dieses zu verdanken hatte, stand neben der Laufplanke an der Reling. Frà Landolfo. Er sah ihr entgegen und wirkte auf unbeteiligte Art neugierig, als hätte er mit ihrem Schicksal nicht das Geringste zu tun. Erst als sie ihn passierte, spielte Genugtuung um seine schmalen Lippen.

»Lügen zahlen sich nicht aus, wie du siehst«, sagte er wie nebenher. »Lügen sind der Ausgangspunkt für späteres Ungemach.«

Arinna fuhr herum. »Lügen? Welche Lügen?«

»Oh, ich erinnere mich gut, dass du mit einer Santa Antonia in Syrakus angekommen sein wolltest.«

»Der Schiffsname konnte Euch doch völlig gleichgültig sein!«, brauste Arinna auf. »Ich hatte meine Gründe, den richtigen nicht zu nennen. Außerdem ist dieser Vorwurf in Anbetracht der Sklavenarbeit, zu der Ihr mich im Hospital geschickt habt, lächerlich. Wäre ich nicht gegen Pest gefeit gewesen, wäre ich binnen weniger Tage gestorben.«

»Sklavenarbeit. Was ist daran verkehrt? Du warst Sklavin.«

»Ich bin getauft!«

»Beweis es«, verlangte Frà Landolfo spöttisch. »Wer einmal lügt …«

»Genau! Schluss jetzt mit dem Geplänkel!«, donnerte Boccanegra und zog Arinna vorwärts.

Von dem Hügel, auf dem das Haus des Bürgermeisters stand, konnte man auf den Fluss hinunterschauen und zur anderen Seite die felsige Küste sehen. Das weißgekalkte Haus des Bürgermeisters unterschied sich nicht von den blauen und roten Häusern der Nachbarschaft.

Boccanegra schickte Arinna ins Haus und zog sich zurück, während die Köchin dankbar schwatzend in die Küche vorausging.

Die Ehefrau hatte man zwei Tage vorher zu Grabe getragen, erfuhr Arinna, während sie den Gigibersud vorbereitete. Hier oben auf dem Hügel seien nicht so viele erkrankt, aber unten am Fluss. Auch die Frau des Hauses war erkrankt, nachdem sie vom Fischmarkt am Fluss zurückgekommen war. Die Austern stammten von dort, und jetzt wusste die Köchin nicht, ob sie sie zubereiten durfte oder nicht.

Das wusste Arinna auch nicht. Flöhe konnten sie sicher nicht haben, aber schließlich waren sie Tiere. Der Bürgermeister hatte, wie sie feststellte, nur zwei Flohbisse. Die Nacht saß sie bei ihm, um ihm Wasser einzuflößen, falls er danach verlangen sollte, aber er wachte aus dem Tiefschlaf nicht auf.

Es trat überhaupt keine Änderung ein. Gegen Morgen wankte Arinna in die Küche, wo die Köchin an einer gemauerten Herdplatte vor sich hin werkelte, ein fröhliches Lied trällernd. Arinna blieb bestürzt stehen. Oben lag möglicherweise die Herrschaft im Sterben, aber die Frau verschwendete daran keinen Gedanken.

Dann entdeckte sie die Kleiderpracht der Köchin, die am Vortag noch ganz schlicht mit einem dunklen Rock bekleidet gewesen war, jetzt aber ein Kleid mit seidenen Rüschen und darüber eine dickgliedrige Goldkette trug. Aber ihre Verständigungsmöglichkeit reichte nicht aus, um sich zu erkundigen, ob es sich etwa um das Kleid der verstorbenen Frau des Bürgermeisters handelte.

Am Tag darauf kam die Köchin vor Hitze und Benommenheit nicht von ihrer Strohmatratze in dem Verschlag neben der

Küche hoch. Als Erstes warf Arinna die Kleider in den kleinen Innenhof, um sie los zu sein. Er war weiß gekalkt und blitzsauber gefegt. Hier konnten Ratten eigentlich keine Rolle spielen.

Arinna war allein im Haus und musste ohne Hilfe zwei Kranke versorgen. Während sie auch in der nächsten Nacht oben beim Bürgermeister wachte, dem es besserging, nachdem die Wadenwickel und der Sud ihre Wirkung getan hatten, starb unten die Köchin, ganz überraschend schnell an einem Blutsturz aus der Nase.

Wenigstens kam am Morgen Boccanegra. In der Haustür stehend, versprach er, sich um alles zu kümmern, während Arinna sich in eine Ecke legte und erschöpft einschlief.

Als sie wieder erwachte, waren Frauen im Haus, die sich an der Toten zu schaffen machten. Dem Bürgermeister hatte eine Nachbarin Essen gebracht.

»Wir sind fertig hier«, sagte Boccanegra, der gerade wieder eingetroffen war. »Es ist ja alles genau nach Wunsch verlaufen.«

»Wieso das?«, fragte Arinna verschlafen. »Die Köchin ist gestorben. Ich konnte ihr nicht helfen.«

»Für die Erklärung ist schon gesorgt«, meinte Boccanegra. »Und jetzt komm mit.«

»Nein, nicht!«, schrie Arinna gellend und meinte eine der Nachbarinnen, die die Kleider der Bürgermeistersfrau über dem Arm hatte und mit ihnen zur Tür hinaus wollte.

»Misch dich da doch nicht ein«, zischte Boccanegra erbost. »Vielleicht ist es hier Sitte so, ihr gutes Recht womöglich! Der Dank für die Nachbarschaftshilfe.«

»Die Kleider sind gefährlich. Sie tragen die Pest in sich, Meister Boccanegra. Haltet sie auf!«

Boccanegra lächelte die Frau entschuldigend an und drückte hinter ihr die Tür leise zu. »Was geht es dich an? Ich will kein Aufsehen. Wir haben erreicht, was wir erreichen wollten, und damit Schluss.«

Am nächsten Tag erst verstand Arinna, was Boccanegra gemeint hatte. Auf dem Kai vor der Sant Jacobus stand eine Traube von Menschen, die sich bis an die Kirchentür erstreckte und den kleinen baumbestandenen Platz davor füllte. An den dicken Stämmen der schattenspendenden Palmen waren Jungs hochgeklettert. Als sie noch schlaftrunken an der Reling erschien, erhob sich ein frenetisches Gebrüll und Händeklatschen.

»Was hat er denn angestellt, um dich so herumzukriegen?«, fragte Hrolf bissig in Arinnas Ohr.

»Wie: herumkriegen?«

»Der Ruhm des Malteserschwamms ist wie ein Lauffeuer durch die Stadt gegangen. Wer nicht dir zujubelt, ist bei den Rittern drüben und kauft Malteserschwamm als unfehlbares Heilmittel gegen Pest.«

»Nein«, stammelte Arinna ungläubig.

»Es ist wahr.«

»Wo ist Boccanegra?«, fauchte Arinna und wollte auf und davon.

»Es ist zwecklos«, rief Hrolf und bekam sie gerade noch am Handgelenk zu packen. »Außerdem ist die Hauptsache, dass du am Leben bist.«

»Dass *du* am Leben bist!«, verbesserte Arinna unbedacht und wand sich wie ein Aal, um freizukommen.

»Was soll das denn heißen?« Hrolf hielt sie noch fester, aber sein Tonfall war betroffen.

»Ach, Hrolf«, schluchzte Arinna verzweifelt und schmiegte sich in seine Arme. »Boccanegra hat zugegeben, Niccolò ermordet zu haben, und hat angedroht, auch dich zu töten, falls ich die Wahrheit über den Schwamm sage. Ich konnte nicht anders, ich habe versprochen zu schweigen.«

»Sch, sch«, machte Hrolf und strich ihr über die Haare. »Es ist ja gut.«

Gut war nur, dass er sie jetzt verstand.

»Ich muss dir noch etwas über die Pest erzählen«, verkündete Hrolf plötzlich.

»Ja?« Arinna ließ sich von Boccanegra und seinem Betrug ablenken und sah zu ihm hoch.

»Ich habe lange darüber nachgedacht, warum dieser syrische Arzt in Konstantinopel, der den blonden Gefangenen entmannen sollte, so überraschend verschwand. Ich vermute, er kannte die Pest aus seinem Heimatland und suchte deshalb so schnell wie möglich das Weite. Er wusste, was es bedeutete, wenn eine überfüllte Stadt davon heimgesucht wird.«

»Konstantinopel! Ja, da hast du wahrscheinlich recht«, verkündete Arinna jetzt sehr konzentriert. »Und weißt du, was ich mittlerweile glaube? Dass die Sant Jacobus die Pest aus Kaffa mitgebracht hat. Die Männer, die in den Sklavenmarkt gebracht wurden, müssen sie schon gehabt haben. Und die Schiffsratten, die auch krank waren, haben sich vermutlich im Gepäck und mit der Handelsware in die Transportnachen geschmuggelt und sind an Land gegangen. Wahrscheinlich eigneten sich dafür bestens auch Meister Longos Pelze. Jedenfalls wurden nach allem, was ich herausbekommen habe, der Sklavenmarkt und die Viertel beiderseits des Goldenen Horns am schnellsten befallen. Eben dort, wo Meister Boccanegras Mannschaft und die Sklaven hinkamen.«

»So sind wir vor etwas davongesegelt, das wir selbst an Bord hatten«, sagte Hrolf betroffen. »Vielleicht brachten wir die Pest nach Sizilien, während sie in Genua und Venedig schon vor uns angekommen war.«

# KAPITEL 27

SKLAVENMARKT VON LAGOS

Minotto hatte völlig recht gehabt, so klein die Stadt auch war, es gab einen Sklavenmarkt, und zwar genau dort, wo die genuesische Karacke angelegt hatte. Gegenüber der Kirche, auf der anderen Seite des Platzes, befand sich ein unscheinbares einstöckiges Haus, die Zollbehörde. Unter ihren Arkaden pflegten die Sklaven gehandelt zu werden. Ein Anschlag informierte Boccanegra darüber, dass die nächste Auktion in drei Tagen stattfinden werde.

»Das passt ausgezeichnet, einen besseren Zeitpunkt hätten sich die Leute gar nicht einfallen lassen können«, raunte er Minotto befriedigt zu. »Irgendwann werden die Leute ja draufkommen, dass der Schwamm nichts taugt, dann möchte ich fort sein.«

»Das wäre gut«, antwortete Minotto unbehaglich. »Mir gefällt es hier nicht. Habt Ihr bemerkt, dass die kleine Karacke, die bei uns Schutz gesucht hat, auch in der Flussmündung liegt?«

»Na und? Wahrscheinlich will der Kapitän Sklaven kaufen«, sagte Boccanegra sorglos und turnte den Niedergang abwärts. »Ich werde mich jetzt mit Frà Landolfo ins Benehmen setzen. Pflegt so lange Eure Furcht.« Bevor er einen Fuß auf den Kai gesetzt hatte, sah er den Ritter schon.

Der Johanniter spazierte vor der Häuserzeile herum und betrachtete die Käuferschar von hinten. Er wirkte äußerst zufrieden.

»Habt Ihr denn noch Vorräte?«, fragte Boccanegra einladend lächelnd.

»Nicht mehr viele«, gab Landolfo zu. »Aber, um die Wahrheit zu sagen, ich hatte zwei tüchtige Männer ausgesandt, um irgendetwas in der Umgebung der Stadt aufzutreiben, das so ähnlich aussieht wie der Schwamm. Sie haben an den Felsen westlich von hier diese knotigen Stengel gefunden, die zwar grün sind, aber einen ähnlichen Matsch ergeben. Getrocknet und geschnitten kann man das Zeug gut für unreifen Schwamm ausgeben. Oder besonders kräftigen.«

»Ich kenne die Stengel. Sie schmecken salzig und werden später im Jahr rot. Und Ihr seid für einen Mönch und Ritter besonders skrupellos«, stellte Boccanegra amüsiert fest.

»Wir wissen beide, dass der Zweck die Mittel heiligt. Der Orden braucht Geld, wie Euch bekannt ist.«

»Ganz recht. Auch ich brauche Geld. Ich werde Arinna auf dem Sklavenmarkt versteigern lassen.«

Landolfo fuhr herum. Er schaffte es kaum, seine Hände in Zaum zu halten, die offenbar dabei waren, nach Boccanegras gebauschtem Obergewand zu greifen. »Wir sollten sie zurückbekommen, sobald ihr Ruhm gefestigt wäre!«, schnaubte er.

»Ganz so habe ich es nicht gesagt. Aber Ihr könnt sie ja bekommen. Ersteigert sie.«

»So war es nicht abgemacht! Ihr wisst genau, dass wir sie nicht ersteigern dürfen, weil sie getauft ist.«

»Was wollt Ihr, Landolfo?«, fragte Boccanegra ungerührt. »Wir haben beide unser Ziel erreicht. Arinna ist bekannt, Euer Schwamm ist berühmt geworden. Begnügt Euch damit. Das Spiel ist unentschieden ausgegangen. Wie ich Euch prophezeite.«

Auf der kleinen genuesischen Karacke, die weiter draußen in der Flussmündung lag, herrschte Ruhe. Es gab nichts zu tun. Man wartete.

De Ayala trat neben Niccolò, der auf dem vorderen Kastell stand, über die Stadt blickte und vor Ungeduld fieberte. »Ich werde«, sagte er, »das Schiff jetzt verlassen, mich rufen wichtige

Aufgaben. Ihr bleibt hier und beobachtet die Sant Jacobus und die Kriegsgaleere.«

»Wie geht es denn dann weiter, Conte?«, rief Niccolò gequält. »Ich bin Euch außerordentlich dankbar, dass Ihr mich aufgefischt habt, aber …«

»Kein Aber. Geduldet Euch, Niccolò, bitte. In wenigen Tagen werden Eure Sorgen zerstreut sein. Ich lasse Euch holen.«

Der Conte stieg nach unten, schwang sich über die Reling an Land und verschwand mit festen Schritten zwischen den nächstliegenden Gebäuden.

Niccolò starrte ihm hilflos nach.

Drei Tage später schritt Bootsmann Leonello auf Arinna zu, die frühmorgens allein an Deck stand. Pfeifend wirbelte er eine Kette durch die Luft, deren Sirren sich in seine eigene monotone Melodie mischte. Arinna sah ihm verständnislos entgegen.

»Es ist so weit, du falsche kleine Kröte«, sagte er voll Behagen, aber Arinna hörte im leichten Zittern seiner Stimme den Hass heraus, den er gegen sie hegte. »Ein schöner Tag heute, übrigens. Für mich natürlich nur.«

Der Himmel war von Wolken bedeckt. Es war schwül und sah nach einem aufziehenden Gewitter aus. Arinnas Blick wanderte von den Wolken zu der Volksmenge hinüber, die sich auf dem Platz zwischen der Kirche und der Zollbehörde zu sammeln begonnen hatte.

»Genau. Wir werden dich endlich los«, bestätigte Leonello und schlang ein Kettenende um Arinnas Handgelenk. Als sie ihm das zweite spontan entzog, schlug er ihr mit dem Handrücken brutal ins Gesicht. »Dein Hrolf ist übrigens für die nächste Zeit beschäftigt. Später werde ich mich auch um ihn noch kümmern. Ich lasse mich nicht vor den Augen meiner eigenen Mannschaft brüskieren. Er hätte es wissen sollen.«

Arinnas Kopf dröhnte. Sie rief um Hilfe. Niemand kam. Die Seeleute fürchteten wohl Leonellos nachtragende Tücke.

»Möchtest du lieber einen hohen Preis oder einen niedrigen

erzielen? Ich hoffe, er bleibt beleidigend niedrig. Du warst immer eine Laus im Pelz unseres Handelsherrn und hast dir die besten Stücke aus seiner Haut herausgebissen.«

Der Schmerz in Arinnas Gesicht ließ allmählich nach, und sie konnte wieder denken. »Zum Beispiel der Verschlag, aus dem du den Segelmacher vertrieben hast und den dann ich bewohnte, ich weiß. Aber den habe ich nur bekommen, weil Boccanegra Angst hatte, ich würde von Kerlen wie dir belästigt.«

Leonello antwortete nicht mehr. Stattdessen legte er ihr mit aller Sorgfalt die Fußfesseln an. »Fertig. Los jetzt!«, blökte er, als er sich wieder aufgerichtet hatte.

»Und du hast Longo an Land gerudert«, fauchte Arinna, außer sich vor Wut über die Behandlung, die ihr nach all dem, was sie für die Besatzung getan hatte, als Letztes zuteilwurde. »Als Gegenleistung hast du ihn ausgenommen wie ein Zicklein für den Spießbraten.«

Leonello lachte herzhaft und zerrte sie auf den Kai. »*Stronzo Longo*, der Drecksack. Wusstest du, dass er dir in Syrakus nachspioniert hat und an einen Ordensritter der Johanniter geriet? Sie haben sich wohl gegenseitig einige Informationen über dich aus den Zähnen gezogen. Aber wer interessiert sich für den Kerl noch? Der ist Vergangenheit.«

»Nicht ganz, Leonello. Glaubst du, Boccanegra duldet einen Bootsmann, der ihn hintergeht?«

Das Grinsen auf Leonellos Gesicht schmolz weg und wich einem lauernden Ausdruck. »Wenn du glaubst, du könntest es Boccanegra nachher noch stecken, irrst du dich. Sobald du den Mund aufmachst, bist du tot. Haben wir uns verstanden?«

Arinna nickte und hütete sich, ihn darauf aufmerksam zu machen, dass es mehrere Mitwisser gab. Er würde von selbst darauf kommen. Und ab da würde ihm die Furcht im Nacken sitzen.

Inzwischen hatten sich die Kaufinteressenten und die Schaulustigen vermehrt. Staunend tuschelten sie miteinander, als Leonello sich mit Arinna zu den Arkaden des Zollhauses aufmachte.

Es ging langsam, sie konnte wegen der Kette nur trippeln, und Leonello genoss jeden einzelnen ihrer mühseligen Schritte. Oh, wie sie Leonello und Boccanegra hasste.

»Arinna!« Der Schrei kam von Bord der Galeere.

Sie sah hoch. Oschin. Mit nacktem Oberkörper und einer dickgliedrigen Kette, die er in der Hand trug und die am anderen Ende an einer Manschette am Handgelenk befestigt war. Untersetzt war er immer noch, und mit den muskulösen Oberarmen sah er aus wie ein osmanischer Ringkämpfer.

»Kennst du mich noch, Arinna?«, kreischte Oschin. »Bezeuge dem verantwortlichen Bruder, dass ich christlich getauft bin. Er glaubt mir nicht. Man darf mich nicht zum Rudersklaven machen!«

»Nein? Darf man nicht?«, rief Arinna zurück. »Es gibt vieles, das man nicht darf. Ich erinnere mich an einen Christen, der eine Christin an einen Juden verkaufte …« Sie nahm ihren unbeholfenen Trippelschritt wieder auf.

Leonello hatte dem Wortwechsel grinsend zugehört. Die Aufmerksamkeit, in die er einbezogen wurde, gefiel ihm. Völlig unnötig gab er Arinna einen Stoß, der sie vornüberstolpern ließ.

Unter den Arkaden befand sich schon eine Gruppe von Menschen. Zum ersten Mal in ihrem Leben sah Arinna so schöne, hochgewachsene Schwarze, zwei Frauen und einen Mann, neben die sie gestellt wurde.

Sie hatten einen ungewohnten Geruch, und große Traurigkeit war in ihren Augen zu lesen. Sie mussten Schlimmes erlebt haben, bis sie hierher gelangt waren. Aber sie waren Menschen wie sie selber und auch die drei hellhäutigen Sarazenen, die zum Verkauf standen.

Die Kaufwilligen verwandelten den Platz allmählich in einen Hexenkessel. Nicht mehr zur Ruhe zu bringen waren sie, als der Versteigerer an seinem Tischchen erschien und die Sarazenen anpreisen wollte. Erst als er Miene machte, seine Sachen wieder einzupacken, trat Ruhe ein.

Die zierlichen Araber gingen schnell und preiswert weg. Die Schwarzen brachten etwas mehr Geld ein, aber der Versteigerer machte ein unzufriedenes Gesicht. Für gewöhnlich erzielte er wohl mehr als 35 Florenen für solche Prachtexemplare von Sklavinnen.

»Und hier haben wir schließlich das heutige Herzstück unseres Handels«, schrie der Versteigerer mit überschnappender Stimme, »die Pestsklavin, genannt auch Pestjungfrau oder Pestheilerin, die Pest unfehlbar zum Verschwinden bringt.«

»Was war mit der Köchin des Bürgermeisters?«, brüllte jemand aufsässig.

»Es war für sie zu spät. Zum Bürgermeister kam die Pestjungfrau rechtzeitig. Er trinkt schon wieder seinen abendlichen Wein!«

Dank der ausführlichen Gestik und einiger Worte, die ihr so ähnlich aus dem Italienischen bekannt waren, konnte Arinna dem Hin und Her einigermaßen folgen.

»Fünfundvierzig Florenen beziehungsweise 45 venezianische Zechinen sind geboten! Ich akzeptiere nur Florenen, die in Florenz oder in Avignon durch die päpstliche Münze geprägt worden sind. Wer bietet mehr?«

Es hagelte Gebote. Arinnas Preis kletterte auf 68 Florenen. Der Versteigerer kam kaum nach mit der Bestätigung. Boccanegra, der nicht weit von Arinna unter einem Arkadenbogen stand, stand der Triumph ins Gesicht geschrieben.

Der Versteigerer hob seinen Hammer. Knisternde Stille trat ein.

Da erhob sich eine klare, kultivierte Stimme vom Achterdeck der Karacke und bat um Aufmerksamkeit. Arinna schaute ebenso hin wie die Kaufinteressenten und Neugierigen, die sich wie ein Mann umdrehten.

Auf dem Kastell standen Hrolf und neben ihm der Johanniter, den Hrolf als sprachkundig bezeichnet hatte. Der Ritter war sehr jung, aber gleichzeitig wirkte er außerordentlich vornehm und selbstsicher, als er seine Rede begann. Seine Geste galt Arinna, und er wiederholte den Satz auf Griechisch. »Diese Frau, Arinna, die Pestheilerin aus dem Tal der Tauben, ist christlich getauft.«

Es machte sie sprachlos. Warum half er ihr?

Einen Augenblick trat betroffenes Schweigen ein, dann brüllte der Versteigerer ungehalten: »Ich erkläre die Gebote für ungültig! Es ist ungesetzlich, eine Christin von Christen ersteigern zu lassen. Das neue Gebot beträgt zwanzig Florenen und gilt nur für ungläubige Käufer.«

Die Summe war anscheinend beleidigend niedrig. Leonello, der in der Menge stand, grinste falsch.

»Das sind ja nur siebzig Gramm Gold!«, kreischte Boccanegra, der die Umrechnungskurse auf seiner hölzernen Tafel ablas. »Eben war sie doch noch fast 240 Gramm wert! Und in Konstantinopel kostete sie mich ja schon 110 Gramm!«

»Jede Versteigerung geschieht auf eigenes Risiko«, entgegnete der Versteigerer kühl. »Nach Beginn habt Ihr weder ein Einspruchsrecht noch ein Recht auf Rücknahme der Ware.«

Arinna sah, wie es in Boccanegra kochte.

Nach einiger Verzögerung meldete sich als einziger Interessent ein Mann in weißem arabischem Gewand, bescheiden und zurückhaltend wirkend. Nachdem er bei seinem Glauben geschworen hatte, Muslim zu sein, erhielt er den Zuschlag.

Arinna sah ihm angstvoll entgegen. Vor Muslimen war sie aus Anatolien fortgelaufen, nur um am anderen Ende der Welt bei einem anderen Muslim zu enden? Geschlagen senkte sie für einen Augenblick den Kopf. An Aufgeben dachte sie trotzdem nicht.

»Gut so«, ertönte wieder die Stimme des Johanniters an Bord der Sant Jacobus. »Der Kauf ist abgeschlossen und rechtsgültig. Die Pestheilerin befindet sich nicht mehr im Besitz des Handelsherrn Christophoro Boccanegra. Ihn klage ich jetzt des Mordes an, an vier unserer Brüder auf Malta und an fünf maltesischen Dorfbewohnern.«

Ein Raunen ging durch die Menge, und in die Ritter auf der Galeere kam Bewegung.

Ein Glitzern, das Arinna aus dem Augenwinkel wahrnahm, ließ sie aufschrecken und Boccanegra in das vor Wut verzerrte Gesicht blicken. Schaum stand ihm in den Mundwinkeln, und in seiner drohend erhobenen Hand lag ein langes Messer. Jemand hielt seinen Ärmel fest, um ihn am Werfen zu hindern. Mit erhobenen und stoßenden Ellenbogen begann er sich vorwärts zu schieben.

Einer der Schwarzen versuchte, ihn aufzuhalten, aber Boccanegra entwickelte Bärenkräfte und schleuderte ihn zu Boden. Arinna konnte nicht fortlaufen. Sie erwartete den tödlichen Stoß mit ausgestreckten Händen.

Ein Sirren erfüllte den Platz. Boccanegra sank unmittelbar vor Arinnas Füßen zu Boden, einen kurzen Bolzen zwischen den offenen Augen.

Als Arinna zum Schiff blickte, senkte Hrolf gerade seinen osmanischen Bogen.

Eine Hand legte sich behutsam auf Arinnas Arm. Der Sarazene. Er war alt und hatte ein gütiges Gesicht. Arinna vergaß unter seinem Lächeln ihre Angst und nahm ihr Schicksal, das sich schon so oft gewendet hatte, mit Fassung entgegen.

Als Erstes ließ er ihr durch einen jungen Burschen alle Fesseln abnehmen, dann bedeutete er ihr mitzukommen. Vor seiner Autorität wichen die Zuschauer auseinander, und er bedankte sich höflich.

Arinna stellte er sich als Ibn 'Iyād vor, und sein Grußwort an sie lautete: »*Dein Tag werde glücklich*«, und sie begann schon zu fürchten, dass er sie verhöhnen wollte, als sie merkte, dass es ihm ernst war. In etwas holprigem, aber verständlichem Griechisch fesselte er sie bereits mit seinem ersten Satz. »Es hat sich herumgesprochen, dass du mehrere Kranke von der Beulenpest, die wir *tâ'un* nennen, geheilt hast.«

»Ihr kennt die Pest, Ibn 'Iyād?«, staunte sie.

Der Araber lächelte nachsichtig. »Natürlich. Ibn Sina, der vor einigen Jahrhunderten in Persien als Arzt gelebt hat, hat sie so genau beschrieben, dass wir sie erkennen und nach seinen Anweisungen behandeln können. Wir glauben weder an die Bestrafung der Menschheit durch euren Herrn im Himmel, noch an eine bestimmte Konstellation der Gestirne, wie einige eurer Wissenschaftler vermuten. Es ist eine Krankheit wie viele andere.«

»Ihr befasst Euch selber mit der Erkrankung«, stellte Arinna überrascht fest. »Und sucht womöglich nach Ursachen und Gesetzmäßigkeiten?«

»Ja.«

»Was ist mit den Ratten?«, platzte Arinna heraus. »Hat der Perser darüber etwas geschrieben?«

»Das hat er. Die Ratten erscheinen stets vor einem Pestlauf bei Menschen. Häufig geht dem Erscheinen der Ratten eine Hungersnot oder eine Überschwemmung voraus. Das zwingt sie und andere unterirdisch lebende Tiere, herauszukommen und auf den Feldern und in den Gärten nach Futter zu suchen. Manche sind krank, und dann sind sie besonders furchtlos und nähern sich den Menschen. Wenn das geschieht, springt die Pest auf die Menschen über, aber niemand weiß, warum. Sie ist eine sehr eigenwillige Erkrankung.«

Arinnas Atem stockte, dann fasste sie sich ein Herz. Was konnte ihr schon passieren? »Ich bin zum Schluss gekommen, dass das, was springt, die Flöhe auf den Tieren sind. Wenn sie beißen, bekommt der Mensch die Pest.«

»Allah behüte!«

Ihr Begleiter blieb ganz plötzlich stehen, den Blick nach innen gerichtet. Schließlich schloss er die Augen, so dass Arinna bereits Angst um ihn bekam. Sie fasste ganz vorsichtig nach seinem Ellenbogen. »Ist Euch nicht gut, Ibn 'Iyād?«, fragte sie leise. »Kann ich etwas für Euch tun?«

Er schlug die Augen wieder auf, und jetzt erst merkte sie, dass sie blau waren. »Du hast schon etwas getan. Du hast ein Rätsel gelöst, mit dem ich mich seit Jahren herumschlage.«

»Ja?«

»Ja. Die Flöhe haben ebenfalls die Pest, du hast recht«, sagte der Araber feierlich. »Und daher kommt es, dass Menschen sich die Pest auch bei anderen Tieren holen können, die Flöhe haben, bei Eseln, Katzen …«

»Der Erzbischof von Palermo bekam anscheinend die Pest, weil er seinen Hund küsste. Er hatte einen dicken Knoten am Hals …«

»Tatsächlich …«

»Hat Ibn Sina etwas darüber gesagt, ob ein Mensch die Pest ein zweites Mal bekommen kann?«

»Gewiss hat er das. Wenn in der Heimat dieses Menschen die Pest nach wenigen Jahren wieder auftritt, wird er nicht oder nur leicht erkranken. Befindet er sich aber auf Reisen in einem fernen Land, sollte er sich vorsehen.«

Boccanegra fiel Arinna ein. Der war nur leicht erkrankt. »So ist das«, murmelte sie, verblüfft, was alles schon bekannt war, nur eben in diesem Teil der Welt nicht. »Bedeutet das andererseits, dass jemand, der nicht erkrankt, die Pest schon hatte, auch wenn er selbst es nicht weiß?«

»Das bedeutet es«, bestätigte der Araber feierlich.

»Ich kenne außer mir noch zwei andere, die gefeit sind«, murmelte Arinna gedankenvoll. »Wenn es also gelingt, mehr Menschen vor dem Tod zu retten, wären die auch gefeit. Könnte man alle Menschen feien?«

»Wer weiß? Aber wenn es deine Bestimmung ist, wird Allah dein Wissen hierzu vermehren und zur Entfaltung bringen, und eines Tages wirst du es herausgefunden haben«, antwortete der Araber weise.

Arinna lächelte versonnen. Das war wohl kaum möglich. Sie war zur Sklavin gemacht worden, die von einem Herrn zum anderen weitergereicht wurde. Da aber dieser neue Herr milde zu sein schien, wollte sie ihn nicht durch Widerspruch verletzen.

»Lass uns gehen. Vielleicht haben wir später Gelegenheit, darüber zu reden. Jetzt werden wir erwartet.«

Ihr Ziel war ein Wohnhaus in einem riesigen Park oberhalb des Forts.

Der Araber geleitete Arinna an Dienern vorbei, die sich zu seinem Empfang aufgestellt hatten und tief verneigten, als sie an ihnen vorbeikamen. Sie war erleichtert, dass er solchen Respekt genoss, er konnte kein harter Herr sein.

Gewöhnt an Hintertreppen, Küchen und Gesinderäumlichkeiten, wunderte sie sich, dass ihr Begleiter sie ausgerechnet in diesen prachtvoll ausgestatteten Teil des Hauses brachte, wo ohne jeden Zweifel die Herrschaft lebte.

Vor sich sah Arinna einen großen Empfangsraum, dessen blaugemusterte arabische Fliesen sie fast blendeten. Ihr Blick blieb auf dem Springbrunnen in der Mitte liegen, in dem eine kleine Fontäne plätscherte, deren Wasser leise gurgelnd den Raum durch schmale Kanäle im Boden verließ. Für einen winzigen Augenblick schoss ihr die Erinnerung an Petronilas Innenhof auf Malta durch den Kopf. Und an Rodrigo. Sie hatte Mühe, ihre Tränen zurückzudrängen.

Der Araber berührte sachte ihren Arm. Sie schrak auf und blickte hoch.

Rodrigo Lopez de Ayala kam mit einem Lächeln auf sie zugeschritten. »Endlich«, flüsterte er.

Arinna sah ihm wie gebannt entgegen. Sie verstand nicht.

Hinter sich hörte sie eilige Schritte und ein Scharren, das sie herumfahren ließ.

Hrolf, mit entschlossenem Gesicht. Hinter ihm tauchten der Johanniter und Attaliotes auf. Noch schnaufend blickte Hrolf von dem arabischen Käufer zu de Ayala und wieder zurück, dann legte er behutsam seinen tatarischen Bogen auf dem Boden ab. »Da habe ich wohl etwas missverstanden«, murmelte er mit verlegener Miene und gab Attaliotes einen Stoß mit dem Ellenbogen, damit dieser sich zum Zeichen seiner Friedfertigkeit des Belegnagels entledigte, den er schlagbereit in der Faust hielt.

»Was hat das alles zu bedeuten?«, fragte Arinna verwirrt und entdeckte neben dem Springbrunnen den breit grinsenden und vor freudiger Erwartung auf den Füßen wippenden Niccolò.

De Ayala ergriff ihre Hand und führte sie zu einem bequemen Diwan. »Ich habe mir erlaubt, Euch aus den Händen all dieser Quälgeister zu befreien«, sagte er weich. »Mein Freund, Ibn 'Iyād, hat Euch in meinem Namen gekauft, weil sein Glaube es ihm nach seinem heiligen Buch und unseren Gesetzen gestattet, aber ausschließlich, um Euch die Freiheit zurückzugeben, die Ihr beanspruchen dürft. Und ich vermute, Eure Freunde wollten Euch wiederum aus seinen Händen retten.«

Arinna sprang wieder auf und flog Hrolf an den Hals. »Danke!«, rief sie überglücklich. »Danke auch dir, Attali! Und bevor irgendetwas passiert und wir wieder getrennt werden, muss ich dich etwas fragen, auch wenn es nicht gerade der passende Augenblick ist.«

Attaliotes nickte erstaunt.

»Du hast einmal zusammen mit Hrolf tote Ratten über Bord geworfen. Hast du dabei vielleicht kleine Knoten in den Achselhöhlen der Tiere bemerkt?«

»In der Tat, sie hatten unter ihren Ärmchen so etwas wie Kirschkerne«, antwortete Attaliotes verblüfft. »Auch an den Hinterbeinen. Ich dachte, das gehört sich bei denen so.«

»Das gehört sich nicht. Die hatten die Pest«, versetzte Arinna und sah Hrolf strahlend an. »Knötchen und Flöhe. Alles wie bei den Erdhörnchen, den Hunden, Boccanegra, dem kleinen Scipione …«

Der Conte räusperte sich.

»Es tut mir leid«, sagte Arinna. »Aber es war wichtig.«

»Ich verstehe das. Deswegen der Vorschlag, den ich Euch zu machen habe. Ihr habt mir das Leben gerettet. Erlaubt, dass ich Euch dieses Haus schenke. Vielleicht möchtet Ihr hier ja ein Hospital für Pestkranke einrichten.«

»Ein Hospital?« Arinnas Wangen begannen zu glühen. »Ich glaube … ja.«

»Ibn ’Iyād ist Arzt. Er würde Euch gerne zur Seite stehen.«

»Euer Lehrmeister, von dem Ihr einmal gesprochen habt, ich habe es inzwischen begriffen.« Arinna verstummte überwältigt und ging zum Diwan zurück.

Eine Weile blieb es still. »Woher wusstet Ihr, dass ich verkauft werden soll?«, erkundigte sich Arinna dann bei de Ayala, der geduldig neben ihr stand.

»Wer nach Lagos kommt, will zum Sklavenmarkt. Und nach dem Scheitern der Ordensritter am Malteserschwamm wurde mir klar, dass es kein Wundermittel gegen die Pest gibt. Das Geheimnis der Behandlung liegt allein in Euren Händen, und damit konnte Boccanegra nicht das Gold scheffeln, das er sich vorstellte. Hier, am Ende der bekannten Welt, wo noch nicht alle Gerüchte angelangt sind, hoffte er wohl, den höchstmöglichen Preis für Euch herausschlagen zu können.«

Arinna nickte erbittert.

»Ich versprach Euch damals, Euch zu berichten, worüber die Knechte flüsterten, die mich versorgten. Erinnert Ihr Euch?«

»Ich erinnere mich an alles.«

»Es ist mir eingefallen, nachdem ich diesen Frà Landolfo nun mehrmals zu Gesicht bekommen habe. Eine der Helferinnen muss sich bei dem Ritter arglos nach der Bedeutung des Schwamms erkundigt haben. Und die Knechte fragten sich, was es mit dem Schwamm Besonderes auf sich habe, weil der Ritter auf eine anscheinend harmlose Frage hin seine Wut nur mit Mühe zügeln konnte …«

»Frà Landolfo war wieder in Birgu, als die Helferin angeblich ertrunken aufgefunden wurde!« Arinna war sich völlig sicher, dass es sich um diese Helferin gehandelt haben musste. Es ergab einen Sinn. Landolfo war das Zentrum dieses Geschäftes mit dem Schwamm. Er musste sie beseitigt und vermutlich auch seine Komplizen zum Einbruch in die Hospitalküche veranlasst haben.

»Dazu kann ich etwas sagen.« Der junge Johanniter stand immer noch bescheiden im Hintergrund.

De Ayala nickte ihm ermunternd zu.

»Mein Name ist Nuno de Payva, Conte. Unser Großmeister, Frà Helion, hat mich mit allen Vollmachten beauftragt, Landolfo in Gewahrsam zu nehmen, sobald die äußeren Umstände es zulassen. Sein übles Geschäft mit Boccanegra wird das letzte gewesen sein. Ich werde ihn dem Gouverneur von Malta übergeben, und er wird des Mordes an der jungen Frau angeklagt werden, von der Arinna sprach. Es gibt ausreichend Beweise. Landolfo ist ein Betrüger, dem es gelungen ist, Schutz unter dem Deckmantel eines Ordensritters zu finden. Manche seiner Fähigkeiten waren eben auch sehr nützlich …«

»Wenn Frà Helion Euch eine solche Aufgabe überträgt, müsst Ihr außerordentlich tüchtig sein, Nuno de Payva … Zu beneiden seid Ihr nicht. Aber einfache Handreichungen an Deck werdet Ihr vermutlich nicht mehr lange ausführen.«

De Payvas bräunliches Gesicht wurde noch dunkler. »Nein, das ist nicht meine eigentliche Aufgabe. Der Großmeister brauchte Beweise gegen Landolfo. Der Mann treibt schon seit einiger Zeit sein Unwesen …« Er seufzte.

»Ach, so ist das. Nehmt es nicht so schwer«, sagte de Ayala. »Es wäre eher erstaunlich, wenn sich in euren Reihen nicht auch ein Schurke fände.« Er wandte sich wieder Arinna zu.

Bevor er mit seinen Erklärungen fortsetzen konnte, hatte sie noch etwas zu sagen. »Frà de Payva, unter den Rudersklaven Eurer Galeere befindet sich ein Mann namens Oschin. Er ist Armenier und getauft.«

»Tatsächlich?«, sagte der Ritter überrascht. »Er ist ein solch gewandter Lügner und obendrein Störenfried, dass wir ihm nichts mehr geglaubt haben. Aber wahrscheinlich ist es dem Frieden an Bord sogar zuträglicher, ihn nicht in der Mannschaft zu haben.«

Arinna nickte. Mitleid hatte sie mit Oschin nicht, aber es hätte ihren Seelenfrieden gestört, wenn sie es dem Ritter verschwiegen hätte. Gleichzeitig gingen ihr mehrere andere Dinge durch den Kopf. Sie hatte sich entschieden, sie würde hierbleiben. Aber wenn Oschin hierher geraten war, konnte nicht eines Tages auch Ammuna vor ihr stehen?

Dann eine der vielen Merkwürdigkeiten, denen sie auf ihrer Reise begegnet war. »Ich lernte im erzbischöflichen Palast von Palermo eine Aragonesin kennen, Isabella …«

»Ventimiglia, meine pfiffige kleine Kusine. Ich weiß. Gefiel sie Euch?«

»Ja, sehr. Ich hatte das Gefühl, sie wollte mir helfen, aber ich weiß nicht, warum.«

»In erster Linie dient sie dem Hause Aragon. In diesem Fall war es ein und dasselbe. Ja, sie tut in Palermo, was sie kann. Das Leben besteht in manchen Kreisen aus Politik. Häufig. Heute nicht«, setzte de Ayala hinzu und reichte Arinna die Hand.

Ein Blick in seine Augen ließ ihr das Herz bis zum Hals schlagen. »Wenn dieses Haus zum Hospital wird«, stammelte sie verwirrt, »was werdet Ihr machen, Conte?«

»Ich werde so oft hier sein, wie ich kann. Wenn Ihr erlaubt, für immer …«

Arinna reichte ihm als Besiegelung ihrer Abmachung die Hand, die er lange festhielt.

# ANMERKUNGEN ZUM HISTORISCHEN HINTERGRUND

Die Pest, die den Europäern so nachhaltig im Gedächtnis geblieben ist, begann als bakteriologischer Krieg 1347 in Kaffa auf der Krim, eingeschleppt von den Tataren aus Ostasien. Aus Wut über die vergebliche Belagerung der Handelsstadt katapultierten sie Pestleichen über die Mauern. Die in Kaffa niedergelassenen Kaufleute, vor allem Genuesen, flüchteten auf Schiffen und nahmen die Pest mit sich in den Westen.

Ausgehend von den angesteckten Kauf- und Seeleuten, aber auch den pestkranken Schiffsratten, breitete sich die Pest von den Hafenstädten rasch ins jeweilige Landesinnere aus. Zwischen 1347 und 1352 forderte sie in Europa etwa 25 Millionen Menschenleben, »ein Viertel bis ein Drittel der Welt starb«, wie ein Zeitgenosse formulierte.

Die Hauptfigur des Romans, Arinna – eine Nachfahrin aus einer der vielen indoeuropäischen Völkerschaften, die bis zur Ankunft der Türken in Anatolien lebten –, hat, ohne dies zu wissen, die Pestkrankheit überstanden, so dass sie immun ist.

Gegenmittel kannte man damals nicht (heute Antibiotika), und die Unerbittlichkeit der Seuche erzeugte Todesängste, die einerseits zu Pogromen an den jeweiligen Minderheiten (Juden, Tataren, Engländer, Arme, Totengräber, Leprakranke), andererseits zur Anfälligkeit gegenüber Scharlatanerie führte.

Als vermeintliches Heilmittel habe ich den seltenen Malteserschwamm (Cynomorium coccineum) gewählt, der in Europa nur auf dem Fungus Rock von Gozo (Malta) und in Westsizilien wächst. Dieser wurde von den Johannitern des Hospitals in La Valletta auf Malta im 16./17. Jahrhundert als Medikament propagiert und im 17./18. Jahrhundert vom Orden für horrende Summen als Heilmittel gegen die Bluterkrankheit an die Fürstenhäuser Europas verkauft. Heute ist wissenschaftlich erwiesen, dass der Schwamm keine medizinische Wirkung hat.

Aus meiner Sicht verhinderte der christliche Glaube des Mittelalters eine objektive Betrachtung naturwissenschaftlicher Phänomene, wie eine Seuche sie darstellt, und damit von der Vernunft gesteuerte Gegenmaßnahmen. In anderen Kulturräumen ging man mit der Pest abgeklärter um. Der berühmte persische Arzt Ibn Sina (980–1037) beschrieb sie sehr nüchtern – sein ins Lateinische übersetzter Kanon galt bis ins 17. Jahrhundert als wichtigstes Lehrbuch der abendländischen Medizin. Nomaden in Ostsibirien und Himalajabewohner entwickelten Ausweichtechniken vor der Pest u. a. wie die im Roman beschriebenen der Tataren.

Es wäre also auch im 14. Jahrhundert möglich gewesen, sich der Pest gegenüber rationaler zu verhalten – die nicht-christlichen Hauptpersonen Arinna aus Anatolien und Hrolf aus Island stehen für diese verpasste Möglichkeit. Selbstverständlich ist es denkbar, dass einzelne Menschen auch im Hochmittelalter ähnliche Gedanken hegten, aber wie heute auch galt die Interpretation von Meinungsführern, die mit den Mächtigen seit jeher ein festes Bündnis einzugehen pflegen, und woraus beide Parteien ihren Nutzen ziehen. Damals war es vor allem die Kirche, die ungeheuer von den Erbschaften von Kranken und Sterbenden profitierte.

Sklaven waren im Mittelalter eine der wichtigsten und teuersten Handelswaren. Eng eingebunden in diesen Handel der Europäer waren die Radaniten, eine jüdische Händlergilde, deren Handelswege von Marseille über Mainz und Prag bis nach China und Indien reichten und deren Heimat das Chasarenreich am

Kaspischen Meer war. Die turkstämmigen Chasaren konvertierten im 8./9. Jahrhundert zur jüdischen Religion, kontrollierten einen großen Teil Südrusslands und verschwanden im 10. Jahrhundert als Staat aus der Weltgeschichte. Die Menschen blieben natürlich.

Venedig und Genua bezogen zunächst Sklaven aus Zypern und Palästina, später von der Krim. Solange Osteuropa noch nicht christianisiert war, war Prag ein Zentrum des Sklavenhandels. Jüdische Händler beschickten sowohl den Sklavenmarkt von Venedig (in den 1420er Jahren setzten die Venezianer zum Beispiel 10000 Sklaven auf ihrem Sklavenmarkt um, zumeist Frauen) als auch den von Konstantinopel. Ab dem 11. Jahrhundert kamen islamische Kaufleute nach Prag, um ihren Bedarf an Ort und Stelle zu decken.

Mit dem Eindringen von nomadischen Turkvölkern und Mongolen in die südrussischen Steppen änderten sich die internationalen Handelswege für Sklaven. Die muslimischen Eroberer benötigten als Sklaven Christen, die sie von krimtatarischen Sklavenjägern in Polen und Russland einfangen ließen und zum Teil bis nach Ägypten lieferten. Etwa eine Million Menschen soll für die Kasse der osmanischen Sultane verkauft worden sein.

Damit hatte sich die Krim für Venedig und Genua als Sklavenlieferant erledigt. Die Genuesen, als Seefahrer im Sold der Portugiesen, begannen sich im 13. Jahrhundert gegen den Westen zu orientieren. Ein hohes Handelsdefizit mit den muslimischen Staaten veranlasste Portugal am Ende des 14. Jahrhunderts, gezielt nach neuen Quellen für Gold und Sklaven zu suchen.

Heinrich der Seefahrer von Portugal (1394–1460) betrieb vor allem den Handel mit Afrika und systematisierte die Sklavenjagd auf Schwarze. 1444 soll der von mir beschriebene Sklavenmarkt im Zollgebäude von Lagos erstmals abgehalten worden sein. Ich vermute jedoch, dass er schon vor dieser Zeit in Betrieb war, und wäre es nur im Kleinen gewesen.

Die Romanhandlung ist natürlich fiktiv, historische Personen sind lediglich die genannten Herrscher sowie der Arzt Ibn Sina, der Kartograph Angelino Dulcert und Nasreddin Hodja, der türkische Till Eulenspiegel.

Mein Dank gilt meinem langjährigen Agenten Dirk R. Meynecke, ohne den dieses Buch gar nicht zustande gekommen wäre. Vor allem aber auch meiner Lektorin des Droemer Verlages, Ilka Heinemann, der ich – wie immer voll Vertrauen in ihre Genauigkeit, Zuverlässigkeit und sprachliche Kompetenz – mit diesem Buch eine Mammutaufgabe aufgeladen habe. Nicht zuletzt danke ich meinem Mann Karl-Heinz Lösche, dem wieder einmal zufiel, sprachliche und historische Korrektheit besonders im Hinblick auf die romanischen Sprachen zu gewährleisten, sowie meiner Tochter Kaike, die wie immer meine Erstlektorin war.

Kari Köster-Lösche,
Süderlügum, August 2008

# WORTVERZEICHNIS

Arianer: Anhänger des christlichen Lehrers Arius, dessen Lehre von der katholischen Kirche als Häresie angesehen wurde. Viele germanische Stämme waren Arianer.

Asprinio: weiße alte Rebsorte aus Süditalien

Back: Tisch

Ballei: Provinz eines Ritterordens

Belegnagel: kurzer Holzstab, der auf Segelschiffen zur Befestigung von Tauen verwendet wurde

bionda, la (ital.): die Blonde

Brunetti: schwarze Paveser Pfennige, kleine Silbermünze

Capitano del popolo: Im mittelalterlichen Genua Chef einer Art von Polizeigewalt zum Schlichten von Streitigkeiten zwischen Adel und Volk

Carzimasier: Eunuch ohne Penis und Hoden

Cassaro (von quasr, arab. Kastell): Ortsteil von Palermo mit Palästen, Moscheen, vornehmen Herbergen, Warenlagern und Bädern der Kaufleute

Cavatieddi: Röhrennudeln

Chandax: Stadt auf Kreta. Ehemals Candia, heute Iraklion

Chasaren: früheres Turkvolk in Zentralasien. Ihr Reich bestand zunächst aus einem Khaganat am Kaspischen Meer, breitete sich dann im 11. Jh. über die südrussische Steppe aus. Im 8./9. Jh. nahmen die Chasaren den jüdischen Glauben an.

Christusturm: ursprüngliche Bezeichnung des Turms von Galata

ciarlatana: Scharlatan, abgeleitet von ital. ciarlare, schwätzen
Cinque Terre: 1. Küstenstreifen am Golf von Genua; 2. dort angebauter herber Weißwein
collegio: Kleiner Rat im italienischen Stadtstaat
Compasso da Navigare: genuesisches Seefahrthandbuch
consiglio, consigliero: Großer Rat im italienischen Stadtstaat; Ratsmitglied
curniciello: rotes Hörnchen, ursprünglich Symbol für Potenz und Fruchtbarkeit, das Schutz vor dem bösen Blick verleiht
Custantenobbule (genuesicher Dialekt): Konstantinopel
Demeter: griechisch-kleinasiatische Göttin, zuständig für die Fruchtbarkeit von Erde, Getreide, Saat und Jahreszeiten
Denari: oberitalienische Silbermünzen
Dromon: kleinstes der byzantinischen Kriegsschiffe
feitor: königlich-portugiesischer Faktor für Handelsbelange
Floren: bedeutende Goldmünze des Mittelalters. Sie wurde ab 1252 in Florenz geschlagen.
fondaco: Herberge für Kaufleute
Fondacatsgebühr: Zwangsabgabe der Kaufleute
Fundicarius: Magazinverwalter
Fußpferd: unter der Rah verlaufendes Tau
Galeere: Kriegsschiff unter Rudern und Segel
gavoccioli: Pestform, bei der die Lymphknoten betroffen sind
gbejniet: maltesischer Ziegenkäse
Ghibellinen: Anhänger des Kaisers, hauptsächlich Adelige
Gigiber (althochdeutsch): Ingwer; im 13. Jhdt. durch Marco Polo aus Indien eingeführt
gigliato: beliebte Silbermünze im Mittelmeerraum
Grenache: im 14. Jahrhundert beliebter, teurer spanischer Süßwein
Griechisches Feuer: eine im Byzantinischen Reich verwendete militärische Brandwaffe. Ihr Brandmittel setzte sich zusammen aus Schwefel, Weinstein, Gummi, Pech, Salpeter, Petroleum und Harz.

Grosso: italienische Silbermünze
Großstratopedarch: Im Byzantinischen Reich Verantwortlicher für die Versorgung des Heeres; häufig nur Ehrentitel
Guelfen: Anhänger des Papstes, vor allem Großkaufleute
Han: Kaufmannsunterkunft im Osmanischen Reich
Hyperpyron (Pl. Hyperpyra): ab dem 11. Jh. Hauptgoldmünze des Byzantinischen Reichs
Ikonium: heute Konya in Anatolien
Insula de Lanzarotus Malocelus: Lanzarote, 1312 vom Genuesen Lancelotto Malocello entdeckt
Janitscharen: Elitetruppe im Osmanischen Reich, die sich aus sieben- bis vierzehnjährigen Knaben rekrutierte
jettatori: Menschen, die den »bösen Blick« besitzen, Unglück bringen
Jünger von Rumi: Schüler des persischen Mystikers Mevlana Dschelaleddin Rumi, 1207–1273, der in Konya lehrte
Kaffa: Hafenstadt auf der Krim, heute Feodossija
Kalebasse: ein aus einem Flaschenkürbis hergestelltes Gefäß
Karacke: dreimastiger Segelschifftyp, der erstmals im 14. Jh. in Genua erwähnt wurde. Karacken wurden sowohl als Handels- als auch als Kriegsschiffe genutzt.
Kommende: Niederlassungen des Johanniterordens
Kuhl: tiefste Stelle des Oberdecks auf historischen Rahseglern
Kuropalates: Marschall des kaiserlich byzantinischen Hofes
Magister doanae: Zollbeamter in Palermo
malcuchinatu: Gericht aus Schlachtabfällen und Innereien
malocchio: der »böse Blick«, in Neapel gefürchtet
Malteserschwamm (Cynomorium coccineum): rötlichbraune, pilzähnliche Pflanze, die in Sizilien, Malta, Sardinien und Nordafrika wächst
Malvasier: rote und weiße Rebsorten, süß und schwer, seit dem 13. Jahrhundert aus Kreta exportiert
Mancus (Pl. Mancusi): arabische Goldmünze
Marsah-el-Allah: von den Arabern gegründete Hafenstadt an der Westküste Siziliens. Heute Marsala

Matiana: Ort in Kappadokien. Heute Göreme
Messenien: Landschaft im Südwesten der Peloponnes
Meze: Mittelstraße, Prachtstraße in Konstantinopel
Molosser: massige, doggenartige Hunde, ursprünglich als Kriegshunde zur Bewachung des Lagers eingesetzt
Muring: Boje zum Festmachen im freien Wasser
Muskateller: leichte weiße Rebsorte, seit dem 13. Jahrhundert aus Kreta exportiert
Napoli sotterranea: weitläufiges System unterirdischer Höhlen im Tuffstein unter der Stadt
Nasreddin Hodja: türkischer Volksweiser und Schelm. Lebte im 13. Jh.
Outremer: Bezeichnung für die Gesamtheit der Kreuzfahrerstaaten, die nach dem ersten Kreuzzug (1096–1099) an der Levante gegründet wurden, insbesondere das Königreich Jerusalem
Palazzo del Commune: Amtssitz des genuesischen Podestà
pasta con le melanzane: Nudeln mit Auberginen
pasta con le sarde: Nudeln mit Sardinen
Plicht: eingetiefter Sitzraum im Deck
Podestà: gewählter Administrator eines Bezirks
polenta con uccelli: Getreidebrei mit Singvögeln in Speckstreifen
potentia coëundi: Fähigkeit zum Beischlaf
Prinkipo: kleine Insel im Marmarameer vor Konstantinopel. Heute Büjuk Ada
Pylai: Ort am südöstlichen Ufer des Marmarameeres, heute Yalova, Türkei
quama: im Kaukasus gebräuchlicher Dolch
Rah: Querstange am Mast für das Rahsegel
Rahnock: äußeres Ende einer Rah
Rhinokopia: Naseabschneiden. Aus dem Osten übernommene Strafe im Byzantinischen Reich; verhinderte auch Ambitionen auf die Kaiserwürde, da Unversehrtheit des Leibes Bedingung war

Rumelien: osmanische Bezeichnung des in Europa gelegenen Teils des Byzantinischen Reichs
Sacra Infirmeria: Hospital des Johanniterordens auf Malta
Sacra Militia (lat. Heilige Miliz): Bezeichnung für die Ritterorden der Templer, der Deutschherren und der Johanniter
Säumer: Führer eines Saumpferdes
San Gennaro: Der heilige Gennaro von Genua war Bischof von Benevent und wurde während der Christenverfolgung um 305 enthauptet. Nach der Legende soll eine Frau das Blut des Heiligen nach seinem Tod in einer Ampulle aufgefangen und aufbewahrt haben. Als 313 San Gennaros Gebeine sowie die Ampulle nach Neapel gebracht wurden, soll sich das Blut erstmals verflüssigt haben. Das »Blutwunder« wiederholt sich seitdem regelmäßig.
Schwarze Paveser Pfennige: kleine genuesische Silbermünzen
Segellieken: Kanten der Segel
Selam aleikon: Heil dir. Wird darauf nicht mit dem üblichen aleikon selam geantwortet, sondern mit aleikon, kann dies auch »fluch dir« heißen.
Seldschuken: muslimische Fürstendynastie turkmenischer Abstammung in Mittelasien
Semantron: Schallbrett; im christlichen Osten seit dem 6. Jh. wichtiges Kult- und Signalinstrument der Christen. Unter osmanischer Herrschaft erlaubt, im Gegensatz zu Kirchenglocken
Sharbat: kaltes Fruchtsaftgetränk
Skevophylax: im Byzantinischen Reich Verwalter der Gerätschaften der Hagia Sophia
Solidus (Pl. Solidi): byzantinische Goldmünze vor 1092
Spring: Festmacheleinen, die die Scherbewegung am Kai verhindern
Stratiotikos: im Byzantinischen Reich zivildienstliches Amt im Militär
Stavraton: größte byzantinische Silbermünze nach Abschaffung der Goldmünzen durch Johannes VI.

Surkot: ärmelloses Überkleid
Syphon: Anlage zum Schleudern des Griechischen Feuers
Taro (Pl. Tari): sizilianische Goldmünzen
Tausendbeine: Flechtwerk zum Schutz von Segeln an den Wanten.
Trapezunt: Hafenstadt an der anatolischen Nordküste; heute Trabzon
Walche: Bewohner der Walachei, gemeint ist ein Bulgare.
Wangara: Goldland Afrika – Niger, Senegal und Volta. Gleichzeitig Bezeichnung für das damals mächtigste Volk Westafrikas
Waräger: skandinavische Händler und Krieger, die auch die Leibwache russischer Fürsten oder byzantinischer Kaiser stellten
Wahrschau!: in der Schifffahrt Warnruf bei drohender Gefahr
Ymir: Urriese aus der nordischen Mythologie. Das von Hrolf vorgetragene Gedicht stammt aus den Götterliedern der altisländischen Edda.
Zaddeln: gezackter oder gelappter Saum
Zechine: venezianische Goldmünze, im 14./15. Jhdt. Welthandelsmünze
Zeising: kurze Leine zum Befestigen der Segel an den Rahen
Zene: Genua im Volksdialekt
Zunge: Die Johanniter waren nach ihrer Herkunft eingeteilt in die sieben Zungen der Provence, Auvergne, Frankreich, Italien, Aragon, England, Deutschland.

# VERZEICHNIS DER HANDELNDEN FIGUREN

Aal, Kleiner: französischer Schiffskoch
Ablgharib, Vasak: Armenier in Kaffa/Krim
Ali: eigentlich Alexios, Bootsbesitzer
Ammuna: Arinnas Bruder, genannt Theodor
Andronikos: byzantinischer Kaiser
Arinna: junge Frau aus Metiana/Zentralanatolien, heute Göreme
Armegandus, Frater: französischer Chirurg in Birgu
Arsenios: griechischsprachiger Junge, Birgu
Attaliotes: griechischer Seemann auf der Karacke
Ayala, Rodrigo López de: aragonesischer Adeliger
Bartolotto: pisanischer Sklavenhändler
Battistello, Enrico: Bischof von Kaffa
Berengaria: junge Frau aus Aragon/Spanien
Boccanegra, Christophoro: genuesischer Kaufmann
Catano: Stallbesitzer in Neapel
Clemens VI.: Papst 1342–1352
Doria, Francesco: genuesischer Kaufmann, Trapezunt/Trabzon
Doria, Giustiniani: Francescos Bruder, Kaufmann in Kaffa
Dulcert, Angelino: Kartograph aus Mallorca, 14. Jahrhundert
Fibonacci, Paganino: Kapitän eines pisanischen Schiffes
Gattilusio: Doge von Genua
Georgios: Seemann auf der Karacke
Gerhard, Frater: Johanniter deutscher Zunge in Birgu
Hertwig, Frater: Arzt im Johanniterhospital in Birgu/Malta

Hodja, Nasreddin: türkischer Vorbeter, Richter, Schullehrer in Aksehir/Anatolien, 13. Jahrhundert
Hrolf: Waffenmeister auf der Karacke, Waräger, Isländer
Iyād, Ibn: muslimischer Gelehrter
Johannes: Seemann auf der Karacke
Kantakuzena, Theodora: Tochter des Kaisers Johannes VI. von Byzanz
Kayghalagh: chasarischer Diener in Kaffa
Landolfo, Frater: Mittelsmann bei den Johannitern
Leonello: genuesischer Bootsmann auf der Karacke
Longo, Andrea: genuesischer Händler
Ludwig IV. der Bayer: Kaiser, 1282–1347
Malocello, Lancelotto: genuesischer Entdecker von Lanzarote
Marino, Frater: dienender Bruder der italienischen Zunge im Johanniterorden
Marcuzzi, Cavaliere Don und Dama Donna Maria: normannische Gutsbesitzer auf Sizilien
Matteo, Pater: Mönch in Neapel
Menica: sizilianische Magd im Hospital von Birgu
Metochites, Theophanes: maltesischer Fischer
Minotto, Obelerio: Kapitän der genuesischen Karacke
Niccolò: kaufmännischer Lehrling aus Genua
Nikephoros: Philosoph, Beikoch auf der Karacke
Oberto: Schiffsjunge auf dem pisanischen Schiff
Orhan, Emir: Sultan des Osmanischen Reiches, 1326–1359
Oschin: Armenier
Payva, Nuno de: portugiesischer Johanniter
Percolla, Turi: magister doanae in Palermo
Petronila: Berengarias Kusine
Pinelo, Anselmo: Ratsherr in Genua
Riberol, Marino: Vetter der Doriabrüder
Ruccardo: Steuermann des pisanischen Schiffes
Salina, Don Domenico de: Erzbischof von Palermo
Salomo, David bar: syrischer Arzt
Scarpa, Cavaliere: Gutsbesitzer in Neapel

Scarpa, Scipione: zehnjähriger Sohn des Cavaliere
(Scarpa), Maria: uneheliche Tochter des Cavaliere
Sina, Ibn: latinisiert Avicenna, persischer Arzt und Wissenschaftler, 980–1037
Spinola, Catano: Ratsherr in Genua
Taru: Arinnas Vater
Teresa: Zofe im Gutshaus in Neapel
Ugo, Frater: Bruder der italienischen Zunge des Johanniterordens
Umur Pascha: »Streiter für den Glauben«, 14. Jhdt., der als *gazi* sein Leben der Terrorisierung der Christenheit geweiht hatte, insbesondere der Genuesen, Venezianer und Johanniter
Ventimiglia, Isabella: Aragonesin in Palermo
Villeneuve, Frá Helion de: Großmeister des Johanniterordens
Vuk: serbischer Stallknecht
Zebulun: jüdischer Sklavenhändler in Konstantinopel

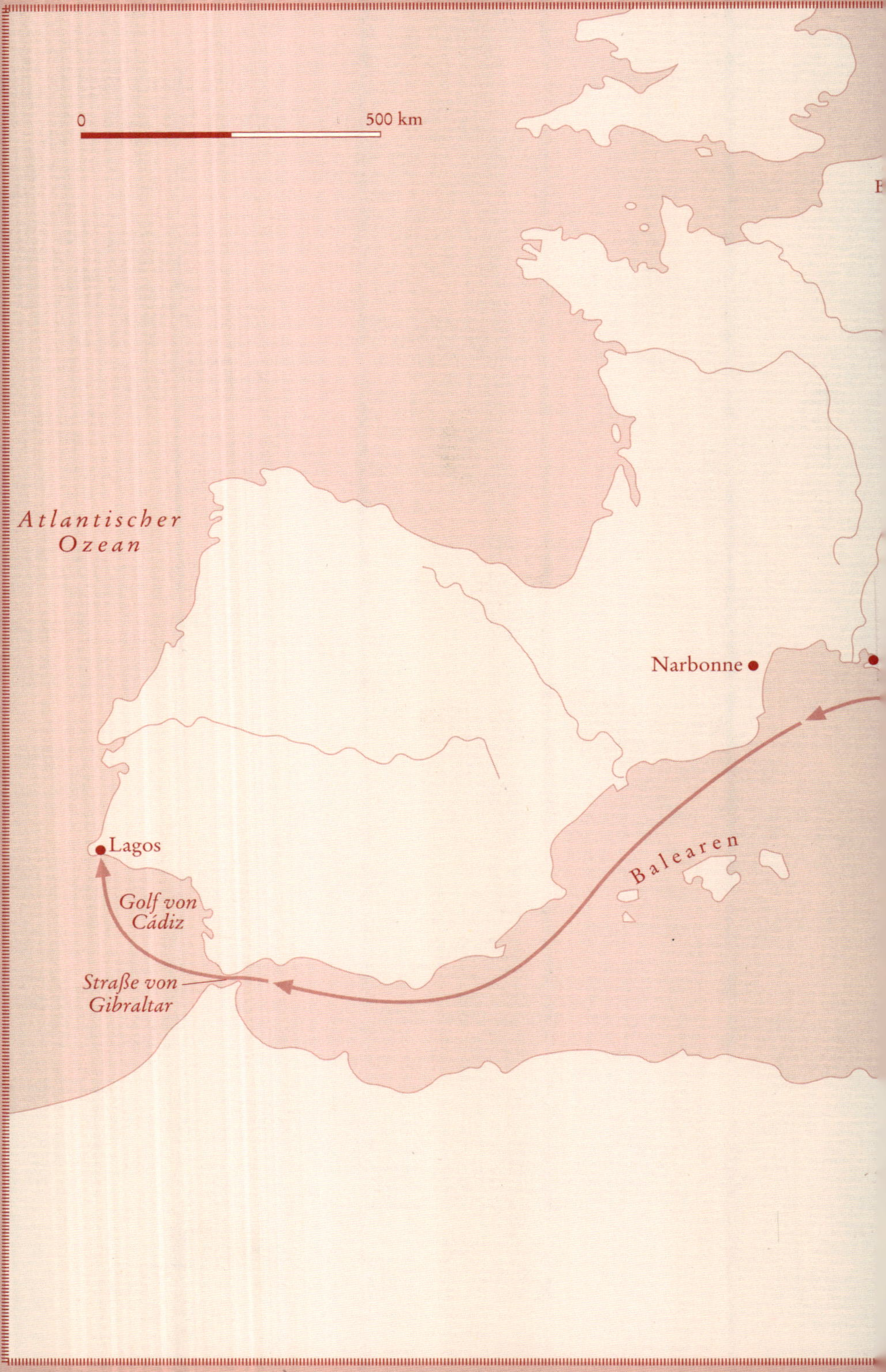
0
500 km
Atlantischer
Ozean
Narbonne
Lagos
Golf von
Cádiz
Straße von
Gibraltar
Balearen